Apygárda
Aufstieg der Ral-Kadór

Dominik Albinus

Apygárda

Aufstieg der Ral-Kador

Roman

Bibliografische Information der Deutschen Nationalbibliothek:
Die Deutsche Nationalbibliothek verzeichnet diese Publikation in
der Deutschen Nationalbibliografie; detaillierte bibliografische Da-
ten sind im Internet über http://dnb.dnb.de abrufbar.

Impressum

© 2020 Dominik Albinus
Covergestaltung: Michael Hiermüller
Illustrationen: Dominik Albinus
Herstellung und Verlag: BoD – Books on Demand, Norderstedt

ISBN: 978-3752674231

Danksagung

Nach vielen Jahren der Arbeit, in welchen die Welt von Apygárda immer realer wurde, möchte ich mich an dieser Stelle bei allen Personen bedanken, die dazu beigetragen haben, dass das Buch verwirklicht wurde.

Besonderer Dank gehen an Michael Hiermüller, der mit seiner Arbeit das Cover Wirklichkeit werden hat lassen und mit viel Engagement an dem Projekt mitwirkte. Außerdem möchte ich mich bei Stefanie Sujer für ihre konstruktive Kritik, das tolle Feedback, sowie ihre Unterstützung bei der Korrektur bedanken.

Daneben gilt mein Dank auch meinen Eltern und meiner Lebensgefährtin, die mich immer unterstützt haben und ohne deren Hilfe dieses Buch vielleicht niemals vollendet worden wäre.

Aber auch allen Lesern, die die Reise nach Apygárda antreten und sich für dieses Buch interessieren, möchte ich an dieser Stelle danken und wünsche euch ganz viel Spaß!

Personenverzeichnis

Die Menschen

Garvis Caldór, Krieger

Norgal Vard, Krieger

Irgesto Hervaresta II, König von Paradón

Aurelian Sâlink, Vertrauter Irgestos

Malkásh Amórko, Abgeordneter der Obiden

Tashila Oriváta. Fürstin des Fünf-Seen-Tals

Irven, oberste Heilerin der Aqua Amara

Kapitonas Regios, Befehlshaber der Streitkräfte Tambaruns

Sequigâs Raudonas, Abgeordneter aus Syrtax

Perisko Glauth, Vertreter von Sequigâs Raudonas

Halvor, Kommandant der Stadtwache von Syrtax

Jurinak Lopas, Abgeordneter aus Furta Allégra

Jokardy Scurra, stellvertretender Anführer der Schwarzen Augen

Myla Skauts, Mitglied der Schwarzen Augen

Kalásh Suboko, Koordinierungsoffizier der Obiden

Danastré Vartis, Krieger

Tarinka, Schankwirtin aus D'uril

Tirgot, fahrender Händler

Zandil, Dieb und Diener der Ral-Kadór

Larvátras, Heerführer der Ral-Kadór

Altraîr, Fürst von Carvás Cándth

Otalin, Fürst von Carvás Cándth

Anessa Benaîr, Fürstin von Carvás Cándth

Hurtgar Zetrôph, Fürst von Carvás Cándth

Sadedziná, Fürstin von Carvás Cándth

Endriáte, Königin von Turalién

Argâmas, König von Autamar

Die Ral-Kadér

Dardánor, Kaszoc-Vhinás
Argátor, Kaszoc-Kásk
Xardanas, Kaszoc-Brágh

Die Zwerge und Elfen

Eély Vêrnith, Elfenkriegerin
Feámeon Banâreth, Elfenabgeordneter
Sârgalor, Vádaz der Dunkelelfen
Tergor Erzfaust, Abgeordneter der Zwerge
Bjófur, Wolkenschmied
Bandáril, Wassersteinschleifer

Die Magier

Torgadol
Necrodin Maandús
Jaliá
Mithridál
Lipjûda
Kîskîla
Cémpionaûs
Zylúx

Die Fanti

Vadovas, Anführer
Rexic, Techniker
Slyness, Spion
Zäglys, Dieb
Zudykâs, Mörder

Die Orks

Ushgodh, Krieger

Oshgil, Krieger

Kandosh, Krieger

Helden und einstige Herrscher

Aramas Karstiras, Lichtbringer und Einer der Welt

Pandus, König von Paradón

Urgámar Hervaresta, Vater von Irgesto

Alenáte, ehemalige Königin von Turalién

Ladán Caldór, Vater von Garvis

Karák Kazór, Vorfahr von Dardánor

»Liegt eine Welt nur lange genug in Frieden, bedarf es allein eines winzigen Flügelschlags, um die tosende Gewalt des Krieges zu entfesseln und schon bald kriechen die Kreaturen der Finsternis aus ihren Löchern, bereit, die friedvolle Übersättigung aus der Wiege des Lichts zu entreißen.«

- Aramas Karstiras, König von Paradón, Lichtbringer, Vertreiber der Dunkelheit, Einer der Welt -

Nördlicher Teil Paradóns, Frühsommer, 2152. Zyklus

Es regnete bereits die ganze Nacht hindurch, als er endlich den schützenden Wald erreichte.

Er musste unbedingt schnellstmöglich ein Lager aufschlagen, damit er am Morgen rasch wieder aufbrechen konnte.

Sie waren schon seit Tagen hinter ihm her und er wusste nicht, ob sich die Distanz zwischen ihnen schon verringert hatte.

Seine Flucht hatte stark an seinen Kräften gezehrt, er brauchte dringend eine Pause, um sich etwas zu erholen. Ihm war völlig unklar, weshalb die Fremden hinter ihm her waren, aber seit er seine Flucht begonnen hatte, plagten ihn schreckliche Albträume.

Er sah Menschen, denen er noch nie begegnet war, Menschen, denen schreckliche Qualen zuteil wurden. Gestalten in weinroten Roben trieben sie auf einem großen Platz in einer einst prunkvollen Stadt zusammen. Die Angst in den Gesichtern der Gequälten war so real, dass es ein Martyrium für die Seele war.

Die Träume waren jedes Mal anders, aber es spielte sich immer das gleiche Schema ab. Jeder Traum endete mit einem grellen Leuchten, als die Gestalten in den Roben kunstvoll gravierte Stäbe überkreuzten und mit einem Donnern auf den Boden krachen ließen.

Im Moment dachte Garvis jedoch nur daran, wie er den Unbekannten möglichst rasch entkommen konnte.

Er mochte sich gar nicht ausmalen was passieren würde, wenn sie ihn in die Hände bekämen. Seine Gedanken drehten sich im Kreis. Wer waren die Unbekannten? Was wollten sie von ihm? In wessen Auftrag handelten sie? Garvis' Hoffnung, ihnen zu entkommen, war nicht gerade hoch und wenn es sich bei den Unbekannten um die Ral-Kadór handelte, waren die Chancen fast Null, dass es für ihn gut ausgehen würde. Die Wahrscheinlichkeit war zwar nicht hoch, doch er dachte, er hätte in den alten Ruinen von Raskatan etwas gesehen, was ihn an die mysteriösen Wesen erinnerte. Während seiner Flucht war er viele verschiedene Möglichkeiten durchgegangen und musste an die abwegigsten Wesen der Mythologie denken.

Die Ral-Kadór waren Gestalten, über die nicht all zu viel bekannt war. Es wurden Geschichten erzählt, dass ihre Gesichter aus reinem Nebel bestanden, der in ständiger Bewegung war. Die Augen sollen stechend und azurblau gewesen sein, immer ein listiges Funkeln innewohnend.

Ihre Körper waren stark und sehnig. Jeder Ral-Kadór hatte angeblich eine knochige Hand, die nach und nach in einen Arm aus Fleisch, Muskeln, Sehnen und Blut überging. Angeblich handelte es sich hierbei um einen Fluch aus dem vergangenen Zeitalter. Auferlegt von einem uralten Feind, sollte die knöcherne Hand auf ewig als Makel am Volk der Ral-Kadór haften und sie stetig an ihren eigenen Untergang erinnern.

Das waren allerdings alles nur Geschichten und die wenigen, welche die Ral-Kadór tatsächlich gesehen hatten und überlebten, um davon zu berichten, waren zumeist wahnsinnig geworden, weshalb ihre Berichte nicht viel zählten.

Das alles ging Garvis sehr an die Substanz. Hatte seine Flucht überhaupt einen Sinn?

Als Garvis den Wald endlich erreichte, hatte er seit Langem wieder einmal etwas Glück.

Er fand recht schnell eine Stelle, an der er vom Regen und Wind geschützt die Nacht überdauern konnte. Jedoch ließen ihn auch diesmal die Albträume nicht in Ruhe.

Immer wieder schreckte er aus dem Schlaf hoch und als der Morgen schon beinahe graute, machte er sich wenig erholt auf den Weg.

Er hoffte, wenn er schnell genug vorankäme, noch an diesem Tag Mauradin zu erreichen.

Dort wog er sich vor den Unbekannten einigermaßen in Sicherheit, da Mauradin eine der größeren Städte Paradóns war. Selbst wenn seine Verfolger tatsächlich die Ral-Kadór wären, würden sie es sicherlich nicht wagen der Stadt zu nahe zu kommen.

Sollten sie Garvis allerdings vorher einholen, war er nicht gewillt sein Leben einfach so herzuschenken. Er würde es so teuer wie möglich verkaufen.

Garvis war ein erfahrener Soldat und diente einst in der Armee des Königs.

Als sich jedoch herausstellte, dass der König viele seiner Kämpfer in einen scheinbar sinnlosen Krieg gegen eines der fernen Länder ziehen lassen wollte, von dem die wenigsten je gehört hatten, kam die Vermutung auf, dass der Herrscher nicht mehr Herr seiner Sinne war. Daraufhin verließen nicht wenige die Armee, auch auf die Gefahr hin, von nun an von den Gefolgsleuten des Königs gejagt zu werden.

Garvis war einer dieser Deserteure. Das störte ihn allerdings nur wenig. Mit den strengen Richtlinien und Vorschriften der Armee war er ohnehin noch nie gut zurecht gekommen, was ihm des Öfteren Probleme eingebracht hatte.

Dies war nun schon etliche Monate her und man hörte nie von jemandem, der vom König verfolgt wurde. Somit dachte auch Garvis nicht daran, dass die Verfolger möglicherweise im Dienste des Königs hinter ihm her waren. Außerdem zählte der Wald der Magie bekannterweise nur noch rein formell zum Königreich. Offiziell setzte mittlerweile kaum jemand einen Fuß hinein.

Er konnte sich nach wie vor keinen Reim darauf machen, warum er verfolgt wurde. Nach seinem Austritt aus der Armee durchstreifte er fast ganz Paradón, aber er tat nie etwas Unrechtes oder Ungesetzliches, was ihm eine Erklärung geboten hätte.

Gegen Nachmittag kam Mauradin langsam in Sicht. Zuerst sah Garvis nur kleinere Rauchschwaden, aber mit jedem Schritt den er tat, erblickte er etwas mehr von der Stadt. Er bedauerte noch immer den Verlust seines Pferdes, doch hoffte er, in Mauradin ein neues erstehen zu können.

Die Stadt war äußerst prachtvoll, voller Handel und bot für jeden Geschmack etwas.

Eine weiße Mauer umzog die Häuser von denen eines strahlender und ansehnlicher als das andere war. Die ganze Stadt vermittelte ein Gefühl der Geborgenheit und Zufriedenheit, dass es schon fast trügerisch war. Nur die schweren Befestigungsvorrichtungen trübten die Idylle ein wenig.

Als Garvis die Tore endlich erreichte, war er völlig außer Atem. Seine Kleidung war an einigen Stellen zerrissen und er bot einen jämmerlichen Anblick. Die schwarzen Haare waren verfilzt und seine Arme und Beine wiesen zahlreiche Schürfungen und Kratzer auf.

Das Tor war mit zehn Wachen besetzt, alle in den Farben Mauradins. Sie waren in blau-gelbe Waffenröcke gehüllt und trugen schwere Schwerter. Einige von ihnen hatten auch Hellebarden in den Händen. Sie boten einen eindrucksvollen Anblick, wie die Stadt selbst, über deren Dächern die blau-gelben Fahnen mit dem Hirsch in der Mitte wehten.

»Was willst du hier, Fremder?«, fragte einer der Wachleute barsch.

»Ich bin lange gereist und möchte mich in der Stadt erholen und anschließend meinen Weg bald fortsetzen« Garvis' Antwort, stellte die Wache jedoch nicht ganz zufrieden. Sein erbärmlicher Anblick bot auch allen Grund genauer hinzusehen.

»Was ist passiert? Du siehst aus als wärst du unter die Pranken eines Kadmanas gekommen. Gesindel wie dich brauchen wir nicht in Mauradin!«

Garvis hielt seinem stechenden Blick stand. »Ich habe einen weiten Weg hinter mir und musste mich mit so einigen Gefahren herumschlagen. Ich habe Geld und bin gewillt es in der Stadt zu lassen, weswegen ich mich jetzt auch gerne hinein begeben würde!«

Das Funkeln in Garvis Augen war von einer solchen Ausdrucksstärke, dass der Wächter nicht mehr weiter nachfragte und ihn durch die Abgabe von ein paar Münzen endlich passieren ließ.

»Mach bloß keinen Ärger«, wurde er noch ermahnt. Garvis quittierte es mit einem Nicken.

Als er das Tor durchschritt bot sich ihm Mauradin in seiner vollen Schönheit dar.

Es gab etliche Blumenbeete und die Straßen waren zu einem größeren Teil gepflastert, was in kaum einer Stadt mit solcher Präzision geschehen war. Mauradin war von Kopf bis Fuß bis ins kleinste Detail durchdacht. Es gab Fluchtwege für den Fall eines Brandes, sowie eine gut organisierte Verteidigungsanlage mit Katapulten, Ballisten und Teerfässern. Auch das prunkvolle Rathaus mit dem großen Versammlungsplatz sprang jedem Besucher sofort ins Auge. Alles in allem war Mauradin eine Stadt in der es sich sehr gut leben ließ.

Garvis' Weg führte ihn geradewegs zum erstbesten Laden. Er wollte sich mit neuem Proviant und Kleidung ausstatten. Er erwarb ein gutes neues Wams und etwas Dörrfleisch, welches er sofort zum Großteil verzehrte.

Danach machte sich Garvis auf die Suche nach einer Übernachtungsmöglichkeit. Er kam am Gasthaus *Weißer Schwan* vorbei und ging hinein.

Der Wirt stand hinter dem Tresen und polierte ein paar Gläser.

»Seid gegrüßt, ich suche nach einer Unterkunft für die Nacht«, sagte Garvis ohne Umschweife.

»Ihr habt Glück, es ist gerade ein Zimmer frei geworden, mein Herr«, erwiderte der Wirt freundlich und fragte etwas neugierig: »Ihr seid wohl nicht aus der Gegend?«

»Nein, ich komme aus dem Norden und bin nur auf der Durchreise.« Garvis' Antwort war kurz und knapp. Er hatte keine große Lust sich jetzt mit dem Wirt zu unterhalten. Doch der Mann fragte unbeirrt weiter: »Etwa aus Autamar oder dem Freihandelsreich? Oder gar von noch weiter nördlich? Vielleicht Turalién?«

Garvis wich seinen Fragen aus und führte die Unterredung freundlich zu einem Ende. Noch mehr Ärger konnte er im Moment ganz und gar nicht gebrauchen.

Er bezahlte das Zimmer im Voraus und ging dann wieder hinaus auf die Straße.

Ein paar Kinder rannten schreiend vorbei, was eine Katze aufschreckte und in einer Nebengasse einige Holzscheite umstießen ließ. Sie verschwand augenblicklich fauchend über eine Mauer.

Garvis dachte darüber nach, wie schön doch der Tag war und wie traurig der Umstand, dass er ihn nicht genießen konnte. Er fragte sich nach wie vor, weshalb er verfolgt wurde und vor allem von wem. Nicht zu wissen welchem Feind man gegenüberstand machte die Situation erheblich schwerer und Garvis hatte schon genug Schwierigkeiten.

»Pândrâs zum Gruße, mein Herr. Wollen Sie vielleicht ein paar Gewürze kaufen?«

Eine alte Frau riss Garvis aus seinen Gedanken. Sie war klein und hatte einen Wagen voll verschiedenster Utensilien bei sich. Garvis wusste nicht, warum er überhaupt zu ihr hinüber ging, aber als er näher kam, beschlich ihn ein ungutes Gefühl.

»Junger Herr, tretet näher! Ich habe alles was Euer Herz begehrt!« Die alte Frau sprach mit rauer Stimme als würde man auf einer Schiefertafel entlang kratzen.

»Woher wollt Ihr wissen was ich benötige?« Garvis wurde das ungute Gefühl nicht los und blieb deshalb auf der Hut.

»Ihr macht den Eindruck als wärt Ihr auf der Flucht vor jemandem… oder etwas«, näselte sie verstohlen. Garvis verlor für einen kurzen Moment die Fassung, da er sich ertappt fühlte, bekam sich jedoch rasch wieder in den Griff und fragte: »Wie kommt Ihr auf einen solchen Gedanken?«

»Ihr seht einfach nur so aus, nichts weiter. Vielleicht habe ich ein paar Antworten für Euch!«

Jetzt wurde Garvis neugierig. »Was könnt Ihr mir erzählen?«

»Ihr wurdet verfolgt und wisst nicht weshalb, noch wer es auf Euch abgesehen hat!«

»Woher wisst Ihr das, alte Frau?«

»Sagen wir, ich habe meine Quellen. Als Ihr aus der Armee des Königs ausgetreten seid und Euch auf den Weg gemacht habt Paradón zu erkunden, ist Euch da nicht etwas Seltsames passiert?«

»Ihr müsst schon genauer werden, was soll mir passiert sein?«

»Erinnert Ihr Euch nicht an den Wald von Amenáur und die verfallene Stadt Raskatan?«

Mit einem Mal wurde Garvis bewusst, auf was die alte Frau anspielte und schalt sich einen Narren nicht früher darauf gekommen zu sein.

Der Wald von Amenáur war einst auch bekannt als der Wald der Magie. Er war ein Refugium des Wissens und bot eine große Vielfalt an Flora und Fauna. Seinen Namen erhielt er nach dem verstorbenen Kind der Göttin Dephélia, der Schutzherrin der Wälder, Göttin des Einklangs und der Zufriedenheit. Es hieß, Amenáur ertrank in einem tiefen See, nachdem sie einer trügerischen List des dunklen Gottes Vencor aufgesessen war. Ein Krieg entzweite die Götter, während Amenáurs Geist in die Erde überging und einen riesigen Wald voller Magie und Mythen formte. Ihr zu Ehren erbauten die Menschen des alten Zeitalters eine prächtige Stadt, inmitten des Waldes. Doch nachdem Raskatan in einem der alten Kriege gefallen war, wagte sich kaum noch jemand dorthin.

Niemand wusste Genaueres und Aufzeichnungen über den Krieg gab es nicht mehr.

Garvis war in Raskatan gewesen, um sich selbst ein Bild zu machen und herauszufinden, ob den Mythen etwas Wahres anhaftete.

»Woher wisst Ihr all diese Dinge?«, fragte er skeptisch.

»Ich weiß nahezu auf alles eine Antwort!«

»Wie kann das sein? Nur Orakel und ein paar wenige andere magische Wesen sind dazu in der Lage! Aber jeder weiß, dass die letzten Orakel schon vor Jahrhunderten aus Paradón verschwunden sind!«

Die alte Frau lächelte gutmütig: »Ich hätte von Euch etwas mehr erwartet als diese Leichtgläubigkeit!«

»Nehmen wir an, Ihr seid ein Orakel, warum gebt Ihr Euch mir zu erkennen?«

»Sagen wir, ich habe meine Gründe.«

Ihre Geheimniskrämerei nervte Garvis beinahe schon, aber wenn die alte Frau tatsächlich die Wahrheit sprach, war es nicht weiter verwunderlich. Orakel hatten die Angewohnheit in Rätseln zu sprechen und immer nur das zu sagen, was sie für erwähnenswert hielten.

»Da ist er!«, rief plötzlich eine dunkle, laute Stimme. Garvis sah sich sofort um und glaubte seinen Augen nicht.

Um die Ecke kam gerade ein Trupp der Stadtgarde und die Stimme gehörte zu dessen Gardeführer, welcher mit ausgestrecktem Arm auf Garvis zeigte. Ehe er sich versah ließ Garvis die alte Frau stehen und rannte so schnell er konnte davon. Die Garde nahm sofort die Verfolgung auf, doch Garvis war trotz seiner Erschöpfung noch immer schnell genug.

Er rannte so lange, bis er sich sicher glaubte, die Verfolger abgeschüttelt zu haben. Als er in einer kleinen Gasse anhielt, bekam er sofort den nächsten Schock. Quer über der Straße war an einer Hauswand ein Steckbrief angebracht. Es war Garvis' Gesicht darauf zu sehen.

Unter dem Bild stand der Text »*Gesucht! Tot oder lebendig! Belohnung 1000 Goldstücke*« zu lesen.

Wie konnte das sein, warum war sein Bild auf diesem Steckbrief? Er verstand das alles nicht.

Jedenfalls konnte das nicht der Grund sein, weswegen die Verfolger, vor denen er in die Stadt geflüchtet war, hinter Garvis her hetzten,. Was in Raskatan passierte, hatte nichts mit dem Königreich zu tun und konnte somit auch keine Herausgabe eines Steckbriefes rechtfertigen. Außerdem wären die zeitlichen Abstände dazu viel zu knapp gewesen.

Da der Wald von Amenáur von kaum einem Menschen freiwillig betreten wurde, kümmerte sich auch der König nicht darum, was in Raskatan vor sich ging. Man munkelte sogar, er hätte diesen Teil des Landes aus Paradón ausgegrenzt.

Garvis wusste, dass er nun nicht mehr in Mauradin bleiben konnte. Er schlich weiter durch die Nebenstraßen und kleinen Gassen, in der Hoffnung durch ein Seitentor unerkannt zu entkommen. Er fragte sich, weshalb die Wachen am Tor ihn nicht sofort verhaftet hatten. *Vielleicht haben sie mich wegen meines zerschlissenen Aussehens nicht erkannt*, kam er ins Grübeln. Als er ein paar Abzweigungen genommen hatte, fand er ein kleines Seitentor, das nur leicht bewacht war und ging so unauffällig wie möglich darauf zu. Er war heilfroh das Tor passieren zu können, ohne dass die Wachen ihn genauer betrachteten. Es ärgerte ihn, dass er das Zimmer schon im Voraus gezahlt hatte und es jetzt dank seiner überstürzten Flucht nicht nutzen konnte, aber wenigstens war er heil aus der Stadt raus. Zu allem Überfluss konnte er allerdings auch kein neues Pferd erstehen.

Als er sich weit genug von der Stadt entfernt hatte, wartete er in einem Versteck im Wald, ob ihm auch niemand gefolgt war.

Während er ausharrte dachte er über die alte Frau und das, was sie gesagt hatte nach.

Warum gibt sich mir ein Orakel zu erkennen? War sie tatsächlich ein Orakel? Immerhin wusste sie Dinge die sie nicht wissen konnte… Die Sache in Raskatan habe ich niemandem erzählt. Die Gelegenheit bot sich ja noch nicht einmal.

Garvis war enttäuscht, nicht mehr von ihr erfahren zu haben. Das Glück, die Stadt unbehelligt verlassen zu haben, hob seine Stimmung jedoch etwas.

Als sich Garvis vor gut acht Wochen durch den Wald von Amenáur geschlagen hatte und nach Raskatan suchte, geschahen verschiedenste Dinge. Er hielt diese zunächst allerdings für nicht so wichtig. Ein Fehler wie sich nun herausstellte. Garvis fand Raskatan, nachdem er einige Tage im Wald umherstreifte. Er erwartete eigentlich, dort auf einige Scheusale zu treffen, fand aber nichts weiter als eine zerstörte und verlassene Stadt. Ganz Raskatan sah aus als seien die Ruinen seit vielen Zyklen in einen tiefen Schlaf verfallen und die Natur hatte sich das Gebiet zurück geholt. Die Zerstörungskraft war auch noch lange Zeit nach dem Krieg so präsent, als wäre es erst vor Monaten geschehen. Doch die überall verstreuten Knochen und überwucherten Straßen zeugten davon, dass bereits seit sehr vielen Zyklen kein Leben mehr in Raskatan herrschte. Um die ganze Stadt lag ein schwarzer Ring welcher sich beim Näherkommen als kraterähnlicher Graben erwies.

Als Garvis auf der Suche nach Hinweisen für die Vorkommen an Magie durch Raskatan streifte, entdeckte er ein stark verfallenes Haus. Dieses Haus unterschied sich nur in zwei Belangen von den anderen. Es war größer und Garvis fand eine unbeschädigt aussehende Falltüre in der Mitte eines breiten Raumes. Er öffnete sie und stieg vorsichtig hinab. Unten angekommen schritt er durch einen dunklen Gang. An der Wand entlangtastend arbeitete er sich vorwärts, in der Hoffnung eine Fackel zu finden. Plötzlich sah er ein leichtes blaues Leuchten. Umso näher er kam,desto heller und greller wurde das Leuchten. Da hörte Garvis schwere Eisenscharniere quietschen und mit Metall beschlagene Stiefel über den Steinboden hallen.

Sofort machte er auf dem Absatz kehrt und ging so schnell, wie es ihm die Dunkelheit ermöglichte, zurück zum Eingang. Als er ihn erreichte und die Leiter hochgeklettert war, verließ er Raskatan schnellstmöglich. Garvis wusste nicht, was das Leuchten war, aber nachdem, was er von der alten Frau erfahren hatte, musste es etwas gewesen sein, was nicht für seine Augen bestimmt war. Diejenigen, deren Stiefelhallen durch den Gang dröhnte, mussten irgendwie von seiner Anwesenheit erfahren und sich an seine Fersen geheftet haben.

Anders konnte Garvis sich nicht erklären wer hinter ihm her war. Er war jedoch gewillt es herauszufinden. Dazu musste er allerdings zurück nach Raskatan und der Sache auf den Grund gehen.

Er wartete noch in seinem Versteck bis sich die Sonne um eine Einheit weiter verschoben hatte und als auch dann keine Wachen aus Mauradin kamen, machte er sich auf den Weg zurück nach Raskatan.

Garvis war nun schon einige Stunden unterwegs, stets auf der Hut nicht gesehen zu werden. Er fragte sich ständig, in was er da nur hineingeraten war.

Ein gutes Stück Weg hatte er bereits zwischen sich und Mauradin gebracht, doch der Wald, in dem er sich befand, war so dicht, dass kaum Tageslicht durch das Blätterdach drang.

Da er immer noch auf der Flucht war, und jetzt sogar von mehreren Parteien gejagt wurde, hielt er sich etwas abseits der Wege, um nicht gesehen zu werden.

Sein Kopf war voll ungeklärter Fragen und so bald würde es wohl auch keine Antworten geben. Wie er durch das Unterholz schlich und sich bemühte möglichst unauffällig zu sein, geriet er just ins Stocken. Garvis hörte ein paar Laute, welche nicht so recht in die friedliche Umgebung des Waldes passen wollten. Die Geräusche wurden lauter und bewegten sich augenscheinlich auf ihn zu. Dies passierte mit einer solchen Geschwindigkeit, dass Garvis den Gedanken an Flucht schnell verwarf und sich lieber nach einem geeigneten Versteck umsah. Eine Mulde unterhalb von ein paar Sträuchern war das einzige, welches ihm halbwegs nützlich erschien. Schnell rannte er hin und kroch hinein. Starkes Hufgetrippel setze ein, begleitet von wildem Grunzen und Schnaufen. Dann sah er wer oder was sich mit solch einer Geschwindigkeit näherte. Es war eine kleine Einheit von Orks. Das Außergewöhnliche, abgesehen von dem widerwärtigen Gestank, war, dass die Orks beritten waren. Orks ritten für gewöhnlich nicht, selbst in Ausnahmesituationen zogen sie es normalerweise vor, sich zu Fuß fortzubewegen.

Warum war diese Einheit anders unterwegs? Des Weiteren kam hinzu, dass diese Orks nicht auf Wargen, sondern Pferden ritten, was noch unwahrscheinlicher zu sehen war.

Garvis hielt den Atem an und duckte sich tiefer ins Dickicht. Mit rasendem Tempo preschte die Truppe vorüber, ohne ihn zu entdecken. Nach einiger Zeit des Abwartens wagte sich Garvis wieder vorwärts. Es war ihm ein Rätsel was dort vor sich ging.

Erst das Geheimnis um Raskatan, dann der Steckbrief in Mauradin und jetzt auch noch berittene Orks. *In was bin ich da nur geraten?*, fragte er sich zum ungezählten Mal.

Nach einigen Überlegungen beschloss er, die Fährte der Orks aufzunehmen, um zu sehen wohin sie wollten. Vielleicht standen sie ja in Verbindung mit der Sache in Raskatan. Die Richtung stimmte jedenfalls.

Akribisch folgte Garvis der Fährte. Sie führte ihn immer weiter nach Osten, hinaus aus dem kleinen Wäldchen und über den Trys, bis er schließlich auf ihr Ende stieß. Die Spur verlor sich auf einem kargen Steinboden. Der Wald lag schon lange hinter ihm und er hatte das Gefühl, dass sich schon bald etwas ereignen würde. Es war ihm, als fühlte er geradezu ein Knistern in der Luft. Auf Dauer konnten die Orks unmöglich ohne Halt unterwegs sein. Bis jetzt gab es jedoch keine Hinweise auf einen Rastplatz.

Garvis überquerte den steinigen Untergrund in Richtung Nordosten und stieß schon bald erneut auf die Fährte. Ein paar Biegungen weiter, hinter einigen größeren Felsen, machte er schließlich einen grausigen Fund. Etwa fünfzehn, schon von den Geiern angefressene Kadaver lagen am Boden verteilt. Die Pferde der Orks! Mit blanken Klauen und Zähnen brutal abgeschlachtet! Offensichtlich hatte die Truppe ihre Reittiere bis zur Erschöpfung getrieben und dann einfach kaltblütig umgebracht. Nicht wenigen Tieren fehlten größere Stücke, welche die Orks aller Wahrscheinlichkeit nach entweder sofort gefressen hatten, oder als Proviant mitnahmen.

Jetzt stellte sich für Garvis nur die Frage, wo der Trupp Scheusale hinwollte.

Er kletterte auf einen der Felsen und suchte alle Himmelsrichtungen ab. Doch zu sehen war nicht viel. Hier fing die Steppe an und das Einzige, was in näherer Umgebung war, war der Helion.

Der Helion war ein Tempelberg, welcher vor vielen hunderten von Zyklen von den Magiern bewohnt wurde. Er war einst so etwas wie ihre heilige Stätte und die Vorkommen an Magie waren dort zu jener Zeit besonders stark. Irgendwann jedoch, noch vor dem größten Krieg, der je über Apygárda hinweg zog, versiegelten die Magier den Helion mit Hilfe einer magischen Barriere um sich anderen Dingen zu widmen. Eines Tages sollte die Barriere wieder fallen und die Magier zurückkehren. Da die Magier jedoch während des Krieges stark dezimiert wurden und die Magievorkommen über die Jahrhunderte zu versiegen begannen, war die Barriere noch immer aktiv und beinahe in Vergessenheit geraten.

Garvis zog in Betracht, sich zum Helion zu begeben, da dort auch die einzige Wasserstelle auf viele Meilen liegen musste. Da der Weg zurück zum Trys wenig einleuchtend erschien, lag der Verdacht nahe, dass die Orks sich ebenfalls Richtung Osten zum Wasser begeben hatten. Vielleicht würde er dort eine weitere Spur finden.

Als Garvis den Helion endlich erreichte, fand er jedoch nicht den geringsten Hinweis auf die Orks. Es schien als seien sie urplötzlich vom Erdboden verschluckt worden.

Von der Nähe zeigte sich nun, wie beeindruckend der Helion war. Es war nicht so sehr was man sah, sondern eher das, was man nicht sah. Es hing eine dichte Nebeldecke um den gesamten oberen Teil des Tempelberges. Es war unwahrscheinlich, dass sie eines natürlichen Ursprungs war. Die Luft war hier viel zu trocken und der Berg war von der Magie verändert worden. Er war mehr breit als hoch und ein paar weiße Säulen ragten vom Fuß bis in den Nebel hinauf, um sich schließlich darin zu verlieren. Sie hatten einen enormen Durchmesser. Was immer sich im Nebel verbarg, es musste gigantisch sein.

Eine breite, lange, weiße Treppe führte bis in den Nebel und bahnte sich elegant den Weg nach oben. Die Barriere war ebenfalls sichtbar. Blaues und rotes Schimmern zog sich um den ganzen Berg und ließ in majestätisch erscheinen. Garvis konnte nicht widerstehen und ging näher darauf zu. Rotblaues Glitzern war direkt vor seinen Augen. Er stand unmittelbar vor der Barriere und konnte ihre Präsenz spüren. Langsam streckte er den Arm, um sie zu berühren. Er wusste nicht, was ihn dazu veranlasste, doch konnte er sich der Aura der Barriere nicht entziehen. Ein starkes Kribbeln durchfuhr Garvis' Arm und breitete sich langsam in seinem ganzen Körper aus. Es wurde immer stärker und stärker, bis es ihn schließlich schmerzte. Beim Versuch, den Arm von der Barriere zu lösen, erschrak Garvis und wurde leichenblass. Er konnte den Arm nicht mehr lösen. Stattdessen zerrte ihn die Barriere nun unter höllischen Schmerzen immer weiter zu sich heran. Als die Schmerzen so unerträglich wurden, dass Garvis schon dachte, jetzt wäre es um ihn geschehen, gab es plötzlich einen lauten Knall und er fand sich auf der anderen Seite der Barriere wieder! *Was ist da gerade passiert?* Garvis sah lauter schwarze Flecken vor seinen Augen. Mühsam stemmte er sich hoch, doch schon wenige Schritte später war sein Verstand wieder klar und sein Körper standfest.

26

»Was war das? Was um alles auf der Welt ist gerade geschehen?«

Garvis' Entsetzen war groß. Nie hätte er gedacht solche Schmerzen empfinden zu können, doch am Erstaunlichsten war die Tatsache, dass er immer noch lebte und die Schmerzen genauso schnell verschwunden waren, wie sie kamen.

»Wie komme ich hier wieder raus?«, fragte er sich. »Dieses Höllenteil fasse ich bestimmt nicht nochmal an!«

Verstört sah Garvis sich nach einem Ausweg um, aber überall um ihn herum war die Barriere.

»Was habe ich mir nur dabei gedacht«, sagte er kopfschüttelnd und blickte sich um.

Der einzige Weg den er einschlagen konnte, führte die weiße Treppe hinauf.

Als er vorsichtig den ersten Fuß auf die Stufen tat und nichts geschah ging er langsam, Schritt für Schritt die lange Treppe empor. Auf Höhe des Nebels fiel ihm allmählich das Atmen schwer, aber jetzt hatte ihn die Neugier gepackt. Er wollte sehen, was wohl schon seit ewigen Zeiten kein Mensch mehr zu Gesicht bekommen hatte. Im Nebel hatte Garvis die ganze Zeit über das Gefühl beobachtet zu werden, aber er empfand es als zu unwahrscheinlich, da er kaum die Hand vor Augen sehen konnte. Dennoch kam ihm das alles seltsam vor. Es gab keine Geräusche in der Wand aus Nebel. *Was ist das nur für eine dichte Brühe*, dachte er sich und marschierte unerbittlich weiter. Dieses Gefühl der Beobachtung konnte er jedoch nicht abschütteln.

Da durchbrach er endlich den Nebel und sah mit einem Mal wieder vollkommen klar.

Vor ihm lag der Gipfel des Helions!

Geräusche der verschiedensten Art waren nun wieder zu hören. Vögel zwitscherten und es lag ein eigenwilliges Surren in der Luft. Hier und da zirpten ein paar Grillen und Garvis fragte sich, weshalb oberhalb der Nebelwand ein solches Leben herrschte.

Doch nicht nur das war unerwartet. Es wuchs viel Gras und gab auch ein paar knorrige Bäume hier oben. In der Mitte des Gipfels lag allerdings das Beeindruckendste, was diese Höhen zu bieten hatten.

Die weißen Säulen, welche am Fuße des Helions ihren gigantischen Anfang nahmen, hielten ein Bauwerk wie es Garvis noch nie zuvor je gesehen hatte.

Zwar schien es äußerlich sehr normal zu sein, aus Marmor erbaut und reich verziert an Runen der Magier. Allerdings schien der Marmor nahezu durchsichtig zu sein und glitzerte leicht in der Sonne. Deutlich war zu erkennen, dass dort Wände vorhanden waren, aber zugleich konnte man beinahe mühelos hindurchsehen. Es gab mehrere Türme mit Spitzen und Vorsprüngen und auf den Dächern wehten verwitterte Fahnen mit den Zeichen der Häuser der Magier. Es war eine beeindruckende Feste und wurde nichts gerecht, das Garvis jetzt zuvor gesehen hatte.

Garvis ging näher auf den Zugang der Himmelsfeste zu. Doch auch dieser Schein war trügerisch. Sah es so aus, als seien die Tore gleich vor ihm, musste er dennoch eine nicht zu geringe Entfernung zurücklegen, bis er sie endlich erreichte. Davor angekommen war die Stätte um ihre doppelte Größe angewachsen und Garvis' Verwunderung und Erstaunen wurde immer größer. Auch die Tatsache, dass die Säulen scheinbar durch den Berg wanderten, förderten diese Verwunderung.

»Irgendwie scheint alles auf diesem Gipfel so stark von Magie durchtränkt zu sein, wie ich es noch an keinem Ort erlebt habe!«

Ein paar breite Stufen waren nun das Einzige, was Garvis noch von den Toren trennte.

Sie passten nicht ins Bild der ohnehin merkwürdig anmutenden Feste. Eisenbeschlagene Schienen waren angebracht und mit spitzen Nieten besetzt. Das Holz war dunkel und wirkte bedrohlich. Doch noch etwas fiel Garvis auf: Man konnte zwar durch die Wände der Festung hindurchsehen, jedoch sah man dahinter nur wieder das Plateau des Helions und nicht das, was sich im Innern des Hauses befand.

Soll ich es wagen diese Tore zu öffnen?, fragte sich Garvis. *Immerhin scheint es nicht sonderlich gefährlich zu sein. Allerdings reichen mir die Schmerzen von vorhin noch eine Weile.*

So blieb Garvis erst einmal auf der Hut und lief nicht geradewegs auf die Tore zu.

Er sah sich um und versuchte auszumachen, ob er irgendeine Art von Falle oder sonstige Unannehmlichkeiten entdeckte, welche diese Tür für ihn bereithalten konnte.

In diesem Moment huschte etwas in ihm vorbei! Garvis warf sich sofort zur Seite und riss sein Schwert aus der Scheide.

Dann brach er in schallendes Gelächter aus. Neben ihm saß ein kleiner Hase auf einem Stein, huschte aber sofort weiter und verschwand in einem Erdloch.

Garvis rappelte sich wieder auf, steckte das Schwert weg und wischte sich den Schweiß von der Stirn. Er wusste nicht zu sagen, ob dieser von der Anspannung oder den erhöhten Temperaturen kam.

Als er sich gerade wieder den Toren widmen wollte, fiel er jedoch erneut zu Boden.

Der ganze Gipfel fing plötzlich an zu beben und Garvis hatte keine Chance mehr auf die Beine zu kommen. Wie aus dem Nichts sah er links von sich, wie unterhalb des Plateaus ein riesiger Schwall von Geröll seitlich aus dem Berg geschossen kam. Was immer dort unten passierte, es musste ein gigantisches Loch in den Helion gerissen haben. Selbst von Garvis' Position konnte man es deutlich erkennen und das, obwohl die Kante des Plateaus sehr weit entfernt war. Wie weit genau konnte er nicht sagen, da die Entfernungen auf dem Gipfel durch die Kraft der Magie nicht abzuschätzen waren. Nur eins stand fest, es war weit und dennoch konnte er das fliegende Gestein genau erkennen.

Das Beben endete auch dann nicht, als kein Gestein mehr aus dem Berg flog. Im Gegenteil, es nahm an Intensität sogar zu. Garvis hatte das Gefühl als erwache der Helion zum Leben.

Plötzlich war alles genauso schnell vorbei wie es anfangen hatte.

»Was war das nun wieder? Ich sollte sehen das ich hier verschwinde!«, rief Garvis aus und wollte auch schon in Richtung der weißen Treppe rennen.

Er war noch keine zehn Schritte weit gekommen, als er innehielt. Hatte er gerade ein Grölen gehört oder war das nur Einbildung? Nein, da war es wieder! Ein Rumoren, als käme es aus den tiefsten Tiefen von Vencors Schlund. Mit einem Mal gab es ein Scharren an der Felswand, als würde sich etwas sehr Großes dran hochziehen.

Garvis schob langsam den Kopf über die Schulter und als er sich vollkommen umgedreht hatte stockte ihm der Atem. Eine ungeheuerlich große Klaue legte sich auf die Kante des Plateaus und Garvis blieb wie angewurzelt stehen, unfähig einen klaren Gedanken zu fassen.

Was kam dort die Felswand hochgeklettert? Die Klaue war so groß, sie konnte einen Menschen mühelos zerquetschen.

Sie hatte sich so fest in den Boden gekrallt, dass dieser Risse bekam, bei denen Garvis dachte, sie würden den gesamten Gipfel auseinanderbrechen lassen.

Da schob sich auch schon eine zweite Klaue über den Rand. Die monströsen Pranken waren auf der Oberseite von zotteligem Fell überwuchert, die Krallen glichen den Fingern eines Skeletts, mit einer ledernen, schwarzen Haut bespannt und mit messerscharfen Spitzen versehen.

Die Erde bebte erneut und dann schob sich ein Horn zwischen den Krallen hindurch, gefolgt von einen Schädel, welcher dem Kopf eines Löwen glich. Unterschiede gab es aber dennoch genug. Abgesehen von dem Horn hatte das Biest Augen, welche unmöglich natürlichen Ursprungs sein konnten. Sie verfügten über drei Pupillen und leuchteten in einem dunklen Rot. Die Mähne des Monsters war pechschwarz. Mächtige Reißzähne standen aus dem Maul hervor, bereit alles zu zermalmen. Mit einem Satz zog sich das Ungetüm über die Kante und zeigte sich Garvis in seiner vollen Größe. Sein ganzer Körper war dem eines Löwen nicht unähnlich, wären da nicht auch noch die mächtigen ledernen Schwingen auf seinem Rücken gewesen und der Schwanz mit dem sichelförmigen Metallstachel am Ende. Das Monster stieß einen wütenden Schrei aus und seine Augen fingen noch stärker an zu lodern. Garvis wusste, dass er dieser Kreatur unmöglich gewachsen war, noch ihr entkommen konnte. Sie bestand genauso aus Magie wie der ganze Berg, was eine Flucht von vornherein zum Scheitern verurteilte. So zog Garvis sein Schwert und rüstete sich zu einem aussichtslosen Kampf! Sein schwarzes Haar wehte im Wind und all seine Muskeln waren zum Zerreißen gespannt. Ihn überkam wieder das Gefühl der Schwerelosigkeit, welches ihn vor jedem großen Kampf erfasste. Garvis wusste, entweder dieses Monster oder er!

Er nahm seine Kampfhaltung ein und warte auf den ersten Ansturm seines Gegners.

Doch statt auf ihn zu zustürmen und ihn in Fetzen zu reißen, bewegte sich der mächtige Kiefer des Ungetüms und eine tiefe Stimme ertönte aus seiner Kehle: »Ich bin der Wächter des Helions! Was hast du hier zu suchen, Unwürdiger? Du hast den heiligen Tempelberg mit deiner sterblichen Anwesenheit entweiht! Dafür muss deine Existenz ausgelöscht werden!«

Garvis fröstelte, so unheimlich, gebieterisch und furchteinflößend war die Stimme.

»Ich wollte nichts entweihen«, versuchte Garvis anzusetzen. »Ich wurde gegen meinen Willen durch die Barriere gesogen!«

»Schweig, Unwürdiger! Nichts auf dieser Welt geschieht einfach so! Du bist hier und nur das zählt! Deiner Vernichtung wird nun nichts mehr entgegenstehen! Nur Magier dürfen den heiligen Berg betreten!«

»Aber...« Noch bevor Garvis den Satz richtig beginnen konnte stürmte der Wächter auf ihn zu. Die Erde bebte und Staub wirbelte umher. In letzter Sekunde rollte Garvis sich über seine Schulter ab und hieb nach dem Wesen, verfehlte es jedoch. Der Wächter bremste ab und setzte sofort zu einem erneuten Angriff an. Er rannte auf Garvis zu und hieb mit seinem Schwanz nach ihm. Garvis hechtete darüber hinweg und rannte unter dem Monster hindurch, um ihm mit seinem Schwert eine klaffende Wunde am linken Hinterlauf zu verpassen.

Der Wächter brüllte, kümmerte sich jedoch nicht weiter um die Verletzung. Stattdessen erhob er sich nun in die Lüfte und flog nach einer kurzen Schleife im Sturzflug auf den unfreiwilligen Besucher des Berges zu. Für Garvis war klar, wollte er diese Situation überleben, musste er sich schnell etwas einfallen lassen. Das Einzige was er tun konnte, war zu rennen.

Er drehte sich um und rannte direkt auf die Treppe zu. Doch der Wächter schien damit gerechnet zu haben und änderte seine Flugrichtung, um direkt vor Garvis auf dem Plateau einzuschlagen. Noch während es landete hieb das Monster mit seinem Stachel und den Pranken nach den vermeintlich wehrlosen Gegner. Garvis parierte die Schläge unglaublich geistesgegenwärtig mit seinem Schwert. Doch der Kraft des Wächters war er einfach nicht gewachsen und so kam es wie es kommen musste. Der Stachel bohrte sich tief in Garvis' Schulter. Vor Schmerzen aufschreiend riss er sein Schwert herum und hieb mit voller Kraft auf den Schwanz ein. Ein Schwall dunkelroten Blutes schoss ihm entgegen und der Druck auf seine Schulter ließ nach. Der Wächter stieg brüllend wieder zum Himmel empor, während Garvis sofort weiter auf die Treppe zu rannte. Er ließ sich von seinen Instinkten leiten und es gab nur noch einen Gedanken: Das pure Überleben! Doch das Ungeheuer ließ nicht locker, es zog erneut eine Schleife und stürzte sich Richtung Boden. Garvis reagierte diesmal sofort, bremste mitten im Lauf ab und lief so schnell er konnte wieder in die Richtung, aus der er gekommen war. Der Wächter schlug auf dem Boden ein. Gestein und Erde flog davon. Diesmal war Garvis allerdings hinter ihm und sprang sofort vor, um ihm wieder einen Hieb in den Schwanz zu versetzen. Seine Schulter schmerzte, doch der Wille zu überleben war größer und so gelang es Garvis schließlich mit einem Hieb, in den er all seine Kraft legte, den Schwanz des Wächters abzutrennen. Dieser brüllte vor Schmerz ohrenbetäubend auf und schlug mit einer seiner Klauen nach Garvis. Der erfahrene Kämpfer machte reaktionsschnell einen Ausfallschritt und stach mit seinem Schwert in die Unterseite der Pranke. Das machte das Monster noch rasender und es erhob sich wieder in den Himmel.

»Das wird dir alles nichts nützen, Sterblicher!«, schrie der Wächter aus der Luft herab. »Mein Stachel hat dir ein Gift injiziert, welches dich innerhalb weniger Stunden zur Strecke bringt! Du siehst also, der Kampf ist bereits entschieden!« Ein diabolisches Lachen erklang aus seiner Kehle und er zog eine weite Bahn über das Plateau.

»Der Kampf ist erst vorbei wenn ich nicht mehr auf den Beinen stehe, aber vorher werde ich dich vernichten!« Garvis gab sich alle Mühe, seine Stimme stark und kraftvoll klingen zu lassen, konnte jedoch ein leichtes Zittern nicht unterdrücken. Er war von der Attacke seines Gegners zu stark geschwächt.

So sehr er sich auch bemühte noch länger auf den Beinen zu bleiben, Garvis konnte nicht mehr genügend Kraft aufbringen und knickte ein.

»Ah, das Gift scheint schon zu wirken!«, erschallte es schadenfroh von oben.

Im nächsten Moment kam der Wächter wieder angeflogen, um Garvis den Rest zu geben.

Dieser war einfach nicht mehr in der Lage sich noch großartig zur Wehr zu setzen. Kraftlos hob er das Schwert, doch die Pranke des Ungetüms erwischte in mit voller Härte.

Garvis flog durch die Luft und rollte auf die weiße Treppe zu. Der Wächter setzte nach und stieß sein Opfer die Stufen hinab in den Nebel. Noch während er fiel verlor Garvis das Bewusstsein… oder schied er schon ins Reich der Toten?

Das Monster wandte sich mit einem zufriedenen Schnauben ab und verschwand wieder dorthin wo es hergekommen war.

Garvis fiel und fiel. Er wusste nicht zu sagen wo oben und unten war. Der Nebel verschluckte ihn voll und ganz und wurde scheinbar eins mit ihm. Er fühlte keine Schmerzen als er auf die Stufen aufschlug. Es war, als würde er schweben und alles Weltliche hätte seine Bedeutung verloren. Garvis war sich sicher auf dem Weg ins Reich der Toten zu sein und bald Pândrâs dem Weisen gegenüber zu stehen. Egal in welche Richtung er blickte, er sah nichts als Nebel und die weiße Treppe unter sich. War es vielleicht doch noch nicht ganz um ihn geschehen? Er wusste es nicht zu sagen und fiel immer tiefer und tiefer, ohne auch nur das geringste Gespür für Wirklichkeit und Fiktion. Es wurde schwarz um ihn herum.

Ein letztes Glitzern und Rauschen und die Dunkelheit hatte ihn vollends verschluckt.

Die Sonne war bereits am Untergehen und eine laue Sommernacht kündigte sich in der Steppe an. Es würde eine ruhige Nacht werden. Alles lag friedlich da und nichts zeugte von all den Veränderungen und anderen Dingen die in Paradón vor sich gingen. Hier gab es nichts als Natur. Mit Ausnahme der einsam wandernden Gestalt am Horizont.

Nachdem die Orks die Pferde abgeschlachtet und sich mit Proviant versorgt hatten, unterließen sie nichts, um ihre Spuren zu verwischen. Als sie am Wasserloch beim Helion waren, rochen sie die Präsenz eines oder mehrerer menschlicher Verfolger und da ihre Meister ihnen befohlen hatten, ohne großes Aufsehen zurückzukehren, hielten sie sich auch penibel genau daran. Nur zu gut war ihnen noch in Erinnerung, was mit der letzten Einheit passierte die sich nicht daran hielt.

Nachdem die Orks alle Spuren beseitigt hatten, die auf die Richtung schließen ließen die sie einschlugen, herrschte Aufbruchstimmung.

Als sie einige Meilen weit durch die Steppe Richtung Norden gezogen waren, entdeckten sie am Horizont eine sich langsam nähernde Gestalt.

Weit und breit war nichts als Steppe und die Person schien allein zu sein. Daher beschlossen die Orks ihrer Mordlust nachzugeben. Sie fürchteten nicht den Zorn ihrer Meister. Wer sollte schon davon erfahren, wenn in der Steppe ein einsamer Wanderer gelyncht wurde.

Voller Vorfreude auf das anstehende Gemetzel stürmten die Orks mit wilden Kriegsschreinen auf den wulstigen Lippen auf die Gestalt am Horizont zu.

Es war zwar nur ein Gegner für fünfzehn mordlustige Orks, aber die Tatsache, dass jeder von ihnen derjenige sein könnte der den Mord beging trieb sie an.

Dann war die Meute heran. Nun konnten sie erkennen, auf wen sie es abgesehen hatten. Es war ein Mensch, gehüllt in einen braunen Ledermantel, der mit etlichen Schnallen versehen war. Sein hellblondes kurzes Haar wehte leicht im Wind. Der Mann war noch recht jung und seine Statur ließ ihn wenig bedrohlich erscheinen. Dennoch, etwas an ihm war sehr respekteinflößend, oder zumindest rief es Verwunderung beim Gegenüber hervor.

Das war den Orks jedoch einerlei. Sie sahen ihn und machten sich bereit ihn in seine Bestandteile zu zerlegen.

Ein oranges Leuchten und schon lag jemand in seinem eigenen Blut in der Abendsonne der Steppe. Doch es war nicht der Wanderer. Die Orks merkten gar nicht wie ihnen geschah und schon gingen vier weitere Scheusale aufgeschlitzt zu Boden!

Nachdem die Verwunderung überwunden war, hieben und stachen die anderen Orks wie wild um sich.

Der Kampf war so schnell vorbei wie er begonnen hatte. Er endete allerdings anders als die Orks sich das erhofft hatten, denn von ihnen war kein einziger mehr am Leben!

Der Mann mit dem braunen Ledermantel wischte sein Schwert an der Kleidung eines toten Scheusals ab und die orange Klinge mit den scharfen Zacken auf der Oberkante glänzte majestätisch in den letzten Sonnenstrahlen des Tages.

Dann brach auch schon die Nacht herein und die Steppe wurde wieder zu jenem ruhigen und friedvollen Ort, welcher sie noch zuvor war. Nichts erinnerte an das was geschehen war, bis auf die fünfzehn brutal abgeschlachteten Orks an denen sich schon bald die Geier gütlich tun würden.

Der Mann mit dem Ledermantel hingegen ging unbeirrt weiter.

Die Sonne brannte ihm ins Gesicht und sein Körper fühlte sich ausgedörrt und leer an.

Seine Augen brannten und er hatte das Gefühl, als wären alle Knochen in seinem Leib gebrochen. Er konnte weder nicht einschätzen wie lange er hier schon lag, noch ob er noch lebte oder schon tot war.

Als Garvis die Augen aufschlug fand er sich inmitten der Steppe wieder. Er brauchte einige Zeit, um sich zu erinnern was passiert war. Nach seinem Kampf mit dem Wächter konnte er sich an nichts erinnern. Da fiel ihm ein, was das Ungeheuer über das Gift sagte und fasste sich sofort an seine Schulter. Dort war ein frischer Verband angebracht worden.

Erst jetzt sah sich Garvis um und entdeckte nicht weit von sich entfernt einen Mann im Gras sitzen, der ein seltsames oranges Schwert in seinen Händen hielt.

Der Mann saß sehr aufrecht und konzentriert da, so als könne ihn nichts aus der Ruhe bringen. Sein brauner Ledermantel war mit etlichen Schnallen versehen, er trug eisenbeschlagene Stiefel und hatte gut ein halbes Dutzend Ringe in seinem linken Ohr.

Als er merkte, dass Garvis wach war, erhob er sich langsam aus seiner Sitzposition und kam zum ihm herüber. Der Mann wirkte wenig bedrohlich. Es umgab ihn aber eine eigenwillige Präsenz von Ehrfurcht und Respekt. Er war noch recht jung und doch zeigten seine Gesichtszüge, dass er wohl schon so manchen Schicksalsschlag in seinem Leben hinnehmen musste.

»Ah, bist du endlich doch noch aufgewacht!« Der Mann lachte, fuhr sich durchs Haar und kniete vor Garvis' Lager nieder. »Ich dachte schon du würdest nie mehr aufwachen. Als ich dich gefunden habe hielt ich dich erst schon für tot«

»Wo bin ich?«, wollte Garvis wissen, noch immer am Ende seiner Kräfte.

»Du bist inmitten der Steppe, südöstlich des Helion. Ich fand dich an dessen Fuße. Was ist dir denn dort nur widerfahren?«

»Ich weiß es nicht, jedenfalls nicht mit Sicherheit. Alles woran ich mich erinnern kann ist, dass ich durch die Barriere gesogen und von einem riesigen Ungeheuer angegriffen wurde. Danach kann ich mich an nichts erinnern.«

»Was? Du hast die Barriere durchbrochen? Das ist unmöglich! Nur Magier können sie passieren, jeden anderen würde sie einfach in seine Bestandteile auflösen.«

»Dann hatte ich wohl besonderes Glück.« Garvis scherzte mit Galgenhumor.

»Das kann man wohl sagen«, entgegnete der Mann. »Aber reden wir später. Erst einmal musst du wieder zu Kräften kommen!«

Ohne eine Antwort abzuwarten wandte er sich ab und widmete sich wieder seinem Schwert.

Irgendetwas stimmte nicht mit ihm, da war sich Garvis sicher. Hatte er nicht ein loderndes Feuer im Auge des Mannes gesehen? Dessen war er sich nicht ganz sicher. Sein Geist war noch stark vernebelt. Immerhin taten ihm sämtliche Knochen im Leib weh und sein Kopf fühlte sich an, als würden ein Dutzend Zwerge wie wild auf ihre Ambosse einschlagen.

Als Garvis wieder erwachte war es bereits Abend. Mühsam versuchte er sich aufzurichten.

Der Mann mit dem Schwert saß immer noch an der gleichen Stelle. Er hatte ein Feuer entfacht und es roch nach gebratenem Fleisch.

»Wie geht es dir?«, fragte er vom Feuer aus.

»Schon etwas besser«, entgegnete Garvis. »Aber es wird wohl noch eine Weile dauern bis ich mich wieder anständig bewegen kann. Zumindest schmerzt meine Schulter nicht mehr so sehr.«

»Deine Schulter… hmm, allerdings. Es gibt mir ein wenig zu denken. Die Wunde sah aus, als wärst du vergiftet worden.«

»Das sagte auch das Monster, welches mich angriff. Es nannte sich selbst *Wächter des Helions*«.

»Dann hast du wohl größere Schwierigkeiten als ich dachte«, sagte der Mann und wandte sich um. Er ging auf Garvis zu und diesmal war sein brennendes Auge eindeutig zu erkennen. Garvis war sich nun sicher, dass es keine Einbildung war, verhielt sich aber ruhig. Der Fremde machte nicht den Eindruck als würde er ihm etwas antun wollen und selbst wenn, er hätte schon lange die Möglichkeit gehabt ihn umzubringen. Das beruhigte Garvis ein wenig.

Das Auge des Mannes unterschied sich kaum von jedem anderen. Der Unterschied lag darin, dass es schien, als würde statt seiner Iris ein brodelndes Feuer darin wohnen. Sein anderes Auge war mit seiner braunen Farbe dagegen so gewöhnlich wie jedes andere auch.

Garvis fragte sich zunehmend, was es mit dem Fremden auf sich hatte und bemerkte dabei nicht, wie er ihn anstarrte.

»Du fragst dich sicherlich weshalb ich das brennende Auge in mir trage?«, sagte der Mann plötzlich völlig unerwartet.

»Ich werde es dir erklären, aber zunächst müssen wir uns um deine Wunde kümmern. Wenn das Gift tatsächlich von diesem Wächter stammt, dann haben wir keine Zeit zu verlieren.«

»Wie schlimm ist das Gift?« Garvis war nun doch etwas mehr besorgt. So wie der Fremde sprach, schien er mehr darüber zu wissen als er durchscheinen ließ.

»Das Gift hätte dich normalerweise schon längst töten müssen. Es ist schon fast ein Wunder, dass du überhaupt noch lebst. Nun müssen wir schnell handeln, wenn du noch länger auf dieser Welt weilen willst! Das Gift des Wächters ist nicht natürlichen Ursprungs. Es ist, wie der Wächter selbst, durch Magie entstanden. Deshalb können normale Heilkräuter, wie ich sie bei mir habe, das Gift nicht aufhalten. Nur ein Magier mit viel Erfahrung kann dich noch retten. Das heißt, wenn du Glück hast und das Gift noch nicht deinen ganzen Körper durchtränkt hat!«

»Das ist ja nicht gerade ermutigend!« Garvis empfand es schon fast als Ironie, wie er von einer Misere in die andere geriet.

»Wo sollen wir denn mitten in der Steppe einen Magier finden?«, fragte er deshalb etwas entmutigt.

»Etwas weiter im Südosten lebt Meister Torgadol, der Herr der Winde. Er ist ein sehr weiser und erfahrener Mann, der großes Ansehen genießt. Ich wäre bereits dorthin aufgebrochen, doch ohne Pferde müssen wir es zu Fuß bis zur nächsten Ansiedlung schaffen.«

»Woher weißt du all diese Dinge? Wer bist du?« Garvis wunderte sich über das viele Wissen welches der noch recht junge Mann mit dem brennenden Auge hatte. Alles an ihm schien irgendwie sonderbar und auch ein wenig trügerisch. Garvis war sich sicher, wer diesen Menschen unterschätzte würde eine böse Überraschung erleben.

»Mein Name ist Norgal Vard. Ich gehöre in gewisser Weise zu den Ignis Vylátu und mein Wissen über den Wächter habe ich aus diesem Almanach.« Er zeigte auf ein Buch, welches auf dem Rucksack mit seiner Ausrüstung lag. »Für mehr Erklärungen haben wir keine Zeit, wenn wir wollen, dass du überlebst. Wenn du stark genug bist aufzustehen, sollten wir sofort aufbrechen.«

»Ich heiße Garvis«, erwiderte er und stemmte sich mühsam hoch, doch er war hart im Nehmen und schon bald einigermaßen sicher auf den Beinen.

Sie rafften ihre Sachen zusammen und machten sich auf den Weg nach Südosten.

In der Hoffnung Pferde aufzutreiben, gingen sie zunächst Richtung der kleinen Steppenstadt Laza. Sie war der wichtigste Umschlagplatz der Steppe und Anlaufstelle für jeden Reisenden, der die Ost- oder Westseite Paradóns erreichen wollte.

Nach einem kräftezehrenden Marsch lag die Ansiedlung bald nur noch wenige Meilen vor ihnen und vielleicht würden sie diese noch vor der Morgendämmerung erreichen.

Die Steppe war zum Glück ein Ort, in welchem man sich gut aufhalten konnte, ohne all zu großen Temperaturschwankungen unterworfen zu sein. So schafften Garvis und Norgal es, so gut es mit Garvis' Verletzungen ging, relativ zügig voran zu kommen. Auch wenn sich seine Knochen anfühlten, als seien sie gebrochen, waren es zum Glück nur einige stärkere Prellungen.

So erreichten sie Laza tatsächlich noch vor der Morgendämmerung. Niemand war auf den Straßen zu sehen und der Ort lag friedlich, in Erwartung des anbrechenden Tages, vor ihnen. Anders als die großen Städte des Reiches, umgab Laza keine Mauer. Der Ort war frei von allen Seiten zugänglich.

Garvis' Zustand war wieder schlechter geworden. Das Gift verbreitete sich durch die ständige Bewegung zunehmend schneller.

Norgal machte sich sofort daran ein Wirtshaus der Stadt aufzusuchen. Garvis ruhte sich unterdessen auf einer Bank am Wegesrand aus. Die beiden benötigten um jeden Preis Pferde, wenn der Verwundete den nächsten Tag noch erleben wollte.

Nichts rührte sich in der Ortschaft, nur vereinzelt hörte man einen Hund bellen.

Die Pension war nicht groß, doch es schien einen Stall zu geben. Norgal klopfte an die Tür des Gebäudes und nach kurzem Warten wurde sie von einem mürrischen Wirt geöffnet.

»Was wollt Ihr denn hier zu solchen Uhrzeiten?«, fragte der Mann sichtlich verärgert darüber, schon so früh aus dem Bett gerissen worden zu sein.

»Wir wollen Euch nicht lange aufhalten, geehrter Herr«, sagte Norgal betont höflich. »Wir benötigen nur zwei Pferde, dann brechen wir auch sofort wieder auf.«

»Ah, warum sagt Ihr das nicht gleich, werter Herr.« Ein listiges Funkeln flammte in den Augen des Wirtes auf. »Dann kommt mal mit, ich denke, ich habe da zwei erstklassige Gäule für Euch!«

Er streifte sich einen Mantel über sein Schlafgewand und kam aus dem Haus.

Als der Wirt das Tor zur Scheune öffnete und mit einer Lampe hineinleuchtete, sah Norgal zunächst nirgendwo Pferde.

Doch der Wirt ging ganz nach hinten und kam mit zwei prächtigen Tieren zurück.

»Ich denke diese beiden sind genau das Richtige für Euch, sofern Ihr sie euch leisten könnt!« Der Wirt grinste verschmitzt.

»Macht Euch darüber keine Sorgen, Herr Wirt. Ich werde den Preis schon zahlen.«

Norgal war sich sicher, der Mann würde eine horrende Summe verlangen, doch Garvis' Leben ging vor. Er sollte Recht behalten, der Mann verlangte mindestens das Doppelte, was die Tiere wert waren, doch Norgal zahlte ohne lange Verhandlungen. Die Zeit war zu knapp und sie mussten sich beeilen, um zum Herrn der Winde zu gelangen.

Nachdem die Pferde bezahlt waren, ging Norgal zu Garvis zurück. Dieser war auf der Bank eingeschlafen und reagierte fast nicht auf Norgals Versuche ihn ins Hier und Jetzt zu holen.

Erst eine Ladung Wasser aus der Wasserflasche brachte ihn wieder vollends zu sich.

Sie setzen auf und ließen Laza wieder hinter sich.

Sie waren schon eine ganze Weile unterwegs als Norgal sagte: »Wir werden seit geraumer Zeit verfolgt!«

Das fuhr Garvis durch Mark und Bein. Trotz seines Fiebers verstand er die Worte klar und deutlich. Die Verfolger, vor denen er nach Mauradin geflüchtet war, hatte er schon fast vergessen.

»Wo sind sie?«, fragte er schwach. Das Gift ergriff immer mehr Besitz von seinem Körper. Die Farben der Umgebung verschwammen und er sah überall bunte Punkte.

»Sie sind noch weit außer Sicht, kommen aber rascher voran als wir.«

»Wie kannst du dann wissen, dass wir verfolgt werden?«

Norgal zeigte auf sein brennendes Auge. »Das Feuer in meinem Auge verleiht mir die Kraft zur Fernsicht. Ich habe sie schon länger bemerkt, allerdings sind sie noch zu weit entfernt, um genauere Details zu erkennen.«

Es müssen die gleichen sein, die mich seit Raskatan verfolgen, dachte sich Garvis, beschloss allerdings zu schweigen, um unnötige Unruhe zu vermeiden.

»Wenn wir das Tempo etwas anziehen, sollten wir es schaffen rechtzeitig beim Herrn der Winde zu sein, bevor sie uns zu nahe kommen. Meinst du, du schaffst es schneller zu reiten?«

»Habe ich denn eine Wahl?«

Garvis grinste verwegen und setze dem Pferd die Sporen. Mühsam hielt er sich im Sattel, während ihm der Schweiß in Strömen den Körper hinab rann.

Nachdem sie fast den ganzen Tag über ohne Rast geritten waren, sahen sie in naher Ferne die nordwestlichen Hügelketten des Sturmgebirges. Der Herrschaftssitz des Herrn der Winde war nun nicht mehr all zu weit entfernt. Von den Verfolgern fehlte noch immer jede Spur.

Auch als die beiden die Steppe hinter sich ließen und die ersten Ausläufer des Gebirges passierten, änderte sich daran nichts.

Garvis war mittlerweile am Ende seiner Kräfte. Er hing mehr im Sattel als dass er saß.

»Wo ist nun dieser Torgadol?«, fragte er Norgal mit zitternder Stimme. Es war ein Wunder, dass er nicht vom Pferd fiel.

»Es ist nicht mehr weit. Wir müssen nur noch diesen Berg hoch. Dort oben kannst du schon seine Feste ausmachen.« Norgal zeigte am Hang hinauf zu einer kleinen Burg mit einem großen Turm in der Mitte.

Garvis hob mühsam den Kopf: »Da soll ich hoch? Das ist unmöglich, ich kann mich ja jetzt schon kaum noch im Sattel halten.«

»Du musst es versuchen. Es sieht weiter aus als es ist.«

Da kippte Garvis zur Seite und schlug hart auf dem felsigen Untergrund auf.

Sofort sprang Norgal vom Pferd und eilte zu ihm. Garvis hatte das Bewusstsein verloren und eine leichte Wunde am Kopf davongetragen.

Ohne zu zögern machte Norgal sich daran, den Bewusstlosen auf sein Pferd zu binden. Er wusste, dass nun jede Sekunde zählte. Schnell nahm er die Zügel von Garvis' Pferd und bestieg sein eigenes. Ein letztes Mal spornte er die Tiere an und preschte den Berg hinauf.

Je näher sie der Feste kamen, desto stärker wurde der Wind. Orkanartige Böen fegten stellenweise über sie hinweg und Norgal hatte alle Mühe die Tiere weiter anzutreiben.

Vor der Burg des Magiers angekommen rief er mit voller Kraft: »Meister Torgadol! Meister Torgadol, seid Ihr da?« Doch es kam keine Antwort.

»Herr der Winde, ich flehe Euch an. Bitte gebt Euch zu erkennen, wir brauchen Eure Hilfe!«

Doch der Magier zeigte sich nicht und der immer stärker werdende Wind machte die Verständigung zusehends schwieriger. Als der Wind schon so an Intensität zugenommen hatte, dass Norgal dachte, er würde jeden Moment den Boden unter den Füßen verlieren, kam eine Windhose auf sie zu. Doch statt, wie zu erwarten, über sie hinwegzufegen und die Gefährten in den sicheren Tod zu schicken, stoppte die Windhose vor ihnen, ehe sie davon erfasst wurden. Sie nahm noch immens an Stärke zu, jedoch ohne diese Kraft nach außen abzugeben, nur um sich plötzlich in Nichts aufzulösen. Anstelle der Windhose war nun ein alter Mann mit grauem Umhang und grauem Bart zugegen. Die Kleidung war schlicht und unterschied sich kaum von der Umgebung. Seine kurzen Haare standen in krassem Gegensatz zu seinem lagen Bart.

»Ihr habt nach mir verlangt?«, fragte er Ehrfurcht gebietend.

»Seid gegrüßt, Meister Torgadol, Herr der Winde. Dieser Mann hier wurde mit dem Gift des Wächters des Helions infiziert. Meister, wir benötigen Eure Hilfe, wenn er überleben soll. Es steht sehr schlecht um ihn!« Norgal brüllte gegen den Wind an, der mit aller Gewalt versuchte seine Worte zu verschlucken.

»Der Wächter des Helion… so so… das ist unmöglich… oder etwa doch?!« Torgadol schien alles andere als in Eile zu sein, dem Verwundetem zu helfen.

»Ich kann es nicht mit Bestimmtheit sagen, Meister, jedoch sieht die Wunde sehr schlimm aus und keine mir bekannten Heilkräuter haben angeschlagen. Ich bitte Euch, helft ihm!«

»Nun gut, mein junger Freund, Ihr tragt das Mal des Feuers und die Insignien der Ignis Vylátu mit Euch. Ich bin gewillt diesem Mann zu helfen.«

Torgadol machte eine flüchtige Handbewegung und der Wind sprengte die Tore zur Burg auf.

»Bringt ihn hinein, den Rest erledige ich. Und wehe Ihr stört mich dabei!«

Norgal gehorchte ohne lange nachzudenken und führte die Pferde durch die Tore. Kaum waren sie hindurch, schlossen sich die großen Flügel wie von Geisterhand und der Wind vor der Burg nahm so an Stärke zu, dass es nicht mehr möglich war näher an die Mauern heranzukommen.

Der Magier band Garvis von seinem Pferd und trug ihn auf beiden Händen ein paar Schritte in Richtung des großen Turmes in der Mitte der Burg.

»Wartet unten im Turm auf mich!«, sagte der Herr der Winde über die Schulter zu Norgal, bevor er sich in einen Wirbel aus Luftströmen verwandelte und mit Garvis bis in die oberste Etage des Turmes flog.

Norgal tat wie ihm befohlen. Er band die Pferde an und ging auf die Tür im Turm zu. Dabei fiel ihm auf, dass die Burg aus kaum mehr bestand als dem Turm in der Mitte und den Mauern, die ihn umgaben. Es gab lediglich noch ein paar Schuppen und einen kleinen Anbau an der Rückseite.

Die Tür zum Turm und das Gestein waren wie von tausend Klingen gezeichnet, doch Norgal war sich sicher, dass dies keine Klingen sondern der Wind angerichtet hatten.

Voller Ungeduld setzte er sich in einen Sessel vor den Kamin. Alles im unteren Teil des Turmes erinnerte an eine Empfangshalle und da Torgadol ihm ausdrücklich befohlen hatte, sich nur dort aufzuhalten, blieb Norgal nichts anderes übrig als zu warten.

Nachdem er nun schon eine Zeit lang wartete und nichts geschah, ging er nach draußen, um nach den Pferden zu sehen. Er reichte den Tieren Wasser und fühlte sich etwas schlecht, sie in der Hektik vergessen zu haben. Als er die Pferde versorgt hatte, ging er zurück in die Eingangshalle des Turmes und wartete weiter auf Torgadol.

Es war schon spät, als der Magier endlich auftauchte.

»Wie geht es Garvis?«, erkundigte sich Norgal sofort nach dem Zustand.

»Das Gift ist tief in seinen Körper vorgedrungen. Ich hatte alle Mühe die Ausbreitung aufzuhalten, aber ich denke, Euer Freund wird es überstehen. Er ist ein sehr zäher Mann.«

»Dann bin ich ja beruhigt!«

»Ihr müsst Euch wohl sehr nahe stehen, so wie Ihr Euch um in sorgt.«

»So kann man das nicht sagen, ich kennen ihn erst seit Kurzem, jedoch scheint er ein anständiger und aufrichtiger Mensch zu sein. Bei dem ganzen Leid das in der Welt herrscht, sollten die Guten nicht einfach so sterben.«

»Das ist eine löbliche Einstellung, mein Freund mit dem flammenden Auge!«

»Oh verzeiht, Meister, ich habe mich ja noch gar nicht vorgestellt. Mein Name ist Norgal Vard und ich stehe im Dienste der Ignis Vylátu«, erklärte sich Norgal schnell. Er wollte den Magier auf keinen Fall verärgern.

»Eure Insignien haben Euch bereits ausgewiesen. Doch Ihr seht nicht aus wie der Rest der Ignis Vylátu den ich kenne.«

»Das liegt daran, dass ich nicht im Orden selbst tätig bin. Ich bin kein Mönch, sondern ihre Augen und Ohren in Paradón.«

»Ihr habt wirklich Glück, dass Ihr bis zu meiner Feste gekommen seid. In diesen Tagen verirrt sich nur noch selten jemand in diese Gegend. Die Einzigen, welche sich hierher wagen, sind irgendwelches Gesindel. Die Winde, die dank der vielen Klüfte hier im Sturmgebirge herrschen, sind unberechenbar für Normalsterbliche.«

»Ich bin Euch wirklich sehr dankbar, Meister. Ohne Eure Hilfe wäre Garvis nun sicher schon tot.«

»Das ist vermutlich richtig. Doch macht Euch keine Sorgen, er wird es schaffen. Er braucht nur ein paar Nächte Ruhe und einige magische Behandlungen.«

Der Herr der Winde und Norgal saßen noch bis spät in die Nacht in der Eingangshalle in gemütlichen Sesseln und unterhielten sich. Meister Torgadol erzählte von seinen Forschungen über den Wind und die Sterne. Er berichtete Norgal von seinem Observatorium im Dachgeschoss des Turmes, den schneidenden Winden und klärte ihn über die Besonderheiten des Sturmgebirges auf. Mit seinen vielen Schluchten und Klüften war es der ideale Nährboden für starke Winde. Das Gebirge an sich bot einige Eigenheiten, die kein anderes auf ganz Apygárda teilte. Die äußeren Gipfel waren höher als die inneren und bildeten eine Art natürliche Wand. Torgadol erklärte, dass durch die heiße Südluft und die kühlere Luft hier im Gebirge derartige Winde entstanden, wie es sie nirgends sonst gab. Durch die hohen Außengipfel konnten die Stürme das Gebirge jedoch nicht verlassen und brauten sich regelmäßig zu starken Orkanen zusammen. Es war der ideale Ort für die Windforschung.

Norgal berichtete im Gegenzug, was in Paradón und den angrenzenden Ländern vor sich ging und klärte den Magier über die verschiedensten Veränderungen im Land auf. Torgadol hatte sein Gebirge schon seit etlichen Zyklen nicht mehr verlassen, um sich ganz seinen Forschungen widmen zu können und war deshalb besonders daran interessiert, was es an Neuigkeiten auf Apygárda gab.

Schließlich sagte Torgadol: »Es ist spät geworden, mein junger Freund. Ihr solltet Euch ein wenig Ruhe gönnen. Im vierten Stockwerk ist ein Schlafraum, in dem ihr übernachten könnt. Ich führe Euch hin und morgen zeige ich Euch mein Observatorium, wo sich auch Euer Freund befindet.

Der Herr der Winde führte Norgal in den Raum, in welchem er schlafen sollte. Es war ein größeres Zimmer, schlicht eingerichtet, doch zum schlafen reichte es.

Von Erschöpfung wie geplättet, ließ sich Norgal auf das Bett fallen und schlief schnell ein. Das Schwert, die Stiefel und sein Mantel waren das Einzige, was er noch ablegte.

Der Morgen graute und Garvis wand sich auf seinem Lager. Er hatte in der Nacht noch stärkeres Fieber bekommen. Seit er vom Pferd gefallen war hatte er das Bewusstsein nicht wiedererlangt. Trotz des Fiebers erwachte Garvis jedoch im Morgengrauen des nächsten Tages. Er sah über sich eine Holzdecke, die in der Mitte spitz zulief wie das Dach eines runden Turmes. Etwas weiter links von ihm ging eine Wendeltreppe durch das Dach und Garvis konnte durch die offen stehende Luke einen Teil eines großen Fernrohres sehen. Zuerst verwirrt darüber, wo er sich befand, fiel es ihm schließlich doch wieder ein. *Ich muss beim Herr der Winde sein,* dachte er sich. Zu mehr war er nicht fähig, das Fieber lähmte seinen Verstand und nach wenigen Augenblicken verlor er auch wieder das Bewusstsein.

Die Gestalt an der Tür hatte Garvis nicht wahrgenommen. Mit einem wachsamen Auge betrachtete Torgadol ihn. »Er ist wirklich zäh, dieser Bursche...«

Der Meister kratze sich nachdenklich am Hinterkopf und verließ sein Observatorium.

Als Norgal nach unten in die Eingangshalle kam, da er nicht wusste wo er sonst hingehen sollte, erwartete ihn der Meister bereits.

»Guten Morgen, mein Freund«, begrüßte ihn der Magier freundlich. »Habt Ihr gut geschlafen?«

»Guten Morgen, Meister Torgadol! Der Schlaf war in der Tat recht erholsam, nochmals herzlichen Dank für Eure Gastfreundschaft.«

»Schon gut, mein Freund. Mich besuchen selten Menschen. Unser Gespräch letzte Nacht hat die Zweifel, die ich hegte aus dem Weg geräumt.«

»Das freut mich zu hören, Meister. Ich weiß Euer Vertrauen zu würdigen und werde Euch nicht enttäuschen, da seid Euch gewiss!«

»Nun denn, wollen wir frühstücken!« Der Herr der Winde schmunzelte.

Sie gingen in die zweite Etage des Turmes. Dort befand sich die Küche und Norgal war erstaunt, als Meister Torgadol sich daran machte ein Frühstück zuzubereiten.

»Ein Magier der kocht?«, fragte er ungläubig.

Der Herr der Winde grinste breit: »Eine geheime Leidenschaft. Es hilft mir dabei mich abzulenken!«

Er servierte ein reichhaltiges Mahl und Norgal griff genüsslich zu.

»Wenn Eure magischen Künste so gut sind wie Eure Kochkunst, dann seid ihr wahrlich ein begnadeter Magier!«

»Es freut mich, wenn es Euch schmeckt.«

»Wisst Ihr schon wie es Garvis geht?«

»Er hat starkes Fieber, aber das ist gut, denn es zeigt, dass sein Körper sich gegen das Gift wehrt. Ihr seid im letzten Moment zu mir gekommen. Etwas später und es wäre um ihn geschehen.«

Torgadol aß einen Happen und meinte weiter:

»Ich habe noch nie jemanden gesehen, der das Gift des Wächters überleben konnte, nachdem es in einem solchen Stadium war. Euer Freund ist etwas Besonderes. Irgendetwas umgibt diesen Mann, ich bin mir nur nicht im Klaren darüber, was es ist. Doch ich spüre eine deutliche Präsenz.«

»Ich weiß was Ihr meint. Als ich ihn fand habe auch ich es sofort wahrgenommen.«

Sie aßen zu Ende und gingen dann die lange Treppe nach oben ins Observatorium.

Garvis lag noch immer schlafend da. Seine Stirn war klitschnass vom Schweiß und sein Atem ging gepresst.

Torgadol ging zu ihm hinüber und legte einen frischen, feuchten Lappen auf seine Stirn. Bei der Berührung flammte ein kurzes blaues Leuchten auf.

»Er wird noch eine Weile schlafen, bevor er zu sich kommt«, meinte der Meister.

»Währenddessen zeige ich Euch am besten mein Observatorium, welches mir zugleich auch als Labor dient. Seht Euch ruhig um und wenn Ihr Fragen habt, bin ich gerne bereit sie Euch zu beantworten, sofern ich es vermag und meine Forschung es zulässt.«

Norgals Blick streifte durch das Labor und er sah etliche seltsame Gerätschaften, doch erst als sein Blick auf die Wendeltreppe fiel und er durch die Luke einen Teil eines großen Fernrohres erblickte, fragte er Meister Torgadol: »Was erforscht ihr denn damit?«

»Mit Hilfe dieses Gerätes kann man die Weiten des Himmels erforschen und die Sterne betrachten. Es hilft mir dabei ein besseres Bild von der Welt zu bekommen und was sich außerhalb davon verbirgt.«

»Interessant, solch ein Gerät habe ich noch nie gesehen. Wie ist es möglich damit bis zu den Sternen zu sehen?«

»Es hat eine sehr starke Linse, ein speziell geschliffenes Glas, und zusätzlich habe ich es mit Magie versehen. Ein Sturm herrscht in ihm, welcher eine Art verstellbare Fernsicht zulässt, indem er kleinste Partikel geschliffenen Glases so anordnet, dass sich eine beliebige Vergrößerung erzeugen lässt. Es eignet sich allerdings nur für den Himmel und doch verleiht es mir die Möglichkeit mehr zu sehen als jeder andere auf Apygárda.«

»Faszinierend, ich hätte es nie für möglich gehalten, dass mit Wind und Sturm so etwas möglich ist.«

Norgal sah sich noch genauer im Labor um, während sich Torgadol um Garvis kümmerte.

Nachdem er versorgt war, unterhielten sich Norgal und der Herr der Winde noch lange über die verschiedensten Themenbereiche.

»Meister, ich weiß nicht, ob Ihr es schon wisst, aber bevor wir Euch erreichten, nahm ich wahr, dass wir verfolgt wurden. Meine Fernsicht reichte jedoch nicht aus, um zu erkennen von wem. Garvis konnte mir leider auch keine Auskunft geben, obwohl ich mir sicher bin, dass er mehr wusste, als er gesagt hatte«, erzählte Norgal.

»Hmm...«, machte der Herr der Winde. »Ich habe sie nicht gesehen. Ich war den ganzen Tag draußen und damit beschäftigt einige Kräuter für meine Forschungen zu sammeln. Aber ich denke, ich kann Euch beipflichten, mein Freund. Dieser Garvis scheint noch so manches in sich zu tragen, von dem wir nichts wissen.«

»Allerdings! Es gibt einiges an ihm, was mein Interesse geweckt hat und deshalb habe ich beschlossen ihn nach seiner Genesung zu begleiten. Ich bin mir sicher, es wird sich lohnen.«

Garvis erlangte mit den Tagen immer öfter das Bewusstsein. Sein Fieber hatte sich gesenkt und er fühlte sich schon wesentlich besser. Nach etwas mehr als einer Woche war er bereit aufzustehen und schon bald kam die Zeit des Abschieds vom Herrn der Winde. Norgal fiel es besonders schwer, da er sich mit dem alten Magier mittlerweile hervorragend verstand. Diese gegenseitige Sympathie blieb auch Garvis nicht verborgen.

Bevor sie jedoch den Turm und das Sturmgebirge verließen, bestand der Herr der Winde darauf, noch ein köstliches Mahl zuzubereiten und den Abschied zu begießen. Das konnten Norgal und Garvis natürlich nicht ausschlagen und so genossen die beiden die Kochkunst des Magiers ein letztes Mal.

Die Verabschiedung war sehr herzlich und Meister Torgadol war deutlich anzusehen, dass er seine Gäste vermissen würde. Er hatte nicht oft Gesellschaft in seinem Turm und auch dann war sie selten so angenehm wie die von Garvis und Norgal.

Der Meister ließ es sich nicht nehmen, den beiden noch reichlich Proviant mit auf den Weg zu geben und für Norgal hatte er noch ein ganz besonderes Geschenk. Er reichte ihm eine Kette mit einem kleinen Anhänger aus speziell gehärtetem Glas.

»In diesem Anhänger befindet sich ein ein Teil meiner Magie. Mir gelang es meine gebündelten Winde dort einzuschließen. Es ist mir mit Hilfe des Amuletts möglich mit Euch zu kommunizieren. Wann immer Ihr Hilfe braucht, meine Freunde, umschließt einfach den Anhänger und sprecht die Worte: *Lord éf tao vėjų audros etania!* Es wird eine geistige Verbindung hergestellt, welche uns eine Kommunikation ermöglicht!«

»Das ist zu großzügig Meister Torgadol! Ich werde es immer in Ehren bei mir tragen.« Norgal strahlte vor Freude.

»Auch ich möchte mich bei Euch für Eure Hilfe bedanken. Ohne Euch würde ich nicht mehr auf dieser Welt weilen, ich bin Euch auf ewig zu Dank verpflichtet, Herr der Winde!« Garvis bedankte sich und reichte Torgadol die Hand.

Dieser ergriff sie und erwiderte mit einem Lächeln: »Ihr werdet noch große Taten vollbringen, dessen bin ich mir sicher. Ich spüre eine große Kraft in Euch. Es wird die Zeit kommen, in der Ihr sie weise einsetzen müsst!« An beide gewandt fuhr er fort: »Nun geht, meine Freunde, und mögen Euch die Winde auf Euren Wegen beschützen! Ihr seid jederzeit bei mir willkommen!«

»Danke Meister, wir werden Euch nicht vergessen!«

Die drei sahen sich lächelnd in die Augen. Dann verließen die beiden Gefährten den Herrn der Winde, welcher sich in einen Windstoß auflöste und sich wieder seinen Forschungen widmete.

Als die beiden die Ausläufer des Sturmgebirges erreichten, hielten sie ihre Pferde an.

»Norgal, ich bin dir sehr dankbar für deine Hilfe! Du hast mir das Leben gerettet. Ich weiß nicht, wie ich das wieder gut machen kann. Was wirst du jetzt tun?«, fragte Garvis seinen Retter.

»Du schuldest mir nichts. In der Zeit, in der du ohne Bewusstsein warst, habe ich viel mit Meister Torgadol gesprochen und bin zu dem Entschluss gekommen, dich zu begleiten, sofern es dir nichts ausmacht.«

»Du willst mich begleiten?«

»Allerdings, ich kann dich doch jetzt nicht einfach deinem Schicksal überlassen.« Norgal grinste. »Und außerdem hast du doch gehört, was der Meister gesagt hat. Großes schlummert in dir. Ich bin nicht gewillt mir das entgehen zu lassen!«

»Das freut mich zu hören, mein Freund. Dann sind wir ab sofort wohl offiziell Weggefährten.«

»Und wohin wird uns unser Weg führen?«, fragte Norgal mit einem Funkeln in den Augen.

»Als du mich am Helion fandest war ich auf dem Weg in den Wald von Amenáur. An diesem Ziel hat sich nichts geändert, auch wenn wir jetzt noch so weit im Süden sind.« Garvis sah seinen neuen Freund verwegen an.

»Also heißt unser Ziel der Wald von Amenáur! Doch bevor wir Richtung Norden gehen… ich hätte da noch etwas in Furta Allégra zu erledigen.«

»Du meinst die große Küstenstadt? Meinetwegen, wenn wir schon mal hier sind kann ich diesen kleineren Umweg von einigen Tagen wohl in Kauf nehmen. Zu zweit reist man immer noch besser als allein.« Garvis lächelte. Er konnte es Norgal nicht abschlagen, auch wenn er noch so schnell nach Raskatan wollte, um der Sache, in die er geraten, war auf den Grund zu gehen. Doch so lange er verfolgt wurde und noch nicht gänzlich genesen war, erschien es ihm sicherer, nicht allein zu reisen. Der Wald von Amenáur lief ihm nicht davon.

»Dann ist es also abgemacht. Zuerst Furta Allégra und dann der Wald von Amenáur! Auf dem Weg könntest du mich ja dann mal aufklären, was wir dort oben im Norden zu finden hoffen«, meinte Norgal und gab seinem Pferd einen sanften Stoß.

Also Furta Allégra, dachte Garvis. *Na lassen wir uns überraschen was uns dort wieder erwartet.* Bei diesem Gedanken und einem prüfenden Abtasten seiner Schulter musste er unweigerlich grinsen. Dann trieb auch Garvis sein Pferd an und folgte Norgal Richtung Südwesten.

Das Land weiter im Süden war im Gegensatz zur Steppe weitaus nicht so eintönig. Es gab etliche kleine Wälder und weite Wiesen. Die Landschaft würde sich erst wieder in Küstennähe ändern. Im Vergleich zur Steppe war die Reise in diesem Teil Paradóns weitaus angenehmer. Es gab mehrere vereinzelte Höfe und kleinere Dörfer und in den Wäldern gab es zumeist mehr Schutz vor Regen als in den Weiten der Steppe. Ein Glück für die beiden Gefährten, dass sie sich im Sommer befanden und es im Süden Apygárdas zu dieser Jahreszeit nicht all zu oft regnete.

Nach einiger Zeit erreichten Garvis und Norgal einen Hain. In dessen Mitte befand sich ein kleiner See und die Sonne schien wärmend durch das dichte Blätterdach.

»Wir sollten eine Rast einlegen«, meinte Norgal. »Die Pferde haben sich eine Pause verdient.«

Sie ritten auf den See zu und suchten sich eine geeignete Stelle, um ihr Lager aufzuschlagen.

»Hier lässt es sich aushalten«, sagte Garvis mit einem Lächeln.

»Wir sollten ein Feuer machen und etwas essen.«

Das Fleisch, welches ihnen der Herr der Winde mit auf den Weg gab, brieten sie über dem Feuer und schon bald war die Lichtung von einem Duft erfüllt, der den beiden das Wasser im Mund zusammenlaufen ließ.

Als die Dämmerung hereinbrach holte Norgal sein Schwert hervor und begann es zu polieren.

Dies erschien Garvis als der geeignete Zeitpunkt, ihm endlich die Fragen zu stellen, die ihm schon seit ihrem Aufeinandertreffen in der Steppe auf der Zunge lagen. Was hatte es mit dem Auge seines Begleiters auf sich, woher hatte er all sein Wissen über die magischen Begebenheiten und weshalb trug er dieses orange Schwert mit den Zacken?

»Kann ich dich mal etwas fragen?«, begann Garvis die Unterhaltung.

»Was gibt es denn?«

»Es gibt einige Dinge die ich nicht verstehe und wofür ich gerne eine Erklärung hätte. Ich wüsste gerne, was es mit dir und deinem brennenden Auge auf sich hat. Versteh das bitte nicht falsch, ich bin lediglich noch nie jemandem wie dir begegnet.«

»Ich kann dich verstehen und du sollst eine Erklärung bekommen. Ich gehöre zum Orden der Ignis Vylátu und diene Captha, dem Gott des Feuers. Ein Ordensbruder hat mich als kleinen Jungen allein im Wald gefunden und mich mit nach Waradan genommen. Zuerst dachte ich, sie hätten mich aus Nächstenliebe aufgenommen, doch als ich alt genug war, erkannte ich den wahren Grund.«

»Den wahren Grund?«, fragte Garvis sichtlich interessiert.

»Ja, ohne es zu wissen muss ich als kleiner Junge mit der Essenz der Flora Eklypsia in Berührung gekommen sein.«

»Die Essenz der was?«

»Flora Eklypsia, eine Pflanze die sehr selten vorkommt und normalerweise nur in den tiefsten Schluchten des Zangengebirges um Carvás Cándth beheimatet ist.«

»Carvás Cándth? Die Stadt des Grauens? Bei Pândrâs, was hat ein kleines Kind in dieser Gegend zu suchen?«

»Ich weiß es nicht«, erwiderte Norgal gedankenversunken.

Garvis sah die Unwissenheit in Norgals Gesicht und einen Ausdruck des Bedauerns.

»Ich habe nie erfahren wer meine Eltern sind. Aber der Ordensbruder erzählte mir, er habe mich in den Wäldern am Fuße der Waradankette gefunden, weshalb ich mir nicht erklären kann, wie ich mit der Essenz der Flora Eklypsia in Berührung gekommen sein soll. Doch ich bedauere nicht dem Orden anzugehören. Zwar bin ich kein Mönch, Magier oder Gelehrter und teile auch nicht all ihre Ansichten, ohne sie wäre ich jedoch vermutlich nicht mehr am Leben. Sie schulten mich in der Kampfkunst und je besser ich wurde, desto sichtbarer wurde mein brennendes Auge. Ich verspürte eine Art von Energie in meinem Körper, welche mir bisher unbekannt war. Als ich nachhakte, weshalb ich mich so verändert hatte, erklärte man mir, dass die Essenz der Flora Eklypsia bei einigen Menschen ungeahnte Kräfte freisetzt, die normalerweise im Verborgenen bleiben. Doch da der Ordensbruder, welcher mich fand, sofort erkannte was es mit mir auf sich hatte, genoss ich eine hervorragende Ausbildung und diene nun dem Orden als ihre Augen und Ohren in Paradón.«

»Das ist ja eine sehr bizarre Geschichte, mein lieber Freund. Aber weshalb trägst du solch ein Schwert. Es scheint mir eine Meisterstück der Handwerkskunst wie ich es noch nie gesehen habe«, fragte Garvis weiter. Sein Interesse an Norgal wurde immer größer.

»Mit fünfzehn Zyklen schloss ich meine Ausbildung in Waradan ab und musste eine Prüfung ablegen. Ich wurde zum obersten Abt der Ignis Vylátu gerufen. Dieser schickte mich aus in die Wüste des Bergol-Tals, um ihm von dort das Horn eines Kalachen und das tödliche Gift einer Chlach-Erùpta zu besorgen. Um diesen Gefahren zu trotzen, durfte ich mir in der Ausrüstungskammer des Ordens nehmen was ich benötigte. Dort lag auch dieses Schwert. Niemand vermochte mir zu sagen woher es kam, doch man vermutet, dass es eines der erlesenen und seltenen Anfertigungen der Beru-Handwerksmeister der Zwerge sei.«

»Du hast gegen einen Kalachen und eine Chlach-Erùpta gekämpft?« entfuhr es Garvis, der aus dem Staunen nicht mehr herauskam. Kalachen waren sehr große rinderähnliche Tiere. Sie lebten ausschließlich in der Wüste des Bergol-Tals. Sie brauchten sehr wenig Wasser und Nahrung, was die Wüste für sie ideal machte, da es dort auch kaum natürliche Feinde für sie gab. Auf ihrem Rücken trugen sie handgroße Zacken, welche in einer geraden Linie bis zum Schwanzende verliefen. Die Pflanzenfresser hatten nur ein Horn und scharfe starke Zähne, mit denen sie auch hartnäckigste Wurzeln aus dem Boden entfernen konnten. Einen Kalachen zu erlegen war aufgrund seiner Größe und Wildheit schon ein enormes Stück. Viel schwieriger war es jedoch, ein Tier von der Herde zu trennen.

Die Chlach-Erùpta war dagegen eine Schlange mit einem eigenwilligen Blütenmuster auf ihrer Haut. Sie hielt sich vornehmlich in der Nähe von Steinen oder Oasen auf. Näherte sich dann ein nichtsahnendes Opfer den scheinbar schönen Blüten, sei es als Nahrung oder aus Neugier, gebannt von der Schönheit der Muster, schlug die Chlach-Erùpta zu und tötete ihr Opfer innerhalb weniger Herzschläge. Sie umschlang ihre Beute und stieß die fingerlangen Zähne in ihr Fleisch.

»Ja, es war ein ganzes Stück Arbeit diese Aufgabe als Junge zu bewältigen«, meinte Norgal mit einem Schmunzeln und strich mit seiner Hand über die schimmernde Oberfläche des Schwertes.

»Meinst du wirklich, die Beru-Handwerksmeister haben dieses Schwert hergestellt? Jeder weiß wie erlesen ihre Stücke sind. Wie kommen die Ignis Vylátu in den Besitz einer solchen Waffe?« Garvis ließ nicht locker, um noch mehr Informationen über seinen Begleiter zu erhalten.

»Wie gesagt, dass weiß ich nicht. Aber aufgrund der Beschaffenheit der Klinge und dem Material, welches ich nicht einmal kenne, kann es eigentlich nur aus der Schmiede der besten Zwergenhandwerker stammen.«

»Dass es sich bei diesem Schwert um eine Besonderheit handelt steht zweifelsohne außer Frage!«, meinte Garvis und kratzte sich am Hinterkopf. »Aber es kommt mir dennoch etwas sonderbar vor, dass sich ein solches Schwert wie dieses einfach so finden lässt, ohne zu wissen woher es kommt. Der Zusammenschluss der Beru-Handwerksmeister aus den besten Schmieden, Steinmetzen und Gemmenschleifern der Zwerge, verkauft seine Ware nicht an jemanden dem sie abhanden kommen könnte, um dann ohne Hinweise auf seine Herkunft irgendwo in Paradón wieder aufzutauchen.«

»Ich verstehe deine Skepsis, mein Freund.« Norgal schmunzelte und fuhr fort: »Doch sei dir gewiss, dieses Schwert hat mich schon aus so mach brenzliger Situation gerettet und sei es nun eins der Beru oder nicht, es leistet mir hervorragende Dienste.«

»Ich wollte deine Aussagen nicht in Frage stellen.«

Die beiden sahen sich an und aßen etwas von dem Fleisch. Sie verstanden sich gut und mussten lachen. Ihre Konversation hatte, ohne dass sie es wollten, eine andere Richtung eingeschlagen.

So unterhielten sie sich noch eine Weile, doch die Dunkelheit war um ihren Lagerplatz geschlichen wie ein Jäger um seine Beute und so beschlossen sie zu schlafen und ihren Weg am nächsten Morgen fortzusetzen.

Garvis schreckte aus dem Schlaf hoch. Hatte es nicht gerade geknackt? Langsam zog er seinen Dolch. Wenn sich ein unliebsamer Besucher an ihr Lager herangeschlichen hatte, war Garvis bereit. Er lauschte in die Dunkelheit. Norgal hatte wohl keinen so leichten Schlaf wie er, denn er schlief tief und fest. Garvis' Leben hatte ihm schon zu oft gezeigt, dass er es sich nicht erlauben konnte im Schlaf nicht auf der Hut zu sein.

Da! Wieder ein Knacken im Unterholz. Garvis sah sich weiter um und lauschte angespannt. Es war jedoch zu dunkel um etwas zu erkennen. Leise verfluchte er die Dunkelheit, woraufhin das Amulett vom Herrn der Winde um Norgals Hals anfing blau zu leuchten. Nur ganz sanft, doch es genügte Garvis, um mehr von seiner Umgebung zu erkennen.

Es knackte erneut und wie aus Nichts sprang etwas schreiend aus dem Unterholz. Garvis rollte sich sofort zur Seite und verfluchte sich, dass er nicht gleich sein Schwert gezogen hatte, denn schon fuhr in die Stelle, an der er soeben noch gelegen hatte, eine schartige Axt.

Garvis fluchte erneut und das Amulett begann stärker zu leuchten. Nun konnte er auch erkennen wer sie mitten in der Nacht überfallen hatte. Es war ein Ork!

Seine Rüstung war mit getrocknetem Blut befleckt und an seinem notdürftig verbundenen Kopf klebte ebenfalls altes Blut.

Der Ork schwang die Axt erneut! Diesmal jedoch nicht in Garvis' Richtung sondern direkt auf den immer noch schlafenden Norgal. Garvis sprang reaktionsschnell zu seinem Gefährten, riss sein Schwert unter der Decke hervor und parierte den Axthieb des Orks.

Trotz des Lärms schien Norgal nicht aufzuwachen und Garvis hatte schon Angst, er wäre womöglich im Schlaf gemeuchelt worden. Doch er hatte keine Zeit ihn sich genauer anzusehen, da der Ork zu einem neuerlichen Schlag ansetzte.

Das Leuchten des Amuletts erfüllte mittlerweile die Lichtung. Garvis machte einen Ausfallschritt nach links und ließ dadurch die Axt an sich vorbeigleiten. Der Ork brüllte vor Wut und schwang seine Waffe seitlich auf Garvis' Körpermitte. Er konnte den Schlag abfangen und rammte dem Ungetüm sein Bein in den Magen. Trotz der Lederrüstung und der Masse des Orks zuckte dieser zusammen, was Garvis zu seinem Vorteil zu nutzen verstand.

Er drehte sich einmal um seine Achse und schlug seinem Gegner das Schwert tief in die linke Schulter! Der Ork brüllte noch lauter, diesmal vor Schmerz, doch Norgal rührte sich noch immer nicht. Garvis ließ jetzt nicht locker, sein Gegenüber war trotz der Wunde immer noch ein ernst zu nehmender Gegner, wütend und unberechenbar.

Das Scheusal warf sich mit seiner gesamten Masse nach vorn gegen Garvis, welcher aber erneut geschickt ausweichen konnte. Der Ork geriet leicht ins Straucheln, fing sich schließlich ab und schlug sofort nach hinten. Garvis parierte den Schlag. Beide sprangen zurück und Garvis fiel unglücklich über eine Wurzel. Der Ork setze nach und hob die Axt zum finalen tödlichen Schlag. In diesem Moment riss Garvis sein Schwert nach vorne und durchbohrte die Brust des Feindes.

Diesem entglitt die Axt und er fiel zur Seite. Garvis sprang auf, wischte sich seine schwarzen Harre aus dem Gesicht und eilte zu Norgal.

Er befürchtete bereits das Schlimmste, doch als er bei seinem Gefährten war, drehte sich dieser im Lichtschein des Amuletts um und richtete sich auf.

»Wie kannst du bei solch einem Lärm nur schlafen?«, schrie Garvis ihn an. Er war wütend und erleichtert zugleich.

In diesem Moment zog Norgal seine Decke von sich. Darunter kam seine andere Hand mit dem orangen Schwert zum Vorschein.

Garvis sah in verdutzt an.

»Ich habe nicht geschlafen.« Er grinste breit. »Ich dachte mir, ich überlasse ihn dir.«

»Du überlässt ihn mir?« Garvis rang um seine Fassung.

»Ich wollte dich einmal in Aktion sehen. Da schien mir dieser lausige Ork gerade recht. Ich hatte ihn schon länger bemerkt. Erinnerst du dich, als ich sagte, wir würden verfolgt werden, bevor wir beim Herr der Winde ankamen?«

»Das war dieses Scheusal?«

»Allerdings! Er gehörte augenscheinlich zu der Einheit, die ich nördlich des Helion erledigt hatte. Er muss es irgendwie überlebt haben.«

Garvis starrte seinen Begleiter mit offenem Mund an.

»Dann hast du es die ganze Zeit über gewusst, dass er hier auftauchen würde?«

»Dank meiner Fernsicht habe ich ihn bemerkt, kurz bevor es dunkel wurde. Aber vermutlich ist er nicht allein. Bevor wir bei Meister Torgadol eintrafen, habe ich mehrere Verfolger ausgemacht. Womöglich hat ihn eine andere Einheit aufgegriffen und nun vorgeschickt um seine Schande wieder gut zu machen.«

»Und warum hast du mir nichts davon gesagt?«

Garvis wurde allmählich ungehalten über die Tatsache, dass Norgal ihm Informationen vorenthalten hatte, die ihm das Leben hätten kosten können.

»Keine Bange, mein Freund, ich hätte dich schon nicht sterben lassen.« Norgal lachte und meinte: »Was meinst du, woher das blaue Leuchten des Amuletts kommt?«

»Das warst auch du?«

»Das Amulett ist voller Energie, was mir mit Hilfe meiner Fähigkeiten erlaubte es zum Leuchten zu bringen.«

»Du überraschst mich ein ums andere Mal aufs Neue!«, entgegnete Garvis.

»Das kann ich nur zurückgeben, du hast mich nicht enttäuscht! Du kämpfst wirklich gut. Der Herr der Winde hatte recht.«

Norgal klopfte Garvis auf die Schulter und sie räumten die Leiche des Orks aus ihrem Lager.

Danach sicherten sie die Umgebung und brachen auf. Norgal konnte von den restlichen Verfolgern nichts mehr sehen. Womöglich hatten sie abgedreht, doch es war zu gefährlich noch weiter die Nacht hier zu verbringen.

Was Norgal in Furta Allégra zu erledigen hatte, wollte er Garvis noch immer nicht mitteilen und so ließ sich dieser überraschen, was noch so alles auf ihn zukommen würde.

Nachdem sie noch einige Tage ohne weitere Zwischenfälle unterwegs waren, veränderte sich allmählich wieder die Landschaft. Schon bald würden sie Furta Allégra erreicht haben.

Es wurde schwüler und die Luft trockener. Umso näher sie dem Ozean kamen, desto mehr Gerüche nahmen sie wahr, welche nur hier, im tiefsten Süden Paradóns, zu finden waren. Die See trug sie von den fernen Kontinenten bis hierher. Auch trafen sie auf mehr und mehr Menschen, welche in der Küstenstadt Waren verkaufen oder kaufen wollten. Der Handel in Furta Allégra florierte. Dort und in Furta Uostas gab es die exotischsten Dinge aus aller Welt. Einzig das Freihandelsreich Bentárk übertraf diese Vielfalt noch bei Weitem. Wer auch immer etwas suchte und es auf ganz Apygárda nicht fand, auf einem der Märkte in den großen Städten von Bentárk würde er sicher fündig werden.

Dann endlich lag die Stadt vor ihnen.

Die hohen Kräne der Verladedocks ragten weit über die Ränder der Stadtmauer.

Vor der Mauer waren viele Hütten unterschiedlichster Art. Das große Stadttor war zu beiden Seiten mit Türmen bebaut, bereit eventuelle Feinde abzuwehren. Ein massives Stahlgitter gab zusätzlichen Schutz. Furta Allégra war jedoch keine Stadt, die in der Vergangenheit sonderlich unter Angriffen zu leiden hatte. Zu wichtig war sie als Umschlagplatz der verschiedensten Güter, selbst für die Feinde Paradóns. Somit war es nicht weiter verwunderlich, dass die Verteidigungsanlagen der Stadt mit der Zeit schwächer geworden waren als die anderer Städte. Nichtsdestotrotz bot Furta Allégra durch seine enorme Größe und den riesigen Docks einen ehrfürchtigen Anblick. Hier gab es einfach alles und jeden. Die Straßen waren sehr breit, jedoch bei Weitem nicht so gut befestigt wie die Mauradins. Weiter im Osten konnte Garvis zwei weiße und einen schwarzen Turm ausmachen, die im Licht der Sonne glänzten. Das mussten die berühmten Türme der drei Gewalten sein. Garvis hatte schon viel von ihnen gehört. Die beiden weißen waren die Türme des Wissen und der Rechtsprechung, während der schwarze, der Turm der Vollstreckung genannt wurde. Durch den vielen Handel in Furta Allégra und die immer wechselnden Menschenmassen gab es hier jeden Tag eine Reihe von Verbrechen. Raub und Diebstahl, Einbruch und Brandstiftung, waren noch die geringeren wenn man an die Schandtaten der Gilde dachte, die sich in der Stadt eingenistet hatte. Niemand wusste Genaueres, aber sobald etwas Größeres vor sich ging, konnte man davon ausgehen, dass die Gilde ihre Finger im Spiel hatte. Auf Grund dessen hatten die Stadtherren die Türme errichten lassen. Ihre Größe sollte immer daran erinnern, dass ein jeder, der sich eines Verbrechens schuldig gemacht hatte, auch zur Rechenschaft gezogen werden würde.

Die Verzierungen und Runen der Türme waren von solcher Perfektion, dass heimlich gemunkelt wurde, Zwerge hätten in einer Nacht- und Nebelaktion im Auftrag der Stadtherren dieses Meisterstück vollbracht. Es musste ein Vermögen gekostet haben, denn das kleine Volk war nicht gerade für seine Großzügigkeit bekannt und schon gar nicht, wenn es dabei um Geld ging. Dennoch war es unwahrscheinlich, da die Zwerge sich kaum derart weit von ihrem Gebirge entfernen würden, um einen Auftrag für die Menschen zu erfüllen.

Garvis und Norgal ritten von ihrer Anhöhe hinab und direkt auf das Tor zu. Sie sahen etliche Menschen, denen wohl gerade noch das Notdürftigste geblieben war. Die Hütten vor der Stadt waren allesamt heruntergekommen. Es war verschmutzt und ein eigenwilliger Geruch lag in der Luft. Garvis war froh, als sie endlich am Tor ankamen.

Die Wachen, allesamt in orangebraunen Uniformen, verlangten eine Passiergebühr. Diese wurde mit der Begründung kassiert, dass man vermeiden wollte die Bettler und Taugenichtse in die Stadt zu lassen. Norgal und Garvis waren sich aber sicher, dass es sich dabei um Ausreden handelte. Sie bezahlten stillschweigend, um Ärger zu vermeiden, und passierten das Tor.

In der Stadt herrschte reges Treiben. Überall waren Stände und Händler boten ihre Waren feil.

Als sie die Hauptstraße etwas entlang ritten, fragte Garvis: »Könntest du mir endlich einmal erklären, was wir hier wollen?«

Norgal antwortete: »Ich muss eine Nachricht für einen der Stadträte im Turm des Wissens überbringen.«

»Und warum dann diese Geheimniskrämerei?«

»Es ist eine wichtige Nachricht und ich möchte nicht, dass irgendwer von ihrer Existenz erfährt, ehe sie übergeben wurde.«

Garvis nickte nur und gab sich fürs Erste mit den erhaltenen Informationen zufrieden. Er war sich sicher, auch wenn er

Norgal noch so sehr drängen würde, er würde es ihm nur dann mitteilen, wenn er dies auch wollte.

Da Garvis nicht sonderlich große Lust verspürte zum Turm des Wissens zu gehen, teilte er Norgal mit, er würde sich die Docks genauer ansehen und sie würden sich gegen Nachmittag an der Zitadelle von Pândrâs wiedertreffen. Norgal erklärte sich einverstanden und so trennten sie sich.

Garvis schlug einen Weg neben der Hauptstraße ein und wollte sich die kleineren Läden ansehen. Er hoffte dort etwas Exotisches zu finden. Vielleicht ein paar seltene Kräuter oder eine ordentliche neue Lederrüstung.

Als er so umherstreifte, fand er einen kleinen Laden durch dessen grün gefärbte Scheiben schwaches Licht schimmerte. Garvis konnte nicht widerstehen und ging hinein. Eine kleine Glocke kündigte den Eintretenden an. Als er sich im Laden umsah, entdeckte er Unmengen von verschiedensten Waren. Vom Ladenbesitzer fehlte allerdings jede Spur.

Garvis sah sich weiter um, entdeckte jedoch nichts, was sich zu kaufen lohnte und wollte den Laden schon wieder verlassen, als plötzlich hinter ihm eine Stimme zu hören war.

»Wollt Ihr etwa schon wieder so überhastet aufbrechen?«, bekam er zu hören.

Diese Stimme, sie kam ihm bekannt vor. Er konnte sie zwar nicht zuordnen, aber er war sich sicher, sie schon einmal gehört zu haben.

Er drehte sich um und sah in das Gesicht einer alten Frau. Sie war nicht sonderlich groß und trug ein ausgewaschenes Kleid mit vielen Flicken. Garvis zuckte zusammen! Es war die Frau aus Mauradin! Das Orakel!

»Wie kommt Ihr denn hierher?«, fragte er völlig überrascht.

»Es gibt viele Wege, die einen ans Ziel bringen«, antworte-te die Frau wie immer sehr geheimnisvoll.

»Könnt Ihr nicht einmal eine normale Antwort auf eine meiner Fragen geben?«, grummelte Garvis.

»Warum gleich so genervt, mein teurer Herr. Die Frage, die Ihr euch vielleicht stellen solltet, ist nicht, ob ich eine nor-male Antwort gebe, sondern ob Ihr die richtigen Fragen stellt.«

»Was soll das nun wieder bedeuten?« Garvis konnte es sich nicht erklären, die Gegenwart der Alten machte ihn immer unwirscher.

»Es ist nicht wichtig wie ich hierhergekommen bin oder was ich hier zu suchen habe, sondern was ich Euch zu erzählen habe«, fuhr das Orakel unbeirrt fort.

»Ihr habt mir das letzte Mal von Raskatan erzählt und ich erinnerte mich an etwas. Jetzt bin ich auf dem Weg dorthin!«

»Was macht Ihr dann hier im tiefsten Süden des Landes?« Sie kicherte mit ihrer kratzigen Stimme.

»Ich glaube nicht, dass es Euch etwas angeht und wenn Ihr tatsächlich ein Orakel seid, wie Ihr mir weiß machen wollt, wüsstet Ihr die Antwort doch schon längst!«

»Ihr habt recht. Ich kenne die Antwort in der Tat bereits. Euer Freund mit dem brennenden Auge will zu einem der Stadträte im Turm des Wissens.«

»Bei Pândrâs, das könnt Ihr nicht wissen! Dann ist es also tatsächlich wahr. Ihr seid in der Tat ein Orakel!?«

»Das sagte ich bereits.«

»Verzeiht mir bitte. Ich zweifelte an Euch, aber was Ihr mir sagt, könntet Ihr nicht wissen, wenn Ihr kein Orakel wärt.«

»Dann können wir ja endlich zum Geschäftlichen kommen, mein lieber Freund«, näselte sie mit ihrer eigenwilligen Art.

»Zum Geschäftlichen?« Garvis' Verwirrung nahm zu.

»Ihr wisst bereits, dass Ihr nach Raskatan müsst, um zu erfahren, wer hinter Euch her ist, auch wenn die Verfolger momentan Eure Spur verloren haben. Doch müsst Ihr unbedingt nach Iscadar, bevor Ihr euch in den Wald von Amenáur begebt.«

»Warum sollte ich in die Hauptstadt gehen? Ich bin aus der Armee ausgetreten. Weshalb sollte ich ausgerechnet in die Höhle des Löwen gehen?«

»Der Steckbrief in Mauradin!«, entgegnete sie knapp.

»Was hat es mit all dem auf sich? Das ist verrückt, und alles nur weil ich in diesen verfluchten Keller gestiegen bin!«

»Es ist Euer Schicksal! Ihr werdet große Taten vollbringen und für das Wohl Paradóns und ganz Apygárda unverzichtbar sein!«

»Etwas Ähnliches sagte auch der Herr der Winde! Aber warum ich?«

»Weil Ihr dazu auserkoren wurdet. So etwas sucht man sich nicht aus. Es geschieht. Es ist im Fluss der Zeit vorherbestimmt.«

»Und was verlangt Ihr nun für diese Informationen? Ich nehme nicht an, dass Ihr mir das alles grundlos erzählt.«

»Ah das gefällt mir, Ihr denkt mit, sehr gut.« Sie grinste. »Alles was ich möchte ist, dass ihr Norgal bei Euch behaltet und mit ihm zusammen dieses Abenteuer besteht.«

»Warum Norgal? Was habt Ihr mit ihm zu schaffen?«

»Ich habe meine Gründe, mehr müsst Ihr nicht wissen.«

Garvis' Wut auf die die Art des Orakels stieg wieder. *Diese Frau kann einfach nicht mit Tatsachen rausrücken, das macht mich noch wahnsinnig,* dachte er mit einem starren Blick.

»Bitte versprecht mir, ihn mit Euch zu nehmen. Ihr werdet ihn brauchen. Das ist alles, was ich von Euch verlange.«

»Na gut. Er ist immerhin ein netter Kerl und ein treuer Weggefährte. Er hat mir das Leben gerettet und möchte ohnehin mit mir weiter ziehen.«

»Ausgezeichnet. Nun geht. Unten an den Docks werdet ihr gute neue Ausrüstung zu einem günstigen Preis bekommen. Fragt Euch nach dem Stand von Durvas durch.«

»Habt Danke, alte Frau… Verzeihung, Orakel! Ich kenne noch nicht einmal Euren Namen.« Nun grinste Garvis.

»Ihr seid schon ein eigenwilliger Mensch. Hat Euch schon einmal wer als begriffsstutzig bezeichnet? Ihr seid schlau und stark, also nutzt Eure Fähigkeiten, dann werdet Ihr den Schleier der Unwissenheit auch irgendwann durchbrechen.«

»Werden wir uns wiedersehen?«, fragte Garvis, ihre Worte geflissentlich ignorierend. Langsam begann er eine gewisse Sympathie für das Orakel zu hegen.

»Man darf sich einer Sache nie zu sicher sein! Nun geht zu Durvas.«

Mit diesen Worten drehte sie sich um und verschwand im Hinterzimmer des Ladens.

Garvis wischte sich eine Strähne aus seinem Gesicht und verließ gedankenversunken den Laden.

Nach Iscadar also, dachte er sich und fand es befremdlich, welche Richtung dieses ganze Unterfangen eingeschlagen hatte. *Sie hat mir nicht gesagt was ich dort soll oder an wen ich mich wenden kann.*

Wieder einmal fragte er sich, in was er da nur hinein geraten war.

Er tat wie ihm das Orakel aufgetragen hatte und ritt hinab zu den Docks.

Es war nicht all zu schwer Durvas ausfindig zu machen. Er war einer der größeren Händler und hatte hauptsächlich Rüstungen und Kleidung anzubieten. Garvis wunderte sich schon gar nicht mehr darüber, dass die alte Frau wusste was er zu finden hoffte. Nach einigen Biegungen gelangte er an Durvas' Stand und sah sich die Waren an.

Durvas, war ein untersetzter, schmierig aussehender Mann. Garvis bezweifelte, dass dieser Händler ehrlich zu seinen Kunden war. Nichtsdestotrotz machte er sich daran eine leichte Rüstung auszusuchen. Das Orakel würde schon wissen wo sie ihn hingeschickt hatte.

Entgegen Garvis' erstem Eindruck, war Durvas sehr höflich und beriet ihn vorzüglich.

Die schwarze Lederrüstung mit den Metallverstärkungen, die Garvis letztendlich kaufte, hatte für ihre durchaus sehr gute Qualität einen erschwinglichen Preis. Daher kaufte Garvis noch einige andere Utensilien, die er für seine Reise gebrauchen konnte und Durvas legte ihm wegen der größeren Summe sogar noch ein Leinenhemd gratis dazu. Auf die Frage, in welcher Beziehung er zu der alten Frau stand, wusste Durvas nicht, von wem Garvis redete. Das war für ihn aber nicht weiter verwunderlich.

Als Garvis zum Himmel sah, um den Stand der Sonne auszumachen, beschloss er, dass es Zeit war, sich auf den Weg zur Zitadelle zu machen. Er stieg auf sein Pferd und ritt los.

Während Garvis nach Links geritten war, schlug Norgal den Weg nach Rechts ein.

Er wollte sich nicht unnötig mit Umwegen aufhalten und ritt geradlinig auf die drei Türme zu.

Bis er sich mit seinem Gefährten an der Zitadelle treffen würde, wäre noch genug Zeit, um sein Vorhaben in die Tat umzusetzen. Er würde sich holen was der Turm des Wissens für ihn bereithielt. Das hieß, wenn seine Informationen stimmten.

Er kam an den unterschiedlichsten Fassaden vorbei. In Furta Allégra waren die Häuser in den verschiedensten Farben gestrichen, einmal knallig und grell und einmal wiederum in dunkleren, unauffälligeren Grau- und Brauntönen. Auf den Türmen wehten die braun-orangen Stadtfahnen mit einem Segelschiff in der Mitte.

Norgal atmete die Küstenluft tief ein. Es tat gut wieder einmal die gesunde Luft des Südens zu atmen. Wie lange war er schon nicht mehr hier gewesen? Er vermochte es nicht mehr genau zu sagen.

Das alles spielte für Norgal im Moment jedoch keine Rolle. Er hatte ein festes Ziel, einen Auftrag bei dem er für sich selbst etwas Lukratives herausholen wollte.

Der Turm des Wissens lag nur noch wenige Biegungen entfernt.

Galvius, einer der Stadträte im Turm des Wissens, würde sich bestimmt noch an ihn erinnern. Den Mann mit dem Flammenauge vergaß niemand so schnell.

Einst hatte Norgal im Auftrag des Ordens eine Botschaft an Galvius überbracht. Dieser ließ ihn allerdings ohne den versprochenen Lohn aus der Stadt jagen und beschuldigte ihn obendrein auch noch des Diebstahls. Norgal war gewillt sich zu holen, was ihm zustand und die *Phiole der Verbannung* war genau das wonach ihm der Sinn stand. Mit solch einer Essenz könnte er seine leichten magischen Fähigkeiten noch verbessern und womöglich gar gefährliche Zauber erlernen. Sicher war er sich dabei nicht, da allgemein bekannt war, dass nur Magier Magie wirken konnten, wenn sie ein Magiefeld in sich aufnahmen. Dies war allerdings nur wenigen Menschen vorherbestimmt und Norgal war aber noch nie auf eines der rar gesäten Magiefelder gestoßen, um mehr über seine womöglichen Kräfte herauszufinden. Er konnte nur auf sein Geschick und seine Fertigkeiten vertrauen, denn wenn ihn jemand bei seinem Vorhaben erwischte, würde er sicherlich im Turm der Vollstreckung landen, was ihm so gar nicht behagen wollte.

Am Turm des Wissens angekommen, stellte er sein Pferd in einer kleinen Seitengasse ab, verbarg sein Schwert unter dem Mantel und schlug dessen Kragen hoch.

Von der Nähe aus betrachtet standen die drei Türme gar nicht so nah beieinander wie es aus der Ferne den Anschein machte. Der Turm konnte durch ein großes Tor betreten werden, welches offen stand. Nur dieses Tor war immer geöffnet, die beiden anderen Türme waren nicht für die Öffentlichkeit zugänglich. Im Turm des Wissens konnte sich allerdings ein jeder, der es begehrte, Einlass verschaffen und sein Wissen erweitern. Die Bibliothek galt als eine der größten des ganzen Reiches. All zu viel Andrang herrschte allerdings nicht, da die meisten einfachen Menschen des Lesens nur bedingt mächtig waren und sich mit anderen Sorgen herumzuschlagen hatten.

Norgal ging hinein und sah sich um. Zu dieser Tageszeit war nicht viel los und nur ein paar Angestellte liefen umher. Galvius' Ratszimmer war ungefähr in der Mitte des Turmes. Er war der einzige aus dem Stadtrat, welcher sowohl im Turm der Rechtsprechung als auch im Turm des Wissens tätig war. Manch einer behauptete, dass ihm seine Stellung zu Kopf gestiegen sei und er sich für etwas Außergewöhnliches mit besonderem Machtanspruch hielt, was er auch jedem demonstrativ zeigte. Norgal war noch zu gut in Erinnerung, wie unsympathisch ihm der Stadtrat war. *Machtgieriger Hundesohn, dir wird das Lachen noch vergehen, wenn ich mich erst der Phiole der Verbannung bemächtigt habe.*

Mit einem selbstsicheren Lächeln schritt er die Stufen der langen Wendeltreppe hinauf.

Als Erstes wollte er sich einen Überblick über die Lage im Turm verschaffen, in der Hoffnung nach eventuellen Hinweisen auf den Aufbewahrungsort der Phiole. Norgal fasste sich an die Brust wo er den Umschlag mit dem Siegel spürte. *Galvius wird die Galle hochkommen, wenn er das Siegel bricht und den Brief liest.* Ein schadenfrohes Gefühl machte sich in ihm breit. Allerdings wollte er auch nicht den Tag vor dem Abend loben. So ging er die Treppe bis ins zweite Stockwerk, wo er auf einen Hinweis hoffte.

Nachdem er einige Bücherregale abgesucht hatte und nichts fand, ging er ins dritte Stockwerk.

Da fiel ihm plötzlich wieder etwas ein. In der Bibliothek des Klosters in Waradan, in dem Buch, in welchem er von der Existenz der Phiole der Verbannung gelesen hatte, stand etwas von einer geheimen Kammer im sechsten Stockwerk. Innerlich fluchte Norgal, jetzt musste er doch tatsächlich Galvius' Räumlichkeiten passieren, bevor er auch nur einen weiteren Hinweis auf das Versteck der Phiole hatte. Es würde riskanter werden als er anfangs gedacht hatte. Der Turm war nur bis zur fünften Etage öffentlich zugänglich. Die Stockwerke darüber waren nur einem erlesenen Kreis von Bessergestellten vorbehalten.

Diese Erkenntnis milderte seine Entschlossenheit jedoch nicht im Geringsten. *Eben eine weitere Herausforderung in diesem Unterfangen*, dachte er sich, machte kehrt und schritt die Stufen weiter hinauf.

In der fünften Etage war Norgal besonders auf der Hut. Durch den weiten Bogen, der jedes Stockwerk mit der Treppe verband, konnte man den ganzen dahinter liegenden Raum gut einsehen. Das erschwerte es, ungesehen von einer Etage in die nächste zu gelangen. Womöglich erinnerte sich jemand an ihn und könnte dem Stadtrat von seiner Anwesenheit berichten. So lange lag sein Auftritt vor Galvius nun auch wieder nicht zurück. Lauthals hatte er ihm angedroht sich zu holen, was ihm zustand und einige Wachen angegriffen, die ihn aus dem Turm zerren wollten. So etwas vergaßen die Leute nicht so schnell.

Galvius' Schreibtisch stand genau so, dass er einen freien Blick auf die Treppe hatte. Die Position hatte er vermutlich bewusst gewählt, damit er jeden Bürger sofort beim Betreten des Raumes wahrnahm, und damit diese wussten, ob er anwesend war.

Für Norgal war dieser Umstand in seiner derzeitigen Lage alles andere als förderlich und so beschloss er, sich erst langsam zu nähern und einen kurzen Blick um die Ecke zu werfen.

Er sah, wie Galvius an seinem Tisch saß und einen Stapel Papiere sortierte. *Vielleicht schaffe ich es ungesehen vorbei, solange er in seine Arbeit vertieft ist,* dachte er über sein Vorgehen nach.

Ein erneuter Blick um die Ecke bestätigte ihm, dass der Stadtrat sich einem Schreiben gewidmet hatte. Dies war Norgals Chance. Mit einem schnellen Satz und unheimlich darauf bedacht keinen Laut zu verursachen, glitt er an dem Bogen vorbei und presste sich schnell auf der anderen Seite an die Wand. Ausatmend stieg er die Stufen zu seinem Zielstockwerk empor. *Ich hatte gehöriges Glück. Wollen wir hoffen es hält an und ich finde schnell was ich suche.*

Im sechsten Stock angekommen, stellte Norgal bald fest, dass diese Etage ein paar Unterschiede zu den anderen aufwies. Mit Ausnahme der fünften Etage waren alle Stockwerke im Turm des Wissens mit Bücherregalen versehen. Diese diente als Verwaltungsetage. In der sechsten waren allerdings nicht ganz so viele Bücher und es gab eine größere Ecke, welche mit Stühlen und Tischen möbliert war. In der Mitte dieser Ecke stand ein Brunnen aus Stein, welcher einen großen Schwertfisch kämpfend mit einem Kadmana zeigte, den Riesenbären der westlichen Gebirge. Es hieß, dass die Fürsten von Carvás Cándth ein paar der Bären zähmen lassen hatten und sie im Kampf einsetzten. Nicht auszudenken, was diese Kreaturen für Schäden unter den Feinden verursachen mochten.

Norgal ging auf den Brunnen zu. Eine innere Ahnung, welcher er gewillt war nachzugehen, leitete ihn.

Bei genauerer Untersuchung des Brunnens fand er allerdings nichts heraus, was ihm weiterhalf. Er war sich aber sicher, dass mit dieser Ecke, in der so viele Stühle und Tische standen, etwas nicht stimmte. *Ich muss mich beeilen, wenn ich rechtzeitig bei der Zitadelle sein will.* Unter Zeitdruck suchte Norgal irgendetwas, was auf ein Geheimfach schließen ließ. Da fiel sein Blick wieder auf den Brunnen. Dieser stand so, dass er sich in einem Spiegel auf der anderen Seite der Sitzecke abbildete. Auf dem Spiegelbild war mehr zu sehen, als man auf den ersten Blick wahr nahm. Es war jedoch nur zu erkennen, wenn man genauer hinsah. Das Spiegelbild war nicht normal, es schien das genaue Ebenbild des Brunnens zu sein, aber es war nicht spiegelverkehrt. Norgal ging auf den Brunnen zu und versuchte die kämpfenden Tiere zu drehen. Zunächst gelang es ihm nicht, doch dann gab es einen kleinen Ruck und der Brunnenaufsatz begann sich zu drehen. Zahnräder fingen an ineinander zu greifen und in der Wand tat sich eine Öffnung auf. *Das ist also das Geheimfach… Das Buch hatte wohl nicht in allen Belangen recht,* grinste Norgal und trat auf die Öffnung zu. Diese war ein paar Fuß breit und im Prinzip nichts weiter als eine Einlassung in der Wand. Die Phiole der Verbannung war zum Greifen nah. Norgal griff in die Öffnung und nahm sich das dunkel-lila schimmernde Gefäß. Jetzt hieß es schnell das Gebäude zu verlassen, den Brief zu hinterlegen und sich mit Garvis zu treffen. Wichtig war nun aber auch, in der Eile die Vorsicht nicht zu vergessen.

Norgal drehte den Brunnenaufsatz wieder zurück und die Öffnung in der Wand schloss sich.

Im fünften Stockwerk angekommen legte Norgal den Brief in eine kleine Einbuchtung in der Wand neben die darin hängende Fackel. Hier würde ihn der Stadtrat sicher finden. Vorsichtig schlich er wieder an dem Bogen zu Galvius' Büro vorbei und ging schnellen Schrittes die Treppe hinab.

»Halt! Stehenbleiben!«, ertönte plötzlich ein Ruf hinter Norgal, als er gerade das Erdgeschoss erreichte. Schnell wandte er sich um und sah Galvius, von zwei Wachen flankiert, hinter sich auf der Treppe stehen. »Sieh an wen wir da haben! Wenn das nicht Norgal Vard, der Taugenichts mit dem brennenden Auge, ist. Ja, ich erinnere mich an dich!«

»Galvius«, presste Norgal mit knirschenden Zähnen hervor.

»Was erlaubst du dir nur, du törichter Narr! Mir die Phiole der Verbannung entwenden zu wollen und mich obendrein auch noch zu verhöhnen! Ich wette du wunderst dich, wie ich das so schnell herausgefunden habe! Du denkst doch nicht ernsthaft, dass du dich zweimal unbemerkt an meinem Arbeitsplatz vorbei schleichen kannst! In Furta Allégra geschieht nichts, was mir verborgen bleiben könnte! Diese Dreistigkeit wird dich teuer zu stehen kommen!«

Eine Zornesfalte zeichnete sich auf seiner Stirn ab und Galvius machte den Eindruck, als würde er jeden Moment gemeinsam mit seinen Wachen gegen Norgal vorrücken.

»Tut mir Leid, Galvius, aber du denkst doch nicht ernsthaft, dass du mich mit solchen Sprüchen einschüchtern kannst! Du kannst dich doch nur hinter deinen Wachen und deiner Fassade verstecken wie eine billige Dirne in den dunklen Gassen von Carvás Cándth!«

»Was erlaubst du dir, du elender Vagabund! Schnappt ihn euch Männer und führt ihn seinem Schicksal zu!«

Mit diesen Worten stürmten die Wachen die Treppe hinab. Norgal griff flink in eine seiner Innentaschen des Mantels und zog eine kleine graue Kugel hervor, welche er den Wachen entgegen warf. Sofort nach dem Aufprall schlug dichter Rauch aus ihr hervor und nahm den Männern für einen kurzen Moment die Sicht. Dies nutze Norgal, um Richtung Ausgang zu rennen.

»Schlagt Alarm! Lasst diesen Dieb nicht entkommen!«, hörte er hinter sich Galvius' aufgebrachte Rufe. Dann war er aus dem Turm des Wissen heraus und rannte die Straße hinauf in Richtung Zitadelle. *Wollen wir hoffen, dass Garvis schon da ist, sonst sieht es schlecht für mich aus,* dachte Norgal, verfolgt von den wild rufenden Wachen und dem Klang der Alarmglocke, welche sehr schnell zum Läuten gebrachte worden war, zu schnell für den flüchtenden Dieb.

Als er während des Laufens einen kurzen Blick über die Schulter warf, sah er ungefähr ein halbes Dutzend orange-braun gekleideter Wachen hinter sich her hetzen.

Durch ein paar Biegungen und Nebengassen gelang es Norgal einen kleinen Vorsprung herauszuschinden, welcher allerdings nur von kurzer Dauer war. *Wenn ich die Zitadelle nicht bald erreiche, bin ich geliefert!*

Ein flaues Gefühl machte sich im Magen des Flüchtenden breit. Noch eine Biegung, vorbei an verwunderten Passanten, dann kam die Zitadelle in Sicht. Groß und mächtig baute sie sich mit dem großen Vorplatz vor ihm auf.

Garvis war noch nicht angekommen und so konnte Norgal nur hoffen, ihm noch rechtzeitig über den Weg zu laufen.

Wenn ich jetzt nur mein Pferd hätte!

Er griff erneut in seinen Mantel und holte eine weitere graue Kugel hervor, welche er seinen Verfolgern entgegen-schleuderte.

Mittlerweile war er schon an der Zitadelle vorbei und konnte nur hoffen, Garvis durch Glück über den Weg zu lau-fen.

Als er um die nächste Ecke bog, sah er seinen Begleiter, wie er seelenruhig an der nächsten Kreuzung vorbei ritt.

Norgal brach aus der Gasse hervor, gefolgt von seinen Hä-schern, rannte vor Garvis über die Kreuzung und verschwand sofort in einer Seitenstraße des gegenüberliegenden Häuser-meers.

Garvis, sichtlich verwirrt über das gerade Gesehene, zog sein Pferd nach links und ritt hinter den Laufenden her.

»Was macht er da nur?«, fragte er sich, als er sich ent-schloss an den Verfolgern seines Gefährten vorbeizuziehen.

»Da bist du ja endlich!«, rief Norgal ihm zu.

»Was hast du angestellt, dass die da«, Garvis zeigte über seine Schulter auf die Wachen, »hinter dir her sind?«

»Können wir das vielleicht später besprechen? Ich wäre dir sehr verbunden, wenn du mich auf das Pferd ziehen würdest und wir aus der Stadt verschwinden!«

Garvis nickte und zog seinen Gefährten hinter sich auf sein Reittier.

Jetzt hatten die Verfolger nicht mehr die geringste Chance. Im vollen Galopp ritten die beiden Fliehenden Richtung Hauptstraße.

»Hoffentlich kommen wir durch das Tor!«

»Wir reiten einfach durch. Mit Glück ist der Alarm nicht so weit hörbar!«

So preschten sie auf das Stadttor zu. Nachdem die Wachen realisiert hatten, dass die Reitenden nicht gewillt waren anzuhalten, sprangen sie auf die Seite und ließen das Pferd passieren. Sie hatten kein Interesse sie aufzuhalten, wozu auch, bezahlt wurde beim Betreten der Stadt und nicht beim Verlassen.

»Die werden gehörigen Ärger bekommen, wenn Galvius am Tor ankommt«, meinte Norgal fröhlich.

»Jetzt müssen wir erst mal etwas Abstand gewinnen. Was hast du da drin nur getrieben?«, maulte Garvis, dem das ständige Flüchten gegen den Strich ging.

»Tut mir leid, so war das nicht geplant. Ich erklär es dir später!«

»Das will ich meinen! Da besteht definitiv Erklärungsbedarf! Ich wollte eigentlich noch einen Happen zu mir nehmen, ehe wir hier wieder verschwinden!«

Auf ihrem Ritt nach Norden kamen sie wieder in den Wald. Verfolger waren nicht in Sicht, doch das war noch lange kein Anlass zum Aufatmen. Noch konnte sich die Lage leicht ändern.

»Wir sollten nach Westen reiten und den Trys überqueren, sobald es möglich ist. Auf dem Weg erklärst du mir, was in der Stadt vorgefallen ist«, meinte Garvis.

Sein Freund stimmte ihm zu und so ritten sie schweigend nach Westen, dem großen Fluss entgegen.

Endlich an einem sicheren Rastplatz mitten im Wald östlich des Trys' angekommen, forderte Garvis die Erklärung von seinem Gefährten.

»Jetzt erklär mir mal was du da drin getrieben hast, das so einen Zorn auf dich gezogen hat«, eröffnete Garvis das Gespräch.

»Ich hab nur den Brief abgegeben, wie ich es dir gesagt hab«, kam die etwas zögerliche Antwort.

»Das kann ja wohl nicht alles gewesen sein. Du hast dein Pferd zurück gelassen und bist vor den Wachen geflohen! Ich will die Wahrheit von dir hören, was hat es mit dem Brief auf sich?«

Norgal griff in seinen Mantel und zum Vorschein kam eine kleine Phiole, die an einer silbernen Kette hing und im Sonnenlicht dunkel-lila schimmerte.

»Was ist das?«

»Das, mein lieber Freund, ist die Phiole der Verbannung!«

»Und was hat das mit dem Brief zu tun?«

»Nun ja, als ich das letzte Mal in Furta Allégra war und Galvius eine Botschaft vom Orden überbrachte, trieb mich dieser mit Schimpf und Schande aus der Stadt. Ich hab geschworen zurückzukommen und mir meinen Lohn zu holen, um den er mich geprellt hatte. Das habe ich heute erledigt und Galvius' teuersten Besitz entwendet.«

Grinsend zeigte Norgal auf die Phiole.

»Dafür der ganze Aufwand? Phiole der Verbannung? Was soll das alles? Gab es überhaupt je einen Brief den du übergeben musstest?«

»Es gab einen Brief. Ich hab ihn vor Galvius' Büro platziert. Ich schlich mich an dessen Eingang vorbei, um mir die Phiole anzueignen. Galvius hat mich jedoch bemerkt, wodurch die Situation etwas brenzlig wurde. Ich konnte mit Müh und Not entkommen, aber das Pferd bin ich los. Die Phiole wiegt diesen Verlust aber um ein Vielfaches auf.«

»Was stand in dem Brief, wenn du doch nur die Phiole stehlen wolltest?«

»In dem Brief habe ich mich nur für die Phiole bedankt, um Galvius zu reizen.«

»Das nenne ich verwegen!« Garvis lachte auf.

»Dieser Hundesohn hat es nicht anders verdient!« Auch Norgal musste lachen.

»Er denkt, er stünde über dem Gesetz. Allein schon deshalb musste ich ihm zeigen, dass er nicht machen kann wonach ihm ist, ohne mit Gegenschlägen rechnen zu müssen.«

»Na ja, aber den Abgang hättest du besser gestalten können. Warum hast du mich nicht eingeweiht?«

»Das ist meine Angelegenheit gewesen und außerdem wusste ich nicht, wie weit ich dir schon vertrauen kann.«

»Ich hoffe unsere gemeinsame Flucht ist dir Beweis genug, dass du mir vertrauen kannst.«

»Allerdings, du hättest mich ja auch einfach zurücklassen können«, sagte Norgal scherzhaft.

»Das hätte ich nicht«, entgegnete Garvis. »Ich habe jemanden getroffen, der mir sagte, ich soll dich auf meiner Reise mitnehmen.«

»Ach ja? Wen hast du denn getroffen, der solche Dinge von sich gibt?«

»Eine alte Frau, ich traf sie bereits in Mauradin. Sie ist ein Orakel.«

»Ein Orakel? Hmm...nicht dass ich eines kennen würde. Wenn sie wirklich das ist, was du von ihr denkst, dann solltest du ihre Empfehlungen aber auf jeden Fall ernst nehmen.«

»Was meinst du, warum ich dich nicht zurückgelassen habe«, sagte Garvis und klopfte Norgal auf die Schulter.

»Wir sollten uns was zu essen machen und morgen Richtung Iscadar aufbrechen, wenn du nichts dagegen hast?«

»Iscadar? Was willst du in der Hauptstadt?«

»Das Orakel sagte, ich soll dorthin gehen, um Antworten zu erhalten. Mehr kann ich dir nicht sagen. Aber es scheint sehr wichtig zu sein.« Garvis vermied es den Steckbrief anzusprechen. Er wollte keinen unnötigen Verdacht oder Unruhe heraufbeschwören.

»Nun denn, wie dem auch sei, du kannst auf mich zählen.«

Die beiden setzen sich hin, aßen etwas von ihrem Proviant und besprachen die Ereignisse in Furta Allégra etwas genauer.

Als die Nacht hereinbrach hielten sie abwechselnd Wache für den Fall, dass doch noch Verfolger auftauchen würden.

Mit dem ersten Sonnenlicht sattelten sie das Pferd und machten sich auf den Weg.

》 So ist das also! Das wird sie teuer zu stehen kommen! Eine ganze Einheit ausgelöscht!«, rief die vor Wut bebende Stimme. »Bin ich hier nur von degenerierten Hohlschädeln umgeben? Eine so einfache Aufgabe und diese minderbemittelten Orks versagen!«

»Herr, es wurde uns zugetragen, dass sie von nur einem Mann mit einem Flammenschwert erledigt wurden! Ein Ork namens Ushgodh hatte überlebt. Er wurde von der anderen Einheit aufgegriffen und wollte seine Schande wieder gut machen, was jedoch kläglich scheiterte.«

»Was interessiert mich der Name dieses Versagers? Wer hat es zustande gebracht allein die ganze Einheit zu vernichten? Ich hatte ihnen eingeschärft sich nicht entdecken zu lassen!«

»Der Mann mit dem Flammenschwert hat sich mit dem verfolgten Eindringling zusammengetan und war auf dem Weg nach Furta Allégra. Wie der Führer der anderen Einheit uns mitteilte, hatte Ushgodh keine Chance.«

»Diese Idioten! Diese dreimal verfluchten Orks! Erst fallen sie einen einzelnen Mann an, mit dem sie nicht fertig werden, und dann lassen diese Hohlköpfe einen einzelnen Ork auf jemanden los, der eine ganze Einheit ausgelöscht hat. Zu allem Überfluss haben sie es auch nicht geschafft den Eindringling kalt zu stellen. Zwei einfache Befehle! Das kann einfach nicht sein! Ab sofort verlässt kein Ork mehr die Stadt und sorge dafür, dass die andere Einheit für ihr Versagen bestraft wird. Für weitere Aufgaben werde ich mich an die Waldläufer wenden, auch wenn ich diesen noch weit weniger über den Weg traue als diesen schwachköpfigen Scheusalen.«

»Herr, ich bitte um Verzeihung, jedoch hat mir der Truppführer auch noch etwas anderes mitgeteilt. Als Ushgodh die beiden überfallen hatte, ging die Lichtung in einem blauen Leuchten auf, welches angeblich von einem Amulett stammt. Durch die Magie waren die anderen verunsichert und haben den Rückzug angetreten.«

»Was für ein Amulett? Ist dir überhaupt klar, was das bedeutet? Wir haben keine Informationen, wie Carvás Cándth auf unser Angebot reagiert hat! Es würde eine Ewigkeit dauern bis eine neue Delegation uns die Entscheidung der Fürsten überbringen könnte!«

»In Bezug auf diese Tatsache habe ich erfreulichere Informationen. Es wird allerdings noch etwas dauern, bis sie uns ausführlich zur Verfügung stehen. Was das Amulett angeht, wissen wir auch nichts Genaues, aber es muss Magie im Spiel gewesen sein.«

»Magie! Als hätten wir nicht schon genug Ärger wegen der Unfähigkeit der Orks! Nun denn, wie dem auch sei, die Dinge sind wie sie sind. Ich werde mich an den Kaszoc-Vhinás wenden und mit dem Rat zusammensetzen um die neusten Erkenntnisse zu besprechen, auch wenn es nicht gerade viele sind. Sobald du näheres weißt, wirst du mich umgehend informieren und schaff mir deine Quelle herbei von der du deine Informationen hast!«

Ohne eine Antwort abzuwarten wandte sich der Sprecher um und verließ den Saal, wobei von seinen azurblauen Augen ein mörderisches Funkeln ausging.

Sie hatten den Trys an einer seichten Furt überquert und ritten nun in gerader Linie nach Iscadar. Garvis wollte nicht noch mehr Zeit verschwenden und so schnell wie möglich nach Raskatan zurück, um der Sache in dem Kellergewölbe auf den Grund zu gehen.

Garvis war wenig ausgeruht. In der Nacht waren seine Albträume einmal mehr zurückgekehrt und ließen ihn keine Ruhe finden.

Die Gestalten in den roten Roben schmetterten ihre Stäbe auf den Boden und Garvis wachte schweißgebadet auf.

Da wurde ihm schlagartig klar, dass er Norgal für etwas verurteilt hatte, was er selbst nicht anders machte. Er schalt Norgal, weil dieser ihm nichts von seinen Plänen in Furta Allégra mitgeteilt hatte, erzählte ihm jedoch auch nichts von den Verfolgern, die ihm seit seinem Besuch in Raskatan auf den Fersen waren. Dies wollte er am nächsten Morgen ändern.

Als der Tag anbrach und die ersten Sonnenstrahlen das Blätterdach des Waldes durchbrachen, war Norgal bereits dabei das Frühstück vorzubereiten. Er hatte ein kleines Feuer entfacht über dem ein Hase briet, welcher an zwei Stöcken befestigt war. Der Duft des gebratenen Fleisches ließ Garvis das Wasser im Mund zusammenlaufen. Er stand auf, ging zu Norgal hinüber und genehmigte sich einen Schluck Wasser.

»Das riecht herrlich!«

»Ach, sind wir auch schon wach«, begrüßte ihn Norgal scherzhaft.

Garvis grinste und machte sich daran, den Hasen zu kosten. Nachdem sie das Fleisch gegessen hatten, wollte Garvis Norgal von den Verfolgern berichten.

»Ich wollte mich noch bei dir entschuldigen«, begann er das Gespräch.

»Entschuldigen? Wofür?«

»Weil ich dir Vorwürfe gemacht habe, dass du mich nicht in deine Pläne eingeweiht hast, obwohl ich dir auch nicht alles erzählt habe.«

»Was meinst du?«

»Als ich aus Raskatan verschwand, wurde ich verfolgt. Ich vermute, diese Verfolger waren uns bis kurz vor Furta Allégra auf den Fersen und ich hätte es dir mitteilen müssen.«

»Mach dir darüber keine Gedanken, die hatte ich schon längst bemerkt und der Ork, den wir im Wald erledigt hatten, war nur einer von ihnen. Du siehst ich bin bestens im Bilde.«

»Ich frag lieber gar nicht erst woher du das weißt, aber ich empfand es als meine Pflicht es dir mitzuteilen.«

»Nun, nachdem wir das geklärt hätten und uns scheinbar vertrauen können, sollten wir sehen, dass wir schleunigst weiterkommen. Bis Iscadar ist es noch ein gutes Stück.«

Sie machten alles bereit zum Aufbruch und ritten Richtung Norden.

Da sich keine Verfolger aus Furta Allégra bemerkbar machten, ritten sie nur in einem gemäßigten Tempo, um das Tier zu schonen.

Nachdem sie bis Mittag geritten waren und seit Verlassen des Waldes nicht mehr all zu viel Schatten hatten, waren sie froh eine kleinere Baumgruppe zu erreichen.

Sie rasteten und gaben dem Pferd etwas Wasser. Sie mussten schnell ein neues Tier für Norgal auftreiben.

»Wie kommt es eigentlich, dass du niemals deinen Mantel ausziehst?«, fragte Garvis, um ein Gespräch zu beginnen. Sie hatten auf dem Ritt wenig geredet und jeder hing seinen Gedanken nach, doch nun war ihm nach etwas Konversation.

»Das ist nur eine Angewohnheit«, entgegnete Norgal. »Mein Mantel ist mit Bleigewichten versehen und ich besitze ihn seit meiner frühesten Jugend. Damals musste ich ihn vom Kloster aus tragen um geschickter und vor allem schneller im Kampf zu werden.

Die Mönche haben mich nicht nur in Alchemie, Sternkunde und Überlebensweisen geschult, sie sind über dies hinaus auch bekannt dafür, die besten Faustkämpfer im Land auszubilden und ihre Schwertkunst ist auch nicht zu verachten.«

»Du hast wahrlich immer neue Überraschungen parat. Aber wie kommt es dann, dass du den Mantel auch im Kampf nicht ausziehst, um dir einen Vorteil zu verschaffen?«, hakte Garvis nach.

»Ich ziehe ihn durchaus aus. Das heißt, sofern ich es in Anbetracht des Gegners für nötig empfinde.« Er zwinkerte verwegen und ein Funkeln trat in seine Augen.

Wie sie sich so weiter unterhielten, bemerkten sie nicht das leise Rascheln im Gebüsch. Es war so unmerklich, es hätte der Wind sein können. Doch wie aus dem Nichts flogen ein paar winzige Geschosse aus dem hinteren Teil der Baumgruppe. Zwei trafen Norgal dicht beieinander seitlich in den Hals. Noch ehe Garvis reagieren konnte, fühlte auch er einen stechenden Schmerz an seinem Hals. Geistesgegenwärtig griff er an die Einstichstelle und zog das Geschoss heraus. Es war ein kleiner Pfeil mit roten Federn. *Gift!*, schoss es ihm durch den Kopf. Als er zu Norgal sah, lag dieser bereits am Boden. Benebelt suchte er die Schützen, ohne auch nur das Geringste zu entdecken. Dann ging auch Garvis zu Boden und wurde von einer alles verschlingenden Schwärze aufgenommen, die er nur zu gut kannte.

Kurz bevor er komplett das Bewusstsein verlor, hörte er noch, wie sich langsam Schritte näherten und eine Stimme sagte: »Schnapp dir ein Seil und fessel sie! Es darf nichts schief gehen, diese Kerle sind zu allem fähig!«

Es kam eine brummige Erwiderung und Schritte entfernten sich. Dann verlor Garvis' gänzlich das Bewusstsein.

Es dauerte einige Zeit, bis Garvis verstanden hatte, wo er sich befand. Umso mehr Eindrücke er von seiner Umgebung aufnahm, desto mehr wurden ihm auch die Schmerzen in seinem Körper bewusst. Er konnte nicht sonderlich viel erkennen. Der Raum, in dem er sich befand, war nicht besonders groß und ohne Fenster. In einer Ecke stand ein Stuhl mit einem Tisch, auf welchem die verschiedensten Utensilien lagen. Diese waren für ihn allerdings nicht genau erkennbar. Eine Kerze, die in einem Metallhalter von der Decke hing, erfüllte den Raum mit spärlichem Licht und ließ das Moos, welches an manchen Stellen durch den Boden des Mauerwerks wuchs, leicht schimmern. Als Garvis sich bewegte rasselte es und er bemerkte die Ketten an seinen Armen und Beinen. Dicke schwere Ketten, die an manchen Stellen bereits Rost angesetzt hatten. Doch warum zeigten seine Beine in Richtung Decke? Da erst kam sein Bewusstsein vollends zurück und er fühlte die stechenden Kopfschmerzen als er merkte, dass man ihn kopfüber an der Decke aufgehängt hatte. *Diese verfluchten Schweinehunde! Wo bin ich hier nur? Wo ist Norgal? Was ist passiert? Wie lang war ich ohnmächtig?* Die Fragen schossen durch seinen Kopf. Die Glieder schmerzten und ein Brennen zog sich seinen Rücken entlang.

Er wusste nicht wie lang er hier schon hing seit er wieder bei Bewusstsein war, es konnten Minuten, aber auch Stunden gewesen sein. Die Zeit schien in diesem alten Raum genauso wenig eine Rolle zu spielen wie ein Menschenleben. Darüber war sich Garvis im Klaren und seine Gedanken überschlugen sich. Er durfte nicht in Panik verfallen, doch seine Kopfschmerzen erschwerten ein logisches, rationales Denken.

Irgendwie muss ich diese Ketten los werden!

Dieser Gedanke war der einzige, auf den er sich im Moment noch konzentrieren konnte. Ihm war klar, dass falls er sich nicht von den Ketten lösen konnte, auch jedes Überlegen eines Fluchtplans sinnlos war. Ganz zu schweigen davon, dass er von der Decke hängend kaum irgendeinen brauchbaren Plan zustande bekommen würde.

Also machte er sich daran, sein Augenmerk auf die Ketten zu legen und seine missliche Lage so gut es ging auszublenden.

Die Ketten waren nicht mehr die neusten, waren aber dennoch massiv und stabil. An der Halterung, mit welcher sie an der Decke befestigt waren, entdeckte Garvis allerdings die vermeintliche Schwachstelle. Ein Bolzen der durch einen Stahlplattendeckel geschoben war, war alles, was die Ketten mit der Decke verband. Die Platte war mit dicken Nieten im Gestein befestigt. Vielleicht ließ sich der Bolzen lösen, wenn Garvis nur nah genug herankäme. Falls er den kleinen Metallstab aus der Halterung ziehen könnte, würde die Stahlplatte wie eine Falltür nach unten aufgehen und die Kette freigeben. Zumindest wenn Garvis' Annahme über die Konstruktion zutraf.

Jetzt galt es irgendwie da hoch zu kommen. Garvis nahm all seine Kräfte zusammen und zog sich Stück für Stück an der Kette nach oben. Er war so konzentriert, dass er nicht merkte, wie auf seinem Rücken Wunden aufbrachen und ihm das Blut hinab lief. Nach ein paar Fehlschlägen gelang es ihm bis zu der Platte vorzustoßen. Der Bolzen saß leider fester als er es sich erträumt hatte. Doch nach einigem Rütteln und Schlagen hatte er ihn heraus bekommen.

Die Stahlplatte fiel nach unten und die Ketten heraus. Garvis knallte mit voller Wucht auf den harten Steinboden. Sein Rücken schmerzte nun noch mehr, doch er hatte Glück, dass der Raum nicht besonders hoch war.

Als er sich mühsam aufrichtete, bemerkte er die warmen Rinnsale auf seinem Rücken. *Ich muss wohl ausgepeitscht worden sein. Doch wenn es schon verkrustet war, wie lang muss ich schon hier drin sein?*

Dieser Gedanke sagte ihm gar nicht zu. *Ich muss irgendwie hier raus und Norgal finden. Bei Pândrâs, hoffentlich lebt er noch!*

Garvis' Kräfte waren erschöpft. Er konnte nicht aufstehen, da er kaum Blut in den Beinen hatte und als es langsam wieder hinein floss, machte ihm das Kribbeln, was es auslöste, zusätzlich zu schaffen.

Mühsam schleppte er sich zu dem Stuhl in der Ecke des Raumes. Dort angekommen setze er sich und versuchte einen klaren Kopf zu bekommen. Zu seinem Glück fand er auf dem Tisch auch einen Krug mit Wasser, welchen er begierig austrank. Danach fühlte er sich schon ein kleines bisschen besser. Sein Kopf pochte immer noch und sein Rücken brannte wie die Schmiedefeuer der Zwerge, doch seine Kehle war nicht mehr trocken und die Lebensgeister kamen langsam wieder zurück.

Jetzt konnte er die Utensilien auf dem Tisch besser erkennen und er wusste nicht, ob er schockiert oder erfreut sein sollte. Der Tisch war übersät mit Folterwerkzeugen. Messer, Zangen, Bohrer, Sägen, eine Lederpeitsche, verschiedenste Chemikalien und sogar eine mit Dornen versehene Schlagkette.

Wie Garvis auf dem Stuhl saß und sich sammelte, machte er sich verschiedenste Gedanken und die Zeit verstrich. Da fiel ihm plötzlich etwas auf:

Wir hatten doch keine Verfolger bemerkt. Es sind doch wohl nicht etwa die... Weiter kam er nicht mit diesem Gedanken, denn er hörte ein Schlurfen vor der Tür, dem ein Klimpern und Knarren folgte.

Sofort schnappte sich Garvis die Dornenkette und ein längeres Messer. Er ging seitlich neben der Tür in Stellung und hielt die Luft an.

Dann öffnete sich der verschlossene Raum und es trat eine Gestalt ein. Dank des schummrigen Lichtes bemerkte sie nicht sofort, dass der Gefangene nicht mehr an der Kette hing.

Garvis wartete bis die Person im Raum war, packte sie von hinten und legte ihr die Dornenkette um den Hals. Der Widerstand der Gestalt war nicht sonderlich groß. Sie war viel zu perplex, da sie nicht mit einem Angriff gerechnet hatte. Garvis zog die Schlinge immer enger. Die Dornen fraßen sich in die Kehle des Eindringlings und Blut spritze. Doch die Wut hatte von Garvis Besitz ergriffen und er zog immer fester an. Ein Röcheln, dann war die Gestalt erschlafft. Angewidert ließ Garvis die Kette los und die Gestalt fiel nach vorne in eine Lache aus ihrem eigenen Blut.

Die Erschöpfung zwang Garvis auf die Knie. Der Mord hatte ihn mehr Kraft gekostet als er gedacht hatte. Wäre der Eindringling ein Gegner und kein Opfer gewesen, wäre es sicherlich anders ausgegangen.

Das alles zählte im Moment jedoch nicht viel. Jetzt galt es diesen Raum zu verlassen, zu Kräften zu kommen und Norgal zu finden. Zeit war allerdings Mangelware und so blieb für langes Kräftesammeln kaum ein Moment übrig. Jetzt bereute er den Toten nicht befragt zu haben. Seine Gedanken waren nicht klar und er schalt sich einen Narren. Garvis musste es irgendwie schaffen, seinen Freund zu finden und diesem Gemäuer zu entkommen.

Er stemmte sich hoch, nahm die Dornenkette und das Messer und begab sich in den Flur hinaus. Der Tote war unauffällig und führte keine Waffe mit sich, nur einen Schlüsselbund, den Garvis an sich genommen hatte.

Erst hier bemerkte der Entführte, dass er kaum mehr am Leib trug als seine Hosen. Der Luftzug, welcher durch die modrigen Gänge wehte war kühl. Garvis war sich sicher in einem Kellergewölbe unter der Erde zu sein.

Er sperrte die Tür hinter sich zu. Mit einem Lächeln auf den großen Schlüsselbund dachte er sich: *Wenigstens etwas Glück. Ich hoffe nur Norgal hat auch einen Funken davon abbekommen...*

Langsam machte er sich auf, den schwach beleuchteten Gang entlangzugehen, in der Hoffnung seinen Gefährten zu finden und möglichst wenigen Wachen oder anderen Kreaturen zu begegnen.

» Herr unsere Quelle steht nun zur Verfügung.« »Ausgezeichnet! Lass sie herein bringen!«

Der Diener ging zu einer Glocke an der Wand, läutete sie und verkündete:

»Bringt den Slúka und seine Helfer!«

Darauf hin öffnete sich die große Tür zum Ratssaal und ein Schatten trat ein. Hinter ihm folgte eine handvoll Waldläufer.

Die Slúka waren Wesen, welche die ewigen Schatten nutzten und mit ihnen verschmolzen. Wesen, aus der alten Zeit. Manche munkelten sie hätten bereits für die Zórtaja gearbeitet, ehe diese im großen Krieg vor über zweitausend Zyklen von Aramas Karstiras besiegt und ausgelöscht wurden. Die Slúka galten als Söldner des dunklen Gottes Vencor und arbeiteten für jeden, der im Namen des Gottes ein höheres Ziel verfolgte. Da aber kaum jemand viel über sie wusste, zumindest von einem menschlichem Standpunkt aus, ließ sich nicht all zu viel über sie sagen.

Sie waren geschickte Jäger, schnell, flink und ausgezeichnet im Umgang mit Wurfwaffen. Sie trugen vornehmlich schwarze Kleidung, die sich kaum von ihren Körpern abhob. Ihr Gesicht und ihre Haut waren ebenfalls schwarz wie die Nacht. Selbst ihre Augen hatten nichts Weißes innewohnend. Kein Slúka hatte einen Namen, aber das war auch nicht wichtig, sie waren Einzelgänger. Es handelte sich nicht um Wesen natürlichen Ursprungs, doch wie die Ral-Kadór, waren sie ein halber Mythos.

Der Slúka trat auf den Ratsherrn zu. Dieser hob seine Hand, um ihm das Anhalten zu signalisieren. »Berichte, Slúka!«, befahl die Stimme mit strenger Härte.

»Er war lange unterwegs und, wie er den großen Meistern bereits berichtete, wird der Oberste in Carvás Cándth erwartet.«

»Darüber sind wir schon längst im Bilde! Der Kaszoc-Vhinás ist bereits auf dem Weg in die Stadt des Grauens. Haben die Gefangenen schon geredet?«

»Verzeiht, Herr!«, entgegnete der Slúka zischend und machte eine tiefe Verbeugung. »Die Gefangenen sind noch nicht bei Bewusstsein. Allerdings scheint es, als hättet Ihr den großen Fang gemacht. Der eine ist der Mann mit dem Flammenschwert und der andere ist der Spion, dem Ihr seit geraumer Zeit auf den Fersen seid.«

»Ausgezeichnet, dass wird den Kaszoc-Vhinás erfreuen, wenn er zurückkehrt!«

»Des Weiteren hat er die Sachen der beiden in einem der Lagerräume untergebracht. Darunter befand sich neben dem Flammenschwert und einem schweren Ledermantel mit einer Unmenge an Schnallen auch das Amulett, welches das Leuchten auf der Lichtung beim Tod des Orks ausgelöst haben soll. Er hat dem Truppführer der geflohenen Einheit nach der Identifizierung der beiden den Kopf abschlagen lassen.«

»Das sind die besten Nachrichten seit langem! Du und deine Männer habt euch euren Sold wahrlich verdient. Nur bringt die Folterknechte dazu, dass sie herausbekommen, was die beiden wissen und ob sie es irgendwem erzählt haben. Nicht auszudenken, was das für unser Vorhaben bedeuten könnte, wenn dieses Pack irgendwelche Informationen besitzt, die in falsche Hände geraten! Aber sagt den Folterknechten, dass sie sich wünschen werden nie geboren worden zu sein, wenn auch nur einer der beiden zu früh stirbt!«

»Er wird Eure Wünsche weiter tragen, Herr.« Der Slúka verneigte sich noch einmal tief und verharrte solange, bis ihm das Gehen bestimmt war.

»Zandil, lass etwas Essen auffahren, der Rat wird in ein paar Stunden tagen und ich will gesättigt sein. So denkt es sich leichter!«

»Jawohl Herr!«, erwiderte der Diener und läutete erneut die Glocke. Danach verließ er den großen Raum.

Zurück blieb nur sein Meister, welcher auf seinem Stuhl im Schatten saß. Er stand auf und ging hinüber zum Fenster. Als sein Gesicht aus dem Schatten trat, zog eine sanfte Nebelschwade hinter ihm her und das Licht, welches sich in seinen Augen spiegelte, zeigte die kalte Grausamkeit, welche nur die azurblauen Augen einer der berüchtigtsten Wesen Vencors mit solcher Präzision zur Geltung brachte, dass es einem kalt den Rücken hinunter lief. Die Ral-Kadór, die nebelgesichtigen Kämpfer der dunklen Zeit, waren tatsächlich nach Apygárda zurückgekehrt!

Der Gang war düster und kühl. Von der Decke tropfte Wasser. Diese Gänge mussten schon ein stolzes Alter erreicht haben. Seit Garvis seine Zelle verlassen hatte, musste er mehrmals anhalten, um zu rasten. Noch immer fragte er sich, wo er war und wie er Norgal nur finden sollte. Warum hatte er den Eindringling nur erdrosselt? Er hatte bereits ein paar Räume geöffnet, doch allesamt waren leer. Es war fast so, als wäre außer ihm niemand in diesen Gewölben unterwegs. Nicht einmal so etwas wie eine Wachstube gab es. Schließlich kam er am Ende des Gangs an. Dort war eine eiserne, rostige Wendeltreppe, welche der einzige Weg nach oben war.

Hoffentlich sind dort oben weitere Zellen, sonst sieht es nicht gut aus, Norgal in diesem Leben noch einmal zu begegnen.

Langsam und vorsichtig schlich er die Treppe nach oben.

Der Gang, der nun vor ihm lag, war schon nicht mehr ganz so verwahrlost und wurde offensichtlich öfter genutzt. Diese Tatsache ließ Garvis sofort noch vorsichtiger werden. Die Wahrscheinlichkeit hier Wachen anzutreffen, war weitaus höher und er wollte seine Flucht nicht schon vorzeitig beenden. Zu seinem Glück hatte der Gang etliche kleine Seitennischen und bot dadurch etwas Schutz vor etwaigen Blicken.

Es gab hier ebenso viele Holztüren wie in der unteren Etage. Eigentlich konnte es kein regulärer Kerker sein, da es keine Beschläge an den Türen oder Sichtschlitze gab und nirgendwo waren Gitterstäbe zu sehen. Doch die massiven Holztüren würden ohnehin jede Flucht unmöglich machen, wenn man einmal dahinter eingesperrt worden war.

Als Garvis gerade einen weiteren Raum aufsperren wollte, kam eine Person den Gang entlang geschritten. Es war ein verwildert aussehender Mann mit einer blutbesudelten Lederschürze. Sofort drückte sich Garvis in eine der Seitennischen und hielt den Atem an.

Da hörte er ein grimmiges Brummen und das Geräusch von wetzenden Messern.

»Na dann wollen wir doch mal sehen, ob das Goldlöckchen jetzt reden will«, sagte der Mann.

Ein Folterknecht! Norgal muss hier irgendwo sein! Er lebt! Garvis spürte eine kleine Erleichterung in sich aufkommen, auch wenn er sich nicht sicher sein konnte, dass der Mann tatsächlich von Norgal redete. Langsam und vorsichtig schielte er um die Ecke und konnte gerade noch erkennen in welcher Tür der Folterknecht verschwand.

Schnell und doch sehr darauf bedacht leise zu sein, schlich Garvis zu der Tür. Sie war nicht ganz geschlossen und durch einen kleinen Spalt konnte er einen Teil des Raumes erkennen. Es war allerdings nichts zu sehen was ihn weiterbrachte.

»Wirst du nun endlich reden! Du verfluchter Hundesohn, es bringt doch nichts! Die Meister werden ohnehin erfahren was sie wissen wollen!«

»Du wirst mich so oder so umbringen. Warum sollte ich dir irgendetwas sagen?«

»Du hast es nicht anders gewollt! Dann werde ich dich wohl mal etwas mit dem Messer kitzeln müssen. Der kleine Piek ist bestimmt hungrig!«

Der Folterknecht begann schadenfroh zu lachen und wetze erneut die Messer.

Die Stimme gehörte eindeutig Norgal. Garvis musste etwas unternehmen, wollte er seinen Freund retten. Doch ohne den richtigen Moment abzupassen, würde er dem Folterknecht in seiner derzeitigen Verfassung bestimmt nicht gewachsen sein. Auch wusste er nicht, wo sich Norgal in dem Raum befand und würde er überhastet hineinstürmen, konnte er sein Leben gefährden.

»Na kleiner Piek, hast du Lust etwas von diesem Mistkerl zu naschen? Ich werde dir ein schönes Stück von ihm heraus schneiden!«

»Du dreimal verfluchter Bastard! Halte bloß deine hässliche Ratte von mir fern!«

»Dann rede! Rede! Vielleicht ritze ich dich dann nur ein wenig und ich garantiere dir einen schnellen Tod, sobald meine Meister es befehlen!«

Die Wut des Folterknechts war unüberhörbar. Er schien förmlich drauf zu brennen Norgal Schmerzen zuzufügen.

Da hörte Garvis neben den Worten des Folterknechts noch ein weiteres Geräusch. So als hätte er mit voller Wucht gegen einen Stuhl getreten, gefolgt von einem dumpfen Aufprall an der Wand gegenüber der Tür. Norgal stöhnte. Der Klang des Aufpralls war zu dunkel, als das es ein Stuhl allein hätte sein können und so war sich Garvis relativ sicher, dass sich Norgal direkt gegenüber der Tür befand. Das hatte zur Folge, dass der Folterknecht vermutlich mit dem Rücken zu Garvis stand. Es waren durchaus Spekulationen, doch Garvis wusste, wenn er nicht schnell handelte, hätte Norgal irgendwo ein Messer stecken.

Er umklammerte die Dornenkette und öffnete langsam die Tür. Er wollte das Überraschungsmoment auf seiner Seite gekonnt ausnutzen.

Garvis schob sich durch den Spalt und sprang nach vorne. Der Folterknecht stand genau dort, wo er ihn vermutete und bevor dieser sich umdrehen konnte, hatte er schon die Kette um den Hals. Garvis zog an und die Dornen schnitten sich in seine Kehle. Doch der Folterknecht hatte immer noch ein Messer in der Hand. Er riss seinen Arm hoch und fügte Garvis einen Schnitt am rechten Oberarm zu. Für einen kurzen Moment lockerte sich die Schlinge um den Hals und der Folterknecht drückte sich gegen Garvis. Das ließ die Dornen zwar mehr in seinen Hals einschneiden, doch Garvis verlor seinen Halt und die Schlinge lockerte sich weiter, wodurch es ihm gelang, sich ihr zu entziehen.

Mit einer Drehung war der Mann Garvis zugewandt und wollte sich auf ihn stürzen. Garvis hob reaktionsschnell die Dornenkette und schlug zu.

Sie traf seinen Gegner quer übers Gesicht und riss einige Fetzen Haut heraus. Der Getroffene brüllte, doch hielt es ihn nicht auf. Um erneut auszuholen, war er nun zu nah und Garvis griff nach seinem Messer. Als der Folterknecht gerade seinerseits zustoßen wollte zuckte Garvis' Arm nach oben und das Messer bohrte sich durch den Unterkiefer des Folterknechts in seinen Kopf. Mit einem Röcheln ging er zu Boden und lag still.

Garvis hielt sich nicht damit auf, sondern ging sofort zu Norgal. Dieser saß zusammengesunken und gefesselt auf einem Stuhl. Er rührte sich nicht, doch Garvis konnte seinen Puls spüren. Mit dem Messer zerschnitt er die Seile und suchte nach etwas Wasser.

»Komm zu dir! Wir schaffen es schon hier raus!«

Garvis eilte auf den Gang hinaus und sah sich um. In Richtung der Seite, aus der der Mann gekommen war, war eine Doppeltür, welche sich deutlich von den anderen unterschied. Eine Tür wie man sie für Lagerräume verwendete. Vielleicht war dort etwas Wasser oder Alkohol.

Die Hauptsache war, dass Norgal wieder das Bewusstsein erlangte.

Garvis sperrte die Tür auf und betrat den Raum dahinter. Es war tatsächlich ein Lagerraum und auf einem Tisch in der Mitte lagen Norgals Mantel, sein Schwert und der Rest ihrer Sachen. »Heute muss mein Glückstag sein!« Garvis griff sich die Sachen und füllte einen Krug mit etwas Wein aus einem Fass. Zurück bei Norgal träufelte er ihm von dem Wein auf die Lippen und ohrfeigte in leicht. Nachdem sein Freund nicht reagierte, schüttete Garvis ihm den kompletten Krug Wein ins Gesicht. Kurz darauf war Norgal wieder bei Bewusstsein.

»Schön, dass du wieder da bist.« Garvis freute sich.

»Hätte nicht gedacht dich noch mal zu sehen.« Norgal grinste und hustete.

Langsam richtete er sich in seinem Stuhl auf und sah sich um. Als ein Blick auf den Toten fiel, sah er verwundert zu Garvis.

»Hast du den erledigt?«

»Na wer sonst? Irgendwer muss dich schließlich befreien!«, sagte Garvis scherzhaft.

»Nicht schlecht für einen Halbtoten.«

»Na ich war vielleicht lange bewusstlos und kann mich an nichts erinnern, aber wir müssen sehen, dass wir hier rauskommen. Kannst du laufen?«

»Ich denke schon.«

»Gut, dann nimm deine Sachen und wir sehen uns nach einem Ausweg um.«

Norgal zog seinen Mantel an, halfterte das Schwert und legte das Amulett des Herrn der Winde an.

»Hey, wo ist der kleine Piek?«, fragte er plötzlich.

»Der kleine Piek?«

»Ja, die Ratte von diesem Mistkerl. Er wollte sie an mir herum nagen lassen!«

»Ich hab nichts gesehen. Spielt das eine Rolle? Wir müssen hier raus und zwar schnellstmöglich!«

»Du hast recht. Ich wollte mich nur revanchieren. Weißt du, wo wir hier sind?«

»Ich hab keine Ahnung, aber wir müssen schon länger hier sein. Meine Wunden waren bereits verkrustet. Nur seltsam, dass ich mich seit dem Überfall an nichts erinnern kann.«

»Das liegt an den Giften. Sie haben uns betäubt und verschleppt und vermutlich alles getan, damit wir nicht das Bewusstsein erlangen und Schwierigkeiten machen. Ich dachte, sie hätten dich umgebracht!«

»Mich bekommen die so schnell nicht klein! Lass uns später überlegen, was das alles zu bedeuten hat. Wir sollten los!«

Sie traten auf den Flur hinaus, sperrten die Tür zu und machten sich auf den Weg zu dem Lagerraum, in dessen Nähe die nächste Wendeltreppe lag.

Doch bevor sie die andere Seite des Gangs erreicht hatten, kamen zwei Wachen die Treppe herunter.

»Jacho, die Meister wollen wissen, ob du etwas in Erfahrung bringen konntest?«

Als sie unten ankamen und die beiden Flüchtenden sahen, zogen sie sofort ihre Schwerter. Weit kamen sie allerdings nicht. Der erste ging mit einem Messer im Auge zu Boden noch bevor er sein Schwert halb aus der Scheide hatte. Sein Partner kam etwas weiter, wurde allerdings von einem gezielten Schlag mit der Dornenkette gegen die Schläfe niedergestreckt.

»Verflucht, das war knapp! Wir sollten die beiden einsperren, falls noch mehr Wachen auftauchen. Wir müssen um jeden Preis verhindern, dass jemand zu früh von unserer Flucht erfährt.«

Garvis machte sich sofort daran die beiden in den nächstbesten Raum zu schleifen, als Norgal fragte: »Sollen wir den anderen auch umbringen? Er könnte rufen wenn er zu sich kommt, oder uns auf eine andere Weise zum Verhängnis werden.«

»Du hast recht, aber ich bin dagegen Wehrlose zu töten! Wir fesseln und knebeln ihn. Bis er wieder zu sich kommt sind wir hoffentlich schon weit genug weg und ob er lebt oder tot ist spielt wohl kaum eine Rolle. Wenn sie die beiden vermissen, werden ohnehin Wachen nach hier unten kommen.«

Norgal nickte und machte sich daran, den Bewusstlosen zu fesseln.

»Lass uns jetzt weiter nach oben gehen«, meinte Garvis, nachdem sie die beiden Wachen im Raum gegenüber des Lagers eingesperrt hatten.

»Warte noch einen Moment«, entgegnete Norgal, »ich glaube ich hab da gerade etwas gesehen!«

Er ging auf den Lagerraum zu und als er wieder heraustrat, hielt er ein kleines dunkel-lila Röhrchen in der Hand.

»Die Phiole der Verbannung! Es wäre alles umsonst gewesen, hätte wir sie hier verloren! Ein Glück, dass sie unsere Entführer nicht von unseren Sachen getrennt haben und ich sie gerade noch gesehen habe. Sie muss wohl auf den Boden gefallen sein, als du die Sachen geholt hast.«

»Freu dich nicht zu früh, wenn sie uns dingfest machen, nützt dir die Phiole auch nichts mehr. Also los jetzt!«

Am Ende der Wendeltreppe erwartete sie erneut ein Gang. Dieser Flur hatte jedoch ausschließlich solch breite Türen wie die des Lagerraums. Sie konnten diesen allerdings ohne Zwischenfälle passieren und das nächste Stockwerk betreten.

»Wie viele Stockwerke hat dieses Gewölbe eigentlich?«, fragte Garvis, als sie einen weiteren Gang vor sich hatten.

»Ständig von einer Seite auf die andere, ich hoffe das nimmt bald ein Ende.«

»Beschwer dich nicht, immerhin sind wir noch unentdeckt, es wird bestimmt noch schwieriger.«

Garvis rollte mit den Augen und antwortete: »Na dann mal weiter, wir wollen sie ja nicht warten lassen.«

An der nächsten Treppe angelangt, schlichen sie wieder vorsichtig nach oben. Kurz vor Ende sahen sie die beiden Wachen, die mit dem Rücken zu ihnen standen. Mit kurzen Handzeichen verständigten sie sich, wer welchen der beiden ausschalten sollte und innerhalb von ein paar Herzschlägen waren die beiden Wachen außer Gefecht. Sie zogen sie nach unten und versteckten die Bewusstlosen in einer der Nischen, welche regelmäßig zwischen den Türen in die Wand eingelassen waren. Ohne die Möglichkeit sie zu fesseln, blieb ihnen keine andere Wahl. Gerne hätten sie die Wachen auch eingesperrt, doch die Schlüssel passten offensichtlich nur zu den unteren Türen.

»Hast du das gesehen?«, flüsterte Norgal. »Scheint so, als hätten wir den obersten Gang erreicht. Jetzt müssen wir nur sehen wie wir hier rauskommen.«

»Hast du Fenster gesehen? Wir sind vielleicht in der obersten Etage, aber womöglich immer noch unter der Erde.«

»Nein ich hab keine gesehen, aber es gibt nur einen Weg das herauszufinden.«

Entschlossen schlichen sie die Treppe wieder nach oben. Der Gang, der nun vor ihnen lag, unterschied sich bereits deutlich von den anderen. Er war heller beleuchtet und es hingen sogar einige Wandteppiche an den Seiten. Dieser Flur wurde definitiv nicht mehr als Gefängnis oder Lager genutzt. Es zweigten mehrere Gänge ab und die beiden Fliehenden hätten sich leicht verirren können, wäre da nicht der große Bogen auf der linken Seite, in der Mitte des Flurs, gewesen.

»Scheint so, als hätten wir einen Ausgang gefunden!«

»Freuen wir uns nicht zu früh. Lass es uns mal genauer ansehen.«

Von dem Bogen führte eine kleine breite Treppe mit nur wenigen Stufen empor, der ein kurzer Gang folgte, welcher bei einem rundlichen Tor endete.

Sie gingen darauf zu, doch es war verschlossen und keiner der Schlüssel passte.

»Schnell zurück! Da kommen drei Wachen!«, warnte Norgal.

»Was? Wo? Ich hab nichts bemerkt!«

»Vertrau mir!«

Schnell rannten sie zurück in den Flur und postierten sich links und rechts eines Seitengangs, aus dem laut Norgal die drei Feinde kommen sollten.

Es dauerte nicht lang und schon kamen drei Gerüstete den kleinen Gang entlang. Als sie die Stelle erreichten, an der sich die Flure kreuzten, handelten Garvis und Norgal sofort.

Norgal drehte sich und sein Flammenschwert schlug mit der gezackten Seite direkt ins Gesicht des ersten Gegners. Garvis hatte sich den Mann zur linken vorgenommen und ihn mit seinem Schwert durchbohrt. Als der dritte die Situation erkannte, wollte er fliehen und Verstärkung holen. Doch die beiden Kämpfer ließen ihm keine Gelegenheit und ehe er sich versah, war er mundtot gemacht.

»So ein Mist, langsam nimmt das Überhand! Wir müssen hier raus!«, maulte Garvis.

»Lass uns zum Tor zurück, vielleicht bekommen wir das irgendwie auf.«

»Aber was ist, wenn das nicht der Ausgang ist?«

»Ich bin mir sicher, dass das der Ausgang ist, vertrau mir. Wenn ich mir diese ganzen Flure und Gänge so ansehe lässt es keinen Zweifel zu. Jede andere Richtung würde uns nur tiefer in dieses Gebäude bringen. Es scheint, als wären wir in einer Burg oder Festung, schwer zu sagen, aber durch diese Tür kommen wir mit Sicherheit wenigstens in den Hof und von dort lässt sich ein Fluchtweg finden.«

»Okay, lass es uns versuchen, was haben wir schon zu verlieren, außer unser Leben?«, erwiderte Garvis.

Sie gingen zum Tor zurück und Norgal machte sich daran das Schloss zu untersuchen. Er zückte einen Draht aus seinem Mantel und bog ihn etwas. Garvis fragte schon gar nicht mehr, was sein Gefährte noch alles auf Lager hatte.

Nach einigen Versuchen klickte es und das Schloss war offen. Sie zogen das Tor auf und spähten hinaus. Dahinter lag tatsächlich ein Innenhof, der vom Mondlicht schwach beleuchtet wurde. Es gab ein paar kleine Stallungen und andere, teils verfallene Gebäude. Ein großes Tor auf der linken Seite ließ nun keine Zweifel mehr offen, dass sie in einer alten Festungsruine gefangen gehalten wurden.

»Siehst du den Stall dort drüben?«, fragte Garvis und zeigte quer über den Hof. »Wenn wir es dahin schaffen, dann können wir vielleicht zwei Pferde stehlen und durch das Tor verschwinden.

»Wie willst du das anstellen? Dort am Tor stehen vier Wachen und den dicken Balken bekommen wir zu zweit unmöglich weg. Es sei denn…« Norgal kratze sich am Hinterkopf und blickte Garvis an. Dann grinste er und meinte:

»Mein lieber Freund, ich glaube, wir haben jetzt nur noch eine Möglichkeit.«

»Und die wäre?«

»Du schleichst dich zum Stall und siehst zu, dass du zwei Pferde organisieren kannst. Auf dem Weg dahin musst du zwei der Wächter ausschalten während ich die anderen beiden übernehme und das Tor aufmache.«

»Wie willst du das anstellen? Und wie soll ich die Wachen über diese Distanz ausschalten?«

»Hier, nimm zwei meiner Wurfmesser und das mit dem Tor wirst du dann schon sehen. Es ist ein gefährliches Unterfangen, aber wir müssen es riskieren.«

»Na gut, ich vertraue dir.«

»Okay, dann los. Aber denk dran, die Würfe müssen auf Anhieb sitzen. Übernimm die beiden unteren. Ich kümmere mich um die beiden anderen Wachen auf der Mauer.«

»Das ist Wahnsinn, aber wir haben wohl keine andere Wahl.«

Garvis wartete einen günstigen Moment ab, dann wagte er sich hinaus in den Hof.

Im Schutz der Dunkelheit näherte er sich auf Wurfweite an die Wachen. Norgal folgte ihm dicht auf den Fersen.

Er suchte hinter ein paar Fässern Deckung, während Garvis weiter zum Stall vordrang. Bei einem Karren angekommen presste, er sich dicht an ihn. Fast hätte eine der Wachen ihn entdeckt, doch er konnte sich gerade noch rechtzeitig auf den Boden werfen.

Jetzt galt es alles auf eine Karte zu setzen. Garvis spähte hinter dem Wagen hervor. Die Wachen waren, bis auf ihre Brustpanzer, nicht stark gerüstet. Helme trugen sie keine, was einen kleinen Vorteil bedeutete. Nachdem er sich ihre Position genau angesehen hatte, sprang Garvis hervor, die Messer in der Hand und warf. Er traf beide Wachen kurz nacheinander in den Hals. Nur wenige Herzschläge darauf schleuderte auch Norgal seine Messer in Richtung der Wachen auf der Mauer. Seine Ziele waren schwieriger zu treffen, da sie höher standen und weiter entfernt waren, aber Norgal war ein sehr geschickter Messerwerfer. Er beherrschte die verschiedensten Techniken bis ins kleinste Detail und so stürzten die Wachen auf den Mauern, ohne einen Laut von sich zu geben.

Garvis rannte über den Hof zum Stall und verschwand darin. Drinnen waren mehrere Pferde, von denen er sich die erstbesten aussuchte und sattelte. *Hoffentlich bekommst du das Tor auf, sonst sind wir verloren.* Nachdem die Pferde gesattelt waren, nahm er sie mit nach draußen und glaubte seinen Augen nicht zu trauen.

In zirka 30 Fuß Abstand zum Tor stand Norgal breitbeinig da. Offen auf dem Hof, für alle sichtbar. Scheinbar war es ihm nicht gelungen das Tor zu öffnen. Eine Hand hatte er zur Faust geballt in die Luft erhoben, mit der anderen umklammerte er das Amulett des Herrn der Winde. Erst flüsternd, dann immer lauter werdend, beschwor er eine Formel: »Enérgijos vèju ir ignis' su manimi!« Es war die alte Sprache Apygárdas, wie sie auch der Herr der Winde für seine Formeln benutzte, die Sprache der Magie. Sanfte Windstöße wehten um seine Beine und wirbelten etwas Staub auf. Die Intensität nahm kontinuierlich zu. Vor Norgal tat sich ein Windkanal auf, der sich wie eine Fräße ins Tor grub. Holz splitterte, doch das Tor gab nicht nach. Da senkte Norgal seine erhobene Faust und spreizte einen Finger nach dem anderen ab. Sein Feuerauge begann zu lodern, der Wind umspielte seine kurzen blonden Haare, dann schoss eine Feuerwalze durch die windstille Mitte des Windkanals und schlug ins Tor ein. Nun dauerte es nicht lange und die Mischung aus Feuer, heißer und kalter Luft ließ die schweren Balken am Tor bersten. Ein Torflügel sprang auf, der andere wurde aus den Angeln gehoben, dann war das Tor offen. Norgal sank erschöpft auf die Knie. Garvis war mit den Pferden heran und half seinem Gefährten in den Sattel.

Ihre Aktion war nicht gerade leise und so war es nicht verwunderlich, dass nun Leben in die Festung kam. Wachen kamen aus dem Burginneren gerannt und wollten die Flüchten-den aufhalten. Garvis und Norgal warfen einen schnellen Blick über die Schulter und sahen die Krieger. Es gab jedoch noch etwas anderes: Die Nebelschwaden um einen der Türme, aus welchen sich auf dem Balkon einige Gestalten schälten. Ihre Gesichter in Nebel gehüllt, brüllte einer von ihnen mit befehls-gewohnter Stimme: »Lasst sie nicht entkommen!«

Das Funkeln seiner Augen war gespenstisch und seine Stimme so kühl wie Eis. Diese Bestimmtheit und der gefährli-che Unterton ließen die beiden Gefährten für einen kurzen Mo-ment verharren, bevor sie den Pferden die Sporen gaben und in einem halsbrecherischem Tempo aus der Festung flohen.

Einige Wachen rannten ihnen nach, während andere sich daran machten Pferde zu holen. Links und rechts der beiden schlugen einige Pfeile im Boden ein.

»Ihnen nach! Haltet sie auf!«, brüllte die Stimme vom Bal-kon. »Holt den Slúka, sie dürfen nicht entkommen!«

Da schälte sich ein Schatten aus der Dunkelheit eines ande-ren Turmes: »Ja Herr!«

Der Slúka sprang vom Balkon auf ein Dach, rannte über den Giebel. Katzengleich suchte er sich seinen Weg über die Dächer und Mauern der Festung nach unten und rannte durch das Tor den Fliehenden hinterher.

»Wenn sie entkommen, könnten sie unseren Plan zunichte machen. Wenn sie auch vorher vielleicht nichts wussten, jetzt wissen sie mehr als uns lieb sein kann!«

Zustimmendes Gemurmel bestätigte das Ausgesprochene.

Garvis und Norgal waren kaum aus der Festung entkom-men, als sie den nächsten Schock bekamen. Sie befanden sich auf einer Anhöhe und unter ihnen breitete sich die Ruine einer großen Stadt aus. Knochenübersäte Straßen, zerstörte Häuser, überwuchertes Gestein, so lag sie unter ihnen: die gefallene Stadt Raskatan!

Die Ruinen waren allerdings nicht das Einzige, was die Gefährten sahen. Zwischen all dem Schutt und Unrat war ein Heerlager aufgeschlagen, ein Lager der Orks.

Ein Blick über die Schulter zeigte Garvis das Ausmaß der Katastrophe, in welche sie geraten waren. Ein geballter Pulk von Wachen jagte hinter ihnen her, laute Rufe waren zu hören und ein heilloses Durcheinander machte die Nacht lebendig.

Die Verfolger, welche zu Fuß unterwegs waren würden sie abschütteln können, die Reiter waren ein weitaus ernsteres Problem. Und noch etwas anderes saß ihnen im Genick. Zwischen den Wachen tauchte immer wieder für ein paar Herzschläge ein schwarzer Schatten auf. Oder täuschte das nur? Garvis war sich nicht sicher. Immerhin war es Nacht und außer den Feuern der Orks unter ihnen, den Fackeln und Lichtern der Festung spendet nur der wolkenverhangene Mond etwas spärliches Licht.

Sie preschten am Hang entlang. Es musste einen Fluchtweg geben, ohne nach unten zu den Orks zu müssen und da blieb nur der Ausweg nach Nordwesten in den dunklen, unwegsamen Forst.

»Norgal, wir müssen in den Wald, es ist der einzige Ausweg!«

Doch Norgal nickte nur. Er war wie in Trance. Die Nutzung des magischen Amuletts hatte seinem ohnehin schon strapazierten Körper noch mehr zugesetzt. Die Hauptsache war jedoch, dass er bei Bewusstsein war und Garvis folgte.

Sie ritten in schnellem Galopp auf den Wald zu und schafften es sogar Distanz zwischen sich und ihren Verfolgern gut zu machen.

Es dauerte wie eine gefühlte Ewigkeit, bis sie den sehr nahegelegenen Forst erreichten. Die Flucht war damit aber noch lange nicht geglückt.

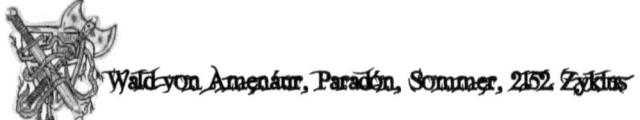

Sie preschten durch das Unterholz und ritten alles nieder was sich ihnen in den Weg stellte. Mehr als einmal wären die Pferde beinahe gestürzt. Dies hätte ihren sicheren Tod bedeutet, doch noch war die Flucht in vollem Gange und die beiden Gefährten waren nicht gewillt noch einmal zurück in die Festung geschleppt zu werden. Sollten sie eingeholt werden, würden sie bis zum bitteren Ende kämpfen.

Immer weiter drangen sie in den Wald vor. Das Unterholz wurde dichter, was das Weiterkommen ungemein erschwerte. Zwar hatte sich schon etwas Distanz zwischen ihnen und ihren Verfolgern eingestellt, doch würden die Reiter sie mit Bestimmtheit irgendwann einholen.

»Wir müssen tiefer in den Wald!«, schrie Garvis. Immer noch bangte er um Norgal. Sein tranceähnlicher Zustand war sehr beunruhigend. Garvis fürchtete mehrmals, dass sein Gefährte vom Pferd stürzen würde, doch Norgal hielt sich im Sattel.

Nach einiger Zeit im Unterholz dachten sie bereits, die Pferde zurücklassen zu müssen. Da öffnete sich eine Lichtung. Die Fliehenden galoppierten so schnell es ging darauf zu und verschwanden auf der anderen Seite in den verschlungenen Pfaden des Waldes.

Nach einem schweißtreibenden Ritt in vollem Tempo und um etliche Biegungen hetzend, dachte Garvis, die Verfolger abgeschüttelt zu haben. Die Rufe waren schon seit Längerem nicht mehr hörbar. Das würde die Suche nach ihnen erschweren und die Gefährten hatten Zeit, noch tiefer in den Wald vorzudringen. So würden sie ihren Häschern mit Sicherheit entgehen können, zumindest für eine gewisse Zeit.

Irgendwann hielten sie an einer günstigen Stelle an, was Garvis wie eine Ewigkeit erschien, und versuchten sich neu zu orientieren.

Norgals Blick war nicht mehr so trüb, wirklich ansprechbar war er allerdings noch immer nicht.

»Verflucht, ausgerechnet Raskatan und der Wald von Amenáur! Wie sollen wir hier nur wieder herauskommen?«

Garvis wusste weder wo sie sich befanden, noch wie sie von hier aus den Wald verlassen konnten.

»Wir müssen irgendwie nach Iscadar. Der König muss informiert werden. Eine derart große Armee der Orks wird sicherlich nicht aus eigenem Antrieb in Raskatan aufgetaucht sein. Dieser Nebel… gespenstisch. Es sind nicht viele Informationen, die wir besitzen, aber der König muss davon in Kenntnis gesetzt werden!«

Er sprach mehr zu sich selbst als zu Norgal.

Wie sollten sie nur in die Hauptstadt kommen. Sie waren von der Flucht und dem Gift viel zu geschwächt. Keiner der beiden wusste, wie lange sie ausgeschaltet gewesen waren. Es musste aber eine längere Zeit gewesen sein. Vom Zeitpunkt der Entführung und in Anbetracht der Strecke durch die Steppe nach Raskatan, war durchaus anzunehmen, dass die Betäubung entweder sehr lange angehalten hatte, oder immer wieder nach dosiert wurde. Wie sie am Leben gehalten wurden, konnte Garvis nicht sagen, aber das spielte auch keine besonders große Rolle.

Garvis' Blick streifte umher. Er hoffte etwas zu finden, das ihnen weiterhalf.

Norgal war abgestiegen und dabei kam das Amulett zum Vorschein.

Es leuchtete an den Rändern immer noch etwas bläulich und ein weißes Glimmen war bei den Winden im Innern zu sehen.

»Das ist es!« Garvis ging auf Norgal zu. Dieser sah ihn nur mit einem verklärten Blick an. Er war immer noch nicht im Vollbesitz seiner geistigen Kräfte.

Garvis nahm seinem Freund das Amulett ab und umschloss es mit seinen Fingern.

Dann sprach er die Worte für die geistige Verbindung mit dem Herrn der Winde:

»Lord éf tao vėjų audros etania!«

Sofort begann das Amulett wieder stärker zu Leuchten. Die blauen Lichtstrahlen drangen durch Garvis' Faust und es wurde windiger. Ein ungeheurer Druck baute sich in seiner Hand auf und er konnte sie nicht mehr länger geschlossen halten. Sobald seine Finger das Amulett freigaben, schoss ein senkrechter Strahl aus weißem Licht, umspielt von Windstößen, ein paar Handbreit in die Höhe. »Im Namen Pândrâs des Weisen, wer verlangt nach mir?«, drang es mit einer etwas dumpf klingenden Stimme aus dem Strahl.

Da fächerte sich das weiße Glänzen v-förmig aus und es erschien ein schemenhaftes Gesicht.

»Meister Torgadol, ich grüße Euch«, begann Garvis etwas verdutzt von der Art der Kommunikation. Er hatte durchaus etwas Außergewöhnliches erwartet, allerdings übertraf das seine Vorstellung.

»Auch ich grüße Euch«, kam es zurück. Die Stimme des Meisters klang verzerrt und tiefer als normal, doch darum scherte sich Garvis im Moment nicht.

»Meister, wir sind in Schwierigkeiten und benötigen dringend Eure Hilfe!«

»In welchen Schwierigkeiten befindet Ihr Euch? Ich hoffe, ich kann Euch behilflich sein, meine Freunde. Was ist euer Begehr?«

»Wir sind im Wald von Amenáur, Meister. Wir wurden entführt und nach Raskatan verschleppt. Mit Müh und Not gelang uns die Flucht, doch wir werden verfolgt und wissen weder wo wir sind, noch wohin wir uns wenden sollen. Wir müssen nach Iscadar, um den König zu warnen. Eine Armee mit tausenden von Orks hat Stellung in Raskatan bezogen und ganz augenscheinlich werden sie von jemand Höherem befehligt. Doch zuerst müssen wir entkommen und ein sicheres Versteck finden, um wieder zu Kräften zu kommen. Wir waren über einen längeren Zeitraum ausgeschaltet und Norgal ist derzeit nicht ansprechbar, da er bei unserer Flucht das magische Amulett einsetzen musste, was ihm die letzten Kräfte raubte.«

»Das ist alles sehr bedenklich, was Ihr mir zu berichten habt. Ich hoffe ich kann Euch helfen. In welcher Richtung seid Ihr aus Raskatan geflohen?«

»Wir waren, glaube ich, auf der nördlichen Seite der Stadt und sind von dort aus nach Westen in den Wald geflohen. Ich mache mir große Sorgen. Der Wald der Magie ist für seine Tücken und eigenartigen Vorgänge bekannt. Bis jetzt hat sich davon zwar nichts bemerkbar gemacht, doch wir sind auch erst seit Kurzem unterwegs. Man munkelt der westliche Teil des Waldes wurde von kaum einem Menschen je betreten.«

»Eine wahrlich komplizierte Situation. Es stimmt, der westliche Teil des Waldes ist dafür verantwortlich, weshalb man den Wald von Amenáur auch heute noch *Wald der Magie* nennt. Es gibt die verschiedensten Geschichten, doch was davon wahr ist vermag ich nicht zu sagen. Ich war selten so weit im Norden Paradóns. Doch ich glaube, ich kann Euch helfen. Ein alter Freund von mir lebte früher in der Nähe des Südhangs der westlichen Ausläufers des Bergol-Gebirges. Ich weiß nicht, ob er immer noch dort lebt, doch es ist vermutlich die einzige Möglichkeit lebendig aus dem Wald zu entkommen. Eure genaue Position kann ich leider nicht ermitteln. Ihr solltet versuchen weiter nach Westen vorzudringen. Mein Freund ist ebenfalls ein Magier. Er kann Euch mit Sicherheit helfen. Die Wahrscheinlichkeit, dass er den Wald verlassen hat ist meiner Einschätzung nach recht gering, da er wie ich für seine Forschung lebt. Seine Gebiete sind die Magie der Erde und die Geologie. Sein Name ist Meister Maandús. Geht einfach weiter nach Nordwesten, so werdet ihr sein Domizil bestimmt erreichen.«

»Habt Dank, Meister Torgadol. Das werden wir Euch nie vergessen!«

Garvis verneigte sich tief. Der Herr der Winde lachte allerdings nur.

»Was macht man nicht alles für seine Freunde? Meist zu wenig. Solltet Ihr nochmals Hilfe benötigen, scheut Euch nicht mich zu kontaktieren.«

»Das sind wahre Worte Meister, ich danke Euch.«

»Kümmert Euch gut um Norgal! Ich wünsche Euch viel Glück und das wir uns das nächste Mal unter erfreulicheren Umständen begegnen. Ihr müsst die Botschaft unbedingt nach Iscadar tragen. Dabei kann ich Euch leider nicht unterstützen. Das Sturmgebirge befindet sich derzeit im Umbruch. Meine Abwesenheit könnte fatale Folgen nach sich ziehen.«

»Macht Euch keine Sorgen, wir werden Iscadar schon erreichen. Bis bald Meister und nochmals vielen Dank!«

Mit diesen Worten erlosch der helle Strahl und das blaue Leuchten des Amuletts ließ nach, bis es letztendlich ganz erstarb.

Meister Maandús also, dachte Garvis, *na hoffen wir das Beste.*

Er sah sich seinen Gefährten an, welcher im Gras saß. Er schien immer noch verklärt und Garvis beschloss, ihn vorerst noch in Ruhe zu lassen.

Sie rasteten eine kurze Zeit, dann bestiegen sie die Pferde und ritten zügig weiter nach Westen. Meister Maandús' Domizil war offensichtlich die einzige Möglichkeit, um wieder unbeschadet aus dem Wald heraus zu kommen. Es bedeutete allerdings auch, noch weiter in den Norden zu ziehen und somit, sich mehr von Iscadar zu entfernen.

Die beiden Gefährten hatten aber keine andere Wahl und lieber befolgten sie den Rat eines weisen Magiers, als sich sinnlos in den Tod zu stürzen.

Der Tag war bereits angebrochen, als sie sich und den Pferden die erste Rast seit dem Gespräch mit dem Herrn der Winde gönnten.

Das Licht tat sich schwer in diesem Wald den Weg bis zum Boden zu finden und so herrschte ein ewiges Zwielicht. Die Schatten spielten unaufhörlich miteinander und die Zweige der Bäume wiegten sanft im Wind. Der Wald der Magie erschien sehr mystisch. Man konnte nie wissen was hier geschah, doch bis jetzt hielt sich der Wald zurück und bis auf ein paar irreführende Geräusche und den Lichtspielen wurden die Freunde von Gefahren verschont. Ihre Verfolger waren, seit dem sie sie abgeschüttelt hatten, auch nicht mehr aufgetaucht. Norgals Trancezustand hatte sich gelegt und so waren sie guter Dinge, den Magier zu erreichen und wieder vollends zu Kräften zu kommen. Ihre Glieder schmerzten und so schnell würden die Strapazen der letzten Zeit nicht von ihnen abfallen. Doch Zeit hatten sie nicht besonders viel. Für eine ausgiebige Erholung waren die Erkenntnisse viel zu brisant, um sie nicht schnellstmöglich nach Iscadar zum König zu tragen. Somit musste es genügen, wieder sicher im Sattel sitzen zu können.

»Wie geht es dir?«, fragte Garvis als sie abstiegen.

»Es geht. Mein Kopf schmerzt genauso wie meine Glieder, doch ich kann wieder einigermaßen klar denken. Der Gebrauch der Magie hat mir fast den kompletten letzten Rest Kraft genommen. Wenigstens sind wir heil aus dieser Festung gekommen.«

»Hast du mitbekommen, was sich ereignete, nachdem wir das Tor passiert hatten?«

»Nicht wirklich, ich habe deine Stimme gehört und die Umgebung gesehen, aber ich kann mich nur verschwommen erinnern.«

»Wir waren in der alten Festung über Raskatan gefangen. Die Ruinen der Stadt wurden von Orks eingenommen, welche ein riesiges Heerlager errichtet haben. Es scheint, als würden sie sich auf einen Krieg vorbereiten. Aber es waren Menschen in der Festung und noch etwas, worüber ich mir nicht ganz im Klaren bin. Es war etwas Mystisches. Ich wage es kaum auszusprechen, doch es könnte sich um die Ral-Kadór handeln.«

»Was? Die Ral-Kadór! Sie gelten als ausgestorben. Das heißt, sofern es sie je gegeben hat. Das ist alles sehr sonderbar, aber jemand Mächtiges muss die Orks befehligen.«

»Ich weiß und wir müssen es dem König melden. Ich habe mit Meister Torgadol Verbindung aufgenommen und er sagte, wir müssten weiter in den Wald und seinen alten Freund Meister Maandús aufsuchen. Es sei die einzige Möglichkeit den Wald verlassen zu können. Noch hat er sich zwar nicht gegen uns verschworen, aber er wird unsere Anwesenheit wohl nicht mehr lange dulden.«

»Dann sollten wir seinen Rat ernst nehmen. In diesem Wald ist angeblich alles möglich und man erzählt sich von den verschiedensten Wesen, welche hier leben.«

»Wir sind bereits auf dem Weg zu Meister Maandús. Ich hoffe wir erreichen ihn bald, doch wir müssen erst etwas zu essen finden. Ich habe das Gefühl als hätte ich seit Tagen nichts zu mir genommen.«

»Ein Feuer ist zu gefährlich. Wer weiß, wie nah unsere Verfolger sind. Wir sollten kein unnötiges Risiko eingehen. Es könnte ihnen unseren Standort verraten. Wir sollten ein paar Beeren oder andere Früchte suchen.«

»Ja, machen wir uns daran, etwas Brauchbares zu finden.«

Sie teilten sich auf und untersuchten die Umgebung.

Es dauerte nicht lange, da hatten die beiden Freunde ein paar Früchte gefunden, die sie sofort gierig aufaßen. Der Fruchtsaft und die Frische der Früchte belebten ihre Körper und sie fühlten sich sofort etwas erholter.

Danach war die Rast nur noch von kurzer Dauer. Garvis und Norgal wollten so schnell wie möglich das Domizil des Magiers erreichen.

Die Pferde trotteten den schmalen Pfad entlang und eine drückende Schwüle lag in der Luft. Zur Mittagszeit war die Hitze am größten. Eigentlich hätte es in einem Wald, der das Sonnenlicht nur schwer durchließ, zumindest etwas kühler sein müssen, doch der Wald der Magie lebte offenbar nach anderen Regeln.

Da sie kein Wasser mit sich führten und bis jetzt an keiner Stelle vorbei kamen, wo es welches gab, waren die Gefährten mehr als froh, einige Früchte mitgenommen zu haben. Der Fruchtsaft, war erfrischend und zugleich vitaminreich. Umso mehr Früchte sie aßen, desto besser fühlten sie sich. Irgendwann machte ihnen auch die Hitze nicht mehr derart zu schaffen.

Stück für Stück bahnten sie sich ihren Weg durch den verschlungenen Forst, als Norgal irgendwann sagte: »Hast du auch so ein komisches Gefühl?«

»Ja, ich fühle mich leicht eigenartig. Irgendetwas liegt in der Luft.«

»Mir kommt es fast so vor, als würde sich der Wald hinter uns zusammenziehen und den Rückweg verschlingen. Ich kann schon jetzt nicht mehr sagen woher wir gekommen sind.«

»Ich weiß was du meinst und das Schattenspiel trägt zusätzlich zur Verwirrung bei. Durch das Zwielicht kann man noch nicht einmal genau sagen in welche Richtung wir uns bewegen. Ich hoffe wir sind nicht vom Kurs abgekommen.«

»Selbst wenn, wir folgen ohnehin dem einzig gangbaren Pfad. Wir haben gar keine andere Wahl. Ich habe ständig das Gefühl beobachtet zu werden. Wir sollten lieber sehr vorsichtig sein, denn selbst meine Fernsicht funktioniert hier nicht. Der Wald ist definitiv magisch und scheint uns in eine bestimmte Richtung zu drängen.«

»Solang er uns in Ruhe lässt, kann ich damit leben«, erwiderte Garvis.

»Fragt sich nur, wie lange uns diese Ruhe vergönnt bleibt«, antwortete Norgal und zeigte nach vorne auf den Pfad. Die Bäume, Büsche und Sträucher bewegten sich wie von Geisterhand und ihre Sicht wurde getrübt, während sich alles verzerrte.

Doch schon nach einigen Herzschlägen war alles wieder normal.

»Hast du das gesehen?«, fragte Garvis aufgeregt.

»Ja natürlich! Was war das?«

»Ich weiß nicht. Ich weiß nicht einmal, ob das gerade wirklich passiert ist oder wir es uns nur eingebildet haben. Immerhin sieht jetzt wieder alles wie vorher aus.«

»Aber wir haben es beide gesehen«, entgegnete Norgal. »Es könnte auch eine Warnung des Waldes gewesen sein.«

»Oder aber diese Früchte sind mit irgendwelchen Stoffen versehen, welche unsere Wahrnehmung trüben.«

»Wie auch immer. Ich finde, wir sollten einfach zügig weiter reiten, um endlich zu Meister Maandús zu kommen.«

Immer wieder sahen sie sich misstrauisch um, doch sie konnten nicht sagen, ob der Wald sich veränderte, auch wenn sie das Gefühl ständig begleitete. Zumindest blieben weitere eigenartige Verzerrungen der Umgebung aus.

Gegen Spätnachmittag schien es, als würden sie direkt auf eine kleine Lichtung zuhalten. Doch so weit sie auch ritten, die Lichtung kam nicht näher. Der Wald tat was er wollte und die beiden Reiter waren nicht in der Lage sich gegen seine Macht zu wehren. Es blieb ihnen nichts weiter übrig, als es hinzunehmen. Irgendwann verschwand die Lichtung wieder aus ihrem Blickfeld, ohne sie erreicht zu haben. Stattdessen sahen sie sich nun dichten Schlinggewächsen gegenüber und der Frost verdichtete sich so stark, dass sie nur noch hintereinander reiten konnten.

Garvis ritt voraus und musste immer wieder Äste oder Schlingen mit seinem Schwert abtrennen, die sich in seiner Kleidung verfangen hatten.

Norgal trotte hinterher. Er schwitze am ganzen Körper. Da er in Waradan aufgewachsen war und dort oft in den kühlen Klüften der Waradankette unterwegs war, waren ihm diese schwülen Temperaturen nicht gerade willkommen.

Auch er musste immer wieder Zweige und dergleichen aus seinem Mantel entfernen, den er trotz der Hitze nicht abgelegt hatte. Der Mantel schien ein Teil von ihm zu sein, von welchem er sich nur schwer lösen konnte.

»Wie lange sind wir schon unterwegs? Ich habe das Gefühl, wir kommen überhaupt nicht vorwärts«, machte sich Garvis nach einer Weile des Schweigens bemerkbar.

Als er keine Antwort erhielt, drehte er sich um und musste mit Erschrecken feststellen, dass Norgals Pferd ohne seinen Reiter hinter ihm herlief.

Mit einem Ruck zügelte Garvis sein Tier und drehte sich vollständig im Sattel. Er sah Norgal in mehreren Fuß Entfernung in der Luft hängen. Sein Mund und Oberkörper von wilden Ranken umschlugen, war er nicht in der Lage sich zu bewegen oder zu sprechen.

Sein oranges Zackenschwert steckte in der Scheide und an die Utensilien in den Innentaschen seines Mantels kam er aufgrund der festen Umklammerung der Ranken ebenfalls nicht heran.

Gerade als Garvis vom Pferd steigen wollte, um seinem Freund zur Hilfe zu eilen, schossen seitlich des schmalen Pfades etliche Schlingen aus dem dichten Wald. Sie umschlangen die Füße des Kämpfers und zogen ihn kopfüber ins Blätterdach.

Instinktiv griff Garvis nach seinem Schwert und holte zum Schlag aus. Bevor er jedoch auf die Ranken einhacken konnte, wurden seine Arme und sein Bauch ebenfalls von den Schlingen umwickelt.

So hingen sie nun in den Bäumen. Bewegungen waren kaum möglich und selbst im Vollbesitz ihrer Kräfte wäre es wohl kaum möglich gewesen, sich aus der Umklammerung des Waldes zu lösen. Verzweifelt wanden sich die Gefährten, doch bis auf Erschöpfung, konnten sie nichts erreichen.

»Vom Regen in die Traufe!« Garvis scherzte bitter. Er konnte es sich aufgrund des ironischen Verlaufs ihrer Flucht nicht verkneifen. »Da entkommen wir mit Müh und Not aus dieser Festung und jetzt hängen wir hier in den Bäumen fest ohne uns selbstständig befreien zu können. Fehlt nur noch, dass uns diese verfluchten Schweinehunde einholen und uns den Rest geben. Wobei das vermutlich noch nicht einmal das Schlechteste wäre, ehe wir hier elendig in den Bäumen verrecken.«

Garvis überlegte fieberhaft, wie sie ihrem unfreiwilligem Naturgefängnis entkommen konnten. Ihm wollte allerdings nichts Brauchbares einfallen. Sie waren komplett hilflos gefangen, unfähig sich zu bewegen. Wie sollte da ein Entkommen möglich sein, wenn nicht der Wald selbst sie frei ließ?

Wie sie über dem Erdboden hingen und die Zeit verstrich, drangen plötzlich Laute aus dem Wald, die nicht so recht in die natürliche Geräuschkulisse passen wollten. Eine Art Kichern und Rascheln, das immer lauter wurde und näher zu kommen schien.

Mittlerweile war der Abend angebrochen und die Geräusche waren so nah, dass die Gefangenen dachten, ihre Verursacher greifen zu können. Doch so sehr sie sich auch bemühten auszumachen woher die Laute kamen, der Forst ließ nichts erkennen.

Obwohl ein leichter Wind wehte war die Hitze auch nach Untergang der Sonne nicht weniger geworden. Jetzt, als es komplett dunkel im Wald geworden war, begann etwas Neues, etwas Magisches, das Garvis und Norgal staunen ließ. Überall an den Bäumen und am Boden taten sich kleine Blüten auf, die in den verschiedensten Farben leuchteten. Die Umgebung war bald von einem lieblichen Schimmer erfüllt, welcher nur von dem nicht auszumachenden Rascheln und Kichern untermalt wurde.

Als sich keine Blüten mehr öffneten, tauchten plötzlich leuchtende Augen in den Schatten auf, die, wie auch am Tag, in kuriosen Formen über den Boden und die Bäume tanzten.

Die Gefährten befürchteten schon, jeden Moment von wilden Bestien angefallen zu werden. Es sollte jedoch anders kommen.

Ein Trappeln über die Äste der Bäume drang an ihre Ohren. Immer noch hilflos, blieb den beiden nichts anderes übrig, als alles auf sich zukommen zu lassen.

Ein Pfeifen und Zischen und der Forst lag in totaler Stille.

»Was ist hier nur los!«, rief Garvis. »Dieser Wald macht mich noch wahnsinnig!«

Da schlugen Pfeile in die Baumstämme hinter ihm ein und seine Arme waren frei. Nur noch an den Füßen in den Schlingen hängend, schwang er nach hinten und krachte kopfüber gegen einen Baum. Kurz darauf hing auch Norgal nur noch an einem Strang.

Ehe ihnen bewusst war was passierte, sahen sie die Umrisse einer Gestalt. Auf einem der höheren Äste zeichnete sich aufrecht stehend deutlich eine Silhouette ab.

»Wen haben wir denn hier«, erklang eine hohe, klare Stimme und die Gestalt sprang von Ast zu Ast, bis sie den Boden erreicht hatte.

Auf dem moosigen Waldboden zwischen all den leuchtenden Blüten stand sie und blickte erst Norgal und dann Garvis mit ihren grün-braunen Augen an. Ihre schlanke Gestalt mit den vielen Kurven war die Perfektion der Natur. Sie lächelte und schritt auf Garvis zu.

Garvis hatte schon viel von diesen Wesen gehört, doch noch nie welche zu Gesicht bekommen.

Sie stand vor ihm und wischte sich mit einer fließenden Handbewegung eine blonde Strähne ihres Scheitels aus dem Gesicht. Aus der Nähe betrachtet war sie noch schöner und ihre makellose Haut schimmerte im Licht der Blüten. Das war also Garvis' erste Begegnung mit einer Elfin!

Ihre blonden, fast weißen Haare waren recht kurz geschnitten, aber nicht zu kurz. Ein längerer Scheitel fiel ihr vorne über ihre wunderschönen Augen. Ihre spitzen Ohren betonten die Wangen und ihre weichen Lippen machten den Mund sinnlich. Ihre schmale Nase passte perfekt zu ihren Augen. Ihr gesamtes Gesicht war abgestimmt, ohne dabei künstlich zu wirken. Es war pure Natürlichkeit. Die schwarzen Linien um ihre Augen, ließen diese noch größer erscheinen und verliehen ihr ein mystisches Auftreten.

Sie trug ein enges, grünes Gewand und einen Rock, der relativ kurz war. Darunter braune Lederhosen, die sich eng an ihre Beine schmiegten. Um den Bauch hatte sie einen breiten braunen Gürtel geschnallt, in dem ein gebogener Dolch steckte. Die Schnalle war prunkvoll, aber nicht überladen und ihr dezenter Ausschnitt brachte ihre wohlgeformten Brüste gut zur Geltung, ohne dabei zu viel preis zu geben. Ihren Rücken schmückte ein Köcher mit Pfeilen und ihr linker Unterarm war mit einer Lederschiene geschützt, unter der sich eine Tätowierung aus Ranken und Blättern abzeichnete.

»Wer seid ihr beiden denn?«, fragte sie, als sie sich daran machte Garvis mit ihrem Dolch von der letzten Schlinge zu befreien. »Was habt ihr so tief im Wald von Amenáur verloren?«

Garvis, immer noch fasziniert von ihrer Erscheinung, stammelte nur etwas Unverständliches, dann fiel er zu Boden.

»Was ist los mit Euch? Noch nie eine Elfin gesehen?«

Sie sprang auf einen Ast und schnitt auch Norgal los, der ebenfalls am Staunen war, sich aber zurückhielt etwas zu sagen, da er nicht wusste, was es mit ihrer Retterin auf sich hatte und er lieber abwartete, was passieren würde. Immerhin konnte es auch passieren, dass die Elfin sie nur in eine Falle gelockt hatte.

Garvis rappelte sich vom Boden auf und sah der Elfin zu, wie sie wieder auf den Boden kam.

»Ich habe schon einmal Elfen gesehen«, meldete sich Norgal zu Wort, da Garvis keine Anstalten machte etwas zu sagen. »Es ist nur etwas eigenartig ausgerechnet hier auf eine von euch zu treffen.«

»Glaubt mir, ich bin ebenso verwundert hier zwei Menschen zu begegnen. Was verschlägt Euch so tief in den Wald?«

»Wir sind auf der Flucht«, sagte nun Garvis, der seine Verwunderung überwunden hatte.

»Wir wurden hier im Wald, bei den Ruinen von Raskatan, gefangen gehalten und konnten nur knapp entkommen.«

»Und dann reitet ihr ausgerechnet in den Westteil des Waldes? Wisst ihr nicht welche Gefahren hier lauern?«

»Darüber sind wir uns im Klaren, doch blieb uns keine andere Wahl. Es war der einzige Ausweg. Auf einem anderen Weg konnten wir nicht entkommen. Es lagert ein Heer der Orks in den Ruinen der alten Stadt«, erklärte Norgal. Ihre Körperhaltung und Aufgeschlossenheit ließen ihn vorerst etwas Vertrauen schöpfen. Dennoch blieb Norgal auf der Hut, bis er sich sicher war.

»Also ist es tatsächlich wahr«, sagte die Elfin. »Orks sind nach Paradón gelangt!«

»Das ist der Grund, warum wir dringend nach Iscadar müssen, um dem König von der Gefahr zu berichten. Nicht auszudenken, was geschehen würde, wenn dieses Heer gegen Paradón zieht!« Garvis sprach schon fast drängend.

»Wir sind auf dem Weg zu Meister Maandús. Nur er kann uns angeblich den Weg aus diesem Wald weisen.«

»Ich kenne den Weg. Der Wald der Magie ist für gewöhnliche Menschen nicht gemacht. Es braucht viel Gespür für die Natur. Ohne Führer kommt ihr alleine nie wieder heraus, zumindest wenn man sich hier im Westteil befindet. Die Gegend um Raskatan hat schon viel Magie verloren. Wenn ihr wollt, kann ich euch helfen den Weg hier heraus zu finden.«

»Das wäre sehr nett. Wir haben das Gefühl, kaum weiter zu kommen«, antwortete Garvis.

»Mein Name ist übrigens Eély, Eély Vêrnith.« Sie zwinkerte den beiden zu und Garvis stellte sich und seinen Begleiter ebenfalls kurz vor, während er sie dabei unablässig anstarrte.

Norgal schüttelte den Kopf, bekundete aber ebenfalls seine Zustimmung, obwohl ihn die schnelle Hilfsbereitschaft der Elfin zur Vorsicht mahnte. Er traute ihr nicht und würde jede ihrer Bewegungen beobachten. Garvis schien von ihrem Äußeren derart geblendet zu sein, dass er jede Vorsicht über Bord warf. Den Gefährten blieb aber keine andere Alternative und so machten sie sich gemeinsam mit Eély auf den Weg.

Zandil betrat den Raum. Er war etwas blass um die Nase und er wagte es nicht vom Boden aufzusehen. Die Nachricht, welche er gleich seinem Herrn überbringen musste, war alles andere als erfreulich und er wusste nur zu gut, was passierte, wenn sein Meister in Rage geriet.

»Zandil, ich hoffe du bringst gute Neuigkeiten!«, sprach der Ral-Kadór, als er ihn kommen sah.

»Verzeiht, Meister. Die Nachrichten sind leider nicht erfreulich.« Beim Beginn seiner Ausführungen ließ sich der Diener auf ein Knie nieder.

»Was heißt nicht erfreulich? Ich erwarte Erfolge!«

»Herr, die Reiter sind zurück. Der Slúka schickte sie wieder hierher!«

»Der Slúka? Was fällt dieser Kreatur ein, Befehle zu erteilen!«

»Der Seržan der Wache teilte mir mit, dass die Flüchtigen so weit in den Wald vorgedrungen waren, dass eine Verfolgung nicht mehr möglich war. Der Wald verändert ständig seine Form und der Slúka war der Meinung, allein besser voranzukommen. Er schickte die Wachen zurück und lässt Euch mitteilen, dass er die beiden allein jagen wird. Der Slúka ist ein Wesen aus Magie und kann im Wald zurechtkommen. Die Wachen hatten keine andere Wahl als aufzugeben.«

»Nichts als Ausflüchte! Entweder der Slúka fängt diese Bastarde oder ich werde ihn, den Seržan und dessen Leute exekutieren lassen! Ich dulde kein Versagen!« Wütend donnerte seine Faust gegen die schwerer Tischplatte zu seiner Rechten.

»Ja, Herr«, antwortete Zandil und schluckte. Schweißperlen bildeten sich auf seiner Stirn. Er hatte wahrlich nicht die schönste oder einfachste Arbeit. Als Diener Argátors, des Kaszoc-Kásk, zweithöchster Ral-Kadór, musste er oft um sein Leben bangen. Doch er wurde fürstlich bezahlt und genoss einige Privilegien innerhalb der Festung. Alles in allem nicht schlecht für einen ehemaligen Dieb aus Furta Allégra. Nur im Moment wünschte sich Zandil nicht in seiner Haut stecken zu müssen. Seit der Kaszoc-Vhinás, der oberster Herrscher der Ral-Kadór, sich auf den Weg nach Carvás Cándth gemacht hatte, waren Zandils Meister einige Aufgaben zugefallen, die ihn des Öfteren zum Ausrasten brachten. Er musste unter anderem nun den Rat leiten und dafür Sorge tragen, dass das Heer der Orks nicht aus der Reihe tanzte. Wenn der Kaszoc-Kásk einmal einen seiner Wutausbrüche hatte, war es besser, ihm so gut es ging aus dem Weg zu gehen. Es war keine Seltenheit, dass er Überbringer schlechter Nachrichten kurzerhand brandmarken oder gleich hinrichten ließ. So bangte auch Zandil immer wieder um sein Leben, doch er war seinem Herrn ein guter Diener und wurde auch dieses Mal vor dem Tode verschont.

»Es wird Zeit, dass der Kaszoc-Vhinás wieder zurück kehrt. Hoffentlich sind die Fürsten der Stadt des Grauens mit den Vereinbarungen einverstanden. Sie wären uns eine große Hilfe für das Vorhaben. Nun geh Zandil und lass mich nachdenken!«

Herrisch hob der Ral-Kadór seine Knochenhand mit dem rubinroten Ring. Er verstand ohnehin nicht, weshalb sich der Oberste dazu herab ließ, die Stadt persönlich aufzusuchen. Zandil erhob sich und schritt auf die Tür zu. Nachdem er sie geschlossen hatte, atmete er erleichtert auf, ging den Gang entlang und verschwand im Gemeinschaftszimmer der Diener.

Garvis und Norgal ritten auf ihren Pferden, während Eély über die Äste der Bäume ging.

Der Pfad hatte sich wieder verbreitert, sodass es möglich war nebeneinander zu reiten. Es war bereits Morgen und das Leuchten der Blüten hatte kurz vor der Dämmerung aufgehört.

Eély hatte nicht mehr viel gesprochen seit sie aufgebrochen waren, aber sie schien den Weg zu kennen. Zielsicher rannte die Elfin die Äste entlang und sprang von Baum zu Baum. Dabei benutzte sie Schlingpflanzen, um weitere Distanzen schnell zu meistern. Das half ihr mit dem lockeren Trab der Pferde problemlos mitzuhalten.

Nach ein paar Stunden kam wieder die Lichtung. Genau wie beim letzten Mal rückte diese jedoch nicht näher und die Gefährten konnten sie nicht erreichen. Eély verunsicherte das nicht im Geringsten und nach einiger Zeit schafften sie es tatsächlich den Forst zu verlassen. Die Lichtung war nicht groß, aber Garvis war dennoch fasziniert. »Wie kommt es, dass wir es auf die Lichtung geschafft haben? Beim letzten Mal sind wir nicht mal in die Nähe gekommen. Heißt das vielleicht, dass wir im Kreis gehen?«

Eély antwortete: »Das ist der Wald der Magie. Wir gehen nicht im Kreis und die Lichtung haben wir auch nur erreicht, weil der Wald es so wollte. Vermutlich sieht er euch nicht mehr als Gefahr, weil ihr mit mir unterwegs seid. Ich bin eins mit der Natur, doch der Wald hat seine eigenen Regeln.«

Da veränderte sich der Wald urplötzlich erneut und ein riesiges Tier sprang auf die Lichtung. Es heulte und aus dem

Maul rann Geifer. Blutunterlaufene Augen blickten den drei Reisenden entgegen.

»Ein Vîlkas! Lauft!«, schrie Eély und rannte den Weg zurück, doch der Wald hatte andere Pläne und ließ sie nicht von der Lichtung. Die Pferde waren unruhig und die Bestie kam langsam näher. Sie hatte einen Widerrist von der Höhe eines ausgewachsenen Mannes, schwarz-rotes, zotteliges Fell und zwei buschige Schwänze. Mächtige Krallen scharrten über das Gras der Lichtung. Die lange Schnauze war direkt auf die kleine Gruppe gerichtet und ihre Ohren standen spitz nach vorne. Eély sprang von hinten auf Garvis' Pferd und zog dabei den Bogen. Mit einem Bein stieß sie sich ab und feuerte einen Pfeil von oben auf die Bestie herab, um sie an einer empfindlichen Stelle im Nacken zu treffen. Doch das Tier war schnell und wich gekonnt aus. Es hetzte auf die Pferde zu, die in Panik verfielen und ihre Reiter abwarfen. Garvis und Norgal zogen ebenfalls ihre Waffen und versuchten das Tier zu verwirren, indem sie in verschiedene Richtungen davon eilten. Eély schoss unterdessen einen weiteren Pfeil ab. Das schien ihr der Vîlkas übel zu nehmen und richtet seinen Fokus auf die Elfin. Mit rasender Geschwindigkeit kam das Ungetüm näher und verfehlte mit seinem Maul nur knapp ihr Bein. Norgal zog seine Wurfmesser aus dem Mantel. Eines grub sich in den Vorderlauf und verlangsamte den Vîlkas dadurch leicht. Garvis schlich indessen hinter ihm herum und hieb mit seinem Schwert nach den Hinterläufen. Die Waffe schlug eine kleine Wunde, doch der Vîlkas ging sofort wieder auf Distanz, ehe es für ihn zu gefährlich wurde. Wütend knurrte er seine Gegner an. Da drang ein gigantisches Brüllen aus dem Wald und ein Schwarm Vögel schreckte hoch. Der Vîlkas machte daraufhin unvermittelt kehrt und floh durch das Unterholz, welches sich in diesem Moment wieder veränderte und die Lichtung langsam verschwinden ließ.

»Was war das?«, wollte Garvis wissen.

»Das war etwas weitaus Größeres als der Vîlkas. Wir sollten zusehen, dass wir hier weg kommen«, erklärte Eély. »Der Wald scheint euch beiden doch nicht so wohlgesonnen zu sein, wie ich dachte. Ich schlage vor, dass wir zum Domizil eines Magiers gehen, der hier im Wald lebt. Dort werden wir vorerst in Sicherheit sein, bis sich der Wald etwas beruhigt hat.«

»Meinst du etwa Meister Maandús?« Garvis blickte sie fragend an und zog seine linke Augenbraue leicht nach oben.

»Ich weiß nicht wie er heißt. Kennt ihr ihn?«

»Nein, aber uns wurde gesagt, er soll hier im Wald leben. Wir wollten zu ihm, damit er uns den Weg hier raus weist.«

»In Anbetracht der Lage halte ich das für keine schlechte Idee.«

»Wie weit ist es bis zum Haus des Magiers?«, wollte Norgal wissen.

»Es ist nicht weit, gegen Nachmittag sollten wir es erreicht haben. Hoffen wir, dass der Wald uns zu ihm lässt.«

Ehe sie sich versahen waren sie wieder im tiefen Forst unterwegs und folgten den verschlungenen Pfaden, die er für sie bereit hielt. Noch immer hatten sie keine Wasserstelle gefunden und die Früchte waren kurz vor der Begegnung mit der Elfin zur Neige gegangen. Doch mit dem Obst stimmte etwas nicht, darüber waren sie sich mittlerweile einig und hätten es deshalb ohnehin nicht mehr zu sich genommen.

Eély hatte ihnen erklärt, dass diese Früchte ein Mittel enthielten, welches überdosiert zu starken Lähmungen bis hin zum Tod führen konnte. Nach dieser Aufklärung waren die Freunde vorsichtiger und nahmen nur noch das Nötigste aus dem Wald zu sich. Nicht auszudenken was passieren hätte können, wenn sie zu viel davon gegessen hätten. Es war ein sehr großes Glück sie getroffen zu haben, auch wenn die beiden noch gar nicht wussten, was sie hier überhaupt tat. Norgals Misstrauen war noch immer nicht verschwunden und so fragte er sie auf einmal: »Eély, was machst du eigentlich hier in diesem Wald? Als wir dir von den Orks erzählten, klang es, als wüsstest du mehr als du uns sagen willst.«

»Ich wurde von meinem Volk geschickt, um herauszufinden was in Raskatan und dem Rest Paradóns vor sich geht. Die Weisen der Elfen haben gespürt, dass etwas nicht stimmt. Normalerweise halten wir uns aus den Geschicken der Sterblichen heraus, doch die Weisen sagten, dass, wenn wir nicht handeln, auch Tigwién Sinath in großer Gefahr sein könnte.«

»Heißt das, du bist hier wegen einer bloßen Ahnung?«

»Nicht ganz. Sie haben es in der Erde und der Luft gespürt. Es wurden fünf Elfen entsandt. Zwei nach Süden, in die Nähe von Carvás Cándth, zwei nach Iscadar und ich in den Wald von Amenáur, um die Vorgänge in Raskatan auszukundschaften.«

»Warum wurdest du allein geschickt?«, wollte Garvis wissen.

»Ich hatte den kürzesten Weg und war die meiste Zeit im Wald. Wir Elfen sind in den Wäldern zuhause und werden nur gesehen, wenn wir es auch wollen. Die anderen mussten einen viel weiteren Weg auf sich nehmen und so hielten es die Weisen für sicherer, sie nicht allein gehen zu lassen, zumal nach Iscadar nicht nur zwei gewöhnliche Elfen entsandt wurden.«

»Und was wollen sie in Iscadar?«, hakte Norgal nach. Er empfand die Offenheit der Elfin als Warnung. Normalerweise galten diese Wesen als verschwiegen und zurückhaltend, doch Eély war anders. Sie war offen und gesprächig. Sie wirkte vor allem nicht so hochnäsig wie viele ihrer Artgenossen.

»Sie sollen mit König Irgesto Hervaresta II Kontakt aufnehmen. Wir haben keinen Zwist mit den Menschen und von eurem König hörten wir, dass er ein rechtschaffener und weiser Herrscher sei. Er sollte informiert werden, dass etwas im seinem Land vor sich geht, von dem er womöglich noch gar nichts ahnt. Mein Volk will nicht die gleichen Fehler von einst wiederholen und im entscheidenden Moment untätig bleiben.«

»Aber was ist mit dir? Warum machst du dich mit uns auf den Weg zu Meister Maandús, wenn du noch gar nicht in Raskatan warst?« Norgal konnte sich das Verhalten der Elfin nicht erklären, aber er fand sie sympathisch, was ihn noch mehr auf der Hut bleiben ließ.

Garvis dachte sich offensichtlich nicht all zu viel dabei. Er schien der Elfin zu vertrauen. Er blickte sie nur gedankenverloren an. Bis jetzt war allerdings nichts Verdächtiges vorgefallen und so schenkte Norgal ihr einen kleinen Vertrauensvorschuss.

»Ich muss nicht mehr nach Raskatan, schließlich habe ich ja euch getroffen.« Sie grinste und wischte sich ihren weißblonden Scheitel aus dem Gesicht. All ihre Bewegungen waren so flüssig und grazil. Ein Mensch wäre selbst nach langem Üben kaum in der Lage, etwas derart Einfaches so besonders wirken zu lassen.

»Woher willst du wissen, dass wir die Wahrheit gesagt haben?« Norgal ließ nicht locker.

»Warum solltet ihr mich anlügen? Ihr seht nicht gerade wie Anhänger der Orks aus. Außerdem seid ihr entkräftet und nicht gut ausgerüstet. So schickt man niemanden in den Wald. Ich spüre aber auch euer Misstrauen, was ich verstehen kann. Doch ich hoffe, ich kann euch beweisen, dass ihr mir vertrauen könnt und mir bei Meister Maandús die Details aus Raskatan mitteilt. Mir wäre es eindeutig lieber es von euch zu erfahren, als mich selbst dorthin zu begeben und unnötig Zeit zu verlieren.«

»Das wird sich zeigen«, erwiderte Norgal. Seine Körperhaltung entspannte sich etwas. Die Elfin gewann immer mehr Vertrauen. Norgal wusste nicht warum, doch er hatte nicht das Gefühl, dass sie log oder etwas Hinterhältiges im Schilde führte. Ganz wollte er sein Misstrauen aber nicht ablegen. Er wusste wo das hinführen konnte.

»Dann lasst uns keine Zeit verlieren. Unser Land braucht uns!«, sagte Garvis und trieb sein Pferd an.

Der Ritt durch den Wald verlief weiterhin harmonisch und bis auf die ständige Verschiebung der Pflanzen, dem andauernden Schattenspiel und den hitzigen Temperaturen, gab es keine Zwischenfälle. Auch das schaurige Brüllen vernahmen sie kein zweites Mal. Die drei unterhielten sich über verschiedenste Dinge und Eély entpuppte sich als fröhliche und interessante Weggefährtin. Dadurch gewann sie mehr und mehr an Vertrauen, auch wenn Norgal dachte, es könnte sich um Taktik handeln.

Dann war ihr Ziel plötzlich zum Greifen nah. Hinter einem dichten Blätterwerk konnten sie Teile einer Mauer erkennen. Nicht mehr weit und die Gefährten waren angekommen.

Meister Maandús' Domizil lag direkt vor ihnen.

Das Heim des Magiers war ein beachtliches Anwesen. Nach dem Äußeren zu urteilen musste es schon etliche Jahrzehnte, wenn nicht sogar schon über ein Jahrhundert, dort stehen.

Der Wald nahm sich was er wollte. Die Mauern, die das Domizil umgaben, waren mit vielen Schlingpflanzen überwuchert und auch das Haupthaus, sowie die Schuppen und Nebengebäude waren mit der Natur verflochten. Stellenweise ließ es sich nicht mehr sagen, wo das Gestein endete und der Wald begann. Alles war ineinander verwoben und das gesamte Anwesen in den Wald eingebunden. Es war ein Teil davon geworden.

Sie ritten auf das mit Eisen beschlagene Doppeltor zu. Je ein großer, eiserner Hirschschädel prangte über beiden Torflügeln. Dicke Ringe dienten als Türklopfer. Ohne zu zögern schlug Eély dreimal mit einem der Ringe an das Tor. Kurz darauf hörten sie ein lautes Klingeln. Danach dauerte es nicht mehr lange und es wurde ein Sichtschlitz geöffnet. Schwere Eisenketten und ein Balken sicherten die Flügel, sodass es nicht möglich war das schwere Tor einfach aufzustoßen und einzudringen.

Ein kleiner Mann kam zum Vorschein. Er trug einen etwas verschlissenen moosgrünen Frack und einen roten Filzhut, welcher seine Erscheinung grotesk wirken ließ. An seinem Gürtel steckte ein größeres Messer, sein Hemd war nicht mehr ganz sauber und seine Stiefel hatten breite Beschläge aus Metall auf den Kuppen. Seine Koteletten reichten tief hinab und der kurz geschnittene Bart, welcher von der Oberlippe, um den Mund bis hinab zum Kinn wuchs, gaben seinem Gesicht etwas Wildes und Ungestümes.

»Ihr wünscht?«, fragte der Mann betont höflich, als ob es eine reine Selbstverständlichkeit wäre, hier im tiefsten Wald Gäste zu empfangen.

Verdutzt blickten die drei Besucher den Mann am Tor an.

»Was ist Euer Begehr?«, fragte er erneut, ohne seine Höflichkeit zu verlieren.

»Wir würden gerne zu Meister Maandús. Wir müssen ihn dringend sprechen«, sagte Norgal.

»Meister Maandús ist gerade bei einem sehr schwierigen Experiment. Er wünscht nicht gestört zu werden. Wenn Ihr mir allerdings ein paar Fragen beantwortet, lasse ich Euch ein und Ihr könnt auf den Meister warten, bis er Zeit für Euch findet.«

»Was für ein Experiment ist das?«, meldete sich Garvis zu Wort.

»Das hat Euch nicht zu interessieren. Der Meister ist, was seine Arbeit angeht, gegenüber Fremden sehr zurückhaltend. Wenn er wünscht, dass Ihr es erfahrt, dann wird er Euch zu gegebener Zeit darüber in Kenntnis setzen. Doch zunächst möchte ich Euch nun meine Fragen stellen und ich rate Euch mit der Wahrheit zu antworten, oder sofort kehrt zu machen und das Gebiet meines Meisters zu verlassen.«

»Nun denn, so fragt was Ihr zu fragen habt«, forderte Eély den Mann auf.

»So sei es. Was treibt Euch so tief in den Wald von Amenáur?«

»Wir wurden entführt und konnten nur knapp der Gefangenschaft entkommen, was uns tiefer in den Wald zwang«, antwortete Garvis wahrheitsgemäß.

»Das trifft nicht auf alle von Euch zu. Die Elfin ist aus einem anderen Grund hier«, entgegnete der Pförtner zur Verwunderung der Besucher.

»Ich weiß nicht woher Ihr das wisst, aber Ihr habt recht. Ich bin von den Weisen meines Volkes ausgesandt worden, um die Vorgänge in Raskatan zu untersuchen. Dabei bin ich auf diese beiden hier gestoßen und brachte sie hierher«, sagte Eély ohne zu zögern.

Die Offenheit der Elfin entspricht nicht dem Wesen ihres Volkes, dachte Norgal erneut und nahm sich vor, Eély bei gegebener Zeit darauf anzusprechen.

»War einer der Herrschaften bereits zuvor schon einmal im Wald der Magie?«, fragte der Mann weiter.

Norgal antwortete mit einem Nein. Eély und Garvis bestätigten die Frage.

»Ich war bereits vor einigen Monaten schon einmal in Raskatan. Doch habe ich weder Orks noch etwas anderes Verdächtiges bemerkt. Ich hielt mich nur im Südteil des Waldes und der Stadt auf. Von der Magie, wie sie hier im Westteil herrscht, merkte ich nichts«, führte Garvis eine Erklärung an.

»Das ist nicht weiter verwunderlich. Die Magie herrscht vornehmlich im Westen und Norden des Waldes. Ein wenig ist auch noch im Osten zu spüren, doch der südlichste Teil, in dem auch die verlassene Stadt Raskatan liegt, ist beinahe gänzlich ohne Magie. Seit die Stadt im Krieg gegen die Zórtaja vor über zweitausend Zyklen überrannt wurde, hat sich die Magie tiefer in den Wald zurückgezogen.

Doch kommen wir zur nächsten Frage: Was habt Ihr vor, wenn Ihr den Wald verlassen könnt?«

»Wir müssen nach Iscadar und dem König berichten, was hier vor sich geht. Es scheint, als würde zu einem neuerlichen Krieg gerüstet werden. Hierbei sind wir uns zwar nicht ganz sicher, doch es deutet nahezu alles darauf hin.« Garvis war bereits ungeduldig. Er wollte endlich diesen Wald verlassen, doch es schien noch länger zu dauern.

»Woher wisst Ihr von Meister Maandús?«

»Mein Volk kennt Meister Maandús noch aus der alten Zeit. Er war immer ein Freund der Elfen. Er ist ein weiser und guter Mann, auch wenn ich ihn persönlich nicht kenne«, antwortete die Elfin.

»Ich weiß. Die Frage war vornehmlich an die beiden Herren gerichtet.«

»Meister Torgadol, der Herr der Winde, sagte uns, wir sollten Meister Maandús aufsuchen. Es sei der einzige Weg den Wald zu verlassen«, erwiderte Garvis.

»Oh, Meister Torgadol. Ich habe ihn schon sehr lange nicht mehr gesehen. Nun gut, ich konnte keine Lügen in Euren Worten erkennen. Ihr dürft passieren. Ich werde Zimmer für Euch herrichten lassen. Man kann leider nicht wissen, wie lange der Meister noch mit seinem Experiment beschäftigt sein wird.«

»Habt Dank. Wir wissen Eure Gastfreundschaft zu schätzen.«

»Dankt nicht mir, sondern Meister Maandús.«

Der Mann löste die großen Ketten an den Toren und die Gefährten konnten passieren.

Der Innenhof des Anwesens war mit wilden Sträuchern überwuchert, der Springbrunnen in Mitten des Hofes mit Moos bedeckt und Wasser sprudelte nur noch zaghaft daraus hervor.

In gerader Linie zum Tor war eine breite Treppe mit einigen Säulen, welche den Weg zum Zugang des Haupthauses wies. Es war ein großes, altes, getünchtes Fachwerkhaus. An manchen Stellen blätterte bereits der Putz ab und die Pflanzen hatten es genauso im Griff wie den gesamten Rest des Anwesens.

Der Mann, der offensichtlich ein Diener von Meister Maandús war, führte sie in eines der Nebenhäuser und wies ihnen ihre Zimmer zu.

»Ich werde in Kürze zurückkehren und die Herrschaften in den Speisesaal geleiten. Ich nehme an, Ihr habt Hunger.«

»Sehr gütig von Euch«, sagte Norgal.

Nachdem sie sich in ihren Zimmern eingerichtet hatten, welche nur spärlich möbliert waren, wurden sie schon kurz darauf von dem Diener wieder abgeholt. Es behagte Norgal und Garvis nicht besonders, den Wald nicht schnellstmöglich verlassen zu können, aber ihnen blieb keine andere Wahl. Sie waren auf die Hilfe des Magiers angewiesen und jeder wusste, wie eigensinnig und stur ein Zauberkundiger sein konnte, be-

sonders wenn er so isoliert im Wald lebte wie Meister Maandús.

Durch einige Korridore und Gänge, ging es eine Treppe
hinauf. Darüber erreichten sie einen Saal im Haupthaus, im
ersten Stock über der Eingangstür. Große Glasfenster ließen
reichlich Licht in den Raum. Gläserne Balkontüren waren geöffnet worden und ermöglichten eine Sicht über den gesamten
Hof. Auf dem Balkon waren in regelmäßigen Abständen Göt-
zen aufgestellt, die Tieren des Waldes nachempfunden waren.
An den Wänden des Speisesaals hingen dicke Wandteppiche
mit Motiven aus alten Schlachten. Selbst im Haus wucherten
teilweise Pflanzen. Dennoch fühlten die Gefährten sich sofort
wohl. Das Anwesen strahlte Ruhe und Einklang mit der Natur
aus, die sich sofort auf ihre Gemüter übertrug.

Der große runde Tafeltisch in der Mitte des Raumes hielt
Platz für bestimmt dreißig Leute bereit und war mit vielen verschiedenen Speisen gedeckt.

Garvis und Norgal lief beim Anblick der schmackhaften
Gerichte, die schon mit bloßem Auge vorzüglich zu sein schienen, das Wasser im Mund zusammen.

»Bitte setzt Euch, werte Herrschaften«, forderte der Diener
die kleine Gruppe von Besuchern auf. Diese ließen sich nicht
zweimal bitten und nahmen Platz.

»Bedient Euch nach Belieben. Ich werde mich nun zurückziehen, wenn es gestattet ist. Ich habe noch einige Dinge zu erledigen. Ich werde Euch später wieder abholen. Bitte verlasst
den Raum nicht bis zu meiner Rückkehr. Der Meister ist in dieser Angelegenheit sehr penibel.«

»Kein Problem, bei dieser reichhaltigen Auswahl wären
wir dumm einfach zu gehen.« Garvis grinste den Diener an.
Dieser nickte, drehte sich um und schloss geflissentlich die Tür
hinter sich. Nun waren die drei Gefährten allein. Norgal be-

schloss nach dem Essen mit Eély zu reden und seine Fragen beantworten zu lassen. Zuerst wollte er allerdings, wie die anderen, die köstlichen Gerichte kosten und sich stärken. Eine Erholung tat ihnen nach den ganzen Strapazen gut. Es war an der Zeit, wieder Kräfte zu sammeln, nur so war es gewährleistet Iscadar schnell und sicher zu erreichen.

Als sie sich alle gesättigt zurücklehnten, war für Norgal der richtige Zeitpunkt gekommen Eély seine Fragen zu stellen.

»Eély, ich weiß nicht wie ich es sagen soll«, begann er das Gespräch. »Du wirkst auf mich nicht wie eine typische Elfin. Du redest viel, bist aufgeschlossen und, versteh mich nicht falsch, du wirkst nicht so hochnäsig wie es eurem Volk nachgesagt wird.«

»Das liegt wohl daran, dass ich nicht bin wie die anderen Elfen«, antwortete sie mit einem Lächeln.

»Wie soll ich das verstehen?«

»Nun ja, ich wuchs nicht bei meinem Volk auf. Als kleines Kind gaben meine Eltern mich in die Obhut eines menschlichen Ehepaares.«

»Warum denn das?« Norgal war sichtlich verwundert. Normalerweise hielten sich die Elfen bedeckt und fern von den Menschen. Dass elfische Eltern ihr Kind zu Menschen brachten, war äußerst ungewöhnlich.

»Meine Eltern waren in einer Notlage. Ich war ein uneheliches Kind und meine Eltern konnten einander nicht ehelichen. Die Schriften meines Volkes verboten den Kontakt der beiden. Trotzdem liebten sie sich, nur durfte es niemand erfahren. Nach meiner Geburt brachten sie mich zu den Menschen, einfachen Leuten mit einem Gehöft, fernab der großen Städte. Bei den meinen konnte ich nicht bleiben, da die Gefahr zu groß war, dass die Wahrheit ans Licht kommen könnte. Meine Eltern gaben den Menschen Gold und andere Wertgegenstände, damit sie mich aufzogen und verhinderten, dass irgendwer von meiner Existenz erfuhr. Das Einzige was sie mir mitgaben, war mein Name und als ich alt genug war, sollte ich zu unserem Volk zurückkehren. Die Elfen hatten viele Fragen, aber niemand wusste eine Antwort über meine Herkunft. Das Ehepaar hatte mich nie aufgeklärt, doch eines Nachts kam einer der Weisen auf mich zu und erklärte, er sei mein Vater. Er offenbarte mir, dass meine Mutter die Seherin von Fernidâs gewesen sei. Ihr stand es nicht zu einen Mann zu ehelichen, da sie ihr Leben Dephélia, der Göttin der Wälder und Schutzgöttin unseres Volkes, verpflichtet hatte. Mein Vater erklärte, dass diese Tatsache niemals ans Tageslicht gelangen durfte. Aus Schuldgefühlen habe er mich allerdings davon in Kenntnis setzen müssen. Vor meinem Stamm ist mein leiblicher Vater nun mein Adoptivvater und niemand stellte mehr großartige Fragen über meine Herkunft.

Meine Mutter ist mit ihrem Stamm weiter in den Norden von Atalântia gezogen und ich habe sie bis heute noch nicht kennen gelernt und werde es vermutlich auch niemals.«

»Das ist eine wirklich tragische Geschichte. Warum erzählst du sie uns? Wir könnten dich doch genauso auffliegen lassen«, entgegnete Norgal trocken.

»Was hättet ihr davon? Wer würde euch glauben? Und außerdem halte ich euch für ehrbare Menschen. Ich sehe es in euren Augen. Auch wenn deines mit dem lodernden Feuer unergründlich erscheint, spricht dein anderes Bände. Selbst der Diener von Meister Maandús scheint das erkannt zu haben. Zunächst war ich mir nicht sicher, woher er wusste, dass ich nicht von Anfang an bei euch gewesen bin, doch bin ich mir sicher, dass es eine Art Gabe oder sechster Sinn war. Warum hätte er sonst diese Fragen gestellt und uns eingelassen, wenn er sich nicht sicher gewesen wäre?«

»Ich weiß es nicht, aber ich hoffe, du verstehst mein Misstrauen. Ich hatte schon einmal mit Elfen zu tun, die verhielten sich allerdings gänzlich anders als du.«

»Meine Zieheltern waren heitere, aufgeschlossene Menschen. Nichtsdestotrotz bevorzugten sie es in Einsamkeit auf ihrem Hof zu leben. Durch sie habe ich einige menschliche Eigenarten erlernt, die uns Elfen für gewöhnlich fremd sind. Ich verstehe dein Misstrauen. Ich hoffe, ich kann euch beweisen, dass ich es ehrlich mit euch meine«, sagte Eély mit ernstem Blick. »Ich werde mit euch nach Iscadar reisen!« Die Aussage der Elfin kam vollkommen überraschend.

»Was heißt du willst mit uns nach Iscadar?«, schaltete sich nun Garvis ein, welcher sich bis jetzt zurückgehalten hatte und den Verlauf des Gesprächs verfolgte.

»Meine Aufgabe hier ist noch nicht getan. Ich weiß noch immer nicht genau was in Raskatan vor sich geht. Bis auf die Orks habe ich zu wenig Informationen von euch erhalten und da ihr mir nicht vollständig vertraut, werde ich mit euch nach Iscadar reiten, um euer Vertrauen zu gewinnen. Außerdem spüre ich, dass du, Garvis, etwas Besonderes zu sein scheinst.«

»Warum bekomme ich das denn nur ständig zu hören? Seht mich an, ich bin besonders«, frotzelte Garvis und verschränkte gespielt trotzig die Arme.

Norgal grinste und sagte: »Das halte ich für eine annehmbare Idee. Wenn du tatsächlich etwas im Schilde führen solltest, was würde es dir bringen uns aus dem Wald entkommen zu lassen?«

»Da stimme ich dir zu«, gab Garvis seinem Gefährten Recht. »Aber vergesst nicht, zuerst muss uns Meister Maandús seine Hilfe zusagen. Ich halte es nicht für unbedingt selbstverständlich, dass er uns einfach so den Weg aus dem Wald weist. Womöglich verlangt er eine Gegenleistung.«

»Alles zu seiner Zeit. Seid ihr damit einverstanden, dass ich euch begleite?«, fragte Eély.

»Ja«, antworteten die beiden Männer wie aus einem Mund.

»Aber solltest du nicht dein Volk kontaktieren? Du könntest selbst nach Raskatan und mehr Informationen bekommen«, schlug Norgal vor.

»Das könnte ich, aber es würde vermutlich nichts bringen. Solange der König die Informationen bekommt, ist der Hauptteil der Arbeit getan. Ich war viel zu lange in Atalântia. Ich denke, es ist die bessere Entscheidung euch zu begleiten.«

Nachdem das Gespräch beendet war, ging Eély auf den Balkon und genoss das Sonnenlicht, welches zum Abend hin noch einmal herrlich schillernd durch das Blätterdach des Waldes drang. Hier waren die Baumkronen weniger dicht und der Wald schien friedlicher zu sein. Schon bald würden die Blüten aufgehen und den Forst mit ihren tausend Farben erfüllen.

»Hältst du es tatsächlich für eine gute Idee sie mitzunehmen?«, fragte Norgal seinen Freund im Vertrauen.

»Ich denke, dass wir ihr eine Chance geben sollten. Bis jetzt hat sie uns nicht enttäuscht und wir hätten es mit unseren Reisegefährten schlimmer treffen können«, antwortete Garvis und sah verträumt zu Eély auf den Balkon hinaus.

»Werd jetzt bloß nicht sentimental. Wir haben eine Aufgabe. Du hast wohl echt noch nie eine Elfin gesehen«, sagte Norgal scherzend.

Er wartete keine Antwort ab, stand auf und klopfte Garvis auf die Schulter. Dann machte er sich daran die prächtigen Wandteppiche etwas genauer zu betrachten.

Es dauerte nicht mehr lange und die Tür zum Speisesaal wurde wieder geöffnet.

Herein kam der Diener in seinem moosgrünen Gewand, gefolgt von einem Mann in einem edlen Aufzug.

Der Diener hielt dem Mann die Tür auf und ließ ihn an sich vorbei in den Speisesaal gehen. Danach zog er den Durchgang wieder zu und ließ die Gefährten mit dem Neuankömmling allein, ohne auch nur ein Wort zu sagen.

»Guten Tag, ich bin Meister Maandús«, sagte der Mann. Seine Haare waren lang und sein Bart betonte das schmale Gesicht. Sein langer grüner Mantel mit den goldenen Knöpfen, das schwarze Hemd, die edle Hose und die glänzenden Stiefel gaben ihm ein autoritäres Auftreten. Doch seine Augen verrieten Weisheit und Wissbegierde.

Er griff in seine Manteltasche und holte eine kleines Tuch hervor, mit dem er sich die Hände sauber rieb.

»Nun denn, tragt Euer Begehr vor, meine Zeit ist rar.«

»Seid gegrüßt Meister Maandús«, begann Garvis ihr Anliegen vorzutragen.

»Mein Name ist Garvis Caldór und das sind Norgal Vard und Eély Vêrnith. Wir sind zu Euch gekommen, um Euch um Hilfe zu bitten, uns den Weg aus diesem Wald zu weisen.«

»Ich bin ein schwer beschäftigter Mann, meine Experimente erfordern viel Zeit. Wie kommt ihr darauf, dass ich die Zeit finde jedem zu helfen, der hierher kommt und irgendetwas von mir will?«

»Mit Verlaub Meister, ich kann mir nicht vorstellen, dass Ihr all zu viele Gäste zu Besuch habt.«

»Ich lebe ja nicht umsonst hier im Wald«, erwiderte der Magier und wirkte leicht gereizt.

»Verzeiht, ich wollte nicht unhöflich erscheinen«, entschuldigte sich Garvis schnell, nachdem ihm aufgefallen war, dass er so nicht mit einem Meister der Magie sprechen konnte. Mangelnder Respekt könnte die ohnehin nicht hohe Hilfsbereitschaft des Magiers schnell schwinden lassen.

»Schon gut, ich bin nur etwas überarbeitet. Seit Tagen sitze ich an einem sehr schwierigen Experiment, doch es will mir nicht gelingen. Wenn der Sommer vorüber ist und das Wetter kälter wird, wird es zusehends schwieriger mit all meinen Forschungen ans Ziel zu gelangen. Die Zeit rennt mir davon, ansonsten würde ich Euch selbstverständlich gerne meine uneingeschränkte Hilfsbereitschaft zusagen. Dennoch, Rovta hat mich darüber informiert, was Ihr in Raskatan gesehen habt und die Lage scheint ernst zu sein. Ich werde ihn Euch mit auf den Weg geben. Er wird Euch einen Pfad aus dem Wald weisen. Ich benötige ihn jedoch für mein Experiment, womit wir bei Eurer Gegenleistung angekommen wären.«

»Was können wir für Euch tun, Meister?«, fragte Norgal, der sich so etwas bereits gedacht hatte.

»Ihr müsst erst zu Kräften kommen. In Eurer Verfassung könnt Ihr mir nicht helfen. Das Land wird wohl noch ein paar Tage länger auf Eure Informationen warten müssen, so dringlich sie auch sind. Ihr würdet es so niemals bis nach Iscadar schaffen. Rovta hat es mir bereits erklärt. Ich werde Euch einige Mixturen geben, die Eure Blessuren schnell heilen. Danach bitte ich Euch, mir bei meinem Experiment zu helfen. Wir müssen eine Vorrichtung bauen. Nur mit Rovtas Hilfe würde es einige Zeit in Anspruch nehmen, doch wenn Ihr mir helft, könnte es um einiges schneller gelingen.«

»Selbstverständlich helfen wir Euch dabei, Meister. Das ist doch das Mindeste.«

»Nun denn, so geht mit Rovta auf Eure Zimmer. Ich werde Euch schnellstmöglich die Mixturen bringen. Die Zeit drängt.«

Der Magier drehte sich um und verließ den Speisesaal. In der offenen Tür wartete bereits Rovta und bedeutete den Gästen ihm zu folgen. Als sie die Korridore, Treppen und Flure passiert hatten, gelangten sie zu den ihnen bereits zugewiesenen Zimmern. Allein hätten sie den Weg vermutlich auf Anhieb nicht mehr zurück gefunden. Rovta wünschte den Dreien eine angenehme Nacht und erinnerte sie nochmals daran, dass der Meister mit den Mixturen vorbeikommen würde. Jeder zog sich auf sein Zimmer zurück und hing seinen Gedanken nach. So erschöpft sie auch von der Flucht und der Reise durch den Wald waren, einschlafen konnte keiner von ihnen.

Schon nach kurzer Zeit kam Meister Maandús und flößte Norgal und Garvis einige Flüssigkeiten ein. Die Müdigkeit brach danach schnell über die beiden herein.

Einzig Eély ging nochmals nach draußen in den Hof und betrachtete die farbenprächtige Nachtwelt des Waldes.

Am nächsten Morgen fühlten sich die Männer schon um einiges besser. Die Schürfungen und Risse an Garvis' Rücken hatten bereits begonnen zu vernarben und auch ihre Gelenke waren nicht mehr so eingerostet. Die Mixturen schienen wahre Wundermittel zu sein. Große Waschzuber standen in den Räumen und dampften in der Morgenluft vor sich hin. Der Diener hatte sie kurz vor dem Erwachen der Gäste auf seines Meisters Anordnung hin befüllen lassen. Die Männer überlegten nicht lange, sondern nutzten das heiße Wasser und wuschen sich den Dreck, welcher seit ihrer Entführung im Wald an ihnen haftete, ab und genossen die Pflege. Als die beiden ihre Zimmer nacheinander verließen, wartete Rovta bereits im Gang.

»Wenn mir die Herrschaften bitte folgen möchten. Meister Maandús erwartet Euch bereits im Speisesaal. Eure Weggefährtin, die Elfin, ist bereits bei ihm.«

Noch etwas verschlafen machten sie sich auf den Weg.

»Ah, guten Morgen. Wie geht es Euch?«, erkundigte sich Meister Maandús, welcher weitaus fröhlicher und entspannter wirkte als noch am Vorabend.

»Es geht mir erstaunlich gut«, antwortete Norgal.

»Mir geht es genauso«, bemerkte auch Garvis und schwang zum Beweis seinen Arm einmal im Kreis.

»Das freut mich zu hören. Vielleicht können wir dann bereits heute mit dem Bau der Konstruktion beginnen. Ich habe zwar schon ein paar Dinge mit meinem guten Rovta erledigt, doch es steht uns einiges an Arbeit bevor.«

»Meister, weshalb baut ihr die Konstruktion nicht mit Hilfe Eurer Magie?«, wollte Norgal wissen.

»Es handelt sich um eine Maschine zur näheren Erforschung der Magie, welche komplette Reinheit benötigt. Jede Zuhilfenahme von Magie würde das Endergebnis verfälschen und somit die Entwicklung neuer, stärkerer Formeln verhindern.«

Rovta brachte einen Wagen herein. Darauf war ein reichhaltiges Frühstück angerichtet. Nach dem Essen führte Meister Maandús seine Gäste durch das Anwesen zu seinen Forschungsräumen. Das Labor war ein großer kreisrunder Raum mit einer gewölbten Kuppel, von dem mehrere Nebenräume abgingen. Diese waren nicht durch Türen abgetrennt sondern lediglich mit Durchbrüchen in der Wand versehen. So konnten die Gefährten sofort alles gut einsehen. In einem Nebenraum lagerten unzählige Flaschen und Phiolen mit unterschiedlichsten Flüssigkeiten. In einem andern waren Bretter, Seile, Werkzeuge und weiteres Baumaterial gelagert. In der Mitte des runden Laborraums stand bereits ein Holzgerippe in Form eines stehenden sechsseitigen Prismas.

»Rovta und ich haben bereits alles was wir brauchen hierher geschafft. Nun können wir, sobald Ihr bereit seid, mit dem Bauvorhaben beginnen.«

»Ich bin gespannt was das wird.« Garvis betrachtete interessiert den Raum.

»Wir sollten nicht zu viel Zeit verlieren. Die Sicherheit Paradóns steht auf dem Spiel.« Norgal wirkte beim Anblick des großen Prismas besorgt. Sollten sie es tatsächlich schaffen, die ihnen aufgetragenen Arbeiten schnellstmöglich zu erledigen?

»Etwas verstehe ich nicht, Meister. Wie kann es sein, dass Ihr sagt, wir könnten es nicht schaffen nach Iscadar zu kommen, weil wir noch nicht ganz genesen sind, doch auf der anderen Seite gabt ihr uns die Mixturen, damit wir Euch bei der Arbeit helfen können. Das kostet das Land doch nur unnötige Zeit!«

»Mein lieber Freund. Es ist bei Weitem nicht so einfach wie Ihr Euch das vorstellt. Zwar geht es Euch jetzt heute dank meiner Hilfe wieder gut, doch wenn Ihr die Mixturen nicht drei Tage hintereinander einnehmt und ich meine Magie auf Euch wirken lasse, wird es Euch schnell wieder genauso schlecht gehen wie zuvor und Eure Ankunft in Iscadar wird vermutlich weitaus später oder gar nicht stattfinden. So könnt Ihr mir helfen und seid danach wieder gesund. Ich würde Euch ja auf dem Weg nach Iscadar begleiten, doch würde ich Euch nur aufhalten. Ich bin nicht mehr der jüngste und es geht schneller, wenn Ihr noch bis übermorgen bei mir bleibt und dann aufbrecht, als wenn ich mit Euch ziehen würde.«

»Das wusste ich nicht. Verzeiht, Meister. Ich wollte nicht anmaßend klingen.«

Norgal blickte den Magier entschlossen an. Er wusste nicht, ob er ihm glauben konnte, doch erschien es ihm als die beste Lösung sich einfach zu fügen. Noch zwei Tage zu warten würde wohl zu verkraften sein müssen, auch wenn die Zeit noch so sehr drängte.

»Dann fangen wir doch sofort mit der Arbeit an. Wir haben keine Zeit zu verlieren!« Garvis schnappte sich einen Hammer als Startsignal für den Bau.

Die anderen folgten der Aufforderung und die Arbeit begann.

Gegen Abend hatten sie bereits einiges geschafft. Metallplatten und Glasscheiben, sowie Drähte und eine Holzverschalung waren an dem Prisma angebracht worden. Im Innern war ein kleiner Hohlraum, welcher über drei Luken erreicht werden konnte. Die erste Schicht war aus Holz, die zweite aus Glas und die äußerste aus vernieteten Metallplatten. Auf der Oberseite des Gebildes waren sechs spitze Stahlstangen angebracht, von denen mehrere Drähte abgingen. Hinauf zur Kuppel und an den oberen Rändern der Wände schlängelten sie sich entlang. Sie endeten in einem mittelgroßen Klotz, an dem eine Glasspirale mit einer grünlichen Flüssigkeit angebracht war, welche in einem Loch in der Wand verschwand.

»Wenn wir uns ran halten, könnten wir morgen Abend bereits fertig sein«, sprach Rovta mit Stolz in der Stimme.

»Das wäre ausgezeichnet. Dann könnte ich übermorgen bereits die Magie einleiten und mit den Untersuchungen beginnen.« Meister Maandús strahlte angesichts der erbrachten Leistung und des zu erwartenden Erfolges. Das in die Zyklen gekommene Gesicht des Magiers sprühte vor Begeisterung und Rovta blickte den Gefährten anerkennend zu.

Am nächsten Tag begann die Arbeit nach dem Frühstück und gegen Mittag war schon wieder ein gutes Stück geschafft. Der Meister war sich sicher, dass sie bis zum Abend soweit sein würden, dass er am nächsten Tag die Magie in die Maschine einspeisen konnte.

Die ganze Konstruktion war gegen Ende des Tages mit Metall verkleidet und eine matte Legierung wurde aufgetragen. Das Prisma war mit seinen ganzen Nieten und Spiralen, welche am Nachmittag auf den Metallplatten angebrachte wurden, ein beeindruckendes Konstrukt. Nur seine Bedeutung und sein Zweck erschloss sich Garvis und den anderen noch immer nicht so recht. Meister Maandús war jedoch zuversichtlich, sie am nächsten Tag aufklären zu können.

Nachdem die Lichter gelöscht waren und sie das Labor zum Abendessen verließen, fragte Norgal den Magier erneut etwas, das ihm seltsam vorkam.

»Meister Maandús«, begann er, »seit unserer Ankunft bei Euch haben wir keine Menschenseele gesehen außer Euch und Eurem Diener Rovta. Doch ist immer bereits gekocht und die Räumlichkeiten sind sauber, als würden sie täglich geputzt werden. Nun stellt sich mir die Frage, wie kann das sein?«

Der Meister fuhr herum und sah Norgal tief in die Augen.

»Ich lebe hier mit Rovta allein. Mit Magie ist alles möglich.«

Die Antwort war knapp und befriedigte Norgal nur wenig. Die Art wie ihn der Magier ansah ließ sein Misstrauen aufkeimen. Wie konnte der Meister dieses große Gebäude allein mit seiner Magie sauber halten und zugleich auch noch seinen Forschungen nachgehen. Das würde einen immensen Energieaufwand bedeuten, soviel verstand auch Norgal von der Magie. Ihm war klar, dass mit Magie eben nicht alles möglich war, zumindest nicht für einen Magier alleine, der sich um gänzlich andere Dinge kümmerte.

Als sie den Speisesaal betraten, war das Essen bereits aufgefahren. Rovta brachte noch einen kleinen Wagen mit verschiedensten Weinen herein, doch das Essen konnte der Diener unmöglich allein in der kurzen Zeit nach der Arbeit an der Maschine zubereitet haben.

Norgal beschloss, sich dieser Fragen später anzunehmen. Irgendetwas stimmte hier nicht und er war sich sicher, dass der Meister ihnen etwas verheimlichte. Norgal wusste nicht zu sagen, wie weit er ihm trauen konnte. Auch wenn Meister Torgadol dem Magier zu vertrauen schien, so wusste Norgal doch von Garvis, dass die beiden sich schon über viele Zyklen nicht mehr gesehen hatten und Menschen änderten sich. Zwar half Meister Maandús ihnen bei der Genesung und versprach ihnen den Weg aus dem Wald zu zeigen, doch Norgal hatte das Gefühl, als würde mehr hinter dem Mann stecken.

Das Essen schmeckte vorzüglich. Die verschiedensten Gerichte waren ein gelungener Abschluss für einen arbeitsreichen Tag. Meister Maandús verabschiedete sich nach dem Essen und zog sich in seine Bibliothek zurück. Rovta hatte laut eigenen Worten noch ein paar Dinge im Haus zu erledigen und so blieben die drei Gefährten allein im Speisesaal zurück.

Eély hatte den ganzen Tag kaum etwas gesagt. Sie arbeitete hart und zog sich nach dem Essen auf den Balkon zurück. Norgal war ihr Verhalten nicht unbemerkt geblieben. Er beschloss sich ein wenig mit der sonst so gesprächigen Elfin zu unterhalten. Garvis hingegen aß ganze Mengen von den guten Speisen, dass Norgal sich schon fragte, wo die ganze Nahrung eigentlich in dem zwar großen, aber nicht gerade fülligen Mann hin sollte. Für ihn war Garvis immer noch ein Rätsel. Der Mann war die meiste Zeit seit er ihn kannte unbeschwert und auch wenn die Lage ernst wurde, verlor er nicht seinen Humor. Ein Krieger, welcher es zu Essen verstand und, im Gegensatz zu Norgal, immer zu einem Scherz aufgelegt war. Zwar war Norgal nicht humorlos, doch sah er die Dinge weitaus nicht so unbeschwert und war durch sein Leben bei den Ignis Vylátu ernster. Seine Sicht auf die Dinge war rational und abgeklärt, wodurch er aber auch sehr schnell misstrauisch wurde.

Norgal ging auf den Balkon. Eély betrachtete die Blüten des Waldes, während er sich von hinten näherte. Ohne sich umzusehen sagte sie: »Ist es dir auch aufgefallen?«

»Was meinst du?« Norgal tat überrascht, obwohl er eine Ahnung hatte, worauf die Elfin anspielte.

»Du weißt was ich meine. Meister Maandús' Verhalten. Er scheint wie besessen von dieser Maschine zu sein und nirgendwo in diesem großen Anwesen ist Personal außer dem schweigsamen Rovta.«

»Ja, darüber habe ich mir auch schon Gedanken gemacht«, antwortete Norgal, der durch die Worte der Elfin verleitet war, sich mit ihr darüber näher zu unterhalten.

»Es ist mehr als merkwürdig. Er hilft mir und Garvis zwar mit seinen Mixturen auf die Beine, doch glaube ich ihm nicht ganz, dass wir nicht eher hätten aufbrechen können. Diese Maschine, von der wir noch nicht einmal genau wissen wofür sie tatsächlich ist, scheint den Meister komplett zu vereinnahmen und als ich ihn vorhin auf das Fehlen von Personal ansprach, sah er mich sehr merkwürdig an und antwortete nur sporadisch. Ich bin mir sicher, dass hier etwas nicht stimmt.«

»Da gebe ich dir recht«, stimmte Eély ihm zu. »Ich kann den Magier nur schwer einschätzen. Er hatte bei unserem Eintreffen eine eher ablehnende Art, doch nun scheint es so, als würde er uns gar nicht mehr gehen lassen wollen. Ich bin gespannt, ob er uns morgen den Weg aus dem Wald weisen wird.«

»Das können wir nur hoffen. Die Zukunft Paradóns könnte auf dem Spiel stehen. Ich gedenke heute Nacht ein paar Nachforschungen anzustellen.«

»Das könnte nicht schaden. Meinst du, er hat es auch bemerkt?« Eély deutete mit einem Kopfnicken auf Garvis, der noch immer an dem runden Tisch saß und sich mit Essen vollstopfte.

»Ich weiß es nicht. Es macht jedenfalls nicht den Eindruck, aber bei Garvis kann man das wohl oftmals nicht genau wissen. Er hat ein großes Vertrauen in die Menschheit, aber er ist sicher nicht dumm und hat einiges an Erfahrung. Ich denke, wenn ihm etwas eigenartig vorkommt, wird er dennoch erst einmal abwarten, was morgen passiert. Wir sollten ihn vorerst lieber nicht mit unseren Vermutungen konfrontieren. Je weniger wir darüber reden, desto eher merkt Meister Maandús nichts davon.«

»Ich bin dafür, dass ich mich heute Nacht umsehe und du in deinem Zimmer bleibst und dich erholst. Ich kann mich geräuschlos bewegen und bleibe eher unentdeckt als du.«

»Du kennst mich noch nicht«, sagte Norgal ernst. »Du vergisst, dass du uns nach Iscadar begleiten willst, weil wir dir noch nicht völlig vertrauen. Wie kommst du darauf, dass ich dich jetzt alleine das Anwesen durchsuchen lasse, um mich dann auf deine Informationen zu stützen? Ich bin durchaus in der Lage mich unerkannt und geräuschlos zu bewegen. Wir können zusammen gehen oder ich gehe alleine. Aber du wirst mich nicht davon abhalten können.«

»Du bist ganz schön starrköpfig, aber ich sehe schon, da lässt sich wohl nichts machen. Dann treffen wir uns um Mitternacht vor unseren Zimmern.«

»Ich werde da sein, auch wenn ich hoffe, dass sich unsere Vermutungen nicht bestätigen werden.«

Sie gingen wieder hinein und gossen sich noch etwas Wein ein.

Garvis war immer noch am essen und genoss den herrlichen Quark, bis er sich entspannt in seinem Stuhl zurücklehnte und die anderen angrinste.

»Ich bin froh, wenn wir morgen aufbrechen können.« Er wischte sich mit der Serviette ein paar Krümel aus den Mundwinkeln und stand auf. »Mein Bett erwartet mich. Ich wünsche euch eine gute Nacht.« Mit diesen Worten stand er auf und verließ den Raum. Die anderen erwiderten seinen Gruß. Norgal sah ihm nach bis er den Raum verlassen hatte und blickte dann auf die leeren Teller auf Garvis' Platz. »Wie kann man nur solche Unmengen an Essen in sich rein schaufeln?«, fragte er halb zu Eély halb zu sich selbst. Die Elfin schmunzelte nur und stand ebenfalls auf.

»Ich werde mich auch auf mein Zimmer zurückziehen. Wir sehen uns um Mitternacht und bitte sei pünktlich.« Sie zwinkerte ihm zu und machte sich auf den Weg.

Norgal blieb noch eine Weile im Speisesaal. Er betrachtete erneut die Wandteppiche und ging nochmals auf den Balkon. Die frische Luft des Waldes tat ihm gut. Seine Gedanken überschlugen sich förmlich. Alles was er seit seinem Zusammentreffen mit Garvis erlebt hatte, die Reise, die Gefahren, war ihm noch nicht so richtig bewusst geworden. Immer wieder kamen neue Aspekte hinzu. Norgal sehnte sich schon fast nach dem eher langweiligen Leben im Kloster von Waradan.

Wie es wohl den Mönchen geht? Norgal dachte zum ersten Mal seit langer Zeit wieder an sein Zuhause und merkte, dass es ihm fehlte. Selten war er dem Kloster so lange ohne jede Kommunikation fern geblieben.

Nach einem kurzen unruhigen Schlaf verließ er zur vereinbarten Zeit sein Zimmer. Nahezu zeitgleich kam auch Eély aus ihrer Kammer.

»Machen wir uns auf den Weg«, begrüßte die Elfin Norgal.

»Ich schlage vor, wir beginnen mit der Suche im Erdgeschoss des Haupthauses, unterhalb des Speisesaals. Dort sind wir noch nie gewesen und dabei ist es ein so zentraler Ort des Anwesens.«

Vorsichtig machten sie sich auf den Weg. Zu ihrem Glück waren die Gänge entweder gar nicht oder nur schwach beleuchtet. Zwar mussten sie aufpassen nicht über irgendetwas zu stolpern, doch konnten sie den Schutz der Dunkelheit zu ihrem Vorteil nutzen. Mittlerweile kannten sie sich im Anwesen gut genug aus, um ihre Zimmer zu finden und sich halbwegs sicher durch die Gänge zu bewegen. Wenn ihre Orientierung sie nicht trog, sollten sie sich nicht verlaufen können.

Sie kamen durch spärlich eingerichtete Zimmer und teilweise verstaubte Gänge. Die Teile des Anwesens, durch welche sie Rovta nicht geführt hatte, waren bei Weitem nicht in einem solch sauberen Zustand wie der Speisesaal oder ihre Zimmer. Als sie das Erdgeschoss des Haupthauses erreicht hatten, sahen sie sich sehr genau um. Sie untersuchten alles, was ihnen verdächtig vor kam, konnten jedoch nichts finden, was gegen den Magier sprach. Deshalb beschlossen sie im Anschluss, sich den Keller genauer anzusehen.

Eine breite Treppe führte an der Wand hinab. Sie endete vor einer, mit einem Vorhängeschloss verschlossenen, Tür.

»Mist, sie ist verschlossen«, sagte Eély und nahm das Schloss in die Hand.

Norgal zog zwei kurze Drähte aus seinem Mantel und begann das Schloss zu knacken. Nach wenigen Augenblicken war die Tür offen. »Nach dir, bitte.« Norgal machte eine einladende Geste und Eély schritt mit einem respektierenden Blick an ihm vorbei. Hinter der Tür ging die Treppe noch ein gutes Stück weiter nach unten in die pechschwarze Dunkelheit.

»Meinst du, dass es eine gute Idee ist hier hinunter zu gehen?«

»Irgendetwas sagt mir, dass wir auf der richtigen Spur sind. Im Erdgeschoss gab es nichts Auffälliges und oben waren wir schon des Öfteren. Wenn es etwas zu verbergen gibt, wird der Meister es mit großer Wahrscheinlichkeit nicht in den Nebengebäuden tun, welche maximal als Unterkünfte für Personal dienen könnten. Selbst wenn nicht, wenn wir schon mal hier sind sollten wir systematisch vorgehen.«

Unten an der Treppe angekommen stolperte Eély fast über einigen Unrat.

»Es ist so stockdunkel, ich kann nicht mal die Hand vor Augen sehen«, meinte sie an die Wand gestützt.

»Ich sehe eine Fackel, einige Schritt voraus«, entgegnete Norgal, der dank des Feuers in seinem Augen, auch in der Dunkelheit etwas erkennen konnte. Er führte Eély mit sich an der Hand und entzündete die Fackel. Sofort erfüllte das Licht den Gang und sie konnten ihren Weg unbeirrt fortsetzen. Die Elfin war erstaunt, stellte jedoch keine Fragen zu seinem Auge.

Lange brauchten sie nicht zu gehen, da der Flur schon nach kurzer Distanz in einem breiten Raum endete.

»Das sieht mir aber nicht nach einem Lagerkeller aus!« Norgal ging zur Wand und entzündete weitere Fackeln in den Halterungen. Im Licht konnte auch Eély, welche hinter Norgal ging, sehen was ihr Begleiter meinte. Der Raum war ebenso sauber wie die oberen und überall standen Reagenzgläser, Messegeräte, Flüssigkeiten, Kräuter und Bücher herum.

»Sieht wie ein weiteres Labor aus«, entfuhr es Eély.

»Ja, doch wozu wird es benötigt? Wir waren doch in Meister Maandús' Labor.«

»Noch dazu war die Tür mit einem dicken Schloss verschlossen und der Weg hierher mit Unrat gepflastert. Es scheint, als sollte das hier niemand zu Gesicht bekommen. Wir sollten uns die Unterlagen hier unten einmal genauer ansehen.«

Sofort machte sie sich daran, die Schriftrollen und Notizen zu untersuchen, während Norgal die Bücher im Regal inspizierte.

»Ich habe was gefunden«, sagte Eély aufgeregt. »Scheint so, als würde es sich um dunkle Magie handeln. Hier steht etwas von Dämonen und Seelenmagie.«

»Das ist beunruhigend, aber wird vermutlich nicht reichen, Meister Maandús vorzuwerfen unredlich zu sein. Wir brauchen mehr, um zu wissen, ob der Meister etwas Böses im Schilde führt oder warum er sich so verhält.«

Norgal ging auf die andere Seite des Raumes, entzündete auch die dortigen Fackeln, und wurde auf eine, mit einem Tuch verdeckte Stelle an der Wand aufmerksam.

Langsam zog er die Abdeckung herunter und trat einen Schritt zurück. Vor ihm hingen die Baupläne der Maschine an der Wand, welche sie zusammen mit dem Magier und dessen Diener in den letzten zwei Tagen gebaut hatten.

Sofort winkte er Eély zu sich. »Sieh dir das an! Die Maschine, die wir gebaut haben und danebem die Schriftzeichen und Runen. Solche habe ich noch nie zuvor gesehen. Aber etwas ist anderes. Siehst du diesen Dämonenschädel mit den drei Hörnern und den Rubinaugen? Der fehlt auf unserer Maschine.«

»Zumindest fehlte er noch als wir das Labor verlassen hatten. Aber diese Zeichen…«

Eély grübelte, bis sie plötzlich kehrt machte und zu dem Tisch mit den Schriftrollen und Notizen ging.

»Hier! Diese Runen haben Ähnlichkeit mit denen der Pläne.«

»Das sieht nicht gut aus«, sagte Norgal während er eine Schriftrolle umdrehte. »Hier geht es um die Kontrolle über Seelen von Verstorbenen und dieses Symbol ist auch auf den Bauplänen.« Er deutete auf eine verschnörkelte Rune.

»Was sollen wir jetzt tun? Offenbar ist der Meister mit dunklen Mächten im Bunde. So etwas kann nur ein Diener

Vencors entwickelt haben! Für was studiert er Seelenmagie? Womöglich plant er, uns in eine Falle zu locken!«

»Wenn wir nicht schon hinein getappt sind. Stellt sich nur die Frage, weshalb Meister Torgadol solch ein Vertrauen in diesen Magier gesetzt hat.«

»Vielleicht weiß er nichts von dessen Machenschaften oder ist gar selbst darin verstrickt.«

»Das halte ich für sehr unwahrscheinlich. Meister Torgadol ist ein angesehener Magier und den Ignis Vylátu gut bekannt. Wir waren vor geraumer Zeit bei ihm. Ich bezweifle sehr stark, dass er hiervon wusste. Doch tun sich nun zusehends neue Probleme auf. Wir werden diesen verfluchten Wald ohne die Hilfe von Meister Maandús nicht verlassen können.«

»Noch ist nichts entschieden, du vergisst, der Dämonenkopf fehlt an der Maschine und einige andere Details unterscheiden sich ebenfalls. Unter Umständen hat sie eine andere Funktion als die Maschine auf den Plänen und Meister Maandús hat sie nur als Vorlage für eine abgewandelte Form benutzt.«

»Darauf können wir uns nicht verlassen. Das Risiko ist zu groß. Was wir hier entdeckt haben, könnte uns Kopf und Kragen kosten, oder aber das Leben retten. Falls Meister Maandús etwas derartiges im Schilde führt, wissen wir nun Bescheid und sind vorbereitet.«

»Ich finde, wir sollten den Keller ausgiebiger erkunden. Wer weiß auf was wir noch stoßen. Ich hoffe nicht, dass sich die bösen Vermutungen bestätigen und eventuell sogar verhärten.«

»Ja, wir sollten auf keinen Fall unüberlegt handeln. Vielleicht finden wir auch etwas, was uns hilft diesen Wald zu verlassen, ohne auf die Hilfe des Magiers angewiesen zu sein.«

Sie gingen durch die Tür neben den Bauplänen. In dem Gang, der dahinter lag war wieder mehr Unrat und Gerümpel und die Fackel spendete nur geringes Licht.

Nach wenigen Metern gelangten sie an eine Gabelung von der drei weitere kurze Flure abgingen. Zwei endeten vor geschlossenen Türen, der andere in einem Bogen durch die Wand, hinter dem nichts als Schwärze lag.

Plötzlich sagte Eély: »Hörst du das? Da ist ein Geräusch, als würde Metall auf Metall reiben.«

»Ich höre nichts. Woher kommt es?«

»Von dort hinten.« Sie zeigte in Richtung des Bogens. »Lass uns nachsehen!«

Langsam schritten sie auf den Durchgang zu, dessen dahinter liegende Schwärze nahezu das gesamte Licht zu absorbieren schien.

Garvis erwachte und rieb sich die Augen. Es war mitten in der Nacht, doch etwas hatte seinen Schlaf gestört. Waren da nicht Stimmen auf dem Gang? Erst ignorierte er es und versuchte wieder einzuschlafen. Es gelang ihm nicht, denn das leise Stimmengewirr drang wieder zu ihm herein. Er stand auf, zog sich schnell seine Hose über und ging zur Tür. Als er den Flur betrat war dort allerdings niemand zu sehen.

»Ich bin wohl nicht richtig wach«, sagte er zu sich und rieb sich erneut die Augen.

Gerade als er wieder in seinem Zimmer war, hörte er die Stimmen wieder. Sofort ging er auf den Gang und konnte gerade noch sehen, wie im schwachen Licht der Fackeln ein Schatten um die Ecke bog.

»Merkwürdig.« Garvis grübelte. Da sah er, dass Norgals Zimmertür nicht ganz geschlossen war. Er ging darauf zu und musste feststellen, dass der Raum vollkommen leer war.

»Hmm, seltsam«, murmelte er vor sich hin. Er konnte sich keinen Reim darauf machen, wo Norgal inmitten der Nacht abgeblieben war. Er klopfte bei Eély, doch es erfolgte keine Reaktion. Nach ein paar Versuchen öffnete er vorsichtig die Tür. Falls Eély schlief wollte er sie nicht aufwecken, aber es interessierte ihn, ob wenigstens sie in ihrem Bett lag. Als er die Tür soweit geöffnet hatte, um einen Blick in den Raum werfen zu können, sah er, dass ihr Bett ebenfalls leer war.

Garvis ging zurück in sein Zimmer und kleidete sich komplett an. Dann begab er sich auf den Weg zum Speisesaal, in der Hoffnung seine Freunde dort anzutreffen und zu erfahren, was sie in der Nacht aus ihren Zimmern getrieben hatte.

Der Gang zum Speisesaal war dunkel. Garvis hörte etwas weiter den Flur hinab leise Stimmen und ein Schimmer von trübem Licht drang durch die Ritzen einer Tür.

Als er gerade anklopfen und eintreten wollte, ließen ihn die Stimmen aufhorchen.

»Hast du das Oridanium bereits in die Form gegossen?«

»Ja Meister, es ist alles bereit. Gegen Mittag sollte es ausgehärtet sein und wir können es anbringen.«

»Ausgezeichnet! Diesmal muss es gelingen! Monatelange Forschungen und Fehlschläge führen endlich zum Ziel. Doch nun zu dir. Verzeih, dass ich dich warten ließ.«

Die Stimmen von Meister Maandús und Rovta hatte Garvis erkannt, doch wer sich jetzt zu Wort meldete, war fernab von allem was Garvis je gehört hatte.

Eine dunkle, tiefe Stimme erfüllte den Raum.

»Die Meister erwarten einen Erfolg. Er hofft, Ihr wisst was auf dem Spiel steht. Sie dürfen den Wald niemals verlassen!«

Das ließ Garvis aufhorchen. Wem gehörte die mysteriöse Stimme und von wem sprach sie?

Der nächtliche Besucher presste sich dicht an die Wand und legte sein Ohr auf die Holztür.

»Keine Sorge, sie haben nicht den Hauch einer Ahnung. Morgen Mittag wird alles vorbei sein und die Meister haben zwei Fliegen mit einer Klappe geschlagen. Du musst dir keine Sorgen machen.«

»Die macht er sich aber. Die Meister werden ihre Wut über einen Misserfolg an ihm auslassen und er ist nicht bereit, einfach untätig zuzusehen. Er hat sie bis hierher verfolgt. Er wird zur Sicherheit in der Umgebung bleiben und es zur Not selbst erledigen, nur für den Fall«, sprach die Stimme.

»Wie du meinst. Dein Misstrauen beschämt mich zwar, doch würde ich vermutlich an deiner Stelle genauso handeln. Der Zorn der Meister ist wahrlich nichts, dessen man sich ausliefern möchte. Komm morgen kurz nach Mittag wieder her. Dann kannst du den Meistern ihre Köpfe überbringen. Doch nun solltest du dich zurückziehen, es wird bald Tag und ich weiß nicht wann sie erwachen.«

Garvis versuchte etwas durch die Schlitze der Tür zu erkennen, doch außer ein paar wabernden Flecken war nichts auszumachen.

Was geht hier vor? Mit wem redet Meister Maandús da? Es hört sich fast so an, als ob er uns loswerden will, doch auf eine etwas andere Art, als wir uns das vorgestellt hatten. Ich muss die anderen finden! Wenn ich nur wüsste wo sie sind.

Im Raum rückten Stühle und Garvis machte sich daran zu verschwinden. Tief ins Dunkel einer Ecke gepresst, versuchte er zu erkennen, wer den Raum mit dem Magier und dessen Diener verließ, aber es war zu dunkel. Nur schwache Schatten, welche mit Erlöschen der Kerzen, die den Raum erhellten, verschwanden.

Ich muss die anderen finden und sie warnen. *Der Meister führt* *etwas im Schilde und ich will verflucht sein, wenn es nichts mit der* *Maschine zu tun hat, die er uns hat bauen lassen!* Er war schockiert über das Verhalten des Magiers. So etwas hätte er nicht von ihm erwartet.

Garvis beschloss zurück zu den Zimmern zu schleichen und in den Räumen der anderen nach einem Hinweis auf deren Aufenthaltsort zu suchen. Er hoffte inständig, dass ihnen nichts zugestoßen war, doch so wie der Magier sprach, hatte er erst gegen Mittag des nächsten Tages etwas geplant.

Zwei schwere Metallplatten drehten sich aufeinander. Von Zahnrädern angetrieben, verursachten sie ein stetiges Knirschen. Im Schein der Fackel dachten Norgal und Eély erst einer Täuschung ihrer Augen aufgesessen zu sein, doch nach den ersten Schocksekunden erkannten sie die erschreckende Realität.

Hinter dicken Eisenstangen saßen etwa zehn halb verhungerte Menschen in zerrissener Kleidung auf dem kalten Steinboden.

»Sieh dir das an! Was ist das hier?« Norgal ging auf die Eisenstangen zu. Gerade als er sie umfassen wollte, warnte ihn ein älterer Mann: »Fasst das nicht an! Es würde Euch innerlich verbrennen wenn Ihr damit in Kontakt kämt!«

Sofort hielt Norgal in seiner Bewegung inne. Auch Eély trat nun näher an die Gitterstäbe heran. »Wer seid Ihr und wer hat Euch das angetan?«

»Ich bin der Herr dieses Domizils. Ich bin Necrodin Maandús und das sind meine Angestellten und Freunde.«

»Wie kann das sein? Wir haben Meister Maandús kennen gelernt!«, schaltete sich Norgal ein.

»Das ist der Teufel, der uns hier eingesperrt hat. Fünf von uns sind bereits von ihm für seine Versuche umgebracht worden! Er ist ein Diener der Ral-Kadór und hat vor eine Maschine zu bauen, welche die Seelen aus den Körpern löst, sie an einen Platz bindet und dabei hilft die Toten zu erwecken. Wenn es ihm gelingen sollte, haben die Ral-Kadór eine mächtige Waffe. Sind die Seelen erst einmal vom Körper getrennt, könnte dieser Verräter von einem Magier sie in willenlose Hüllen Verstorbener sperren und sie so zu seinen Sklaven machen. Die Folge wären Untote, welche jeden Befehl bedingungslos ausführen würden.«

»Das muss die Maschine sein, die wir geholfen haben zu bauen!« Erschrocken sah Eély zu Norgal, der bedrückt nickte.

»Ich glaube, dass es bereits fast zu spät ist. Wir haben dem falschen Meister Maandús geholfen diese Maschine zu bauen, ohne zu ahnen wofür er sie benötigt. Er versprach uns dafür den Weg aus dem Wald. Aber wir fanden Pläne und ich vermute sie ist noch nicht vollständig fertig. Es fehlt ein Dämonenschädel mit drei Hörnern und noch einige kleinere Bauten.«

»Diese Ausgeburt hat es dann wohl wahrlich geschafft. Erst überrumpelt er uns mit einem Trick und sperrt uns in meinem eigenen Keller ein. Dann tötet er meine Leute für seine grausame Forschung und nun hat er es wohl auch noch geschafft die Maschine zu bauen. Hört zu! Wir sind zu schwach, um irgendetwas gegen ihn auszurichten, aber Ihr müsst ihn aufhalten! Befreit uns und ich gebe Euch einige Hilfsmittel mit deren Hilfe ihr ihn zur Strecke bringen könnt.«

»Ich glaube ihm.« Eély gab deutlich ihre Stellung zu erkennen.

»Ich auch. Ich habe mich ohnehin schon die ganze Zeit gefragt, was es mit diesem Meister auf sich hat und warum hier kein Personal war.«

»Er hat eine handvoll Leute, die ihn unterstützen. Habt Ihr sie nicht gesehen?«

»Nein, bis auf einen Helfer, haben wir niemanden gesehen.«

»Dann nehmt Euch in Acht. Nun müsst Ihr aber den Schaltkreis unterbrechen, um die Ladung auf den Gittern zu entfernen. Danach lässt sich die Tür problemlos öffnen«, gab der Mann zu verstehen. »Dort hinten ist ein Hebel!«

Eély ging darauf zu und zog daran. Sofort fuhr ein Ruck durch die Metallplatten und das Zischen hörte auf.

»Sehr gut, jetzt könnt ihr die Tür öffnen!«

Norgal zog die Verriegelung zurück und die Menschen traten nacheinander aus ihrem Verlies heraus in den Schein der Fackel.

Das Licht offenbarte die Zurichtung der Gefangenen. Sie waren nicht nur total abgemagert, sie hatten Blessuren, Schrammen und waren mit schwarzem Staub und Dreck bedeckt.

»Was hat er mit Euch angestellt?« Eély war schockiert.

»Wir mussten in einiger Entfernung an den Südhängen des Gebirges nach Oridanium schürfen. Als wir genug hatten, sperrte er uns alle hier unten ein. Ich konnte nichts tun. Er hat mich mit einem Bannzauber belegt und mir klertanische Ketten angelegt, was jegliche Gegenwehr unmöglich machte. Ich konnte nichts für meine Leute tun und jetzt sind fünf von ihnen tot! Ich bin für sie verantwortlich!«

»Gebt Euch nicht die Schuld an ihrem Tod, Meister. Ihr konntet nichts tun um sie zu retten.« Aufmunternd legte Eély ihm ihre Hand auf die Schulter.

»Ich hätte vorsichtiger sein müssen! Dann wäre das alles nicht geschehen.«

»Bei allem Respekt, Selbstvorwürfe bringen uns jetzt nicht weiter! Meister, wir müssen versuchen diesen Teufel und seine Diener aufzuhalten! Es bleibt uns keine Zeit zu verlieren. Wer weiß, wann er die Maschine vollendet. Er wird mit Sicherheit keinen Augenblick zögern, uns alle hinzurichten und unseren Seelen die ewige Ruhe zu verweigern«, sprach Norgal und drängte zur Eile.

»Ihr habt recht, verzeiht.« Meister Maandús nickte betreten. »Folgt mir!« Er wandte sich zu seinen Leuten: »Wartet in der Geheimkammer und betet zu Pândrâs und Dephélia, dass wir diese Ausgeburt der schwarzen Magie los werden.«

Die Leute machten sich sofort daran zu verschwinden und der Meister ging mit Norgal und Eély zurück in den Raum mit den Plänen und Büchern.

»Es gibt in meinem eigentlichen Labor einige Gemische, die, sofern Ihr Pfeile oder Klingen damit tränkt, selbst magische Wesen stark schwächen. Das Labor befindet sich im Erdgeschoss. Es ist ein großer kreisrunder Raum. Ihr könnt es nicht verfehlen. Dieser Schuft hat es allerdings versiegelt und nutzt einen anderen Raum für seine Machenschaften. Ich kann leider nicht mit Euch kommen, ich bin zu geschwächt. Ich muss mein Leben und das meiner Dienerschaft in Eure Hände legen. Es liegt an Euch, ob wir diesen Albtraum überleben. Euer eigenes Schicksal hängt ebenso von Eurem Erfolg ab, wie das unsrige.« Meister Maandús schrieb einige Dinge auf ein Stück Papier und drückte es Norgal in die Hand. »Möge Pândrâs Euch leiten!« Seine Augen glänzten nass und seine zitternde Hand erschien kraftlos.

»Captha schütze Euch«, erwiderte Norgal mit dem Gruß der Ignis Vylátu.

Eély verbeugte sich knapp und Meister Maandús drückte beiden leicht die Hände, ehe er sich auf den Weg zu den anderen machte.

»Wir müssen Garvis informieren. Hoffentlich geht es ihm gut. Dieser Schweinehund von einem Magier wird dafür büßen was er mit den Leuten von Meister Maandús gemacht hat!«

»Hoffen wir, dass es uns gelingt.«

Eély und Norgal machten sich auf dem kürzesten Weg in Richtung der Schlafgemächer. Die Gemische wollten sie nicht ohne Garvis holen. Es hing viel von ihrem bedachten Handeln ab, nicht zuletzt ihr eigenes Leben.

Garvis durchstöberte gerade Norgals Zimmer, als sich die Tür langsam aufschob. Schnell drückte er sich neben dem Schrank an die Wand, das Schwert in der Hand.

Jemand betrat durch die Tür in den Raum und Garvis stürzte sich auf den Eindringling. Dieser wich jedoch aus und parierte Garvis' Schwerthieb.

»Bist du von Sinnen?«, schrie Norgal ihn an. »Sieh dir gefälligst an auf wen du losgehst. Was machst du hier in meinem Zimmer?«

»Entschuldige, aber dir ist doch nichts passiert.« Garvis grinste seinen Gefährten an. »Ich hatte bemerkt, dass ihr verschwunden seid und als ich euch suchte, hörte ich ein Gespräch von Meister Maandús und einem Fremden. Ich glaube sie wollen uns los werden. Sie sprachen davon, dass morgen Mittag alles vorbei sein würde.«

»Das wundert mich nicht. Wir hatten uns auf die Suche nach Hinweisen gemacht, weshalb hier keine Angestellten sind und haben dabei Erstaunliches herausgefunden. Der Magier, den wir kennen, ist gar nicht Meister Maandús. Er ist ein dunkler Magier der Ral-Kadór, welcher den echten Meister Maandús überwältigt und samt seinen Bediensteten im Keller eingesperrt hatte. Wir haben die Leute gefunden und auch Pläne, die den Zweck der Maschine erläutern. Wir müssen diesen Hochstapler aufhalten!«

»Das passt zusammen. Warum ist mir nur vorher nichts aufgefallen. Wozu dient die Maschine denn nun?«

»Sie dient der Kontrolle von Seelen und könnte in den falschen Händen zu einer Armee von Untoten führen. Einige der Bediensteten sind bereits tot. Wir und der Rest sollen die nächsten sein. Wir müssen diesen Teufel aufhalten, bevor er die Maschine endgültig fertig stellt und sie in die Hände der Ral-Kadór fällt.«

»Habt ihr schon einen Plan?« Garvis nahm die Neuigkeiten auf, ohne lange zu überlegen. So wie es aussah war nicht mehr viel Zeit, um den Magier aufzuhalten und die Person mit der dunklen Stimme war auch ein Grund, dass es ihn nicht all zu sehr überraschte.

»Wir haben eine Liste mit Gemischen erhalten, die, auf unsere Waffen aufgetragen, hilfreich sein sollten, dem ganzen ein Ende zu bereiten.« Eély war durch die Ereignisse angespannt.

»Wir wollten zuerst dich informieren und dann gemeinsam vorgehen. Die Gemische befinden sich in einem weiteren Labor.«

Ohne weiteres Zögern machten sich die drei auf in die Experimentierwerkstatt. Vorsichtig näherten sie sich der Tür. Sie wussten nicht, wo sich der falsche Magier befand und ohne die Gemische war es ihnen zu gewagt sich ihm in den Weg zu stellen. Außerdem wussten sie nicht, wozu er oder sein Diener in der Lage waren, noch wo sich seine restlichen Verbündeten befanden. Norgal und Garvis waren dank der Tränke beinahe vollständig genesen, doch wollte Norgal nicht von seinem magischen Amulett Gebrauch machen, um nicht wieder am Rande der Erschöpfung zu sein. Einen magischen Kampf gegen einen Magier könnte er ohnehin mit seinen spärlichen Künsten nicht gewinnen.

Schnell hatten sie den Zugang des Labors freigelegt. In dem Bereich, in welchem die Flaschen mit den Flüssigkeiten und Gemischen lagerten, benötigten sie einige Zeit, bis sie alles gefunden hatten, was ihnen Necrodin Maandús aufgeschrieben hatte.

»Mir kommt da eine Idee«, sagte Garvis und grübelte. »Dieser falsche Hund von einem Magier weiß nicht, dass wir über sein Vorhaben Bescheid wissen, richtig?«

»Der Gedanke ist mir auch schon gekommen«, antwortete Norgal, der bereits vermutete, worauf sein Gefährte hinaus wollte. »Wir sollten die Nacht abwarten und zuschlagen, wenn er am wenigsten damit rechnet. Wir könnten unsere Ausrüstung unter dem Vorwand mit zum Frühstück nehmen, möglichst schnell aufbrechen zu wollen. Wenn sich dann die Gelegenheit gibt, geben wir diesen Verbrechern den Rest.«

»Meint ihr nicht, dass er Verdacht schöpfen könnte und uns zuvor kommt? Ich halte es für ein wenig gewagt. Ich habe keine Lust in seiner Seelenmaschine zu landen.« Eély fühlte sich absolut nicht wohl mit dem Gedanken, den falschen Magier mit einem Risiko im Rücken anzugreifen. Andere Elfen hätten wohl kaum gezögert und wären ihrem Feind leise und unauffällig zu Leibe gerückt, jede Chance nutzend. Doch Eély war anders.

»Ich halte es für einen guten Plan. So können wir auch sicher sein, dass Rovta bei ihm ist und wir beide auf einmal erwischen.«

»Das sehe ich genauso.« Norgal sah Eély auffordernd an.

»Na gut, uns bleibt keine Wahl. Wir wissen ja noch nicht einmal wo sie sich nachts aufhalten«, stimmte Eély etwas widerwillig zu.

Norgal nahm die Flaschen und steckte sie in die Manteltaschen und zog ein paar Schnallen an. »Dann lasst uns noch etwas Schlaf finden. Wir tränken die Waffen und wenn sich die Gelegenheit ergibt, bringen wir sie ohne zu zögern um und machen uns auf nach Iscadar. Der echte Meister wird uns wohl kaum die Hilfe verweigern.«

Zurück in den Zimmern tränkte Eély ihre Pfeile mit den Gemischen, wie es Meister Maandús neben die Zutaten geschrieben hatte. Norgal trug das Mittel auf sein Schwert und die Wurfklingen auf und auch Garvis benutzte es für seine Waffe. Es sollte für die drei Gefährten eine unruhige restliche Nacht werden.

Am Morgen brachen sie gemeinsam Richtung Speisesaal auf. Die Schwerter hingen an den Gürteln und auch die restliche Ausrüstung hatten sie bereits angelegt.

»Guten Morgen«, begrüßte sie der Magier, welcher bereits auf sie wartete.

»Weshalb seid Ihr komplett gerüstet?«

»Guten Morgen«, antwortete Norgal. »Nichts für ungut Meister, aber wir wollen so schnell wie möglich aufbrechen.«

»Nun denn, ich danke Euch für Eure Hilfe. Gegen Mittag ist alles abgeschlossen und ich werde Euch die versprochene Hilfe zukommen lassen.«

»Habt Dank, Meister Maandús.« Norgal verbeugte sich leicht, ohne eine Miene zu verziehen. Auf die Art Hilfe, wie sie ihnen der falsche Magier gedachte anzubieten, konnten sie getrost verzichten.

Nach dem Frühstück machten sie sich, wie die Tage zuvor, auf zum Labor. Die Gemische auf den Waffen waren bereits angetrocknet. Norgal hoffte, dass die erwünschte Wirkung auch tatsächlich eintrat. Garvis schien sich keine Sorgen zu machen, er hatte mit einem Appetit gegessen, den seine beiden Freunde nicht teilen konnten. Sie hatten alles so gemacht, wie es auf der Anleitung stand. Es sollte an und für sich kein Problem darstellen den ahnungslosen Magier und seinen Gehilfen aus dem Weg zu räumen. Norgal machte sich dennoch Gedanken, um auf eventuelle Komplikationen vorbereitet zu sein.

In dem Labor angekommen, in welchem die Seelenmaschine stand, machte sich Rovta sofort daran etwas aus einem der Nebenräume hervorzuziehen und schliff mit einer Feile die Kanten der Rückseite eines metallenen Schädels zurecht.

»Was ist das denn?«, fragte Eély mit gespielter Neugier.

»Ach, das«, wich der Magier aus, »ist nur eine Dekoration für die Maschine und dient der zusätzlichen Stabilisierung. Wir müssen sie noch an die Frontseite montieren.«

Gemeinsam schafften sie es, den schweren Dämonenschädel an die richtige Position zu rücken.

Rovta ging um die Maschine herum und zog nochmals ein paar Schrauben nach. Scheinbar hatten er und der Magier in der Nacht nochmals an der Maschine gearbeitet. Norgal wäre es nicht aufgefallen, hätte er nicht die Pläne entdeckt, doch waren zusätzliche Runen und ein paar weitere Rohre angebracht worden.

Der Magier ging auf den Raum mit den Gemischen zu, blieb jedoch nach ein paar Schritten stehen.

»Ist alles soweit, Rovta?«

»Ja, Meister! Wir können beginnen.«

Erst leise, dann immer lauter werdend begann der Magier, immer noch mit dem Rücken zu den Gefährten, lauthals zu lachen.

Langsam drehte der Mann sich um. Seine Augen glühten hellgelb auf. Ein besessener Ausdruck prägte sein Gesicht, welcher sich schnell in pure Verwunderung änderte, als er auf die gezogenen Waffen der drei Besucher starrte.

»Nicht mit uns, du falsche Schlange.« Garvis grinste ihm zu.

Mit einer blitzschnellen Bewegung drehte sich Eély nach rechts und ließ die Sehne ihres Bogens los. Getroffen taumelte der Diener hinter der Maschine hervor. Er ließ einen Dolch und ein kleines Röhrchen fallen. Rote Flüssigkeit verteilte sich auf dem Boden und warf Blasen.

Noch bevor einer der anderen sich zur Seite gedreht hatte lag schon ein neuer Pfeil auf dem Bogen der Elfin und zielte direkt auf den Magier.

»Keine Bewegung du Ausgeburt der Finsternis!«, herrschte ihn Norgal an, als der Magier eine Bewegung mit seinem linken Arm andeutete. »Schieß ihm mit einem Pfeil ins Bein, damit er nicht wegrennen kann«, befahl er Eély, die ihn verwundert ansah.

»Mach es! Es wäre für ihn zu gnädig hier und jetzt getötet zu werden. Meister Maandús und seine Bediensteten haben ein Recht darauf seiner Strafe beizuwohnen.«

Als auch Garvis nickte, schoss die Elfin einen Pfeil durch die Kniescheibe des Magiers, der daraufhin schreiend zu Boden sank.

»Das werdet ihr noch bitter bereuen«, schrie er mit einer von Schmerz und Hass erfüllten Stimme.

»Das glaube ich weniger! Das Spiel ist aus! Selbst wenn wir dich nicht umbringen würden, wären deine Meister über dein Versagen sicherlich nicht erfreut und würden uns die Arbeit mit Freuden abnehmen«, entgegnete Norgal kühl.

Garvis ging langsam auf den toten Diener zu, überprüfte dessen Puls und untersuchte ihn nach versteckten Waffen oder sonstigen Gegenständen die ihm nützlich erschienen. Da stürmten unvermittelt vier weitere Angreifer in den Raum. Da Meister Maandús ihnen aber bereits gesagt hatte, dass der Magier noch weitere Diener mitgebracht hatte, waren sie vorbereitet. Innerhalb weniger Augenblicke lagen die vier in ihrem eigenen Blut. Norgals Gesichtsausdruck war dabei ungerührt und sein brennendes Auge loderte stärker als gewöhnlich.

Eély zielte sofort erneut mit dem Bogen auf den Magier. Die Gruppe war nicht bereit ein weiteres Risiko einzugehen.

Nachdem Garvis alle Taschen ausgeräumt und den dunklen Magier gefesselt hatte, zog er ihn unsanft auf die Beine, was dem Mann einen dumpfen Schmerzenslaut entlockte.

»Leg ihm die klertanischen Ketten an. Dann wird es ihm nicht möglich sein einen Zauber zu wirken«, wies Norgal Garvis an und Eély warf die Ketten herüber, die sie bei den Gefangenen mitgenommen hatte.

Norgal durchsuchte seine Taschen und zog ein kleines Buch aus dem Mantel.

»Ich werde ihn mit einem Bannspruch belegen. Er ist nicht stark, doch sollte es ihn in seinem geschwächten Zustand daran hindern sein Leid zu mildern!«

Die Augen des Magiers weiteten sich. Hatte er doch nicht damit gerechnet, dass einer seiner Peiniger sich ein wenig auf die Kunst der Magic verstand.

Norgal murmelte ein paar Worte, nickte Garvis schließlich zu, woraufhin dieser die klertanischen Ketten anlegte und den verwundeten Mann Richtung Treppe zerrte. Die Spitze von Eélys Pfeil richtete sich auf die Brust des Gefangenen. Norgal ging voraus. Sie und Garvis waren zwar nicht mit Norgals harter Gangart einverstanden, aber sie ließen ihn gewähren. Er wusste mehr über Magie als sie.

Als die Gruppe im Hof angekommen war, stand die Sonne bereits über den Baumwipfeln.

Sie banden den Magier an einen großen Pfahl in mitten des Hofes. Eine Platzwunde klaffte an seiner Schläfe, welche ihm Norgal mit dem Knauf seines Schwertes verpasst hatte, nachdem er sich einmal schwach widersetzte.

Garvis fand das Vorgehen seines Freundes etwas unangebracht. War der Mann doch ein Scheusal, so verstand er den Hass Norgals nur zu einem Teil.

Als er darüber nachdachte, während er den wahren Meister Maandús und dessen Bedienstete aus dem Haus holte, kam er auf den Gedanken, dass Norgal in seiner Kindheit wohl mehr passiert sein musste, als nur als Baby in den Schluchten des Zangengebirges ausgesetzt worden zu sein.

»Seid gegrüßt, Meister Maandús!« Norgal empfing den erleichtert wirkenden Mann. Das orange Zackenschwert ruhte behäbig auf der Kehle des Gefesselten. Eély stand etwas abseits, um im Notfall sofort eingreifen zu können.

»Wir haben Euren Peiniger für Euch aufgehoben. Wir sind der Meinung, es steht Euch zu über ihn zu richten. Seine Diener ereilte ein schneller Tod. Sie liegen niedergestreckt in Eurem Labor.«

»Ich weiß nicht was ich sagen soll«, erwiderte Meister Maandús und eine Träne stahl sich aus seinen Augen. »So vieles hat uns dieser Mann angetan und doch verspüre ich, nun da ich ihn hier sehe, Mitleid mit ihm.«

»Meister, ihr dürft kein Mitleid mit ihm haben. Er würde Euch jederzeit wieder gefangen nehmen und für seine grausamen Experimente benutzen. Denkt nur nach was Paradón bevorstünde, wenn er mit seinem Seelenraub und der Nekromantie Erfolg gehabt hätte. Dieser Mann wird niemals aufgeben. Er ist durch und durch von Boshaftigkeit zersetzt. Er ist ein treuer Diener Vencors.«

Norgal war beinahe zornig als er ahnte, dass der Magier seinen Peiniger nicht richten würde.

»Er muss sterben«, sagte er noch einmal mit Nachdruck.

Nun näherte sich Eély, immer einen wachsamen Blick auf den Gefesselten.

»Meister, ich teile Eure Meinung. Ihr habt ein gutes Herz. Doch Norgal hat recht, es ist unabdingbar. Dieser Mann würde jederzeit wieder versuchen das Land zu unterjochen. Gäbe es eine andere Möglichkeit ihn ruhig zu stellen, wäre ich sofort dagegen ihn umzubringen. Es muss getan werden, zum Wohle Paradóns und ganz Apygárdas. Die Ral-Kadór sind auch ohne ihn eine sehr große Bedrohung.«

Der Meister nickte betreten. »Nun so sei es, doch gewährt ihm bitte ein schnelles Ende.« Norgals Blick war streng und starr.

»Noch ein letztes Wort, Eure Scheußlichkeit?«, verhöhnte er den Verwundeten.

Mit vor Hass triefender Stimme und ohne jede Einsicht sprach der Dunkelmagier:

»Fahrt zu Vencor! Meine Meister werden die Welt mit Finsternis überziehen, auch ohne mich! Ihr werdet den Vormarsch des dunklen Gottes nicht aufhalten!«

Ein diabolisches Lachen folgte seinen Worten, welches je erstarb als die orange Feuerklinge schräg von oben durch den Hals in seinen Leib eindrang.

Die Luft war erfüllt von einer tiefen Anspannung und einige Herzschläge starrten alle Anwesenden auf den toten Körper.

»Wir müssen seinen Leichnam verbrennen«, meldete sich Meister Maandús nach einiger Zeit.

»Nur so kann seine Macht komplett gebrochen werden und seine Rückkehr in diese Welt vollständig verhindert werden.«

Garvis ging auf den Toten zu, vorbei an Norgal, welcher immer noch wie gebannt auf den Körper sah. Als Garvis an ihm vorbei kam, starrte ihn Norgal mit steinernem Blick an. Dann senkte er den Kopf.

Garvis' Verwunderung konnte er nicht verbergen, doch wollte er zunächst den Magier los schneiden und den anderen beim Errichten des Scheiterhaufens helfen. Es dauerte nicht lange, dann war ein kleiner Hügel aus Holz errichtet. Rovta und die anderen hatte man aus dem Labor geholt und wollte sie nun zusammen mit ihrem Herrn verbrennen. Sie tränkten das Holz mit Öl und betteten die Leichen dazwischen. Als Zeichen ihrer Gräueltaten auf Erden wurden die Körper nicht wie bei rechtschaffenen Menschen in Leinen gehüllt und verbrannt, sondern in ihren blutgetränkten Kleidern der Ewigkeit übergeben, auf dass sie der Vergebung ihrer Sünden und einem Leben nach dem Tode beraubt wurden. Ihre dunklen Seelen sollten auf ewig im Zwielicht der Zwischenwelten umher treiben, ohne Hoffnung auf Erlösung.

Nach einem kurzen Gebet, welches mehr der Wahrung der Form diente, als ernsthafte Wünsche für die Toten zu beinhalten, wurde der Scheiterhaufen in Brand gesetzt.

Die Flammen fraßen sich innerhalb weniger Herzschläge über das Holz und schon nach kurzer Zeit lag der Geruch von verbranntem Fleisch in der Luft.

Die schwarzen Augen betrachteten das Szenario aus der Ferne mit Gleichgültigkeit.

Das wird die Meister nicht erfreuen, selbst die stärksten dieser Menschen sind zu nichts zu gebrauchen. Die Verachtung für die menschliche Rasse war tief im Bewusstsein des Slúka verankert. Von seinem Versteck aus, hatte er alles mit angesehen. Seine Augen fixierten ein letztes Mal den brennenden Scheiterhaufen, dann machte er sich mit geschmeidigen Sätzen über die Äste der Bäume davon.

Die Gefährten blieben noch eine Nacht im Anwesen. Am Morgen wurde groß aufgekocht. Das Leben der gequälten Menschen würde noch einige Zeit benötigen, um wieder das alte zu werden, doch sie gaben ihr Bestes, um mit der Situation umzugehen. Der Tod ihrer Freunde traf sie hart und die Gefangenschaft hatte sie körperlich wie seelisch stark beansprucht. Gegen Mittag sollte es ein Festmahl geben, um die Befreiung von dem Dunkelmagier und den Abschied der Retter zu feiern.

Meister Maandús hatte sich alle Mühe gegeben seinen Bediensteten gut zuzusprechen. Nichtsdestotrotz war die Freude beim Festmahl verhalten.

Unmittelbar nach dem Essen begann der Abschied. Der Magier hatte einige seiner Bediensteten damit beauftragt Proviant zusammenzupacken und stellte den Freunden einen Führer bereit.

»Ich würde Euch gerne selbst geleiten, doch ich muss für meine Leute hier sein. Sie brauchen mich mehr denn je. Migus wird Euch ein guter Führer sein. Seine Verfassung ist gut genug, dass ich es ihm zumuten kann. Er ist einer der zuverlässigsten und treusten Menschen die mir je begegnet sind. Ich hoffe meine spärliche Hilfe ist Euch genug. Mehr kann ich Euch derzeit leider nicht für unsere Rettung geben.«

»Macht Euch keine Sorgen, Meister. Ihr helft uns diesen Wald zu verlassen und habt uns Proviant gegeben, zumindest hungern werden wir nicht müssen.« Garvis grinste ihn verschmitzt an.

»Macht Euch wirklich keine Sorgen. Ihr schuldet uns nichts«, ergänzte auch Eély. »Eine gute Tat gegen das Böse muss nicht vergolten werden.«

Nach einer freundlichen Verabschiedung, bei der jeder einzelne der Bediensteten nochmals seine Dankbarkeit aussprach und viele Hände geschüttelt wurden, brach die Gruppe mit ihrem Führer Migus auf.

Die Wanderung an den Rand des Waldes verlief ohne weitere Zwischenfälle. Der Wald war erstaunlich ruhig und diesmal gewährte er den Freunden schnellen Durchlass. Migus kannte den Forst, die Pfade, die Blüten der Nacht und anderen Eigenarten dieses Areals. Er wusste, wie der Wald einen unwissenden Wanderer für immer verschlingen konnte.

Er zeigte den Dreien gelegentlich seltene Pilze oder andere Gewächse, die nur im Wald von Amenáur zu finden waren. Immer, wenn ihm ein Geräusch eigenartig vorkam, blieb er stehen und lauschte.

Am Rande des Waldes verabschiedeten sie sich von Migus und brachen umgehend weiter Richtung Süden auf. Iscadar konnte nun nicht mehr länger warten. Der König musste informiert werden. Die Neuigkeiten waren brisant und die Zukunft des Landes konnte davon abhängen. Deswegen wollten sie zuerst nach Diuga, einem größeren Dorf am Rande des Waldes. Garvis war bereits einmal dort gewesen, bevor er zum ersten Mal den Wald von Amenáur betreten hatte.

»In Diuga werden wir ein Pferd für Eély bekommen. Vielleicht hat dort bereits jemand etwas von den Vorgängen im Wald mitbekommen. Es schadet nicht, sich etwas umzuhören.«

Die anderen stimmten dem Vorschlag zu und schon bald hatten sie Diuga erreicht. Zwar war die Nacht schon lange hereingebrochen, doch die Wichtigkeit ihrer Aufgabe ließ sie nur eine kurze Zeit rasten. Die Nacht wollten sie in einer Herberge verbringen und am frühen Morgen ein weiteres Pferd organisieren, um dann zügig nach Iscadar zu reiten.

Garvis machte sich Gedanken, da sie an Mauradin vorbeikommen würden und die Sache mit dem Steckbrief keinesfalls geklärt war. Er beschloss vorzuschlagen, möglichst nah am Trys zu reiten und so einen leichten Bogen um die Stadt zu schlagen. Sie konnten es sich unmöglich leisten in Mauradin einen Halt einzulegen. Zwar würden die Vorräte niemals bis Iscadar reichen, doch lieber jagte er sich ein paar Hasen, als sich erneut in die Höhle des Löwen zu begeben.

Ein Pferd war schnell gefunden. Nachdem sie noch etwas Proviant in einem kleinen Laden gekauft hatten, brachen sie auf.

Garvis hatte seine Meinung über die Nähe zum Fluss mit der besten Beschaffungsmöglichkeit für Trinkwasser und der sichersten Route begründet. Er wollte nicht noch mehr Verwirrung stiften, indem er den Steckbrief erwähnte.

Sie waren beinahe den ganzen Tag geritten, als eines der Pferde zu lahmen begann.

»Verflucht, mein Pferd kann nicht mehr«, schimpfte Norgal und hielt an, um nachzusehen was nicht stimmte.

Die anderen zügelten ihre Tiere ebenfalls und Garvis stieg ab, um neben seinem Freund niederzuknien.

»Sieht aus, als hätte es sich einen Sporn eingetreten. Die Wunde scheint noch nicht entzündet zu sein, aber das Tier braucht eine Pause. Wenn wir weiter reiten werden wir nicht sehr weit kommen. Das wird uns vermutlich einen Tag kosten, ehe wir weiterziehen könnten.«

Garvis sah sich die Verletzung genauer an und musste Norgal zustimmen. Das hatte ihnen gerade noch gefehlt und bedeutete weiteren Zeitverlust.

»Ich könnte vielleicht dazu beitragen, dass wir schon morgen Vormittag wieder aufbrechen könnten«, meldete sich nun Eély zu Wort.

Die beiden Männer sahen sie gespannt an.

»Mein Volk verfügt über ein großes Wissen auf dem Gebiet der Heilkunde. Dazu benötige ich aber gewisse Pflanzen. Ohne die richtigen Zutaten wird es schwer dem Pferd zu helfen.

»Was brauchst du? Wir sollten zum nächsten Waldstück gelangen. Dort können wir vermutlich alles finden was wir benötigen«, meinte Norgal.

»Es kann nicht schaden es zu versuchen. Wir können nur hoffen, dass es auch funktioniert.«

»Ich könnte doch bereits voraus reiten, um schneller in Iscadar anzukommen«, eröffnete Garvis einen neuen Vorschlag.

»Das halte ich für keine gute Idee. Ich vermute, es sind uns immer noch Verfolger auf den Fersen. Ich kann mit meiner Fernsicht zwar nichts ausmachen, doch nennen wir es mal ein Gefühl. Es wäre vermutlich besser, wenn wir zusammen bleiben. Außerdem wäre dein Vorsprung nicht all zu groß, falls es Eély gelingt das Pferd schnell zu heilen. Auch wird es bald dunkel und dein Tier benötigt ebenfalls eine Rast«, gab Norgal zu bedenken.

»Na gut, versuchen wir es.« Garvis zeigte auf einen kleinen Wald im Süden. »Dort werden wir bestimmt alles Nötige finden.«

In gemäßigtem Tempo ritten sie auf den Wald zu. Norgal führte sein Pferd, damit es unnötiger Belastung entging.

Es war bereits früher Abend, als sie die Bäume erreichten. Norgal machte sich sofort daran alle möglichen Kräuter nach Angabe der Elfin zusammenzusuchen, während Eély die Wunde des Pferdes reinigte. Garvis postierte sich am Rand des Waldstücks und behielt die Umgebung im Auge.

Die Salbe war bald hergestellt und nachdem Eély sie aufgetragen hatte, legte die Elfin ihre Hand auf die geschwollene Stelle des Tieres und und wickelte nasse Mandilinblätter um den Huf. »Das sollte reichen. Morgen werden wir wissen, ob es funktioniert hat. Die Blätter sind sehr reißfest und helfen der Salbe beim Einziehen«, sagte Eély mit einem Blick zu Norgal.

»Hoffen wir das Beste.«

Da kam Garvis von seinem Posten zurück. »Wir sollten eine kleine Kuhle ausheben und Feuer machen. Wenn uns jemand folgt, wird er so nicht vom Schein der Flammen auf unseren Standpunkt aufmerksam gemacht.«

Mit einem fragenden Blick sahen sich Norgal und Eély an. Der etwas mürrische Tonfall ihres Gefährten ließ sich schwer deuten, auch wenn Norgal eine Vermutung hatte.

Ohne ein weiteres Wort hatte sich Garvis ans Ausheben einer Mulde gemacht. Norgal beschloss, ihm zu helfen, während Eély den Proviant auspackte. Ein Abendessen würde ihnen allen gut tun. Nicht mehr lange und die Nacht kündigte sich an.

Garvis holte ein letztes Mal Wasser für die Tiere. Seine Laune war nach dem Essen wieder etwas besser geworden.

Norgal saß ein paar Schritte vom Feuer entfernt an einen Baum gelehnt und pflegte wie gewohnt sein oranges Zackenschwert. Die Elfin kniete direkt an den wärmenden Flammen und sah nachdenklich hinein. Garvis setzte sich, nachdem er die Pferde versorgt und noch einmal die Umgebung untersucht hatte, neben sie und blickte ebenfalls in das Feuer. Keiner sprach ein Wort, nur das schleifende Geräusch des Wetzsteins, das Zirpen der Grillen und der letzte Gesang der Vögel erfüllten die Umgebung. Nachdem die letzten Sonnenstrahlen erstarben, verschwanden mit ihnen auch diese Geräusche. Friedlich lag die Nacht da, als Garvis leise begann sich mit Eély zu unterhalten. Norgal träufelte eine klare Flüssigkeit auf sein Schwert und begann, sie mit einem weichen Tuch zu verteilen.

Der Unterhaltung seiner Freunde lauschte er nur mit halber Aufmerksamkeit. Er hatte kein Interesse daran sich jetzt zu unterhalten.

Eély kicherte und Garvis rückte etwas näher an sie heran. Als Norgal sah, wie sich sein Freund wie ein unerfahrener Jüngling in Gegenwart der schönen Elfin verhielt, musste er unweigerlich grinsen.

Sie unterhielten sich noch einige Zeit miteinander, in welcher sich Norgal um einzelne Gegenstände seiner Ausrüstung kümmerte, sie pflegte und, wenn nötig, ausbesserte.

Der leichte Schein des Feuers erfüllte den kleinen Wald mit spärlichem Licht. Von der Ferne war das Feuer dank der Mulde nicht auszumachen, doch Norgal war stets auf der Hut und lauschte immer wieder in die Dunkelheit außerhalb des schwachen Lichtscheins.

Die Nacht war sehr ruhig, fast schon zu ruhig wie Norgal fand. Plötzlich starrte er angespannt in die Dunkelheit. Machte er nicht dort eine Bewegung aus? Ihm war, als ob sich zwischen den Bäumen die Erde etwas angehoben hatte.

Starr blickte Norgal geradeaus auf die Stelle, dann schüttelte er den Kopf. *Vermutlich nur Einbildung.* Der Tag war lang und er war erschöpft.

»Ich werde mich schlafen legen«, teilte er den anderen mit. »Ich übernehme die zweite Wache.«

»Gute Nacht«, verabschiedeten ihn seine Gefährten. Garvis wollte die erste Wache übernehmen. Eély legte sich neben das Feuer und schlief bald darauf ein.

Als die Nacht ihren dunkelsten Punkt erreicht hatte und das Feuer erloschen war, begann sich der Wald zu rühren. An einigen Stellen rund um den Lagerplatz taten sich klein Hügel in der Erde auf. Erst langsam und kaum auszumachen, wurden sie immer größer bis schließlich das Erdreich zur Seite gedrückt wurde und sich Gestalten aus der Erde erhoben. Langsam stiegen sie aus den niedrigen Löchern und schlugen dunkle Tücher zurück unter denen scharfe Kurzschwerter zum Vorschein kamen. Gleichmäßig kamen die, in einem Kreis angeordneten, Gestalten auf die schlafenden Reisenden zu. Garvis war eingenickt, die Erschöpfung hatte ihn übermannt. Ihre Kleidung und Gesichter waren in der herrschenden Dunkelheit kaum zu erkennen. Jeweils zwei von ihnen gingen auf jeden einzelnen Schlafenden zu.

Norgal, der am weitesten von der erloschenen Feuerstelle entfernt lag, erreichten sie als Erstes.

Ohne zu zögern hoben sie ihre Schwerter und stachen erbarmungslos zu.

Doch bevor die Klingen Norgals Leib durchbohren konnten rollte er sich zur Seite und entging den todbringenden Schneiden. Im Rollen zog er ein Wurfmesser und schleuderte es auf einen der Angreifer. Flink war er auf den Beinen und hielt sein Flammenschwert in Händen. Voller Zorn blickte er auf den zweiten Angreifer, als sich die Wolken vor dem großen Mond zur Seite schoben und ein fahles Licht in den Wald eindrang, welches Norgals Ohrringe und die orange Klinge schimmern ließen. Es war ein stolzer Anblick, wie er mit erhobenem Schwert seinem Gegner gegenüberstand. Ein markerschütternder Schrei entlockte sich Norgals Kehle und ließ seine Freunde aus dem Schlaf schrecken, gerade rechtzeitig bevor auch die restlichen vier Angreifer heran waren.

Norgal sprang auf seinen Gegner zu und trieb ihm die Klinge bis zum Schaft in den Magen. Ruckartig drehte er sie herum und riss mit den Zacken ein klaffendes Loch, aus welchem sich die Innereien des überrumpelten Meuchelmörders auf die kühle Erde ergossen.

Eély und Garvis hatten hingegen nicht so leichtes Spiel. Durch den Tod ihrer beiden Partner zur Vorsicht getrieben, war ein ungleicher Kampf entbrannt.

Verbissen kämpfte Garvis und konnte auch einen der vier niederstrecken, doch Eély kam stark in Bedrängnis. Sie konnte lediglich mit ihrem Dolch kämpfen, der Bogen war im Nahkampf nicht geeignet. Lange würde sie sich nicht mehr halten können.

Norgal sprang über die Feuerstelle, rannte einen Halbkreis und fiel den Angreifern in den Rücken. Er schaffte es, einen von ihnen in Richtung der ausgehobenen Mulde zu drängen, als plötzlich ein schwarzer Schatten aus den Bäumen gesprungen kam.

Norgals Gegner war für einen kurzen Moment nicht aufmerksam genug und bekam einen tiefen Schnitt unterhalb der rechten Rippen. Schmerzgeplagt schrie er auf, doch sein Schreien ging in ein Gurgeln über.

Der Schatten war direkt hinter ihm gelandet und ein Schwall Blut spritze aus dem Hals des Getroffenen. Achtlos ließ der Schatten den Toten fallen. Als Norgal sah, was geschehen war, traute er seinen Augen nicht. Ein großes Maul mit spitzen Reißzähnen, von denen das Blut des Getöteten rann, prangte in einer schwarzen Öffnung. Langsam zogen sich die Zähne zurück und der Schatten zog ein schwarzes Tuch über die nun fast unsichtbare Mundöffnung.

Vergeblich suchte Norgal nach den Augen, doch das gesamte Gesicht verlor sich in Schwärze.

Wie angewurzelt stand der Kämpfer dem Schatten gegenüber. Doch diese Verwunderung dauerte nur einige Herzschläge, in denen das schwarze Wesen allerdings sein Schwert zog. Als der neue Gegner es komplett heraus hatte, war Norgals Versteinerung abgefallen und er schlug, ohne weiter über das

Wesen nachzudenken, mit dem Schwert zu. Einige Schläge wurden gekonnt pariert und es entbrannte ein heftiger Schlagabtausch. Schließlich drang Norgals Schneide in die Schulter des Wesens ein. Mit einem Ruck zog er das Schwert wieder heraus, doch sein Gegner wirkte beinahe teilnahmslos, ja fast abwesend. Langsam drehte sich sein Kopf und er sah auf die Wunde.

Zu Norgals Verwunderung floss kein Blut daraus hervor und als er sah, was als Nächstes geschah, dachte er, sein Blut würde gefrieren. Der schwarze Schnitt in der Schulter schloss sich langsam und ein diabolisches Lachen entlockte sich der Kehle des Wesens.

Dann stürmte es auf Norgal zu und ein erbitterter Kampf auf Leben und Tod ging in die nächste Runde, wobei Norgal sich nicht sicher war, ob er dieses Gefecht gewinnen konnte.

Währenddessen war es Garvis und der Elfin gelungen einen weiteren der Vermummten zu besiegen. Die Angreifer waren erfahrene Kämpfer und es gestaltete sich als sehr mühsam, sich gegen sie zu behaupten. Eély hatte das Schwert eines der Getöteten aufgenommen und die Chancen standen somit um einiges besser. Ein Kampf Eins gegen Eins war durchaus auch gegen solch erfahrene Gegner zu bewältigen.

Nach einigem Hin und Her gelang es Eély ihren Widersacher so schwer zu verwunden, dass er zu Boden ging. Sein Bein hatte einen langen Schnitt davongetragen. Vermutlich war eine Sehne durchtrennt. Windend lag er auf der Erde und drückte seine Hände auf die blutende Wunde. Sein Partner, welcher die Lage schnell erkannte, ließ sich langsam zu dem schwarzen Wesen zurückfallen, welches Norgal mit schnellen Hieben stark unter Druck setzte.

Sofort kamen der Kämpfer und die Elfin ihrem Freund zur Hilfe. Die Überzahl lag nun bei der Gegenseite.

Der Schatten kämpfte unerbittlich, doch gegen alle drei Gefährten hatte er auch mit Hilfe des letzten der Angreifer nicht die größten Aussichten einen Erfolg zu erringen.

Nach ein paar weiteren Hieben ging auch der übrig gebliebene Vermummte zu Boden und der Schatten war auf sich allein gestellt.

Er war ein hervorragender Kämpfer, aber gegen eine Übermacht von dieser Größe und der Erfahrung seiner Gegner, war er schlau genug, den Rückzug anzutreten.

Mit einem Satz schwang sich die schwarze Gestalt nach oben in die Bäume. Er sprang über die Äste und verließ den Wald nach Norden. Nachdem er eine kurze Distanz gerannt war, stieß er einen Pfiff aus und von irgendwo aus dem Wäldchen kam ein Pferd an geprescht. Schnell schwang er sich aus dem Lauf in den Sattel. Seine Meister wären sicherlich rasend vor Zorn. Er musste seinen Auftrag zu Ende bringen, ansonsten könnte er wohl bald selbst der Gejagte sein. Voller Zorn entfernte er sich immer weiter.

Die Gefährten waren an den Rand des Waldes geeilt und blickten dem Reiter hinterher. Auf einmal sahen die beiden Männer die Elfin an. Sie hatte einen Pfeil gezogen und sagte: »Gebt mir Feuer, ich werde dieser Ausgeburt der Dunkelheit einheizen!«

Norgal hatte seinen Feuerstein gezückt und schlug ein paar Funken. Schnell fing der leicht entflammbare Teil des Pfeils Feuer und Eély legte zum Schuss an.

»Er ist zu weit entfernt. Das klappt nicht!« Garvis schüttelte den Kopf.

»Vielleicht zu weit für einen Menschenbogen, doch nicht zu weit für einen elfischen!«

Eély ließ die Sehne los und schickte das brennende Geschoss auf ihre todbringende Reise.

Der Pfeil überbrückte die komplette Distanz und schlug im Rücken des Reiters ein. Schnell breitete sich das Feuer aus, doch der Reiter hielt sich im Sattel. Wie ein brennender Feuerball verschwand er letztendlich am Horizont.

»Wer war das?«, wollte Eély wissen. Als sie in die Gesichter der anderen blickte wurde ihr jedoch sofort klar, dass die Frage überflüssig war.

»Das, meine Liebe«, erklärte Garvis, »waren vermutlich die gleichen Leute, die Norgal und mich nach Raskatan verschleppt hatten.«

»Das waren keine Leute, zumindest nicht alle«, ergänzte Norgal. »Der, welcher dort brennend fort ritt, war kein Mensch. Es war ein Slúka, einer der gefürchteten Söldner Vencors und jetzt vermutlich Jäger der Ral-Kadór!«

»Ein Slúka? Wenn die Ral-Kadór uns solch ein Ungeheuer auf den Hals hetzen, sollten wir schleunigst zusehen, endlich nach Iscadar zu kommen!« Garvis ging aufgeregt zur Feuerstelle zurück. Er wollte die Toten untersuchen, doch waren anstatt der fünf Leichen nur noch drei und der Verwundete an Ort und Stelle.

»Diese verfluchten Waldläufer!«, schrie Garvis. »Sie haben uns reingelegt!«

Ein dunkles Lachen kam von dem verwundeten Kämpfer am Boden.

»Sie werden Euch bekommen! Der Untergang Paradóns ist nicht mehr aufzuhalten!«

Seine Stimme klang schwer und etwas lallend. Der Blutverlust musste ihn stark geschwächt haben. Er hustete heftig und Schweiß perlte auf seiner Stirn. »Egal, ob Ihr Euren König warnen könnt oder nicht, der Kaszoc-Vhinás und sein Orkheer werden Eure jämmerliches Land vernichten und ganz Apygárda unterwerfen!«

Er lachte nochmals schwach, doch die Faust von Norgal traf ihn so hart, dass sein Kiefer brach. Schmerzgeplagt schrie der Mann auf, während Blut aus seinem Mund lief.

»Vielleicht können wir sie nicht aufhalten, aber wir werden es versuchen! Eines ist klar, du wirst den Ausgang niemals erleben, feiger Mörder!«, herrschte ihn Norgal an. Sein Feuerauge flackerte grell auf. Gebannt sah der Verwundete in das Antlitz des Kämpfers.

Seine Überheblichkeit wich und Panik machte sich in seinem Gesicht breit. Er erkannte, dass er vom Tode nur noch eine Handbreit entfernt war.

Norgal zog sein Schwert und rammte es ihm durch sein noch gesundes Bein.

Garvis ging auf ihn zu und packte ihn an der Schulter. »Lass es gut sein, er ist es nicht wert!«

Norgal drehte seinen Kopf und sah Garvis an. Seine Gesichtszüge waren steinhart und sein Feuerauge glühte vor Zorn, dass Garvis einen Schritt zurück machte. Auch Eély entlockte es einen kleinen Laut der Überraschung.

Diesen Gesichtsausdruck hatte Garvis schon einmal bei seinem Freund gesehen und er war nicht gewillt, für einen Mörder eine Abreibung von seinem Gefährten zu bekommen. Er wusste nicht, was mit Norgal vorging. Dieser Gesichtsausdruck, der ihn schon fast an Blutdurst erinnerte, gab Garvis ernsthaft zu denken. Sie brauchten einen klaren Verstand und so entschied er sich, am nächsten Morgen mit seinem Freund zu sprechen. Er musste wissen, was mit ihm los war.

Er packte Eély am Arm und zog sie weg. Als sie sich entfernt hatten, hörten sie die gepeinigten Schreie des zum Tode verurteilten und als Norgal zurück kam, war er stark mit Blut bespritzt, doch die hellen Flammen seines Auges waren erloschen. Es loderte so wie sonst auch.

Ohne ein weiteres Wort zu sagen, setzte sich Norgal an einen Baum und schloss die Lider.

Eély und Garvis verstanden das Verhalten nicht. Sie setzten sich etwas abseits und redeten noch bis zum Ende der Nacht. Die Ereignisse ließen sie nicht schlafen.

Als der Morgen anbrach und Garvis die Augen aufschlug, er war doch noch mehrmals eingenickt, war Norgal verschwunden. Sofort suchte er die Gegend mit den Augen ab. Eély sagte von der Seite: »Er ist an den Fluss, um sich das Blut abzuwaschen.

»Ich werde nach ihm sehen. Vielleicht bekomme ich heraus, weshalb er sich so verhalten hat.«

»Ich werde in der Zwischenzeit Essen herrichten. Wir müssen heute ein gutes Stück Weg schaffen.«

Als Garvis zum Fluss ging, fand er seinen Freund im Sand des Ufers liegen. Der Fluss hatte ein kleineres Stück frei geschwemmt. Dies musste vor einigen Zyklen beim großen Hochwasser passiert sein.

Norgal hatte seinen Mantel abgelegt und genoss die ersten Strahlen des Tages, die auf seinen nackten Oberkörper schienen.

»Willst du mir jetzt wegen gestern eine Standpauke halten?«, fragte er, ohne aufzusehen. Garvis war nicht weiter darüber verwundert, dass er sich nicht unbemerkt an seinen Freund heranmachen konnte.

»Nein, das will ich nicht«, entgegnete er milde. »Ich wüsste nur gerne, was mit dir los ist. Es war nicht das erste Mal, dass ich diesen Ausdruck des Zorns und Hasses in deinem Gesicht sah. Ich mache mir Sorgen. Du könntest es eventuell irgendwann nicht mehr unter Kontrolle haben.«

»Es ist nicht die richtige Zeit, darüber zu reden. Abgesehen davon, dass es meine Sache ist, solltest du dir keine Sorgen machen. Ich werde die Kontrolle nicht verlieren.«

»Wann sollte denn die richtige Zeit sein? Es spielt keine Rolle! Ich werde dich nicht zum Reden zwingen können, doch solltest du bedenken, dass du nicht alleine reist und dein Verhalten auf Eély und mich einen etwas sonderbaren Eindruck hinterlässt.«

»Ich verstehe eure Zweifel durchaus, doch kann ich nicht darüber reden. Nicht jetzt. Es wird nicht wieder vorkommen.«

Garvis merkte, dass es wenig Sinn machte, noch weiter zu versuchen, den Grund für den Wahn seines Freundes zu ergründen. Er würde nichts mehr erfahren und so beschloss er, zurück zu Eély zu gehen, um sich etwas zu essen zu holen.

»Wir sollten bald aufbrechen. Es ist noch ein weites Stück bis Iscadar.«

Garvis verschwand zwischen den Bäumen. Norgal blickte zum Himmel. Klar lag er über ihm, nichts schien die Idylle erschüttern zu können, nur seine Gedanken waren düster. Er musste die Kontrolle behalten, wenn er sich und die anderen nicht in Gefahr bringen wollte. Sein Hass konnte ihm leicht zum Verhängnis werden und er würde sich in einer Welt aus Zerstörung und Finsternis wieder finden.

Nach einiger Zeit stand Norgal auf, zog sein Hemd und seinen Mantel an und begab sich zurück zu den anderen.

Die restliche Reise nach Iscadar verlief ohne weitere Probleme. Die Verletzungen der Pferde waren dank Eélys Kräutern und Umschlägen schnell wieder geheilt. Der Ritt zur Hauptstadt Paradóns zog sich zwar sehr in die Länge, doch der Proviant reichte und sie schafften es, die Stadt zu erreichen.

Die Sonne brannte vom Himmel. Der große Feuerball strahlte zu dieser Jahreszeit eine starke Hitze ab. Die Übergänge von Sommer und Winter waren sehr schnell. Das hatte zur Folge, dass Herbst und Frühling nur sehr kurzen Einzug ins Land hielten und schneller größere Temperaturstürze auszuhalten waren.

Die Reiter waren froh, noch im Hochsommer nach Iscadar gekommen zu sein. Wenn erst einmal der Winter hereinbrach, würde es weitaus schwerer werden, alle Vorbereitungen zu treffen, um die drohende Gefahr aus dem Norden abzuwenden.

Schon von Weitem konnten sie den großen Palast erkennen. Er prangte auf einem steinernen Hügel über der Stadt. Selbst die höchsten der Häuser reichten nicht bis zu den Zinnen der Schutzmauer des Palastes. Iscadar war die mit Abstand größte Stadt in ganz Paradón und so war es nicht weiter verwunderlich, dass sie in mehrere Sicherheitszonen aufgeteilt war. Die äußere Mauer, mit ihren starken, massigen Steinklötzen, war in eine Reihe aus Türmen mit den verschiedensten Verteidigungsanlagen und dem riesigen Tor, das mit den drei Fallgittern und einer mit Stahlstacheln besetzten Zugbrücke ausgestattet war, nur das Erste, was Angreifer überwinden mussten, wollten sie die Stadt einnehmen. Der zweite Ring bestand aus einer etwas dünneren Mauer, welche jedoch rundum mit dicken Stahlplatten verkleidet war. Garvis hatte gehört, dass diese Stahlplatten verschiebbar waren und dahinter Ballisten angebracht waren, welche jeweils zu zweit ein spezielles Netz abfeuern konnten, welches sich in der Luft ausbreitete und die Gegner am Weiterkommen hinderten. Tränkte man diese Netze aus Lynarjil, einem sehr feinen, strapazierfähigem und reißfestem Stoff mit einem Metallinnenleben, zusätzlich in Pech oder Öl, wurden sie zu tödlichen brennenden Gefängnissen, aus denen sich niemand befreien konnte. Kurz nach der zweiten Mauer schlängelten sich die Häuser der Adligen den

Steinberg hinauf, erreichten jedoch nicht den Palast. Der Palast selbst war die dritte Sicherheitszone. Ihn zu stürmen war nahezu ein Ding der Unmöglichkeit. Die ersten beiden Ringe zu durchbrechen, konnte einer Armee nur mit Glück und größter Anstrengung gelingen, doch der Herrschersitz stellte eine Hürde dar, für die Iscadar auf dem gesamten Kontinent berühmt war. Ein wahres Meisterwerk an Schaffenskunst der Menschen.

Auf den Zinnen des Palastes und den Türmen der Stadt prangte das grün-graue Banner der Königsfamilie mit den, über einer Weinrebe, gekreuzten Schwertern.

Sie erreichten die heruntergelassene Zugbrücke, vor der Wachen in grau-grünen Waffenröcken und silbernen Helmen standen. Die Ankömmlinge mussten absteigen und der Gardeführer durchforstete einen Stapel Papiere.

»Was wollt Ihr in Iscadar?«, fragte einer der Männer.

»Wir haben wichtige Kunde für den König«, antwortete Garvis höflich.

»Was für Nachrichten sind das?«, wollte der Mann mit verkniffenen Augen wissen. »Ihr seht mir nicht aus wie Boten. Was hat die Elfin bei Euch zu suchen?«

»Das hat Euch nicht zu interessieren. Wir werden nur mit dem König selbst sprechen«, gab Norgal scharf zurück und als der Wächter das Flammenauge sah, wirkte er ein wenig eingeschüchtert.

Plötzlich kam aus der Wachstube ein Ruf, woraufhin weitere Wachen heraus gerannt kamen.

»Haltet ihn fest. Er wird steckbrieflich gesucht!«, brüllte der Gardeführer. Sofort richteten sich Hellebarden, Speere und einige Kurzschwerter gegen die Gefährten.

»Was hat das zu bedeuten?«, verlangte Norgal zu wissen.

»Dieser hier«, der Gardeführer zeigte auf Garvis, »wird steckbrieflich gesucht. In Mauradin hätte man ihn beinahe geschnappt, doch er konnte entkommen. Welch Jammer für die Wachen dort. Solche Idiotie, wie Ihr sie an den Tag legt, ist wohl selten. Kommt freiwillig in die Höhle des Löwen!« Die Wachen lachten kehlig.

Erstaunt blickten Eély und Norgal zu Garvis. »Ist das wahr?«, wollte die Elfin wissen.

»Macht euch keine Sorgen. Das Orakel hat mir in Furta Allégra erklärt, dass wir nach Iscadar müssen. Es muss sich um ein Missverständnis handeln.«

»Ausreden helfen dir auch nichts Bürschchen!«, setzte der Gardeführer nach. »Du wirst im Kerker landen und deine beiden Freunde werden unter dem Verdacht der Mithilfe und Gründung einer Verbrecherorganisation ebenfalls verhaftet!«

»Was?«, rief Norgal empört. »Verbrecherorganisation?! Das soll doch wohl ein übler Scherz sein!« Sein Flammenauge zuckte nervös.

»Ganz und gar nicht«, sagte der Gardeführer ernst und zu zwei anderen Wachen gewandt fügte er scharf hinzu: »Entwaffnen!«

Jeder Widerstand war zwecklos und so sehr Garvis beteuerte, dass es sich um ein Missverständnis handeln musste und sie unbedingt mit dem König sprechen mussten, ihm wurde kein Gehör geschenkt.

Nachdem die Wachen sie entwaffnet hatten und alles in einen großen Sack verstauten, wurden die Gefährten abgeführt.

Der Gardeführer gab noch ein paar knappe Anweisungen an die zurückbleibenden Torwachen und machte sich dann mit den Gefangenen auf zum Kerker.

Dabei beachtete niemand die schnell davon rennende Gestalt, welche in den Gassen verschwand.

Alles Zetern und Beschweren half nichts. Letztendlich erreichte der Trupp den Kerker und die drei wurden in eine Gemeinschaftszelle gesteckt. Der Kerkermeister spuckte verächtlich aus, unterzeichnete mit ein paar kleinen Haken das Dokument zur Gefangenenübergabe, schloss die dicke Tür, stieg die Stufen hinauf, kratze sich am Gesäß und widmete sich wieder seiner Mahlzeit.

Der Kerker von Iscadar war wie jeder andere. Es war feucht, kalt und roch vermodert.

Auf ihrer Etage befanden sich etliche Gemeinschaftszellen, welche vermutlich aus Platzmangel angelegt wurden. Wie viele traurige, abstoßende und grausame Schicksale hatte dieser Kerker zu beherbergen?

»Was machen wir jetzt?«, fragte Eély. »Wenn wir den König nicht warnen können, wird Paradón den Ral-Kadór und ihrem Orkheer zum Opfer fallen.«

»Zuerst einmal wüsste ich gerne, was es mit dem Steckbrief auf sich hat«, sprach Norgal hart in Garvis' Richtung.

»Ich weiß es wirklich nicht. In Mauradin, ehe wir uns getroffen haben, begegnete ich ihr zum ersten Mal und wurde kurz darauf von der Stadtwache verfolgt und fand diesen Steckbrief an einer Hauswand hängen. Danach hab ich mich sofort aus dem Staub gemacht und Mauradin verlassen«, rechtfertigte sich Garvis.

»Wer ist »ihr«?«, fragte Eély nach.

»Das Orakel. Ich bin ihr bereits zweimal begegnet und sie sagte mir, ich sollte Iscadar aufsuchen, um zu erfahren, was es mit dem Steckbrief auf sich hat.«

»Nun, von ihr hast du mir ja bereits erzählt, aber jetzt sind wir hier und werden beschuldigt eine Verbrecherorganisation gegründet zu haben! Ich hoffe wir kommen aus dieser Sache wieder heil heraus.« Es fiel Norgal schwer, sich zu beherrschen. Waren sie doch endlich so weit gekommen. Ihr Ziel war dennoch wieder weiter in die Ferne gerückt und die Zeit lief

davon. Doch momentan konnten sie nicht viel mehr tun als abzuwarten und auf eine Gelegenheit oder einen Wink des
Schicksals zu hoffen.

Aurelian hastete die Stufen zum Palast empor. Fast fiel er dabei über seine Robe.

Er eilte an den Wachen am Palasttor vorüber, welche ihm verwundert hinterher blickten.

Letztendlich stieß er schwer atmend die große Flügeltür zum Thronsaal auf. Das Protokoll völlig außer Acht lassend, kam er am Thron an und sah in die Augen eines vollkommen verwundert dreinblickenden Königs. Die Leibwachen Irgesto Hervarestas II, König von Paradón, Sohn des Urgámar Hervaresta, wollten Aurelian schon packen, doch ein Wink des Herrschers hielt sie zurück.

»Aurelian, was erlaubt Ihr Euch? Das ist doch sonst nicht Eure Art«, tadelte Irgesto seinen Vertrauten.

»Verzeiht mir, Hoheit. Ich bringe Kunde von äußerster Brisanz«, begann Aurelian schnell seine Ausführungen. »Ich war eben in der Stadt und drehte nach dem Besuch auf dem Marktplatz und der Inspektion des Rathauses noch eine kleine Runde. Dabei kam ich am äußeren Osttor vorbei, als ich sah, wie die Wachen eine kleine Gruppe Reisender verhaftete.«

»Reisende?«, fragte der König mit einer hochgezogenen Augenbraue nach. »Was für Reisende können das sein, dass Ihr sogar das Protokoll vergesst?«

»Lasst es mich erklären. Es waren nicht irgendwelche Reisende, unter ihnen war Garvis Caldór, der Mann, den ihr steckbrieflich habt suchen lassen.

»Was?«, entfuhr es Irgesto, dass er aufsprang. »Man hat ihn endlich gefunden? Das sind wahrlich interessante Neuigkeiten. Wo hat man ihn hingebracht und wer warn diejenigen, die bei ihm waren?«

»Die Wachen haben ihn zum Gefängnis führen lassen. Seine Begleiter kannte ich nicht, doch waren es keine gewöhnlichen Leute. Die Frau war eine Elfin und der Mann trug einen langen Mantel mit etlichen Schnallen. Eines seiner Augen loderte wie wildes Feuer.«

»Das hört sich für mich durchaus wichtig an. Eure Verfehlung sei Euch verziehen, werter Aurelian.« Der König verzieh ihm gespielt gnädig. »Lasst diesen Garvis Caldór und seine Gefährten so schnell wie möglich hierher bringen.«

»Jawohl, Hoheit. Ich werde sofort alles Nötige veranlassen.« Aurelian verbeugte sich förmlich, drehte sich anschließend um und ging bis zur Tür, welche ihm zwei Wachen öffneten. Draußen hastete er schnellen Schrittes zum Verwaltungsbüro, wo er sich ein Schreiben mit königlichem Siegel zur Übergabe der Gefangenen abholen wollte.

Nachdem Aurelian alle Vorbereitungen getroffen hatte, brach er zum Kerker auf. Er wollte diese Aufgabe persönlich erledigen.

Das Gefängnis lag in einem etwas abgelegenen Teil eines ärmeren Viertels. Es war ein grobes, quadratisches Gebäude mit einem abgeflachten Dach. Die meisten der Zellen lagen unter der Erde und so war das Gebäude verhältnismäßig niedrig. Auf dem Dach standen Wachen mit Armbrüsten und die Türen waren alle zusätzlich mit Schleusen gesichert, welche durch Gitter voneinander abgetrennt waren.

Aurelian ging auf den Kerker zu, zeigte das Schreiben mit dem Siegel und wurde sofort zum Kerkermeister vorgelassen.

»Die sind doch gerade erst gekommen und jetzt wollte Ihr sie schon wieder mitnehmen? Na mir soll es recht sein.« Kopfschüttelnd machte sich der Kerkermeister daran, die Gittertür zur Kellertreppe aufzuschließen. Er schnappte sich eine kleine Laterne und ging vor Aurelian die Treppe hinab. An der Zelle von Garvis und seinen Gefährten hielt er an.

»Da sind sie, Meister Aurelian. Macht lieber schnell, bevor die anderen Gefangenen aufmüpfig werden.« Und zu den drei Gefährten gewandt fuhr er fort: »Ihr habt schon ein verteufeltes Glück!« Mit Verachtung spuckte er auf den Boden und entfernte sich einige Schritte.

»Was hat das zu bedeuten? Wer seid Ihr?«, fragte Norgal Aurelian.

»Ich bin Vertrauter und Berater König Irgesto Hervarestas II. Ich bin hier, um Euch im Auftrag seiner Majestät aus dem Kerker zu holen.«

»Was? Im Auftrag des Königs? Können wir zu ihm?« Garvis sprang auf und war sehr aufmerksam geworden.

»Ihr könnt nicht nur zu ihm, Ihr müsst es sogar. Er erwartet Euch bereits. Garvis Caldór, Ihr werdet umgehend freigelassen und seiner Majestät vorgeführt. Gleiches gilt auch für Eure Begleiter.«

»Woher kennt Ihr meinen Namen? Ich habe nichts verbrochen und meine Freunde ebenfalls nicht«, begehrte Garvis auf. Doch Aurelian ließ sich nicht beirren.

»Alles Weitere wird Euch seine Hoheit selbst erklären. Wir sollten keine Zeit verlieren und aufbrechen«

»Das liegt ganz in unserem Sinne. Auch wir haben für den König eine wichtige Botschaft.«

»Da kommt Ihr zur richtigen Zeit. Nun denn so lasst uns aufbrechen. Kerkermeister!«

Der Mann kam und schloss die Verbindungstüre auf. Die Gefangenen schritten heraus und folgten Aurelian und dem mürrischen Kerkermeister nach oben.

Als sie das Gefängnis verlassen hatten, ging es zügig zurück zum Palast. Sie stiegen in die Kutsche, mit welcher Aurelian angekommen war.

»Ich hoffe, ihr hattet nicht all zu große Unannehmlichkeiten zu ertragen«, eröffnete der Vertraute das Gespräch.

»Aber nicht doch. Es war, wie es eben in einem Kerker so ist; feucht, kalt und grausames Essen. Nichts worüber es zu lamentieren lohnt«, gab Garvis zurück.

»Zumindest scheint es Eurem Humor keinen Abbruch getan zu haben.« Aurelian schmunzelte bei Garvis' Gesichtsausdruck.

»Ich möchte Euch danken.« Eély neigte leicht den Kopf. »Wir hoffen dieses Missverständnis unserer Verhaftung aufklären zu können.«

»Oh nein, dass war kein Missverständnis. Garvis Caldór wird steckbrieflich gesucht. Ich bin allerdings nicht befugt, über die Einzelheiten zu sprechen. Seine Hoheit wird Euch aufklären.«

Verwirrt blickte Eély zu Norgal, welcher nur mit den Schultern zuckte. Ihm war ein derartiges Verhalten der Geheimnistuerei zuwider. Aurelian erkundigte sich nach den Namen von Garvis' Begleitern und erfragte ein paar wenige andere Details, hielt sich ansonsten jedoch bedeckt.

Es dauerte nicht mehr lange und das Gefährt erreichte den Palast. Aurelian führte die Gruppe umgehend in den Thronsaal. Diesmal beachtete er strikt das Protokoll.

Nach einer tiefen Verbeugung kündigte er an: »Eure Majestät, König Irgesto Hervaresta II, seid gegrüßt. Ich bringe Euch Garvis Caldór, sowie seine Gefährten Eély Vêrnith und Norgal Vard.«

Nacheinander verbeugten sich die Genannten und erbrachten dem Herrscher Paradóns ihre Ehrenbezeugung.

»Seid gegrüßt!« Der König erhob seine Stimme und wartete, bis er sich der kompletten Aufmerksamkeit sicher war. »Es ist gut, Euch endlich gefunden zu haben, Garvis Caldór. Wir dachten schon, wir müssten ohne Euch auskommen.«

»Ohne mich auskommen? Entschuldigt, Hoheit, ich fürchte, ich verstehe nicht ganz.«

»Ich ließ Euch steckbrieflich suchen, da ich auf Eure Hilfe angewiesen bin.«

Diese Aussage ließ Garvis mit einem etwas einfältigen Gesichtsausdruck dastehen.

»Wie meint Ihr das? Der Streckbrief suchte mich tot oder lebendig! Weshalb habt Ihr nicht anderweitig nach mir schicken lassen, wenn Ihr mich so dringend benötigt?«

»Wir durften kein Aufsehen erregen. Die Spione des Feindes sind überall. Wenn sie von der Sache erfahren hätten, hätte das möglicherweise Euren frühen Tod bedeuten können. Dass ich Euch tot oder lebendig suchen ließ, hat die einfach Bewandtnis, dass, wärt Ihr getötet worden, Ihr ohnehin nicht der Richtige gewesen wärt. Wie ich hörte seid Ihr ein Deserteur.«

»Verzeiht, Hoheit, doch ich verstehe nicht, auf was Ihr hinaus wollt. Welchen Feind meint Ihr? Etwa die fernen Länder? Das ist Wahnsinn und deshalb bin ich auch desertiert«

Irgesto lachte, doch seine Augen sprachen von ehrlicher Besorgnis. »Nein wahrlich nicht. Die fernen Länder haben nichts damit zu schaffen. Ich weiß, was das Volk munkelt, doch das sind Ammenmärchen. Die Gefahr ist viel näher, doch weiß ich leider noch nicht genügend, um ihr entgegen zu treten.«

»Heißt das etwa, dass Ihr gar nicht gegen eines der fernen Länder rüstet?«

»Ja, das heißt es, es war nur ein Vorwand, um keinen Verdacht zu erregen. Der Feind ist viel näher, wenn nicht schon zu nahe. Meine Kundschafter haben mir zugetragen, dass sich eigenartige Dinge in Paradón ereignen. Die Stadt des Grauens bekam Besuch von vermummten Gestalten und vereinzelte Orks streifen durch die Lande.«

»In dieser Sache haben wir wichtige Informationen für Euch, Majestät!«

Norgal mischte sich in das Gespräch ein, was ihm einen strafenden Blick Aurelians und der Leibwachen einbrachte.

»Ach, tatsächlich? Nun denn, tragt es mir vor, nachdem ich Euch vollends aufgeklärt habe. Es scheint, als würde sich eine dunkle Macht nach oben arbeiten und versuchen, Paradón zu unterwandern. Das führt mich zu Euch Garvis. Mich erreichte eines Abends in meinem Arbeitszimmer ein Schreiben. Es ist nicht sicher, woher es stammt, doch beinhaltete es Informationen, welche nur mir und meinen Spionen vertraut waren. Des Weiteren stand in dem Schreiben Euer Name und die Ausführung, dass ihr der Schlüssel zur Abwendung der Gefahr sein könntet und einige Details, die mir bis dahin unbekannt waren. Nach einigen Nachforschungen kam ich zu dem Schluss, dass es nicht schaden würde, dieses mysteriöse Schreiben ernst zu nehmen und schickte die Steckbriefe aus. Wenn Ihr gefallen wärt, wärt Ihr auch nicht in der Lage das Unheil abzuwenden, so meine Überlegung. Aber wie Ihr seht, seid Ihr hier.«

»Das ist ja alles schön und gut, doch wie soll ich Euch helfen? Die Informationen, welche wir für Euch haben. bestätigen Eure Vermutung. Doch fürchte ich, ist das Ausmaß weitaus schlimmer als Ihr dachtet. Ich wüsste nicht, wie ich Paradón vor dem Untergang beschützen sollte, außer mit der Überbringung meiner Informationen.«

»Nun, das wird sich zeigen. Ihr seid ab sofort Gäste im Palast und wir werden schon irgendwie herausfinden, ob dem Schreiben ein wahrer Kern zugrunde liegt. Doch nun berichtet mir von Eurer Kunde. Es scheint durchaus dringlich zu sein wenn Ihr den Weg nach Iscadar auf Euch genommen habt. Zuletzt sichtete man Euch in der Nähe Furta Allégras«

»Es ist wahr, Hoheit. Die Informationen, die wir für Euch haben, sind von äußerster Wichtigkeit und seid versichert, dass sie ausnahmslos der Wahrheit entsprechen.«

»So beginnt Eure Ausführungen«, forderte Irgesto die Freunde auf. »Doch zuvor hätte ich noch eine andere Frage: Was hat es mit Eurem Auge auf sich, Norgal Vard? Es brennt wie das Feuer einer Schmiede. Das erscheint mir doch ein wenig... nun ja, seltsam.«

Norgal antwortete: »Da seid Ihr nicht der Einzige, Hoheit. Das Feuerauge ist entstanden, als ich noch ein kleines Kind war. Ich kam in Berührung mit der Flora Eklypsia, welche in den Schluchten des Zangengebirges wächst. Dort wurde ich von Mönchen der Ignis Vylátu, vom Kloster in Waradan, gefunden. Sie zogen mich auf und unterrichteten mich. Das Feuerauge verleiht mir die Fähigkeit der Fernsicht, doch mehr ist mir über seine Entstehung leider nicht bekannt.«

»Eine interessante Sache.« Der König schüttelt leicht den Kopf und zu Garvis gewandt fuhr er fort: »So beginnt Eure Ausführungen. Weshalb Eély Vêrnith mit Euch reist, hinterfrage ich lieber erst gar nicht. Es ist ohnehin ein Glücksfall, Euch hier zu haben.«

Irgesto lächelte und Garvis begann die Erklärungen. Er berichtete von den Orks am Helion, bis hin zu dem Heer in Raskatan und den Ral-Kadór. Keine Einzelheit ließ er aus, selbst den Slúka und die Seelenmaschine des dunklen Magiers fand Erwähnung.

»Die Neuigkeiten sind durchaus weit schlimmer als ich es annahm. Uns bleibt keine andere Wahl, als schnellstmöglich die Armee wieder vollständig aufzubauen und uns auf die

Verteidigung oder einen Präventivschlag vorzubereiten«, kommentierte Irgesto den Bericht.

»Verzeiht die Frage, Hoheit, doch weshalb habt Ihr die Männer und Frauen aus der Armee austreten lassen, ohne etwas zu unternehmen?« Garvis schob eine Frage dazwischen, die ihm schon lange durch den Kopf ging.

»Ich wollte keinen Verdacht erregen. Wenn die Zeit gekommen ist, bin ich mir sicher, werden die treuen Krieger Paradóns wieder zurückkehren und für unser Land kämpfen. Doch noch müssen die Vorbereitungen abgeschlossen werden. Das ruft Euch auf den Plan. Garvis, Ihr müsst nach Osten reisen. Nach Tambarun im Fünf-Seen-Tal.«

»Was sollen wir dort für Euch erledigen?«, hakte Norgal nach. Die Reise in den Osten würde bis tief in den Winter andauern und im Fünf-Seen-Tal konnte der Winter tückisch werden.

»Das erkläre ich Euch heute Abend beim Bankett. Ein Abgeordneter der Obiden, Malkásh Amórko, die Fürstin der Seen, Tashila Oriváta, sowie zwei Abgeordnete der Elfen und einige andere Fürsten und Volksvertreter werden ebenfalls anwesend sein und Euch die nötigen Instruktionen genauesten erläutern. Ihr werdet überrascht sein, wie weit wir bereits mit der Vorbereitung sind. Doch wissen wir eindeutig noch zu wenig. Hoffen wir, dass die Zeit mit uns sein wird. Ich entlasse Euch nun und erwarte Euch kurz vor Sonnenuntergang wieder zurück. Aurelian wird Euch eine Kammer zuweisen, dort könnt ihr Euch waschen und für das Bankett fertig machen.«

König Irgesto Hervaresta II neigte leicht den Kopf, um eine Verbeugung anzudeuten, das Zeichen, dass die Audienz beendet war. Gemäß dem Protokoll verneigten sich die Anwesenden und gingen aus dem Thronsaal.

Aurelian führte die Gefährten in einen größeren Raum mit weichen Betten. Er war edel eingerichtet und hinter einer hölzernen Trennwand stand ein großer Waschzuber.

»Ich hoffe die Räumlichkeiten gefallen Euch. Leider haben wir keine Einzelzimmer mehr übrig. Es sind zurzeit zu viele Abgeordnete und andere Würdenträger im Palast einquartiert.«

»Macht Euch keine Gedanken, wir sind rundum zufrieden. Nach den Unannehmlichkeiten der letzten Wochen ist es eine wahre Wohltat. Ich hoffe das Essen heute Abend beim Bankett wird reichhaltig, wir haben immerhin wohl wieder eine längere Reise vor uns«, gab Garvis zurück.

»Da kann ich Euch beruhigen, die Palastköche sind wahre Meister. Sie stammen aus einem der Fernen Länder, welches ist mir aber nicht genau bekannt. Nun erholt Euch. Ich werde Euch zur gegebenen Zeit abholen.«

»Wir danken Euch. Wir werden bereit sein.«

Aurelian verbeugte sich und verließ den Raum.

Nachdem sie sich etwas ausgeruht und gepflegt hatten, wurden sie in einen großen Saal geführt. Erwarteten sie doch ein großes Bankett, waren neben den von König Irgesto genannten Personen etliche Bedienstete anwesend, welche sich konzentriert um einen fehlerfreien Ablauf kümmerten.

Doch noch ein weiterer, interessanter Gast saß an der reich gedeckten Tafel. Eine breite Streitaxt lehnte an seinem Stuhl und seinen Helm hatte er an eine der Ecken der Stuhllehne gehängt. Sein dichter Bart war mit einigen glänzenden Metallspangen verschönert worden. Als er die Eintretenden erblickte, erhob er sich und stellte sich neben den König. Es war ein harter Kontrast, hatte Irgesto doch einen gut getrimmten Schnauz- und Kinnbart und war gepflegt, so war sein Nebenmann verstaubt und wirkte erschöpft. Der König war etwas untersetzt, wohingegen der Mann starke Oberarme hatte, jedoch auch irgendwie kastenförmig wirkte. Nur eines hatten sie wahrlich gemein: Sie waren beide nicht sonderlich groß, wenn auch Irgesto den Mann um mehr als einen Kopf überragte.

»Das ist Tergor Erzfaust vom Klan der Erzfäuste, Angehöriger der Erzdrachen«, stellte ihn Irgesto den Anwesenden vor. Der Neuankömmling verneigte sich förmlich und sprach mit tiefer Bassstimme: »Ich grüße Euch im Namen Wamarkras'.«

»Er ist aus den Bergen zu uns vom Gremium der Könige gesandt worden. Sie haben ebenfalls von der Bedrohung durch die Orks unter der Führung der Ral-Kadór gehört und wollen unserem Land beistehen. Er traf vor einer Stunde unerwartet ein.«

Garvis musterte den Mann, der unverhältnismäßig klein war. Noch nie war er einem Zwerg begegnet.

»Seid gegrüßt, Herr Erzfaust. Es ist uns eine Ehre auf die Hilfe der Zwerge zählen zu können.« Garvis verneigte sich und Tergor nickte der Gruppe zu.

»Unser Freund Garvis Caldór und seine Begleiter haben einige wichtige Dinge in Erfahrung bringen können, weshalb ich dieses Bankett veranstalten lasse«, eröffnete Irgesto die Versammlung. Sie setzten sich hin und Norgal schilderte noch einmal die Geschehnisse. Die Anwesenden unterbrachen ihn nicht ein einziges Mal, zu brisant waren die Erkenntnisse.

»Darum ist es unbedingt nötig die Truppen zu ordnen. Nur so können wir einem Ansturm standhalten. Wenn sie sich mit den dunklen Fürsten in Carvás Cándth verbünden, könnte Paradón von zwei Seiten aus gleichzeitig angegriffen werden. Wir kennen nicht die genaue Stärke des Feindes, doch sollten wir uns auf eine gewaltige Welle von Scheusalen einstellen und ich befürchte, sie haben mehr als nur einen dieser dunklen

Magier, wie jenen, den wir im Wald von Amenáur stellten«, schloss Norgal seine Ausführungen.

»Unser Volk wird Euch Krieger senden. Eure Mitteilungen sind äußerst beunruhigend und solltet Ihr recht behalten, würde das auch auf kurze oder lange Sicht das Ende der Elfen bedeuten. Wir sind über die Jahrhunderte zu wenige geworden, um allein gegen die Mächte der Finsternis bestehen zu können. Wir werden unverzüglich den Ältestenrat davon in Kenntnis setzen. Die Tatsache, dass Eély Vêrnith Euch begleitet und die Informationen, die wir selbst bereits hatten, unterstützen die Glaubhaftigkeit und Dringlichkeit an Handlungsbedarf.« Die beiden Abgeordneten der Elfen standen kurz auf und verbeugten sich, als der andere der beiden fortfuhr: »Ich werde mich nun zurückziehen und die Vorbereitungen für eine schnelle Abreise treffen. Nachdem die Besprechung geendet hat, werden ich unverzüglich aufbrechen.« Elegant entfernte er sich nach einer penibel höflichen Verabschiedung von der Versammlung. Sein langes blondes Haar lag glatt auf seinem mit Ziersteinen versehenen weißen Mantel, den er über dem dunkelgrünen Hemd mit den gekreuzten weißen Ledergurten trug. Er war das Gegenteil des zurückgebliebenen Elfen. Dieser trug keinen Mantel sondern ein etwas längliches Hemd mit einer dünnen Leinenhose, welche in Jagdstiefeln steckte. Eine lange Kette mit elfischen Symbolen zierte seinen Hals.

»Nun denn, so lasst uns fortfahren«, sagte Irgesto. »Ich habe noch ein paar Dinge, die wir besprechen müssen.«

Er erteilte Malkásh Amórko das Wort. Der Obide erhob sich und ging auf eine Stelltafel neben dem großen Tisch zu. Malkásh war ein typischer Vertreter seines Volkes. Seine Haut war dunkel und, wie viele, trug er eine Glatze. Sein muskelbepackter nackter Oberkörper war nur mit einigen Riemen bedeckt. Er trug einen orangen Umhang, welcher an den Rändern mit goldenen Intarsien versehen war. Leichte, dünne Stiefel umhüllten seine Beine und zwei Kordeln mit Würfeln hingen an seiner Hüfte. Es war das obidische Zeichen der Diplomaten, da die Menschen in der Wüste oft dem Glücksspiel verfallen waren. Die orange Binde um seine Hüfte, in leichtem Kontrast zu der braunen Hose, rundete sein Erscheinungsbild noch zusätzlich ab.

Er zog das Tuch, welches die Tafel bis jetzt verhüllte, herab und darunter kamen Pläne der Wüste und einige technische Zeichnungen zum Vorschein.

»Was ist das?«, wollte Tashila Oriváta wissen. Sie hatte sich bisher sehr zurückgehalten und hörte, gemäß ihrer Art, erst das Meiste an, bevor sie vorschnelle Bemerkungen äußerte.

»Das, werte Fürstin, sind Pläne aus meiner Heimat, von einer Apparatur, welche uns im Kampf möglicherweise von großem Nutzen sein könnte. Sie zu erklären bedürfte zu viel Zeit, die wir leider nicht haben. Doch König Irgesto ist bereits davon in Kenntnis gesetzt. Es sind Maschinen, mit denen wir eine feindliche Armee von oben aus angreifen können. Ursprünglich wurden die Pläne gemacht, um einen schnelleren Handel mit den fernen Ländern zu ermöglichen, doch nachdem die Boten von König Irgesto in D'uril und Drakata auftauchten, hatten einige unserer Ingenieure die Idee, die Maschinen umzurüsten, um sie im Kampf einsetzen zu können. Bisher existiert jedoch nur ein Prototyp dieser, nennen wir sie einmal Flugschiffe.«

Die schmalen, schlitzförmigen Augen der Fürstin fixierten Malkásh. »Das könnte uns womöglich in der Tat einen nützlichen Vorteil verschaffen. Doch auch im Fünf-Seen-Tal waren wir nicht untätig. Ich möchte nicht zu viel verraten, da ich mir nicht sicher bin, ob das Vorhaben funktioniert. Deshalb hatte ich König Irgesto bereits im Vorfeld darum gebeten, mir jemanden mit einer, nun ja, speziellen Begabung zu senden.«

»Was für eine Begabung ist das, von der Ihr sprecht?«, wollte Norgal wissen.

»Das ist der Punkt, an dem ich Euch aufklären sollte«, begann der paradónsche König seine Erklärung. »Das Schreiben, in welchem Garvis erwähnt wurde, lässt für mich nur den Schluss zu, dass er der Richtige für diese Aufgabe ist. Deshalb entsende ich ihn nach Tambarun. Wenn das Vorhaben der Fürstin Erfolg hat, wird Garvis der von unschätzbarem Wert für ganz Apygárda sein.«

»Ich verstehe das alles nicht wirklich«, mischte sich Garvis ein. »Aber auf der anderen Seite verstehe ich schon lange nichts mehr, was mit meiner Person zu tun hat. Ich werde es schon sehen, immerhin bin ich für etwas Größeres bestimmt, wenn man Meister Torgadol und allen anderen Glauben schenken darf.« Er lachte und auch Eély und Norgal konnten sich ein Schmunzeln nicht verkneifen. Die restlichen Anwesenden sahen ihn nur verwundert an.

»Nun, da das Meiste geklärt zu sein scheint, bin nun wohl ich an der Reihe«, sprach der Zwerg. »Das Gremium der Könige stellt dreihundert schlagkräftige und kampferprobte Krieger, die meisten davon sind Lavaklingen. Nachdem nicht mehr viele Klans auf Apygárda heimisch sind, ist der Handel mit den Menschen in Paradón ein lukratives Geschäft für uns. Zwar verkaufen die Beru-Handwerksmeister nur sehr selten Stücke an Angehörige anderer Völker und auch die Edelmetalle bleiben bei den unseren, doch floriert der Handel mit den weniger wertvollen Erzen, die wir nicht alle selbst benötigen. Des Weiteren schützte mein Volk Paradón vor Angreifern aus dem Norden seit die Aramatische Zeitrechnung begann und der große König Aramas Karstiras das Land aus der Unterjochung der Dunkelheit befreite, um den Grundstein zur Einung der Welt zu legen. So wollen wir auch jetzt, im Namen Wamarkras, unseren Tribut entrichten, wenn es gegen Feinde geht, welche sich bereits im Land wie eine Seuche breit gemacht zu haben scheinen. Es ist eine große Schande für uns, den Feind nicht eher bemerkt zu haben. Das Gremium der König sendet euch in aller Förmlichkeit eine Entschuldigung für diese Nachlässigkeit.«

»Eure Worte ehren Euch und Euer Volk, Tergor Erzfaust«, lobte ihn König Irgesto.

»Die Hilfe der Zwerge werden wir dankend annehmen.«

Selbst Eély und der Abgeordnete der Elfen nickten Tergor anerkennend zu, waren doch Elfen und Zwerge seit jeher nicht gut aufeinander zu sprechen. Hieß es doch, dass die Zwerge einst den Elfen in Not ihre Hilfe versagten, wodurch die Elfen ihrerseits schwere Sanktionen verhängten und die Fronten sich verhärteten. Dreihundert Krieger waren ein starkes Aufgebot der, in Paradón eher gering vertretenen, Rasse der Zwerge.

»Ich werde Boten in alle Winkel des Landes schicken. Hoffentlich lassen sich auch die wenigen lebenden Magier ausfindig machen. Es wäre sehr von Vorteil, besonders für die Moral der Krieger. Bei Pândrâs dem Weisen, möge uns das Glück hold sein«, schloss Irgesto.

Wie zur Bestätigung knurrte Garvis' Magen. »Können wir dann essen?«, fragte er und löste damit die angespannte Ernsthaftigkeit der Versammlung kurzzeitig auf.

» Sie kommen!« Das Geschrei kam von draußen. Dumpfe Trommeln wurden geschlagen, dann schwangen die schweren Flügeltore der Festung auf. Der Kaszoc-Vhinás war zurückgekehrt. Eilig machten sich die Diener daran, sein Pferd zu übernehmen und ihn in die Festung zu geleiten.

Seinen Gefolgsleuten schenkte man hingegen weit weniger Beachtung.

Zandil eilte zu seinem Herrn um ihm von der Ankunft des Obersten zu berichten, auch wenn er sich sicher war, dass er schon davon wusste. Mit gesenktem Haupt trat Zandil ein und überbrachte die Neuigkeiten. Er fühlte sich, wie jedes Mal, wenn er den Zweiten trat, etwas beklemmt. Wie vermutet, war sein Herr bereits davon in Kenntnis gesetzt worden.

Sein Gesicht unter einer Kapuze, trat der Kaszoc-Kásk in den Raum mit der runden Tafel. Die anderen Ral-Kadór waren bereits anwesend. Gerade als Zandil den Raum verlassen hatte, trat der Kaszoc-Vhinás ein und begab sich ebenfalls zur Tafel. Die anderen erhoben und verneigten sich. Trotz der Kapuzen, die alle Anwesenden trugen, zogen die Bewegungen Schlieren von Nebel nach sich.

Der Oberste setzte sich auf seinen Stuhl, der sich in Machart und Eindrucksgewalt von den anderen deutlich abhob, und zog die Kapuze zurück. Die restlichen Versammelten taten es ihm gleich. Nun waren die azurblauen Augen und das neblige Gesicht im Schein der Abendsonne, welche durch das breite Fenster drang, genau zu erkennen. Ohne dass bisher ein Wort gesprochen wurde, griffen die Knochenhände nach den mit Wein befüllten Kelchen.

Sie hoben die Gefäße und stürzten ihn mit einem Schluck in die Wand aus Nebel. Als wären es einzelne Bläschen verschwand der Wein nach und nach tiefer im Nebel, bis er nicht mehr sichtbar war. Genussvoll wischte sich der Kaszoc-Vhinás seinen Mund ab und erhob die Stimme.

»Es ist vollbracht, meine Brüder und Schwestern. Die Stadt des Grauens hat sich uns angeschlossen. Zwar zögerten einige der Fürsten etwas, doch leitete ich des Nachts die nötigen Schritte ein, um sie an uns zu binden. Sie werden tun, was wir von ihnen verlangen. Ihre Gier siegte über ihre Zweifel und macht sie für uns kontrollierbar. Ich ließ zwei Orks und einen Waldläufer als meine Vertreter in der Stadt zurück. Sie werden die Truppen unter der Führung von Larvátras leiten, die wir über einen geheimen Pass der Waradankette nach Carvás Cándth schicken. Die nötigen Instruktionen dafür habe ich bereits erteilt.«

»Haltet Ihr es für gut, zwei Orks so viel Verantwortung zu geben?«, wollte einer der Kriegsfürsten wissen.

»Sie haben sich bisher als sehr tauglich erwiesen. Sie erscheinen mir etwas klüger als die meisten anderen Orks und die fähigeren Leute brauchen wir hier derzeit wesentlich dringlicher. Sie werden tun, was der Waldläufer ihnen sagt. Larvátras wird mit dem Trupp durch das Gebirge ziehen und vor Ort als Seržan die Kontrolle übernehmen. Er wird dabei die Unterstützung von diesen Kreaturen benötigen, um die Streitmacht erfolgreich zu befehligen.«

»Wie viele Krieger gedenkt Ihr über den Pass zu schicken? So wie es klingt, muss es eine ganze Menge sein.«

»Allerdings. Ich denke an zweitausend Orks«, sagte der Oberste fast gelangweilt.

»Bei Vencor!«, entfuhr es dem Kaszoc-Kásk. »Wie stellt Ihr Euch das vor? Wir haben hier in Raskatan gerade einmal siebentausend Orks und zirka vierhundert Waldläufer zur Verfügung. Dardánor, bedenkt die Wichtigkeit unseres Vorhabens!«, sprach der Kaszoc-Kásk den Obersten mit seinem Namen an und verstieß damit gegen das Versammlungsprotokoll.

»Selbst mit den Verbündeten aus Carvás Cándth können wir hier nicht zweitausend Orks einfach über die Berge schicken. Diese Schmälerung würden wir stark zu spüren bekommen«, gab eine Ral-Kadóra zu bedenken.

»Keine Sorge, meine Freunde. Der dunkle Gott Vencor hat uns ein Geschenk gemacht«, entgegnete der Oberste, den Verstoß außer Acht lassend.

Die Ral-Kadór wurden hellhörig.

»Ich bekam eine Botschaft, dass sich von Norden aus weitere Kämpfer für unsere Sache Paradón nähern. Sie sammeln sich aus den verschiedensten Ländern in kleineren Gruppen, um keine Aufmerksamkeit zu erregen. Es soll sich um mindestens dreitausend Orks, zweihundertfünfzig Dunkelelfen und mehrere hundert Menschen handeln.«

Die Augen der Anwesenden weiteten sich. Durch die Gesichter aus Nebel wirkte der Anblick beinahe lähmend. Die Gier nach Macht stand ihnen allen ins Gesicht geschrieben, doch Macht war zunächst zweitrangig. Noch verfolgten sie ein höheres Ziel, dessen Erreichen für die Ral-Kadór von größter Bedeutung war.

»Es scheint, als hätten unsere Leute im Norden ganze Arbeit beim Rekrutieren geleistet. Dieser Erfolg liegt außerhalb unseres Schätzbereichs«, stellte einer der Räte zufrieden fest.

»Dann hätten wir tatsächlich die Möglichkeit, eine solche Truppe in den Süden zu schicken und das Land von zwei Seiten aus in die Mangel zu nehmen. Die Tatsache, dass sich uns Dunkelelfen anschließen ist umso erfreulicher. Damit hätte ich nicht zu rechnen gewagt«, freute sich der zweithöchste Ral-Kadór und nickte dem Obersten anerkennend zu. Lange kämpften sie bereits Seite an Seite. Nachdem es ihnen unter größten Mühen gelungen war, eine kleine Gruppe von Ral-Kadór zusammenzuschließen, standen sie nun näher an der Erfüllung ihrer hehren Aufgabe als jemals zuvor.

»Glaubt es! Wir werden eine Armee von über vierzehntausend Kämpfern haben. Das Land wird uns gehören, unser Volk erstarken und Vencor wird wieder die Ehre zuteil werden, die er verdient! Viel zu lange schon waren er und wir nahezu aus der Welt verbannt. Die Zeit der Rückkehr ist nah.«

Zustimmendes Gemurmel wurde laut.

Dem Kaszoc-Kásk war es etwas unangenehm diese Stimmung trüben zu müssen, dennoch musste er den Obersten von den neusten Ereignissen während seiner Abwesenheit in Kenntnis setzen.

»Verzeiht, doch es gibt noch etwas Anderes, was unter Umständen zu Problemen führen könnte.«

»Was für Probleme? Wer sollte uns jetzt noch aufhalten können?«

»Nun ja, Ihr erinnert Euch an diesen Garvis?«

»Selbstverständlich! Habt ihr ihn etwa immer noch nicht fassen können?«

»Nicht ganz Herr. Wir hatten ihn und seinen Gefährten mit Hilfe des Slúkas und einiger Waldläufer gefangen nehmen können. Allerdings gelang ihnen die Flucht, bevor wir die Informationen über ihr Wissen von unserem Vorhaben aus ihnen herausbekommen hatten. Jetzt verfügen sie noch über weit mehr Informationen und so wie es aussieht, sind sie bereits in Iscadar angekommen. Der Slúka versuchte sie zur Strecke zu bringen, kehrte allerdings mit üblen Verbrennungen zurück. Er ist furchtbar entstellt und berichtete davon, dass sich Garvis und seinem Gefährten auch eine Elfin angeschlossen hat.«

Dardánor schlug mit der Faust auf den Tisch. Seine Augen glühten vor Zorn.

»Argátor! Soll das heißen Irgesto ist gewarnt? Zum Glück ist der alte Narr zu sehr damit beschäftigt sich auf einen irrwitzigen Krieg mit den fernen Ländern vorzubereiten. Er wird es bestimmt nicht rechtzeitig schaffen uns noch aufzuhalten. Im Frühjahr werden wir zuschlagen und das Land überrollen. Daran wird auch dieser Garvis nichts mehr ändern können!« Diesmal ließ sich auch der Oberste dazu hinreißen, gegen das Protokoll zu verstoßen. Seine Freude wurde durch die Informationen getrübt. Er hatte sich allerdings schnell wieder unter Kontrolle.

Erleichtert, dass der Oberste ihn nicht für das Versagen zur Verantwortung zog, atmete Argátor aus. Wäre er ein einfacher Waldläufer, wäre ihm der Tod sicher gewesen, doch auch als alter Weggefährte des Kaszoc-Vhinás verlieh ihm dies keinen Freibrief. Dardánor entstammte dem alten Herrschergeschlecht der Karák Kazór, was ihm den Herrschaftsanspruch über alle Ral-Kadór zusicherte. Sein Urahn Karák war der Ursprung, um den sich die heutigen Mythen und Sagen rund um ihr Volk auf Apygárda rankten und der erste Anführer der Ral-Kadór. Dardánor war beseelt von dem Verlangen seinem Vorfahren ebenbürtig zu werden und sein Volk in eine glorreiche Zukunft zu führen.

»Das ist aber noch nicht alles. Auf der Flucht haben sie den Dunkelmagier getötet und Meister Maandús befreit. Die Entwicklung der Seelenmaschine wurde weit zurückgeworfen. Zwar haben wir Kopien der Pläne, es beansprucht aber viel Zeit, eine neue anfertigen zu lassen. Wir benötigen außerdem einen neuen fähigen Magier.«

»Das ist untragbar!«, fluchte der Anführer. »Doch es ist nun nicht mehr änderbar. Wir haben noch genug Zeit, sorgt dafür, dass die Vorbereitungen laufen und ein neuer Magier sich der Sache annimmt. Sobald der Slúka sich von seinen Wunden erholt hat, werden wir weitere Aufgaben für ihn finden. Entsendet zunächst noch mehr Spitzel in die größeren Städte des Reichs. Ich muss wissen, wie weit und in welcher Form sich der König auf den Angriff vorbereitet und vor allem, ob er mittlerweile tatsächlich mehr als nur einen grobe Ahnung hat, die er nicht ernst nimmt. Und vergesst nicht, der Vorteil der Überraschung durch den zusätzlichen Zulauf von Kriegern ist auch dann noch auf unserer Seite, sollte Irgesto mehr wissen als er nach außen zeigt.«

Der Oberste löste die Versammlung auf. Er würde die Finsternis für seinen Gott Vencor zurückbringen und seinem Volk eine Zukunft schenken. Die Welt hatte lange genug auf den Lehren Pândrâs des Weisen, welche durch Aramas Karstiras und sein Gefolge erneut verbreitet wurden, aufgebaut. Es war an der Zeit, die Anhänger Pândrâs zu zerschlagen, das Volk der Ral-Kadór aus seiner Verdammnis zu befreien und sich zu nehmen, was ihnen zustand.

Dardánor war voller Vorfreude und selbst die soeben erfahrenen Rückschläge konnten diese Laune nicht trüben.

Auch der Kaszoc-Kásk ging durch die zerfallenen Gänge der alten Festung zurück in seine Gemächer. Zandil wartete bereits und erledigte gewissenhaft seine Aufgaben.

»Zandil, wir haben einiges zu tun. Der Kaszoc-Vhinás hatte wichtige Neuigkeiten und aufgrund der Rückschläge in der Sache mit diesem Garvis und seinen Gefährten müssen wir mehr Spitzel in die Städte entsenden. Außerdem benötigen wir die Pläne der Seelenmaschine und sorge dafür, dass ein andere Magier den Aufbau übernimmt. Diesmal erledigen wir das in der Festung. Es darf nicht noch ein weiteres Mal scheitern. Du wirst dich darum kümmern, dass alles zu unserer vollsten Zufriedenheit ausgeführt wird.«

Zandil verbeugte sich und machte sich unverzüglich auf den Weg, das Aufgetragene zu erfüllen. Wenn der Krieg kam, wollte er nicht unbedingt in den Reihen derer landen, die an vorderster Front kämpfen mussten. Er wollte unter allen Umständen die Gunst seines Herrn behalten, was nicht gerade einfach war bei einer solch gewaltbereiten und hasserfüllten Person wie dem Kaszoc-Kásk. Doch mit den Verbrechen des Obersten der Ral-Kadór waren die Gräueltaten seines Herrn nicht zu vergleichen. Mit eigenen Augen hatte Zandil gesehen, wie der Kaszoc-Vhinás einem Mann mit der knochigen Hand das Herz aus der Brust gerissen hatte, nur um zu zeigen, dass er keinen Ungehorsam von den Menschen und Orks duldete. Tief war der Hass auf die anderen Völker in den Ral-Kadór verwurzelt. Er hatte seinen Ursprung viele Zyklen vor der Einung der Welt und überdauerte in schlummerndem Schlaf die Jahrhunderte.

Zandil ließ einige der Waldläufer antreten und beauftragte sie damit, die fähigsten Spione, welche noch nicht im Einsatz waren, loszuschicken und anzuweisen, regelmäßig Berichte zu senden. Nachdem er alle Aufgaben verteilt hatte, ging er zum Fenster und sah auf die brennenden Feuer der Orks in der verlassenen Stadt hinab. Siebentausend blutrünstige Scheusale, die kämpfend, plündernd und schändend durch die Lande ziehen würden. Waren sie tatsächlich zu bändigen? Sicher, die Ral-Kadór waren mächtige Wesen und die Orks fürchteten und respektierten sie gleichermaßen, schienen sie sogar auf eine gewisse Art zu verehren, doch würde das genügen?

So abgebrüht Zandil in seinem früheren Leben auch war, hier war er einer der harmlosesten überhaupt und hatte oftmals Angst um sein Leben. Alles was für ihn zählte, war Reichtum und Wohlstand, welche ihm durch seinen Herrn zugesichert wurden. Wenn er einmal daran zweifelte, ob er das richtige tat, so dachte er nur daran, nie mehr nach Furta Allégra zurückzukehren. Er wollte seine einstigen Freunde dafür leiden lassen, dass sie ihn so schändlich verraten hatten.

Nachdem er einige Zeit grübelnd am Fenster stand und über sein Schicksal sinnierte, machte er sich auf den Weg zur Nachrichtenzentrale der Festung.

Sollten bereits neue Berichte vorliegen, wollte er sie unverzüglich zu seinem Herrn bringen. Danach würde er die Pläne der Seelenmaschine anfordern und unter den übrigen Magiern die fähigsten antreten lassen. Zur Not müssten Leute ausgesandt werden, um einen vergleichbaren Magier zu finden. Zandil war sich jedoch sicher, dass einer mit den nötigen Fertigkeiten bereits anwesend war. Er dachte da an Zylúx, einen Mann, den seine Meister aus der Verbannung auf einer der Südlichen Inseln befreien ließen.

Die nächsten Monate würde mehr als hart werden. Der Winter sollte bald Einzug halten und das Aufrüsten beanspruchte noch einiges an Zeit, Material und Härte. Auch der Rückschlag mit der Seelenmaschine würde nicht all zu leicht auszugleichen sein.

Zandil war bereit, sein Bestes zu tun. Die Ziele zur Erstarkung der Ral-Kadór und die Machtergreifung im Namen des dunklen Gottes hatten höchste Priorität.

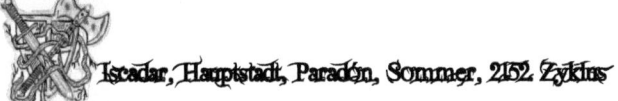

Blutende Menschen, auf Pfähle gespießt, standen im Vorhof des Anwesens. Die Stäbe der Männer in den Roben leuchteten. Neue Menschen wurden hereingeführt. Ein gleißendes Licht erfüllte die Gegend und nachdem es verschwunden war, lagen die Hüllen der Gequälten leblos im Staub. Statt ihrer waren halb verweste, skurrile, untote Wesen anwesend, an denen noch modriges Fleisch hing, eine Armee des Todes. Sie fielen über die Gepfählten her und nagten das Fleisch mit bloßen Zähen von den Knochen. Dann schlugen die Stäbe der Männer donnernd auf den Boden und das grelle Leuchten holte Garvis zurück in die Realität. Schweißgebadet richtete er sich in seinem Bett auf. Das Schwert, welches neben dem Kopfende stand, hatte er bereits in der Hand.

Die Albträume ließen ihm keine Ruhe. Immer wieder fragte er sich, was es mit ihnen auf sich hatte, fand jedoch keine Lösung, die ihm schlüssig erschien. Langsam stand er auf und ging in den abgetrennten Bereich des Raumes, um sich den Schweiß abzuwaschen. Die großen Fenster mit dem vielen Glas waren weit geöffnet. Garvis schob die dicken Vorhänge zur Seite und ließ das Sternenlicht hereinfallen. Das Wasser war bereits seit Stunden kalt, doch Garvis war das ganz recht. Ihm war ohnehin sehr heiß. Ein Blick um die Ecke zeigte ihm, dass seine Freunde noch immer schliefen und so machte er sich langsam daran, in das kühle Wasser zu steigen. Als er einige Zeit nachdenklich in der Wanne saß, hatte er ein ungutes Gefühl der Beobachtung in seinem Nacken. Der Krieger drehte sich um, doch war nichts auszumachen, außer dem großen, geöffneten Fenster hinter ihm. Auch im Raum selbst war außer seinen Gefährten niemand. Garvis beeilte sich mit dem nächtlichen Bad, schloss anschließend das Fenster und zog die großen Vorhänge wieder vor. Das Gefühl, dass ihn jemand beobachtete wurde er bis zum nächsten Morgen nicht mehr los. Dennoch konnte er zumindest einige Stunden etwas Schlaf finden.

Am Morgen frühstückten sie mit König Irgesto und den anderen Diplomaten in einem etwas kleineren Raum als jener, in welchem das Bankett stattfand. Eély unterhielt sich mit dem elfischen Abgeordneten, welcher bisher niemandem seinen exakten Namen verraten hatte. Nicht einmal der König wusste ihn. Tergor aß schweigend etwas getrocknetes Brot, was ihm sichtlich nicht sehr behagte, doch waren die herzhaften Speisen zu so früher Stunde in Iscadar unüblich, was dem Zwerg keine andere Wahl ließ, als zum Gegebenen zu greifen. Norgal unterhielt sich mit Malkásh über die Wüste und D'uril, erzählte ihm von seinen eigenen Erlebnissen am Rande des Bergol-Tals und war äußerst interessiert an den obidischen Gepflogenheiten und Lebensweisen.

Irgesto Hervaresta II studierte währenddessen die Pläne über die Flugmaschinen und aß genüsslich ein überproportional großes Ei, welches er mit einem Berg an Gewürzen *verfeinerte*. Garvis langte wie üblich kräftig zu und lud seinen Teller randvoll. Norgals gelegentliche Seitenblicke ignorierte er. Die Blicke war er mittlerweile gewohnt. Seine Freunde waren immer wieder aufs Neue verwundert, wie ein Mensch einen solchen Appetit entwickeln konnte, ohne wirklich zuzunehmen. Auch der etwas feiste König beäugte Garvis' Appetit mit einem verwunderten Blick.

Tashila Oriváta sprach ein paar Worte mit Irgesto, da ihr Interesse für die Maschinen geweckt war. Vielleicht, so dachte sie, konnte auch etwas Nützliches für ihr eigenes Fürstentum im Fünf-Seen-Tal in den Plänen zu finden sein.

Nach dem Frühstück zeigte Malkásh Amórko dem König ein paar Feinheiten und erklärte kurz, was diese oder jene Apparatur für einen Zweck erfüllte. Doch das ganze Ausmaß der Pläne zu erläutern, würde, obwohl der König bereits informiert war, aller Wahrscheinlichkeit nach mehrere Tage in Anspruch nehmen.

Schließlich brachte Norgal einen Vorschlag vor: »Hoheit, wäre es nicht von Vorteil, wenn wir nicht gemeinsam nach D'uril und Tambarun reisen, sondern uns aufteilen. Ich würde mit zu den Obiden gehen, während Garvis bereits nach Tambarun reist und sich ansieht, was Fürstin Tashila Oriváta dort bereithält?«

»Was meint Ihr Malkásh?«, wandte sich Irgesto an den Obiden.

»Ich denke, dass es nicht von Nöten sein wird, jemand besonderen mitzunehmen. Es wird lediglich jemand benötigt, der die Pläne zu begreifen versteht und Euer Vertrauen genießt, die Essenz sicher abzuliefern. Wenn Garvis für das Land tatsächlich eine besondere Rolle spielt und es in Verbindung mit den Flugapparaten steht, haben wir vermutlich noch genug Zeit, ihm im Winter alles Nötige zu erklären. Jetzt kommt es darauf an, dass jemand zu meinem Volk reist und ihnen die nötigen Instruktionen aus Iscadar mitteilt, da ich an Ort und Stelle als diplomatischer Mittelsmann verweilen muss.«

»Nun, wenn dem so ist, halte ich es für eine gute Idee. Norgal, seht ihr Euch im Stande, diese Pläne zu studieren und den Obiden meine Botschaft zu übermitteln, sowie eine halb-magische Essenz, welche die Obiden zur Veredelung der Rümpfe suchten, abzuliefern? Sie soll sie resistenter gegen Feuer machen und das Gewicht verringern«, führte der König die Erklärung fort.

»Ich werde die Aufgabe zu Eurer und zur vollsten Zufriedenheit Paradóns erfüllen.« Norgal gab sich sicher.

»Garvis, was haltet Ihr von diesem Vorschlag?«, wollte der König seine Meinung wissen.

Der Angesprochene schluckte einen Bissen von der mit gelbem Brei beladenen Brotscheibe hinunter und antwortete: »Ich halte es für eine gute Idee, sie spart uns viel Zeit und im Winter werden die dunklen Truppen keinen Angriff starten können. Sie werden mit den gleichen Problemen zu kämpfen haben wie wir. Es wäre nur zu unserem Vorteil, in der kurzen Herbstphase, die uns bevorsteht, keine Zeit zu verlieren.«

»So sei es. Damit reist Norgal nach D'uril und Garvis macht sich auf nach Tambarun.«

»Und was ist mit mir?«, meldete sich Eély unvermittelt zu Wort. »Wenn Ihr denkt ich bleibe hier und sehe dabei zu wie die beiden ihren Beitrag leisten, dann seid Ihr auf aber gewaltig dem Holzweg… Hoheit.«

Verdutzt blickten alle in ihre Richtung. Garvis musste schmunzeln. Solch einen Ton in Gegenwart des Königs anzuschlagen war nicht gerade ungefährlich. Der elfische Abgeordnete wirkte am wenigstens verwundert. Er kannte Eélys temperamentvolle Art bereits von Zuhause. Ein Schmunzeln, welches dank seiner elfischen Disziplin niemand merklich mitbekam, konnte aber auch er sich nicht verkneifen.

Als Eély bewusst wurde, wie unpassend sie gerade gesprochen hatte und sie alle anstarrten, wurde sie leicht rot.

»Verzeiht, Hoheit. Ich wollte nicht dreist wirken. Manchmal geht mein Temperament mit mir durch.«

»Schon gut, junge Dame. Ich bin nur verwundert über das, für Elfen, untypische Verhalten, welches Ihr an den Tag legt. Ihr könnt Euch selbstverständlich aussuchen mit wem Ihr reisen wollt.«

Eély blickte zwischen Norgal und Garvis hin und her. Sie wusste nicht so recht, für wen sie sich entscheiden sollte.

»Schon gut«, sagte Norgal mit einem Zwinkern. »Geh mit dem Auserwählten. Er wird deinen Schutz gebrauchen können.«

»Ich kann gut auf mich selbst aufpassen«, gab Garvis gespielt beleidigt zurück. »Aber eine solch hübsche Begleiterin wie Eély würde mir die Reise durchaus versüßen.«

»Pass auf was du sagst, sonst gehe ich mit Norgal, mein Auserwählter!«

Heiterkeit machte sich breit. So wurde es beschlossen und nach dem Frühstück wurden bereits erste Vorbereitungen für die Abreise getroffen. Briefe mit königlichem Siegel wurden ausgestellt, Waffen verteilt und die besten Pferde gesattelt. Der eflische Gesandte mit dem kriegerischen Auftreten, etliche Boten des Königs, welche die Armee wieder sortieren und den Leuten nur einen Teil der Wahrheit über die Lage mitteilen sollten, um keine Hysterie auszulösen, sowie die drei Gefährten brachen gegen Mittag in alle Himmelrichtungen auf.

»Sprecht mit Irven, meiner Stellvertreterin und obersten Heilerin der Aqua Amara, wenn Ihr in Tambarun ankommt. Sie ist über alles informiert und leitet die Geschäfte während meiner Abwesenheit«, gab Tashila Oriváta Garvis mit auf den Weg.

Ihre schmalen Augen sahen ihn an und sie reichte ihm und Eély die Hand zum Abschied.

Nachdem alle Reisenden die Stadt verlassen hatten, blieben neben den verschiedenen Abgeordneten der Städte noch Tergor Erzfaust, Malkásh Amórko, der verschwiegene Elf und Tashila Oriváta in Iscadar zurück. Sie sollten dem König als beratende Funktion beistehen und das Bündnis innerhalb des Landes für das Volk symbolisieren. Die Elfen würden nach

Klärung über die Menge der bereitzustellenden Truppen ebenfalls einen weiteren Mittelsmann zurück in die Hauptstadt senden.

Vor dem Osttor verabschiedete sich Norgal von seinen Freunden.

»Habt eine gute Reise. Ich hoffe, wir schaffen es rechtzeitig vor dem Wintereinbruch zurück in Iscadar zu sein.«

»Dein Weg ist der weitere. Komm heil an und hoffentlich hast du später ein paar gute Geschichten auf Lager, was bei den Obiden so vor sich geht.«

»Mit Sicherheit, aber ihr wohl genauso.«

Garvis klopfte seinem Freund auf die Schulter. Viel hatten sie in der kurzen Zeit bereits gemeinsam erlebt und es fiel ihm nicht leicht, ihn jetzt allein gehen zu lassen.

Norgal und Eély umarmten sich.

»Ich habe noch etwas für dich, Garvis.« Norgal kramte in seinem Mantel mit den vielen Schnallen, bis er ein kleines Röhrchen hervorzog.

»Hier nimm das. Es wird dir vermutlich mehr von Nutzen sein als mir, wenn man den Geschichten über die Wesen, die sich an den Seen herumtreiben, glauben soll.«

Er überreichte seinem Freund die Phiole der Verbannung, welche er in Furta Allégra gestohlen hatte.

»Danke, das weiß ich zu schätzen, mein Freund.« Garvis nahm die Phiole und drückte ihn herzlich.

Gerade als sie los reiten wollten, kam ein Reiter durch das Tor geprescht, der etwas Unverständliches rief und wie wild mit den Armen winkte.

Die drei Gefährten warteten, bis er heran war. Es handelte sich um Aurelian, den Vertrauten und Berater des Königs.

»Seine Hoheit schickt mich, um Euch zu begleiten, Norgal Vard«, brachte er keuchend über die Lippen. »Er ist der Meinung, dass Ihr nicht allein reiten solltet und außerdem hegt er trotz allem einige Bedenken, da Ihr nicht in dem mysteriösen Schreiben erwähnt wurdet. Ich soll Euch nun begleiten, unterstützen und auch ein wenig kontrollieren, ob ihr die richtigen Ziele verfolgt. Seine Hoheit vertraut Euch soweit, da Ihr mit Garvis Caldór unterwegs seid, dass er mir auftrug, Euch von meiner Aufgabe zu unterrichten. Ich hoffe, Ihr seht das nicht als all zu großes Misstrauen. Es ist mehr eine Absicherung als ein wirkliches Misstrauen.«

»Schon gut.« Norgal nahm Aurelians Bedenken beinahe gleichmütig zur Kenntnis. »In solchen Zeiten kann man nicht vorsichtig genug sein. Ich hätte es vermutlich ebenso gehandhabt, wenn ich der König wäre.«

»Das ehrt Euch«, sagte Aurelian anerkennend.

Nachdem alle Förmlichkeiten geklärt waren, machten sich die beiden Zweiergruppen auf den Weg zu ihren entfernten Zielen. Die Boten waren unterwegs in die Städte und Dörfer, um jede fähige Frau und jeden brauchbaren Mann zu finden, welche an die Waffen zu rufen waren. Zwar war dadurch die Geheimhaltung nicht mehr komplett gewahrt, doch spielte das nun eine untergeordnete Rolle. Die Ral-Kadór konnten sich denken, dass ihr Aufenthalt in Raskatan nun nicht mehr geheim gehalten wurde und sich das Königreich zur Wehr setzten würde.

Paradón stand in wenigen Monaten einer großen Herausforderung gegenüber, bei welcher ein jeder nur hoffte, sie bewältigen zu können.

Norgal und Aurelian ritten Richtung Nordosten. Sie beabsichtigten, die Steppe beim Helion zu passieren und später die Agria zu überqueren. In Syrtax, der Stadt der Arenakämpfe, wollten sie eine Rast von wenigen Tagen machen, die Ausrüstung erneuern und die Pferde austauschen. Doch bis dahin war es noch ein weiter Weg.

Nachdem die beiden den Trys bereits bei Iscadar überquert hatten, ritten sie geradewegs durch die Steppe auf den Helion zu. Das Wasserloch dort müsste ausreichen, um die Feldflaschen und Lederbeutel soweit aufzufüllen, dass sie es bis zur Agria aushalten konnten, falls sie in der Steppe nicht noch auf ein weiteres Wasservorkommen stoßen sollten. Gerade in den heißen Sommermonaten waren viele Wasserstellen ausgetrocknet oder von gefährlichen Tieren belagert. Noch dazu wusste man nie, was einen östlich des Helions erwartete. Das Steppengebiet war sehr weitläufig und größtenteils unbewohnt. Siedlungen oder gar Städte suchte man vergeblich. Die Zivilisation begann erst wieder östlich der Agria. Die einzig größere Ansiedlung war Laza. Den Ort wollten sie aber meiden, da die Gefahr von feindlichen Spionen zu groß war. Solange sie die Städte des Ostens nicht erreicht hatten, wollten sie kein unnötiges Risiko eingehen.

Mit Tralia und Syrtax waren gleich zwei Städte an der Grenze zur Steppe errichtet worden. Tralia lag südlich von Syrtax in der Nähe der Flussgabelung, an welcher sich die Agria in zwei Teile aufspaltete. Tralia war kleiner als Syrtax und die Menschen lebten vornehmlich von der Feldarbeit und dem Handel mit der Ernte.

Norgal kannte sich jedoch östlich der Agria kaum aus, was auch der Grund war, weshalb er damals, als Garvis verwundet am Helion lag, lieber zu Meister Torgadol aufbrechen wollte, anstatt hier nach einem Magier zu suchen. Obendrein benötigten sie noch Pferde und von Laza aus war die Strecke nahezu gleich lang. Doch irgendwann wollte Norgal Tralia einmal einen Besuch abstatten. Schon viel hatte er über die Stadt der Agria, wie Tralia auch genannt wurde, bereits gehört. Dass sie diesen Namen trug und nicht Syrtax, lag daran, dass Tralia in der Nähe der Stelle lag, an der sich die Agria spaltete. Der östliche Nebenfluss, welcher ab hier Quintum genannt wurde, mündete ins Fünf-Seen-Tal, während der andere Flussarm durch das Sturmgebirge und von dort aus in den Ozean floss.

Die beiden Gesandten ritten ein Stück den Trys entlang, wobei Aurelian viel daran lag, eine Konversation aufrecht zu halten.

Er hatte seine Robe, welche er für gewöhnlich im Palast zu tragen pflegte, gegen ein einfaches Reisegewand getauscht. Seine Füße steckten in Stiefeln und an seiner Seite hing ein Breitschwert. Aurelian war etwas kleiner als Norgal. Seine Haare waren braun mit einigen grauen Stellen und hätte er nicht diesen eigensinnigen Haarschnitt besessen, wäre Aurelian wohl kaum jemandem nachhaltig aufgefallen. Die rasierten Linien und Formen an den Schläfen verbanden sich zu einem gekonnten Muster, welches jedoch nicht hinter dem Kopf zusammenlief wie es den Anschein machte. Die restlichen Haare waren so geschnitten, dass sie bis zu den Mustern hinab hingen, diese aber nicht verdeckten.

Alles in allem war Aurelian ein Mann, welchem auf Grund seines Äußeren nur schwer eine genau Tätigkeit zuzuordnen war. Gewiss er war ein Gelehrter, doch war sich Norgal sicher, dass sein Mitreisender auch andere Qualitäten besaß, die er geschickt hinter seiner unscheinbaren Fassade verbarg.

Gegen Abend des ersten Tages hatten sie einiges an Weg gut gemacht. Sie schlugen ihr Lager unter freiem Himmel auf und Norgal begann, nachdem sie ein Feuer in einer kleinen Grube gemacht hatten, um nicht von eventuellen Spähern des Feindes gesichtet werden zu können, sein Schwert in gewohnter Manier zu bearbeiten. Mit rhythmischem Klang kratzte der Schleifstein über das orange Flammenschwert, ehe er es mit einigen Tüchern und einer Flüssigkeit ab rieb.

Als Aurelian die beeindruckende Klinge sah, hinterfragte er sofort deren Herkunft.

Norgal erzählte ihm die Geschichte und auch Aurelian war davon überzeugt, dass es sich um ein Schwert der Beru handeln musste. Die Präzision mit welcher die Klinge verarbeitet wurde, war für das geschulte Auge des Gelehrten sofort ersichtlich. Solch ein Schwert konnte nicht von Menschenhand erschaffen worden sein.

Die beiden unterhielten sich bis tief in die Nacht und Norgal musste neidlos eingestehen, dass sich Aurelian keineswegs wie einer der Gelehrten verhielt, die vollkommen weltfremd waren und dachten, sie seien etwas Besseres als das gemeine Volk. Er bestand sogar darauf die förmliche Anrede sein zu lassen und stellte sich damit mit Norgal auf eine Stufe.

Aurelian erzählte, wie er mehrmals die Woche in Iscadar umherzog um die aktuellen Neuigkeiten aufzuschnappen und mit dem einfachen Volk zu reden. Das brachte ihm eine hohe Beliebtheit ein und auch König Irgesto Hervaresta II hielt große Stücke auf seinen Berater. In früheren Zeiten hatten die Könige oftmals mehrere Berater an ihrer Seite gehabt, doch Aurelians Engagement und Gewissenhaftigkeit, sowie die Nähe zum Volk und seine Denkweise, welche nicht darauf ausgerichtet

232

war seinen eigenen Vorteil zu finden, verhalfen ihm zu einer Sonderstellung, wie sie noch kein Berater zuvor in Paradón erlangt hatte.

Schon früh am Morgen brachen sie auf. Die Nacht war zwar nicht lange, dennoch fühlten sie sich ausgeruht. Der Ritt zum Helion würde noch andauern und dank des bewölkten Tages benötigten die beiden auch nicht so viel Wasser.

»Was meinst du, wie die anderen vorankommen werden?«, fragte Aurelian seinen jüngeren Gefährten.

»Sie werden es vielleicht nicht problemlos bis ins Fünf-Seen-Tal schaffen. Was auch immer die Fürstin bereit hält, sie werden es mit nach Iscadar zurückbringen. Wenn Garvis tatsächlich eine höhere Rolle in dem bevorstehenden Krieg spielen wird, dann werden wir eine reelle Chance haben die Ral-Kadór in die Schranken zu weisen. Und mit etwas Glück schaffen es die Gesandten des Königs genügend Männer und einige der Magier zu versammeln. Meister Torgadol wird mit Sicherheit ebenfalls auf unserer Seite kämpfen.«

»Ich sehe du hältst große Stücke auf deinen Freund. Aber ich gebe dir recht. Wenn wir unsere Aufgabe ebenfalls gut zu Ende bringen, haben wir obendrein womöglich Maschinen, welche uns den entscheidenden Vorteil liefern könnten, falls alles andere versagen sollte. Vorausgesetzt, die Orks und ihre kriegstreiberischen Anführer haben keine Teufelei in der Hinterhand, von der seine Majestät nichts ahnt.«

»Wollen wir es nicht hoffen! Paradón sollte in eine strahlende Zukunft blicken, auch wenn das bedeutet, erst die Dunkelheit durchqueren zu müssen.«

Der Ritt verlief auch die nächsten Tage problemlos. Sie begegneten keinen Orks und die Pferde waren ausdauernd.

Als sich die Sonne und der große Mond oft genug abgewechselt hatten, erreichten die Reiter eine Steinformation in der Nähe des Helion.

Langsam näherten sie sich den Felsen. Hier war der Boden so hart und trocken, dass nichts wuchs. Keinerlei Spuren waren auf der kargen Erde auszumachen. An Stellen wie diesen konnte es tückisch werden, wenn man zu unvorsichtig wurde. Der Helion war schon oft Ziel von Banditen und Plünderern, ohne dass diese jedoch jemals einen Erfolg verbuchen konnten. Die Geschichten über die Schätze der Magier, welche diese dort nach der Versiegelung in ihrer alten Wirkungsstätte zurückgelassen haben sollen, veranlasste allerdings immer wieder einzelne Abenteurer oder kleine Gruppen dazu, ihr Glück zu versuchen.

Behutsam stieg Norgal ab und pirschte sich im Schatten der Steine heran. Als er nah genug war, sah er etliche Knochen und Schädel. An manchen hingen noch stark verwestes Fleisch oder Hautrest, sowie Haare. Schnell wurde klar, dass es sich um tote Pferde handelte. Die Knochen hatten teilweise tiefe Scharten und bei genauerer Untersuchung kam Aurelian zu dem Schluss, dass die Tiere nicht eines natürlichen Todes starben. Die Kadaver waren von Tieren angefressen worden und es war kaum noch festzustellen, um wie viele Pferde es sich genau gehandelt hatte. Da es sonst keine weiteren Auffälligkeiten gab, beschlossen sie, ihre Reittiere zu holen und sich weiter in Richtung des Wasserlochs zu begeben.

Das blau-rote Schimmern der Barriere wirkte in der untergehenden Abendsonne noch eindrucksvoller auf Norgal als an dem Tag, an welchem er Garvis erstmals begegnete.

»Sieh mal dort!«

Aurelian zeigte zum Himmel.

»Sieht aus, als würden es eine nasse Nacht werden. Wir sollten ein Zelt aufbauen und morgen früh weiter reiten. Die Schläuche können wir auch morgen noch auffüllen. Ich habe keine Lust die Nacht wie ein nasser Hund verbringen zu müssen.«

Norgal blickte ebenfalls zum Himmel und schon kurz darauf machten sie sich daran, etwas abseits des Wasserlochs ein kleines Zelt zu errichten. So würde kein Wasser in die Unterkunft laufen, sollte der Wasserpegel der Trinkquelle zu weit ansteigen.

Mit den Unwettern in der Steppe war nicht zu spaßen. Zwar waren sie weitaus weniger schlimm als jene, welche in der Wüste gelegentlich tobten, doch konnte es sehr schnell sehr ungemütlich werden, wenn man nicht richtig drauf vorbereitet war.

Bis auf die Zeltstangen hatten sie alles was nötig war. Eine Plane aus eingefettetem Leder und Seile hatten sie dabei. Brauchbare Holzstangen und ein paar schwere Steine waren recht schnell gefunden. Da die Erde durch den heißen Sommer zu hart war, um Pflöcke so zu befestigen, dass sie bei Regen nicht aus der aufgeschwemmten Erde rissen, war es ein zu großes Risiko sie einfach so in den Boden zu rammen. Deshalb entschieden sich Norgal und Aurelian dazu, schwere Steine herbei zu schleppen, um die Pflöcke zu beschweren und am Herausreißen zu hindern. Das war zwar schweißtreibender, aber für die regenreiche Nacht sinnvoller.

Nach einiger Zeit stand das Zelt. Es war keine Schönheit, aber es hielt und würde ihnen eine trockene Nacht ermöglichen, was man von ihren Pferden nicht behaupten konnte. Sie wurden einfach abgestellt. Es waren gute Tiere aus dem Stall der königlichen Armee. Sie würden nicht davonlaufen, egal was passierte.

Bald schon versank die Sonne irgendwo weit im Westen hinter der Waradankette am Horizont. Sie konnten die Gipfel des Gebirges nicht einmal erahnen, zu weit waren sie bereits nach Osten vorgedrungen.

Erneut wurde ein Feuer in einer kleinen Grube entfacht, welche durch ein provisorisches Vordach am Zelt vom bevorstehenden Regen geschützt war. Kaum züngelten die Flämmchen über das dürre Gestrüpp, trafen die ersten Tropfen auf die Zeltplane. Es dauerte nicht lange und es goss aus Strömen. Zu Anfang freuten sich die Tiere über die Abkühlung nach dem harten Tag, doch schon bald standen sie mit gesenktem Kopf vollkommen durchnässt inmitten des Regens.

»Man könnte meinen Pândrâs der Weise hege Zorn gegen die Welt«, meinte Aurelian mit einem Blick auf die aufgeschwemmte Erde.

»Vielleicht hat er auch einen Grund dafür«, entgegnete Norgal nachdenklich und fuhr mit dem Schleifstein über das orange Schwert.

»Womöglich.«

»Wenn unsere Vorhaben scheitern, wird das nur ein Vorgeschmack auf das sein, was uns noch erwartet. Vencor hatte schon immer etwas in der Hinterhand, sonst wäre es niemals soweit gekommen wie vor der Aramatischen Zeitrechnung.«

»Da hast du wohl recht, mein Freund«, stimmte Aurelian zu. »Doch vergiss nicht, Pândrâs ist immer auf unserer Seite gewesen und letztendlich hat das Gute triumphiert.«

»Ich weiß nicht. Du magst recht haben, doch könnte es auch purer Zufall gewesen sein. Ich bin zwar im Kloster aufgewachsen, doch vertraue ich lieber auf meine eigenen Fähigkeiten und mit ein klein wenig Unterstützung von Captha hat bisher alles besten funktioniert.«

»Das Vertrauen auf die eigenen Fähigkeiten ist niemals verkehrt, solange man nicht aufhört sie zu schulen. Doch bleibe ich bei meiner Meinung, dass ein gefestigter Glaube einen alle Schwierigkeiten durchstehen lässt.«

»Mag sein, aber ob er einem aus den Schwierigkeiten auch heraus hilft ist eine andere Frage. Letztendlich ist man doch meistens auf sich selbst angewiesen.«

»Ich habe das Gefühl es schwingt Verbitterung in dieser Aussage mit. Kann es sein, dass...«

»Pssst!«, unterbrach ihn Norgal. »Hier ist jemand!«

»Wo? Ich sehe niemanden!«

»Ich auch nicht, aber die Pferde verhalten sich zusehends unruhiger. Sieh doch! Normalerweise kann ich dank meines Feuerauges auch nachts mehr erkennen als andere, doch der Regen macht es unmöglich! Sieh dir die Pferde an, wie sie schnauben und mit den Hufen scharren!«

»Ich sehe es«, erwiderte Aurelian fast schon flüsternd.

»Greif langsam nach hinten und versuch unauffällig dein Schwert zu ziehen. Ich wette wir bekommen gleich doch noch unseren Tanz im Regen!«

Wie Norgal ihm riet, versuchte Aurelian unauffällig sein Schwert zu ziehen. Langsam, Stück für Stück, kam es aus der Scheide.

Wie aus dem Nichts riss die Zeltplane an einer Seite und schlug durch den aufziehenden Wind um. Die beiden Gefährten saßen im Freien und der Regen peitsche ihnen ins Gesicht. Aurelian drückte sich auf den Boden und konnte im Schein des erlöschenden Feuers sehen, dass zwei Halteseile durchtrennt im Matsch lagen. Danach war es stockdunkel. Der Mond war von den Wolken verdeckt und trotz seiner Größe nicht sichtbar. Das Einzige was blieb, waren der Wind und der Regen, welcher unaufhörlich in ihre Gesichter schlug und sie von oben bis unten durchnässte.

Aurelian wollte sich gerade wieder aufrichten, als ihn ein Warnruf ereilte.

»Unten bleiben!«, rief Norgal gegen den Regen und warf sich ebenfalls auf den Boden. Sekunden später bohrten sich einige Pfeile in die Zeltstangen und den umliegenden Grund, ohne jedoch Schaden anzurichten.

»Wir müssen die Senke hinab kriechen!«

Ohne weiter nachzufragen robbte Aurelian Norgal hinterher. Ein zweiter Pfeilschauer folgte, doch die Dunkelheit war auch für die Angreifer ein Hindernis und so verfehlten diesmal ebenfalls alle Geschosse ihr Ziel.

Als Norgal nah genug an den Pferden vorbeikam, sprang er kurz auf und verpasste ihnen einen Stoß. Sie sollten davonlaufen, um nicht unglücklicherweise von einem Pfeil getroffen zu werden. Wäre Aurelian nahe genug heran gewesen, wäre eine Flucht zu Pferd unter Umständen sinnvoll gewesen, auch wenn in der Dunkelheit die Gefahr groß war, in Erdlöcher zu treten, was bei diesem Regen keine Unwahrscheinlichkeit geblieben wäre. Und was nützte es ihnen, sich den Hals zu brechen, wenn das Pferd stürzte? Nein, es musste eine andere Lösung geben, zumal just in diesem Moment wieder das markante Sirren von heran fliegenden Pfeilen zu vernehmen war. Blitzschnell warf sich Norgal wieder zu Boden, dass der Schlamm nur so spritzte. Sein Flammenschwert war so voller Matsch, dass man die Farbe kaum noch erkennen konnte. Dann war auch Aurelian heran.

Endlich erreichten sie die Absenkung und pressten sich fest in den Dreck. Mit den Schwertern hatten sie keine Chance gegen die unsichtbaren Schützen und ihre Bögen lagen im mittlerweile komplett zerstörten Zelt.

»Wir brauchen einen Plan!«, raunte Aurelian. »Sie werden uns finden, wenn wir tatenlos hier herumliegen.«

»Ich weiß, aber es ist so dunkel, dass wir nichts sehen können! Einen offenen Angriff würden wir nicht überleben. Wir wissen ja noch nicht einmal wie viele es sind.«

»Auf jeden Fall sollte uns schnellstmöglich etwas einfallen, wenn wir hier lebend herauskommen wollen. Das ist eindeutig ein geplanter Überfall! Sie haben die Halteseile durchtrennt und uns dann unter Beschuss gesetzt. Allerdings haben sie die Dunkelheit nicht so gut berücksichtigt, was nur bedeuten kann, dass es sich vermutlich um keine Experten handelt. Wahrscheinlich einfache Banditen!«

»Gut möglich«, gab Norgal zurück, »aber das spielt jetzt keine Rolle, wir brauchen einen Plan!«

Angespannt lagen sie am Boden, während neuerliche Pfeilschauer über die Lagerstelle fegten. Keiner der Angreifer gab einen Laut von sich. Auch ein vorsichtiger Blick nach oben, über den Rand des Abstiegs, brachte Norgal keine neuen Erkenntnisse.

Und wieder fegten die Pfeile über sie hinweg.

»Ich weiß es!«

Erfreut grinste Norgal zu Aurelian hinüber. Ihre Gesichter waren über und über mit Schlamm bedeckt, dass nur seine Zähne matt in der Dunkelheit schimmerten.

Norgal zog etwas unter seinem Hemd hervor und je weiter es herauskam, desto heller wurde ein blaues Leuchten.

»Was tust du da? Dadurch sind wir ein einfaches Ziel in der Dunkelheit!«, keuchte Aurelian, der nicht verstand, was vor sich ging.

Ohne etwas zu erwidern zog Norgal die Kette über seinen Kopf und hielt das Amulett des Herrn der Winde in die Höhe. Die Winde im Amulett schienen das Toben der Natur zu spüren. Das Leuchten nahm an Intensität zu. Norgal dachte an die Flucht aus Raskatan und wie ihnen das Amulett half. Vielleicht, so hoffte er, würde es auch diesmal klappen. Er war nicht naiv genug zu glauben, dass er mit dem Amulett alle Feinde treffen könnte, doch, so hoffte er, würde es womöglich gelingen, sie durch das Spektakel zu verunsichern und in die Flucht zu schlagen.

Der Wind heulte und der Regen peitschte noch stärker.

Jetzt oder nie!, dachte Norgal und sprach: Enérgijos vèju ir...«

Weiter kam er nicht. Der Wind brach mit infernalischem Geheul aus dem Amulett hervor. Gerade in diesem Moment flogen neuerlich Pfeile heran. Der Wind aus dem Amulett verband sich mit den sie umgebenden Winden der Steppe und stoppte die Pfeile in ihrem Flug. Für einige kurze Momente hingen sie wie festgefroren in der Luft, bis sie sich umkehrten und in die verschiedensten Richtungen entgegen ihrer Flugbahn zurückstießen. Hier und da hörte man Schmerzensschreie.

Doch der Wind aus dem Amulett schien damit nicht zufrieden zu sein. Es entwickelte sich eine Art Wirbelsturm, welcher in Richtung der Feinde vorrückte. Er war nicht besonders groß, doch selbst der Wind um ihn herum riss größere Stücke Erde heraus und schleuderte sie in Richtung der hinterlistigen Angreifer.

»Was tust du da?«, rief Aurelian gegen das Tosen an.

»Ich weiß es nicht!«, antwortete Norgal ratlos. »Normalerweise hätte etwas ganz anderes passieren müssen. Das Feuer blieb gänzlich aus, ich konnte den Spruch nicht zu Ende führen. Es scheint, als hätte der Wind ein Eigenleben entwickelt. Wir sollten zusehen, dass wir hier wegkommen!«

Da keine Widerworte kamen, rannte Norgal zu dem zerstörten Zelt und schnappte sich alles, was noch zu gebrauchen war.

Die Pferde hatte Aurelian glücklicherweise ausgemacht, während das Amulett leuchtete. Sie waren relativ schnell wieder eingefangen. Durchnässt wie sie waren, ritten sie in die Nacht davon. Der Wind tobte hinter ihnen und verschluckte die Schreie der heimtückischen Angreifer.

» Meister! Meister!« Zandil rannte den Flur entlang. In der Hand hielt er ein Schriftstück, welches er wild schwenkte.

»Was ist?«, fragte ihn der Kaszoc-Kásk aufgebracht.

Sofort senkte Zandil den Blick. Schnell versuchte er seine Nachricht vorzutragen, um Schlimmerem zu entgehen.

»Der Kaszoc-Vhinás schickt mich, dieses Schreiben zu überbringen. Er sagte, es sei eilig. Verzeiht, Meister, ich wollte nicht ungebührlich wirken. Die Art, wie der Oberste mir den Brief überreichte, gab mir zu denken und ich schickte mich zur Eile.«

»Du hast gut daran getan, sofort zu mir zu kommen. Gib schon her!«

Ruckartig riss der zweithöchste Ral-Kadór seinem Diener die Nachricht aus der Hand und brach das Siegel.

Zandils Blick war auf den steinernen Fußboden im Flur gerichtet und so entging ihm auch das kaum wahrnehmbare Wabern um die von Nebel umhüllten Augenbrauen im Gesicht Argátors.

Sein Meister las die kurzen Zeilen ohne ein Wort zu sagen. Langsam senkte er das Schreiben und befahl: »Zandil! Beweg dich in mein Arbeitszimmer! Ich hoffe du hast gute Nachrichten über den Fortschritt der Vorbereitungen, mit denen ich dich beauftragte!«

»Ja, Meister«, lautete die demütige Antwort.

Als sie das Arbeitszimmer erreicht hatten, erklärte Zandil, dass der Bau einer neuen Seelenmaschine in Gang gesetzt wurde und sich der Magier Zylúx als geeignet herausgestellt hatte,

242

die Maschine fertigzustellen und zu betreiben. Ebenfalls wies er große Kompetenzen mit den Konstruktionsplänen auf und war mehr als geschickt, so dass der Bau nicht ganz so viel Zeit in Anspruch nehmen würde wie gedacht. Auch wenn die Pläne im Domizil von Meister Maandús verloren gegangen waren, so hatten sie glücklicherweise einige ältere Duplikate. Nicht auszudenken, was der Kaszoc-Kásk mit Zandil angestellt hätte, wären die Pläne verloren, auch wenn dieser nichts damit zu tun hatte. Zwar waren es nicht ganz aktuelle Unterlagen, da der dunkle Magier diese nicht mehr überbringen konnte, doch sollte es Zylúx möglich sein, das Wissen bald wieder aufgearbeitet zu haben.

»Hätten wir nur die aktuellsten Pläne, dann wäre die neue Seelenmaschine in ein paar Tagen fertiggestellt«, fluchte Argátor.

»Verzeiht Meister!«

Demütig kam Zandil näher. Um von sich abzulenken fing er an über die Spitzel zu sprechen und nestelte dabei nervös an seinem Gewand herum.

»Ich habe einige Leute ausgesandt. Bis jetzt sind noch keine Nachrichten eingetroffen, doch gehe ich davon aus, dass wir schon bald etwas über das Wissen von König Irgesto in der Hand haben.«

Argátor drehte sich um und schritt zu den Fenstern mit den dunklen Vorhängen.

Seine knochige Hand legte sich auf einen der Griffe. Mit einem Blick sah er auf sie hinab und schien für einen kurzen Moment angeekelt das Gesicht zu verziehen. Mit einem Ruck hatte er das Fenster geöffnet und starrte hinaus.

»Zandil, weißt du, was der Kaszoc-Vhinás mir in dem Schreiben mitteilte?«

Der Diener zuckte zusammen.

»Herr, Ihr habt es selbst gesehen, das Siegel war nicht gebrochen. Ich habe keinen Blick auf das Schriftstück geworfen. Bei allem was mir heilig ist!«

Der Angstschweiß breitete sich bei dem Diener aus.

»Keine Sorge! Ich werde dich nicht bestrafen. Ich weiß, du hast nicht spioniert. Solch nützliches Gesinde wie dich findet sich selten.«

»Danke, Herr! Doch was wollt Ihr mir dann mit der Frage sagen?«

Etwas erleichtert, doch immer noch angespannt, wagte er diese Frage. War sein Herr für gewöhnlich zumeist hart und bisweilen auch ungerecht, so war dies eine sehr ungewöhnliche Situation.

»Unser großer Anführer hat mir einen Auftrag erteilt. Dazu brauche ich deine Hilfe.«

Die Verachtung für die menschliche Rasse schwang deutlich in seinem letzten Satz mit. Dennoch hatte Argátor mehr für sie übrig als so manch anderer Ral-Kadór, allen voran Dardánor selbst.

»Ich verstehe nicht ganz, Herr«, stammelte Zandil.

»Der Oberste hat angeordnet, dass wir zu einem Ritual aufbrechen werden. Es wird etwas Zeit in Anspruch nehmen und ich erwarte von dir, dass du während der Dauer meiner Abwesenheit die Geschäfte weiterführst. Du wirst dafür sorgen, dass Larvátras mit den zweitausend Orks über die Waradankette aufbricht, der Bau der Seelenmaschine weiter vorangetrieben wird und die Spitzel Meldungen liefern.«

»Aber Herr...«, stammelte Zandil weiter.

»Waren meine Anordnungen nicht eindeutig? Tu gefälligst was dir aufgetragen wurde!« Argátors Augen leuchteten auf und erstickten jedes weitere Wort Zandils im Keim. Der Diener machte sich klein und starrte unnachgiebig auf den Fußboden.

»Ja, Herr! Verzeiht mir, bitte! Ich bin nur verwundert. Für gewöhnlich übernimmt so etwas doch ein Mitglied des Rates?«

»Es hat dich zwar nicht zu interessieren, doch werden alle Mitglieder des Rates daran teilnehmen und so abstoßend ich es auch finde, du bist der Einzige, dem ich diese Aufgabe einigermaßen zutraue.«

»Danke, Herr!«

Zandil verneigte sich tief.

»Schluss mit der Speichelleckerei! Das mache ich nicht aus Sympathie oder weil du es verdient hättest. Es ist nur einfach niemand besseres vor Ort und nun mach dich an deine gewohnten Aufgaben. Ich muss noch einige Dinge vorbereiten!«

»Jawohl, Herr!«

Zandil verließ den Raum und machte sich auf den Weg, um zu sehen ob mittlerweile Nachrichten der Spitzel eingetroffen waren. Seine neue Aufgabe bereitete ihm schon jetzt Kopfzerbrechen.

Die Sonne der Steppe hatte ihren Zenit erreicht und die weiten Ebenen zeigten sich in ihrer vollen Pracht, während die Agria noch nicht in Sicht war.

Garvis und Eély hatten vor, den Fluss bei Tralia zu überqueren und östlich der Stadt mit einer Fähre über den Quintum ins Fünf-Seen-Tal zu gelangen. Das Tal war groß, nahezu kreisförmig und umfasste reichlich Ackerland und etliche Sumpfgebiete. Nicht zuletzt wegen der Seen, welche alle durch breite Wasserläufe miteinander verbunden waren, galt es als eines der größten Fürstentümer. Nicht wenige der anderen Fürsten waren mittlerweile zu Statthalter geworden und regierten über kleinere Regionen. Sie alle waren bei der Versammlung in Iscadar, doch kaum einer hatte so viel Einfluss wie die Fürstin der Seen, weshalb Garvis und Eély bisher auch keine engere Bekanntschaft mit ihr gemacht hatten. Sie hatte viele Geschäfte, um die sie sich auch in ihrer Abwesenheit kümmern musste.

Ihren Wasservorrat füllten sie während eines kurzen Halts in Laza auf. Die Stadt erwies sich wieder einmal als strategisch wichtiger Knotenpunkt in der sonst so dünn besiedelten Steppe Paradóns.

Garvis pfiff fröhlich ein Lied vor sich hin und Eély ritt, den Himmel betrachtend, neben ihm.

»Was meinst du? Wird das Wetter halten?«, fragte die Elfin.

Auch Garvis hob den Blick zum Himmel.

»Vermutlich schon«, gab er nach kurzer Betrachtung zurück. »Aber wir sollten dennoch sehen, dass wir nicht all zu viel Zeit benötigen. Das Wetter kann in der Steppe schnell umschlagen. Nur in der Wüste des Bergol-Tals soll es noch schlimmer um die klimatischen Verhältnisse bestimmt sein. Vorausgesetzt man redet nicht über Wind. Mit dem Sturmgebirge kann sich damit kein Landstrich Paradóns messen.

»Ja, ich hoffe auch, dass wir die Agria schnell erreichen. Was meinst du, wie Norgal sich wohl schlägt?«

»Ich hoffe sie kommen heil durch die Wüste. Aurelians Begleitung tut ihm sicherlich gut. Er wird ihm noch einiges an Wissen zukommen lassen. Der Berater des Königs ist ein weiser Mann. Wie ich hörte, verfügt er über ein ausgeprägtes Wissen auf den verschiedensten Gebieten und soll obendrein in seinen jüngeren Tagen ein beachtlicher Schwertkämpfer gewesen sein. Jedenfalls erzählte man sich das in der Armee. Vermutlich sind sie schon inmitten eines rasanten Abenteuers«, witzelte Garvis.

»Ich hoffe nur, er behält die Kontrolle über sich.«

Etwas bedrückt erinnerte sich Eély an die Hinrichtung des dunklen Magiers und wie ihr Freund beim Überfall im Wald mit den hinterhältigen Meuchelmördern umsprang.

Dabei fielen ihre Gedanken auf den Slúka.

»Meinst du der Reiter, den wir damals im Wald mit dem Brandpfeil erwischten, ist tot?«

»Wie kommst du denn jetzt darauf?«

»Ich musste an Norgals Ausbrüche denken und da fiel er mir wieder ein. Diese totale Schwärze die ihn umgab. Ob ihn das Feuer wirklich ausgelöscht hat?«

»Ich schätze schon, doch wenn nicht, spielt es wohl kaum eine Rolle. Er ist nach Norden geflüchtet und falls er noch lebt, so ist er sicherlich nicht auf dem Weg ins Fünf-Seen-Tal.«

»Interessieren würde es mich dennoch, aber du hast recht.«

Sie ritten noch bis zum Abend weiter, ehe sie beschlossen, einen leichten Unterstand zu errichten und für die Nacht vorzusorgen.

Weit und breit war nichts als die weite Ebene der Steppe. Um ihren Lagerplatz herum standen ein paar vereinzelte Bäume, welche sie nutzten, um geeignete Stangen für eine Art Sonnensegel zu erhalten. Es sollte sie in der Nacht vor möglichem Regen schützen, aber da es nicht danach aussah, entschieden sie sich dafür, dass ein Zelt zu viel Aufwand bedeuten würde und unter einem Sonnensegel stand auch weitaus mehr Platz zur Verfügung.

Das kleine Feuer brannte in seiner Kuhle und der Geruch von gebratenem Fleisch und geräucherten Bohnen lag in der Luft. Die Sonne sandte ihre letzten Strahlen über das Land, dann machte sie Platz für den großen Mond.

In dieser Nacht war er besonders gut zu erkennen und spendete mit all seinen Sternen helles Licht. Für die Raubtiere, welche in der Dunkelheit auf Jagd gingen, bedeutete eine Nacht wie diese doppelte Anstrengung, da sie den Schutz der Dunkelheit nicht richtig zu ihrem Vorteil ausnutzen konnten.

Für Eély und Garvis war es jedoch nicht von Nachteil. Zwar war ihr Lager besser zu erkennen, doch würde sich niemand nah genug heranpirschen können, ohne frühzeitig gesehen zu werden.

Sie tranken, aßen und unterhielten sich noch lange, wie sie es schon öfter seit Beginn ihrer Reise getan hatten. Obwohl beiden klar war, dass sie am nächsten Morgen schon sehr früh aufbrechen mussten, vergaßen sie bei ihren Gesprächen die Zeit, ehe die Erschöpfung sie einschlafen ließ.

Ihre Gespräche drehten sich dabei um die verschiedensten Themen. Garvis wollte mehr über die Elfen erfahren, erzählte über sein Leben und seine Zeit in der Armee. Daneben berichtete er auch über die Heldentaten seines Vaters Ladán Caldór, welcher zu Lebzeiten höchste Ehren in der Armee genoss. Er starb bei der Schlacht um Carvás Cándth und ging als Held in die Annalen Paradóns ein. Eély erklärte ihm interessante Dinge über die Natur und ihre Heimat, Tigwién Sinath. Ebenso war sie sehr interessiert an allem, was sie noch nicht über Paradón wusste. Dazu gehörten viele Dinge, von welchen ihr ihre Zieheltern auf Grund ihrer Abgeschiedenheit nie erzählen konnten. Die Elfen hatten zwar hohe Technologien und eine gute Infrastruktur ihn ihren wenigen Städten, doch diese unterschieden sich gänzlich von denen, wie sie die Menschen zu verwenden pflegten. Alles war im Einklang mit der Natur und nichts wurde ohne den nötigen Respekt behandelt.

So kam es zu Gesprächen über Bewässerungsanlagen, Abwasserkanälen, Erntemethoden und einiges mehr.

Doch an diesem Abend schlug die Unterhaltung irgendwann eine andere Richtung ein, von der Garvis überrascht wurde.

Eély fragte ihn plötzlich einige sehr intime Dinge. Garvis war gewillt diese zu beantworten, doch wunderte er sich über den Gesprächsverlauf.

Schließlich kam Eély darauf zu sprechen, dass sie Garvis' Blicke durchaus bemerkt hatte. Anfangs versuchte der Ertappte es noch abzustreiten, aber ihm wurde schnell klar, dass dies wohl zu keinem Erfolg führen würde. Also ergab er sich in sein Schicksal.

»Na gut, du hast mich ertappt. Du bist wunderschön und noch dazu eine Elfin. Die erste Elfin, der ich jemals begegnet bin und außerdem hast du eine Ausstrahlung, welcher ich mich nur schwer entziehen kann.«

»Ja, das hat unser Volk an sich. Viele Menschen können sich unserer Ausstrahlung nicht entziehen, doch habe ich das Gefühl, bei dir ist es ein wenig anders.«

Sie rutschte um das Feuer herum und saß nun direkt neben Garvis.

»Mein Leben lang war ich anders als die anderen«, sprach sie weiter. »Ich sehe zwar aus wie eine Elfin und kenne die Gebräuche meines Volkes, welche ich ehre und zu denen ich mich bekenne, doch so sehr ich auch versuchte wie die anderen zu sein, mein Leben bei den Menschen wird mir immer anhaften und eine unsichtbare Barriere bilden. Ich bin weder ganz Elfin, noch bin ich ein Mensch.«

»Das tut mir Leid.«

»Das muss es nicht. Du und Norgal gebt mir ein gutes Gefühl. Auch wenn ich zu Anfang hauptsächlich mit euch reiste, um euer Vertrauen zu bekommen, so fühle ich mich euch mittlerweile sehr verbunden.«

»So geht es mir auch. Ich kann nicht für Norgal sprechen, doch denke ich, dass auch er das so sehen wird. Immerhin hast du dich bewährt und es gibt keinen Grund führ ihn, an deiner Loyalität zu zweifeln.«

»Und was ist mit dir?«, fragte sie und beugte sich weiter in seine Richtung.

»Ich hatte von Anfang an ein gutes Gefühl mit dir.« Garvis grinste sie an und blickte ihr tief die Augen.

»Ich danke dir. Ich bin wirklich froh, mit dir ins Fünf-Seen-Tal reisen zu dürfen.«

»Ich ebenfalls.«

Eély lehnte ihren Kopf an Garvis' Schulter. Ihr Scheitel fiel dabei nach vorne, sodass er ihr seliges Lächeln um die Mundwinkel nicht sah. Aber auch Garvis lächelte, während er ihre sanfte Berührung genoss.

So unterhielten sie sich noch eine Weile weiter, ehe sie schließlich einschlief. Der Krieger betrachtete ihren wohlgeformten Körper, der in Verbindung mit ihrer Persönlichkeit noch anziehender auf ihn wirkte. Mühsam versuchte er sich auf die Nachtwache zu konzentrieren und lauschte den Klängen der Steppe.

Der Morgen brach mit vielen dunklen Wolken an. Es sollte ein Tag in niesligem Grau werden. Garvis schlug die Augen auf, als sich ein Schockmoment einstellte. Er war eingeschlafen und hatte seine Wache nicht ordnungsgemäß durchgeführt. Doch als er merkte, dass keine Ausrüstung fehlte und auch sonst nichts passiert war, beruhigte er sich schnell wieder. Dennoch wollte er solch eine Leichtsinnigkeit nicht noch einmal aufkommen lassen. Nicht auszudenken, sollte ihre Mission scheitern. Sein eigener Tod wäre für Garvis noch zu ertragen gewesen, doch sollte Eély oder der gesamten Bevölkerung Paradóns wegen seiner Nachlässigkeit etwas passieren, so würde er sich das niemals verzeihen können.

Behutsam weckte er die Elfin auf und nach einem kleinen Frühstück setzten sie ihre Reise fort.

Das Wetter behielt seine bedrückende Atmosphäre bei und am späten Vormittag setzte ein leichter Nieselregen ein. Ebenfalls nahm die Sicht etwas ab und die Erde unter den Hufen der Reittiere verwandelte sich langsam zu einer matschigen Oberflächen.

Dieses Wetter hielt auch noch die Nacht und die nächsten Tage an. Es drückte auf die Stimmung der beiden Reisenden und sie sprachen weniger miteinander. Die durchnässte Kleidung wollte nicht trocknen und die Ausrüstung war ebenfalls aufgeweicht. Eine klamme Kälte zog sich nachts bis in die Knochen.

»Wir müssen langsam belebtes Gebiet erreichen. Wir haben kaum noch etwas zu essen. Das Brot ist komplett aufgeweicht und die Pferde, wie auch wir, werden uns bald erkälten, wenn das so weitergeht!«

Eély wischte sich ihren nassen Scheitel, welcher nur noch aus Strähnen bestand, aus dem Gesicht, als Garvis sie auf etwas aufmerksam machte.

»Sieh dort vorne!« Er zeigte in die Ferne, aber Eély konnte nichts erkennen.

Angespannt, die Augen zu engen Schlitzen zusammengekniffen, starrte sie in die angegebene Richtung.

»Dort hinten sind einige Bäume und wie es aussieht ein Haus oder Schuppen oder dergleichen.«

Umso näher sie kamen, desto mehr konnte Eély einen leicht violetten Schimmer ausmachen.

»Du könntest recht haben. Aber was ist das für ein schimmernder Farbfleck?«

»Ich weiß nicht. Wir sollten versuchen dorthin zu gelangen. Womöglich handelt es sich um eine entlegene Scheune. Eine Ansiedlung kann ich jedenfalls nicht erkennen.« Ihr Blick schweifte über die Karte.

»Hoffentlich geht es schnell!«

»Schwer zu sagen. In den Ebenen der Steppe sind Entfernungen nicht leicht abzuschätzen.«

»Was würde ich für trockene Klamotten und ein wärmendes Feuer geben. Wenn nur nicht alles so durchnässt wäre. Feuer lässt sich mit dem feuchten Holz nicht machen und die Planen bringen uns auch nichts, wenn unsere Kleidung mit Wasser durchtränkt ist!«

»Hoffen wir das Beste.«

Nach einiger Zeit, erreichten sie die Unterkunft bei den Bäumen.

Als sie nah genug heran waren, konnten sie erkennen, dass es sich um ein Haus und nicht um eine Scheune handelte. Dennoch war es ein ungewöhnliches Heim. Die Wände waren tiefschwarz und das violette Schimmern entpuppte sich als die nassen Dachplatten, welche glatt geschliffen wie Spiegel waren und das spärliche Sonnenlicht im Nieselregen brachen, sobald die Tropfen das Dach berührten.

Das Haus war recht groß. Das Dach des zweistöckigen Gebäudes reichte auf einer Seite bis weit ins Erdgeschoss hinab und im Ersten Stock war eine Terrasse angebracht worden, welche durch ein Dachfenster begehbar war. Die Terrasse war zu zwei Seiten an das Dach angebracht und zur gegenüberliegenden Seite des Ausstiegs fiel ebenfalls ein kleines Dach nach unten ab, welches bis zur Hälfte der Höhe des Erdgeschoss reichte. Die Fenster bestanden, wie das gesamte Haus, aus schwarzem Holz, zwischen welchem sich verstaubtes Glas befand.

Das gesamte Anwesen war von einem schwarzen Zaun umgeben an welchem sich in regelmäßigen Abständen Bäume in doppelten Reihen entlang zogen. Große Büsten und Verzierungen waren an vielen Stellen an Haus und Grundstück zu finden. Sie zeigten verschiedene Wesen und Muster, die augenscheinlich nicht aus Paradón stammten und den beiden Reisenden gänzlich fremd waren.

Schuppen oder Anbauten gab es nicht. Doch das pompös wirkende Haus genügte, um die Besitzer als wohlhabend auszuweisen. Dies war jedoch etwas, was Garvis stutzig machte. Jemand mit Vermögen lebte für gewöhnlich in den größeren Städten oder zumindest ganz in der Nähe von einer. Diese Haus stand allerdings fernab der Städte. Die nächstgrößere wäre Tralia, doch bis zur Agria war es noch ein gutes Stück

Weg. Am Horizont konnte Garvis zumindest nichts ausmachen.

Als sie das Haus erreichten und absetzten, banden sie die Pferde an das Geländer der überdachten Veranda vor der Eingangstür an und klopften mit dem Schlagring der Tür gegen das dunkle Holz.

Ein dumpfes Hallen drang nach innen und schon bald ging die Tür mit einem starken Quietschen auf. Allerdings war niemand zu sehen, der die Türe hätte geöffnet haben können. Das Innere des Hauses war mit Kerzen erleuchtet. Ein dicker, schwerer, alter Teppich folgte dem Weg von der Eingangstür zur Treppe bis ins obere Stockwerk. Die Einrichtung des Hauses bestätigte Garvis' Vermutung über das Vermögen.

»Was ist das für ein Haus?«, fragte Eély. »Es hat etwas Geheimnisvolles an sich, aber auch etwas sehr schwer zu Beschreibendes.« Ein Gefühl der Beklemmung, Faszination und Mystik machte sich in ihnen breit.

»Scheint so, als wären die Besitzer entweder nicht sonderlich oft hier, oder sehr unordentlich.«

Mit seinem Zeigefinger wischte Garvis über die Staubschicht auf einer Kommode.

»Aber du hast recht, irgendwas ist hier seltsam. Es muss jemand hier sein, immerhin brennen die Kerzen.«

Ein schwarze Katze huschte plötzlich an ihnen vorüber und verschwand sofort in einem Raum rechts der beiden.

»Hallo!«, rief Garvis. »Ist hier jemand?«

Er erhielt keine Antwort.

»Wir sind zwei Reisende, die sich gerne an Eurem Feuer etwas wärmen würden«, fügte Eély hinzu.

Noch immer kam keine Antwort.

»Merkwürdig, man sollte meinen, in solch einem Haus leben mehrere Leute, die uns hören könnten. Wo mögen die nur stecken?«

Da ertönte aus dem Obergeschoss ein Rumpeln und im Licht der Kerzen zeigten sich wabernde Schatten an der Wand der Treppe, welche sich wie eine weit gedehnte, quadratische Spirale nach oben bohrte.

Türen knarrten und ein Schlurfen war zu hören, welches sich der Treppe zu nähern schien.

»Irgendetwas stimmt hier nicht!« Garvis mahnte zur Vorsicht.

Da näherte sich ein großer Schatten der Treppe und ein Stöhnen drang nach unten.

»Zieh dein Schwert!«

Noch während Garvis die Worte sprach hielt er seines bereits in den Händen und ging durch die Eingangstür nach draußen. Eély tat es ihm gleich und so postierten sie sich links und rechts der Türe, bereit was auch immer die Treppe herunterkommen mochte in Empfang zu nehmen, denn für eine Flucht war es zu spät.

Die Fackeln erhellten die Lichtung auf welcher verschiedene Symbole und Runen am Boden angebracht worden waren. Ein großer Kreis trennte den Platz von den Bäumen.

Der Mond leuchtete diese Nacht in seiner vollen Größe besonders stark und schickte seine Strahlen hell durch die Wipfel der Bäume. Überall tanzten kleine Lichtflecken und die Blüten im Wald der Magie hatten schon lange angefangen zu leuchten. Es lag ein Duft von Zauber in der Luft. Ein Ort totaler Friedlichkeit, doch der Schein trog. Vermummte Gestalten standen rund um den Ring. An einer Seite machten sie Platz für drei Neuankömmlinge. Zwei von ihnen waren stark gerüstet und trugen breite axtähnliche Klingenwaffen auf dem Rücken. In ihrer Mitte schleppten sie einen halbnackten, geschundenen Mann. Im Schein des Lichts konnte man gut die zugenähten Augen der beiden gerüsteten Orks erkennen. Ihre Augäpfel wurden grausam herausgeschnitten, die Höhlen ausgebrannt und zugenäht.

Gewaltsam schleuderten sie den Mann in ihrer Mitte auf den Boden und entfernten sich hinter den Kreis, wo sie wartend verharrten. Sofort wurde die Lücke wieder geschlossen und einer der Vermummten zog seine Kapuze herunter und trat vor.

Der Kaszoc-Vhinás strecke seinen Arm zum Himmel. Sein Ärmel rutschte nach hinten und zum Vorschein kam die Knochenhand mit dem glänzenden Ring. Der Übergang der Knochen des Unterarms in Muskeln, Sehnen, Blut und Haut bis zum vollendeten, muskulösen Oberarm bot einen grotesken Anblick.

»Meine Brüder und Schwestern«, eröffnete Dardánor die Versammlung etwas nördlich ihrer Festung im Wald von Amenáur.

»Ich habe Euch hier zusammengerufen, um Euch etwas vorzuführen! Meine Forschungen haben einen bahnbrechenden Erfolg vorzuweisen. Gemeinsam mit unseren Gelehrten haben wir einen Schild entwickelt, welcher nur für die besten unserer Krieger bestimmt ist, einen Dämonenschild. Er dient nicht nur der Verteidigung, sondern zerlegt Eure Gegner in ihre Bestandteile, bevor jene überhaupt wissen, wie ihnen geschieht! Mir ist die letzte Veredelung geglückt und nun sind sie fertig. Fünf Schilde für unsere fünf neu ernannten kadórischen Feldherren. Sie werden sie im Kampf gegen das Geschwür Pândrâs' mit Stolz tragen und uns zum Sieg führen!«

Ein gespanntes Raunen ging durch die Reihen der Ral-Kadór, welche sich alle in jener Nacht auf der Lichtung zusammengefunden hatten, die Gesichter unter dicken Kapuzen verborgen.

»Lasst es mich Euch vorführen!«

Der Oberste gab den erblindeten Orks eine Anweisung, woraufhin jene einen großen Schild in die Mitte der Versammlung trugen und neben dem am Boden liegenden Mann abstellten, ehe sie sich wieder zurückzogen. Dardánor trat vor und nahm den Schild in seine Hände.

Mit einigen kurzen Worten und Bewegungen der knochigen Hand schnürten sich die Lederriemen, wie von Geisterhand geführt, um seinen Unterarm und verbanden den Schild mit seinem Körper.

Viele der Anwesenden hatten ihre Kapuzen abgenommen und vielstimmiges Fragen und Spekulieren wurde laut.

»Keine Sorge, meine Brüder und Schwestern, Eure Fragen werden gleich geklärt!«

Der Oberste hob den Schild und drehte sich im Kreis, sodass alle Anwesenden einen guten Blick darauf werfen konnten.

Der Schild war filigran gearbeitet und mit etlichen Verzierungen versehen. In der Mitte prangte ein düsterer Dämonenschädel mit etlichen Runen aus Oridanium. Das Besondere des Schildes waren allerdings die faustgroßen Löcher, welche rund um den Rand, angebracht worden waren. Sie waren tiefschwarz und trotz der relativ geringen Dicke des Schildes sahen sie auf eine ungewöhnliche Art sehr tief aus.

Zu beiden Seiten der Löcher verliefen rote Linien, welche sich wie Furchen um den gesamten Schild zogen.

Drei scharfe Spitzen waren an den Rändern angebracht und die nach unten spitz zulaufende Form mit den geschliffenen Außenkanten konnte einem Mann problemlos den Arm abtrennen.

»Nun seht und staunt!«

Mit der freien Hand zog Dardánor den wimmernden Mann vom Boden hoch. Er packte seinen linken Arm und schlug ihm den Schädel des Schildes mit Wucht vor den Körper. Gepeinigt ging der Gequälte in die Knie. Da packte der Ral-Kadór den Arm fester und führte die Hand des Mannes nahe an eines der Löcher des Schildes. Innerhalb von wenigen Herzschlägen ging ein Ruck durch den Mann, bis er bestialisch anfing zu schreien. Ein fräsendes Geräusch erklang. Schwarzer Rauch hatte sich um die Hand des Mannes gelegt und der Schild zog den Arm immer tiefer in das Loch, ohne dass er auf der anderen Seite wieder heraus kam. Stattdessen spritze Blut aus der Öffnung und besudelte den gesamten Boden um den Obersten und sein Opfer. Schließlich ließ der Schild den Mann los und er fiel in sein eigenes Blut. Der Arm war bis über den Ellenbogen schlecht abgetrennt und es sprudelte unaufhörlich

Blut aus ihm hervor. Da packte der Anführer der Ral-Kadór einen Fuß des sich Windenden und führte ihn an ein weiteres Loch. Das Geschrei des Mannes nahm an Intensität wieder zu, bevor er ohnmächtig wurde. Schon kurze Zeit später war die Gliedmaße abgetrennt und der Mann verblutet.

Die Augen des Dämonenschädels glimmten rot auf. Anschließend ging das Leuchten auf die Runen über, bevor es langsam erlosch.

Nach einer neuerlichen kurzen Anweisung schafften die beiden Orks die Leiche fort. Trotz ihrer erzwungenen Blindheit bewegten sie sich außergewöhnlich sicher.

»Seht Ihr! Dieser Schild wird mit jedem Opfer ein wenig stärker und schützt seinen Träger über die Kanten hinaus. Er benötigt fortlaufend Nahrung, um seine Kraft aufrecht zu erhalten, doch gibt er diese Kraft auch an seinen Träger weiter. Man kann länger kämpfen, da einen die Kraft langsamer verlässt und ist seinem Gegner überlegen. Dieses Privileg steht vorerst nur unseren fünf kadórischen Feldherren zu. Die Herstellung des Schildes ist äußerst kompliziert und deshalb habe ich nur eine handvoll anfertigen lassen können. Noch wissen wir nicht, wie sich ihre Handhabung auswirken wird. Deshalb habe ich mich dazu entschieden sie den menschlichen Heerführern zum Test anzuvertrauen. Haben sie sich erst einmal im Kampf bewährt, werde ich eine verbesserte Version für Unsresgleichen herstellen.«

»Herr, das ist, mit Verlaub gesagt, eine bahnbrechende Neuerung!«, gab der Kaszoc-Kásk als erster einen Kommentar ab. »Das wird unseren Leuten noch mehr Autorität geben und die Orks in Schach halten. Der Sieg wird unser sein!«

»Allerdings! Doch nun lasst uns die alten Rituale aufnehmen, um uns zu stärken.«

Die Gesichter aus Nebel drückten Zustimmung aus.

Die Lederbänder des Schildes lösten sich von der Hand des Anführers und die Orks brachten ihn aus dem Symbolkreis.

»Seit ewigen Zeiten hat unser Volk diese Riten aufrecht erhalten. Sie geben uns Kraft und den Zusammenhalt den wir benötigen. Nur mit ihnen ist es uns möglich, den uns auferlegten Fluch zu überdauern! Über die Jahrhunderte sind wir wenige geworden und nur Vencor allein weiß, wie viele unserer Art es in diese Zeit geschafft haben. Doch eines ist sicher: Wenn Vencor erst einmal erstarkt ist, wird unsere Rasse wieder aufblühen. Die Welt wird uns fürchten, mehr als jemals zuvor! Die Rache wird unser und der Fluch gebrochen!«

Mit diesen Worten Dardánors gingen die Anwesenden in Beschwörungsriten über und huldigten ihrem Gott. Desto länger die Nacht andauerte, umso dichter wurden die Gesichter aus Nebel und die Ral-Kadór wurden von neuer Energie und Macht beseelt.

Währenddessen wurden in Raskatan alle Vorbereitungen zum Aufbruch der Orks unter der Führung von Larvátras und einiger Waldläufer getroffen. Der Weg über die Waradankette war ein beschwerlicher, besonders da der Winter bald bevor stand.

Die Phase des kurzen Herbstes konnte jederzeit durch einen heftigen Schneesturm durchzogen werden und der Winter kam überraschend schnell.

Zandil hatte von den Spitzeln gehört, dass König Irgesto Boten entsandt hatte, um Leute für die Armee zu rekrutieren. Außerdem sollte Garvis Caldór auf dem Weg ins Fünf-Seen-Tal sein. Was er dort suchte, war nicht sicher, doch es war klar, dass er nicht ohne Ziel dort hinreiste. Die Dinge schritten voran und Zandil wusste, sollte er versagen, würde ihn sein Herr und Meister mit Dingen strafen, welche er sich nicht einmal auszumalen vermochte.

Er hatte im Verlauf des Tages eine Lagebesprechung mit einem der menschlichen Heerführer gehabt. Larvátras wirkte zuversichtlich die zweitausend Ork starke Truppe über das Gebirge in die Stadt des Grauens führen zu können, ohne große Verluste einzufahren. Oshgil und Kandosh, die beiden Orks, die gemeinsam mit dem Waldläufer bereits in der Stadt warteten, würden ihn dort in Empfang nehmen. Zandil hoffte, dass die Fürsten von Carvás Cándth sich an den Vertrag hielten und nicht ihre eigenen Ziele verfolgten. Schweiß stand ihm auf der Stirn. So viel Verantwortung war er nicht gewohnt. Er musste sich um Dinge kümmern, welche er normalerweise unter strengsten Auflagen seines Herren erledigte und bei denen klar war, wie sie abzulaufen hatten. Inständig hoffte der Diener, dass der Kaszoc-Kásk bald mit den anderen Ral-Kadór zurück käme. Niemand wusste, wohin die nebelgesichtigen Anhänger Vencors gegangen waren. Es war nicht das erste Mal, dass die Ral-Kadór verschwanden. Für gewöhnlich lagen die Geschäfte dann brach bis sie zurück kehrten. Dieses Mal war die Lage anders. Ein Aufschub der Aktivitäten durfte nicht geduldet werden, das verstand auch Zandil, allerdings wusste er nicht, weshalb die Meister ausgerechnet jetzt verschwunden waren. Nur eines war klar: Niemand sollte wissen wo sie sich trafen und wozu. Die Orks im Lager erzählten sich, dass die Ral-Kadór einigen der ihren vor etlichen Monden des Augenlichts beraubt hatten und sie für geheime Riten mit in den Wald nahmen, die nicht für ihre Augen bestimmt waren. Vermutlich würde man die meisten von ihnen nie wieder sehen, genauso wie den Menschen, welchen eine Patrouille am Waldrand einen Tagesritt entfernt von Diuga kassierte.

Zandil ging zu den großen, gläsernen Flügeltüren und öffnete sie. Als er auf den Balkon trat und nach unten in die zerstörte Stadt blickte, fragte er sich zum wiederholten Mal, wohin das alles führen würde. Konnte er seine Haut retten, wenn er bedingungslosen Gehorsam leistete? Was würde nach der Eroberung Paradóns aus ihm werden? Was wäre, wenn die Invasion ein Fehlschlag würde?

Seine Gedanken drehten sich im Kreis und seine Zuversicht schmälerte sich beim Anblick der unzivilisierten Orks, welche in einem Wirrwarr aus Zelten und anderen Unterkünften zwischen den Ruinen hausten. Nicht selten kam es zu blutigen und tödlichen Auseinandersetzungen. Der Diener Argátors hoffte inständig, dass seine Meister die Kontrolle über diese Wesen behielten. Zwar war seit dem Auftauchen der Botschaft, dass sich eine handvoll Elfen mit den Menschen trafen, die Blutlust der Orks noch mehr angefacht worden, aber Zandil bezweifelte, dass die rohe Gewalt dieser Bestien der Schlüssel zum Erfolg war. Die Pläne seiner Meister waren zwar durchdacht und gut geplant, doch hing ein erfolgreiches Gelingen auch von der Durchführung ab.

Nach einiger Zeit auf dem Balkon ging Zandil zurück in den Raum und bereitete noch ein Schreiben für die Fürsten in Carvás Cándth vor, in welchem er nochmals alles Wichtige zusammenfasste und die bedingungslose Loyalität der Fürsten einforderte.

Nachdem alle Arbeit getan war, legte er sich zur Ruhe. Der nächste Tag würde mit dem Aufbruch der Orks anstrengend genug werden.

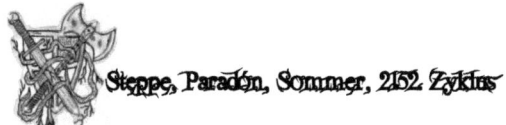

Der Morgen graute und der Regen hatte nachgelassen. Über und über mit Schlamm bedeckt hatten sich Norgal und Aurelian von ihrem Lagerplatz entfernt. Schon während der Flucht war für Norgal vollkommen klar, wieder zurückzukehren und der Sache auf den Grund zu gehen. Er wollte unbedingt herausfinden, wer ihnen des Nachts aufgelauert hatte und nach dem Leben trachtete. Waren es nur einfache Banditen, welche sich an ihrem Hab und Gut bereichern wollten, so war die Sache in Anbetracht der Lage nicht ganz so schlimm. Sollten es aber Verbündete der Ral-Kadór gewesen sein oder jemand anderes, der Informationen über die Geschehnisse des Landes hatte, so konnte es von äußerster Wichtigkeit sein, möglichst viel herauszufinden.

Aurelian teilte diese Einstellung und merkte zusätzlich an, dass, sollte jemand überlebt haben, größte Eile geboten war. Wäre tatsächlich jemand dem Wind entkommen, dann war es gut möglich, dass er ebenfalls an den Ort des Geschehens zurückkehren würde, um seine toten Begleiter fortzuschaffen. Aurelian und Norgal hatten allerdings nicht die Zeit sich auf eine Verfolgung einzulassen bei der obendrein noch nicht einmal sicher war, ob sie sich lohnte Aus diesem Grund hatten die beiden sich nicht all zu weit entfernt und in der Nähe einer kleinen Steinformation versteckt.

Nach einigen Stunden schien sich die Umgebung wieder etwas beruhigt zu haben und als der Tag begann, waren die beiden bereits auf dem Rückweg. Ihre Gegner wären sicherlich auch nicht vor Tagesanbruch zurück. Der Regen und Wind waren nicht die einzigen Hindernisse. Die Dunkelheit der Nacht war zu stark gewesen, als dass alle Spuren gründlich hätten beseitigt werden können. Des Weiteren konnten sich die Angreifer nicht sicher sein, dass ihr nächtlicher Überfall ein Erfolg war. Es war anzunehmen, dass Norgal und Aurelian entweder auch dem Wind zum Opfer gefallen waren oder ebenfalls entkommen konnten. In jedem Fall war es für beide Parteien wichtig, sollten die Angreifer mit Kenntnissen über den geplanten Krieg ausgestattet sein, an den Ort des Überfalls zurückzukehren.

Vorsichtig näherten sie sich. Die Barriere des Helion leuchtete in der frühen Morgensonne. Schon von weitem konnten die beiden die Auswirkungen des Sturms erkennen. Große Krater waren in das Erdreich gerissen und etliche der nahestehenden Bäume waren entwurzelt oder abgebrochen. Es war, als hätten schwere Katapulte Steinklötze auf die Umgebung abgefeuert, welche anschließend abtransportiert wurden und nur ihre Einschlagstellen zurückließen.

Wie es schien, waren Norgal und Aurelian rechtzeitig zurück. Nach einiger Zeit des Untersuchens der Umgebung fanden sie menschliche Überreste. Unter einem Baum eingeklemmt lag ein zerschmetterter Mann, in einigen Löchern waren Körper oder nur einzelne Teile davon. Ein starker Geruch von Schlamm und Blut lag in der Luft. Insgesamt schätzten die beiden auf sechs Leichen.

»Das Ausmaß ist ja schlimmer als ich gedacht hätte!«, meinte Aurelian beim Anblick der Toten.

Norgal drehte einen Toten in einem Loch auf den Rücken und durchsuchte seine Taschen. Dem Mann war von einem herumfliegenden Ast der Schädel zertrümmert worden. An der großen Wunde klebten Reste von Rinde.

»Daran solltest du dich gewöhnen. Wenn es tatsächlich zu einem Krieg kommt, wirst du so etwas noch öfters sehen. Wir müssen nach Hinweisen suchen, wer diese Leute waren.« Mit einem Blick auf die aufgeschwemmte Erde und die zerstörte Umgebung meinte Norgal: »Der starke Regen wird bestimmt nicht viele Spuren übrig gelassen haben.«

Aurelian kämpfte beim Anblick der verunstalteten Körper mit der Übelkeit.

»Schon gut«, meinte Norgal, als er Aurelians Blicke bemerkte, »ich kann das auch allein machen.«

Mit einem dankbaren Lächeln wandte sich der Berater des Königs ab und sah sich in der Umgebung um. Eventuell konnte er doch noch andere Hinweise finden.

Als Norgal die Taschen des Mannes durchsuchte, stellte er fest, dass dieser eine markante Tätowierung am linken Unterarm trug. Möglicherweise konnte dies ein erster Hinweis sein. Die Tätowierung war ein geschnörkeltes schwarzes Auge mit etlichen Ranken und Blättern. Durch die Pupille schoss ein breiter Blitz, gefolgt von weiteren Ranken.

Nachdem in den Taschen des Toten nichts Bemerkenswertes zu finden war, machte sich Norgal daran, zu zwei anderen Toten in einem weiteren Loch zu gehen. Auch bei diesen fand er die gleiche Tätowierung. Eine weitere war an einem abgetrennten Arm zu finden, der aus dem trocknenden Schlamm ragte. Es stand unzweifelhaft fest, dass dieses Symbol eine Bedeutung hatte. Nur welche? Das galt es nun herauszufinden. Ein Grund mehr für die beiden, schnell nach Syrtax zu gelangen. Norgal hob den Arm auf und sah in Richtung seines Begleiters.

»Aurelian, ich hab etwas gefunden. Das solltet du dir ansehen.«

Der Berater ließ von seiner Untersuchung am Boden ab und kam herüber.

»Sieh dir dieses Symbol an. Hast du das schon einmal gesehen?«

Aurelian betrachtet den Arm, konnte das Symbol jedoch nicht zuordnen.

»Das muss etwas bedeuten. Jeder Tote hat eines davon auf dem Unterarm. Wir sollten herausfinden, was dieses Symbol bedeutet. Es könnte zu den Ral-Kadór gehören und wenn dem so sein sollte, müssen wir uns umso mehr beeilen.

»Ich kann mich nicht erinnern das Symbol zuvor schon einmal gesehen gesehen zu haben. Dennoch kommt es mir auf seltsame Art und Weise vertraut vor. Aber vielleicht finden wir in Syrtax jemanden, der etwas damit anfangen kann. Hast du sonst noch Spuren von Überlebenden gefunden?«

»Bisher nicht, aber falls doch jemand davon gekommen sein sollte, werden wir es herausfinden. Lang werden sie nicht mehr fern bleiben, wenn sie unseren Tod wünschen.«

Sie machten mit der Untersuchung der Umgebung weiter und kamen nach einer Zählung der Leichen auf insgesamt acht bis zehn Personen. So genau konnten sie es nicht nachprüfen, da mindestens drei Angreifer komplett auseinander gerissen waren.

Am Boden war eine Suche nach Spuren erfolglos geblieben. Der Regen hatte den Untergrund so aufgeweicht, dass keine Anhaltspunkte übrig geblieben waren. Nachdem Norgal auch mit seiner Fernsicht nichts ausmachen konnte, entschieden sich die beiden dazu, weiter Richtung Syrtax zu reiten.

Von ihrer Ausrüstung konnten sie nicht mehr viel retten. Doch sie bearbeiteten einige herumliegende Äste zu groben Zeltstangen. Auch die Plane konnten sie unter dem Dreck glücklicherweise finden und so waren die Gefährten gegen Mittag bereits etliche Meilen vom Tatort der Nacht entfernt.

Norgal überprüfte die Umgebung immer wieder nach Verfolgern, doch er machte keine aus und so ritten sie bis zum Abend weiter. Die nächste Nacht würden sie noch wachsamer bleiben. Man konnte nie wissen, was für Möglichkeiten dem Gegner offen standen. Nur weil Norgal nichts mit seiner Fernsicht ausmachen konnte, hieß das nicht zwangsläufig, dass sie niemand verfolgte. Das musste er schon mehr als einmal schmerzlich feststellen und trieb ihn zur Vorsicht an.

Abwechselnd hielten sie Wache. Auf ein Feuer verzichteten sie. Stattdessen aßen sie Brot und Trockenfleisch. Norgal übernahm die erste Wache. Deutlich war Aurelian anzusehen, dass er nicht oft auf große Reisen ging. Die Hauptstadt verließ er nur noch selten und sein Schwert hatte er noch nie in einer großen Schlacht erhoben. Die Gerüchte über seine Fähigkeiten fand er weit übertrieben, auch wenn er in der Vergangenheit einiges durchlebt und überlebt hatte. Er schlug sich tapfer und jammerte nicht einen Moment. Schon bald war der Berater der Königs eingeschlafen und Norgal war mit seinen Gedanken für sich. Wie üblich bearbeitete er sein Schwert. Nicht dass es notwendig gewesen wäre, doch war es für den Ordenskrieger zu einer Art Gewohnheit geworden.

Immer wieder lauschte er in die Dunkelheit und versuchte in der Ferne etwas auszumachen, aber bis auf ein paar Tiere, die des Nachts jagten, stellte er nichts fest. Norgal musste an Eély und Garvis denken. Wie es ihnen wohl ging. Bestimmt beschwerte sich Garvis über die schlechte Verpflegung und Eély wollte immer noch mehr über das Land und die Menschen erfahren. Ihre Schönheit war unvergleichlich, doch Norgal würde dies nie äußern. Er hatte die Blicke seines Freundes bemerkt und wollte sich nicht zwischen die beiden drängen. Auch wollte er Eély nicht in die missliche Lage bringen zwischen ihm und Garvis wählen zu müssen, zumal er sich noch nicht einmal sicher war, ob sie überhaupt etwas mit einem Menschen anfangen würde. Partnerschaften zwischen Menschen und Elfen waren eine enorme Seltenheit und wurden besonders vom elfischen Volk oft mit Unverständnis gestraft. Wenn er sich recht erinnerte, hatte Norgal noch nie von solch einem Paar gehört. Dennoch hatte das Gerücht bestand, dass es solche Verbindungen in der Vergangenheit bereits gegeben hatte. Auf der anderen Seite war es auch nicht seine Art längere Liebschaften einzugehen. Dies endete zumeist auf unschöne Weise.

Norgal versuchte an etwas anderes zu denken und musste sich schließlich fragen, wie es wohl den Mönchen im Kloster ging. Er war schon länger nicht mehr dort gewesen. Er vermisste das Kloster und die Stadt Waradan. Zu dieser Jahreszeit fand bald das jährliche Erntefest statt und läutete die neue Jahreszeit ein. Die Straßen waren geschmückt mit Girlanden und Fahnen. Die Leute freuten sich über eine gute Ernte und es wurde Abschied vom Sommer genommen. Das Fest hatte große Tradition in Waradan und dauerte drei Tage an. Bisher hatte Norgal jeden Zyklus daran teilgenommen. Es erfüllte ihn mit Wehmut, es dieses Mal zu verpassen. Da Waradan eine relativ kleine Stadt war, die hauptsächlich von der Landwirtschaft lebte, war der Zusammenhalt der Menschen dort besonders stark. Es gab kaum jemanden, der einem Nachbar nicht gern half. In Waradan war das Leben noch angenehm und etwas einfacher. Doch Norgal hatte wichtigere Dinge zu erledigen. Es stand das Schicksal des gesamten Landes auf dem Spiel. Würden ihre Pläne scheitern, könnte er wohl nie wieder ein Erntefest besuchen.

So hing er noch einige Zeit seinen Gedanken nach. Bis der Wachwechsel anstand verlief weiterhin alles ruhig. Norgal weckte Aurelian und legte sich anschließend hin. Er konnte den Schlaf ebenfalls gut gebrauchen.

Der Berater des Königs legte sich eine Decke um die Schultern und stierte in die Dunkelheit. Er war zwar noch verschlafen, doch nahm er seine Aufgabe sehr ernst. Verantwortung zu tragen war er gewohnt und dies tat er immer mit strengster Genauigkeit. So hing auch Aurelian seinen Gedanken nach. Er dachte an das Königreich und seine Bewohner. Die Lage war äußerst angespannt und es könnte sich zu einer der größten Krisen entwickeln, denen sich Paradón seit Beginn der Aramatischen Zeitrechnung gegenüber sah. König Irgesto Hervaresta II war ein guter König. Ihm vertraute Aurelian vollkommen. Das Land und seine Bevölkerung hatten beim König schon immer höchste Priorität und dafür schätze ihn das Volk umso mehr. Zwar hatte das Gerücht über den Krieg mit den fernen Ländern etwas an seinem Ansehen genagt, doch Aurelian war sich sicher, dass die Leute das Handeln des Königs verstehen würden, wenn es so weit war. Ein offenes Wettrüsten hätte nur unnötige Panik verursacht. Aurelian und der König hatten lange darüber nachgedacht, was die beste Taktik wäre. Sie mussten schnellstmöglich nach D'uril und mit den Obiden sprechen. Ihre Technologien waren unumgänglich für eine Schlacht. Vielleicht waren sie der alles entscheidende Vorteil den Paradón brauchte. Aurelian fragte sich, wie es wohl damals war, als König Aramas Karstiras Paradón befreite und eine der größten Schlachten der Geschichte Apygárdas für sich entschied. Konnten sie solch einem Helden gerecht werden? Aurelian kannte nur einen König, der an den Wagemut und die Heldentaten des Vertreibers der Dunkelheit heran reichte. König Pandus schlug eine Schlacht nach der anderen und gewann dadurch viele Ländereien für Paradón. Er vertrieb Fürsten, die über ihre Gebiete mit Gewalt und Eigennutz herrschten. Sie unterdrückten das Volk und nahmen sich alles was sie wollten. König Pandus vereinte unter sich einige Fürsten, die, wie er, gegen ein solch menschenverachtendes Verhalten waren. Mutig stellten sie sich jedem Gegner und vergrößerten Paradón auf seine jetzige Größe. Auch als immer wieder Angriffe gestartet wurden, um die eroberten Gebiete zurück zu gewinnen, verteidigte König Pandus das Land mit voller Kraft. Nach Zyklen des Krieges wurden die Grenzen Paradóns von den angrenzenden Gebieten akzeptiert und die auflehnenden Fürsten getötet oder vertrieben. König Irgesto Hervaresta II hatte zwar nicht den Anspruch sich in die Linie dieser Helden einzureihen, doch sollte er keine andere Wahl haben, würde er bestimmt nicht davor zurück schrecken, alles in seiner Macht stehende zu unternehmen, auch wenn es ihn noch so schmerzte.

Aurelian dachte noch viel nach und als es Tag wurde, weckte er Norgal auf. Zu ihrem Glück verlief die Nacht ohne Zwischenfälle und nach einem kargen Frühstück befanden sie sich wieder auf dem Weg. Wenn es keine weiteren Überfälle geben würde, wären die beiden Reisenden schon bald in Syrtax und konnten eine etwas längere Rast einlegen, um wieder zu Kräften zu kommen. Das letzte Stück Weg nach D'uril war vermutlich das schwierigste. Keiner der beiden kannte das Gebiet der Wüste besonders gut. Zwar war Norgal bereits einmal dort gewesen, aber ein Ortskundiger war er noch lange nicht.

Die Sonne schien wärmend vom Himmel und machte die Reise erträglicher. Die Nächte waren bereits schon um einiges kälter als noch vor einigen Wochen und mit jedem Tag nahmen die Temperaturunterschiede zu. Der Herbst rückte unaufhörlich näher.

»Ich freue mich auf Syrtax. Wie ich hörte sollen derzeit die großen Gladiatorenspiele beginnen. Wenn wir es früh genug schaffen, könnten wir durchaus ein großartiges Schauspiel zu Gesicht bekommen.«

Aurelian wirkte erfreut. Schon lange war er nicht mehr im Osten des Landes unterwegs gewesen.

»Ja, darauf würde ich mich freuen. Ich habe schon einiges über diese Kämpfe gehört. Sie sollen atemberaubend sein«, pflichtet Norgal seinem Begleiter bei.

Sie gaben den Pferden die Sporen und steigerten den Lauf von leichtem Trab in einen Galopp. Syrtax rückte immer näher.

König Irgesto Hervaresta II lief in seinem Arbeitszimmer auf und ab. Er hatte einen großen Stapel Schreiben auf seinem Schreibtisch liegen und ständig kamen neue hinzu. In wenigen Stunden würde er sich mit Malkásh Amórko, Tashila Oriváta und den anderen Fürsten und Abgesandten zu einer neuerlichen Besprechung treffen. Doch bevor es so weit war, hatte der König noch einiges zu erledigen.

Die Schreiben über neue Rekruten in der Armee waren sehr erfreulich, doch gab es auch weniger gute Nachrichten. Es wurden Gerüchte laut, dass Menschen spurlos verschwanden und die Lage in Carvás Cándth wurde ebenfalls immer angespannter. Angeblich waren einige Orks seit Längerem in der Stadt und den Berichten zufolge war ein Bündnis geschaffen worden, welches Paradón zusätzlich gefährlich werden konnte. Zwar war die Stadt des Grauens kein wirklich starker Feind, doch sollten sie sich tatsächlich mit den Ral-Kadór verbündet haben, sähe es vermutlich anders aus. Aus dem Sammelsurium an Briefen ging eindeutig hervor, dass sich die Lage langsam zuspitzte. Orks traten nun immer öfter in Erscheinung und plünderten Gehöfte und kleine Ortschaften im Norden des Landes. Nahezu täglich kamen neue Berichte.

Der Herrscher Paradóns überlegte fieberhaft, was er tun könnte, damit das Heer schneller einsatzbereit war. Die Kasernen der Städte füllten sich zusehends, doch einen genauen Schlachtplan gab es bisher nur bedingt. Wenn es zu einem Krieg käme, würde die erste größere Stadt, die unter dem Ansturm fallen würde, vermutlich Mauradin sein und deshalb galt es, die Armee des Feindes schon vor der Überquerung des

Trys anzugreifen. Das heiß jedoch, ein großes Heerlager mitten in der Steppe zu errichten. Solch ein Aufgebot würde sehr schnell für helle Aufregung sorgen und konnte dadurch nur schwerlich in aller Heimlichkeit vonstatten gehen. Der König hatte schon über die verschiedenste Möglichkeiten nachgedacht, doch bisher hatte er jede Idee wieder verworfen. Seine neuste Überlegung wollte er später mit Tergor Erzfaust besprechen, doch auch dafür hatte er wenig Zuversicht. Die Truppen waren noch immer im ganzen Land verteilt. Es musste ein Plan gefasst werden, wo der beste Aufschlagpunkt für die ankommenden Kämpfer wäre. Dann konnte man überlegen, wie die Truppen in der Steppe formiert werden sollten. Irgesto war wieder einmal übereifrig und versuchte alles auf einmal zu erledigen. Zu groß war die Sorge um sein Volk.

Immer noch lief er auf und ab, die Hände hinter dem Rücken verschränkt. Die Sonne stand schon tief und warf blendende Strahlen durch das große Bogenfenster mit den vielen Sprossen. Hoffentlich war das Geheimnis im Fünf-Seen-Tal wirklich so lohnenswert wie Tashila Oriváta angepriesen hatte. Besonders auf die Luftschiffe der Obiden war der König gespannt. Die Pläne hatte er genauesten studiert, doch konnte er sich die reale Umsetzung noch nicht in vollem Ausmaß vorstellen.

»Oh Pândrâs, wie wird das alles noch enden? Steh uns bei, die Diener Vencors aufzuhalten.«

Irgesto fühlte sich erschöpft und beschloss einen kleinen Spaziergang durch die hängenden Gärten seines Palastes zu unternehmen. Er wollte für die Besprechung einen klaren Kopf haben. Der König durchquerte die Hallen und Gänge seines Domizils, bis er durch einen kleinen Torbogen ins Freie kam. Die hängenden Gärten des Palastes von Iscadar waren legendär. Es war eine Anlage, welche sich auf drei Ebenen verteilte.

Überall hingen Plattformen mit großen Beeten an Ketten von den höheren Stockwerken in die tiefer gelegenen. Die Ketten waren allesamt mit dichtem Efeu bewachsen und dadurch kaum noch erkennbar. Die Geländer waren mit breiten Blumenkästen versehen und kleine steinerne Brücken verbanden die einzelnen Ebenen miteinander. So wurde in den drei Ebenen des Rahmens Zwischenstockwerke geschaffen. Trotz der vielen Überlagerungen der einzelnen Gartenteile bekamen, dank eines raffinierten Spiegelsystems, alle genug Sonnenlicht ab, um gut wachsen zu können. Doch das wirklich besondere der Gärten waren die winterfesten Blumen und die buschigen Bäume aus den verschiedensten Länder Apygárdas. Hoch im Norden, in Nokrômark, wurden diese speziellen Blumen gezüchtet. Dort herrschte in einem Großteil des Landes ständiger Winter. Gelehrte, die einst in den Süden gereist und von der Farbenpracht der vielen Blumen überwältigt waren, forschten zuhause an Blüten, die im ewigem Eis gedeihen konnten. Es gelang ihnen, Pflanzen zu züchten, die jeder Witterung stand hielten und als Zeichen der Freundschaft schickte die damalige Königin von Nokrômark an alle befreundeten Königreiche eine erlesene Auswahl verschiedenster Blumen und Pflanzen. So kam es, dass seit Jahrhunderten die hängenden Gärten Iscadars die einzige immergrüne Fläche ganz Paradóns war. Und König Irgesto war äußerst stolz darauf, diese Gärten sein eigen nennen zu können. Er gestattete jedoch jedem, sich ebenfalls an der Vielfalt der Pflanzen zu erfreuen, wann immer man es mochte.

Wie der König durch die Gärten spazierte, wurde es langsam immer dunkler und es öffneten sich schimmernde Blüten, die die Gärten mit einem wärmenden Leuchten erfüllten. Eine weitere Einzigartigkeit der Gärten. Es waren die gleichen leuchtenden Blüten, wie jene im Wald der Magie. Irgesto Hervaresta II setzte sich auf eine steinerne Bank und betrachtete den immer heller werdenden Schimmer der Blüten. Er genoss die Ruhe. Außer ihm waren nur noch wenige andere hier unterwegs. Vögel zwitscherten ein letztes Mal vor der Nachtruhe und es schien, als läge das Land in voller Ruhe vor dem König. Durch die offenen Seitenwände der Gärten hatte man eine weite Sicht über das Land, was ein Gefühl vermittelte, als befände man sich gar nicht im Palast.

Bald war es Zeit für die Besprechung und Irgesto bekam Hunger. Er machte sich auf in den großen Besprechungssaal, um sich mit den anderen zu treffen und gemeinsam das Abendmahl einzunehmen. Die Besprechung würde bestimmt bis tief in die Nacht dauern und so war es nicht unüblich, davor gemeinsam zu speisen.

Der König begab sich in seine Gemächer. Er wollte sich noch einen Umhang holen, da es nachts langsam auch in den Gemäuern wieder kälter wurde. Anschließend machte er sich unverzüglich auf in den Besprechungssaal.

Als er eintrat waren die anderen bereits da. Die Türflügel öffneten sich und alle Anwesenden verneigten sich gebührend vor dem Herrscher des Landes. Irgesto Hervaresta II nickte in die Runde und gebot mit einer Geste auf die Förmlichkeiten zu verzichten. Er genoss es nicht sonderlich seine höhere Stellung zur Schau zu stellen.

Trotz der Aufforderung warteten die Anwesenden, bis sich der König gesetzt hatte, bevor sie es selbst taten. Das gebot ihnen allein schon der Anstand.

Das Essen wurde aufgefahren. Es handelte sich um die verschiedensten Speisen, so dass für jeden etwas dabei war. Man konnte allerdings die Anspannung unter den Versammelten deutlich spüren. Jeder war sich des Ernsts der Lage bewusst und das drückte auf die Stimmung. Nichtsdestotrotz wurde während des Essens bewusst auf eine Konversation über die ernsten Themen verzichtet. Man unterhielt sich über dies und das und brachte auch einige Scherze zum besten.

Nach dem Mahl begann jedoch der verbindlichere Teil der Besprechung. Irgesto Hervaresta eröffnete die Versammlung: »Nun lasst uns zur Tagesordnung übergehen. Wie Ihr sicherlich wisst, habe ich mir einige Gedanken darüber gemacht, wie wir das Heer in der Steppe in Position bringen können. Es ist nur eine Frage der Zeit, bis die Ral-Kadór mit ihren Truppen aus dem Wald von Amenáur hervorbrechen. Allerdings wollte mir bisher nichts Passendes einfallen. Meine neuste Idee könnte eventuell von Nutzen sein, aber dies hängt vom Geschick der Zwerge ab.«

»Wie darf ich das verstehen, Eure Hoheit?«, fragte Tergor Erzfaust sofort nach.

»Alles zu seiner Zeit, werter Tergor. Zuerst möchte ich gerne hören, was es an Neuigkeiten gibt, von denen ich noch nichts weiß.«

Ein Abgesandter erhob sich und meldete sich zu Wort: »Eure Hoheit, die Kasernen melden einen regen Zufluss an Rekruten. Die Bevölkerung ist bis jetzt noch relativ ruhig, doch durch die leichte Öffnung der Geheimhaltungsstufe über den Zustand im Wald der Magie, wird es nur noch eine Frage der Zeit sein, bis es sich wie ein Lauffeuer verbreitet, was Ihr eigentlich im Sinn habt.«

»Darüber bin ich bereits in Kenntnis gesetzt. Was gibt es noch zu berichten?«

»Heute kamen Brieftauben an, die aus Tambarun und Syrtax abgeschickt wurden. Die beiden Gruppen um Meister Aurelian und Garvis Caldór sind noch nicht angekommen. Des Weiteren wurde von mehreren Leuten berichtet, die von Orks entführt worden sein sollen. Aber am besorgniserregendsten ist, dass einige Späher aus dem Norden einen Trupp Dunkelelfen ausgemacht haben, der sich langsam aber sicher Richtung Paradón bewegt. Er ist nicht groß, aber eventuell könnten noch mehr nachkommen.«

»Das habe ich befürchtet. Diese Ral-Kadór sind eine hinterhältige Bande! Wir können nur hoffen, dass sie nicht noch mehr Unterstützung aus dem Norden erhalten. Wir müssen sofort einige Soldaten an die Grenze senden. Es wäre gut, wenn man sie möglichst unbemerkt an die Grenze zu Tigwién Sinath brächte. Was denkt Ihr Feámeon Banâreth?«

Der Abgeordnete der Elfen dachte kurz nach, ehe er zu einer Erwiderung ansetzte: »Das sind in der Tat unerfreuliche Neuigkeiten. Ich hätte nicht gedacht, dass sich unsere einstigen Brüder auf derartige Machenschaften einlassen würden, doch seit der Spaltung unseres Volkes vor mehr als zweitausend Zyklen scheinen die Dunkelelfen immer skrupelloser und unmoralischer geworden zu sein. Schon lange hatten wir keinen Kontakt mehr zu ihnen. Die meisten leben weit im Norden, in Darkáv Inúsh. Dass sie sich so weit in den Süden vorwagen ist kein gutes Zeichen. Ich werde ein Schreiben aufsetzten, dass Eure Einheit sicher die Grenze nach Tigwién Sinath passieren lässt. Womöglich lassen sich die Feinde noch ausmachen, ehe sie Autamar verlassen. Ich werde in Atalântia um Unterstützung für Eure Krieger bitten. Meine Brüder und Schwestern werden nicht erfreut über die Nachricht vom Auftauchen der Dunkelelfen sein, doch sie werden sicherlich nicht zögern, sich ihnen in den Weg zu stellen.«

»Habt Dank, Feámeon. Gleich morgen früh soll sich eine Einheit von einhundert Kriegern auf den Weg machen. Sie werden in kleinen Gruppen reisen, um weniger Aufsehen zu erregen. Es wäre gut, wenn Ihr mehrere Briefe mit Siegeln anfertigen lassen könntet, für eventuelle Zwischenfälle.«

»Selbstverständlich, Eure Hoheit. Die Elfen stehen geschlossen hinter Euch.«

Irgesto instruierte einen Diener, sofort einen Schreiber mit dem Auftrag zu ersuchen, das elfische Schreiben aufzusetzen. Feámeon würde es so nur noch unterzeichnen und mit seinem Siegel versehen müssen.

»Wir können nur hoffen, dass sich der Zulauf aus dem Norden in Grenzen hält. Wir haben derzeit leider nicht die Möglichkeiten, Hilfe von außen zu erhalten. Zu lange herrschte Frieden und die verbündeten Länder schenken uns wenig Glauben für die Gefahr einer Invasion von innen heraus. Die Kontakte nach Mojitula und Karamenién sind seit Längerem eingeschlafen und Nokrômark liegt zu weit entfernt, als dass sie uns eine geeignete Unterstützung zukommen lassen könnten. Außerdem sollen sie Probleme an der Ostgrenze mit dem einfallenden Jánkásán Imperium haben. Auch Autamar wird uns nicht helfen können. König Argâmas hat große Probleme mit den Stämmen der alten Hochkulturen im Urwald. Angeblich haben sie den Göttern abgeschworen, sich auf ihre Wurzeln besinnt und verehren nun wieder ihre alte Gottheit. Es scheint, als könnten wir uns nur auf unsere eigenen Ressourcen und Pândrâs Segen verlassen.« Tashila Oriváta wirkte nicht sehr erfreut, als sie diese Feststellung kund tat.

»Wir werden um unsere Freiheit kämpfen und wir werden siegen, wenn Pândrâs und Flexz mit uns sind. Nicht vergessen sollten wir auch die Unterstützung der Magier«, gab Malkásh Amórko eine Äußerung von sich.

»Sofern wir deren Unterstützung erhalten werden. Bis jetzt kam noch keine Antwort von den ausgesandten Boten.« Der König war bei schlechter Laune. Es gab einfach zu viele Faktoren, die unsicher waren und damit eine Schwäche, die von den Ral-Kadór schonungslos ausgenutzt werden konnte.

Es wurden noch einige andere Neuigkeiten ausgetauscht, die aber nicht von all zu großem Belang waren. Danach machte sich der König daran, seinen Plan zu eröffnen, für den er die Hilfe der Zwerge benötigte.

»Tergor, kommen wir nun zu dem Plan, das Heer in der Steppe zu positionieren. Ich habe lange überlegt, etliche Bücher über verschiedene Strategien gelesen und bin dabei auf etwas sehr interessantes gestoßen. Angeblich gibt es ein äußerst weitläufiges Tunnelsystem unter Paradón, was die einzelnen Gebirge miteinander verbindet. Ich konnte nichts Genaueres herausfinden. Deshalb frage ich nun Euch, ob Ihr etwas über ein solches System wisst?«

»Bei Wamarkras, Ihr seid wahrlich ein König«, lobte Tergor Erzfaust den Herrscher.

»Es gibt tatsächlich solch ein Tunnelsystem, allerdings wird es schon seit langer Zeit nicht mehr richtig benutzt. Seit der Stamm der Wolkenschmiede aus der Waradankette verschwunden ist und auch der Stamm der Wassersteinschleifer sich zu den unsrigen ins Bergol-Gebirge zurückgezogen hat, gibt es keinen Grund mehr, die Tunnel zu benutzen. Es haben sich alle Stämme der Zwerge Apygárdas im Bergol-Gebirge zusammen gefunden. Seien es die Wolkenschmiede, Wassersteinschleifer, Erzdrachen oder Lavaklingen. Sie alle haben sich zusammen geschlossen und nur so konnten die legendären Beru-Handwerksmeister unter dem vereinigten Stamm der Klingenhammer entstehen. Aber warum wollt Ihr etwas über diese Tunnel wissen?«

»Nun ja, ich dachte, würde einer dieser Tunnel unter der Steppe verlaufen, könnte man vielleicht diesen nutzen, um die Truppen ungesehen an einer Stelle heraus zu holen, um sie dort zu positionieren, ohne dass der Feind etwas davon mitbekommen würde.«

Tergor Erzfaust lachte, dass ihn alle Umstehenden anstarrten. Dann nahm er einen großen Schluck Bier bevor er fortfuhr.

»Herr König, das ist an sich eine gute Idee, aber die Tunnel werden wie gesagt nicht mehr benutzt. Viele sind eingestürzt oder überflutet und dadurch nicht mehr begehbar. Ich habe leider keine genauen Kenntnisse über den exakten Zustand, aber ich bezweifle, dass dies möglich sein wird. Obendrein sind die Tunnel für Menschen viel zu niedrig. Außerdem bedürfte es einer Genehmigung des Gremiums der Könige. Noch nie hat ein Mensch diese Tunnel betreten dürfen.«

»Das mag ja alles zutreffen, werter Tergor, doch fürchte ich, dass in Anbetracht der Lage keine großen Alternativen übrig bleiben. Ich hatte mit einer derartigen Antwort bereits gerechnet, doch bitte ich Euch, eine Botschaft nach Hause zu schicken und um eine Entscheidung für meine Bitte zu ersuchen. Unter Umständen ist es ja doch möglich zumindest einen Teil der Truppen unterirdisch nach Westen zu verlagern. Die Kasernen im Osten füllen sich und ein Marsch durch die Steppe würde vom Feind nicht unbemerkt bleiben. Die Ral-Kadór sollen weiterhin glauben, wir rüsten gegen die fernen Länder im Osten. Das ist im Moment unser entscheidender Vorteil.«

»Ich verstehe durchaus den Ernst der Lage.« Tergor strich sich durch seinen dichten Bart. Mit ernster Miene fuhr er fort: »Ich werde dem Gremium der Könige eine Nachricht zukommen lassen. Vielleicht haben wir ja Glück und es gibt eine Möglichkeit. Aber versprechen kann ich Euch nichts!«

Anerkennend sahen die Mitglieder der Besprechung auf den Zwerg. Soviel Einsicht hätte ihm fast niemand zugetraut. Hoffentlich erwiesen sich die Zwergenkönige als ebenso einsichtig. Es konnte durchaus sein, dass sie sich weigerten, Menschen in ihr Allerheiligstes zu lassen.

Die Besprechung dauerte noch einige Zeit an. Es wurden Schlachtpläne gemacht, über Truppenformationen gesprochen, Notfallpläne aufgestellt, Rückzugsorte besprochen und Mutmaßungen über die Stärke des Feindes angestellt. Dabei kam man vor allem auf die Festung Rughars Licht zu sprechen. Eine Festung südwestlich von Waradan, die direkt in die Waradankette gebaut worden war. Sie diente in früheren Zeiten als Rückzugsort und bot Platz für einige tausend Menschen. Es handelte sich um ein massives Bollwerk, welches tief in den Fels der Waradankette reichte und nur von einer Seite aus angreifbar war. Feinde konnten schon von Weitem ausgemacht werden und die starken Verteidigungsanalgen machten es besonders schwierig, bis an die Mauern vorzurücken. Die Festung war in Friedenszeiten nur leicht besetzt, doch könnte sich das bei einem Angriff bald ändern.

So sehr sie auch über die Lage nachdachten, Rughars Licht war nur die absolute Notlösung, sollte alles andere scheitern.

Als Irgesto Hervaresta II die Versammlung schließlich nach einer anstrengenden Diskussion auflösen wollte, gingen die Türflügel des Besprechungssaals auf und in der Öffnung stand, vom Schein der Kerzen erleuchtet, ein Mann in dunkler Robe.

>> Irgendetwas kommt da die Treppe runter!«, flüsterte Garvis Eély zu.

Ein schabendes Geräusch drang nach draußen. Es klang, als würde jemand etwas Metallenes über den Boden schleifen. Ein Schnauben war zu hören. Garvis sah vorsichtig um die Ecke des Türrahmens und spähte ins Innere. Eine Gestalt ging langsam die Treppe hinab und auch aus dem Raum links neben der Türe drangen nun Schritte zu ihnen. Das Schnauben und Poltern wurde immer lauter, doch für einen Rückzug war es zu spät. Plötzlich erklang ein lauter, greller Schrei, wie von einem Tier und die Schritte wurden schneller. Mit einem krachenden Schlag splitterte Holz über den Köpfen der beiden Freunde aus der Wand und es wurde eine breite Klinge sichtbar. Ruckartig wurde sie wieder aus dem Holz gezogen, während Garvis und Eély zum Rand der Veranda an die Treppe zurückwichen. Da streckte sich ein grotesker Kopf aus dem schummrigen Zwielicht ins Freie. Garvis traute seinen Augen nicht. Es war kein menschlicher Kopf. Es sah aus, wie der Kopf einer riesigen Echse. Die geschuppte Schnauze sog laut die Luft durch die kleinen Nasenlöcher ein und die spitzen Zacken, die von der Mitte des Hauptes bis auf den Hals nach hinten hinab wuchsen, stellten sich auf. Ein weiteres lautes Brüllen erklang und die Kreatur zeigte ihre Zähne. Dann schob sie sich in ihrer vollen Größe nach draußen. Sie trug eine schwarze Rüstung aus Oridanium mit eingelassen, rot schimmernden Platten aus Valcurid. Die Haut war mit schwarzen und grellen, grünen Schuppen überzogen und eine gespaltene Zunge kam hinter den scharfen Zähnen zum Vorschein. Ihre schlitzförmigen Augen blickten die Gefährten direkt an und aus dem Haus drangen noch vier weitere der Kreaturen. Die vorderste schien der Anführer zu sein und trug das größte Schwert das Garvis je zu zu Gesicht bekommen hatte. Ein Mensch konnte es unmöglich mit einer Hand führen, doch für die Echsenwesen stellte es scheinbar kein Problem dar.

»Mach dich bereit, Eély!«

Eély sprang rückwärts die Veranda hinunter und richtete den Bogen auf die Kreaturen, während Garvis nach rechts rannte und versuchte die Aufmerksamkeit der Bestien auf sich zu lenken.

Ein glucksendes Lachen erklang und die Kreatur an der Spitze begann mit einem markanten Akzent zu sprechen: »Was wollt ihr hier? Das ist das Heim von Jaliá, Meisterin der hohen Kunst der Magie. Ihr habt hier nichts zu suchen!«

»Wir sind nicht in böser Absicht hier. Wir sahen das Haus aus der Ferne und hofften, hier unseren Proviant auffüllen zu können und eventuell eine kurze Rast einzulegen. Aber wer ist Jaliá?«, wollte Garvis wissen.

»Jaliá ist eine mächtige Magierin. Sie lebt hier erst seit Kurzem und in völliger Zurückgezogenheit. Wir sind ihre Diener und sorgen dafür, dass dieses Haus niemand betritt.Und nun schert Euch davon, ehe wir Eure Schädel spalten!«

»Eine Magierin?« Eély war doch sehr erstaunt. Niemand hatte damit gerechnet, inmitten der Steppe das Haus einer Magierin zu finden, von der noch nie jemand etwas gehört hat.

»Woher kommt eure Herrin?«, wollte sie deshalb wissen und schien die Drohung nicht weiter zu beachten. Die erste Verwunderung über die Erscheinung der Wesen hatte die Elfin schnell überwunden.

Eines der Echsenwesen fletschte die Zähne und fauchte sie an, doch der Anführer hob den Arm und antwortete: »Wir kommen aus einem fernen Land namens Exantin, der Heimat der Eantî, unserer Heimat. Als unser Land in einen Krieg verwickelt wurde, der aussichtslos erschien, entschied sich Jaliá, nach Westen aufzubrechen und eine neue Heimat in völliger Abgeschiedenheit zu suchen. Doch das hat Euch nicht weiter zu interessieren.«

Der Echsenmensch halftere seine Waffe und befahl dies auch seinen Gefolgsleuten. Eély blieb weiterhin misstrauisch und behielt den Bogen gespannt. Garvis steckte aber sein Schwert ebenfalls weg und fragte: »Was bedeutet das nun? Können wir mit Jaliá sprechen?«

»Das hat sie zu entscheiden. Ihr werdet vorerst verschont, sofern ihr euch friedlich verhaltet.« Ein finsterer Blick richtete sich auf die Elfin, dann drehten sich die Eantî um und gingen zurück ins Haus. Garvis war mehr als erstaunt. Noch nie im Leben hatte er von solchen Kreaturen gehört. Was mochte es noch für ferne Länder geben? Die beiden Gefährten standen immer noch in der gleichen Position vor dem Haus, als von innen einen Stimme kam: »Wollt Ihr nun hereinkommen?«

Eély und Garvis sahen sich an und Garvis sagte: »Na los, die haben da drin bestimmt was zu essen!« Dann grinste er die Elfin an und folgte den Eantî. Eély schüttelte den Kopf. *Er wird uns irgendwann nochmal umbringen, wenn er immer so schnell Vertrauen fasst,* dachte sie sich, nahm dennoch ihren Bogen herunter und folgte ihm.

»Wartet hier!«, befahl der Anführer und wies ihnen eine Bank zu, auf die sie sich setzten sollten. Die vier anderen Eantî blieben zur Vorsicht ebenfalls bei der Bank zurück, während der Anführer sich die Treppe hinauf begab. Es begann eine längere Zeit des Wartens, in der niemand ein Wort sprach.

Schließlich kam der Anführer zurück und forderte die Reisenden auf, ihm zu folgen. Die Eantî verteilten sich wieder im

Haus und gingen ihren Tätigkeiten nach. Sie schienen sich trotz der Fremden sehr sicher zu fühlen. Überall lag Staub und die Spinnweben ließen das Haus auch im oberen Stockwerk verlassen erscheinen. Der Echsenmensch führte sie durch einen Gang, bis er vor einer Tür stehen blieb und ihnen deutete hindurchzugehen.

Der Raum war ein geräumiges Arbeitszimmer. Hier war es bei Weitem nicht so staubig. Es gab Alchemietische, verschiedenste Bücherregale, einen Schreibtisch voll mit Blättern und ein Vielfaches an weiteren Utensilien. Ein paar ähnliche hatte Garvis vermeintlich schon beim Herrn der Winde einmal gesehen.

»Sprecht!«, begrüßte sie Jaliá gereizt mit einem ebenso markanten Akzent. »Wer seid Ihr und wie konntet Ihr dieses Haus finden?«

Sie kam ohne Umschweife direkt zur Sache.

Jaliá war überraschenderweise eine Menschenfrau. Die Magierin war schätzungsweise mittleren Alters und hatte lange, schwarze Haare. Sie hatte ein schlichtes Arbeitsgewand an und ihre Füße steckten in grauen Schnürschuhen. Ihre Wange zeichnete eine helle Narbe.

»Wir haben das Haus aus der Ferne gesehen. Das Dach hat in der Sonne geglitzert und…«, äußerte sich Garvis, ehe er von ihr unterbrochen wurde.

»Dann hat Rexic wohl nicht richtig dafür gesorgt, dass der Schild aufrecht gehalten wurde.«

»Ein Schild?«

»Ein Schutzschild, der das Haus vor einer Entdeckung bewahren soll. Aber nun sprecht, was wollt Ihr hier?«

»Wir sind auf der Reise nach Tralia und kamen in der Hoffnung, hier unseren Proviant aufzufüllen.«

»Da habt ihr wohl mehr Glück als die meisten. Normalerweise lasse ich keine Fremden ins Haus, aber wenn Ihr schon hier seid, könnt Ihr eure Vorräte auffüllen. Aber dann muss ich Euch wieder weiter schicken.«

»Eigentlich hatten wir gehofft, uns hier noch etwas ausruhen zu können«, sagte Garvis.

»Das ist nicht möglich und geradezu anmaßend. Ich kenne Euch nicht und ich lasse keine Fremden in meinem Haus herumlaufen. Es zeugt bereits von Großzügigkeit, Euch Proviant zur Verfügung zu stellen.«

»Habt Dank, das verstehen wir. Wir werden unsere Vorräte auffüllen und weiter ziehen«, lenkte Eély ein. »Aber euer Diener sagte, Ihr wärt eine Magierin. Ist das wahr?«

»Wer sagt, dass ich Diener habe? Trotzdem ist es wahr, aber was kümmert Euch das?«

»Das Land steht vor einer großen Bedrohung. Ein Krieg steht bevor und König Irgesto Hervaresta II hat Boten ausgeschickt, um sämtliche Magier Paradóns auf seine Seite zu ziehen.«

»Zu mir kam kein Bote und es interessiert mich auch nicht. Ich habe genug von Krieg und Leid. Ich lebe hier zurückgezogen und widme mich nur meinen Forschungen.«

Jaliá wirkte abweisend und resigniert. Ihr Blick war hart und kalt, doch ihre Augen waren nicht die einer gefühlskalten, abweisenden Person.

»Aber das Land braucht Euch! Ihr könnt Euch doch nicht einfach hier versteckt halten und so tun, als wüsstet Ihr von nichts!« Garvis verstand solch ein Verhalten nicht.

»Wer sagt, dass ich das nicht kann? Außer Euch weiß niemand, dass ich hier lebe und selbst wenn Ihr erzählt, mich hier gefunden zu haben, werdet Ihr dieses Haus nicht noch einmal aufspüren.«

»Und was ist, wenn die Ral-Kadór das Land erobern und dieses Haus doch einmal finden? Sie werden nicht zögern Euch umzubringen!«

»Die Ral-Kadór? Das ist doch nur ein Mythos!«

»Ist es nicht! Ich habe sie mit eigenen Augen gesehen!«

»Wenn es stimmt, was Ihr mir hier sagt, wieso seid Ihr dann auf dem Weg nach Tralia?«

»Wir sind im Auftrag des Königs unterwegs und haben etwas im Fünf-Seen-Tal zu erledigen. Mehr kann ich Euch leider nicht anvertrauen. Aber das Land braucht Eure Hilfe. Wir brauchen jede Hilfe, die wir bekommen können.«

»Ich habe keine Lust, mir Eure Aufforderungen weiter anzuhören. Ich werde Euch nicht helfen!«

»Wollt Ihr etwa, dass auch Eure neue Heimat wie Exantin zugrunde geht?«, warf Eély ein.

»Woher wisst Ihr von Exantin? Ihr habt keine Ahnung!«, rief Jaliá wütend.

»Schon gut, ich wollte nicht zu weit gehen«, entschuldigte sich die Elfin. »Einer der Eantî hatte es kurz erwähnt. Wir werden den Proviant auffüllen und dann wieder aufbrechen. Habt Dank.«

»Überlegt es Euch bitte. Falls Ihr doch Eure Hilfe anbieten wollt, so geht nach Iscadar und meldet euch bei König Irgesto. Paradón wird es Euch danken«, versuchte es Garvis ein letztes Mal.

»Meine Entscheidung steht fest, ich werde mich nicht an einem Krieg beteiligen! Nun geht. Rexic wird euch mit Proviant ausstatten.«

Die Gefährten gingen durch die Türe, wo der Anführer der Eantî auf sie wartete.

»Wir sollen von Rexic unsere Vorräte auffüllen lassen und dann aufbrechen«, sagte Eély zu dem Eantî.

»Ich werde Euch zu ihm bringen.«

Die kleine Gruppe stieg die Treppe wieder nach unten und der Anführer forderte Rexic auf, Jaliás Aufforderung Folge zu leisten. Während die Freunde warteten, bis das Echsenwesen mit dem Proviant zurück kam, blickte sie der kleinste der Eantî neugierig an und stellte seine Zackenkamm auf. Eine Elfin schien diesen Wesen ebenso fremd vorzukommen, wie sie es selbst für Garvis und Eély waren.

Garvis versuchte, mehr über die Eantî herauszufinden und fragte den Anführer: »Gibt es noch mehr von Euch in Paradón?«

»Nein, nicht, dass ich wüsste. Jaliá hat nur uns mit hierher gebracht. Der Rest meines Volkes lebt noch immer in Exantin. Doch irgendwann werden wir zurückkehren und unser Land von der Unterdrückung befreien. Dafür ist Jaliá hier in der Einsamkeit.«

»Heißt das, sie forscht an einem Weg Euer Land zu retten? Vielleicht hat sie deshalb so abweisend reagiert, als wir sie aufgefordert haben Paradón zu helfen.«

»Wieso? Was ist mit Paradón?«

»Das Land sieht sich einem aufkommenden Krieg gegenüber und der König braucht jede Unterstützung die er bekommen kann. Besonders Magier sind rar und werden deshalb umso dringender gebraucht. Die Ral-Kadór wollen das Land an sich reißen und wir haben schon etliche Informationen, dass sie dafür Mittel einsetzen wollen, die mit reiner Schlagkraft an Truppen kaum aufzuhalten sein werden.«

»Also sind wir von einem Krieg in den nächsten geflohen.« Der Eantî wirkte bedrückt. Augenscheinlich wusste er nichts von den Vorgängen in Paradón.

»Es tut mir leid, aber ich kann nichts gegen Jaliás Entscheidung machen. Sie hat ihre Gründe.«

Sie unterhielten sich noch eine kurze Zeit recht oberflächlich über die Vorgänge in Exantin und Paradón, bis Rexic mit den Vorräten zurück kam. Anschließend wurden sie aus dem Haus geleitet und vom Grundstück geführt.

Garvis appellierte nochmals an den Anführer, die Entscheidung der Magierin mit ihr nochmals zu überdenken. Dann verabschiedeten sie sich und brachen auf.

Als sie sich etwa eine Viertelmeile vom Anwesen entfernt hatten drehten sie sich nochmals um und sahen gerade noch, wie sich das Anwesen langsam auflöste. Der Schild wurde offensichtlich wieder aktiviert und verbarg das Gebäude unauffindbar in der Steppe.

Als Dardánor im Morgengrauen am oberen Rand des Heer-
lagers um die Festung ging, lag im Tal eine dichte Nebel-
bank. Die Feuer der Orks waren nur schemenhaft zu erkennen
und die Geräusche des Tages erwachten erst langsam. Der Anführer der Ral-Kadór war voller Vorfreude. Die Riten im Wald
verliefen zu seiner vollsten Zufriedenheit. Er war stolz auf sein
Volk und ebenso auf dessen Herkunft. Er würde es nicht zulas-
sen, dass mit dem Schrumpfen ihrer Zahl die alten Rituale und
Gebräuche in Vergessenheit gerieten. Um jeden Preis musste
eine neue Ära eingeleitet werden. Zu lange lebten sie beinahe
in Vergessenheit. Mit dem Gelingen seines Vorhabens würde
auch der Bestand seines Volkes wieder ansteigen. Von überall
würden die verstreuten Überreste der Ral-Kadór kommen und
sich ihm anschließen. Seine Pläne waren groß, doch zuerst galt
es, Paradón von Irgesto und seinem Abschaum, den er Untertanen nannte, zu befreien.

Die Sonne kam nur spärlich durch das dichte Blätterdach
und die leuchtenden Blüten schlossen sich langsam. Es gab
rund um Raskatan zwar weit weniger von ihnen als im Westteil von Amenáur, doch war die Magie auch hier noch nicht
gänzlich verschwunden. Bevor der Herrscher der Ral-Kadór
sich in die Festung begab, wollte er noch etwas durch den
Wald streifen und so stieg er den Hang zur Ostseite hinab und
wandelte anschließend Richtung Norden.

Als er immer tiefer in den Wald eintauchte, vermischte sich
ein Gesicht vollkommen mit dem Dunst des Morgennebels. Es
machte den Anschein, als wandelte ein kopfloser Körper durch
das Dickicht. Nur die stechenden Augen verrieten ansatzweise

etwas über die Existenz eines Gesichts. So streifte der mächtigste Mann im Wald von Amenáur durch den Nebel, bis er schließlich an einem hohlen Baumstamm anhielt. Er packte den Baum und drückte die Rinde zu beiden Seiten weg, sodass sich eine Öffnung vor ihm auftat. Darin lag ein Leichnam in balsamierten Laken. Der Kaszoc-Vhinás nahm den Körper aus dem Loch, legte ihn auf einen großen Stein und entfernte die Laken. Darunter befand sich ein toter Körper, welcher mit Moos und anderen Geflechten bewachsen war. Aus dem Oberkörper traten große Ranken aus, die sich mit den Gliedmaßen verbanden. Die Überreste waren zu einer Mischung aus Mensch und Wald geworden. An der rechten Gesichtshälfte hatte sich bereits eine Rinde gebildet, die der Herrscher mit prüfenden Griffen abtastete.

»Nicht mehr lange! Wenn die Seelenmaschine erst vollendet ist, werden du und deine Brüder erwachen. Doch bis dahin müsst ihr noch etwas reifen!«

Er tastete den Körper weiter ab, prüfte die Verwurzlung der Pflanzen im Leib und rieb mit einem Lappen eine bräunliche Flüssigkeit über den Toten. Schließlich hielt er seine Knochenhand in einem Abstand von einer Handbreite über den Brustkorb des Mannes und sprach ein paar Worte in der alten Sprache Vencors. Es begannen dunkelgrüne Fäden aus Licht aus seiner Hand zu dringen und sich an verschiedenen Stellen in den Körper zu fressen, wie hungrige Würmer. Dann erlosch das Leuchten und er hüllte die Laken wieder um den Toten, legte ihn in das Loch zurück und schloss den Baum. Diesen Vorgang wiederholte er noch ein paar Mal an anderen Stellen und überall waren überwucherte Leichen in den hohlen Baumstämmen.

Währenddessen war in die Festung bereits Leben eingekehrt. Zandil überprüfte einige Dokumente. Larvátras war mit den Orks in die Waradankette aufgebrochen und die Stadt des Grauens erwartete ihn. Die Seelenmaschine benötigte noch Zeit, da Zylúx mit einigen Verzögerungen zu kämpfen hatte. Die Kopien der Pläne waren nicht auf dem aktuellsten Stand und so mussten gewisse Teilbereiche nochmals erforscht werden. Die Ral-Kadór waren noch immer nicht zurück gekehrt. Zandil war von seiner Aufgabe als Stellvertreter nach wie vor nicht sehr angetan. Er mochte die Verantwortung nicht tragen und schon gar nicht für Fehler seinen Kopf hinhalten. Gewiss, er tat sein Bestes, doch das würde den Kaszoc-Kásk nicht beeindrucken und die Strafe für einen Fehler nicht mildern. Zu gern hätte Zandil gewusst, was die Ral-Kadór in ihrer Abwesenheit machten. Er hatte schon viel über die Riten seiner Meister gelesen, verstanden hatte er sie allerdings nicht. Es waren düstere Machenschaften, bestraft mit dem Tode, sollte man sie dabei beobachten. Eigentlich war es für Zandil schon ungünstig, dass er überhaupt so viel darüber wusste, doch durch seine Arbeiten für den Kaszoc-Kásk war er immer wieder über die ein oder andere interessante Neuigkeit gestolpert.

Da entdeckte der Diener einen neuen Bericht über einen gescheiterten Überfall auf Norgal Vard und seinen Begleiter, den Berater des Königs. Zandil musste sich darum kümmern. Er musste sofort jemand Neues losschicken. Die beiden Gruppen um Garvis Caldór und Norgal Vard durften ihre Zielpunkte nicht erreichen. Es grenzte an ein Wunder, was diese Menschen bereits alles überstanden hatten. Sie mussten aufgehalten werden, aber größere Einheiten konnte Zandil nicht los schicken. Diskretion war noch immer geboten. Würden größere Einheiten durch das Land ziehen, würden sie erstens zu schnell entdeckt werden und zweitens wäre der König gewiss nicht gewillt, diese unbehelligt ziehen zu lassen. Zwar rüstete der König nun stärker auf und es kamen Deserteure zurück, doch noch lag kein genauer Bericht vor, wie viel er nun tatsächlich wusste. Es war jedoch anzunehmen, dass Norgal und Garvis ihm genug erzählt hatten. Ihr Wissen war bereits zu groß und umso dringender mussten sie aufgehalten werden. Von den Attentätern, die auf Garvis und die Elfin angesetzt waren, fehlte jede Spur. Zandil schwitzte, obwohl es mittlerweile recht frisch geworden war.

Er hatte schon jemanden im Auge, den er losschicken wollte. Zwar war Garvis' Beseitigung vermutlich die wichtigere, doch Norgal befand sich weiter nördlich und bot ein einfacheres Ziel. Niemand wusste, was die Gruppen vorhatten, aber es war mit Sicherheit wichtig. Es wurde beobachtet, wie sie gemeinsam mit verschiedenen Boten von Iscadar aufbrachen. Einige dieser Nachrichten konnten zwar abgefangen werden, doch Norgal beherrschte Fähigkeiten, denen weder die Waldläufer noch Orks gewachsen waren. Zandil entschied sich dazu, alles in die Wege zu leiten, noch bevor er eine Mahlzeit zu sich nahm.

Als er gerade aufbrechen wollte, kam ein Bediensteter in das Arbeitszimmer des Kaszoc-Kásk.

»Zandil, es ist eine kleine Gruppe Dunkelelfen angekommen! Sie wünschen mit dem Kaszoc-Vhinás zu sprechen!«

»Oh nein, nicht auch das noch! Die Meister sind noch immer nicht zurück! Schick sie in den großen Ratssaal der Meister. Ich werde mich darum kümmern. Wir müssen versuchen sie hinzuhalten.«

Sichtlich erleichtert, die Verantwortung abgegeben zu haben, zog der Bedienstete davon und überbrachte den Dunkelelfen die Nachricht.

Zandil eilte zum Ratssaal. Als er eintrat, stand ein Dunkelelf mit dem Rücken zu ihm am Fenster.

»Herr, Ihr seid schon da. Verzeiht, Euch warten zu lassen. Kann ich etwas für Euch tun?«

»Warum muss ich hier wieder mit einem von euch sprechen? Wo ist der Kaszoc-Vhinás ? Ich wünsche mit ihm zu sprechen!«

»Verzeiht Herr, die Meister sind gerade noch unterwegs. Sie werden aber bald zurück kehren.«

»Das hoffe ich. Ich bin nicht den weiten Weg aus Darkáv Inúsh angereist, um mich mit einem niederen Diener zu unterhalten! Bring mir Wein während ich warte!«

Zandil verbeugte sich und schickte sich an, den Wunsch des Dunkelelfen zu erfüllen. Er musste schlucken. Tief saß der Klos in seinem Hals. Er hatte nicht gedacht, einem Wesen zu begegnen, welches ihm einen ebensolchen Schauer über den Rücken jagte, wie es die Ral-Kadór taten.

Hoffentlich kehrten die Herren bald zurück.

Langsam schoben sich die ersten Türme Syrtax' in das Sichtfeld der beiden Reisenden. Norgal und Aurelian waren ohne weitere Zwischenfälle durch den Rest der Steppe gekommen. Die hellbraunen Standsteine und die roten Dachschindeln der Türme waren gut zu erkennen. Auf allen Spitzen wehten die Fahnen der Stadt. Je näher die beiden kamen, desto mehr konnten sie erkennen. Alle Steine der Stadtmauer waren in einem hellen Braun. Sie wurden augenscheinlich aus den Grenzgebieten der Wüste herangeschafft. Das nächste Gebirge war das Bergol-Gebirge und da es sonst in der Nähe von Syrtax keinen größeren Steinbruch gab, wurden die großen Blöcke mit Lastkähnen über die Agria heran geschafft. Der Sand der Wüste wurde durch den Wind weit ins Gebirge getragen und grub sich dort in den Fels, wodurch die helle Färbung entstand.

»Ah, wir haben es fast geschafft.« Aurelian lächelte, während er sich staubigen Schmutz aus seiner Kleidung klopfte.

»Ja, es wurde wirklich Zeit!«

Sie ritten auf die Zugbrücke zu. Diese spannte sich über einen breiten Graben, der sich rings um die Stadt zog und mit Wasser der Agria gespeist wurde. Dumpf hallten die Hufe der Pferde auf den Holzbrettern wider. Die großen Gitter des Torhauses waren nach oben gezogen und die Wachen standen in ihren rot-weißen Uniformen aufrecht auf ihren Posten. Auf der Brust eines jeden prangte das Wappen Syrtax'. Der Löwenkopf mit dem geöffneten Maul war das Wahrzeichen der Stadt und Symbol der Arenakämpfe. Aurelian zeigte den Wachen den Siegelring des Königs, welcher ihn als dessen Abgesandten auswies und sie konnten ohne Probleme passieren.

Syrtax breitete sich nun in seiner vollen Größe vor ihnen aus. Sofort fiel das Auge auf die kolossale Arena im Nordteil der Stadt. Sie war rund und bot einen pompösen Anblick. Immer wieder waren Statuen der Götter und Helden mit den verschiedensten Waffen in die steinernen Wände eingelassen. Zwei große schwarze Farbstreifen gingen rings um das runde Gebilde. Vier Tore ermöglichten den Zuschauern den Zutritt von allen Richtungen. Rund um die Arena lag der große Marktplatz der Stadt, ein Umschlagort für verschiedenste Waren aus ganz Apygárda. Ebenso wie die Stadtmauern und Türme, war auch die Arena aus hellbraunem Stein, wie auch einige anderen Wohnhäuser der Stadt, die nicht aus Holz errichtet waren. Viele Dächer waren flach und wurden als Terrasse genutzt. Die Stadt unterschied sich deutlich von jenen im Westen des Reiches.

Aurelian und Norgal zogen durch die Straßen, bis sie zu einem Gasthaus kamen. Überall hingen Girlanden und Banner, die vom Beginn der *Gladia Nostra*, den Gladiatorenspielen, kündeten. Norgal öffnete die Türe des Gasthauses. Es herrschte reges Treiben und eine ausgelassene Stimmung.

»Guten Tag, habt Ihr ein Zimmer für uns?«, fragte Aurelian den Wirt.

»Willkommen im Silbernen Kelch, mein Herr. Ihr habt Glück, wir haben noch wenige Zimmer frei. Während der Gladia Nostra ist es für gewöhnlich schwer, noch eine Unterkunft zu finden. Wie lange gedenkt Ihr zu bleiben, wertere Herrn?«

»Nur einige Tage. Wir sind auf der Durchreise und wollen uns kurz etwas erholen.«

»Da habt Ihr aber Glück während der Gladia Nostra hier angekommen zu sein. Was ist erholsamer als sich ein paar Kämpfe in der Arena anzusehen.«

»Gewiss, das werden wir mit Sicherheit tun.«

Norgals Flammenauge schien den Mann nicht weiter zu verwundern. In Syrtax war man die skurrilsten Erscheinungen gewohnt.

Der Wirt überreichte ihnen einen Schlüssel für das Zimmer und ließ sich die Bezahlung im Voraus geben. Anschließend gab er den beiden noch einige interessante Hinweise für ihren Aufenthalt in der Stadt mit auf den Weg. Er nannte ein paar gute Schenken und Sehenswürdigkeiten, wie auch eine Vorverkaufsstelle für die Spiele.

»Hier ist ganz schön was geboten«, sagte Norgal mit einer Hand an der Stirn. Die Sonne stand hoch und die Straßen waren mit Menschen gefüllt. Hier und da sah man auch einige andere Wesen aus fernen Ländern. Einige von ihnen hatte keiner der beiden je zuvor gesehen. Besonders die östlichsten der Fernen Länder Apygárdas waren noch weitgehend unerforschtes Gebiet. Nur mit dem Westen Karameniéns und Mojitulas wurde Handel getrieben. Kaum einer nahm die beschwerliche Reise tiefer in die Fernen Länder auf sich.

»Ich bin wirklich gespannt, wie die Spiele diesen Zyklus wohl sind. Ich war schon sehr lange nicht mehr hier. Es wird bestimmt ein Spektakel.« Aurelian war voller Vorfreude.

»Ich bin ebenfalls gespannt. Die besten Kämpfer der verschiedensten Länder versammeln sich hier.«

Sie schritten die Straße hinab, vorbei an den unterschiedlichsten Personen. Kinder spielten Gladiator, die Fahnen wehten im leichten Wind und überall war reges Treiben zu beobachten. Als die beiden bei einer Vorverkaufsstelle ankamen, buchten sie sich ein Ticket für den folgenden Tag. Sie benötigten dringend eine Pause. Der Weg durch die Wüste würde ihnen noch alles abverlangen. Ein Aufenthalt in Syrtax war deshalb nicht nur nötig, sondern fast unvermeidlich.

Anschließend begaben sie sich in eine Schenke, aßen und tranken und versuchten mit den Anwesenden in Kontakt zu kommen. Aurelian war sehr daran interessiert, Neuigkeiten aus Syrtax zu erfahren. Schnell kamen sie in ein Gespräch mit einem Mann, der extra aus der Nähe von Furta Allégra angereist war. Er berichtete von den neusten Anmeldungen der Kämpfer, der Geschichte der Arenakämpfe, seiner Faszination von Syrtax und auch etwas über seine Heimat. So erfuhr Norgal auch, dass Galvius als Stadtrat im Turm des Wissen abgesetzt wurde. Nachdem bekannt wurde, dass er in verschiedene Machenschaften verwickelt war, die dem Amt eines Stadtrates nicht geziemten, wurde er mit Schimpf und Schande davon gejagt. Norgal nahm dies mit einem Schmunzeln zur Kenntnis.

»Wollt Ihr nicht auch in der Arena kämpfen?«, fragte der Mann auf einmal Norgal und zeigte zuerst auf dessen oranges Schwert und blickte anschließend interessiert auf das flammende Auge.

»Oh nein, das ist wirklich nichts für mich. Außerdem sind wir nur auf der Durchreise.«

»Sehr schade, sehr schade. Ihr versteht es bestimmt damit umzugehen. So jemanden könnten die Spiele wirklich gut gebrauchen.«

»Ich bin überzeugt davon, dass die Spiele bereits mehr als genug taugliche Kämpfer haben«, sagte Aurelian von der Seite. »Habt Ihr nicht von einem Mann namens Lugin und diesem Wolfrik geschwärmt?«

»Natürlich. Aber Wolfrik ist ein Wolfsmensch und Lugin kommt aus Mojitula. Es wäre schön gewesen, noch einen Favoriten aus Paradón zu haben.«

»Tut mir leid, mein Freund, aber daraus wird leider nichts werden. Ich werde nicht in der Arena kämpfen.«

»Na da kann man wohl nichts machen. Trotzdem schade. Aber vielleicht gewinnt ja doch ein anderer von unseren Landsleuten.«

Der Mann lachte und sie stießen mit ihren Bierkrügen an.

So verbrachten die beiden Gefährten noch den Rest des Tages, bis sie wieder in ihre Herberge gingen. Dort orderten sie beim Wirt noch ein Abendmahl und unterhielten sich über ihre Reise, bis sie sich zur Bettruhe begaben.

Die Nacht verschaffte ihnen wieder Energie. In einem weichen Bett zu schlafen war doch immer noch eines der größten Luxusgüter nach einer langen und beschwerlichen Reise.

Die ersten Kämpfe begannen bereits vormittags. Deshalb standen Norgal und Aurelian bereits recht früh auf, nahmen ein Frühstück im Silbernen Kelch ein und machten sich auf den Weg zur Arena. Fanfaren kündigten die ersten Kämpfe des Tages an. Auf dem Markt waren die Stände noch nicht ganz aufgebaut, doch bereits gut besucht und die Händler machten schon früh viel Umsatz. Die Menschen strömten in Scharen in die Arena. Die Vorrunden waren größtenteils bereits abgeschlossen und so startete schon an diesem Nachmittag die nächste Runde. Aurelian war der Meinung, eine Tageskarte zu organisieren und noch bis zum Ende der Spiele in drei Tagen in Syrtax zu bleiben. Norgal hatte nichts dagegen. Der Weg nach D'uril musste ausgeruht in Angriff genommen werden. In der Wüste lauerten etliche Gefahren, die die Reise erschweren konnten.

Ihre Plätze lagen in der Mitte der zweiten Ebene. Die Arena war so aufgebaut, dass man von überall eine gute Sicht auf den Kampfbereich hatte. Es gab drei Ebenen, die abgestuft aufeinander aufbauten. Jede Ebene hatte zehn Sitzreihen, die rings um die Mitte in einem großen Kreis verliefen. Aurelian hatte darauf verzichtet, von seinem Status am Hofe des Königs Gebrauch zu machen, um keine unnötige Aufmerksamkeit auf sich und Norgal zu lenken. Ansonsten wären ihnen sicher bessere Plätze zugeteilt worden, doch die Kämpfe waren begehrt und es gab nur noch wenige Karten.

Langsam füllten sich die Ränge mit Personen jeden Alters. Es war ein multikulturelles Spektakel. Von überall kamen die Leute, um bei den letzten Kämpfen der Vorrunde dabei zu sein. Es liefen Verkäufer umher, welche die Besucher mit frischen Getränken in Weinschläuchen und anderen Annehmlichkeiten versorgten, sofern man es sich leisten konnte. Norgal musste sein Schwert am Eingang abgeben. Er trennte sich für gewöhnlich nicht davon, weshalb er es nur widerwillig abgab. Aurelian hingegen hatte keine Waffen mitgenommen. Trotz seiner Schwertfertigkeit mochte er sie nicht besonders. Sein Grundsatz war, dass Gewalt nur Gegengewalt provozierte. Er löste seine Probleme für gewöhnlich mit Worten, auch wenn das in diesen Zeiten oft kaum mehr möglich erschien.

Als sich die Arena langsam gefüllt hatte, trat ein Ausrufer auf. Er stand im staubigen Sand des Kampfplatzes und verkündete: »Willkommen liebe Leute von Nah und Fern. Es ist mir ein Vergnügen, Euch zu den letzten Vorrundenkämpfen der Gladia Nostra in Syrtax zu begrüßen. Euch wird ein Spektakel geboten, von dem Ihr Euren Kindern noch in vielen Zyklen berichten werdet. Gekämpft wird wie immer in drei Runden. Wer ohnmächtig wird, oder aufgibt, hat verloren. Wer einen anderen Kämpfer tötet, wird disqualifiziert. Nun denn, lasst die Spiele beginnen. In unserem ersten Kampf stehen sich Olendalin aus dem fernen Qin'le und Troque aus Laza in der Steppe Paradóns gegenüber! Und hier sind sie!«

Es öffneten sich zwei Tore und aus jedem der beiden trat je ein Kämpfer hervor, begleitet von den melodiösen Klängen der Fanfaren. Die Menge tobte. So etwas hatten Norgal und Aurelian nicht erwartet. Schon bei der Vorrunde war die Begeisterung unaufhaltsam. Der Jubel brandete den beiden Kriegern entgegen. Gebärdend ließen sie sich von der Menge feiern. Olendalin war mit einer Axt bewaffnet und offensichtlich so etwas ähnliches wie ein entfernter Verwandter der Zwerge. Troque war ein großer, starker Mann mit wilden roten Haaren. Er trug im Vergleich zu Olendalin eine leichte Rüstung und war mit einem metallenen Speer bewaffnet. Zu Beginn nickten sie sich zu, dann versuchten die beiden sich gegenseitig einzuschüchtern und begannen sich langsam zu umkreisen. Troque startete den ersten Angriff, indem er einen schnellen Vorstoß wagte, wobei Olendalin allerdings schneller als erwartet reagierte und den Speer mit einem wuchtigen Hieb zur Seite schlug. Troque ging wieder auf Abstand. Diesmal war es Olendalin, der zu einem Angriff ansetzte. Er nahm seine Axt in beide Hände und täuschte einen senkrechten Schlag an, den er dann allerdings abrupt seitlich abfallen ließ und so von rechts kam. Troque konnte seinen Speer gerade noch dazwischen bringen, wirbelte herum und versetzte dem kleinen Mann mit der stumpfen Seite seiner Waffe einen Schlag gegen die Schulter. Nun entbrannte ein wildes Gefecht. Die Kontrahenten schlugen aufeinander ein und umso heftiger der Kampf wurde, desto lautstärker feuerte die Menge ihre Helden an. Nach einigen heftigen Schlagabtäuschen bluteten beide Kämpfer aus kleineren Wunden. Dann war die erste Runde vorüber.

Die Pause war nur kurz und die zweite Runde begann zügig. Unter dem Getöse des Publikums gaben die beiden Kontrahenten ihr Bestes. Olendalin war unglaublich flink und entging immer wieder den Stichen und Schlängen Troques. Der große Mann aus der Steppe hatte ernste Probleme den kleinen Krieger zu treffen. Dennoch gelang es ihm des Öfteren, Olendalin kleinere Schrammen zuzufügen, die dieser allerdings mit

Leichtigkeit wegzustecken schien. Nach etlichen Schlagabtäuschen standen sie sich keuchend gegenüber und sahen sich erneut durchdringend an. Keiner der beiden wollte nachgeben und den Kampf verlieren. Da schleuderte Olendalin seine Axt in Richtung Gegner und rannte abrupt hinterher. Troque konnte die fliegende Waffe zwar abwehren, doch Olendalin war bereits heran und schlug ihm hart mit der Faust auf das Knie, sodass Troque aufschrie. Voller Wut zog er seinen Speer mit der stumpfen Seite nach vorne, doch Olendalin griff den Schaft und nutze den Schwung, um sich nach oben ziehen zu lassen. Er schwang sich auf die Rückseite seines Gegner und verpasste ihm einen weiteren Faustschlag ins Kreuz. Kaum war er auf der Erde angekommen, trat er Troque in die Kniekehle, dass dieser einknickte. Der Schlag in den Rücken hatte dem großen Mann die Luft geraubt und so kniete er nun, auf seinen Speer gestützt, für einige Herzschläge auf der Erde. Diese Zeit nutzte Olendalin, um seine Axt aufzuheben und sie Troque mit der stumpfen Seite gegen die Schläfe zu schlagen, dass dieser ohnmächtig umkippte. Die Menge jubelte und der Kampfrichter erklärte Olendalin aus Qin'le zum Sieger. Er war einer der letzten, die ins Achtelfinale Einzug erhielten.

»Wer hätte gedacht, dass der kleine Mann diesen Kampf gewinnen würde«, sprach Aurelian euphorisch aus, was er dachte.

»Dieser Olendalin versteht etwas vom Kämpfen. Ich bin gespannt, was uns im Achtelfinale noch alles erwarten wird. Es bleibt mit Sicherheit spannend«, sagte eine Frau links der beiden. Norgal blickte noch immer auf Olendalin, behielt seine Meinung jedoch für sich.

Es folgten noch zwei weitere Vorrundenkämpfe, die ebenfalls sehr spannend waren und am Ende standen alle Teilnehmer des Achtelfinales fest. Das Turnier wurde unterbrochen und sollte in den frühen Nachmittagsstunden fortgesetzt werden. Das verschaffte den Zuschauern etwas Zeit, sich auf dem Markt umzusehen und man wollte die Spannung hochhalten. Norgal und Aurelian traten vor die große Arena und blickten sich um. Der gepflasterte Marktplatz war in drei Reihen um die Wettkampfstätte angelegt worden. Es gab die erlesensten Waren aller Art, von Lebensmittel, Gewürzen, Tonwaren, Holzschnitzereien, bis hin zu verschiedensten Waffen und Rüstungsgegenständen. Die beiden Gefährten blickten sich interessiert um, prüften das ein oder andere Gut auf seine Tauglichkeit, sprachen mit den Leuten und tranken einen Humpen Bier. So vertrieben sie sich die Zeit, bis das Achtelfinale anbrach. Schon lange konnte Norgal keinen Tag mehr so entspannt angehen. Es tat gut und er vergaß für einen Moment die schlimme Lage des Landes. Er wäre am liebsten sofort weiter nach D'uril gezogen, doch Aurelian hatte recht. Sie brauchten die Kraft für den Rest der Reise. Die Bauarbeiten an den Luftschiffen würden auch ohne sie weiter voranschreiten. Es war nur wichtig, dass sie D'uril in einem gewissen Zeitfenster erreichten. Die Obiden waren ein fleißiges Volk und würden gewiss ihr Bestes geben.

Schließlich traten Ausrufer von der Arena auf den Marktplatz und kündigten das Achtelfinale an. Langsam begaben sich die Menschen wieder auf ihre Plätze. Die Sonne stand hoch, doch die Sonnensegel der Arena spendeten Schatten. Norgal und Aurelian saßen noch eine kurze Zeit auf ihren Plätzen, als der erste Kampf des Achtelfinales durch das Einlaufen der Kämpfer unter dem euphorischen Toben der Menge begann. Auf der linken Seite trat ein Mann mit zwei Schwertern auf dem Rücken und einer ledernen Rüstung in den Sand der Arena. Sein blondes Haar wehte im leichten Wind. Sein Name war Côlwin und er kam, wie Troque, aus Paradón. Auf der anderen Seite öffnete sich das Tor für Broktan, einem kahlgeschorenen Stabkämpfer aus Autamar. Der Ring wurde freigegeben und Côlwin zückte seine Schwerter. Broktan war bereits im Ansturm und wirbelte seinen metallenen Stab. Côlwin hatte trotz seiner zwei Schwerter große Mühe, den Stab aufzuhalten. Broktan pflegte einen Kampfstil, wie er nur von den Mönchen in einem der Kloster Âmtalias, der Göttin des Wassers, benutzt wurde. Sein weites Gewand wehte bei jeder Bewegung. Die beiden Kontrahenten lieferten sich einen erbitterten Kampf. Keiner der beiden konnte in der ersten Runde die Oberhand gewinnen. Sie waren sich ebenbürtig. Broktan war leichtfüßig und schnell. Es hatte oftmals den Anschein, als würde er über den Boden schweben. Doch Côlwin war ebenfalls schnell und beherrschte den Zweischwerterstil meisterlich.

»Das ist ein Kampf, ganz nach meinem Geschmack!« Aurelian war begeistert.

Die Menge jubelte beiden Kämpfern gleichermaßen zu. Auch in der zweiten Runde konnte sich keiner der beiden durchsetzen. Côlwin schlug mit wirbelnden Schwertern auf Broktan ein. Dieser schaffte es, durch eine beeindruckende Abwehr, ohne Schaden aus dem Angriff hervor zu gehen. Er glitt nach hinten, stieß sich an der Begrenzungswand ab und sprang in einer in sich gedrehten Schraubenbewegung nach vorne. Währenddessen rotierte der Stab vor Broktans Kopf durch die Bewegungen seiner Hand und der Körperdrehung so schnell, dass er für das Auge kaum noch wahrnehmbar war. Côlwin kreuzte seine Schwerter und der Stab fraß sich in die Klingen. Der Druck war so groß, dass Côlwins Füße in den Sand gedrückt und er ein Stück nach hinten geschoben wurde. Da landete Broktan und setzte sofort zu einer gebückten Drehung an, mit der er hoffte, Côlwin mit einem Tritt von den Beinen zu fegen. Dieser hatte das kommen sehen und stieß sich ab. Er katapultierte sich in die Luft und drückte seine Schwerter gegen den Stab. Mit Hilfe des Schwungs schaffte er es, sich über Broktan mit einem Überschlag hinweg zu schwingen und dem Kahlgeschorenen seinerseits einen Tritt zu verpassen. Broktan wurde nach vorne geworfen und landete im Sand. Sofort war Côlwin heran, doch Broktan drehte sich und seine Füße stiegen in die Höhe. Seinen Stab hatte er nicht aus den Händen gelassen und so schlug er von unten in Richtung seines Gegners. Dieser musste ausweichen, was dem kahlen Kämpfer die Zeit verschaffte, komplett auf die Beine zu kommen. Er holte zu einem neuen Schlag aus, den Côlwin parierte. Stahl drückte gegen Stahl und sie befanden sich in einem direkten Kräftemessen. Beide versuchten den anderen wegzudrücken. Schweiß perlte auf ihren Körpern. Keiner wollte nachgeben und so sprangen schließlich beide nach hinten und stierten sich an.

»Wundervoll, einfach wundervoll!«

Aurelian hatte seine Hände in den runden Holzbalken vor sich gekrallt. So sehr fieberte er mit beiden Kontrahenten mit. Dann war auch die zweite Runde vorüber.

»Ich bin mir sicher, Côlwin wird gewinnen«, tat Norgal seine Meinung kund.

»Wieso denkst du das? Die beiden schenken sich nichts?«

»Côlwin kämpft nicht mit voller Kraft. Er will wohl noch nicht zeigen, was er tatsächlich kann und es sich für die späteren Kämpfe aufheben.«

»Das glaube ich nicht. Sieh dir an, wie sie schwitzen. Beide geben alles!«

»Achte auf die Atmung. Broktan atmet wesentlich schneller und seine Bewegungen haben bereits an Schnelligkeit eingebüßt. Côlwin atmet dagegen gleichmäßiger und wirkt, als hätte er noch Kraftreserven.«

Bereits in der dritten Runde sollte sich Norgals Vermutung bestätigen. Broktan war zwar immer noch geschickt und versuchte verschiedenste Tricks, doch seine körperlichen Kräfte hatten stark nachgelassen. So war der Schlagabtausch immer noch heftig, doch gegen Ende der letzten Runde schaffte es Côlwin, sich seitlich an einem nach vorn gerichteten Stoß des Stabes vorbei zu drehen und Broktan den Knauf eines seiner Schwerter zwischen die Schultern zu schlagen. Bewusstlos ging sein Gegner zu Boden. Der Schiedsrichter untersuchte ihn und kürte Côlwin zum Sieger des Kampfes. Dieser ließ sich einen Eimer Wasser geben, goss ihn Broktan über das Gesicht und half ihm aufzustehen. Unter feierlichem Applaus, Broktan von Côlwin gestützt, verließen sie die Arena.

»Atemberaubend! Und dieser Sportsgeist! Nie hätte ich gedacht, dass du recht haben würdest, aber da zeigt sich wohl wieder einmal, dass du ein wahrer Kämpfer bist und ich nur des Königs Berater.« Lachend schlug Aurelian Norgal auf die Schulter und entschuldigte sich, da er kurz austreten musste.

Es folgten noch weitere Kämpfe, die die beiden gebannt verfolgten. Beim fünften Kampf begann sich der Himmel zu verdunkeln. Die Wolken schoben sich vor die Sonne und der anfänglich leichte Wind nahm an Stärke zu. Es wurden zwei neue Kämpfer ausgerufen. Als erstes betrat Xorgnar, ein Schneeriese aus dem Norden Nokrômarks, den Kampfplatz. Er war über zwei Mannlängen groß und mit einem grob behauenen, großen Ast bewaffnet. Seine Unterarme waren mit weißen Haaren bewachsen und auch sein Kopf war von Weiß überwuchert. Xorgnar trug einen wilden Bart und war nur mit einem Lendenschurz bekleidet. Das Klima Paradóns war nichts für seine gewöhnliche Kleidung aus dem Land des immerwährenden Eises. Sein Gegner war Ognak, ein Troll aus den Sümpfen zwischen dem Zangengebirge und der Waradankette. Er war dem Schneeriesen nicht unähnlich, nur hatte Ognak um einiges mehr an Gewicht und seine rotbraune Haut war mit schwarzen Haaren bewachsen. Sein lichtes Haupthaar trug er zu einem dürftigen Pferdeschwanz gebunden und wilde Hauer ragten aus seinem Unterkiefer nach oben. Auch er trug kaum mehr als einen Lendenschurz neben seiner mit Dornen bespickten Keule. Für gewöhnlich waren die Trolle aus den Sümpfen auf die Gegenwart aller Rassen, selbst auf andere Trollarten, nicht gut zu sprechen, doch kam es immer wieder vor, dass sich Trolle auf den Weg zu den Gladia Nostra machten. Sie suchten den Ruhm und es lockte das Geld. Die Gier nach all dem überwog bei manchen gegenüber ihrer Abscheu. Für gewöhnlich blieben sie aber für sich und versteckten sich in den morastigen Tiefen der dunklen Wälder. Umso spannender war diese Begegnung zweier Wesen, die viele nur aus Sagen kannten.

Die erste Runde begann und die beiden Giganten traten sich gegenüber. Ognak ließ ein ohrenbetäubendes Brüllen los. Sein Maul stand weit offen und Geifer tropfte in den Sand. Xorgnar machte eine flüchtige Handbewegung, dann schlug er sich auf die Brust und schwang seinen Ast.

Regen setzte ein und es wurde noch dunkler. Der Stimmung tat dies keinen Abbruch, auch wenn ein paar Wenige die Arena verließen. Solch einen Kampf gab es äußerst selten.

Aurelian und Norgal wollten sich dieses Spektakel nicht entgehen lassen.

Da huschte ein Schatten, von allen unbemerkt, auf Höhe der Sonnensegel über die Köpfe der Zuschauer hinweg. Er zog schwarze Schlieren nach sich und rannte rings um die Arena. Langsam hüllte sich der komplette Schauplatz in Schwärze. Mit der zunehmenden Dunkelheit kam Panik auf. Viele verließen fluchtartig ihre Plätze, doch die beiden Giganten kämpften unerbittlich weiter.

Garvis und Eély lagerten in einem Hain, einige Meilen westlich der Agria. Es war ein lauer Tag und der Herbst hatte Einzug ins Land gehalten. Die Vögel zogen in Scharen über ihre Köpfe nach Osten, um dort den Winter zu verbringen. Unter den Fernen Ländern gab es auch einige, in denen es keinen Winter gab und diese boten den Zugvögeln einen guten Platz für die Überbrückung der Kälteperiode in ihrem Heimatland. Auf dem Feuer briet ein Kaninchen und der Duft von frisch aufgebrühtem Hoklin-Kraut lag in der Luft.

»Nichts schmeckt besser zu Kaninchen als frisches Hoklin-Kraut.« Garvis schenkte sich eine Tasse des Getränks ein und reichte es Eély. Es war lauwarm. Ließ man es abkühlen, hatte man ein starkes Kräutergetränk, das vorzüglich schmeckte.

Als Eély das Getränk zum kühlen in das Gras stellte, zerteilte Garvis bereits das Kaninchen und servierte es auf großen Mandilinblättern. Eély lächelte, als sie ihre Portion in Empfang nahm.

»Könnte es nicht immer so sein?«, fragte sie Garvis.

»Was meinst du?«

»Diese Ruhe. Die Vögel ziehen vorüber und die Sonne scheint.«

»Wenn wir die Ral-Kadór besiegen, wird diese Ruhe wieder überall einkehren.«

»Nur für wie lange?«

Garvis biss von seiner Keule ab und nahm einen großen Schluck des gebrühten Hoklin-Krauts.

»Das Böse wird niemals aufgeben, deshalb bleibt uns nur, die Zeit zu genießen, in der es keinen Vorstoß wagt.«

Sie blickten beide nach oben, als sich ein großer Schatten über sie legte. Am Himmel zogen zwei Askalins vorbei.

Noch nie zuvor hatten die beiden solch ein Wesen gesehen. Askalins waren gigantische Greifvögel auf deren Rücken mit Leichtigkeit zwei ausgewachsene Menschen Platz gehabt hätten. Ihr Gefieder war meistens braun-schwarz, vereinzelt auch weiß-schwarz. Ihre Schnäbel waren gebogen und messerscharf. Sie konnten ihre Beute über eine große Distanz sehen und schossen bei der Jagd senkrecht nach unten. Doch Askalins waren selten und noch nie ist es jemandem nachweislich gelungen, einen von ihnen zu bändigen.

Ein lauter Schrei gellte durch die Luft und die majestätischen Askalins schwenkten nach Südosten. Eély und Garvis sahen ihnen nach, bis sie aus ihrem Sichtfeld verschwunden waren.

»Anmutige Geschöpfe, findest du nicht auch?«, fragte Eély mit Ehrfurcht in der Stimme.

»Allerdings, aber ich bin froh, dass sie uns nicht entdeckt haben. Ich hätte wenig Lust, einem Askalin als Futter zu dienen. Da verputze ich doch lieber selbst noch was.«

Grinsend setzte sich Garvis wieder ans Feuer und schnitt sich ein weiteres Stück Fleisch ab. Eély schüttelte den Kopf, konnte aber ein Schmunzeln nicht unterdrücken.

Nach dem Essen begannen sie langsam damit, ihre Ausrüstung zu verstauen und weiter Richtung Tralia zu reiten. Ihre Blicke schweiften über die weiten Ebenen der Steppe. Die Tierwelt war heute besonders rege. In der Ferne huschten einige Āžabris vorbei. Ihre spiralförmigen, langen, grauen Hörner und das hellbraun gescheckte Fell ließen sie in der Steppe kaum auffallen. Diese Gazellenart gab es, außer in Paradón, nirgednwo sonst auf Apygárda.

Eély schnürte einen Beutel am Sattel fest, Garvis löschte das Feuer und wickelte das restliche Essen in die Mandilinblätter. Er schüttete Erde in die kleine Grube und verwischte alle Spuren. Sollte ihnen jemand folgen, war Vorsicht besser als Nachsicht.

»Wenn wir die Agria erreichen, sollten wir unsere Wasservorräte auffüllen. Den Rest gebe ich jetzt erst einmal den Tieren. In ein paar Stunden sollten wir den Fluss erreicht haben.«

Eély nickte und stieg auf. Garvis gab den Tieren das Wasser. Dann ritten sie weiter nach Osten. Die Wolken zogen am Himmel vorbei. Nach einigen Stunden erreichten sie die Agria, füllten ihre Wasserflaschen auf und blickten ans andere Ufer. Dort breiteten sich viele Dörfer aus. Das Glück war auf Seiten der Reisenden. Nicht weit von ihrer Position war eine Fährstelle. Brücken gab es für die Agria nur wenige und diese waren etwas Besonderes. Es war ein Fluss der Schifffahrt. Vom Bergol-Gebirge bis Tralia und die umliegenden Dörfer waren regelmäßig Transportschiffe unterwegs. Brücken würden den Handel nur unnötig erschweren und so entschied man, in regelmäßigen Abständen Fährstellen einzurichten.

Ein großes Floß lag am Ufer angebunden. Mit langen Stangen konnte man über das Wasser staken und das Floß auf der anderen Uferseite anbinden. An jeder Fährstelle gab es drei Flöße. So wurde sichergestellt, dass zumindest ein Floß an jeder Uferseite lag. Sollte dies einmal doch nicht so sein, war es möglich, ein Floß durch ein einen Seilzug auf die andere Seite zu ziehen.

Die beiden führten die Pferde auf die wackeligen Holzplanken und überquerten den Fluss. Dank der geringen Strömung war es ein leichteres Unterfangen als sie dachten.

Auf der anderen Seite angekommen, ebnete sich der Blick auf das gesamte Tal. Von hier aus konnte man Tralia bereits sehen. Eine prächtige Stadt, umgeben von Dörfern. Die blauen Dachschindeln der Türme waren weithin bekannt. Fahnen wehten im Wind, Bauern fuhren ihre Ernte auf Wägen Richtung Stadt oder eines der vielen Dörfer. Hier war die Besiedelung sehr hoch. Hatte man westlich der Agria bis hin zum Trys seine Schwierigkeiten, ein größeres Dorf zu finden, breiteten sie sich hier in Scharen aus. Tralia bildete den Kern zwischen den Dörfern. Es lieferte ein idyllisches Bild mit all den goldenen Feldern und Äckern. Das viele Getreide, was nach und nach eingeholt wurde, gab dem Flussgebiet auch den Namen *Goldenes Tal*.

Garvis und Eély ritten die Anhöhe hinab und folgten einer der Zufahrtsstraßen zur Stadt. Insgesamt gab es von ihnen acht. Sie verliefen sternförmig von der Stadt aus in alle Himmelsrichtungen. Menschen grüßten sie freundlich. In vielen Dörfern wurde bereits Festschmuck angebracht. Das Erntefest stand bevor. Es war eines der größten Ereignisse des Goldenen Tals und fand alljährlich zur *Sôlluhná* statt. Es wurde gefeiert, dass der Sommer eine ertragreiche Ernte gebracht hatte und die Ankunft der Wintergeister wurde vorbereitet. Während der Sôlluhná lagen drei Tage alle schweren Arbeiten still, man gedachte der Götter und kehrte in sich. War die Sôlluhná vorüber, standen der Mond und die Sonne immer in genau der gleichen Position und der Winter wurde mit einer Sonnenfinsternis eingeleitet.

Je näher die Reisenden den Stadttoren kamen, desto reger wurde das Treiben. Die Menschen arbeiteten hart und überall wurde mit angepackt.

Tralia breitete sich in seiner vollen Größe aus. Die blauen Dächer der Türme und aller wichtigen Gebäude der Stadt waren das Markenzeichen. Die blau-weißen Fahnen wehten. Auf ihnen war ein goldene Rebe. Tralia hatte, wie Mauradin, gut befestigte Straßen und das nicht zuletzt deswegen, weil die Stadt große Einnahmegewinne durch Ernteerträge erschloss.

Die Pferde gingen durch das breite Tor. Vorbei an den Wachen der Stadtgarde und auf der Suche nach einem Gasthaus.

»Hörst du meinen Magen? Ich brauche unbedingt einige Happen zwischen die Zähne.«

Eély lachte: »Wie kannst du nur ständig Hunger haben?«

»Wir hatten bereits seit Stunden nichts mehr!«

Gespielt schmollend drehte sich Garvis zur Seite.

»Ich glaube da hinten ist ein Wirtshaus.« Eély zeigte die Straße hinab auf ein großes Schild mit einem Eber.

»Ich hoffe da gibt es Wildschweinbraten!«

Vor dem Gasthaus angekommen banden sie ihre Pferde an.

»Tralia ist ein schöne Stadt, findest du nicht?«

»Sie hat gewiss ihre Vorzüge, aber das werden wir bestimmt gleich herausfinden.«

Eély blickte sich um. Gewiss, Tralia war weder mit Iscadar und schon gar nicht mit ihrer Heimatstadt Atalântia zu vergleichen, aber die Stadt hatte ihren eigenen Charme. In viele Gebäude waren Ornamente eingelassen und an den Fassaden der Häuser hingen reichlich Blumenkästen. Die Stadt wirkte einladend und die vielen Girlanden und anderen Dekorationen versprühten Vorfreude auf die Sôlluhná.

Eély konnte ihre Augen nicht abwenden. Es gab so viele verspielte Details. Die Holzverkleidungen der Häuser erinnerten an altes Fachwerk, wobei die unteren Steinmauern mehr zu einem modernen Auftreten neigten.

»Kommst du jetzt?« Garvis hatte bereits seine Hand auf der Türklinke des Gasthauses.

Es war schon früher Abend und langsam kamen die ersten Gäste zum Essen. Der *Lachende Eber* gefiel Garvis sofort. Hinter der Theke hing ein Gemälde, dass einen breit grinsenden Eber darstellte. Ein heimeliger Duft lag in der Luft und es roch bereits herrlich aus der Küche. Eély und ihr Begleiter setzten sich an einen Tisch und bestellten. Garvis orderte einen großen Braten und eine Flasche frischen Lîrîmsaft. Eély begnügte sich mit etwas Brot und einer Karaffe Wasser. Zu Wein oder Bier war beiden nicht zumute.

Der Wirt war freundlich und bediente sie sogleich. Das Wasser und der dunkelrote Lîrîmsaft waren schnell gebracht. Auch auf das Essen mussten die beiden nicht lange warten. Der Wirt war, wie der Lachende Eber selbst, eine fröhliche Natur. Er war untersetzt, hatte einen dichten Schnauzbart und trug eine Schieferkappe in den Farben Tralias. Als das Essen kam, waren bereits über die Hälfte der Plätze des Wirtshauses belegt. Es wurde gelacht, gesungen, gegessen und getrunken. Aus der Küche kamen die wunderbarsten Düfte und die Bedienungen eilten von einem Tisch zum nächsten. Viele Reisende befanden sich unter den Gästen. Einige kamen aus Syrtax von den Gladia Nostra, da ihr Favorit bereits ausgeschieden war und versuchten in Tralia eine schnelle Münze zu machen. Andere waren extra für das Erntefest heran gereist, da man die Sôlluhná in Tralia besonders gut sehen konnte. Nur inmitten der Steppe hatte man einen noch besseren Blick. Andernorts zogen in der Vergangenheit oft große Wolken auf, die eine gute Sicht verhinderten, doch in Tralia konnte man die Sonnenfinsternis auch aufgrund einer speziellen Vorrichtung, welche es nur dort zu erwerben gab, wesentlich intensiver genießen. Garvis und Eély hatten allerdings nicht die Zeit, bis zur Sôlluhná zu bleiben. Irven erwartete sie bereits in Tambarun.

Nach dem Essen machten sich die beiden auf die Suche nach einer Übernachtungsmöglichkeit. Es war bereits spät und der Mond stand hoch. Seine Größe wirkte in dieser Nacht noch gewaltiger als sonst.

Sie durchstreiften die Gassen und kamen schließlich in eine Herberge die noch ein Zimmer für sie frei hatte. Die Zimmer waren stark ausgebucht, da sich auch viele Erntehelfer in der Stadt befanden, die den umliegenden Höfen halfen, die Erträge von den Feldern zu holen. Das einzige Problem an dem Zimmer war, dass es nur ein Bett hatte. Sie entschieden sich dennoch dafür, da sie schnell weiter wollten, um den Quintum nach Tambarun hinab zu fahren. Der schwierigste Teil ihrer Reise lag bereits hinter ihnen.

Als die beiden im Zimmer angekommen waren, bot Garvis Eély bereitwillig das Bett an. Er würde auf dem Boden schlafen.

»Du musst nicht auf dem Boden schlafen, du kannst gerne mit mir im Bett schlafen. Nach all den Tagen auf hartem Boden haben wir uns beide ein Bett verdient. Ich würde mir schlecht vorkommen, wenn ich wüsste, du müsstest auf dem Boden schlafen.«

»Na gut, wie du meinst, aber du behältst deine Finger bei dir.« Garvis grinste frech und auch Eély musste lachen.

»Das mag ich so an dir. Du bringst mich immer wieder zum Lachen.«

Garvis legte seine Ausrüstung ab und stellte sein Schwert neben das Bett.

Eély legte ebenfalls einen Dolch neben sich und begann die verstaubten Kleider abzulegen. Garvis drehte sich weg.

»Ich mag dich wirklich sehr, Eély«, sagte er ernster über die Schulter.

Eély hielt in ihrem Tun kurz inne. Da schielte Garvis verstohlen über die Schulter, um einen Blick zu erhaschen.

»Sieh nicht her! Ansonsten musst du am Ende doch noch auf dem Fußboden schlafen!«

Eély sagte es auf eine nicht ganz ernst gemeinte Art und wollte so einer Erwiderung auf Garvis' Aussage entgehen.

»Versteh mich bitte nicht falsch, doch ich hätte nur zu gern einmal einen Blick auf einen makellosen Elfenkörper geworfen.«

»Das glaube ich dir. Das wollen viele Menschen, aber wer weiß...«

Eély beließ es bei einer Andeutung. Sie streifte sich ein paar leichte, frische Klamotten über und legte sich hin. Garvis hatte sich bereits die Hosen ausgezogen und ein neues Hemd übergestreift. Seine Unterbekleidung hatte er nicht abgelegt. Er wollte die Situation nicht noch prekärer machen. Dann legte er sich neben Eély ins Bett.

»Meinst du, Norgal und Aurelian sind bereits weiter gekommen als wir?«

»Ich glaube sie sind schon länger in Syrtax als wir in Tralia, wenn du das meinst.«

Garvis sah gedankenverloren zu den Holzbalken an der Decke. Er hoffte sie würden ihre Aufträge sicher abschließen können. Nach dem unerwarteten Zusammentreffen mit den, zum Glück friedlichen, Eantî war sich Garvis nicht mehr so sicher, ob er tatsächlich auf alles vorbereitet sein konnte. Es gab dort draußen viele Wesen, von denen er womöglich noch nie etwas gehört hatte.

»Wir sollten morgen unsere Kleidung waschen und uns mit neuen Vorräten eindecken, bevor wir weiter reisen.«

»Dann können wir vielleicht wenigstens noch etwas von dieser schönen Stadt sehen.« Eély wollte mehr von Tralia erkunden und vielleicht fand sich ja noch die ein oder andere Besonderheit.

Sie unterhielten sich noch eine Weile, bis schließlich jeder der beiden einschlummerte.

Als die ersten Strahlen der Morgensonne durch die Sprossen des kleinen Dachfensters schienen erwachte Eély. Sie blickte nach rechts zu Garvis. Dieser lag mit dem Gesicht voraus in seinem Kissen. Ein Arm hing seitlich aus dem Bett, der andere lag quer über Eélys Brust. Sie nahm seinen Arm, hob ihn hoch und schob sich darunter aus dem Bett. Seine Beine waren auf merkwürdige Art und Weise angezogen und sahen irgendwie verdreht aus, was nicht gerade gemütlich wirkte.

»Wie kann man so nur schlafen?«

Sie zog sich an, packte ihre Sachen ein und weckte Garvis anschließend auf.

»Ich habe unsere schmutzige Wäsche eingepackt. Ich werde sie gleich zum Waschen bringen. Du kannst ja in der Zwischenzeit neuen Proviant organisieren. Ich will mir noch etwas die Stadt ansehen. Treffen wir uns doch am späteren Vormittag wieder hier.«

Bevor Garvis richtig wach war, war Eély bereits durch die Tür.

»Diese Frau...« Garvis schüttelte den Kopf. Noch nie hatte er das Bett mit solch einer schönen Frau geteilt und dann war sie weg, bevor er richtig wach war. Zu gern hätte er einen Blick auf ihre Rundungen geworfen, ohne dass die störende Kleidung im Weg gewesen wäre. Aber er war ein Mann von Ehre und so würde er nichts tun, was sie nicht auch wollte. Er stand auf, wusch sich sein Gesicht in der Wasserschale in der Ecke und kleidete sich an. Es tat gut, frische Kleidung zu tragen. Er sortierte seine Sachen, prüfte noch einmal ob sie nichts im Zimmer vergessen hatten und ging nach unten.

Der Wirt war bereits wach und putzte die Theke. Es wurde wohl spät gestern Nacht, wie Garvis vermutete. Überall stand noch schmutziges Geschirr. Freundlich grüßte ihn der Mann und fragte, ob Garvis etwas frühstücken wollte. Das ließ dieser sich nicht zweimal sagen und nahm Platz. Der Wirt räumte einen Tisch für ihn frei, wischte den Schmutz weg und und stellte eine Karaffe Lîrîmsaft ab. Garvis bestellte eine Portion Speck mit Eiern. Er aß so schnell auf, dass der Wirt verwundert zu ihm rüber sah. Danach orderte er eine weitere Portion und schlang dieses ebenso schnell hinab. Anschließend zahlte er das Zimmer und das Essen mit Münzen, welche ihnen der König bei ihrer Abreise in Iscadar mit gab.

»Die Pferde holen wir später ab. Ich hoffe, wir können sie solange noch in Eurem Stall lassen?«

»Das ist gar kein Problem. Ich werde den Tieren noch etwas Hafer geben, dann sind sie gestärkt und ausgeruht, wenn Ihr wieder aufbrecht.«

»Habt Dank.« Garvis schnippt dem Mann noch eine weitere Münze zu, dann verabschiedete er sich und verließ die Herberge.

Auf den Straßen Tralias herrschte bereits reges Treiben. Garvis ging den Weg vor der Herberge entlang und suchte den Marktplatz. Er fragte sich durch und kam auf einem großen Platz vor einer Kathedrale an. Der Markt hatte bereits geöffnet und so ging er zu den verschiedenen Ständen und suchte sich alles Mögliche zusammen. Frisches Dörrfleisch, Brot, eingelegte Eier, von allem etwas. Als Garvis seinen Proviantsack fast komplett gefüllt hatte, fiel ihm auf der gegenüberliegenden Seite eine Person auf. Sie verschwand allerdings schnell wieder in der Menge, doch Garvis war sich sicher, jemanden erkannt zu haben. Er ging in die Richtung, in die die Person verschwunden war und sah sie schließlich am Rande des Marktes wieder.

»Hey, bleibt doch stehen!«, rief er der Person nach, doch diese reagierte nicht.

Mit großen Schritten eilte er hinterher und holte schließlich auf. Er packte die Person an der Schulter und drehte sie zu sich um.

»Ihr seid es tatsächlich!«

»Ja, ich bin es. Ihr habt mich gefunden, sofern Ihr nach mir gesucht habt.«

»Eure Art hat mir schon gefehlt.«

Garvis lachte, als er in das Gesicht der alten Frau blickte. Das Orakel war ihm wieder einmal mehr über den Weg gelaufen.

»Was tut Ihr denn in Tralia?«

»Ich bin aus dem selben Grund hier, wie die meisten anderen. Ich will die Sôlluhná erleben.«

»Und ich dachte schon, Ihr verfolgt mich.« Garvis lachte erneut.

»Mein Junge, so etwas kann man nie wissen, doch weiß man, was man weiß mit Gewissheit, sollte man danach streben es zu wissen.«

»Eure rätselhafte Arte ist wahrlich einzigartig. Aber sagt mir, wisst Ihr etwas Neues über das Schicksal?«

»Die Fäden des Schicksals weben sich ständig neu. Nur wenige Konstante lassen sich erkennen, doch lasst uns das nicht hier auf der Straße besprechen. Folgt mir.«

Das Orakel führte Garvis zu einem Wirtshaus. Sie setzten sich in eine abgelegenere Ecke, bestellten etwas zu trinken und die alte Frau erklärte Garvis, was sie wusste.

»Das Schicksal hat Euch bis nach Tralia geleitet, doch seid gewarnt, was Euch in Tambarun erwartet. Ihr seid nicht der Einzige, der hinter dem, was dort versteckt ist, her seid.«

»Wie darf ich das verstehen? Sind die Ral-Kadór etwa auch auf dem Weg dorthin?«

»Der Nebel des Schicksals lässt mir keine genauere Deutung zukommen. Nur soviel ist sicher, es wird nicht einfach werden, sollten diejenigen Euch finden.«

»Wisst Ihr denn, was die Fürstin Tashila Oriváta im Fünf-Seen-Tal für uns bereit hält?«

»Vielleicht weiß ich es, vielleicht weiß ich es nicht. Der einzige Weg ist, es selbst heraus zu finden. Das Schicksal gewährt mir zwar Einblicke, doch sollte man mit der Weitergabe von Wissen vorsichtig sein. Ihr werdet noch früh genug erfahren, was die Fürstin für Euch parat hält.«

»Das ist ja nicht gerade aufschlussreich.«

»Es ist so aufschlussreich wie das Leben selbst. Ihr müsst nur Euren Weg verfolgen und das Ziel niemals aus den Augen verlieren. So könnt ihr Paradón und ganz Apygárda retten.«

»Wieso hängt das alles nur von mir ab?«

»Glaubt Ihr das wirklich? Ihr seid vielleicht der Schlüssel, aber nicht derjenige, der ihn dreht.«

»Heißt das, jemand anderes benötigt mich, um das Land zu retten?«

»Mehr kann ich Euch nicht verraten.«

Garvis nahm einen großen Schluck zu trinken.

»Ich werde aus Euch einfach nicht schlau. Gibt es denn zumindest die Hoffnung, das Land zu retten, selbst wenn mir etwas zustoßen sollte?«

»Solange es Menschen gibt, die an eine gerechte Sache glauben, wird es auch Hoffnung geben. Wenn nicht hier, dann andernorts.«

Nun trank auch die alte Frau.

»Ich muss mich nun verabschieden. Ich habe noch einige Dinge zu erledigen. Pândrâs behüte und wappne Euch, ob der Dinge, die auf Euch zukommen.«

Sie stand auf, drehte sich um und verschwand durch die Türe. Garvis war perplex. Mit so einem schnellen Ende des Gesprächs hatte er nicht gerechnet. Er wollte ihr noch nacheilen, doch da fiel ihm ein, dass Eély sicherlich schon auf ihn warten würde und er entschied sich dazu zu ihr zurück zu gehen. Die kleine, alte Frau würde ihm bestimmt ohnehin keine weiteren Antworten liefern. Es hieß, Orakel wären überaus stur und wenn sie sich entschieden hatten, nicht mehr zu sprechen, dann sprachen sie auch nicht mehr.

Garvis zahlte die Zeche und verließ das Gasthaus. Draußen sah er sich nochmals nach dem Orakel um, doch es war weit und breit nichts mehr von der alten Frau zu sehen. Zügig machte er sich auf den Weg zurück zur Herberge. Eély wartete bereits im Gastraum auf ihn.

»Da bist du ja endlich. Wo hast du so lange gesteckt?«

»Du wirst es nicht glauben, aber ich hab sie wieder gesehen!«

»Wen wieder gesehen?«

»Die alte Frau, das Orakel, welche mir bereits in Mauradin und Furta Allégra erschienen war. Sie sprach wieder in Rätseln, aber sie meinte, wir müssen auf alles vorbereitet sein, wenn wir in Tambarun ankommen. Es ist wohl noch jemand hinter dem her, was wir dort erhalten sollen.«

»Das sind keine guten Neuigkeiten. Wir sollten so schnell es geht aufbrechen. Die Wäsche ist zwar noch nicht trocken, aber wenn wir sie offen mit uns tragen, wird sie bestimmt bald nicht mehr nass sein.«

»Ja, lass uns die Pferde holen und ein Schiff auftreiben, das uns den Quintum hinab fährt.«

Sie gaben dem Wirt Bescheid und gingen zu den Ställen. Dort übergab ihnen der Mann die Pferde und sie ritten die

Straßen entlang zum Nordosttor. Der Wirt hatte ihnen erklärt, wo die nächste Fährstelle lag.

»Schade, dass wir die Sôlluhná nicht miterleben können. Ich hätte diese Sonnenfinsternis zu gern einmal von ihrer besten Seite erlebt.« Eély drehte sich nochmals zur Stadt um, bevor sie der breiten Zufahrtsstraße Richtung Quintum folgten. Sie passierten noch einige Dörfer, ehe sie an einem kleinen Hafen ankamen. Der Hafen lag in einem Dorf, doch ankerten hier mehr Schiffe als man sich beim Anblick der Ortschaft denken wollte. Die beiden Gefährten hatten Glück. Sie fanden relativ schnell einen Kahn, der sie an den Rand des Fünf-Seen-Tals brachte. Sie luden die Pferde und ihr Gepäck auf, zahlten die Überfahrt und schon kurz nach Mittag begann der nächste Teil ihrer Reise, den Quintum hinab. Sie würden zwar einige Zeit brauchen, bis sie im Fünf-Seen-Tal angekommen waren, doch war es eine angenehmere Art zu reisen und ging deutlich schneller, als wenn sie geritten wären.

Nach und nach kehrten die Ral-Kadór aus den verschiedensten Himmelsrichtungen zur Festung zurück. Noch wusste
keiner von Ihnen von der Ankunft der Dunkelelfen.

Zandil wurde ungeduldig. Er musste den Dunkelelf immer
wieder vertrösten und dessen Wut war deutlich spürbar. Der
Diener wollte nicht mit dem Vádaz im Ratsaal warten und so
kam es ihm gelegen, sich immer wieder zu entschuldigen und
darauf hin zu weisen, dass er ein niederes Wesen war, dessen
Anwesenheit nur dann gewünscht wurde, wenn es etwas für
ihn zu erledigen gab. Das Unangenehme an dieser Sache war
allerdings, dass Zandil in regelmäßigen Abständen nach dem
Neuankömmling sehen musste und ihn weiter vertröstete.
Umso erleichterter war er, als er durch ein Fenster das Eintreffen seiner Meister erblickte. Sofort eilte er zu dem Dunkelelfen.

»Herr, Euer Warten hat ein Ende. Die Meister kehren soeben zurück.«

»Das wurde auch langsam Zeit! Verschwinde und lass dich
hier nicht mehr blicken!«

Der Dunkelelf nahm einen großen Schluck Wein aus einem
Pokal und starrte aus den hohen Fenstern. Seine langen weißen
Haare fielen auf die dunkle Oridaniumrüstung und etwas Er-
habenes ging von ihm aus.

Als der Kaszoc-Kásk in seine Gemächer kam, teilte ihm
Zandil sofort die Ankunft der Dunkelelfen mit. Doch Argátor
machte keine Anstalten zur Eile. Gemächlich zog er sich um
und war erstaunlich ruhig. Er hatte Zandil kaum eines Blickes
gewürdigt und schickte ihn schnell fort. Darüber war der Diener sehr erleichtert. Mit dieser Ruhe hatte er nicht gerechnet. Es

konnte etwas mit dem Ritual im Wald zu tun haben, oder aber auch einfach nur Zufall gewesen sein. Die Ankunft der Dunkelelfen war für die Meister mit Sicherheit eine erfreuliche Sache.

Argátor legte eine leichte Rüstung an und begab sich auf den Flur. Er wollte erst sehen, ob der Kaszoc-Vhinás noch ein kurzes Gespräch suchte, bevor man die Neuankömmlinge begrüßte. Das würde den Elfen zwar bestimmt nicht weniger ungeduldig und wütend werden lassen, aber wen scherte das schon. Die schummrigen Flure der alten Festung verliehen dem Gang des Zweiten eine bedrohliche Komponente. Die Gemäuer verhießen, ebenso wie ihre Bewohner, Unheil. Dicke Risse zogen sich durch die Steinblöcke und die alten Wandteppiche waren bereits modrig und voller Löcher. Fenster waren in den Fluren nur wenige und so sorgten Fackeln und Feuerschalen Tag und Nacht für eine düstere Atmosphäre. Einst war die Festung Raskatans ein anmutiger Ort gewesen, voller Leben und guter Menschen. Doch diese Zeiten waren schon lange vorüber. Der Verfall zeigte sich nunmehr nicht nur durch den Zahn der Zeit.

Dardánor war bereits auf dem Weg zum Ratsaal, wie Argátor von einem Bediensteten erfuhr. So machte er sich ebenfalls dorthin auf den Weg. Außer ihm und seinem obersten Anführer würde wohl nur noch Xardanas, der Kaszoc-Brágh, zu solch einer Angelegenheit kommen. Dieser war sein alter Kampfgefährte und einer der fähigsten Feldherren, die der Ral-Kadór kannte. In mancher Schlacht hatte er die rettende Lösung, um das Blatt zu wenden und wurde daher von Dardánor zum Kaszoc-Brágh auf Lebenszeit ernannt. Es war eine große Ehre und gab ihm eine gewisse Vormachtstellung über der nur noch der Herrscher und der Kaszoc-Kásk standen.

Kurz vor dem Ratsaal erwartete Argátor ein weiterer Bediensteter, der ihn in ein Nebenzimmer geleitete. Dort warteten bereits die beiden anderen und es gab, wie erwartet, eine kurze Vorbesprechung.

»Sehr gut, lasst uns anfangen«, begann der Kaszoc-Vhinás. »Wie Ihr sicherlich bereits wisst, befindet sich im Ratsaal der Anführer eines Trupps der Dunkelelfen. Doch bevor wir sie in unsere Reihen aufnehmen, sollten wir noch einmal beratschlagen, wie wir mit ihnen umgehen. Die Dunkelelfen sind verschlagen und gefährlich, doch die Bindung an ihr Wort ist ihnen heilig. Wir müssen ihn dazu bringen, uns ewigen Gehorsam zu leisten. Sicherlich wird er für seine Hilfe große Ländereien fordern, doch wir müssen versuchen, ihn so gering wie möglich abzuspeisen.«

»Wir sollten an meinem ursprünglichen Plan festhalten, ihm die Ländereien des Fünf-Seen-Tals anbieten. Es ist ein weitläufiges Gebiet, besitzt aber vergleichsweise nur wenig gutes Ackerland. Das wird er allerdings nicht wissen und wenn wir es ihm schmackhaft machen, wird die Gier ihn dazu bringen, uns alles zu versprechen. Das Gute an dieser Sache wäre dann, dass er auf uns angewiesen sein wird, wenn er dieses Tal besiedeln will. Dann haben wir ihn in der Hand.«

Xardanas machte dem Titel des Kaszoc-Brágh alle Ehre. Er dachte sehr verschlagen und schon weit voraus.

»Das ist ein guter Vorschlag, was meint Ihr?« wandte sich Dardánor an seinen Stellvertreter.

»Ich finde die Idee nicht schlecht. Allerdings halte ich die Dunkelelfen nicht für so dumm, dass sie uns einfach glauben werden. Viel eher rechne ich damit, dass er bereits ahnt, dass wir ihn mit etwas belohnen wollen, was wir selbst nicht gebrauchen können. Wir sollten versuchen, ihn dazu zu bringen, dass er von sich aus das Fünf-Seen-Tal haben möchte. Ich schlage deshalb vor, dass wir ihm zuerst einen Schlachtplan offenbaren, der dieses Tal in ein sehr gutes Licht rückt und für ihn als lukratives Geschäft entpuppt. Dann wehren wir halbherzig ab, versuchen ihm einen Teil des Südens zu geben und willigen schließlich ein. So fühlen sich die Dunkelelfen als Gewinner und begeben sich in unsere Abhängigkeit.«

»Ein ausgezeichneter Plan. Dann sollten wir unserem Gast die Aufwartung machen. Der Rest wird sich aus dem Gespräch ergeben.«

Der Kaszoc-Brágh stimmte ebenfalls zu. Dann standen sie auf und betraten den Ratsaal.

Ein theatralischer Auftritt gehörte ebenso zu ihrem Spiel, wie das Überzeugen der Verbündeten zu ihren Konditionen.

Die großen Flügeltüren schwangen auf und Dardánor betrat den Raum, flankiert von seinen zwei Begleitern. Die Gesichter zogen Schlieren und es schien, als wären die Geister der Unterwelt gekommen, um den Dunkelelfen zu holen.

»Ich grüße Euch im Namen meines Volkes, ehrwürdige Ral-Kadór. Mein Name ist Sârgalor und ich bin den weiten Weg aus Darkáv Inúsh gekommen, um mich Euch im Kampf gegen dieses Land und zur Erlangung neuen Ruhms anzuschließen.«

Dabei ging der Elf auf ein Knie herunter und neigte seinen Kopf nach vorne, dass seine weißen Haare seine Züge verdeckten.

Gebieterisch befahl der Kaszoc-Vhinás seinem Gast aufzustehen.

»Auch wir grüßen Euch. Doch lasst uns ohne Umschweife zum Thema kommen. Wir sind froh, Verbündete wie Euch bekommen zu können und deshalb lasst uns über den Preis für Eure Hilfe verhandeln.«

Die Ral-Kadór begaben sich zum großen Ratstisch und nahmen Platz. Sârgalor verharrte an seiner Position, bis er aufgefordert wurde, sich zu setzen.

Diener brachten unaufgefordert Wein, sowie ein paar Früchte. Sie stellten vor jeden Anwesenden einen prunkvollen, goldenen Pokal und eine ebenso dekadente Schale. Dann zogen sie sich unterwürfig zurück, ohne dabei ein Wort zu sprechen. Die Ral-Kadór beachteten die Diener nicht weiter und leiteten die Verhandlungen ein.

»Wie groß ist Euer Streitmacht?«, wollte Xardanas wissen.

»Ich bin mit fünfzig Kriegern aufgebrochen, doch durch einen Angriff der Menschen und Elfen wurde unsere Zahl auf die Hälfte dezimiert. Das soll Euch aber nicht beunruhigen. Mein Volk sendet weitere Krieger. Wir waren lediglich die Vorhut und ich befahl einen Boten zurück. Ich schilderte dem Tragnîkan, unserem obersten Herrscher, die Lage. Er wird ein Einsehen haben und statt der erwarteten zweihundertfünfzig nun fünfhundert Krieger schicken.«

»Was macht Euch da so sicher? Zumal noch nicht einmal über die Konditionen eines Bündnisses verhandelt wurde.« Der Kaszoc-Brágh schien nicht überzeugt zu sein.

»Vertraut mir. Der Tragnîkan gibt viel auf meine Worte. Er wird verstehen, dass wir selbst zu scheinbar ungünstigen Konditionen immer noch einen hohen Profit aus Paradón ziehen können. Außerdem vertraut er mir genug, um zu wissen, dass ich mich nicht einfach so abspeisen lassen werde.«

Verdammt, dieser Dunkelelf ist wohl doch nicht so leicht zu täuschen wie wir gehofft hatten. Argátor hielt sich vorerst zurück. Er wollte erst mehr darüber erfahren, was der Elf forderte, ehe er seinen Plan in Angriff nahm.

»Nun denn, so lasst uns um Eure Forderungen wissen. Nicht, dass Euer Volk den weiten Weg doch noch umsonst antritt«, sprach Dardánor mit einer Spur Abfälligkeit in der Stimme. Xardanas dagegen zeigte ganz offen, dass er nicht viel von den Dunkelelfen, wie auch von den meisten anderen Völkern, hielt.

Sârgalor schlug seinen Umhang zurück und griff in eine kleine Seitentasche an seiner Oridaniumrüstung. Daraus holte er einen Umschlag hervor. Das Siegel des Tragnîkan zeugte von seiner Echtheit. Vor den Augen der Anwesenden brach Sârgalor das Wachs und holte den Inhalt hervor. Auf dem Tisch breitete er eine Liste mit Forderungen für alle sichtbar aus.

»Unser Volk fordert die Vorherrschaft über die Grenzlande zu Tigwién Sinath und die Ausrottung der Elfen. Außerdem wollen wir auch zehn Prozent der Kriegsbeute. Unser Landstrich soll sich über das gesamte Gebiet im Westen, von der Grenze zu Tigwién Sinath bis nach Mauradin und Iscadar, erstrecken.«

»Freund Sârgalor, Eure Forderungen sind geradezu lächerlich hoch gegriffen. Ich fürchte nicht, dass wir uns so einigen werden.« Dardánor sprach sehr langsam und bestimmt.

»Das mag sein, doch scheint das nur auf den ersten Blick so. Wenn wir dieses Gebiet beherrschen, hat das durchaus seine Vorteil gegenüber einem reinen Abgabengebiet zu Euren Gunsten. Wir werden die Bodenschätze der Lichtanbeter ausbeuten und Euch einen großzügigen Anteil geben. Wie wir herausgefunden haben, gehen diese Vorkommen bis weit ins Landesinnere von Paradón, doch außer uns und den Elfen hat niemand die Möglichkeit, diese Schätze zu bergen.«

»Wieso soll uns das nicht möglich sein? Erwartet Ihr, dass wir neben Paradón auch das gesamte Elfenreich niederstrecken und an Euch übergeben werden?«

»Es handelt sich um Bodenschätze, die durch Magie unserer beider Völker entstanden sind. Als Tigwién Sinath besiedelt wurde, wirkten die Elfen Magie, um die Wälder zu verdichten und dem Land einen schnellen Wachstum zu bescheren. Das gleiche tat später auch mein Volk, nur in etwas anderer Weise. Würde nun ein Wesen versuchen an diese Bodenschätze zu gelangen, das nicht elfischen Geschlechts ist, so würde sich das Land dagegen wehren. Stollen würden einstürzen, Stützbalken brechen wie Zahnstocher und Minenarbeiter für immer begraben. Wenn Paradón fällt, ist Tigwién Sinath uns ausgeliefert und wird sich schnell ergeben.«

»Die Orks stammen doch ebenfalls wie Ihr selbst von den Elfen ab. Gegen diese Magie ließe sich bestimmt ein Mittel finden. Scheinbar wisst Ihr nicht um den Einfluss, über den wir verfügen. Wir besitzen mächtige Kräfte und haben fähige Magier. Sollte das nicht helfen, käme immer noch eine Versklavung der Elfen in Betracht.«

»Das wäre ein grober Fehler, Herr.« Die aufgesetzte Freundlichkeit des Dunkelelfen war zwar perfekt gespielt, doch für alle offensichtlich. Hier ging es einzig und allein darum, das Bestmögliche für die jeweiligen Parteien herauszuholen.

»Die Orks haben schon lange nichts Elfisches mehr in sich und würdet Ihr versuchen, die Elfen zu versklaven, hättet Ihr minderwertige Arbeiter, welche eher sterben würden, als ihr eigenes Land auszubeuten. Wir dagegen verfügen nicht nur über das Wissen und das elfische Blut, sondern haben auch die nötigen Gerätschaften, um die Bodenschätze zu bergen.«

»Von was für Bodenschätzen sprechen wir hier überhaupt?«, warf Argátor ein. »Mag sein, dass wir das anders sehen könnten.«

»Glaubt mir, das, was unter den Elfenlanden liegt, ist wertvoller als nahezu alles was Ihr Euch vorstellen könnt. Es handelt sich um reines Mythráxidan. Es heißt, es sei sogar widerstandsfähiger als Oridanium oder das von Elfen und Menschen oftmals benutzte Permentesum. Daraus ließen sich Rüstungen anfertigen, die im Kampf einen enormen Vorteil bedeuten würden. Einer Armee, ausgestattet mit dieser Ausrüstung, hätte ganz Apygárda kaum etwas entgegen zu setzen.«

Jetzt sah der Kaszoc-Kásk seine Chance gekommen, das Blatt zu wenden. Er nahm noch einen Schluck von seinem Wein und setzte zu einer Erwiderung an.

»Damit sprecht Ihr einen wichtigen Punkt an. Wenn wir Paradón eingenommen haben, wäre es ein verheerender Fehler, Eurem Volk einen so einfachen Zugang zu solcher Macht zu gewähren. Doch lasst mich einen Vorschlag unterbreiten.« Er sah zu Dardánor, der zustimmend nickte und ihn stumm aufforderte fortzufahren.

»Wir gewähren Euch Schürfrechte unter unserer Aufsicht und als Herrschaftsbereich das Fünf-Seen-Tal. Es ist reichhaltig und Eurer würdig.«

»Dem kann ich nur zustimmen. Wenn Euer Volk sich diesem Angebot beugt, steht einem gemeinsamem Zeitalter nichts mehr entgegen.« Der Kaszoc-Vhinás bekräftigte die Worte Argátors. *Wenn sie das schlucken, haben wir sie komplett in der Hand und das sogar noch besser als wir erhofft hatten.*

»Wir müssen auf das Grenzgebiet zu Tigwién Sinath bestehen. Es hat oberste Priorität für uns und das nicht nur wegen den Bodenschätzen. Wir wollen zurück, was uns vor so langer Zeit widerrechtlich genommen wurde!«

»Wie wäre es dann damit: Ihr bekommt Tigwién Sinath, wenn Ihr das gesamte Mythráxidan abgebaut habt und es für uns dadurch ohnehin wertlos geworden ist. Dann könnt Ihr damit verfahren, wie es Euch beliebt.«

»Wahrlich, das wäre eine Option. Doch kann ich das so nicht alleine beschließen. Lasst mich mit meinen Vertrauten darüber sprechen und Euch morgen von unserem Entschluss in Kenntnis setzen. Aber ich bin guter Dinge, dass wir uns einigen werden. Ich werde mich nun, mit Eurer Einwilligung, zurückziehen.«

Sârgalor stand auf und verbeugte sich tief. Die Überheblichkeit in seinen Zügen wurde durch seine herabfallenden Haare überdeckt und so sahen die Ral-Kadór auch nicht das leichte Lächeln um seine Mundwinkel. Er drehte sich um und verließ nach einem Handzeichen Dardánors auf dessen Geheiß den Ratssaal. Seine dunkle Oridaniumrüstung schimmerte im Licht der sich spiegelnden Sonnenstrahlen, als er die beschlagene Tür öffnete. Ohne dass seine Schritte gehört wurden, entfernte er sich zu seinem Trupp.

»Ich freue mich schon jetzt darauf, wenn wir diese Spitzohren nicht mehr gebrauchen können. Am liebsten hätte ich ihm sein stinkendes Herz aus der Brust gerissen«, machte Xardanas seiner Wut Luft. Die Überheblichkeit des Dunkelelfen und seine anmaßende Art missfielen ihm so sehr, dass er wütend auf den Tisch schlug.

»Beruhigt Euch. Wenn er auf das Angebot eingeht, dann sind sie uns ausgeliefert und wir werden sie schneller aus dem Weg räumen können als gehofft.«

Der Kaszoc-Vhinás lobte seinen Stellvertreter für dessen taktisch gute Gesprächsführung. Zwar war der eigentliche Plan nicht ganz aufgegangen, aber durch die Mythráxidanvorkommen konnte tatsächlich ein weiterer Vorteil erlangt werden. Jedenfalls in diesem Punkt stimmten sie mit dem Dunkelelfen überein. Dennoch waren die Elfen im Vergleich zu den Orks unsichere Verbündete.

Der oberste Ral-Kadór zog an einer Kordel an der Wand, woraufhin schon kurze Zeit später drei Bedienstete auftauchten und nach den Wünschen der Meister fragten.

»Bereitet für morgen ein Bankett vor. Wir wollen unsere neuen Gäste und baldigen Verbündete gebührend empfangen. Doch vorher bringt uns neuen Wein. Danach stört uns nicht weiter.«

Die Bediensteten nickten, verbeugten sich und verließen den Raum. Schon bald darauf war der Wein gebracht und ein Gespräch über den weiteren Verlauf der Dinge stand an, bevor wieder jeder seinem Tagwerk nachgehen würde.

König Irgesto Hervaresta II studierte seine Bücher. Noch immer wartete er auf ein Schreiben der Zwerge. Das Gremium der Könige brauchte viel Zeit für eine Antwort. *Hoffentlich lehnen sie unser Ersuchen nicht ab, sofern es überhaupt eine Möglichkeit zur Nutzung der Tunnel gibt.* Wie so oft in diesen Tagen fand der König keine Ruhe. Es waren seit der letzten Ratssitzung bereits zehn Tage vergangen und er hoffte bald auch Neuigkeiten von den Elfen und dem Trupp ihrer abtrünnigen Verwandten zu hören. Hoffentlich büßten sie nicht all zu viele Kämpfer ein. Die Dunkelelfen waren weithin als starkes und gefährliches Volk bekannt. Seit vielen Zyklen hatten sie Darkáv Inúsh nicht mehr verlassen. Scheinbar war der alte Trieb und das Verlangen nach Macht neu aufgekeimt.

Aber es gab auch Hoffnung. Das erfreute Irgesto umso mehr und ihm fiel beim betrachten der mechanischen Zeitzählmaschine auf, dass er bald zur Zusammenkunft mit dem neuen Gast aufbrechen musste, der sich vor Kurzem im Palast eingefunden hatte. Es gab zwar gespaltene Meinungen darüber, ob es förderlich wäre, sich seine Hilfe zunutze zu machen, doch für Irgesto gab es keinen Einspruch, den er zählen lassen würde. Allem voran deshalb, da der Ankömmling einer seiner alten Weggefährten und Freunde war.

Der König klappte das große Buch zu und betrachtete den Einband. Die Geschichte Paradóns war hinter dem rot-braunen Ledereinband aufgeschrieben. Es war der zweite Band der Chronologie und befasste sich mit König Aramas Karstiras und dessen Feldzug zur Einung der Welt. Zu jener Zeit lag der gesamte Kontinent unter der Herrschaft von dunklen Mächten.

Doch der Lichtbringer schaffte es, die verbliebenen Könige Apygárdas zu einen und die Zwietracht zu schlichten. So gelang es ihm letzten Endes nach Zyklen des Kampfes und Durchhaltens immer mehr Verbündete um sich zu scharren und ein Land nach dem anderen wurde seine Besatzer los. Die Ral-Kadór spielten zu jener Zeit keine große Rolle, doch gab es auch schon damals ihren Mythos. Durch die hohe Sterblichkeitsrate der Säuglinge gelang ihnen bis dahin allerdings kein großer Machtzugewinn. Ganz im Gegensatz zu den Zórtaja, den Unterdrückern. Sie waren ein Maschinenvolk, dass durch ihre hohe Technologie den Untergang aller anderen Völker heraufbeschwor. Die Elfen, wie auch die Zwerge begingen den selben Fehler und erkannten die Gefahr zu spät. Dadurch wurden sie Opfer ihrer Überheblichkeit und Sturheit. Zwietracht breitete sich unter den Völkern aus. Einige Könige wollten im Ansehen der Zórtaja steigen und spielten sich gegeneinander aus. Ebenso verhielt es sich mit den Elfen und eine Spaltung des Volkes war unvermeidbar. Es war die Geburtsstunde der Dunkelelfen. Sie kehrten ihren Brüdern und ihrem Glauben den Rücken. Ein erbitterter Kampf entbrannte um Tigwién Sinath und das Land wurde durch mehre heftige magische und körperliche Schlagabtausche in zwei Teile gespalten, wodurch die Ežeras See, ein großes Binnenmeer, entstand. Die Dunkelelfen gründeten ihr eigenes Reich auf den Überresten der nördlichen Elfenzivilisation: Darkáv Inúsh. Doch irgendwann wurden sie den Zórtaja ein Dorn im Auge und sie versuchten ihre Zahl zu dezimieren. Die Zwerge zogen sich in ihre Gebirge zurück und vergruben sich tief im Gestein. Aramas Karstiras erkannte, was zu tun war und schürte die Flamme des Widerstands. Er vereinigte unter seiner Flagge die Menschen Apygárdas und überzeugte auch die stursten von seiner Sache. Schließlich gelang es seinem Heer die Zórtaja in zwei erschütternden Kriegen unter hohen Verlusten zu besiegen und die Welt zu einen. Die Zórtaja wurden dabei angeblich gänzlich ausgemerzt und jedes ihrer Artefakte, Schriften oder sonstige Errungenschaften vernichtet. Aramas Karstiras opferte sein ganzes Leben zum Wohle des Volkes, bis er schließlich als größter Herrscher der Geschichte Apygárdas in hohem Alter in Paradón starb.

Irgesto hoffte immer noch in den Schriften eine Lösung für ihr jetziges Problem zu finden. Er kannte die Geschichte auswendig und dennoch starrte er sie immer wieder an, als würde sich eine verborgene Lösung darin befinden. Die Ral-Kadór waren eine gänzlich andere Art von Feind und konnten nicht auf die selbe Arte wie die Zórtaja bekämpft werden. Auch begingen die Elfen und Zwerge nicht die selben Fehler wie einst und versuchten sich dem Wohle des gesamten Kontinents unterzuordnen. Das fiel ihnen gewiss nicht leicht, doch der König schätze die Einsicht, selbst wenn sie mehr als zweitausend Zyklen zu spät kam. Es hatte sich viel getan in den einzelnen Ländern und die Bande zwischen den verschiedenen Völkern waren gestärkt. Trotz allem genügte das nicht, wenn die Menschen es nicht schafften, ihre Zwietracht untereinander beizulegen. Zu viele Konflikte gab es in und zwischen den einzelnen Ländern. Die Zyklen hatten viele Veränderungen mit sich gebracht und besonders das Jánkásán Imperium, welches zur Zeit der Zórtajakriege noch nicht existierte, hatte einiges verändert. Daher schätzte Irgesto die Unterstützung der beiden verbündeten Völker umso mehr. Niemals hätte er geglaubt, sich jemals einer Invasion solchen Ausmaßes gegenüber zu sehen.

Wieder einmal hatte sich der Herrscher Paradóns in seinen Gedanken verloren und die Zeit vergessen. Erst das einfallende Sonnenlicht, welches ihn blendete, ließ ihn wieder aufsehen.

»Oh, die Zeit vergeht viel zu schnell. Ich sollte nun wirklich aufbrechen. Alte Freunde sollten nicht zu lange warten müssen.«

Der König stellte das Buch zurück an seinen Platz im Regal und ordnete die Unterlagen auf seinem Schreibtisch. Als er den Stuhl an den Tisch schob, fiel sein Blick auf den dunkelroten Teppich mit den goldenen Fransen am Boden. Deutlich sah man eine Laufspur rund um das Wappen Iscadars. *Viel zu oft wanderte ich bereits in Sorge um mein Volk im Kreis um unser Wappen.* Irgesto musste kurz auflachen. Es hatte schon etwas Mystisches wie er fand. Ein letzter Blick aus dem großen Fenster und der König verließ den Raum.

Es war gerade erst Vormittag, doch Irgesto fühlte sich, als wäre es später Abend. Wärmend schien die Sonne durch die Fenster des Flurs. Schon bald würde auch das der Vergangenheit angehören und der Winter seine Fänge ausstrecken. Umso wichtiger wurde es, rechtzeitig bereit zu sein. Der Feind durfte sich nicht zu früh stark genug für einen Angriff fühlen. Der König fühlte, wie er wieder ins Grübeln verfiel und versuchte die schlechten Gedanken abzustreifen.

Schließlich gelangte er zu einem der vielen Gästezimmer und klopfte behutsam an die Tür. Erst nach einer Aufforderung trat der König ein. Das Zimmer war gemütlich, aber nicht übermäßig prunkvoll eingerichtet. Es stand ein Tisch an der Wand, eine Waschecke war vorhanden und ein großes Himmelbett mit weichen Daunen schenkte den Gästen einen guten Schlaf. Einige Pflanzen gaben dem Raum Leben und Räucherwerk verfeinerte ihn mit einem wohligen Duft.

»Ah, da bist du ja. Ist es tatsächlich schon so spät?« Der Bewohner des Zimmers blickte den König aus dunklen Augen vom Schreibtisch aus an. Sein schwarzes Leinengewand wurde von einem orange-braunen Überwurf bis auf Brusthöhe bedeckt.

»Mein guter Freund Mithridál, zu lange hat diese Zeit gedauert.«

Der Mann erhob sich. Er überragte den König um mindestens eineinhalb Köpfe. Freundschaftlich umarmten sie sich und Mithridál forderte den Herrscher auf, sich zu setzen. Sein Gesicht wirkte freundlich und einladend. Der dichte Bart um seinen Mund schimmerte in einem dunklen Braunton, durchsetzt von grauen Strähnen.

»Als ich vor zehn Tagen auftauchte, konnte ich in vielen Gesichtern die abweisenden Blicke sehen, doch dein Blick ist wie zu unseren Kindertagen. Ich hatte schon Bedenken, dass auch dir das Vertrauen in mich genommen wurde.«

»Ich konnte nie glauben, was du getan haben sollst. Die Kunde von deiner Abtrünnigkeit schien mir doch sehr weit her geholt.«

»Und doch stimmt sie zum Teil. Aber sprechen wir jetzt nicht über meine Zeit in Carvás Cándth. Die letzten Tage brachten ohnehin schon genug Licht ins Dunkel. Ich versuche diese Zeit zu verdrängen.«

Ein bedauernder Ausdruck legte sich auf Mithridáls Züge. Der König merkte, wie die Vergangenheit seinen Freund belastete und lenkte das Thema auf etwas Gegenwärtiges.

»Ich hoffe die anderen Magier erscheinen auch bald. Dein unerwartetes Eintreffen hat die Zahl auf sechs erhöht. Von Meister Torgadol und Meister Maandús kamen bereits Meldungen, dass sie wohl auch bald eintreffen werden. Meisterin Lipjûda aus der Gebirgsstadt Kalnú Miéstas benötigt noch etwas mehr Zeit, da sie den weitesten Weg vor sich hat und die Stadt mit einer Krankheit kämpft, deren Gegenmittel kurz vor dem Durchbruch steht. Ich hoffe sie wird zeitnah eintreffen.

Von Meister Cémpionaûs und Meisterin Kîskîla fehlt bisher jede Spur. Die Boten begaben sich zu ihren letzten bekannten Aufenthaltsorten, doch dort wusste scheinbar niemand wohin sie sich in den letzten Zyklen begaben. Hoffentlich werden sie gefunden und überzeugt.«

»Hast du denn schon einen genauen Plan, wie man den Ral-Kadór entgegen treten kann?«

»Wir gehen davon aus, dass auch sie über Magier verfügen und wer weiß, wozu sie im Stande sind. Die Seelenmaschine im Haus von Meister Maandús könnte nur eine von vielen Teufeleien sein. Ich versuchte bereits Späher in den Wald von Amenáur zu schicken, doch keiner von ihnen kam je zurück. Wir sollten daher vom Schlimmsten ausgehen. Leider verfüge ich nicht über magisches Wissen und hoffte daher, dass unseren Magiern gemeinsam eine Idee käme.«

»Hoffen wir, dass sie mich nicht mit dem selben Misstrauen betrachten wie die Abgeordneten. Ich bin ganz deiner Meinung. Deine bisherigen Schilderungen lassen keine Zeitverschwendung zu.«

Irgesto lächelte seinem Freund dankend zu. Gerade jetzt war Zusammenhalt und Einigkeit wichtiger denn je.

»Wir werden zwar noch Zeit haben, da sie im Winter keinen derartigen Ausfall starten können, wie es ihnen im Frühjahr möglich ist, doch wird der Winter auch für uns nicht einfach. Es sind nur noch wenige Wochen bis der erste Schnee kommt. Die Schneestürme der Steppe können Segen und Fluch zugleich werden.«

»Und von den Zwergen ist immer noch keine Nachricht eingetroffen?«

»Nein, das Gremium der Könige beratschlagt wohl noch. Möge Pândrâs uns die Wartezeit erleichtern und Wamarkras seinen Nachkommen eine schnelle Antwort entlocken.«

Mithridál rückte sein Gewand zurecht und fuhr sich durch die mittellangen, braunen Haare. Sie wiesen bereits ebenfalls erste graue Strähnen auf, doch konnte man das Alter eines Magiers nie mit Gewissheit bestimmen. Die Magie veränderte ihre Körper und ließ sie so die Macht speichern. Doch schon seit vielen Zyklen kamen keine neuen Magier mehr nach. Die magischen Felder waren fast vollkommen verschwunden. Gelang es einem Zauberkundigen ein magisches Feld zu finden, so konnte er dessen Energie in sich aufnehmen. Die Anzahl war auf wenige Felder beschränkt und, je nach Magier, unterschiedlich. Junge Magier, Sekéji genannt, mussten sich sehr genau überlegen, welche Kräfte sie sich zu eigen machen wollten, da die Veränderung unumkehrbar war. Es gab seit Hunderten von Zyklen nur noch wenige Vorkommen auf ganz Apygárda. Diese Auswahl wurde durch jede Aufnahme noch kleiner, da die Felder sich nur an ein einziges Lebewesen mit magischer Fähigkeit banden. Ein normaler Mensch konnte mit solch einem Magiefeld nichts anfangen, es noch nicht einmal sehen, und Sekéji waren rar. Lange hatten die letzten Magier schon keine Schüler mehr gehabt. In einigen Ländern wurden sie sogar verfolgt und umgebracht, da die Bevölkerung in der Magie eine zu große Bedrohung sah. Diese Gründe schränkten die Anzahl der fähigen Magier auf ein Minimum ein.

»Nun denn, wie es scheint können wir im Moment nicht all zu viel ausrichten, außer zu warten«, meinte Mithridál und stopfte sich eine Pfeife. »Sobald die ersten Magier eintreffen, werde ich mich mit ihnen beratschlagen. Dann sehen wir weiter. Das Problem der Truppen ist dagegen schwerwiegender. Du sagtest die Kasernen im Osten seien nahezu vollständig gefüllt?«

»Ja, der Zulauf reißt nicht ab, doch leider wird das für den Feind ebenso Aufmerksamkeit erregen wie für die Bevölkerung. Niemand verlässt das Heer wegen eines scheinbar sinnlosen Krieges, um dann doch wieder grundlos zurück zu kehren. Der entscheidende Faktor unseres Plans ist Zeit und wenn die Tunnel der Zwerge nicht zur Verfügung stehen, könnte eine Welle von Angreifern ungebremst durch die Steppe ziehen. Die Elfen wehren die westlichen Lande ab, doch der Kern der Bevölkerung lebt tief im Landesinneren, nahe der großen Flüsse. Was brächte es uns die östlichen Städte zu halten, wenn die Hauptstadt, Mauradin und Furta Allégra fallen würden. Es wäre nur eine Frage der Zeit, bis auch der Rest des Landes unter das Joch des Bösen fiele. Nein, wir müssen den Angriff in seinem Ursprung abwehren und am Besten gleich ersticken.«

»Und was wäre, wenn du die Truppen im Winter in die Ausgangspostion verlagern würdest?«

»Das wäre mit sehr hohen Verlusten schon lange vor der Schlacht verbunden. Von der Versorgung ganz zu schweigen. Ein Heerlager mitten im Winter ist ausgeschlossen. Am Liebsten würde ich in den Wald von Amenáur einmarschieren und diese Ausgeburten Vencors vernichten, noch ehe sie gänzlich kampfbereit sind. Leider birgt der Wald viele Gefahren und sie wären uns weit überlegen. Die Reiterei wäre unbrauchbar und schweres Gerät nicht in die Nähe von Raskatan zu schaffen. Wir müssen auf die Zwerge vertrauen. Einen anderen Ausweg sehe ich derzeit nicht.«

»Du bringst mich da auf eine Idee. Doch ohne die anderen Magier werde ich nicht herausfinden können, ob es möglich ist.«

»Was für eine Idee?«

»Nur mit der Ruhe, mein lieber Irgesto. Noch wäre es zu früh, dir Hoffnung zu machen. Lass mich meine Theorie erst ausarbeiten und mit den anderen besprechen.«

»Na gut, auch wenn es mir schwer fällt. Dennoch, die Zwergentunnel wären das geeignete Mittel für eine relativ unbemerkte Positionierung der Truppen.«

Da klopfte es an der Tür zu Mithridáls Gemach und ein Bediensteter des Hofstaates in der grau-grünen Amtskleidung Iscadars trat auf ein Zeichen hin ein. Er verbeugte sich und grüßte die beiden gebührend.

»Hoheit, es ist eine Magierin eingetroffen. Sie sagte nicht ihren Namen, nur dass sie unverzüglich mit Euch sprechen wolle.«

»Sollte das Meisterin Lipjûda oder gar Meisterin Kîskîla sein? Das wäre sehr erfreulich.«

Der Herrscher entließ seinen Bediensteten und befahl die Magierin in den Ratssaal geleiten zu lassen. Er würde mit Mithridál sofort nachkommen.

Der Mann verbeugte sich erneut und machte sich daran die Order auszuführen.

»Was denkst du, wer von von beiden es ist?«, fragte Mithridál.

»Ich hoffe auf Kîskîla. Von Lipjûda wissen wir ja bereits, dass sie sich uns anschließen wird und ich bezweifle, dass sie die Forschungen am Heilmittel gegen die Krankheit in Kalnú Miéstas bereits abgeschlossen hat.«

»Dann müssen wir unseren Mittagstee wohl verschieben.« Mithridál lachte und öffnete die Türe. »Nach Euch, Hoheit.« Der Meister zwinkerte seinem Freund zu.

»Immer noch der selbe Scherzbold wie früher.« Der König zwirbelte an seinem Schnauzbart und ging gespannt in den Ratssaal.

Sie wanderten durch die Gänge des Palastes. Die Sonne stand im Zenit und spendete warme Strahlen. Kaum zu glauben, dass sich dies in einigen Wochen schlagartig ändern sollte.

Vor der Pândrâsstatue vor dem Ratssaal hielt der König kurz an. *Pândrâs lass es gute Nachrichten sein.* Er deutete eine Verbeugung vor seinem Gott an, dann stieß er die Türflügel, neben welchen zwei Wachen standen, auf.

Es blickte ihn eine Frau an, die er noch nie zuvor gesehen hatte. Die Wachen positionierten sich links und rechts der Tür. Man wollte kein unnötiges Risiko eingehen.

Eine helle Narbe zierte ihre Wange und ihre schwarzen, langen Haare trug sie offen, so dass sie auf ihr einstmals prächtiges Gewand fielen. Ihre Kleidung wies Spuren von langer Nutzung auf, doch hatte sie noch nicht alles von ihrer Erhabenheit eingebüßt. An einem Gürtel um ihre Taille hing ein kleines Zepter und ihren Hals zierte ein Medaillon mit einer Rune, die der König noch nie zuvor gesehen hatte.

»Seid gegrüßt, König Irgesto Hervaresta II«, sprach sie mit einem sehr eigenwillig klingenden Akzent. »Ich komme von weit her, um Euch meine Hilfe anzubieten.«

Verdutzt blickte der König die Frau an, sah zu Mithridál, der ebenfalls sichtlich erstaunt war und dann wieder zurück zu ihr.

»Mein Name ist Jaliá und ich komme aus einem weit entfernten Land namens Exantin.«

»Exantin?«, fragte der König ungläubig. »Ich dachte, dieses Land sei nur ein Mythos.«

Irgesto konnte sich wage daran erinnern, einmal etwas über Exantin gelesen zu haben, doch hätte er nie gedacht, dass es das Land, in welchem angeblich Echsenmenschen lebten, tatsächlich gab. Die Informationen über die fernen Ländern waren nicht sehr ergiebig. Die meisten Gebiete östlich von Karamenién und Mojitula kannte in Paradón kaum jemand.

»Ich verstehe Eure Verwunderung, doch seid gewiss, ich bin in friedlicher Absicht hier.«

»Aber wieso?« Der König konnte seine Verwunderung nicht verbergen.

Mithridál überwand als erster sein Erstauen und raunte dem König etwas ins Ohr.

»Oh, aber natürlich, natürlich. Verzeiht, werte Jaliá. Wo bleiben meine Manieren. Wie Ihr bereits erkannt habt, bin ich König Irgesto Hervaresta II und mein Begleiter ist Meister Mithridál, ein Magier wie Ihr. Ihr seid bestimmt weit gereist. Wir sollten in einen kleineren Besprechungsraum gehen. Ihr habt sicher Hunger und Durst?«

»Habt Dank, Hoheit. Ich könnte wahrlich etwas zu Trinken gebrauchen. Meinen fünf Begleitern wird es nicht anders gehen.«

»So lasst sie doch zu uns rufen. Ich bin gespannt auf Euren Bericht.« Der König gab einer der Wachen den Befehl einen Bediensteten loszuschicken, die Gefolgschaft der Magierin zu holen, sowie zehn weitere Wachleute. Zwar unterstellte er Jaliá keine bösen Absichten, aber man konnte nicht vorsichtig genug sein.

Schon nach kurzer Zeit befanden sich alle in einem kleineren Raum um einen runden Tisch versammelt. Die Wachen standen in einigem Abstand an den Wänden. Der Tisch war mit Speisen gedeckt und drei Karaffen Lîrîmsaft standen bereit um getrunken zu werden.

»Verzeiht das Aufgebot, doch werdet Ihr sicherlich verstehen, dass ich in diesen Zeiten kein Risiko eingehen darf.«

»Das verstehe ich durchaus. Ich würde mich ebenso verhalten.«

Jaliás Begleiter waren gewöhnliche Menschen, die vermutlich ihre Diener, Söldner oder womöglich zum Teil sogar ihre Sekéji waren. In Paradón hatte kein Magier einen Schüler, dazu reichten die Magievorkommen nicht aus, doch wie es um die fernen Länder bestellt war, wusste Irgesto nicht zu sagen. *Gibt es in Exantin etwa mehr magische Felder?*

»Nun denn, so erzählt, was Euch in unser Land verschlägt«, forderte Irgesto seinen neuen Gast auf das Gespräch zu beginnen.

»Wie ich bereits erwähnte, kommen meine Begleiter und ich aus Exantin. Wir sind viele Zyklen gereist und lebten bereits geraume Zeit versteckt vor der Außenwelt inmitten der Steppe Eures Landes.«

»Weshalb habt Ihr Euch auf eine solche Reise begeben?« Der König fand das durchaus verwunderlich, da die Gefahr für das Land unmöglich der Grund für das Erscheinen der Magierin sein konnte.

»Exantin ist zugrunde gegangen. Wir sind geflohen, um einen Weg zur Rettung des Landes zu finden.«

»Wie kam es dazu? Ist es wahr, dass Exantin die Heimat von Echsenmenschen sein soll?«

»Es ist das Land der Eantî. Sie lebten seit Anbeginn ihrer Existenz dort. Niemals trachteten sie nach Eroberung oder Macht über andere Völker. Dies wurde letztlich ihr Verhängnis. Ein Volk von Kriegern durchwanderte weite Ebenen und die weiten Gebirge, die Apygárda vom Rest der östlichen Welt trennen und verwüstete ganze Landstriche. Die Eantî waren nicht gewappnet. Viele von ihnen starben und die Überlebenden zogen sich tief in die weitläufigen Höhlensysteme zurück. Einst war ich Mitglied dieses Kriegervolks, doch die Kultur und Lebensweise der Eantî faszinierte mich und lehrte mich, einen anderen Weg zu gehen. Ich nutzte meine Magie zum Schutz von Exantin, doch musste ich bald einsehen, dass das Land so nicht zu retten war. Ich floh mit einigen Tapferen nach Westen, um an einem Weg zu forschen, Exantin zu retten. Die Forschung trieb uns über den Ozean bis nach Paradón. Vor nicht all zu langer Zeit trafen dann dieser junge Mann und eine Elfin bei uns ein und erzählten von den Vorgängen in Eurem Land. Zunächst weigerte ich mich zu helfen, doch meine Freunde konnten mich davon überzeugen doch hierher zu kommen, um Euch unsere Hilfe anzubieten.«

»Gibt es denn einen Beweis für Eure Behauptungen?«, warf Mithridál ein. Sein Blick war starr auf Jaliá gerichtet. »Versteht mich nicht falsch, doch könntet Ihr auch eine Spionin des Feindes sein.«

»Da muss ich Mithridál beipflichten. Habt Ihr einen Beweis für Eure Herkunft?« Der König sah sie gespannt an.

»Versprecht, dass Eure Wachen nicht eingreifen werden.«

Eine Zusicherung des Königs abwartend, formten Jaliás Hände Runen in der Luft. Ein lila Leuchten setzte ein und legte sich auf ihre fünf Begleiter. Völlig in lila Flimmern gehüllt stand einer nach dem anderen auf und trat hinter seinen Stuhl. Das Leuchten wurde intensiver und die Wachen zogen ihre Waffen. Irgesto deutete ihnen Ruhe zu bewahren. Schließlich wurde das Leuchten so intensiv, dass sie ihre Augen abwenden mussten. So plötzlich wie es begann, erlosch das Licht wieder und statt den fünf Menschen standen nun grobschlächtige, schuppige Wesen vor ihnen. Jeder trug eine individuelle Rüstung und eine ebenso einzigartige Waffe. Zwei der fünf Köpfe zierte ein schuppiger Kamm mit dicken Spitzen. Die Füße waren in keine Schuhe gehüllt und bestanden aus vier, spitzen Krallen von denen jeweils eine aus der Ferse ragte. Die Hände hatten ebenso nur vier Finger und wirkten gewaltig. Die Größe der Wesen war stark angewachsen und so überragten sie einen durchschnittlich großen Menschen um mindestens eine Kopfhöhe. Muskelbepackte Körper zeichneten sich unter den kunstvoll gravierten Harnischen ab und ihre Augen blickten konzentriert in die Runde.

»Das hier, Eure Hoheit, sind die fünf tapfersten Eantî, die ich kenne. Sie entwickelten ihre eigene Kampfkunst, um für ihr Land eintreten zu können.«

Gespaltene Zungen kamen zum Vorschein und die Eantî fingen stolz an zu grinsen.

Die Wachen waren wie perplex und auch der König und Mithridál wussten keine Worte zu finden. Nach einer kurzen Weile der Stille fuhr Jaliá in ihrer Erzählung fort.

»Das sind Slyness, Rexic, Zäglys, Zudykâs und Vadovas, ihr Anführer. Jeder von ihnen ist auf seinem Gebiet ein Meister.«

»Ich weiß wahrlich nicht was ich sagen soll.« Irgesto gewann langsam seine Fassung wieder.

»Wahrhaftige Echsenmenschen!«

»Wir bevorzugen Eantî, Hoheit«, verbesserte Vadovas den Herrscher mit ruhiger Stimme. Er trug die aufwändigste Rüstung der fünf. Sein Haupt war ohne Zacken und den oberen Teil seiner Schnauze zierte eine tiefe Narbe. Seine spitzen Zähne konnten, wie auch die der anderen, mühelos eine Kehle durchbeißen. Das etwas längliche Maul war ebenfalls von einigen Narben gezeichnet. Auf dem Rücken trug er ein monströses, leicht schartiges Schwert, dessen Heft von metallenen Stacheln umgeben war.

»Eantî, ja natürlich!« Nun war Irgesto wieder völlig Herr seiner Sinne. Auch die Wachen entspannten sich ein klein wenig, da die Eantî, wie auch Jaliá, keine Anzeichen von Bedrohung aussandten.

»Was sind das denn für Fähigkeiten, von denen Ihr spracht?« Jetzt war die königliche Neugier geweckt. Mithridál hingegen verfolgte das Geschehen abwartend, behielt sich aber die Möglichkeit für einen schnellen Schutzzauber vor.

Jaliá nickte Vadovas zu, damit dieser die Antwort selbst übernahm.

»Es sind eher praktische Fähigkeiten, würde ich sagen. Slyness ist ein Meister des Ränkespiels und schafft es auch den schwierigsten Handel lohnenswert abzuschließen. Zäglys ist ein Meisterdieb und sein Bruder Zudykâs der beste Eantî, wenn es ums Verschwinden lassen geht, sei es ihn selbst oder andere Personen. Rexic ist unser Wissenschaftler und steht Jaliá tatkräftig zur Seite.«

»Und Vadovas hat uns bisher noch immer aus jeder brenzligen Situation dank eines Plans retten können«, fügte der kleinste von ihnen, Zäglys, stolz hinzu. Wie zur Bekräftigung stellte sich sein Zackenkamm auf dem Kopf auf.

»Ihr seid also eine Bande von Verbrechern«, fasste Mithridál ungefragt das Gehörte zusammen.

»Mithridál! Es mag sich vielleicht so anhören, doch sie haben sicher ihre Gründe dafür. Wenn sie uns ihre Hilfe anbieten, werden wir sie in unserer Lage bestimmt nicht einfach so ausschlagen!«

»Verzeiht.« Der Magier verbeugte sich leicht.

Zu den Eantî gewandt fuhr Irgesto fort: »Weshalb habt ihr solch einen Weg eingeschlagen?«

»Die Umstände zwangen uns dazu. Einst waren wir friedvolle Handwerker, aber der Krieg in Exantin hat uns dazu gezwungen diejenigen zu werden, die wir heute sind. Könnten wir unser altes Leben wieder haben, wir würden unser jetziges mit Freuden dafür eintauschen«, erklärte Vadovas ihre fragwürdigen Fähigkeiten.

»Habt Dank für Eure Ehrlichkeit. Ein Krieg verändert vieles. Ich hoffe Paradón bleibt dieses Schicksal erspart. Wir werden Eure Hilfe gerne annehmen, doch zuvor lasst uns speisen und mehr über Euch erfahren.«

Mit Blick auf Jaliá fügte Mithridál hinzu: »Ihr seid also eine Illusionsmagiern?«

Während die Frau zu einer Antwort anhob, setzten sich die Eantî wieder auf ihre Plätze. Ihre Waffen übergaben sie den anwesenden Wachen als Zeichen des Friedens.

»Mein Spezialgebiet sind Illusionszauber, sowie einige Heilzauber. Überwiegend betrachte ich mich aber als Wissenschaftlerin. Mit Magie allein lässt sich Exantin nicht mehr retten. Was mich zu der Frage führt: Wie viele Magier stehen Euch zur Verfügung?«

Mithridál übernahm die Antwort, da der König gerade aus seinem Pokal trank. Es mochte anmaßend wirken, doch der König ließ es ihm dennoch mit einem strengen Blick durchgehen. Er schilderte knapp die Verhältnisse und erwähnte seine Theorie. Jaliá sicherte ihm ihre Mitarbeit zu, während sich die formale Stimmung etwas auflockerte. Die Eantî schienen es nicht gewohnt zu sein derart langatmige Gespräche zu führen und so begannen sie sich den Köstlichkeiten hinzugeben.

Irgesto Hervaresta II folgte gebannt den Erzählungen und musste dabei an Aurelian denken. *Wie es meinem guten Vertrauten und altem Freund wohl geht? Ich hoffe er kommt sicher bei den Obiden an. Die momentanen Ereignisse hier im Palast würden ihm sicher gefallen.* Er musste grinsen als er daran dachte, dass Aurelian ihn jetzt bestimmt maßregeln würde, da er vom Gespräch abdriftete. An seinem Bart zwirbelnd beteiligte er sich wieder an der Unterredung. Diese mündete nach Beendigung des Mahls darin, dass Jaliá und Mithridál sich an die Vorarbeit machten, um den anderen Magiern womöglich schon erste Vorschläge und Ideen unterbreiten zu können. Der König löste die Versammlung auf. Den Eantî wurden ihre Unterkünfte gezeigt, was zu vielen verängstigten und irritierten Blicken seitens der Bediensteten führte. Da der Herrscher, ein Magier und eine Reihe Wachen die Gruppe allerdings begleiteten, wurden keinen Fragen gestellt.

Nachdem Irgesto alleine war, beschloss er, sich in die hängenden Gärten zu begeben. Sein Geist brauchte eine Verschnaufpause und dafür war die Blütenpracht des Palastes schon immer das geeignetste Mittel für ihn.

Eine metallene Lanze reckte sich über dem gelben Umhang in den Himmel. Die silberne Spitze glänzte im Sonnenlicht, das sich seinen Weg durch die Wolkendecke bahnte. Hell reflektierte sie die Strahlen, während innerhalb der Häuserschluchten rund um die Arena tiefste Dunkelheit herrschte.

Ein Windstoß brachte die kleinen Glöckchen an der rotgelb kartierten Schellenkappe zum Klingeln. Ein suchender Blick schweifte über Syrtax. Dann sprang die Gestalt die Fassaden hinab in die Dunkelheit.

Menschenströme liefen aus der Schwärze in Richtung Stadtrand. Panik hatte sich unter der Bevölkerung breit gemacht. Die Menge an Menschen und die Dunkelheit führten dazu, dass nicht wenige mit teils schwereren Verletzungen zu kämpfen hatten, da sie entweder überrannt oder gegen Hindernisse gedrängt wurden.

Norgal und Aurelian suchten sich einen Weg zur Waffenabgabe. Immer wieder mussten sie Menschen ausweichen die ziellos umherirrten. Norgals Feuerauge gab ihm die Möglichkeit trotz der starken Finsternis einen Weg zu finden. Aurelian führte er dabei an der Hand mit sich. *Was ist das nur für eine Dunkelheit?* Dicken Fäden gleich, zog sie ihre Schlieren um die Menschen und Bauten. Angsterfüllte Schreie drangen immer wieder an die Ohren der beiden Reisenden.

»So hatte ich mir die Gladia Nostra nicht vorgestellt«, sagte Aurelian bitter in Norgals Rücken. »Was ist das für eine Schwärze die uns umgibt? Das Gehen und Atmen fällt mir schwer!«

»Versuch meine Hand nicht los zu lassen. Wenn wir mein Schwert haben, werden wir einen Weg aus der Finsternis suchen und uns einen Überblick über die Lage verschaffen. Das hier ist mit Sicherheit ein Angriff der Ral-Kadór.«

»Wie kann das sein. Für solch einen Akt müssen ungeheure Fähigkeiten im Spiel sein.«

Norgal stimmte dem Vertrauten des Königs zu. Noch hatte er allerdings keine Erklärung für das Geschehen.

Wie durch einen Nebel sah er den Eingang, durch den sie die Arena betreten hatten. Schnell begaben sie sich in das Wachhaus und durchsuchten die abgegebenen Waffen. Das Flammenschwert leuchtete schwach in der Dunkelheit. Die Ausgabe war durch den Tumult unbesetzt, was ihnen half, sich frei zu bedienen. Norgal hängte sich seine Klinge über den braunen Schnallenmantel und reichte Aurelian ein scharfes Kurzschwert. Danach machten sie sich sofort daran die Dunkelheit Richtung Süden zu verlassen. Die Orientierung fiel Norgal selbst mit seinen Fähigkeiten schwer, doch sie hatten Glück und den Ausgang bald gefunden. Das ganze Gebiet um die Arena lag in tiefster Schwärze. Wie ein Schatten waberte sie um die Häuser, den Marktplatz und die Kampfstätte. Immer wieder griffen dunkle Schlieren aus der Masse heraus, als wollten sie ihre Macht ausdehnen.

»Was ist das?« Aurelian war fassungslos. Noch immer strömten panische Menschen aus der Dunkelheit.

Norgal versuchte die Ursache auszumachen, doch drang seine Sicht nicht besonders tief vor. Die Stadtwachen waren bereits um die Finsternis herum in Stellung gegangen. Es wagte sich allerdings keiner näher heran, geschweige denn in die Dunkelheit einzutreten. Es hätte ohnehin nicht viel gebracht. Hier war eindeutig etwas Übernatürliches im Gange. Die Haltung der Wachen zeigte, dass sie durchaus mit einem Angriff rechneten und sie wichen keinen Schritt zurück. Mit zitternder Hand, starrem Blick und Schweiß auf der Stirn harrte jeder auf seiner Position aus.

»Wir müssen den Kommandanten der Stadtwache finden. Vielleicht können wir helfen«, brachte Aurelian eine Idee vor.

»Ja, womöglich bin ich der Einzige, der zumindest ein wenig in dieser Dunkelheit erkennen kann.«

Norgal zeigte in westliche Richtung, wo ein großer Pulk an Wachen versammelt stand und sie machten sich sogleich auf den Weg. Sie mussten durch einige Schaulustige hindurch, die sich scheinbar durch die Anwesenheit der Wachen sicher fühlten. Als sie den Platz erreichten befanden sich neben dem Kommandanten auch einige Adlige, sowie der Statthalter. Heftig redete das Oberhaupt Syrtax' auf den Soldaten ein und fuchtelte dabei wild mit den Armen umher.

»Halvor, Ihr müsst etwas unternehmen! Was ist das für eine Dunkelheit? Die Menschen sind in Panik und die Gladia Nostra werden unterbrochen! Das ist untragbar!«

»Was verlangt Ihr von mir, dass ich tue? Wir können in der Dunkelheit ebenso wenig erkennen wie alle anderen!«

Aurelian verstand auf den ersten Blick, dass der Statthalter die Lage vollkommen verkannte. Er war einer jener Politiker, die sich niemals selbst die Finger schmutzig machen würden und stattdessen andere durch ihre Engstirnigkeit in eine brenzlige Lage bringen konnten. So sah Aurelian sich gezwungen einzuschreiten.

»Euer Kommandant hat recht, es ist nicht ratsam die Wachen in die Finsternis zu schicken«, wandte er sich an den Statthalter. »Seid Ihr das Oberhaupt der Stadt?«

Verdutzt blickte der Mann zu den beiden hinüber. »Was geht Euch das an? Kümmert Euch um Eure Angelegenheiten, wir haben hier alles unter Kontrolle!«

»Das sehe ich etwas anders. Noch weiß niemand, was das für eine Erscheinung ist. Ich bin Aurelian Sâlink, oberster Vertrauter von König Irgesto Hervaresta II.« Zur Bestätigung zeigte er den Siegelring vor. »Mein geschätzter Begleiter ist Norgal Vard. Er ist vielleicht der Einzige, der diese Dunkelheit durchdringen kann.«

Getuschel setzte ein und ein paar Finger zeigten unauffällig auf Norgals Flammenauge.

»Verzeiht, Herr. Ich wusste nicht, wer Ihr seid«, gab der Statthalter kleinlaut von sich. »Mein Name ist Perisko Glauth. Ich vertrete unseren Fürsten Sequigâs Raudonas, während er sich in der Hauptstadt aufhält. Es geht momentan drunter und drüber mit den Gladia Nostra und jetzt diese Anomalie. Verzeiht mein erhitztes Gemüt. Über Eure Hilfe wäre ich wahrlich sehr dankbar, Meister Aurelian.«

»Das ist ein Wort.« Der Vertraute lächelte versöhnlich. »Hat jemand etwas beobachten können?«

Perisko schilderte, was von einigen Personen berichtet wurde.

»Eine schwarze Gestalt soll sich auf den Rändern der Arena bewegt haben und zog die Dunkelheit hinter sich her wie ein wehendes Gewand. Das ist alles was wir an Informationen haben.«

Norgal und Aurelian sahen sich an. Ihre Augen sprachen aus was sie dachten.

»Wo ist das Wesen jetzt?«, fragte Norgal nach.

»Es muss sich noch innerhalb er Arena befinden. Wir haben das gesamte Gebiet innerhalb kürzester Zeit umstellt. Wenn es sich nicht unter die Flüchtenden gemischt hat, muss das Wesen noch da drin sein«, gab Halvor Auskunft.

»Woher wollt ihr wissen, dass es nicht mit den Flüchtenden heraus kam und uns jetzt in den Rücken fallen wird, oder wer weiß was in der Stadt anstellt?« Aurelian war sehr besorgt. Es bildeten sich Falten auf seiner Stirn und er dachte angestrengt nach.

»Wir müssen die gesamte Stadt durchsuchen und die Menschen in Sicherheit bringen. Keiner darf sein Haus verlassen! So etwas kann kein Mensch veranstaltet haben, es sei denn, es wäre ein Magier. Doch daran glaube ich nicht. Es wäre eine Verschwendung von Ressourcen.«

»Wovon redet Ihr?« Perisko verstand nicht ganz.

»Ich gehe jetzt rein. Wir brauchen Gewissheit! Wenn sich einer der Feinde darin befindet, dann werde ich ihn finden und zur Strecke bringen.« Norgal beachtete den Statthalter nicht weiter und machte den ersten Schritt vorwärts. Aurelian wollte Norgal noch aufhalten, dessen Blick verriet allerdings, dass er sich nicht von ihm abhalten lassen würde und blieb ihm nichts anderes übrig, als Norgal den Segen Pândrâs mit auf den Weg zu geben.

»Seid vorsichtig!«, sagte Aurelian zu ihm. »Kommandant Halvor, schickt so viele Wachen wie möglich durch die Straßen und sucht nach allem was auffällig sein könnte. Sorgt dafür, dass sich kein Bürger auf den Straßen zeigt!«

Der Soldat salutierte und trat weg.

Da löste sich einige Schritte über den Köpfen der Anwesenden ein Schatten aus der Dunkelheit. Im Fall veränderte er seine Gestalt und nahm etwas menschliches an.

»Vorsicht!« rief Aurelian aufgeregt.

Norgal reagierte blitzschnell, riss die Arme hoch und ließ sich nach hinten fallen. Dadurch prallte der Angreifer ab und wurde unter die Adligen geschleudert. Halvor und einige umstehende Wachen zogen sofort ihre Schwerter und gingen zum Angriff über. Doch das Wesen richtete innerhalb von wenigen Herzschlägen ein Blutbad unter den Adligen an. Aus seinen

Händen wurden lange, spitze Klingen, die einen Adligen nach dem anderen aufschlitzten. Norgal hatte sich sofort wieder aufgerichtet und sein Schwert gezogen, doch ehe er und die Wachen das Wesen erreicht hatten, waren bereits fünf Adlige gestorben. Der Rest rannte in Panik in allen Richtungen davon. Dann sprang das Wesen einige Schritte in die Höhe und verschmolz wieder mit den Schatten, die es griffen und nach innen zogen.

Sofort machte Norgal kehrt und rannte in die Dunkelheit, welche sich wie ein hungriges Maul um ihn schloss.

Aurelian blickte fassungslos auf die Toten. Für ihn ging es alles zu schnell und hätte er sich etwas näher an den Adligen befunden, hätte der Tod ihn genauso ereilen können.

»Es ist noch hier! Stellt alle Wachen, bis auf die Notbesatzungen der Tore, um die Dunkelheit auf. Dieses Wesen darf nicht entkommen, was auch immer es ist!«

Deutlich war das Entsetzen auch auf den Gesichtern des Kommandanten und seiner Wachen zu sehen. Perisko trat aus einer Nische hervor. Das Blut lief ihm in Strömen am Körper hinab. Zitternd sah er in die Schwärze und brachte kein Wort hervor. Keuchend übergab er sich auf die Straße. Aurelian eilte zu ihm um ihn zu stützen. Bis auf ein paar Kratzer war es nicht Periskos Blut, was an ihm haftete.

»Was ist das für ein Teufelswerk?«, ächzte er.

Norgal drang immer tiefer in die Arena vor. Seine Sicht reichte zwar nur einige Schritt weit, doch konnte er ohnehin nicht schneller vorwärts gelangen, da der Weg mit etlichen Toten gepflastert war. Die Dunkelheit hatte alle getötet, die es nicht rechtzeitig schafften aus ihr hinaus zu gelangen.

Ich werde dich finden und zur Strecke bringen!

Sein Schwert glühte und spendete zusätzlich etwas Licht, doch schien es, als wolle die Finsternis das Leuchten ersticken. Immer wieder griffen Schlieren nach dem Schwert um dann in Bruchteilen eines Herzschlages wieder zurück zu zucken. Deutlich spürte Norgal die Präsenz von Magie. In diesem Moment wünschte er, er hätte die Phiole der Verbannung nicht an Garvis überreicht. Sie wäre ihm bestimmt nützlich gewesen. Das Amulett des Herrn der Winde würde vermutlich mehr Schaden anrichten, als das es ihm in dieser Lage helfen könnte. Selbst wenn es die Winde vermochten die Finsternis zu zerschlagen, wäre doch ein großer Teil der Stadt in Schutt und Asche gelegt und eventuelle Überlebende, so wie viele Wachen mit hoher Wahrscheinlichkeit im Anschluss tot. Nicht einmal das blaue Leuchten des Amuletts konnte der Dunkelheit trotzen, da diese, wie das Amulett selbst, aus Magie zu bestehen schien. Damit war die einzige Hilfe sein Flammenauge.

Norgal ging den Weg zu den Tribünen nach oben. Er wusste nicht, wie er den Feind finden sollte, aber er war sich sicher, dass er von sich aus wieder angreifen würde. Umso tiefer er zum Zentrum der Arena kam, desto lichter wurde die Dunkelheit. Von seiner jetzigen Position aus konnte er dank seines Auges den Kampfplatz und die ersten Reihen der Sitzplätze relativ gut erkennen. Zwei große Gestalten lagen im Staub der Arena und rührten sich nicht. Ognak und Xorgnar hatten ihren Kampf beendet. Der Troll lag in einer Pfütze aus sehr dunklem Blut. Ein klaffender Schnitt tat sich an seinem Hals auf. Dieser konnte unmöglich von Xorgnars Waffe stammen.

Norgal suchte die Umgebung ab. Er sah nach oben und im Kreis um sich herum, er konnte aber nichts ausmachen. Durch die besseren Sichtverhältnisse beschloss er nach unten in den Kampfplatz zu gehen und den Feind zu provozieren. Womöglich hatte er so einen Erfolg. Gekonnt sprang er über die Brüstung. Sein Mantel wehte und die Schnallen klingelten leicht. In die Knie gehend, um sich abzufedern, landete Norgal im Staub, der in kleinen Wölkchen um seine beschlagenen Stiefel nach oben wirbelte. Das Flammenschwert leicht seitlich nach hinten gerichtet, um jeden Moment effektiv zuschlagen zu können, sah er sich nochmals um. War da nicht ein Zucken um die linke Hand des Schneeriesen? Langsam pirschte Norgal sich näher, obwohl er sich bewusst war, dass es keinen Sinn machte möglichst unauffällig zu bleiben.

Als Xorgnar die sich nähernden Schritte vernahm, drehte er seinen weiß behaarten Schädel in Norgals Richtung.

»Hast du gesehen was den Angriff verursacht hat?«, fragte Norgal den schwer verwundeten Riesen.

»Svart derk sortej râîs av immanivention….«, kam die tiefe, stöhnende Antwort in der Sprache der Schneeriesen.

»Ich verstehe deine Worte nicht.«

»…die schwarze Brut der Schatten«, antwortete Xorgnar nun gebrochen in der Gemeinsprache Apygárdas.

»Die schwarze Brut der Schatten?«

Doch Xorgnars Lebenslicht war erloschen. Mit gebrochenem Blick starrte er auf Norgal.

»Die schwarze Brut. Das kann nicht sein. Wir hatten ihn doch besiegt. Konnte er den Angriff mit dem Feuerpfeil tatsächlich überlebt haben?«

»Er hat es überlebt!«, sagte eine zischende Stimme hinter ihm.

Reflexartig duckte sich Norgal weg und entging der dunklen Klinge, welche ihn sonst auf Halshöhe enthauptet hätte.

Es war wie Norgal dachte. Der Slúka war zurückgekehrt. Doch er war mächtiger geworden. *Wie ist das nur möglich?*

Norgals Schwert hieb nach dem Feind. Dieser sprang zurück und verschwand wieder in den Schatten.

»Zeige dich du elender Feigling!«

»Er ist hier und überall«, kam es listig aus der Dunkelheit.

»Wie hast du es geschafft derart stark zu werden?«

»Er war dem Tode nahe, doch Meister Zylúx gab ihm ein Heilmittel. Es wirkte anders als erwartet.«

Verflucht, noch mehr Magie. Ich muss dieses Wesen vernichten. Ein für alle Mal!

Norgal dachte an die vielen Toten in und um die Arena und er merkte, wie die Wut ihn packte. Sein Blick wurde trübe und fokussierte sich tunnelartig auf sein Gegenüber. Es war wie damals im Wald von Amenáur. Es erinnerte ihn zu sehr an die Geschehnisse seiner Vergangenheit. Für gewöhnlich hatte er es zumeist unter Kontrolle doch dieses Mal war er gewillt dem Rausch nach Blut nachzugeben. Er wollte den Slúka unter allen Umständen bezwingen.

Breitbeinig stemmte er die Füße gegen den Boden und sammelte seine Kraft. Er konzentrierte sich auf seine inneren Energien, wodurch der Staub um seine Beine zu wirbeln begann. Bald stand er kniehoch in wehendem Staub. Die leichte magische Begabung ermöglichte eine solche Energiekonzentration, obwohl Norgal nie mit einem Magiefeld in Berührung kam.

Sein Kopf war auf die Brust gesenkt. Als er die nötige Energiekonzentration erlangte, gab er seiner Wut nach. Der Kopf zuckte nach oben und das Flammenauge loderte hell auf.

»Zeig dich!«, schrie er mit sich überschlagender Stimme in die Finsternis. In einem Grau in Grau, in welchem außer ihm niemand etwas erkannte hätte, rannte er vorwärts. Dank seiner Konzentration machte er die leichten Bewegungen des Feindes in den Schatten aus und hielt auf ihn zu.

Als der Slúka sich dessen gewahr wurde, löste er sich aus der Dunkelheit und stürzte sich auf den Gegner. Ein wildes

Gefecht entbrannte. Die Arme des Slúkas wurden zu Klingen, doch Norgals Flammenschwert parierte Schlag um Schlag, um auch seinerseits dem Feind stark zuzusetzen.

»Er wird ihn niemals besiegen!« Der Slúka lachte.

Norgal hieb aus einer Drehung auf die schwarzen Beine, doch der Feind schaffte es mit einem Sprung über die Klinge zu entkommen. Sofort stieß eine der Waffen des Slúkas vor, die wiederum an dem Flammenschwert abglitt. Der Kampf hatte eine enorme Schnelligkeit, einem Meisterschaftskampf der Gladia Nostra würdig. Das Schlagen und Stechen ging weiter, ohne dass einer der beiden Kontrahenten die Oberhand gewinnen konnte und so beschloss Norgal etwas zu tun, was er nahezu nie tat: Er legte seinen Mantel ab. Gewieft hatte er sich etwas Raum verschafft, um das lange, braune Kleidungsstück mit den vielen Schnallen abzustreifen. Mit der linken Hand packte er den Mantel und schleuderte ihn seitlich von sich. Mit einem dumpfen Aufprall landete er am Boden. Die tiefschwarzen Augen des Slúka richteten sich auf das Kleidungsstück, dann zeichneten sich die Umrisse eines Lächelns aus schwarzen Zähnen auf dem Gesicht.

Der Slúka nahm an, dass Norgal die Kondition ausging und das ließ ihn siegessicher werden. Doch da hatte er sich getäuscht. Norgal rannte mit ungeahnter Schnelligkeit auf den Feind zu und deckte ihn mit einer Reihe von Schlägen ein, die der Slúka nur mühsam abwehren konnte. Verbissen versuchte er dem Flammenschwert nicht zum Opfer zu fallen. Keuchend sprang das Wesen auf Abstand.

»Damit hast du wohl nicht gerechnet, Abschaum! Bald bist du nichts weiter als Staub, eine unbedeutende Fußnote in der Geschichte Apygárdas!« Norgal lachte lauthals und breite die Arme herausfordernd aus. Die Provokation traf und der Slúka griff seinerseits wieder an. Trotz Norgals neuer Schnelligkeit gelang es dem Wesen sein Wams aufzuschlitzen. Mit jeder neuerlichen Bewegung, die Norgal tat, riss das Gewand mehr ein, bis es schließlich von ihm abfiel und er mit nacktem Oberkörper, das Medaillon des Herrn der Winde um den Hals, vor dem Feind stand. Noch immer waren sich beide Gegner nahezu ebenbürtig. Norgal hatte zwar einen Vorteil erlangt, doch für den Sieg reichte das noch nicht.

Schnell kappte er die Schnürsenkel seiner Stiefel und schleuderte einen nach dem anderen von sich. Mit metallischem Klirren gingen sie zu Boden.

»Bringen wir es zu Ende!«

Norgal umgriff das Amulett des Herrn der Winde und sprach konzentriert die Worte: »Enérgijos vĕju exkárna lumina!«

Es begann stark und grell zu leuchten. Für einen kurzen Augenblick musste sich der Slúka von der Helligkeit abwenden, ehe sie von den Schatten verschlungen wurde. Diesen Moment nutzte Norgal, um dem Wesen das Flammenschwert durch die Eingeweide zu treiben.

Mit einem derart rasanten Tempo seitens Norgals hatte der Slúka nicht gerechnet. Innerhalb weniger Herzschläge hatte der Kämpfer die Distanz überbrückt.

Schwarze Dunkelheit lief an dem Flammenschwert entlang. Mit verdutztem Blick sah der Verwundete auf die Waffe. Nach und nach löste sich die Finsternis auf. Es war dem Slúka aufgrund seiner Verwundung nicht mehr möglich die Konzentration aufrechtzuerhalten. Norgal drehte das Schwert und riss mit den Zacken ein klaffendes Loch in den schwarzen Körper. Ohne Mitleid in den Augen sah Norgal dem Wesen beim Sterben zu.

Als die Dunkelheit überraschend schwand, machten sich Aurelian, Halvor und dreißig Wachen sofort auf den Weg in die Arena.

Sie sahen Norgal in der rechten Hälfte des Kampfplatzes stehen, wie er sein oranges Zackenschwert aus dem schwarzen Wesen zog. Schwarze, fadenartige Schwaden umspielten die Klinge und verbanden sich mit dem Material.

»Bei Pândrâs, er hat es geschafft!«, rief Aurelian überglücklich und winkte Norgal zu.

Schnell eilte die Truppe zu den Balustraden der vorderen Ränge.

Norgal drehte sich um und entfernte sich von seinem Gegner, der sterbend im Staub lag. Gemächlich ging er zu seinen Stiefeln und dem Mantel als ein gellender Schrei ertönte.

Er sah zur Tribüne und erblickte Aurelian der auf ihn zeigte und schrie. Schnell drehte er sich um und erblickte den Slúka, welcher mit dem letzten Aufgebot an Magie nochmals halbwegs auf die Beine kam und versuchte eine Waffe aus Schwärze nach Norgal zu werfen. In diesem Moment flog etwas Langes in den Kopf des Wesens und streckte es endgültig nieder. Es war eine Lanze auf deren Schaft ein Symbol graviert war, was Norgal noch sehr gut in Erinnerung war. Er blickte in die Richtung, aus der die Waffe geflogen kam und konnte auf den Verstrebungen der Sonnensegel gerade noch eine Person ausmachen, die mit einer merkwürdigen Schellenkappe und einem sonnengelben Umhang aus dem Sichtfeld verschwand.

Aurelian eilte zu seinem Begleiter in die Arena.

»Ein Glück, wir haben es überstanden! Was war das für ein Wesen? Woher kam diese Lanze geflogen?«

»Das war ein Diener der Ral-Kadór. Wir sind ihm schon einmal begegnet.«

Er verschwieg die Person mit der Schellenkappe bewusst.

»Wegen der Lanze kann ich leider nichts Genaues sagen, aber wer immer sie warf, er hat mir das Leben gerettet.«

»Bei den Göttern!«, entfuhr es Aurelian. »Wenn der Feind eine solche Macht besitzt, sehe ich im wahrsten Sinne des Wortes schwarz.«

Norgal musste schmunzeln. »Ich glaube nicht, dass es noch mehr von dieser Sorte gibt. Das Wesen behauptete durch ein Mittel gegen seine Verwundung, die wir ihm in einem Waldstück zufügten, so verändert worden zu sein. Aber scheinbar haben die Ral-Kadór einen Magier Namens Zylúx. Es ist nicht auszuschließen, dass sie noch mehr Magiekundige unter ihren Gefolgsleuten haben. In jedem Fall sollten wir schnellstmöglich die Obiden erreichen.«

Gemeinsam gingen sie zu Norgals Ausrüstung. Als Aurelian den Schnallenmantel hochheben wollte blickte er erstaunt nach oben. »Dieser Mantel hat ein unglaubliches Gewicht. Wie kannst du so etwas nur tragen?«

»Zyklenlanges Training. Es ist eine alte Kunst der Mönche aus Waradan. Sie trugen früher schwere Kleidung um Captha zu ehren und auf ihren Reisen durch die Gebirge ausdauernder zu sein. Für gewöhnlich wurde das nur über eine kürzere Zeitspanne gemacht, doch ich entschied mich dazu, es dauerhaft anzulegen. Ich wusste, eines Tages würde es sich bezahlt machen.«

Anerkennend überreichte der Berater des Königs Norgal seinen Mantel.

Anschließend wurden noch einige Worte mit Halvor und den Wachen gewechselt. Man entschied sich dazu, den Leichnam des schwarzen Wesens öffentlich zu verbrennen und damit Pândrâs zu ehren. Zugleich zeigte man so, dass Vencor keinen Platz in Paradón hatte und Syrtax sicher war. Die Säuberung der Arena überschattet die Gladia Nostra und führte zum erstmaligen Abbruch der Spiele in der Geschichte der Stadt.

Norgal und Aurelian begaben sich nach einer Verabschiedung zu ihrer Unterkunft und packten ihre Sachen für die Abreise. Verwundert untersuchte Norgal sein Schwert, das seit dem Kampf eine Veränderung durchlaufen hatte, welche er sich nicht erklären konnte. Schwarze Linien zogen sich über die gesamte Klinge und bildeten ein ungleichmäßiges Muster. So sehr er sich auch bemühte sie zu entfernen, es gelang ihm nicht. Da sie die Funktionalität nicht zu beeinträchtigen schienen, entschied er, sich zu einem späteren Zeitpunkt damit zu befassen. Grübelnd packte er alles zusammen. Aus ihrer kurzen Pause wurde augenscheinlich doch nichts. Die Präsenz des Feindes zeigte ihnen unmissverständlich, dass die Lage noch weit ernster war, als sie zu denken gewagt hatten.

Die Reise den Quintum hinab war angenehm ruhig. Garvis und Eély genossen den lauen Herbstwind, der ihre Gesichter umspielte.

»Dort vorne ist der Bootssteg des Fünf-Seen-Tals. Weiter kann ich Euch leider nicht bringen, aber Ihr kommt gut durchs Landesinnere nach Tambarun«, teilte ihnen der Fährmann mit.

Vor ihnen breitete sich ein gewaltiges Tal aus. Der Hauptbestandteil waren Wälder, Sumpflandschaften und weite Felder. Viele knorrige Wurzelbäume standen in dichten Reihen umher und auch Mangrovenwälder gab es reichlich.

Das nächste Dorf lag unweit des Bootstegs. Da der Quintum direkt in einen der fünf Seen mündete und diese über Zuflüsse miteinander verbunden waren, war das Fünf-Seen-Tal ein abgeriegeltes Gebiet mit einer vielfältigen Flora und Fauna. Viele Fischerboote lagen an den Kais des Dorfes. Da die Wiesen oftmals sehr feucht waren, bot das Gebiet nur wenig gute Anbaufläche und man trieb regen Handel mit Tralia und dem Goldenen Tal. Vornehmlich wurde Fisch gegen Getreide getauscht, was für beide ein lukratives Geschäft war.

»Das ist atemberaubend!«, fing Eély die Landschaft mit Worten ein. »Es lädt förmlich dazu ein, gezeichnet und festgehalten zu werden.«

»Ich wusste gar nicht, dass du künstlerisch angehaucht bist.« Garvis lachte und sog die frische Luft tief in seine Lungen.

»Ich bin vielleicht nicht so gut wie andere Künstler meines Volkes, doch versuche ich mich gelegentlich auch an dem ein oder anderen Gemälde, auch wenn ich Kohlezeichnungen bevorzuge.«

Sie zückte einen kleinen Skizzenblock und hielt die Landschaft mit einem schmalen Stück Kohle grob fest. »Zuhause werde ich es vielleicht auf eine Leinwand bannen.«

Nachdem alles abgeladen war und sie sich ins Dorf aufmachten, um nach dem Weg zu fragen oder einen Führer zu bekommen, begegneten die Reisenden vielen Dorfbewohnern, die sie erstaunt betrachteten. In diesem Teil des Landes verirrten sich nur selten Elfen und so war Eélys Erscheinung für die gewöhnlichen Hafenarbeiter etwas ganz besonderes.

Schon bald konnten sie eine genaue Wegbeschreibung nach Tambarun erhalten und zu ihrem großen Glück erklärte sich ein Händler bereit, sie zu begleiten.

»Ich habe eine Waren für die Stadt. Ihr könnt gerne mit mir reisen. Die Sümpfe können tückisch sein und wer sich nicht auskennt, kann nur all zu leicht im dunklen Morast für immer verschwinden.«

Die Hilfe des Händlers kam den beiden gerade recht. Das einzig verwunderliche war, dass niemand fragte, was sie in Tambarun wollten. Scheinbar kümmerte man sich hier um die eigenen Angelegenheiten und nicht um Dinge, die einen nichts angingen.

Nachdem der Proviant aufgestockt war, begann noch am selben Tag die Weiterreise.

Eély hockte neben dem Händler auf dem Karren, während Garvis nebenher ritt. Ihr Pferd war hinter den Wagen gebunden. Es waren allerlei Utensilien des häuslichen Gebrauchs auf dem Karren des Händlers verladen.

»Ich reise von Dorf zu Dorf und statte die Leute mit allem aus, was sie selbst nicht herstellen können. Da ist es angenehm, einmal nicht allein reisen zu müssen.«

»Für uns ist es auch eine große Erleichterung, dass Ihr uns Eure Hilfe angeboten habt«, erwiderte Eély mit einem schweifenden Blick über die Landschaft.

Der Händler war ein kauziger Knabe fortgeschrittenen Alters. Seine Haare waren bereits ergraut und ein Bart mit schwarzgrauen Strähnen zierte sein Gesicht. Um seinen Körper hing eine große Tasche, die sich optisch wenig von seiner mehr zweckdienlichen als eleganten Kleidung unterschied.

»Wie lange reist Ihr denn schon durch das Fünf-Seen-Tal, Herr Tirgot?«

»Es müssen schon an die vierzig bis fünfzig Zyklen sein und bis jetzt konnte ich immer gut davon leben.« Er lachte rau und kratze sich zwischen den zerzausten Haaren am Kopf.

»Dann seid Ihr gewiss viel herum gekommen?« Eélys Neugier an dem Mann war geweckt worden. Sie wollte mehr über das Leben im Fünf-Seen-Tal erfahren und wer konnte ihr mehr Informationen geben, als ein fahrender Händler.

Garvis ritt schweigend nebenher. Er sah sich um und war mit den Gedanken woanders.

»Wahrlich, mein Kind. Ich kenne jeden Winkel dieses Tals.«

»Tatsächlich? Erzählt mir von Tambarun. Wie ist die Stadt?«

»Es ist die Heimatstadt von Aramas Karstiras und allein schon deswegen ein besonderer Ort. Man nennt sie auch die Stadt des Wassers. Überall gibt es kleine Springbrunnen und Wasserläufe. Auch hat der Orden der Aqua Amara dort seinen Ursprung genommen. Die Göttin Âmtalia und die Mönche des Wassers schützen die Stadt seit ihrer Gründung. Tambarun verfügt vermutlich über das beste Wasserversorgungssystem des ganzen Reiches. Die Stadt hat von jeher etwas Erhabenes an sich. Ihr werdet sie lieben, glaubt mir.«

»Ich bin schon sehr gespannt. Gibt es denn viele Dörfer in der Umgebung?«

»Nicht so viele wie Ihr vielleicht denkt. An jedem der fünf Seen befindet sich ein größeres Dorf mit ein paar ausgelagerten Höfen, doch in der Mitte des Tals erhebt sich Tambarun, das Herzstück des Fünf-Seen-Tals. Die Stadt befindet sich auf einem großen unterirdischen Felsen. Das ist auch der Grund, weshalb in der näheren Umgebung keine Dörfer liegen. Sie würden in der nassen Erde nicht lange bestehen. Außerdem treiben sich in den Sümpfen grausige Kreaturen herum.«

»Was für Kreaturen?«

»Man sagt, sie tauchen mit den Nebeln auf. Wilde, ungezügelte Bestien! Ghule, Fischmenschen und andere Ausgeburten Vencors. Aber wenn Ihr mich fragt, halte ich das mit den Fischmenschen für reichlich übertrieben. Meiner Meinung nach ist das ein Aberglaube der Fischer, der darauf zurückzuführen ist, dass gelegentlich Männer nicht von den Seen zurückkehren und nie wieder auftauchen. Die Einheimischen glauben, dass sie von den Fischmenschen entführt werden. Ich persönlich habe noch nie etwas derartiges beobachtet und kenne auch niemanden, der es gesehen haben will. Der Glaube daran hält sich allerdings hartnäckig. Wer weiß schon, was in den Tiefen der Seen tatsächlich vor sich geht.«

»Das ist wirklich interessant. Wann werden wir Tambarun denn erreichen?«

»Es wird noch einige Zeit dauern. Also lehnt Euch zurück und genießt die Landschaft.«

Der Karren rollte weiter über den breiten Weg, welcher immer wieder Schlaglöcher aufwies.

Da drang ein Knurren zum Wagen. Eély und Tirgot blickten zu Garvis. Dieser legte die Hand an den Hinterkopf und sagte: »Bei Pândrâs, ich falle noch vom Fleisch, wenn ich nicht bald etwas zu essen bekomme.«

Die Elfin und der Mann auf dem Kutschbock sahen sich an. »Du denkst echt immer an Essen! Wir haben noch einen weiten Weg vor uns. Wenn wir jedes Mal, wenn du hungrig bist, anhalten würden, dann kämen wir in tausend Zyklen nicht nach Tambarun.«

»Die Tiere könnten eine Pause gebrauchen und es wird bald Abend. Es wird bestimmt nicht schaden wenn wir jetzt schon rasten. Dort vorne bei den Baumreihen könnten wir ein Nachtlager aufschlagen«, schlug sich Tirgot auf Garvis' Seite.

»Siehst du, er versteht mich«, sprach Garvis fröhlich und zwinkerte Eély zu.

»Ach du«, erwiderte sie scherzhaft rügend.

Bei den Baumreihen angekommen sprang Garvis sofort vom Pferd und kramte eine Pfanne heraus, bevor er sich ans Sammeln von Feuerholz machte.

»Euer Begleiter scheint wohl sehr großen Hunger zu haben, bei dem Tempo was er vorlegt.« Tirgot sah Garvis erstaunt zu.

»Er hat immer großen Hunger. Ich frage mich nicht zum ersten Mal wo das ganze Essen hingeht, welches er über den gesamten Tag in sich hinein schaufelt.«

Schon kurze Zeit später kam Garvis mit drei erlegten Hasen und einer handvoll Feuerholz zurück. Bald darauf duftete es neben dem Wagen nach herrlich gebratenem Fleisch. Tirgot hatte noch einige Kräuter aufgekocht und in Mandilinblätter eingewickeltes Obst hervorgeholt, von dem sich besonders Eély gerne bediente.

»Das schmeckt ja herrlich!« Garvis erfreute sich am Abendmahl.

»Gut, dass du so genügsam bist. Du hast bereits zwei Hasen alleine verdrückt, während wir uns den letzten teilen müssen.«

»Dafür habt ihr doch noch reichlich Obst.«

»Von dem du auch schonungslos zugegriffen hast!«

»Na, wenn es doch so lecker ist!« Garvis grinste über das ganze Gesicht und biss von einem Stück Fleisch ab.

Der Händler verfolgte das Gespräch der beiden mit einem Schmunzeln auf den Lippen. Einem solchen Paar war er selten begegnet. Eine Elfin die viele Fragen stellte und ebenso bereitwillig selbst beantwortete, ohne dabei zu wirken als hielte sie sich für besser als einen gewöhnlichen Menschen und ein Mann, den Tirgot nicht recht einordnen konnte. Er war die meiste Zeit der Reise hungrig gewesen, scherzte und wirkte dennoch nicht unentschlossen. Etwas in seinen Augen sagte Tirgot, dass Garvis ein Mann war, der seinen Prinzipien treu blieb und sich nicht von seinem Weg abbringen ließ.

Als die Nacht langsam kam, breitete sich Nebel aus. Die Kleidung wurde klamm und so hüllten sich alle drei in mehrere Schichten aus Decken. Tirgot hatte besonderen Stoff dabei, welcher die Feuchtigkeit aufnahm, aber nicht an die darunter liegenden Schichten abgab.

»Der Drégmér-Stoff wird uns in den nassen Nächten des Herbstes gut schützen. Ihr müsst nur immer darauf achten, dass genug Sauerstoff darunter kommt, um die Luftzirkulation in Gang zu halten.«

Tirgot zog sich die Decke auf den Schultern zurecht. Er hatte sich einen verbeulten Hut aufgesetzt und an einen Baum gelehnt.

»Ich weiß ja nicht was Ihr tun wollt, doch ich werde jetzt schlafen. Wir sollten morgen früh aufbrechen.«

»Ich werde Wache halten.« Garvis bot sich sofort bereitwillig an.

»Wenn Ihr es für notwendig haltet. Die Ghule verlassen die Moore nur sehr selten und von einem See sind wir weit genug entfernt, dass die Fischmenschen, sollte es sie tatsächlich geben, uns nicht gefährlich werden können. Aber wenn Ihr mich fragt, ist das ohnehin alles Humbug.« Der Händler tippte sich an den Hut und signalisierte damit, sich zur Nachtruhe zu begeben.

»Du solltest auch schlafen. Wir haben noch ein gutes Stück Weg vor uns. Ich bin gesättigt und gestärkt. Du musst dir also keine Sorgen machen.«

»Fragt sich nur für wie lange. Nicht, dass du in der Nacht plötzlich doch wieder Hunger bekommst und uns damit aufweckst.«

Eély wickelte sich gut in ihre Decke ein und legte sich ebenfalls unter einen Baum. Schon bald war sie in einen sanften Schlaf gefallen. Garvis betrachtete die Elfin und wie sich ihr Brustkorb langsam hob und senkte.

Wie des Öfteren blickte er in ihr schlafendes Antlitz. Sie wirkte noch wunderschöner als am Tag, doch auch zerbrechlicher. War Eély in wachem Zustand schlagfertig und umgänglich, wirkte sie im Schlaf so friedlich und erhaben, dass Garvis kaum seinen Blick abzuwenden vermochte.

Er wachte die ganze Nacht über die beiden. Nur einmal stand er auf, um sich ein paar Nüsse von einem Strauch zu pflücken. Da er sich sicher war, dass er am nächsten Tag nicht seine voll Energie haben würde, entwickelte sich in seinem Kopf eine Idee, wie er reisen und sich dennoch einigermaßen erholen konnte. Sobald der Morgen graute wollte er mit der Umsetzung beginnen, damit der Aufbruch wie geplant stattfinden konnte. Noch hindert ihn die Dunkelheit daran. Er zog seine Decke enger um die Schultern, während der Plan in seinem Kopf ausreifte.

Eély erwachte mit den ersten Sonnenstrahlen. Tirgot kam bereits mit etwas Holz aus dem Waldstück und sorgte für Feuer.

»Guten Morgen«, sagte er freundlich zu der Elfin. »Hat der Drégmér-Stoff seinen Dienst erfüllt?«

»Guten Morgen. Ja, ich denke schon. Meine Kleidung ist trocken, danke. Wo ist denn Garvis?«

»Er meinte, er hätte etwas zu erledigen und ging, als ich aufwachte, in den Wald. Er wird sicher bald zurück kommen.«

Tirgot zündete das Feuer an. Eély stand auf und streckte sich. Es würde ein sonniger Herbsttag werden. Die Vögel zogen weiter nach Osten und bald konnte sie das frische Hoklin-Kraut riechen. Schon kurz darauf kam Garvis mit seinem Pferd aus dem Forst zurück. Er strahlte und auf dem Rücken des Pferdes befand sich eine seltsame Vorrichtung.

»Was soll das denn sein?«, fragte Eély, auf den Aufbau zeigend.

»Das, meine werten Freunde, ist meine neuste Erfindung. Mit Hilfe dieser Vorrichtung kann ich während des Reitens bequem schlafen, ohne Angst haben zu müssen, aus dem Sattel zu fallen.«

Eély blickte ihn ungläubig an und Tirgot stand auf, um sich die Vorrichtung genauer anzusehen. Es handelte sich um eine hohe, nach hinten gerichtete, hölzerne Lehne, die Garvis mit Hilfe von Schilfgras gepolstert hatte. An den Seiten zum Sattel gab es hochklappbare Stützen, die durch einen Holzstift vor dem Herunterfallen gesichert wurden.

»Du hast dir einen Stuhl auf das Pferd gebaut?«

Eély konnte ihren Augen nicht trauen.

»Das sieht wahrlich nicht schlecht aus, mein Junge. Hätte dir gar nicht so viel handwerkliches Geschick zugetraut.« Prüfend zog Tirgot an dem Aufbau herum.

»Das ist doch wohl nicht dein Ernst?! Wozu hast du dir diese Gerätschaft gebaut?« Von Eély gab es in dieser Hinsicht kein Verständnis. Es erschloss sich ihr nicht, wieso ihr Begleiter seine Zeit für derartige Tätigkeiten verschwendete.

»So kann ich auch während des Reitens schlafen, ohne Angst haben zu müssen, aus dem Sattel zu kippen. Ich kann mich bequem zurück lehnen und meine Kräfte sinnvoll einteilen. Das spart uns viel Zeit. Ich kann nachts Wache halten, während ihr euch ausruht. Ich ruhe mich dann am Tag aus und es hält uns nicht weiter auf.«

»Wenn man es von dieser Seite betrachtet, klingt es gar nicht so abwegig. Aber wir hätten uns doch in der Nacht mit der Wache abwechseln können.«

»Wahrlich, solch eine Idee wäre mir Leben nicht in den Sinn gekommen. Auch wenn ich zugeben muss, dass es schon recht seltsam anzusehen ist.« Tirgot nickte anerkennend.

»Ich finde wir sollten es zumindest einmal ausprobieren. Dann können wir immer noch über den Nutzen meiner Idee diskutieren.«

Sie versammelten sich alle ums Feuer und nahmen das Frühstück ein. Eély wollte nochmals das Thema des Wachwechsels aufgreifen, da Garvis diesen Punkt einfach übergangen hatte. Allerdings führte das zu keinem Erfolg. Garvis konnte sehr stur sein.

Schon bald nach dem Aufbruch schlummerte er friedlich auf seinem Pferd, das er hinter den Wagen gebunden hatte.

»Eins muss man ihm lassen. Er schafft es immer wieder mich zu verblüffen«, sagte Eély zu Tirgot während sie den Schlafenden von der Seite betrachtete.

»Ja, er hat schon eine besondere Art.« Tirgot lachte und ließ die Zügel schnalzen.

So verging der Tag recht schnell. Garvis wachte zwischenzeitlich auf und beteiligte sich an einer Unterhaltung über Aramas Karstiras und seine besondere Bedeutung für das Fünf-Seen-Tal. Gegen Nachmittag erreichten sie eine kleine Unterkunft, in der sie sich etwas zu Essen organisierten und anschließend schnell weiter reisten. Tirgot erwähnte, dass sie Tambarun bereits mit Glück am übernächsten Tag erreichen konnten, sofern sie das Reisetempo hielten.

Als es zu dämmern begann kamen sie an einem größeren Sumpfgebiet mit vielen Mangrovenbäumen an. Das Nachtlager war schnell aufgeschlagen. Bald schon hielt Garvis die nächste Wache, während die anderen schliefen und sich erholten. Über den Sümpfen spiegelte sich das fahle Mondlicht und ließ die Bäume bedrohlich wirken.

Einige Frösche quakten und erfüllten die Nacht mit einer friedvollen Ruhe, die in Kontrast zu der Kulisse stand. Garvis saß an der kleinen Feuerstelle, die langsam erlosch und legte einige Scheite Holz nach. Der Schlaf am Tag tat ihm gut und er fühlte sich auch zu später Stunde noch ausgeruht. Er sah in die Glut und dachte nach. Derzeit hatten seine Albträume etwas nachgelassen und die Sorge um das Land schien in den östlichen Gebieten nicht so stark präsent zu sein. Zwar sah man immer wieder einmal einen Trupp der Miliz, doch das war auch in anderen Zeiten nichts Ungewöhnliches. Es zeigte Garvis aber auch, dass der Informationsfluss bis hierher vorgedrungen war und sich die Männer und Frauen wieder zurück zur Armee meldeten. Er aß ein paar Beeren und nahm einen Schluck Wasser. Tirgot und Eély waren in ihre Drégmérdecken gewickelt und atmeten gleichmäßig. Sie vertrauten Garvis blind ihr Leben an.

Plötzlich vernahm er ein Geräusch, welches sich unter die anderen Nachtgeräusche gemischt hatte, aber so gar nicht dazu passen wollte. Es klang, als würde etwas metallisches über Gestein schrammen. Garvis legte die Beeren aus er Hand und lauschte in die Dunkelheit. Doch bis auf das Quaken der Frösche und den sanften Wind, der die Blätter der Bäume zum Rascheln brachte, war nun nichts mehr zu hören. *Vielleicht war es nur Einbildung,* dachte er sich. Noch ehe Garvis diesen Gedanken zu Ende geführt hatte, vernahm er das Geräusch erneut. Langsam erhob sich der Krieger, um leise, im Schutz der Schatten, in die Richtung zu gehen, aus der die Laute kamen. Noch einmal konnte er das Kratzen hören und diesmal war es näher und bestimmter. Als Garvis nahe der Stelle kam, an der er den Ursprung der Unruhe erwartete, hörte er leichtes Tippeln, dass sich entfernte und das Knacksen von Ästen. Er zog sein Schwert und rannte den Schritten nach. Kurze Zeit später hatte er eine Spur entdeckt und folgte ihr. Es waren sehr kleine Fußabdrücke, welche unmöglich von einem Menschen, außer vielleicht einem Kind, stammen konnten. So entfernte sich Garvis immer weiter vom Lager und damit auch von den anderen. Ein Ablenkungsmanöver vermutete er nicht, viel eher glaubte er einen Späher auf frischer Tat ertappt zu haben. Er musste ihn aufhalten, bevor dieser seine Leute erreichte. Da die Abdrücke sehr klein und nicht menschlich waren, lag der Verdacht nahe, dass es ein Scherge der Ral-Kadór sein könnte.

Garvis musste aufpassen, dass er nicht zu schnell ging. Trat er auf eine falsche Stelle, konnte der Boden nachgeben und er steckte im Sumpf fest. Umso tiefer er in den Mangrovenwald eindrang, desto unwirtlicher wurde das Gebiet. Es kamen immer mehr Stellen mit größeren Wasserläufen. Hohes Schilf und Schlingpflanzen versperrten die Sicht.

Als Garvis gerade einen weiteren Sichtschutz durchdringen wollte, macht er Licht aus. Langsam drückte er das hohe Gras zur Seite und spähte hindurch. Vor ihm lag eine kleine Lagerstätte. Eine Horde von etwa zehn kleinen Gestalten mit krummen Beinen und spitzen Ohren hüpfte aufgeregt um ein Feuer herum. Ihre dunkle, runzlige Haut schimmerte im Schein der Flammen. Ein kleiner Berg toter Fische, sowie allerlei Unrat und Gerümpel umgaben die Stätte.

»Goblins«, wisperte Garvis. Diese kleinen Gestalten waren zwar gewiss keine Spione der Ral-Kadór, dennoch war Vorsicht geboten. Sie hatten ihre Gruppe mit Sicherheit deshalb ausspioniert, um zu sehen, was es Lohnendes zu stehlen gab. Diese Wesen wurden von allem was glitzerte und funkelte angelockt. In ihrer primitiven Art und ihrem kindlichen Wagemut waren sie nicht zu unterschätzen. Doch nun, da Garvis sie bei ihrer Beobachtung gestört hatte, würden sie entweder angreifen und auf lohnende Beute hoffen, oder ihr Vorhaben einfach aufgeben. Garvis wollte abwarten, bis sich die Unruhe im Lager etwas gelegt hatte und sehen, was die Wesen vorhatten. Sie hatten zwar allesamt schartige kleine Schwerter und mit Nägeln bespickte Keulen, allerdings waren sie keine guten Kämpfer und würden erst ein paar von ihnen fallen, ergriffen die anderen mit Sicherheit schnell die Flucht.

Deutlich war zu sehen, wie sie sich uneinig darüber waren, was nun zu tun sei. Ihre Entdeckung gehörte nicht zum Plan und so gerieten sie in eine handfeste Auseinandersetzung. Die Goblins sprangen durcheinander wie aufgescheuchte Hühner. Schlagend fielen sie übereinander her. Garvis konnte nicht feststellen, wer welcher Meinung war, da jeder auf jeden los ging. Doch so schnell wie der Trubel aufkam, verflog er auch wieder. Sie verteilten sich in ihrem Lager und die Gemüter kühlten ab. Einige der Wesen fraßen ein paar Fische. Drei Goblins leckten

Blut aus Bisswunden an ihren Gelenken, andere warfen Steinchen ins Feuer und sahen den Funken beim Zerstäuben zu. Sie schienen nicht gewillt zu sein, sich mit der kleinen Gruppe Reisender anzulegen, andernfalls wären sie sofort aufgebrochen und so beschloss Garvis, sich wieder ins Lager zurück zu ziehen und die Goblins ebenfalls in Ruhe zu lassen.

Behutsam auf den Boden achtend bahnte er sich den Weg zurück durch die Sümpfe. Vorbei an knorrigen Bäumen und immer begleitet vom Quaken der Frösche. Spärlich fiel das Mondlicht durch das Blätterdach der Mangrovenbäume. Selbst für den erfahrenen Kämpfer war es schwer, den Weg wieder genau so zurück zu gehen, wie er in gekommen war. Als Garvis schließlich einen falschen Tritt tat und drohte im Morast einzusinken, musste er sich eingestehen, dass er zu leichtsinnig gehandelt hatte. Nach einem Ausweg suchend, schlug er eine andere Richtung ein und suchte sich den Pfad mit der sichersten Trittfestigkeit. Seine Orientierung ließ ihn zum Glück nicht im Stich und so wusste Garvis zumindest wohin er gehen musste.

Als er sich immer weiter vom Lager der Goblins entfernte, fielen auf einmal weiße, flockige Teilchen von den Bäumen. Sie waren mit einem dichten Flaum bedeckt und schwebten förmlich in der Luft. Es war ein schönes Naturschauspiel, für Garvis glücklicherweise absolut ungefährlich. Die Bäume warfen lediglich ihre letzten Samen ab, die im Winter in der Erde überdauerten und auf den Frühling warteten.

Langsam ging er weiter. Plötzlich brach vor ihm der Boden ab und er landete wieder mit einem Fuß im Morast. Sofort versuchte Garvis ihn wieder heraus zu ziehen, aber etwas hielt ihn fest. Er zerrte und rüttelte, um seinen Fuß wieder aus dem Sumpf zu ziehen, doch er hatte sich scheinbar in einer unterirdischen Schlingpflanze verfangen. Mit dem Schwert versuchte

Garvis die Stelle um seinen Fuß zu lockern und die Pflanze zu kappen. Doch es half alles nichts. So setzte er sich auf die Kante des festen Bodens und packte mit den Händen in den Sumpf. Seine Hände erfühlten die Pflanze und er zog mit aller Kraft daran. Schließlich gab sie nach und mit einem schnalzenden Geräusch riss das Band um seinen Fuß. Deutlich war die Spur der langen Schlinge im feuchten Morast zu sehen, doch was mit ihr einher ging, beunruhigte Garvis. Nach und nach lösten sich mehr Schlingpflanzen. Scheinbar war der Sumpf an dieser Stelle unter einer hohen Spannung gestanden und Garvis hatte mit seiner Aktion das Gleichgewicht der Natur gestört. Der Boden bekam Risse und das Wasser zog sich ins Erdreich zurück. Noch bevor Garvis den Rückzug antreten konnte, tat sich ein kleiner Krater im Boden auf und das Erdreich rutschte rings um ihn ab. Mit einem Berg an Schlamm, Ästen, Schilfgras und anderen Pflanzen rutschte Garvis in die Tiefe.

Sein Sturz endete nach wenigen Metern und er fand sich in einer Art Höhle wieder. Ein Blick nach oben zeigte Garvis, dass er nicht tief gefallen war, doch die Wände waren rutschig und das Loch kaum zu erreichen. Zu seinem Glück hatte er keine schwereren Wunden davon getragen und so machte sich der Krieger daran, einen Ausweg aus seiner Lage zu suchen. Einen derartigen Sumpf hatte Garvis noch nie gesehen. Woher dieser Hohlraum kam, konnte er nicht sagen. Sicher war aber, dass dieses Loch nicht seine Grabstätte werden sollte. Zu allem Überfluss war es sehr dunkel und viel zu feucht, um ein Feuer zu entfachen. Jetzt wünschte Garvis, Norgal wäre bei ihm. Er hätte in dem fahlen Licht zumindest mehr erkannt als er.

»Verdammt, wie komme ich hier nur wieder raus?« Garvis versuchte nicht in Panik zu verfallen. Er brauchte einen klaren Kopf. Eély und Tirgot würden ihn hier niemals finden. Zwar war die Aktion nicht gerade leise gewesen, doch wusste er nicht genau, wie weit die Stelle vom Lager entfernt lag. So saß Garvis nachdenkend am Boden und blickte durch das Loch in der Decke. Fieberhaft suchte er nach einem Ausweg. Nachdem sich seine Augen an die schlechten Lichtverhältnisse gewöhnt hatten, tastete er die Wände ab. Leider gab es, außer dem Loch über ihm, keinen anderen Ausweg. Vielleicht gelänge es ihm, aus den Pflanzenteilen und Ästen eine Art Seil mit Enterhaken herzustellen und sich so nach oben zu ziehen.

Wie Garvis sich durch den Morast wühlte, um brauchbares Material zu finden, traten aus den Wänden plötzlich kleine rote Kügelchen hervor. Es wurden immer mehr und sie erhellten das unterirdische Loch mit einem warmen Schein. Nach und nach verbanden sie sich zu etwas größeren Kugeln und als der Zustrom endete, schlossen sie sich erneut zusammen und umgaben Garvis mit einem flimmernden roten Leuchten. Schon bald hatte er das Gefühl zu verbrennen. Ein lauter Schrei entrang sich seiner Kehle und seine Gliedmaßen fühlten sich an wie kleine zerbrechliche Zweige.

Ein lautes Gerumpel erfüllte die Nacht. Eély und Tirgot schreckten aus dem Schlaf hoch. Sofort hatte die Elfin ihren Dolch griffbereit und blickte sich um.

»Wo ist Garvis?«

»Ich sehe ihn nicht. Was war das für ein Geräusch?«

»Kam es nicht aus dieser Richtung?«

Eély zeigte nach Norden. Sie legte sich ihren Bogen um die Schulter, Tirgot zog zittrig ein leichtes Schwert aus seinem Wagen und zusammen machten sie sich auf zum Ursprung der Unruhe. Sie hatten keine Ahnung, was sie erwartete, doch sie fürchteten das Schlimmste. Vorsichtig bahnten sich die beiden den Weg durch den Sumpf. *Hoffentlich ist Garvis nichts zugestoßen.* Eélys Sorge um den Freund wurde immer größer, je näher sie der Stelle kamen, aus der sie das Geräusch vernahmen. Im Schutz der Mangrovenbäume pirschten sich Tirgot und die Elfin an eine Stelle, aus der ein rotes Leuchten aus dem Boden drang. Merkwürdige, nicht zuordenbare Geräusche umgaben sie.

»Dieses Leuchten scheint direkt aus dem Sumpf zu kommen.«

»Manchmal befinden sich unter den Sümpfen Hohlräume, die sich über die Jahrhunderte gebildet haben. Angeblich finden sich darin Artefakte aus der alten Zeit. Von so einem Leuchten habe ich allerdings noch nie etwas gehört«, gestand Tirgot gebannt.

»Ob das mit Garvis' Verschwinden in Zusammenhang steht?«

»Ich weiß es nicht, aber dieses Leuchten ist mir nicht geheuer.«

Tirgot hatte sichtlich Angst. Er war Händler und kein Kämpfer. Er verteidigte sich mit Worten satt mit Klingen und dieses Leuchten erschien ihm nicht natürlichen Ursprungs, was seine Furcht verstärkte. Langsam pirschten sie sich näher heran und erreichten den Ursprung des Lichts, welches aus einem Loch im Boden zu kommen schien und von solcher Intensität war, dass sie nichts genaues erkennen konnten.

Plötzlich brach etwas durch das Leuchten an die Oberfläche. Durchflutet vom roten Schein des Lichts bahnte sich eine Kreatur ihren Weg durch den Sumpf nach oben. Große Klauen mit scharfen Krallen rissen Stücke aus dem Rand eines Loches heraus und mit einem Satz katapultierte sich ein Wesen hindurch, das den beiden den Atem raubte. Es hatte in Gestalt Ähnlichkeit mit einem Warg oder Wolf, doch stand es auf gekrümmten Hinterbeinen. Dabei glich der Oberkörper mehr dem eines breiten muskelbepackten Menschen. Das schwarze

Fell schimmerte im Mondlicht, während die silbergraue Brust-
behaarung einen deutlichen Kontrast setzte. Geifer rann aus
dem Maul der Kreatur und messerscharfe Zähne glänzten im
Mondlicht. Ihre Augen waren beinahe trübe, ähnlich denen eines Besessenen. An den Handgelenken entdeckte Eély zwei
rote, abgenutzte Bänder mit einer ihr unbekannten schwarzen
Rune darauf und als sie sah, dass Reste von menschlicher Kleidung am Körper des Monsters hafteten, fürchtete sie das
Schlimmste. Ein markerschütterndes Heulen entrang sich der
Kehle des Tiers und richtete sich gegen den großen, tiefstehen-
den Mond.

Tirgot konnte seine Angst nicht mehr zurück halten und
ergriff schreiend die Flucht. Es war zu spät. Eély konnte ihn
nicht mehr aufhalten und der wolfsähnliche Schädel des Unge-
heuers zuckte ihn ihre Richtung. Die spitzen Ohren zuckten
und die Schnauze stieß heißen Atem aus. Sich aufbäumend
und ein gespenstisches Heulen gegen den Nachthimmel auss-
toßend, gebärdete sich die Kreatur, ehe sie auf alle Viere fiel
und Tirgot nachjagte. Dampf drang aus der Schnauze des Wesens und Eély drückte sich dichter an den Mangrovenbaum.
Sie musste etwas unternehmen, um Tirgot zu retten.

Als das Untier an ihr vorbei war, zog sie ihren Bogen und
legte auf die Hinterläufe des Monsters an. Es war ein gewaltiges Wesen, das einen durchschnittlich großen Mann noch um
zwei bis drei Fuß überragte. Kräftige Muskeln spannten sich
über den Körper. Da schoss Eély den ersten Pfeil ab. Er schlug
mit voller Kraft in den rechten Hinterlauf des Tiers ein und ließ
es sich überschlagen. Das Ungeheuer hatte bereits soviel Geschwindigkeit aufgenommen, dass es mit voller Wucht in eine
Baumgruppe stürzte. Es verfing sich derartig in den Schlingpflanzen und Lianen, dass es sie trotz seiner Kraft nicht zu zerreißen vermochte. Umso mehr es versuchte sich zu befreien,

desto mehr verhedderte es sich, bis es schließlich nahezu bewegungsunfähig war.

Tirgot war bereits außer Sichtweite und so näherte sich Eély vorsichtig. Das Wesen gebärdete sich immer noch wie toll. Mehrfach versuchte es nach der Elfin zu schnappen, doch Eély hielt gebührenden Abstand. Mit einem Pfeil im Anschlag fragte sie die Kreatur: »Was bist du? Ein Geschöpf und Diener Vencors?«

Als Antwort erhielt sie nur ein grimmiges Knurren. Was dieses Wesen auch war, es war zwischen den Bäumen gefangen und stellte somit keine unmittelbare Gefahr dar. Deshalb beschloss Eély, es vorerst zu verschonen und sich weiter nach Garvis umzusehen. Sie hoffte inständig, dass er noch am Leben war. Schweiß hatte sich auf ihrer Stirn gebildet. Um auf der sicheren Seite zu sein, wollte sie das Wesen ruhig stellen. Würde es dann wieder zu sich kommen und sich irgendwie aus seinem natürlichen Gefängnis befreien können, hätte sie Garvis hoffentlich gefunden und sie wären bereits weiter auf dem Weg nach Tambarun.

Die weißen, milchig wirkenden Augen der Kreatur blickten Eély an. Noch immer knurrte und schnappte das Tier nach der Elfin. Deutlich sah sie, wie es seine Muskeln spielen ließ. Sie versuchte die Rune auf den Armbändern besser erkennen zu können, doch ergab sie für Eély keinen Sinn. Einzig und allein der Schwung der Rune ließ sie glauben, dass es sich nicht um eine Rune Vencors handelte. Sie war viel filigraner und sanft geschwungen, während die ihr bekannten Runen Vencors eckiger und roher wirkten. Für ein Wesen Dephélias konnte die Elfin die Kreatur aber auch nicht halten. Sie beschloss die Rune aufzuzeichnen und bei Gelegenheit Nachforschungen anzustellen. Eély eilte zum Lagerplatz zurück. Sie benötigte Zeichenmaterial und wollte das Wesen mit etwas Elfenstaub einschläfern. Zum Glück hatte sie immer einige Materialien auf ihren Reisen dabei, die es ihr ermöglichten kleinere Mittelchen herzustellen. Am Lager angekommen dauerte es nur wenige Augenblicke, bis sie alles beisammen hatte. Tirgot kauerte unter dem Wagen und zitterte am ganzen Körper.

»Keine Sorge, ich habe das Ungetüm ausgeschaltet. Ich werde es jetzt noch betäuben und bis es wieder zu sich kommt, sind wir bereits in Tambarun.«

»Weshalb tötet Ihr dieses Monster nicht?«

»Es ist wehrlos und den Runen an seinen Handgelenken nach zu Urteilen ist es kein Diener des Bösen. Es wäre Unrecht es zu richten.«

»Es hätte uns ohne zu Zögern umgebracht! Es verdient den Tod!«

»Das hätte es vielleicht tatsächlich, doch scheint es entweder nicht Herr seiner Sinne zu sein oder einem animalischen Trieb zu folgen. Würde ich es töten, wäre ich nichts anderes als ein wildes Tier. Es genügt völlig, es außer Gefecht zu setzen, bis wir weit genug entfernt sind. Packt am besten alle Sachen zusammen. Ich werde Garvis suchen und anschließend brechen wir auf. Hoffen wir, dass er noch am Leben ist.«

Ohne eine Erwiderung abzuwarten, machte sich Eély auf den Weg. Der Händler blickte ihr nach, bevor er eilig damit begann das Lager abzubauen.

Als das wolfsähnliche Wesen Eély witterte fing es wieder an, sich wilder zu gebärden. Noch immer hatte es keine Chance, aus den Schlingen zu entkommen. Schnell skizzierte die Elfin die Rune mit einem Kohlestift bevor sie sich daran machte, den Elfenstaub zu verwenden. Sorgfältig ließ sie etwas davon aus dem kleinen Säckchen auf ihre Handfläche rieseln. Behutsam blies sie den Staub ins Gesicht des Monsters, sodass es von einer glitzernden Wolke umgeben war. Es dauerte einige Herzschläge, doch dann entfaltete sich die Wirkung. Langsam ließen die Kräfte des Wesens nach, die Muskeln entspannten sich und sein Kopf sank nach unten. Dadurch entging Eély, dass sich die trüben Augen leicht klärten, bevor sie sich gänzlich schlossen.

Die Elfin hatte sich bereits umgewandt und war in Richtung des Loches gegangen. Das rote Leuchten hatte aufgehört und sie starrte in die Dunkelheit. Des Boden war voller Matsch und es drang kein Geräusch daraus hervor. Eély kniete sich hin, um etwas besser sehen zu können. Das Mondlicht spendete genug Helligkeit, dass sie zumindest sagen konnte, dass Garvis nicht in dem Loch lag. Etwas erleichtert stand sie auf. Nun wusste sie aber nicht, wo sie noch nach ihrem Freund suchen sollte. Deshalb beschloss Eély zu dem Wolfswesen zurück zu gehen und die Kleidung, die an ihm haftete, näher zu untersuchen. Eventuell gab es Rückschlüsse auf Garvis' Verbleib.

»Garvis! Garvis!«, rief sie in die Dunkelheit, um auf sich aufmerksam zu machen. Der Erfolg blieb allerdings aus.

Doch als sie das Ungetüm erreichte, ging ein Ruck durch dessen Körper und das Haupt richtete sich mit glühenden roten Augen auf die Elfin. Die Kreatur spannte alle Muskeln an und das Holz der Bäume begann leicht zu knacken. Ehe sich Eély versah geschah etwas, das ihr den Atem raubte.

Zandil saß in seiner Kammer und kaute lustlos auf einem Stück Brot. Ihm gefielen die Entwicklungen der letzten Zeit in Raskatan nicht. Seit der Ankunft der Dunkelelfen war die Stimmung sichtbar gereizt. Die Orks wurden ungeduldig und wollten ihre Klingen mit Blut tränken, den Waldläufern missfielen die Dunkelelfen, da sie fürchteten ihre Ränge zu verlieren und die Ral-Kadór verschwanden immer öfter für längere Zeiträume im Wald. Was sie dort taten, war nach wie vor ein Geheimnis für den Diener. Fünf menschliche Befehlshaber waren von den Meistern mit mysteriösen Schilden ausgestattet worden, welche von dunklen, schwarzen Löchern umrandet wurden. Damit waren sie vom Rang eines Seržans in den eines kadórischen Feldherren erhoben. Zylúx und die niederen Magier der Ral-Kadór forschten weiter an der Seelenmaschine und würde nicht bald der Winter hereinbrechen, wäre ein Angriff auf Paradón schon in naher Zukunft durchführbar. Aus dem Norden kamen, in kleinen Gruppen, nach und nach immer mehr Verbündete, die kaum Aufsehen erregten. In wenigen Monaten würde das Land nicht mehr das gleiche sein. Beim ersten Tau wollten Zandils Meister bereits zuschlagen.

Der Diener blickte aus dem Fenster. Seit kurzer Zeit war es bereits vollständig dunkel. Nur die Lichter der Lagerfeuer und Fackeln erhellten die Ruinen und warfen bizarre Schatten der Wesen Vencors an die mit Flechten bewachsenen Wände. Das Wetter war ungemütlich. Es regnete in Strömen und ein starker Wind fegte durch die alten Gemäuer der einstmals prunkvollen Stadt. In regelmäßigen Abständen hallte ein lautes Pfeifen durch die Flure und Gänge. Es würde eine mühselige Zeit des

Wartens werden und Zandil fürchtete sich bereits vor den Launen seines Meisters. Nachdem sich der Kaszoc-Vhinás nichts aus menschlichen Dienern machte, war Zandil einer der am höchsten gestellten Menschen. Über ihm standen nur noch die Seržane, die kadórischen Feldherren und Magier. Von beiden Gruppen sah der Diener jedoch nur selten Vertreter. Besonders die Magier blieben streng unter sich.

In dem kleinen Kamin loderte ein Feuer. Es genügte, um die Kammer mit etwas Wärme zu versorgen. Weißer Qualm stieg den Schornstein empor.

Hätte ich das alles vorher gewusst, ich wäre lieber in Furta Allégra geblieben, dachte Zandil im Stillen.

Behutsam legte er ein Holzscheit nach. Sofort griffen die Flammen danach und umschlangen es. Noch immer kaute der Bedienstete auf dem kleinen Stück Brot herum. Schon länger hatte er keine reichhaltigen Speisen mehr gehabt.

Da ging ohne Vorwarnung knarrend die Holztüre mit den quietschenden Scharnieren auf. In der Tür stand Sârgalor. Erschrocken wich Zandil zurück, bis seine Hände die kalte Steinmauer berührten.

»Keine Sorge, wenn ich dich umbringen wollte, hättest du mich nicht kommen hören«, eröffnete der Dunkelelf ohne Umschweife das Gespräch, während er die Tür hinter seinem Rücken schloss. Doch die Angst wich nicht aus den Augen des Dieners.

Sârgalor griff sich einen Stuhl, schlug seinen Umhang zurück und setzte sich. Er trug seine aufwändig gearbeitete Oridaniumrüstung. Mit einer Geste gebot er seinem Gegenüber sich zu setzen. Zögerlich, doch ohne ein Wort zu verlieren, kam Zandil der Aufforderung nach.

»Diener, ich möchte mich mit dir unterhalten. Es ist dir gestattet verwundert zu sein, doch lass dir sagen: Verlässt auch nur ein Wort unseres Gesprächs diese Kammer wirst du den Tod nicht kommen sehen.«

Zandil nickte zum Zeichen des Verstehens und schluckte einmal schwer. Es war bekannt, dass die Dunkelelfen es verstanden, mit den Schatten zu verschmelzen und sich einem Gegner so lautlos zu nähern, dass dieser die Klinge erst wahrnahm, wenn sie aus seiner Brust ragte.

»Dürfte ich fragen, was Euer Begehr ist?«

Die Frage kam mit trockener Kehle und Zandil hatte Mühe ein Husten zu unterdrücken.

»Du darfst! Ich möchte von dir mehr über deine Herren erfahren. Wie mir scheint stehst du in der Gunst der Ral-Kadór recht weit oben.« Sârgalor spielte den freundlich gesinnten Gönner und ließ Zandil deutlich spüren, wie überlegen er sich ihm gegenüber fühlte.

»Aber Herr...«

Weiter kam der Diener des Kaszoc-Kásk nicht.

»Schweig! Du willst mir jetzt sagen, dass du nichts besonderes weißt und dir deine Meister nichts anvertrauen, doch lass dir gesagt sein, dass ich derzeit die überzeugenderen Argumente habe. Entweder du sagst mir was ich wissen will, oder ich schlitze dir hier und jetzt deine erbärmliche Kehle auf.«

Wie aus Reflex rieb sich Zandil mit der Hand über den Hals, dann nickte er abermals.

»So sehe ich das gerne. Es soll dein Schaden nicht sein«, fuhr Sârgalor mit einem falschen Lächeln fort.

Der Dunkelelf saß da, als würde er sich mit einem alten Freund unterhalten. Dann begann ein Gespräch, bei dessen Verlauf Zandils Unwohlsein beständig zunahm. Der Dunkelelf fragte ihn viele Dinge, die ihm die Ral-Kadór sicher nicht erzählen würden. Der Diener versuchte sich etwas heraus zu reden, wurde allerdings sofort gemaßregelt. Sârgalor machte sehr deutlich, dass er eine Lüge oder Abschweifungen nicht gelten lassen würde und so antworte Zandil wahrheitsgemäß. Dadurch kam der Dunkelelf an ein paar interessante Informationen. Sein Gesichtsausdruck ließ allerdings keine Deutung zu. Nachdem er genug gehört hatte, stand er auf.

»Denke daran, kein Wort verlässt diesen Raum. Dein Leben ist gebunden an dein Wort.«

Dann verließ Sârgalor die Kammer. Als er durch die Tür entschwunden war, ging Zandil auf den Flur, doch er konnte den Dunkelelfen nicht mehr ausmachen. Schnell schloss der Diener seine Zimmertür und verriegelte das Schloss. Ausatmend lehnte er sich an die Wand und blickte erneut aus dem Fenster in den strömenden Regen. Der Abgesandte der Dunkelelfen löste in ihm ein Unbehagen aus, wie er es sonst nur von den Ral-Kadór kannte und doch war es anders. Seine Meister machten keinen Hehl aus ihrer Überlegenheit. Der Dunkelelf verbreitete dagegen kalte Furcht verpackt in einem Gewand aus falscher Freundlichkeit und Vertrautheit.

Da löste sich eine Rauchwolke aus dem Kamin. Sie verdichtete sich immer mehr und zog den gesamten Qualm aus dem Schornstein. Die Schwaden verdichteten sich und plötzlich schälte sich ein schemenhaftes Gesicht aus der Rauchwolke. Nach und nach formierte sich der restliche Qualm zu einem Körper und innerhalb eines Herzschlages stand Argátor vor seinem Untergebenen. Die azurblauen Augen fixierten Zandil.

Dem Diener war, als würde ihm das Blut in den Adern gefrieren.

»Mein treuer Diener«, begann der Zweite zu sprechen, »wie ich hörte, hast du dem Dunkelelfen gesagt, was er wissen wollte.«

Zandil schluckte wieder einmal schwer.

»Ja, Meister. Er war sehr bestimmt was eine Lüge anging.«

»Ich habe es vernommen. Das hast du gut gemacht. Er hat keinerlei Verdacht geschöpft. Hatte ich es mir doch von Anfang an gedacht, dass dieses Spitzohr unser Vertrauen nicht verdient.«

Der Bedienstete verbeugte sich. Noch immer waren ihm die Fähigkeiten der Ral-Kadór unheimlich. Sie verwendeten sie stets mit Bedacht und ließen so alle in Ungewissheit, wie groß ihre Macht tatsächlich war. Das beunruhigte Zandil besonders.

Der Plan seines Meisters war jedenfalls aufgegangen. Der Dunkelelf wiegte sich in Sicherheit und dachte einen Vorteil erspielt zu haben. Dabei wusste er nicht, dass Argátor seinem Diener exakte Instruktionen gegeben hatte, welche Informationen er weitergeben sollte.

Ohne sich zu verabschieden verschwand Argátor. Zandil blieb zurück, setzte sich und atmete tief durch. Dass sein Meister ihn gelobt hatte war ungewöhnlich, doch es riet dem Diener instinktiv, sich nicht einem Hochgefühl hinzugeben, welches nur all zu schnell zu Problemen führen konnten. Nicht umsonst hatte der Bedienstete es soweit in der Gunst der Ral-Kadór geschafft. Sein Erfolgsrezept war Zurückhaltung, stille Demut und strenger Gehorsam.

Der Kaszoc-Kásk wanderte die Flure entlang und dachte über die Entwicklungen nach. Er wollte dem Kaszoc-Vhinás und den anderen Ral-Kadór so schnell wie möglich von seinen Erkenntnissen berichten. Dardánor musste den Rat einberufen.

Es wehte ein lauer Wind und die Wolken ließen die Sonenstrahlen nur spärlich bis auf die Erdoberfläche dringen. Die Pferde gingen gemächlichen Schrittes und die Wüste rückte näher. Deutlich konnte man verfolgen, wie sich die Vegetation seit Norgals und Aurelians Verlassen von Syrtax geändert hatte. War das Gras zunächst noch fruchtbar und grün und die Wege des Öfteren von dichten Wäldern gesäumt, wurde der Boden nun deutlich trockener und steiniger. Auch die Flora und Fauna änderte sich. Es gab viele Dornenbüsche, die sich mit ihren Zacken gegen Fressfeinde wehren wollten und das Gras wuchs nur noch in kleinen Grüppchen aus der Erde. Der Landstrich machte den Eindruck, als würde er sich gegen das Leben wehren. Weit und breit gab es keine Dörfer. Noch nicht einmal einen Einsiedlerhof konnten die beiden Reisenden in der Ferne ausmachen.

»Bald werden wir die Wüste erreicht haben. Doch bis D'uril wird es noch ein beschwerlicher Weg. Ich hoffe, wir können unsere Wasservorräte noch irgendwo an einem Bachlauf oder Wasserloch auffüllen. Die Oase von D'uril ist eines der wenigen bekannten fruchtbaren Gebiete der Wüste.«

Aurelian spähte durch sein Fernrohr.

»Noch haben wir genügend Vorräte. Wenn uns aber ein Sandsturm erwischt, oder wir vom Weg abkommen, werden wir um jeden Tropfen froh sein. Was meinst du, wie der König auf die Ereignisse in Syrtax reagieren wird?«

Aurelian legte das Fernrohr ab und blickte Norgal an. Er zuckte mit den Schultern und während er versuchte, den Staub etwas aus seinem Gewand zu klopfen, erwiderte er: »Ich denke, er wird nicht sonderlich überrascht sein. Zu viel hat das Böse bereits über Apygárda verteilt. Wie ich ihn kenne, wird er in seinem Arbeitszimmer auf und ab laufen und intensiv an einem Plan arbeiten, sobald ihn die Kunde erreicht. Wenn die Magier erst einmal in Iscadar eingetroffen sind, wird sich mit Sicherheit eine Lösung finden.«

»Vermutlich hast du recht. Es bringt uns ohnehin nichts, uns den Kopf zu zerbrechen. Hoffentlich erreichen wir D'uril bald und können einen Erfolg verbuchen.«

»Solange wir auf dem richtigen Pfad wandeln, bin ich guter Dinge.«

Die Pferde marschierten über den unebenen Boden. Die Wolkendecke brach nach und nach auf. Die Sonne stand hoch und schickte nochmals mit letzter Kraft ihre wärmenden Strahlen. In einigen Tagen würde die Sôlluhná beginnen und die Sonne ihre Kraft verlieren. Das würden Aurelian und Norgal in der Wüste allerdings nicht mitbekommen. Zwar sanken auch dort die Temperaturen und Nachts gefror es sogar, doch tagsüber war es immer noch heiß. Das lag vornehmlich daran, dass das Bergol-Gebirge, welches die Wüste umschloss und ihr den Namen Bergol-Tal verlieh, die warme Luft am Entweichen hinderte. Sie zirkulierte wie in einem großen Kessel und heizte das Gebiet auf. Nicht zuletzt deshalb lebten dort nur die Obiden, welche sich über Generationen hinweg an das unwegsame Klima angepasst hatten und wussten, wie man in der Wüste des Bergol-Tals überleben konnte. Daher war es nicht weiter verwunderlich, dass sich auch die Religion in diesem Teil Paradóns wesentlich vom Rest des Landes unterschied. Die Obiden beteten zu Flexz, dem Gott der Wüste. Einer Sage nach hielten ihn die Obiden für verantwortlich, die großen Oasen erschaffen zu haben, als er seine Gläubigen vor der Wut Vencors in Sicherheit bringen wollte. Es war eine Zeit der Kriege zwischen den Göttern und bereits tausende Zyklen vor der Einung der Welt durch Aramas Karstiras. Flexz ließ die Erde austrocknen und sein Volk sich tief in dieses Gebiet zurückziehen. So wollte er Vencor glauben machen, sie aufgegeben zu haben und ihn in falscher Gewissheit über den Sieg wiegen. Tatsächlich jedoch schuf er die Oasen als Zufluchtsstätte fernab der Götterkriege. Vencor durchschaute das Spiel und strafte das Volk Felxz' mit einer Flammenhölle, die alles verbrannte. Flexz schaffte es aber trotz allem, sein Volk zu retten. Zwar war das Fleisch verbrannt und die letzte Zuflucht zerstört, doch der Gott gab sein Volk nicht auf. Viele Zyklen mussten seine Anhänger spärlich ausharren, aber die Oasen erblühten erneut. Die Haut geschwärzt und mit der Hitze bestraft, gelang es den Menschen, sich mit Hilfe der Oasen zu rehabilitieren. D'uril und Drakata entstanden und wurden zum Sinnbild des Trotzes der Obiden gegen Vencor. Nicht zuletzt deshalb brachte sich das Wüstenvolk aufopferungsvoll im Kampf gegen das Böse ein.

Plötzlich hielt Norgal sein Pferd an und stieg ab.

»Wir haben sie erreicht!«

Er ging auf ein Knie hinab und fuhr mit der Hand über den Untergrund. Fein rieselte der Sand zwischen seinen Fingern zu Boden.

»Der Rand der Wüste.«

Aurelian zog erneut sein Fernrohr und blickte hindurch. Weite Dünen breiteten sich vor ihnen aus. Ein paar Geier zogen am Himmel ihre Bahnen und eine sanfte Brise ließ die Haare der beiden leicht im Wind tanzen.

»Von jetzt an werden wir wohl nicht mehr nur mit einer Karte zurechtkommen und einen Krypt-Log benötigen.«

Der Vertraute des Königs durchsuchte die Satteltasche seine Pferdes und zog eine kleine Vorrichtung heraus. Es handelte sich um eine Nadel aus reinem Permentesum, die unter einer dünnen Halbkugel aus gehärtetem Glas lag. Dank eines ausgeklügelten Magnetmechanismus konnte man mit Hilfe der Kartenkoordinaten einen Ort auswählen und den Krypt-Log so einstellen, dass die Nadel immer auf den gesuchten Ort zeigte. Dadurch war man besonders in der Wüste relativ sicher, sich nicht zu verlaufen.

»Du besitzt einen Krypt-Log? Das wird uns einige Mühen beim Durchqueren der Wüste ersparen.«

Aurelian lächelte gewinnend und deute eine gespielte Verbeugung an.

»Da siehst du, wozu der alte Vertraute unseres Königs noch zu gebrauchen ist. Lass ihn mich nur einstellen, dann können wir weiterreisen.«

Norgal nahm einen Schluck aus der Wasserflasche und überprüfte den Sitz seines Schwertes. Nun begann also der beschwerlichste Weg ihrer Reise. Der Krypt-Log erleichterte es zwar, die Richtung beizubehalten, doch wartete die Wüste mit etlichen Gefahren auf. Dabei waren giftige Tiere wie die Chlach-Erúpta noch das geringere Übel. Es gab Geschichten über Sandbanditen, verschwundene Orte, Halluzinationen, trockenes Ertrinken und allerlei andere Mythen. Sicher war vieles davon frei erfunden, doch gab es auch nur wenige Menschen, die sich in die Wüste wagten und keine Obiden waren.

Mit seinem Flammenauge suchte Norgal den Horizont ab. Nachdem er ebenfalls nichts ausmachen konnte und Aurelian die Koordinaten mit dem Krypt-Log abgestimmt hatte, saßen sie wieder auf und ritten tiefer in die Wüste des Bergol-Tals.

Zu ihrer Linken türmten sich in einiger Entfernung die Ausläufer des Bergol-Gebirges mit ihren kargen, schroffen Felswänden. Die schneebedeckten Gipfel standen in starkem Kontrast zu dem sandigen, heißen Wüstenboden.

»Zu ärgerlich, dass wir keinen Wasserlauf mehr entdecken konnten. Aber ich denke, mit Pândrâs' Hilfe werden wir unser Ziel erreichen.«

Aurelian blickte sich noch einmal um, als hoffte er doch noch einen kleinen Bach oder eine Quelle entdecken zu können.

»Du solltest aber bedenken, dass die Wüste das Gebiet von Flexz ist. Hoffen wir, dass die Götter uns freundlich gesinnt sind.«

»Das stimmt. Du hast wahrlich die Besonnenheit und Klarheit eines Mönches aus Waradan.«

Immer weiter drangen sie in die Wüste vor. Als Norgal einmal zurück blickte, sah er bereits nichts mehr hinter sich, als reinen, goldbraunen Sand.

Schon bald machten sich die harten Temperaturen dieses Landstriches bemerkbar. Die Sonne brannte vom Himmel und ließ die Reisenden vor Schweiß durchnässt auf ihren Tieren sitzen.

»Wir müssen uns gegen die Hitze schützen!«

Norgal zog ein helles Stück Stoff aus der Satteltasche. Anschließend schüttelte er sich mit der rechten Hand den Staub, so gut es ging, aus seinen blonden Haaren. Den Stoff tränkte er leicht in etwas Wasser. Gerade so viel, dass es nicht weiter schlimm war und noch genügend Vorräte übrig blieben. Dann wickelte Norgal sich den Stoff um den Kopf. Er achtete dabei darauf, dass auch sein Mund und die Nase davon umgeben waren.

»Siehst du? So kann die Sonne uns nicht das Gesicht verbrennen und wir schützen uns vor einem Sonnenstich.«

»Das ist eine hervorragende Idee.« Sofort tat Aurelian es ihm gleich. Er dankte Pândrâs, dass sie vor ihrem Aufbruch an alles gedacht hatten. Nicht auszudenken, welche Schwierigkeiten es gegeben hätte, wenn sie ohne gute Planung in solch ein Abenteuer gestartet wären.

Nachdem die Hitze auch für die Pferde keine leichte Angelegenheit war, beschlossen die beiden immer wieder abzusteigen und den Tieren die Last von den Schultern zu nehmen. Sie gingen vor den Pferden her und zogen sie nach. Je weiter sie ins Innere der Wüste kamen, desto mehr verlor sich die Orientierung. Alles sah gleich aus und egal in welche Himmelsrichtung sie blickten, es gab keine Orientierungspunkte. Doch dank des Krypt-Logs wussten Aurelian und Norgal genau, wohin sie sich wenden mussten.

»Siehst du das, Norgal?«, fragte Aurelian, als er wieder einmal durch sein Fernrohr blickte und zeigte Richtung Norden. Als Norgal in die angegebene Richtung spähte, sah er in der Ferne eine Herde Kalachen vorbei ziehen. Mit jedem Schritt bewegten sich die großen Zacken der rinderähnlichen Geschöpfe.

»Sie ziehen in die gleiche Richtung wie wir. Vielleicht steuern sie eine Wasserstelle an?«

»Gut möglich. Weist du, wie weit wir noch von D'uril entfernt sind?«

Der Vertraute holte die Karte hervor und verglich sie mit dem Krypt-Log. Dann blickte er zur Sonne und nach Westen, wo sich am Horizont winzig die Spitzen des Bergol-Gebirges zeigten. Mit gespreizten Fingern fuhr er die Entfernungen auf der Karte ab, blickte erneut zum Himmel und meinte anschließend:

»Ich kann es nicht genau sagen, aber ich vermute, es werden noch einige Tagesmärsche sein. Sobald es Nacht wird, kann ich die Entfernung anhand der Himmelskörper genau berechnen. Hast du etwas spezielles im Sinn?«

»Ich möchte ungern ein Risiko eingehen. Die Kalachen können tagelang ohne Wasser auskommen, aber irgendwann müssen auch sie zu einer Wasserstelle. Wenn man das Verhalten der Herde betrachtet, scheint es, als wären sie gerade auf dem Weg zu solch einer Stelle. Da sie auch annähernd in die gleiche Richtung wie wir wandern, halte ich es für sinnvoll, ihnen zu folgen. Vielleicht kommen wir zu einer Wasserstelle, die nicht auf der Karte verzeichnet ist. Was meinst du?«

Aurelian sah wieder durch sein Fernrohr, dann nickte er und die beiden schlossen langsam zu der Herde auf. Penibel achteten sie darauf, nicht zu nah aufschließen. Würde die Herde aufgescheucht, könnte sie in Panik verfallen und wegrennen. Die Pferde hatten auf dem sandigen Untergrund und bei der andauernden Hitze keine Chance mit den Kalachen Schritt zu halten und das Spurenlesen war im Sand der Wüste dank der stetigen Verwehungen eine Herausforderung, der weder Aurelian noch Norgal gewachsen waren. So hielten die beiden Reisenden einen gebührenden Abstand, ohne die Herde zu verlieren und schon bald sahen sie Norgals Vermutung bestätigt. Eine kleine Wasserstelle rückte näher. Es war ein Teich, um den sich ein grüner Grasteppich gebildet hatte. Die verschiedensten Pflanzen wuchsen aus der Erde. Einige Palmen spendeten Schatten und es gediehen sogar Büsche mit Beeren und bunten Blüten. Man bekam den Eindruck, als würde sich das Leben der Wüste an diesem Ort versammelt haben und seine versteckte Reichhaltigkeit zur Schau stellen.

Norgal und Aurelian warteten, bis die Herde getrunken hatte, dann näherten sie sich ebenfalls der Wasserstelle. Als die Kalachen die beiden Menschen wahrnahmen, entfernten sie sich mit lautem Gegröle, um in einiger Entfernung abzuwarten. Scheinbar war die Herde noch nicht gewillt den Ort zu verlassen.

Das Wasser war klar und die kleine Oase wirkte wie ein Fremdkörper zwischen all dem Sand. Hohe Dünen umgaben das Wasserloch, so dass es nicht über viele Meilen hinweg sichtbar war. Die Tiere mussten instinktiv gewusst haben, wohin ihre Reise ging. Blendend drangen die Strahlen der Sonne über die Hügel aus Sand. Sie stand bereits tief und es würde nicht nicht lange dauern, bis es dunkel würde.

»Wir müssen uns gegen die Kälte der Nacht schützen. Der Sand speichert die Wärme nicht lange.«

Aurelian schien beim Anblick der Oase trotz allem leicht besorgt zu sein. Das harte und karge Leben unter freiem Himmel war er nicht gewohnt. Auch wenn er sich nie beschweren würde, ertappte er sich bereits ein paar Mal dabei, sich die heimeligen Mauern des Palastes in Iscadar zurück zu wünschen. Wie gerne säße er wieder vor dem Kamin, um einige Bücher zu studieren und mit dem König ein gepflegtes Wortgefecht zu führen.

»Ich werde etwas Holz schlagen. Ein Feuer wird uns wärmen und die wilden Tiere auf Abstand halten. Mach dir nicht so viele Sorgen, wir bekommen das schon hin.«

Norgal zog sein Flammenschwert und überprüfte die spitzen Zacken auf der Oberseite. Er setzte das Schwert verkehrt herum an eine umgestürzte Palme und nutzte es als Säge. In der Zwischenzeit sammelte Aurelian bereits etwas trockenes Gestrüpp vom Rand der Oase, was als Anzünder benutzt werden sollte. Die in passende Stücke gesägten Reste der kaputten Palme wurden zu einer würfelähnlichen Konstruktion geschichtet, welche nach oben und zu zwei Seiten hin mit Schlitzen für den Luftzug versehen war. In der Mitte wurde sie mit dem Anzünder ausgefüllt. So konnte sich das Feuer schnell ausbreiten und das Lager mit einer angenehmen Wärme erfüllen. Sie verzichteten darauf, das Feuer wie gewohnt in einer

Mulde zu entzünden. Der Sand war fein und dank der Dünen war das Licht ohnehin nicht weithin sichtbar. Sollten sich tatsächlich Orks oder andere Schergen der Ral-Kadór in die Wüste verirren, würde ein tiefer liegendes Feuer den Reisenden auch nicht mehr Schutz bieten können. Die Nacht kam schleichend, doch selbst als es finster war, verstummte das Leben der kleinen Oase nicht. Grillen fingen an zu zirpen, die Kalachen röhrten des Öfteren etwas unruhig und das leises Plätschern der Quelle erfüllte die Nacht mit einer beruhigenden Atmosphäre. Der Sternenhimmel war besonders klar. Hell strahlte der Mond in seiner vollen Größe auf das Land. Er war bereits noch größer als sonst und zeugte von der bevorstehenden Sonnenfinsternis.

»Dieser Frieden hier ist geradezu trügerisch, findest du nicht?«

Aurelians Blick war bei der Frage gen das Firmament gerichtet.

»Wenn man die Lage des Landes bedenkt, kann man leicht diesen Eindruck bekommen. Kaum zu glauben, dass die Obiden in dieser Wüste zwei blühende Städte errichtet haben.«

Norgal blickte ebenfalls nach oben.

»Von den Nomadendörfern ganz zu schweigen. Ihre mobilen Ortschaften sollen schnell auf- und abgebaut werden können. Sie liegen zwischen den Städten innerhalb der Wüste und reichen bis fast ins Grenzgebiet. So beziehen die Obiden Waren aus den östlichen Städten.Wie viele von ihnen wohl genau in diesem Moment wie wir zu den Sternen blicken, als würden sie einem sagen, was als nächstes zu tun wäre?

»Du bist durchaus philosophisch angehaucht, wenn ich dies sagen darf. Wenn du mich fragst, würden die Probleme nicht verschwinden, wenn wir etwas dagegen tun könnten. Sie würden sich verändern und uns in anderer Form erneut gegenüber treten«, sagte Norgal beinahe etwas zynisch.

»Das ist aber eine recht fatalistische Denkweise, mein Freund. Doch ich muss gestehen, es liegt ein Körnchen Wahrheit darin. Wir müssen diesen Wahnsinn mit allen Mitteln stoppen, die uns zur Verfügung stehen.«

»Das meine ich auch. Paradón hat schon etliche Bedrohungen überstanden. Wir werden auch diese überstehen.«

»Dank Menschen wie dir, die ohne zu zögern ihr Leben für das Wohl aller geben würden. Dein Mut in Syrtax hat mir bewiesen, dass du dem Bösen mit allen Mitteln Einhalt gebieten willst. Beinahe hatte ich das Gefühl, es wäre auch ein persönliches Interesse in deinem Handeln?«

»Nimm es mir bitte nicht übel, Meister Aurelian, doch möchte ich lieber nicht darüber sprechen.«

»Du musst eine große Last mit dir herumtragen, aber ich respektiere selbstverständlich deinen Wunsch. Ich werde dann mal die Entfernung nach D'uril berechnen. Die Sterne sind heute ja besonders klar zu erkennen.«

Aurelian stand auf und ging zu seiner Ausrüstung. Im Vorbeigehen legte er seine Hand kurz auf Norgals Schulter, als wüsste er, welche Schrecken seinen Begleiter in der Vergangenheit heimgesucht hatten. Die Reise schuf langsam eine Verbindung zwischen den ungleichen Verbündeten.

Während Aurelian die Route neu berechnete, schliff Norgal wieder einmal sein oranges Zackenschwert. Die Flammen des Lagerfeuers spiegelten sich in der Klinge. Egal wie oft Norgal sein Schwert pflegte, das Material der Schneide war ihm nach wie vor unbekannt. Die schwarzen Linien, die sich seit dem Vorfall in Syrtax durch das Schwert zogen, ließen es noch mysteriöser wirken und verliehen ihm eine dunkle Aura. Noch immer konnte Norgal keine Beeinträchtigung feststellen. Die

Linien ließen sich aber auch nicht mehr entfernen. Was er auch versuchte, es schlug fehl und so beschloss Norgal, das Schwert bei Gelegenheit einem Magier oder Zwerg zu zeigen.

Da drang ein blaues Leuchten unter Norgals Kleidung hervor. Er legte sein Schwert zur Seite und griff nach dem Amulett des Herrn der Winde. Blau funkelte es in seiner Hand und pulsierte leicht.

»Was ist das denn für ein Amulett?«, fragte Aurelian erstaunt.

»Das ist ein Amulett von Meister Torgadol, dem Herrn der Winde, aus dem Sturmgebirge. Er gab es mir, als ich Garvis zum ersten Mal begegnete. Er war verletzt am Fuße des Helions gelegen und ich brachte ihn zu Meister Torgadol, um ihm das Leben zu retten. Es ist mit der Magie der Winde versehen, doch so pulsiert hat es noch nie.«

Der Vertraute des Königs trat näher und versuchte das Amulett genauer zu betrachten. Die Winde tobten darin und ein Lichtstrahl löste sich heraus. Einige Herzschläge später strahlte ein Abbild des Meisters aus dem Amulett. Norgal hielt es noch immer in der offenen Handfläche. Ohne Angst verfolgte er, was passierte. Mit einer leicht verzerrten und hallenden Stimme begann die Abbildung zu sprechen:

»Seid gegrüßt, Norgal Vard mit dem Flammenauge. Lange hörten wir nichts mehr voneinander. Mir schien die Gelegenheit günstig, die Verbindung aufzunehmen.«

»Meister Torgadol! Was für eine Freude von Euch zu hören. Ich dachte, mit dem Amulett könnte nur ich Euch kontaktieren?«

»Der Anhänger ist mit meiner Magie beseelt. Ich habe vieles von Eurer Reise wahrgenommen und gesehen. Momentan befinde ich mich auf dem Weg nach Iscadar. Der König ersucht die Hilfe aller Magiekundiger der Landes.«

»Ich weiß. Ich bin hier zusammen mit Meister Aurelian, dem Vertrauten des Königs. Wir sind auf dem Weg zu den Obiden.«

Aurelian verbeugte sich vor der Abbildung des Herrn der Winde.

»Seid gegrüßt Meister Torgadol. Es freut mich, dass Ihr Eure Hilfe zur Verfügung stellt.«

»Ich grüße Euch ebenfalls. Von Eurer Reise bin ich bereits Kenntnis gesetzt. Deshalb habe ich eine Bitte an Euch. Als der Bote König Irgestos bei mir ankam, erfuhr ich, dass die Aufenthaltsorte von Meister Cémpionaûs und Meisterin Kîskîla unbekannt sind. Zunächst dachte ich mir nichts dabei, da die beiden dafür bekannt sind, sich längere Zeit zurück zu ziehen. Doch dann fiel mir ein, dass Meister Cémpionaûs einmal erwähnte, gelegentlich nach Drakata zu reisen. Vielleicht haben die Obiden in D'uril etwas von ihm gehört.«

»Weshalb seid Ihr so besorgt, Meister?«

»Mir kam zu Ohren, dass er auf der Suche nach einem besonderen Material für seine Forschung war. Sollte er dazu in die Wüste gegangen sein, könnten die Obiden womöglich etwas über seinen Verbleib wissen. Es ist nur eine Vermutung, aber wenn Ihr Euch etwas umhören würdet, könnte das vielleicht Aufschluss über seinen Verbleib geben. Die Informationen sind leider bereits etwas älter, aber womöglich eine Spur.«

»Das werden wir tun, Meister Torgadol. Hoffentlich finden wir einen Hinweis. Wir werden uns in D'uril umhören.«

»Wir benötigen jede Hilfe, die wir bekommen können. Meister Cémpionaûs ist ein hervorragender Magier und unerlässlich für den Kampf gegen die Ral-Kadór. Ihr dürft keine Zeit verlieren. Ich spüre, dass wir an einem Scheideweg stehen. Der Winter wird schnell da sein, dennoch hege ich die Befürchtung, dass wir trotz allem mit einem Schlag der Diener Vencors zu rechnen haben. Ich werde König Irgesto Hervaresta II raten, die Vorbereitungen zu beschleunigen.«

Die Befürchtungen des Magiers beunruhigten Norgal im Gegensatz zu Aurelian weniger. Er rechnete jederzeit mit einem Angriff der Ral-Kadór, besonders seit der Slúka in Syrtax aufgetaucht war. Aurelian riet Meister Torgadol auch, in seinem Namen den König zu informieren. Er traute der Vermutung des Magiers und wollte damit dem König möglichst wenig Zweifel offen lassen. König Irgesto hatte bereits mehr als genug um die Ohren und würde sich bestimmt den Kopf zerbrechen, woher solch eine Schlag kommen konnte. Er musst handeln, selbst wenn sich das Gefühl als unwahr herausstellen sollte.

»Ich wünsch Euch noch eine erfolgreiche Reise. Sollten sich Neuigkeiten ergeben, meldet Euch. Mögen die Götter mit uns sein«, verabschiedete sich Meister Torgadol von den beiden.

»Viel Erfolg auf Eurer Reise, Meister Torgadol. Sendet dem König unsere ergebensten Grüße.«

Nachdem sich der Herr der Winde verabschiedet hatte, wurde es wieder dunkler in der kleinen Oase. Das Feuer spendete noch immer Wärme und so war die Nacht für die beiden Reisenden trotz der kühlen Temperaturen erträglich.

Am nächsten Morgen füllten sie ihre Vorräte auf und Aurelian betrachtete sein Spiegelbild im Wasser.

»Möge Pândrâs dafür Sorge tragen, dass wir uns alle gesund wieder sehen.« Dann stand er auf und ging zu den Pferden. Die Temperaturen stiegen merklich schnell und schon am frühen Vormittag würde es drückend schwül werden.

Norgal zurrte gerade die Decken am Sattel fest und überprüfte den Sitz des Zaumzeugs.

»Wenn du bereit bist, können wir aufbrechen«, sprach er in Aurelians Richtung.

»Ich bin bereit. Zeit, dass wir D'uril erreichen.«

Sie saßen auf und als die Pferde die erste Düne hinauf gingen, kehrten die Kalachen zur Wasserstelle zurück. Der Krypt-Log wies konstant nach Nordosten und zeigte ihnen den schnellsten Weg durch die Wüste.

Als sie die erste Düne passierten, war die Oase schon aus ihrem Blickfeld verschwunden, doch die Pferde fingen an zu scheuen. Norgals Tier tänzelte nervös umher und er hatte Mühe, es zu beruhigen.

»Was hast du denn? Ruhig, mein Junge!«

»Irgendetwas scheint nicht zu stimmen!«

Aurelian blickte sich um. Außer Sand und einigen verdorrten Sträuchern umgab sie nichts. Norgals Pferd blieb weiterhin unruhig und auch Aurelians Tier fing an, dessen Stimmung aufzunehmen.

Plötzlich begann sich der Sand zu bewegen und rings um die beiden herum schoben sich Gestalten aus dem Untergrund. Ehe einer der Reisenden reagieren konnte, sahen sie sich einer Gruppe Vermummter gegenüber, die sie ringsum mit ihren Bögen im Anschlag bedrohten. Sie sprachen kein Wort, doch Norgal und Aurelian wussten, dass eine Gegenwehr nun sinnlos war. Sie waren in eine Falle getappt, mit der sie nicht gerechnet hatten. Mit Gesten geboten die Angreifer den beiden Gefährten abzusteigen und sich zur Oase zurück zu begeben.

»Wer seid Ihr?«, wollte Aurelian wissen.

»Seid still!«, befahl eine Frauenstimme und die Pfeile rückten Nachdruck verleihend höher.

»Aber was wollt Ihr von uns?«

»Noch ein Wort und dir wird ein Pfeil aus dem Körper ragen!«

Norgal gab dem Vertrauten mit einer Geste zu verstehen, sich in die Gefangenschaft zu fügen. Scheinbar wollten sie ihnen nicht das Leben nehmen, jedenfalls noch nicht. Er hielt es für besser, ihren Forderungen erst einmal nachzugeben, anstatt sich in einen aussichtslosen Kampf zu stürzen.

Streng bewacht wurden sie zur Wasserstelle zurück geführt und dort an eine Palme gebunden. Auch dann ließ die Wachsamkeit der Angreifer nicht nach. Die Bögen blieben weiterhin im Anschlag und so warteten sie. Worauf, wussten Aurelian und Norgal nicht. Die Vermutung lag allerdings nahe, dass es eine andere Gruppe oder Person war.

Es wurde nicht viel gesprochen. Die Gruppe verständigte sich mit Gesten und Norgals geschultes Auge zeigte ihm schnell, dass es sich um erfahrene Kämpfer handelte. Ein Fluchtversuch würde keinen Sinn haben. Die Angreifer beherrschten militärische Verständigungsmaßnahmen, waren sehr gut ausgerüstet und agierten routiniert. Sie schienen ein eingespieltes Team zu sein und so mussten Norgal und Aurelian die Gefangenschaft zunächst wohl oder übel ertragen.

Es verging einige Zeit und der Vertraute des Königs versuchte sich seine Nervosität nicht anmerken zu lassen. Obwohl er kein besonders erfahrener Kämpfer war, wusste doch auch er schnell einzuschätzen, dass die Angreifer keine einfachen Wüstenbanditen sein konnten.

Als etwas Zeit vergangen war, kam Aufruhr in die Gruppe. Ein Späher auf der Düne zeigte nach Westen und die Frau, welche als einzige bisher etwas gesagt hatte, stieg zu ihm nach oben. Sie überzeugte sich von der Information und kehrte danach wieder zurück.

Die Vermummte kniete sich vor den Gefesselten nieder und zog unerwartet die Tücher aus ihrem Gesicht. »Jetzt werdet Ihr gleich sehen, was Euch erwartet.«

Keiner der beiden konnte das Gesicht zuordnen. Die Frau war noch jung, vielleicht um die fünfundzwanzig Zyklen alt.

Ihr Gesicht war hübsch und ihre grünen Augen strahlten Entschlossenheit aus. Ein paar braune Haarsträhnen spitzten unter der Kopfbedeckung hervor. Sie lächelte verschlagen, zog die Tücher zurecht und ging zu ihren Gefährten. Ihr Lächeln konnte Norgal nicht zuordnen. Aus ihrem Gesicht ließ sich nicht lesen, ob es freundlich oder feindlich gemeint war. Das beunruhigte ihn etwas und seine Optionen waren nicht gerade vielversprechend. Er ärgerte sich über sich selbst, in solch eine Falle getappt zu sein.

Sie blickten auf die Düne, auf welcher der Späher stand. Eine weitere Gruppe erschien auf schwarzen Pferden.

Angeführt wurde sie von einem Mann mit einer seltsam anmutenden Kappe. Sie war rot gelb gefärbt und mit Schellen behangen. Norgal wusste sofort, dass es sich um den Mann handeln musste, der ihm in Syrtax das Leben gerettet hatte. In seinem Gefolge befanden sich fünf weitere Krieger. Sie waren ebenfalls alle vermummt. Langsam ritten sie die Düne hinab und wurden von den anderen kurz begrüßt.

»Wir haben sie dort an die Palme gebunden«, begann die Frau das Gespräch ohne größere Formalitäten.

Der Mann mit der Schellenkappe stieg von seinem Pferd und klopfte sein Gewand aus. Auch er trug einen Schutz gegen die Sonne und den Sand vor dem Gesicht, den er sich allerdings schnell auszog. Scheinbar wollte der Mann kein Geheimnis um seine

Aussehen machen. Das deutete Norgal als kein gutes Zeichen. Anschließend entledigte er sich auch seines Überwurfs und ein ebenso gefärbtes Kostüm in rotem und gelbem Rautenmuster kam zum Vorschein. Dann klopfte der Neuankömmling der Frau auf die Schulter und ging gemächlich auf die beiden Gefangenen zu.

Theatralisch blickte er Norgal und Aurelian an und begann mit weit ausladenden Händen zu sprechen: »Seid willkommen, werte Reisende. Zu lange ließ unser Aufeinandertreffen auf sich warten. Ist es der Wille Pândrâs' des Weisen gewesen, oder war es nur eine Laune des Schicksals? Nichtsdestotrotz komme ich nicht umhin, mich Euch nun endlich vorzustellen. Mögen die Feierlichkeiten beginnen. Mein Name ist Jokardy Scurra und ich bin der stellvertretende Anführer der Schwarzen Augen. Man nennt mich auch den Hofnarren.«

Mit einer übertriebenen Verbeugung vollendete er seine Vorstellung.

»Der Hofnarr? Wovon redet Ihr?« Norgal war sichtlich verwundert über den Auftritt des Mannes.

Wie zur Unterstützung seiner Worte zog Jokardy Scurra seinen Hemdärmel nach oben und legte den Blick auf eine Tätowierung frei. Es handelte sich um ein geschnörkeltes schwarzes Auge mit etlichen Ranken und Blättern. Durch die Pupille schoss ein breiter Blitz, gefolgt von weiteren Ranken. Dieses Symbol kam den beiden Gefangenen nur allzu bekannt vor. Es war das gleiche wie das der Angreifer in der Steppe, nahe des Wasserlochs am Helion.

»Ihr wart das! Ihr habt uns in der Steppe überfallen!«

»Das war wohl vermutlich ein Überfall. Aber es waren nicht wir, sondern Abtrünnige. Sie sind zu den Waldläufern der Ral-Kadór übergelaufen und haben den Bund verraten. Sie handelten nicht in unserem Sinne!«

»Wieso sollten wir Euch glauben? Ihr haltet uns hier gefangen wie Kriminelle!«

Aurelian war nicht gewillt den Worten des Fremden einfach so Gehör zu schenken.

»Doch wartet! Das heißt, Ihr wisst von den Ral-Kadór? Wie kann das sein?«

»Wir haben unsere Kontakte im ganzen Land. Die Ral-Kadór sind nicht die Einzigen, die wissen, wie man seine Spitzel unentdeckt unter das Volk mischt.«

Norgal brachte vor: »Ihr wart es doch, der in Syrtax dem Slúka den Speer durch den Körper jagte. Auf der Waffe war das gleiche Symbol. Würdet Ihr jemanden retten, den Ihr eigentlich tot sehen wollt? Das halte ich für eher unwahrscheinlich.«

»Da muss ich dir zustimmen, werter Freund. Doch wenn sie im Auftrag des Feindes unterwegs sind, ist ihre Verschlagenheit nicht zu unterschätzen.« Aurelian machte aus seinem begründeten Misstrauen kein Geheimnis.

»Nun, dann lasst mich Euch aufklären. Die Schwarzen Augen sind ein Geheimbund, der seit hunderten von Zyklen auf Apygárda existiert. Der Bund wurde gegründet, nachdem König Pandus der Eroberer große Teile des Kontinents regierte. König Pandus betraute die Schwarzen Augen damit, den Unbarmherzigen und Herrschsüchtigen zu zeigen, dass sie sich nicht der puren Willkür hingeben durften. Wir sind Assassinen, die im Auftrag des Friedens Gerechtigkeit walten ließen. Bis heute hat der Bund überlebt und seinen Einfluss und seine Ziele ausgedehnt.«

»Jetzt fällt es mir wieder ein!«, platzte es aus Aurelian heraus. »Ich habe einmal im Palast etwas über diesen Geheimbund gelesen. Doch dachte ich nicht, dass es ihn noch gibt. Solange ich lebe habe ich noch kein Mitglied der Schwarzen Augen gesehen, ja noch nicht einmal einen Hinweis auf ihren Fortbestand!«

»Wir agieren schon lange nicht mehr unter der Flagge des Königshauses. Wir sind autonom geworden. Aber wir halten auch heute noch die einstigen Werte der Schwarzen Augen hoch.«

»Ihr wirkt nun wahrlich nicht wie ein Assassine. Was soll diese Aufmachung? Warum habt Ihr uns hier gefangen genommen?«, wollte Norgal wissen.

Der Hofnarr kicherte und ging einige Schritte auf und ab, ehe er gestikulierend fortfuhr: »Alles zu seiner Zeit, meine Freunde.« Er kicherte glucksend. »Ihr seid keine Gefangenen. Wir mussten nur Vorsicht walten lassen. Der Überfall der Abtrünnigen hätte schwere Konsequenzen haben können. Wir wollten kein unnötiges Risiko eingehen. Am Ende hätte sich noch jemand verletzt.«

Bei seinen letzten Worten zwinkerte er den beiden Gefesselten zu, was diese mit einem verständnislosen Blick quittierten. Angesichts der Lage war ihnen nicht zu Späßen zumute.

Der Hofnarr zog ein Messer und schnitt die beiden los. Er bewegte sich dabei mit einer bizarren Grazie, die es für einen Außenstehenden unmöglich machte, herauszufinden, was für Fähigkeiten der Mann wohl hatte. Norgal war sicher, dass Jokardy Scurra ein gefährlicher Gegner sein konnte und vermutlich wegen seiner Erscheinung oftmals gewaltig unterschätzt wurde.

»Ihr habt meine geschätzte Freundin und erste Offizierin des Bundes, Myla Skauts, ja bereits kennengelernt.«

Die Frau mit den grünen Augen lächelte, während Norgal und Aurelian langsam aufstanden. Sie rieben sich noch die Handgelenke, als auch die anderen Kämpfer ihre Vermummung abnahmen. Die Situation wurde sichtlich entspannter. Die Schwarzen Augen wollten ein Zeichen des Vertrauens setzen.

»So, setzen wir uns nun und besprechen, weshalb wir den Kontakt zu Euch gesucht haben. Normalerweise wären wir direkt zu König Irgesto Hervaresta II gegangen, doch nachdem wir die Gefahr durch die Ral-Kadór entdeckt hatten, befand unser oberster Anführer Agamemnon M. Batahl, dass es besser sei, so wenig Aufmerksamkeit wie möglich zu erregen. Bald schon erfuhren wir von Eurer Reise und es schien uns eine gute Gelegenheit. Allerdings haben die Umstände eine Kontaktaufnahme erschwert. Erst der Überfall der Abtrünnigen und die alles verschlingende schwarze Finsternis in Syrtax. Doch nun haben wir Euch endlich getroffen und können Euch übermitteln, was wir zu sagen haben, bevor Ihr Eure Reise nach D'uril fortsetzt.«

Der Hofnarr lachte schallend und schlug feierlich die Hände zusammen.

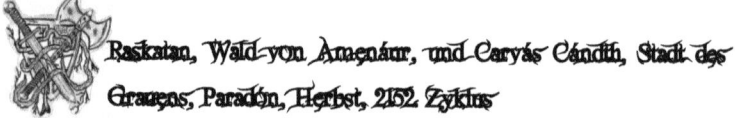

Die ersten Schneeflocken fingen allmählich an, die Wipfel der Bäume zu bedecken. Die Sôlluhná lag bereits einige Monde zurück und die Orks waren sehr unruhig und kampflustig. Zu lange mussten die meisten von ihnen schon im Wald von Amenáur und den Ruinen von Raskatan ausharren. Den wenigsten war es vergönnt, gelegentliche Beutezüge im Landesinneren durchzuführen. Aber auch die Waldläufer und anderen Verbündeten der Ral-Kadór waren mit der Lage zunehmend unzufriedener. Getrieben von Herrschsucht und Gier wollten sie so schnell wie möglich das Land überrennen. Mittlerweile waren auch weitere Dunkelelfen angekommen und Sârgalors Wort bestätigte seine Gültigkeit. Er hatte den Tragnîkan davon überzeugen können, zu den gegebenen Konditionen ein gültiges Bündnis einzugehen.

Auch Dienern wie Zandil blieben die Veränderungen nicht verborgen. Ebenfalls wurde bemerkt, dass die Ral-Kadór nicht mehr in den Wald gingen, wie noch vor wenigen Wochen.

Sârgalor war seit dem Vorfall in Zandils Kammer nicht mehr in der Festung gesehen worden. Er hielt sich vermutlich unter seinesgleichen, abseits der Ral-Kadór, auf. Die Vorbereitungen für den Angriff im Frühjahr liefen auf Hochtouren. Die Seelenmaschine war wieder einen guten Schritt weiterentwickelt worden und der Zustrom der Verbündeten war beinahe gänzlich versiegt. Es konnte der Eindruck erweckt werden, alles, was sich dem dunklen Fürsten Vencor verschworen hatte, lagerte in den Ruinen der verfallenen Stadt Raskatan. Doch lagen mittlerweile auch Berichte vor, dass Larvátras es mit seinen Orks bis nach Carvás Cándth geschafft hatte und im Zangengebirge auf den Vorstoß in die hinteren Reihen von König Irgesto Hervaresta II und seinem Volk lauerte.

Larvátras stand kurz davor ebenfalls einen Dämonenschild von seinen Meistern zu erhalten, doch noch war seine Bewährungsprobe nicht vollendet. So lange blieb er einer der führenden Seržane. Die dunklen Fürsten in der Stadt des Grauens erhofften sich, endlich dem Einflussbereichs Paradóns zu entkommen. Die kleine Enklave wartete bereits seit Dekaden von Zyklen auf eine Chance wie diese. Die Armee Paradóns ließ sie bis jetzt in Ruhe und es war ein unausgesprochene Akzeptanz vorhanden, die allerdings nur all zu leicht ins Gegenteil übergehen konnte. Nachdem die dunklen Fürsten sich ihre Stadt im Zangengebirge erbaut hatten und verkündeten, sich nicht den Gesetzen des Landes unterzuordnen, gab es immer wieder Auseinandersetzungen. Da die Stadt allerdings kein ernstzunehmender Gegner war und die Menschen des Zangengebirges selten daraus hervor kamen, hatte sich im Laufe der Zeit ein trügerischer Frieden eingeschlichen. Zwar waren die schauderhaftesten Geschichten über Experimente und Folter in Umlauf, nachdem aber nichts von verschwundenen Menschen bekannt wurde, die Späher des Königs nichts dergleichen mit Sicherheit bestätigen konnte und ein Frontalangriff höchst-wahrscheinlich mit einer Niederlage Seitens der königlichen Armee geendet hätte, waren keine Unternehmungen angestrebt worden, die Stadt zu erobern. Nie hätte Irgesto geglaubt, dass die fünf Fürsten von Carvás Cándth sich mit Mächten wie den Ral-Kadór einließen, geschweige denn diese ein Bündnis mit ihnen wollten.

Larvátras saß mit den Fürsten an einem Tisch im Burgfried der Stadt. Er hatte einige Änderungen erlassen, die nicht auf Wohlwollen gestoßen waren. Die Fürsten führten ein strenges

Regiment und deshalb war es nicht verwunderlich, dass ihnen der aufgezwungene Führungswechsel sauer aufstieß.

»Ich bin mir nicht sicher, ob wir Eure Vorschläge in der gewünschten Form umsetzen können«, sprach Altraîr, der älteste der Fünf. Er war in einen dunklen Umhang gehüllt und sein Gesicht zeichneten viele Falten. Das graue Haar war kurzgeschoren und an einigen Stellen bereits deutlich ausgefallen. Dabei zierten mehrere goldene Ringe mit roten Rubinen seine Hände. Altraîr machte keine Hehl aus seiner Vormachtstellung und zeigte dies auch nur zu gern.

»Darüber werde ich nicht weiter mit Euch diskutieren. Meine Meister haben mir klare Anweisungen gegeben und die werde ich umsetzen.«

»Aber die Orks sind Gift für die Einwohner. Es wurden bereits mehrere von ihnen erschlagen und sogar gefressen!«, entrüstete sich Otalin. Auch er trug einen schwarzen Umhang, doch darunter eine Oridaniumrüstung. Seit die Orks die Stadt erreicht hatten, war er ständig kampfbereit. Wütend schlug er auf den Tisch, dass ihm seine braunen Haare ins Gesicht fielen.

»Ich sagte bereits, dass ich mich darum kümmern werde. Die Orks haben zu lange keine Schlacht mehr geschlagen. Sie sind ausgehungert und wild auf einen Kampf. Dass ihnen dabei Eure Leute zum Opfer fallen zeigt aber auch, dass Ihr in Euren Reihen viele unqualifizierte Gefolgsleute habt.«

»Was fällt Euch ein!«

Anessa Benaîr kaute vor Wut ob dieser offensichtlichen Provokation auf ihrer Unterlippe. Deutlich war der blonden Frau anzusehen, dass sie dem Befehlshaber am liebsten an die Kehle gegangen wäre, doch Altraîr ergriff das Wort und versuchte die Situation zu beruhigen.

»Larvátras, wir wissen doch alle, dass diese Situation für uns nicht so vonstatten geht, wie wir dies anfangs gedacht hatten. Doch wir sind das Bündnis mit den Ral-Kadór eingegangen und werden uns fügen. Dennoch bitte ich Euch um Mithilfe. Wir kämpfen auf der selben Seite und können uns nicht erlauben, uns gegenseitig zu zerfleischen. Unser Gefolge besteht aus erfahrenen Kämpfern und die Kadmanareiter werden in der Schlacht von unschätzbarem Nutzen sein. Wir werden die Stadt für die Orks unzugänglich machen und sie nur noch im Heerlager vor den Mauern verpflegen. Dafür werden wir im Gegenzug Eure Änderungen stillschweigend akzeptieren und Euch mit Rat und Tat zur Seite stehen.«

Deutlich war den anderen Fürsten anzusehen, dass sie mit dieser Entscheidung nicht zufrieden waren, aber angesichts der Lage hatten sie keine andere Wahl und schwiegen.

»Gesprochen wie ein wahrer Anführer, auch wenn ihr vorgebt, alle gleichberechtigt zu sein. Nichtsdestotrotz werde ich mich um die Angelegenheit kümmern. In der Zwischenzeit könnt Ihr die Liste mit den Änderungen studieren. Ich erwarte eine schnellstmögliche Umsetzung.«

Die Arroganz mit der Larvátras sprach und wie er sich gab, zeugten von seinem Ehrgeiz und seiner Strenge, die manch einer als Überheblichkeit auslegen hätte können. Er würde alles tun, um der sechste kadórische Feldherr zu werden. Nur dann würden ihm nach der Schlacht eigene Ländereien zukommen und er könnte seine Macht ausbauen. Doch bis es so weit war, würde er jeden Widerstand aus dem Weg räumen.

Larvátras legte eine Schriftrolle auf den Tisch und verließ den Raum. Seine Rüstung mit den eingelassenen Valcuridsteinen schimmerte im Schein der Leuchter. Dann fiel die Tür ins Schloss und eine hitzige Diskussion entfachte.

Der Krieger wusste, dass die Fürsten die Forderungen nur hinnehmen würden, da ihnen keine andere Wahl blieb, doch das war ihm egal. Er hatte die Order, der Stadt des Grauens den Willen seiner Meister aufzuzwingen. Sollte es einen Fürsten geben, der sich nicht beugen wollte, so würde der ergebene Diener der Ral-Kadór nicht zögern, ein Exempel zu statuieren und allen Einwohnern Carvás Cándths klar machen, dass dem Willen der Meister unbedingter Gehorsam zu leisten war.

Larvátras war es einerlei wie die Besprechung der Fürsten ausfallen würde. Zu gegebener Zeit würde er zurückkehren und den Vorsitz über den Rat übernehmen. Doch damit der trügerische Friede nicht schon vor dem Kriegsausbruch brach, wollte der Heerführer der Forderung entsprechen und sein Orkheer vor den Toren der Stadt lagern lassen und ihnen den Zutritt zu selbiger verwehren. Auch wenn es ihm nur um seine eigenen Ziele ging, konnte Larvátras seine Abneigung gegen die Kreaturen Vencors, welche aus den unsäglichen Experimenten der Dunkelelfen an den Elfen hervorgingen, nicht leugnen. Mehr noch, er verabscheute die Orks und betrachtete sie nur als Mittel zum Zweck. Ihr kümmerlicher Verstand, ihre reine Zerstörungswut und Mordlust machten sie zum perfekten Kriegswerkzeug. Getrieben von der Aussicht auf funkelnde Beute und dem Spalten der Schädel ihrer Feinde, folgten sie bedingungslos den Ral-Kadór, die sie nicht nur als ihre wahren Meister ansahen, sondern auch mehr fürchteten als die Dunkelelfen selbst, von denen sie sich bereits vor vielen hunderten von Zyklen lossagten. Kaum ein Bewohner Paradóns wusste, wo genau die Orks herkamen oder wo ihr Heimatland lag. Über die Zyklen tauchten immer wieder einzelne Gruppen von ihnen auf, um plündernd durch die Grenzlande zu streifen, ehe sie von der königlichen Armee zur Strecke gebracht wurden. Es schien, als hätten die Orks nur darauf gewartet, sich unter einer Führungsriege wie den Ral-Kadór organisieren zu können und ihr Revier auszudehnen. Manch einer munkelte, sie hätten sich in dunklen Höhlen der unwegsamen Landschaft von Râktal Tarúk niedergelassen. Die Berichte darüber waren allerdings recht dürftig und wage in den Ausführungen.

Als Larvátras die Lagerstätte der Orks von den Zinnen des Walls erblickte, spuckte er verächtlich aus. Innerhalb kürzester Zeit hatten die Unholde es geschafft, den Platz vor den Toren mit Unrat und Gestank nur so zu übersähen. Um die Moral der Orks war es ohnehin nicht gut bestellt. Überall lagen betrunkene Gestalten im Morast, es gab wüste Prügeleien, in denen die Wesen ihre Kräfte maßen. Hinter einem Zelt erblickte der Mensch eine Gruppe, die ein lebendiges Schwein mit bloßen Klauen zerteilten und sich am Fleisch und Blut labten, wie es nicht einmal das schlimmste Raubtier getan hätte. Die brachiale Gewalt und Kraft, die von den Orks ausging, beeindruckte ihn aber auch auf eine gewisse Art. Die Orks kämpften, ohne darüber nachzudenken, und ließen sich von ihrem Instinkt leiten. Dadurch waren sie bei den Menschen so gefürchtet, doch das machten diese mit Verstand wett und waren dadurch den schwarzblütigen Grünhäuten oftmals überlegen. Besonders im Schwertkampf unterlagen die Orks den Menschen in starkem Maße, was nicht nur ihrem tumben Verstand, sondern oftmals auch ihrer schlechten Ausrüstung aus schartigen, rostigen Schwertern und abgegriffenen Rüstungen zu verdanken war.

Larvátras betrat über den Wehrgang die steinerne Treppe und durchschritt anschließend das große, eisenbeschlagene Tor mit dem dornenbespickten Fallgitter. Auch wenn die Orks vor Menschen keinerlei Respekt zeigten, hatte Larvátras es geschafft, durch rohe Gewalt und das Hinrichten nicht gehorchender Unholde einen gewissen Status unter ihnen zu erlangen. Der Rest des Gehorsams, gegenüber dem menschlichen Heerführer, kam durch dessen Kompetenzübertragung der Ral-Kadór. Der Seržan beorderte drei der Orkführer zu sich und befahl die Kunde zu verbreiten, dass sich ihresgleichen ab sofort aus der Stadt fern zu halten hatten. Unter ihnen befanden sich Oshgil und Kandosh, die in der Stadt verweilten, seit sie mit dem Kaszoc-Vhinás ins Zangengebirge gereist waren. Sie sollten ursprünglich nur den Menschen vor Augen führen, mit was für Wesen sie es bald zu tun bekamen und da die Orkführer etwas mehr Verstand besaßen, oder ihn zumindest besser einzusetzen wussten, kam es gelegentlich vor, dass sie für ein paar wichtigere Aufgaben eingesetzt wurden. Vornehmlich dann, wenn durch ihr äußeres Erscheinungsbild mehr erreicht werden konnte, als durch Verhandlungsgeschick. Mit einem widerwilligen Knurren nahmen die Unholde den Befehl hin und machte sich daran, ihn zu verbreiten. Larvátras erwartete nicht, dass sich alle Orks in ihrem derzeitigen Zustand an die Order halten würden, doch er hatte den Offizieren eingeschärft, dass er persönlich jede Zuwiderhandlung mit einer Enthauptung bestrafen würde. Er wusste, dass dies unvermeidlich war, aber danach würden es sich die anderen Orks mehrfach überlegen, ob sie ihr Leben für einen Gang in die Stadt riskieren wollten. Larvátras' strenge Hand war unter ihnen wohl bekannt und ebenso gefürchtet.

Nachdem er den Befehl erteilt hatte, ging der Seržan zurück in die Stadt und durchstreifte die Gassen. Noch immer suchte er nach dem Waldläufer, den der Kaszoc-Vhinás mit den beiden Orks in der Stadt zurückgelassen hatte. Von ihm fehlte jede Spur und die Angaben zu seinem Verbleib waren äußerst widersprüchlich. Larvátras hatte einige Untersuchungen angestellt, jedoch ohne großen Erfolg.

Carvás Cándth war eine dunkle Stadt. Durch das Zangengebirge, dessen Gipfel sich wie ein Dornenfeld über das Tal bogen, bekam die Gegend etwas Bedrückendes. Wieso gerade hier eine Stadt von diesem Ausmaß entstehen konnte, war selbst Larvátras ein Rätsel. Womöglich verbarg sich dahinter ein weiteres Geheimnis dieses Landes. Der Feldherr hatte von den vermeintlichen Bodenschätzen unter Tigwién Sinath bereits gehört. Vielleicht verhielt es sich hier ebenso. Womöglich waren die Gründerväter der Stadt auf etwas gestoßen, was sie zum Errichten einer derart gewaltigen Ansiedlung veranlasst hatte. Larvátras wusste als Mensch der Grenzlande von Turalién nicht viel über die Geschichte Paradóns und es war ihm auch egal. Als er aufgrund mehrerer Verbrechen seine Heimat unweit der nördlichen Grenze zu Nokrômark verlassen musste, hatte der Krieger viel gesehen und erduldet, ehe er durch einen Zufall in die Dienste der Ral-Kadór geriet. Dies war ihm allerdings sehr gelegen gekommen. Larvátras war das Davonlaufen leid und strebte nach Höherem. Er wollte Macht und Ländereien, wie sie die Großherzoge von Turalién hatten, wegen derer er ein Verstoßener seines eigenen Volkes wurde. Auch wenn Larvátras wusste, dass er die Schuld an seinen Verbrechen nicht abwälzen konnte, gefiel ihm diese Art des Umgangs mit der Realität wesentlich besser. Sein Hass auf Königin Alenáte und ihre Ideale war auch bei ihrer Nachfolgerin Königin Endriáte nicht gewichen, welche sich ebenfalls gegen seine Begnadigung aussprach und bei selbst nicht frei von Schuld war. Selbst wenn er es sich nicht eingestehen mochte, er war ein verdorbenes Subjekt, dass sich jeder Gesellschaftsordnung entgegenstellte, sobald ihm etwas nicht passte. Hätte er eigene Ländereien, würde er leben wie ein König und vielleicht eines Tages über eine beträchtliche Anzahl an Untertanen mit strenger Hand gebieten. Er gefiel sich in dieser Vorstellung und so wollte er in einer der Tavernen warten, bis er sich wieder zurück zu den Fürsten begab. Vielleicht fand er dort auch mehr über den Verbleib des Waldläufers heraus und falls nicht, so würde es ihn auch nicht scheren.

Währenddessen war die Debatte im Burgfried in vollem Gange. Ein heftiges Wortgefecht war entbrannt und die fünf Fürsten diskutierten ausgiebig über den weiteren Verlauf der Dinge.

»Wir können diese Forderungen nicht hinnehmen. Sie entheben uns jeder Vormachtstellung, die wir uns so mühsam aufgebaut haben«, sprach Anessa Benaîr mit bebender Stimme.

»Ich bin der selben Meinung!«, verschaffte Hurtgar Zetrôph der Aussage der Fürstin Nachdruck.

Altraîr sah den hageren Mann mit dem zurückgekämmten grauen Haar und dem zu Zöpfen geflochtenen Bart durchdringend an.

»Ihr habt recht, meine Brüder und Schwestern. Diese Forderungen sind untragbar, doch müssen wir sie hinnehmen. Durch die Ral-Kadór werden wir endlich eigenständig und unabhängig von den Fängen des königlichen Einflusses. Ihr wisst alle genau so gut wie ich, dass Irgesto, dieser Narr, unsere Denkweise nicht befürwortet und wir uns niemals so entfalten können, wie es die Gründerväter von Carvás Cándth für ihre Nachkommen vorgesehen hatten. Die Stadt wurde nicht ohne Grund mitten ins unwegsame Land des Zangengebirges gebaut. Unsere Experimente, die als frevlerische Taten abgetan werden, aber tatsächlich einem weit höheren Zwecke dienen, als all diese Ignoranten wahr haben wollen, können nur ausgedehnt werden, wenn wir uns endlich vom Einfluss Paradóns lossagen können. Ihr wisst alle, dass die Ral-Kadór unsere Chance dazu sind. Als der Kaszoc-Vhinás uns ein Bündnis vorgeschlagen hatte, hat er nicht unerwähnt gelassen, dass uns womöglich einige der Entwicklungen zu Beginn nicht gefallen könnten, doch am Ende würde unser Ziel erreicht werden.«

»Als der Ral-Kadór hier aufgetaucht ist, war ich der selben Meinung wie Ihr, Vorsitzender, doch mittlerweile bin ich mir nicht sicher. Am Ende gelangen wir vom Regen in die Traufe. Ich bin dafür, dass wir uns eine Absicherung verschaffen. Wir müssen versuchen, unsere Autonomie zu erhalten, bis der Krieg angefangen hat. Danach werden wir in den Wirren der Zerstörung unsere Experimente fortführen können, ohne die Augen der Ral-Kadór auf uns ruhen zu haben. Aber das bedeutet, wir müssen diesen Larvátras los werden. Bis über die Waradankette ein neuer Befehlshaber geschickt wird, kann es dauern. Der Winter wir das zu einem äußerst schwierigen Unterfangen machen, auch wenn er einen anderen Weg wählen sollte. Wir hätten die Kontrolle über die Orks und könnten uns obendrein auch noch einen Vorteil erspielen, indem wir den Ral-Kadór Glauben machen, wir würden die Forderungen auch ohne Larvátras in ihrem Sinne erfüllen. Unsere Streitmacht ist stark genug, die Orks unter unsere Kontrolle zu bringen, sollten sie sich weigern, ohne ihrem Heerführer weiterhin Menschen zu unterstehen.«

Otalin sprach aus, was alle im Raum dachten. Jedoch wusste niemand, wie sich solch ein Vorhaben umsetzen lassen sollte, ohne den Verdacht des Hochverrats zu erregen. Die Ral-Kadór würden ganz sicher misstrauisch werden, wenn einer ihrer besten Seržane im Lager der Verbündeten umkam. Es musste ein Plan geschmiedet werden, der die Stadt in einem guten Licht dastehen ließ und zugleich dafür sorgte, die Autonomie des Rates aufrechtzuerhalten.

»Wie sollen wir solch eine Tat begehen, ohne uns auch nur im Ansatz verdächtig zu machen?« Anessa Benaîr blickte Otalin, den Führer der Streitmacht Carvás Cándths, fragend an.

»In der Tat, Bruder«, bekräftigte Altraîr die Bedenken. »Wie sollen wir das anstellen? Bedenkt, was auf dem Spiel steht. Allein der Ausspruch eines solchen Vorhabens könnte uns den Kopf kosten. Wer weiß, wie weit die Ral-Kadór bereits vorgesorgt haben und Spitzel in der Stadt versteckt halten. Selbst wenn wir ihre Verbündeten sind, heißt das noch lange nicht, dass sie uns auch trauen. Wie Ihr seht, haben sie auch allen Grund dafür. Ich bin deshalb dafür, dass wir Larvátras den Vorsitz über den Rat und damit auch die Befehlsgewalt über die Stadt übertragen...«

»Aber Altraîr!«, unterbrach ihn Hurtgar Zetrôph empört, als könne er es nicht fassen, was der Vorsitzende aussprach. »Das kann doch nicht Euer Ernst sein!?«

»Lasst mich aussprechen, Bruder«, sprach Altraîr ruhig weiter. »Natürlich können wir ihm die Kontrolle nicht geben, ohne zu wissen, wie wir sie uns wieder holen. Allerdings erscheint mir dies als der sinnvollere Weg, als ihn aus dem Weg zu räumen. Was denkt Ihr, Schwester Sadedziná?"

Die Angesprochene, die sich bisher noch nicht stark an der Besprechung beteiligt hatte, stand unerwartet auf, bevor sie etwas erwiderte. Langsam ging sie um den runden Tisch herum und betrachtete jeden der Anwesenden mit einem schwer zu deutenden Blick. Schwarzes Haar umrahmte ihr schmales Gesicht und im fahlen Schein der Leuchter hatte ihre Gestalt etwas Unheimliches, als wäre sie ein Geist aus einer anderen Zeit. Nachdem sie einmal um den Tisch herum gegangen war, brach sie in schallendes Gelächter aus. Als die anderen sie verwirrt anblickten und nicht verstanden, was an ihrer derzeitigen Situation so witzig war, um in lautes Gelächter auszubrechen, setzte Sadedziná zu einer Antwort an: »Was seid ihr doch für Narren! Ihr seid fahrlässig in die Fänge eines Verbündeten gelaufen, der zu einer größeren Gefahr werden kann, als es Irgesto und seine Moralapostel jemals hätten sein können! Doch ich kann Euch beruhigen. Unmittelbar nachdem der Kaszoc-Vhinás mit uns das Bündnis schloss, machte ich mich daran, Vorkehrungen zu treffen.«

»Was für Vorkehrungen?«, hakte Altraîr nach.

»Wir werden unsere Macht erhalten, Larvátras los werden und dabei auch noch gut vor den Ral-Kadór dastehen. Der Schlüssel liegt im Verstand des Hauptmannes und seinem innigen Streben nach Macht und Reichtum.«

»Sein Verstand? Wie meint Ihr das?«, fragte Otalin.

»Lasst das jemanden erklären der sich besser darauf versteht als ich«, erwiderte Sadedziná mit einem geheimnisvollen Lächeln auf den Lippen. Sie ging zur Tür und reif einen Diener herbei, dem sie etwas zuflüsterte. Unmittelbar darauf verschwand der Bedienstete wieder und die Fürstin begab sich auf ihren Platz zurück. Als die anderen sie fragend ansahen sagte Sadedziná kein Wort mehr. Sie genoss die Aufmerksamkeit und gespannten Blicke, die ihr entgegengebracht wurden.

Schließlich kam der Diener zurück und war in Begleitung einer, in die Schatten des Ganges gehüllten, Gestalt. Ein dichter Bart umrahmte den Mund des Mannes und schimmerte in dunklen Brauntönen. Sein schwarzes Gewand war von einem orangen-brauen Überwurf geziert und um seinen Hals hing eine Kette, deren Anhänger eine knochige Hand darstellte die einen Totenschädel hielt, dessen Augenhöhlen rote Valcuridsteine zierten. Das Symbol der Magier Vencors!

Sadedziná genoss die schockierten Blicke der anderen Fürsten, als ihnen gewahr wurde, wer soeben den Raum betrat. Altraîr konnte ein schweres Schlucken nicht unterdrücken. Mit einer theatralischen Geste erhob sich Sadedziná und deutete auf den Mann.

»Geschätzte Schwester, werte Brüder, begrüßt mit mir: Meister Mithridál!«

Mit einem lauten Knacken barsten die Bäume unter der Urgewalt des Wolfsmonsters auseinander. Wutschnaubend richtete es sich auf und streifte die Schlingpflanzen von sich. Woher es die Kraft nahm, sich aus seiner prekären Lage zu befreien, war Eély ein Rätsel. Für gewöhnlich fielen Wesen, die mit Elfenstaub in Kontakt gerieten, in einen tiefen Schlaf, es sei denn, sie waren durch bestimmte Magie dagegen resistent, oder von elfischem Geschlecht. Langsam schritt die Kreatur mit vor Schaum triefendem Maul auf die Elfin zu, während sich von den Bändern um ihr Handgelenk rote Schlieren ausbreiteten. Die anfangs milchige Augenfarbe war nach wie vor einem glühenden Rot gewichen und die Schlieren verbreiteten sich, bis sie schließlich beinahe den ganzen Leib des Ungetüms einhüllten. In diesem Augenblick war Eély klar, dass dieses Wesen mit irgendeiner Art von sehr starker Magie in Kontakt gekommen war, die ihr gänzlich fremd war. Deshalb konnte der Elfenstaub seine Wirkung nicht entfalten! Noch befand die Kreatur sich in einem guten Abstand von Eély und die Elfin war gewillt, diesen kleinen Vorteil auszunutzen. Trotz der Tatsache, dass sie sich eines solchen Wesens noch nie gegenüber gesehen hatte, gab sie sich nicht der Angst hin. Sie drehte sich um und rannte tiefer in den Mangrovenwald hinein. Das Wolfswesen beschleunigte ebenfalls seinen Schritt und begab sich auf allen Vieren hinter Eély her. Eine mörderische Hatz nahm ihren Lauf. Eély rannte bewusst in entgegengesetzter Richtung zu ihrem Lager, um Tirgots Leben zu bewahren. Geschickt suchte sie sich ihren Weg zwischen dem Sumpf, bis sie geradewegs auf einen Baum zu rannte und sich mit einem Satz ins Blattwerk hinauf schwang. Über die Äste der Bäume erhoffte sich die Elfin bessere Chancen auf eine erfolgreiche Flucht. Die Kreatur verfolgte sie mit martialischer Gewalt und brach durch das Unterholz wie ein Eisbrecher aus Nokrômark. Trotz ihrer Gewandtheit hatte Eély Probleme, die Distanz zwischen sich und ihrem Verfolger aufrecht zu halten. Das Monster machte immer mehr Raum gut und brüllte der Elfin wütend nach. Von oben konnte sie sehen, wie das Tier versuchte, sie zu überholen. Mit einem weiteren Sprung überbrückte sie die Kluft zwischen sich und dem nächsten Baum. Gestreckt sprang sie vorwärts und ergriff mit den Händen einen Ast, an dem sie sich weiter schwang, um anschließend auf einem breiteren Teil des Baumes zu landen und in halsbrecherischer Geschwindigkeit weiter zu hetzen. Während die Elfin sich auf ihre Flucht konzentrierte dachte sie auch fieberhaft darüber nach, wie sie das Ungeheuer aufhalten konnte.

Da war das Wolfswesen heran und setzte an ihr vorüber, indem es ein weiteres Dickicht durchbrach. Auf der anderen Seite stürzte es allerdings direkt in das Lager der Goblins, welche Garvis des Nachts entdeckte. Der Morgen hatte es noch nicht geschafft, den Nebel zu verdrängen und die Goblins saßen noch immer verstreut im Lager. Allerdings kam das Monster über sie wie ein Gewitter und riss innerhalb weniger Herzschläge den ersten in Stücke, noch bevor die anderen wussten, wie ihnen geschah. Ehe die restlichen Goblins zu einer Reaktion fähig waren, packte das Ungeheuer sich den nächsten mit seinen Klauen und grub die Zähne in den kleinen Körper. Die restliche Horde fing an, vor Panik zu kreischen und versuchte in alle Richtungen davon zu laufen, doch das Wolfswesen zerfleischte einen nach dem anderen, bis die Lagerstätte ein Hort der Zerstörung und des Todes war. Überall lagen die Eingeweide und Überreste der kleinen Wesen verstreut.

Als das Tier mit seiner mörderischen Tat fertig war, suchte es mit glühenden Augen und blutbesudelter Schnauze wieder nach der Elfin. Schnaubend nahm es die Witterung auf und hetzte weiter.

Eély hatte allerdings die Situation genutzt und war weiter über die Baumkronen gerannt. Schnell schlug sie einen Haken nach Osten, der aufgehenden Sonne entgegen. Durch die Bäume und den Nebel war der Sonnenaufgang noch nicht stark sichtbar, aber sie hoffte, nach Osten hin aus dem Wald heraus zu kommen und sich die Sonne zu Nutze zu machen, um ihren Verfolger zu blenden und ihm einige Pfeile in die Brust zu jagen. Der Tod des Tieres war der einzige Ausweg.

Da war der Rand des Waldes heran und Eély rannte auf das freie Feld, zog den Bogen, drehte sich um und warte mit dem Pfeil im Anschlag auf das Auftauchen des Wolfswesens.

Es erklang ein markerschütterndes Heulen aus dem Wald und ein Schwarm Vögel schreckte auf. Deutlich war an den sich bewegenden Baumkronen zu erkennen, dass das Wesen die Position der Elfin ausgemacht hatte.

Die Sonne stieg stetig höher und tauchte die Gestalt der Elfin in ein rötliches Licht. Eély gab einen anmutigen Anblick, wie sie im Schein der Morgensonne auf dem freien Feld stand, die Beine knöcheltief in Nebelschwaden und den Bogen im Anschlag. Sie würde nicht weichen, jetzt hieß es die Elfin oder das Wolfswesen.

Mit einem gigantischen Sprung drang das Tier mit dem schwarzen Fell, noch immer umgeben von roten Schlieren, aus dem Mangrovenwald. Auf allen Vieren landend richtete es sich schnell auf und stand auf den Hinterbeinen. Wütend schnaubend starrte es die Elfin an, um im nächsten Augenblick wieder mit voller Wucht vorzupreschen und ihr Opfer in Stücke zu reißen.

Der Vormarsch währte jedoch nicht all zu lang, da die Sonne nun gänzlich über den Kamm des Horizonts getreten war und die roten Augen blendete. Irritiert hielt das Wesen in seinem Lauf inne, um im nächsten Moment ruckartig nach rechts herum gerissen zu werden. Wütend stierte es auf seine Schulter, aus der ein gefiederter Schaft ragte. Mit einer Klaue griff es danach und zog sich den Pfeil heraus. Blut drang aus der Wunde und schon im nächsten Moment hatte Eély einen weiteren Pfeil abgefeuert. Dieser grub sich durch den Oberschenkel, in unmittelbarer Nähe des Punktes, an welchem die Elfin es bereits im Wald getroffen hatte. Die Wucht ließ das Wesen einknicken und vor Wut aufheulen. Es war weniger der Schmerz als die Rage, die aus dem Ungeheuer hervorbrach. Allerdings schien es so, als würde die aufsteigende Sonne und die Wunden das Tier schwächen. Die roten Schlieren verloren an Intensität und unerwartet fiel das Wesen in den Nebel, der immer noch wie von Geisterhand über den Boden kroch. Eine Dunstwolke aus Nebelschwaden hüllte das Wolfswesen ein und Eély trat langsam näher. Sie traute dem Ungetüm durchaus zu, dass es sich um eine Finte handelte. Noch immer hatte die Elfin einen Pfeil auf der Sehne. Immer näher kam sie heran und traute ihren Augen nicht, als sie erkennen konnte, was im Nebel vor ihr lag: Es war Garvis!

Ihr Freund blutete aus mehreren Wunden, doch er lebte. Sofort ließ Eély den Bogen fallen und beugte sich über ihren Gefährten. Seine Kleidung war zerfetzt und es gab keinen Zweifel daran, dass er das Wolfswesen war!

Die Elfin hob Garvis hoch und zog ihn hinter sich her. Obwohl ihre Statur es nicht vermuten ließ, hatte sie genug Kraft, um den Mann bis zum Lager zurück zu bringen, wo Tirgot noch immer verängstigt wartete.

»Ihr….Ihr habt ihn gefunden?«, war sein erster Satz. »Was ist aus dieser schrecklichen Kreatur geworden?«

Eély überging die Fragen und erwiderte: »Er ist schwer verletzt, wir müssen ihn verarzten!«

Der Händler nickte eifrig, eilte herbei und bekam ein blasses Gesicht. Garvis sah sehr schlecht aus. Die Kleidung hing in Fetzen von seinem Körper und er blutete aus mehreren Wunden an Schulter und Oberschenkel. Sofort machte er sich daran, aus seinem Wagen Verbandszeug, einige Salben und Kräuter zu holen. Mit Hilfe des Hoklin-Krauts, welches nicht nur ausgezeichnet schmeckte, war es möglich, eine Pampe herzustellen, die auf Wunden desinfizierend wirkte und einen heilenden Film bildete.

Nachdem Garvis versorgt war, legten sie ihn auf die Ladefläche zwischen die Waren und packten rasch die restlichen Sachen ihres Lagers ein. Es war nun so wenig Platz auf dem Wagen, sodass Eély auf ihrem Pferd reiten musste.

»Wir müssen so schnell wie möglich Tambarun erreichen! Irgendetwas stimmt hier nicht. Ich habe Angst, dass er stirbt!«

Eély sah Tirgot mit einem durchdringenden Blick an. Der Händler wagte es nicht, eine Frage zu stellen. Er nickte stumm und schon kurz darauf war die kleine Gruppe wieder auf dem direkten Weg zur Stadt des Wassers.

Während der ganzen Reise wachte Garvis nur einmal kurz auf. Die Wunden und der Blutverlust erschöpften ihn. Sein Blick war abwesend. Auf nachfragen seiner Mitreisenden konnte er keine Antwort geben. Seine Gedanken waren wirr und drehten sich im Kreis, ohne einer bestimmten Logik zu folgen.

Sie rasteten nur noch sehr kurz und Eély trieb Tirgot bis zur Erschöpfung. Zu groß war ihre Sorge um den Freund.

So erreichten sie Tambarun schneller, als es der Händler vorausgesagt hatte. Garvis wurde abgeladen und von Bediensteten versorgt, nachdem Eély einen Boten an Irven, Tashila Orivátas Stellvertreterin, gesendet hatte, um ihre Ankunft bekanntzugeben.

Als die Elfin erzählte, was Garvis zugestoßen war, wurde ihr ein Mitkommen verwehrt. Sie verstand nicht, was dies zu bedeuten hatte und begehrte auf, doch es half nichts. In Tambarun herrschten die Gesetze der Menschen und denen hatte sie sich zu fügen, so wenig ihr das in diesem Moment auch passte.

Erst als Garvis fortgeschafft war, wurde sie sich der Größe und des Ausmaßes von Tambarun bewusst. Nach Iscadar war die Stadt des Wassers die zweitgrößte Stadt des Reichs. Eine große Feste bildete den Mittelpunkt der Niederlassung. Sie war prächtig und reichte mit ihren höchsten Türmen weit in den Himmel hinauf. So war es möglich, schon aus großer Entfernung jeden möglichen Angreifer auszumachen. Die Flaggen der Stadt zierten die Spitzen der Türme, eine Sonne, welche ein silbernes Schwert anstrahlte, unter dem sich drei Sterne befanden, auf blauem Grund. Doch das Besondere der Stadt des Wassers waren die vielen, kleinen, künstlich angelegten Flüsse, Wasserfälle und Springbrunnen. Überall an der Feste floss das Wasser in kleinen Bahnen hinab und hüllte die Bauten in ein glitzerndes Funkeln. Das viele Wasser hatte auch zur Folge, dass es in Tambarun ungewöhnlich viele Grünflächen gab. Bäume zierten zu beiden Seiten die steinernen Straßen, welche dem felsigen Untergrund, auf dem die Stadt stand, geschuldet waren. Wie die Bewohner es geschafft hatten, dennoch derart viele Bäume und Gras zu sähen, wusste Eély nicht. Scheinbar wurde in mühevoller Kleinstarbeit ein künstliches Erdreich über dem Fels angelegt.

Vor der Feste lag der Versammlungsplatz der Stadt, welcher in der Mitte von einer riesigen Statue geschmückt war. Sie umgaben mehrere Springbrunnen, die so angeordnet waren, dass sie eine Sonne bildeten. Der Boden dazwischen und unterhalb der Statue glänzte golden und reflektierte das Licht, sodass die Statue direkt angestrahlt wurde. Es war das Abbild von Aramas Karstiras, dem Lichtbringer. In voller Rüstung und mit weit ausgestrecktem Schwert zeigte er nach Westen. Es war ohne Zweifel festzustellen, dass die Statue nicht von Menschen, sondern von Zwergenhand gefertigt worden war. Auf einer Messingplatte stand in gravierter Schrift: *Dem Vertreiber der Dunkelheit, dem Lichtbringer Apygárdas, in ewiger Verbundenheit.*

Eine Rune an der unteren rechten Ecke der Platte zeichnete die Statue als ein Werk der Beru-Handwerksmeister aus. Es war das erste Mal, dass die Elfin eine für Menschen gemachte Statue der Zwerge erblickte und zeigte zugleich auch, welchen Einfluss Aramas Karstiras auf die Geschicke aller Geschöpfe Paradóns und letztlich ganz Apygárdas hatte. Noch jetzt konnte Eély förmlich die Aura des Lichtbringers spüren.

Tirgot stand noch immer neben der Elfin. Er war sich unschlüssig darüber, was nun zu tun sei. Die Verletzungen von Garvis und das Geschehene machten ihm noch immer zu schaffen.

So warteten die beiden vor dem Eingang zur Feste. Die Sorge um den Freund ließ Eély nicht von der Stelle weichen. Doch schon kurz nachdem Garvis fort geschafft wurde, öffneten sich die Tore erneut und einige Bedienstet kamen heraus. Die Dienerschaft ging auf die Elfin und den Händler zu und entschuldigte sich dafür, sie warten lassen zu haben. Die blauen Gewänder mit den vielen weißen Bändern waren mit den Runen der Aqua Amara versehen und zeugten unumstritten davon, dass Tambarun eine ganz besondere Stätte des Wasserordens und damit auch der Göttin Âmtalia war. Die Beschreibung des Hergangs von Garvis' Verletzungen verursachte allerdings eine große Unruhe unter den Heilern der Stadt. Die Elfin und der Händler folgten den Bediensteten durch die Gänge der Feste, bis sie einen Raum erreichten, der, nach Angaben der Diener, direkt an das Zimmer anschloss, in dem Garvis untersucht wurde. Eély kam sich beinahe wie bei einem Verhör vor, als sie aufgefordert wurden sich an einen Tisch zu setzen, an dem sich auch der Hauptmann der Garde befand. Die Türen wurden geschlossen und die drei waren allein.

»Ich bin Kapitonas Regios, Hauptmann der Garde und Befehlshaber der Streitkräfte Tambaruns. Mir wurde zugetragen, was mit Eurem Freund geschehen ist und deshalb muss ich mit Euch sprechen.«

»Was wollt Ihr von uns wissen?«, fragte die Elfin frei heraus. Ihr kam dies alles seltsam vor. Garvis war auf wundersame Weise zu einer blutrünstigen Bestie geworden, doch das Verhalten der Menschen, die davon wussten, war anders, als sie es sich vorgestellt hatte.

»Es ist nicht das erste Mal, dass sich im Fünf-Seen-Tal ein derartiges Ereignis zugetragen hat. Nur wenige wissen davon, da die Fürstin das Volk nicht beunruhigen will.«

»Nicht das erste Mal? Heißt das, es gab mehrere dieser Wolfswesen?«

Tirgots entgleiste Gesichtsausdrücke zeigten pure Furcht. Bis vor wenigen Tagen hielt er die Geschichten über die Wesen der Sümpfe für ausgemachten Humbug, doch jetzt konnte er sich durchaus vorstellen, dass auch den anderen Kreaturen ein Kern der Wahrheit anhaftete.

»Es waren nicht immer Wolfsmenschen. Es gab Verwandlungen verschiedenster Art, doch alle, denen ein solches Schicksal zuteil wurde, sind daran gestorben.«

»Gestorben?!«

Eély starrte den Mann mit weit aufgerissenen Augen an. Angst breitete sich erneut in ihr aus.

»Ich weiß, es hört sich nicht gut an. Ihr müsst mir die genauen Abläufe bis ins Detail schildern, nur so können wir vielleicht endlich herausfinden, was dort draußen vor sich geht. Die Heiler der Aqua Amara sind bereits bei Eurem Freund und geben ihr Bestes. Sogar Lady Irven ist bei ihm. Sie ist nicht nur die Stellvertreterin der Fürstin, sondern auch unsere oberste Heilerin. Für Euren Freund wird alles getan, was in unserer Macht steht. Erzählt nun bitte und lasst kein Detail außer Acht.«

Eély und Tirgot berichteten dem Hauptmann, was er wissen wollte und konzentrierten sich dabei, das Geschehene so genau wie möglich wiederzugeben.

Kapitonas machte sich immer wieder Notizen und nickte. Seine Miene verriet nicht, was er dachte. Die breite Narbe, die quer über sein Gesicht verlief ließ ihn bedrohlich wirken, doch seine Augen sprachen eine andere Sprache. Interessiert und mitfühlend folgte er den Schilderungen.

»...und so beeilten wir uns, möglichst schnell nach Tambarun zu gelangen«, schloss Eély die Ausführungen ab. »Kann ich jetzt vielleicht zu Garvis?«

»Fürs Erste habe ich, was ich brauche. Lasst uns nachsehen, ob Euer Freund ansprechbar ist. Versprechen kann ich es allerdings nicht.

Sie standen auf und gingen zum Nebenraum. Kapitonas klopfte an die Tür. Er trat nicht ein, sondern wartete, bis sie von innen geöffnet wurde. Irven persönlich erschien in der Tür und blickte die drei an. Ihre hochgesteckten, braunen Haare waren am Ansatz feucht vom Schweiß der Aufregung.

»Lady Irven, verzeiht die Störung, doch können die Gefährten des Patienten zu ihm?«

»Er ist schwer verletzt und die Verwandlung hat seinem Körper geschadet. Momentan schläft er noch. Wir haben getan, was wir konnten. Hoffentlich wacht er auf, ansonsten…«

»Ansonsten was? Wird er sterben?« Eély konnte kaum an sich halten. Tirgot dagegen stand einfach nur da. Für ihn waren die Ereignisse mehr, als er verkraften konnte. Nie hätte er sich träumen lassen, jemals in solch eine Lage zu geraten.

»Wenn er aufwacht, könnte er uns vielleicht die entscheidenden Hinweise geben, die uns noch fehlen«, antwortete Kapitonas an ihrer Stelle.

»Wenn er nicht aufwacht und wir nicht herausfinden, was genau ihm zugestoßen ist, stehen die Chancen nicht gut. Bisher hat es niemand überlebt und niemand ist noch einmal aufgewacht. Allerdings waren die Umstände zumeist etwas anders.«

Irven trat zur Seite und bat die Gruppe herein. Außer ihr war noch ein weiterer Heiler im Raum.

»Andere Umstände?«, hakte Eély nach.

»Keiner der anderen wurde je verwundet und direkt nach der Rückwandlung hierher gebracht. Viele wurden erst Tage später gefunden. Die Berichte lassen keinen Trugschluss zu, dass sie diejenigen waren, die als Monster die Höfe und Siedlungen angriffen. Einer wurde gar durch Zufall auf einem Hof von einem Trupp der Miliz umgebracht und verwandelte sich vor den Augen aller zurück. Für ihn kam jede Hilfe zu spät. Ein Glück, dass die Bevölkerung diesen Vorfall nicht miterlebt hat. Vielleicht hängt der Zeitpunkt der Behandlung mit dem der Verwandlung zusammen. Wir können nur beten. Mit Pândrâs' und Âmtalias Hilfe wird er es überstehen.«

»Er ist stark. Wenn es einer schaffen kann, dann Garvis.«

Eély wollte es nicht wahrhaben, dass ihr Freund vielleicht sterben könnte. Verzweifelt kniete sich die Elfin neben sein Lager und drückte seine Hand.

»Ich werde nicht von seiner Seite weichen!«

»Nun denn, ich lasse Euch etwas zu essen bringen und sehe nachher nochmal nach ihm.«

»Habt Dank, Lady Irven.«

Sie verließen den Raum und auch Tirgot machte sich daran, zu gehen.

»Ich kann nicht hier bleiben. Ich brauche Abstand von den Geschehnissen. Ich kann das alles noch immer nicht fassen. Verzeiht mir. Ich bleibe aber in der Stadt, falls Ihr mich benötigt.«

»Macht Euch keine Sorgen, Herr Tirgot. Ich verstehe das. Versucht, mit Euch ins Reine zu kommen und das Gesehene zu verarbeiten. Aber sprecht bitte mit niemandem ein Wort darüber.«

Der Händler nickte und so blieb die Elfin mit dem verwundeten Garvis allein.

Als das Essen gebracht wurde, rührte Eély kaum etwas davon an. Sie kniete neben dem Bett und hielt unaufhörlich die Hand des Freundes. Durchaus war Ihr bewusst, dass es nicht viel brachte, dennoch hoffte sie, er würde ihren Beistand spüren und wieder aufwachen.

Irven tauchte zu später Stunde nochmals auf und untersuchte Garvis. Sein Zustand war nach wie vor ungewiss. Eély hatte darauf verzichtet, nachzufragen, weshalb die anderen Menschen daran gestorben waren. Den Ausführungen, die sie zu hören bekommen hatte, war zu entnehmen, dass niemand genau wusste, was zu den Verwandlungen geführt hatte.

Nachdem Irven gegangen war, nickte die Elfin immer wieder ein. Dennoch verließ sie ihren Posten nicht.

Es war bereits weit nach Mitternacht, als Eély durch ein Geräusch hochschreckte. Ein Stöhnen entrang sich Garvis' Kehle und auf seinem ganzen Körper perlte Schweiß. Sofort richtete die Elfin sich auf und blickte ihren Freund an. Schmerzgeplagte Gesichtszüge sahen ihr entgegen und plötzlich schlug er die Augen auf. Ein wildes Flackern, umrandet von gelblichem Weiß, war in seinen Augen. Er stöhnte und keuchte. Ein heißeres Husten entrang sich seiner Kehle. Scheinbar erkannte er die Gefährtin nicht, denn sein Blick war starr nach vorne gerichtet. Dann verkrampfte sich sein Körper und Garvis bäumte sich auf. Innerhalb weniger Herzschläge erschlaffte seine Muskulatur und er sackte in sich zusammen, die Augen wieder geschlossen.

Eély sprang auf und rannte aus dem Raum. Sie musste Irven holen! Nachdem sie mit einem Bediensteten zusammen in die Gemächer der stellvertretenden Fürstin gelangte und ihr berichtete, was sich zugetragen hatte, eilten sie gemeinsam zurück zu Garvis. Noch immer lag er reglos auf seinem Lager. Die Atmung war flach und der Puls kaum fühlbar. Doch als sie sich über ihn beugten, schlug er erneut die Augen auf. Das gelbliche Weiß war etwas klarer geworden. Deutlich war ihm die Schwächung anzusehen.

»Wasser«, sprach er kaum hörbar.

Sofort wollte ihm Eély etwas reichen, doch Irven hielt sie zurück. »Wir müssen erst wissen, was sich zugetragen hat. Womöglich ist dies eine Reaktion auf die Verwandlung und könnte alles noch schlimmer machen! Wir müssen die Gunst der Stunde nutzen und ihn befragen, ehe er wieder ohnmächtig wird.«

Die Elfin nickte, auch wenn es ihr schwer fiel, Garvis so leiden zu sehen.

»Garvis, ich bin Irven aus Tambarun. Ihr müsst mir erzählen, was Euch zugestoßen ist.Nur so können wir Euch helfen!«

Garvis sah die Frau schwach an und verlangte erneut Wasser.

»Ich bitte Euch! Ihr müsst Euch konzentrieren. Es zählt womöglich jeder Augenblick! Versteht Ihr mich?«

»Ich habe das Gefühl, von innen heraus zu verbrennen«, war die beinah gewisperte Antwort.

»Wie kann das sein?«, fragte Eély mit zitternder Unterlippe.

»Es muss sich um eine Art Verunreinigung seines Körpers handeln!«, gab Irven zu verstehen und zu Garvis gewandt: »Bitte erzählt uns, was das Letzte ist, an das Ihr Euch erinnert.«

»Eine Grube… rotes Leuchten aus den Wänden… Schmerzen…«

»Was war das für ein Leuchten?«

»Rote Blasen… kamen auf mich zu… umschlossen mich.«

»Heißt das, Magie hat ihm das angetan?«

»Es sieht beinahe danach aus. Das erschwert unsere Lage. Für eine magische Heilung benötigt man die unterschiedlichsten Utensilien. Wir müssen womöglich einen Bann erzeugen. Ich hatte gehofft, dass es keine reine Magie war, sondern etwas wie ein Fluch oder eine Infektion.«

Irven dachte angestrengt nach. Bei magischen Verunreinigungen war es üblich, eine Substanz herzustellen, die auf die jeweilige Magie abgestimmt war. Sie wussten aber nicht genau, welche Art auf Garvis eingewirkt hatte.

»Ich bitte Euch, Ihr müsst etwas tun, sonst stirbt er!«

»Ich werde etwas tun! ich muss aber zuerst herausfinden, welche Magie in roten Blasen auftritt.«

»Werden wir die Zeit dazu denn haben?«

»Das können wir nur hoffen. Aber wir haben keine Wahl!«

Schon wollte sich Irven abwenden, um in der Bibliothek nach der richtigen Formel zu suchen. Da packte sie Garvis am Arm, schwach, doch bestimmt und sagte: »Phiole der Verbannung!«

Irven und Eély sahen sich an. Da erinnerte sich die Elfin, dass Norgal Garvis vor ihrer Abreise in Iscadar ein Fläschchen gegeben hatte. Eilig machte sie sich daran, Garvis' Gepäck zu durchsuchen und fand schließlich ein Gefäß mit einer dunklen, lila Flüssigkeit darin. Sie bewegte sich zäh und schien dickflüssig zu sein.

»Habt Ihr so etwas schon einmal gesehen?«, fragte Eély Irven.

»Ich habe einmal darüber gelesen. Es soll sich um eine Essenz handeln, welche vor allem zur Austreibung von Geistern und Dämonen dient. In der richtigen Verbindung lässt sie sich allerdings auch für jede andere Art von Inbesitznahme, Wahn oder zersetzende Krankheiten verwenden. Sie ist sehr wertvoll und überaus selten. Nur ein Magier von höchstem Rang ist in der Lage, so etwas herzustellen.«

»Meint Ihr, es könnte tatsächlich helfen?«

»Ich weiß es nicht. Es könnte sehr gefährlich sein. Die Magien könnten sich abstoßen und Garvis zerreißen. Wir brauchen genau abgestimmte Essenzen, um eventuelle Folgeschäden zu vermeiden. Eine unbedachte Verabreichung könnte ihn auf der Stelle töten! Es ist zu gefährlich, die Phiole zu öffnen. Es könnte weitreichende und ungeahnte Folgen nach sich ziehen!«

Da erschlaffte Garvis Körper und er sank in seinem Bett zusammen.

»Er wird schwächer!«

Eély war den Tränen nahe. Ihre Verzweiflung wuchs angesichts der Lage, dass sie ihm nicht helfen konnte. Ihre Fähigkeiten reichten bei Weitem nicht aus, um mit einer derartigen Problematik umzugehen.

Sofort untersuchte Irven den Patienten erneut. »Er wird in der Tat schwächer. Wenn wir nicht schnell handeln, werden wir ihn verlieren. Hoffentlich reicht die Zeit! Ich werde mich sofort auf den Weg machen und alles in meiner Macht stehende in die Wege leiten.«

Eély erwiderte nichts. Sie stand einfach nur da und blickte auf Garvis. So blieb sie allein zurück, die Phiole der Verbannung in der Hand.

Als sie nach längerem Warten erneut seinen Puls prüfte, fühlte sie ihn kaum noch. Kalter Schweiß haftete an Garvis' Körper und er war totenblass geworden. Deshalb entschied sich die Elfin dazu, zu handeln. Sie öffnete die Phiole der Verbannung und träufelte mehrere Tropfen der dunklen Flüssigkeit in den Mund des Freundes. Die eventuellen Nebenwirkungen waren ihr angesichts der Lage egal. Sie wollte Garvis' Leben um jeden Preis retten und es gab angesichts seines Zustandes keine andere Alternative mehr. Er war bereits auf der Schwelle des Todes. Irven war noch nicht zurück und Eély fürchtete, dass Garvis ihre Rückkehr nicht mehr erleben würde. Sie hatte keinen klaren Kopf und handelte instinktiv.

Langsam verschwand die Essenz im Rachen des Verwundeten, doch es passierte nichts. So entschied sich Eély dazu, noch einige Tropfen nachzugeben. Sie wusste nicht, wie sich das Mittel auswirken würde und tastete sich mit der Dosis deshalb vorsichtig heran, bis etwas geschah.

Nachdem die Elfin Garvis' Puls erneut geprüft hatte und feststellte, dass seine Atmung sich leicht gebessert hatte, beließ sie es vorerst bei der verabreichten Dosis. Vielleicht verschaffte ihm das die Zeit, die er so dringend benötigte.

Als Irven endlich wieder kam und noch einen weiteren Heiler dabei hatte, sah sie zuversichtlich aus.

»Wie geht es ihm?«

»Sein Zustand scheint sich stabilisiert zu haben.«

Irven und der Heiler beugten sich über Garvis. In seinem Mundwinkel befand sich noch ein kleiner Rest der Essenz. Mit einem strengen Blick sah Irven die Elfin an: »Was habt Ihr getan? Konntet Ihr denn nicht warten? Womöglich ist er jetzt verloren!«

»Aber er wäre sonst gestorben!«, verteidigte sich Eély. »Sein Puls und seine Atmung waren kaum noch wahrnehmbar. Ich musste etwas tun und verabreichte ihm einige Tropfen der Essenz. Scheinbar hat es ihm nicht geschadet.«

»Vielleicht im Moment nicht, doch auf lange Sicht könnte es schwerwiegende Folgen für ihn haben. Wir wissen nicht, wie die Wirkung seinen Organismus verändern kann. Wann habt Ihr ihm die Essenz gegeben?«

»Es ist noch nicht lange her. Es tut mir leid, aber ich wusste mir nicht anders zu helfen.«

Mit einem weniger strengen Blick sagte die oberste Heilerin: »Vielleicht ist es dann noch nicht zu spät. Wir verabreichen ihm nun zu der Essenz das Mittel, welches wir auf Grundlage der Magie erschaffen haben. Wir fanden heraus, dass es sich vermutlich um besondere Gestaltwandlungsmagie handelt, die den Körper jedes Unwissenden lediglich als Wirt benutzt. Etwas ähnliches hatten wir zwar zuvor auch schon geschlussfolgert, doch gibt es davon die unterschiedlichsten Auswüchse. Allerdings stießen wir in den Unterlagen auf nur eine einzige Art, die rote Blasen wirft: Naviga Sarkána.«

Sie gab dem Heiler Anweisungen und nahm Eély die Phiole der Verbannung aus der Hand. Innerhalb weniger Herzschläge verabreichten sie Garvis eine Dosis von ihrem Mittel, als das Unfassbare geschah!

Um die Handgelenke des Bewusstlosen zeichneten sich schemenhaft rote Bänder mit einer uralten Rune ab. Nach und nach hüllte sich sein Körper in einen hellen, rötlichen Schein, der die Umrisse und die Statur des Wolfswesens annahm. Wie eine durchsichtige Hülle umspannte sie Garvis. Die Umrisse umgaben seinen Körper, als wollten sie sich von ihm ablösen, doch etwas hielt sie und hinderte sie am Entweichen. Anstatt sich abzustoßen, verband sich die schimmernde Hülle mit dem Körper und schien eine Einheit zu bilden. Die Runen auf den Armbändern veränderten sich geringfügig und plötzlich schlug Garvis die Augen auf. Sie waren blutunterlaufen und ein wilder Schrei entriss sich seiner Kehle, ehe die schimmernde Hülle des Wolfswesens langsam verblasste und sich in sein Inneres zurückzog. Die roten Bänder flackerten bis zuletzt auf. Als sie ebenfalls erloschen waren, bäumte sich Garvis auf und seine Gesichtszüge fingen an, sich aufzulösen. Der Kiefer knackte, eine längliche Schnauze schob sich mit einem Maul aus dem Gesicht und verband sich mit der Nase. Haare fingen an zu sprießen und die Ohren wurden spitz. Das Gleiche geschah mit seinen Gelenken und dem Rumpf. Ein Knacken wie von brechenden Knochen, erfüllte den Raum und der Heiler ergriff schreiend die Flucht. Die beiden Frauen stierten auf den entstellten Mann, der sich immer mehr in ein wolfsähnliches Wesen verwandelte. Scharfe Krallen kamen aus Fingern und Zehen und formten sie zu tödlichen Klauen. Geifer rann aus dem Kiefer und immer wieder schrie das Wesen mit voller Kraft. Silbernes Fell machte sich auf der Brust breit, während der Rest von Garvis mit schwarzem Haar überwuchert war. So endete die Verwandlung. Irven und Eély waren immer noch unfähig, sich zu rühren, als etliche Wachen angerannt kamen. Der Heiler musste sie alarmiert haben. Mit nach vorne gerichteten Hellebarden näherten sie sich der Kreatur, die einst Garvis war. Doch etwas stimmte nicht. Das Wesen machte keine Anstalten, einen Angriff zu unternehmen. Langsam richtete es sich von seinem Lager auf und blickte in die Runde. Die Gesichter der Wachen waren von deutlicher Furcht geziert und auch Irven und Eély blickten fassungslos in die glühenden Augen der tödlichen Kreatur. Verdutzt sah sich das Wolfswesen um, noch immer ohne jede Reaktion. Vermutlich wusste es nicht, wo es sich befand. Sein Trieb müsste es aber jeden Moment zum Angriff übergehen lassen. Schnaubend blickte es an sich hinab und starrte auf seine Klauen. Plötzlich sank es auf die Knie, wodurch es jedoch fast immer noch genauso groß war wie Irven, und stieß ein lautes Heulen aus. Das war das Zeichen der Wachen, zuzuschlagen. Geordnet rückten sie vor, doch Eély gewann ihre Fassung wieder und forderte sie auf, zu warten. Verunsichert blickten die Soldaten zu Irven. Als diese ihnen ein Zeichen gab, der Aufforderung zu folgen, hielten sie an. Der gewaltige Kopf der Kreatur richtete sich auf die Menschen und die blutunterlaufenen Augen wirkten leer. Mit tiefer und unmenschlicher Stimme öffnete das Wolfswesen sein Maul: »Was ist mit mir geschehen?«

»G…G…Garvis?« Eély konnte es nicht glauben. Das Wesen sprach in der Gemeinsprache Apygárdas. Es war, als stünde eine gänzlich andere Kreatur vor ihr, als noch vor Tagen im Wald.

»Bist du es wirklich?«

»Ich bin es! Was habt ihr mir angetan!«

Wütend knurrte das Monster in Richtung der Gruppe.

»Wir haben dir das nicht angetan! Wir haben versucht, dich zu retten. Kannst du dich nicht erinnern?«

Deutlich war den Wachen anzusehen, dass sie nicht wussten, ob sie staunen oder sich fürchten sollten. Gebannt verfolgten sie das Geschehen.

»Ich weiß nur, dass ich eine Horde Goblins aufgespürt hatte, danach trüben sich meine Erinnerungen. Was ist mit mir geschehen? Sag es mir!«

Eély erklärte Garvis, was sie in dem Waldstück erlebt hatten, während sie sich dabei immer wieder auf die Unterlippe biss.

»Darf ich mich vorstellen. Ich bin Lady Irven. Es ist erstaunlich, scheinbar hat sich die Naviga Sarkána mit Eurem Körper verbunden und durch die Essenzen eine Einheit gebildet, die Euch erlaubt, Euren Verstand über den des Geistes der wilden Kreatur zu stellen«, brachte sich Irven erklärend ein und zur Elfin gedreht flüsterte sie: »Das sind vermutlich Teile der Nebenwirkung, von denen ich sprach.«

»Es tut mir so leid! Vermutlich bin ich schuld daran, dass du jetzt in dieser Gestalt feststeckst. Ich gab dir die Essenz aus der Phiole der Verbannung. Ich hatte Angst, dich zu verlieren und so konnte ich nicht anders, als dir etwas davon zu geben, bevor Lady Irven mit dem restlichen Heilmittel zurück war.«

»Heißt das, ich wäre beinahe gestorben?«

»Ja, das heißt es. Euer Geist war bereits auf dem Weg ins Reich der Toten. Eure Freundin hat vielleicht unbesonnen gehandelt, doch hat sie Euch damit vermutlich das Leben gerettet.«

»Aber zu welchem Preis!«, brachte Eély hervor.

»Gib dir nicht die Schuld. Du hast mich gerettet, obwohl ich versuchte, dich umzubringen.«

Die Klaue des Wesens legte sich auf Eélys Schulter.

Tränen rannen ihre Wange hinab.

»Können wir denn gar nichts tun?«

»Es liegt außerhalb meiner Kräfte als Heilerin. Sein Zustand hat etwas mit Magie und der Verbindung der Essenzen zu tun. Vielleicht wäre ein Magier in der Lage, etwas daran zu ändern. Das kann ich nicht sicher sagen. Ich werde dennoch alles versuchen und jeden verfügbaren Helfer in die Bibliothek der Aqua Amara schicken, um etwas in Erfahrung zu bringen. Die Mönche Âmtalias haben ein umfassendes Wissen angesammelt. So etwas passiert nicht alle Tage, deshalb ist die Chance gering, aber einen Versuch ist es wert.«

»Habt Dank Lady Irven«, sprach das Wolfswesen. »Ich fühle mich unsäglich müde. Wenn ich noch etwas auf dem Lager ruhen könnte, wäre ich Euch zutiefst verbunden.«

»Selbstverständlich könnt Ihr das. Wir ziehen uns zurück und werden morgen früh gemeinsam nach einer Lösung des Problems suchen.«

Irven forderte die Wachen auf, die Kammer zu verlassen. Sie kamen der Forderung nur widerwillig nach. Ihre Blicke waren noch immer auf das Monster gerichtet, in das sich Garvis verwandelt hatte.

»Du auch«, sagte Garvis zu Eély. »Ich muss jetzt allein sein.«

»Aber...«, versuchte die Elfin aufzubegehren, verstummte jedoch schnell als sie das Flackern in den Augen des Wesens sah und verließ ebenfalls den Raum. Knarrend fiel die Tür ins Schloss. Die Wachsen positionierten sich geordnet vor der Tür und Eély wurde von Irven in ein Gemach geleitet. An Schlaf war für die Elfin allerdings nicht zu denken. Sie setzte sich auf einen Stuhl ans Fenster und betrachtete den frischen Neumond. Einige Tränen liefen ihr die Wange hinab. *Wenn mich jetzt die Ältesten sehen könnten. Sie würden es für eine Schande hal-*

ten, wegen eines Menschen derartige Gefühle zu zeigen. In diesem Moment war es ihr jedoch egal, was sich für ihr Volk ziemte. Die menschlichen Verhaltensmuster konnte und wollte sie nicht ablegen. Deshalb schämte sie sich nicht für ihr Verhalten und verbrachte die restliche Nacht in tiefer Sorge.

Auch Garvis fand keine Ruhe. Sein Körper fühlte sich erschöpft und ausgebrannt an. Das Wesen, welches in ihm schlummerte und dessen Gestalt er nun unweigerlich angenommen hatte, ließ seine Gedanken sich überschlagen. Immer wieder versuchte er die Geschehnisse zu rekapitulieren, doch seine Gedächtnislücken waren zu groß. Auch fragte er sich, weshalb er schon wieder in solch eine Situation geraten war. *Wäre ich doch am Helion nach dem Angriff des Wächters bereits beinahe gestorben, hätte mich Norgal damals nicht gefunden und nun das...*

So drehten sich seine Gedanken im Kreis, bis er schließlich erschöpft einschlief.

Als der Morgen graute, war Eély bereits wieder auf den Beinen. Unruhig ging sie in ihrer Kammer hin und her. So sehr sie auch nachdachte, ihr fiel keine Lösung für das Problem ein. Als die ersten Sonnenstrahlen durch das Fenster den Raum erhellten und ihr sanft ins Gesicht schienen, hielt die Elfin es nicht mehr aus und machte sich auf den Weg zu ihrem Freund.

An Garvis' Gemach angekommen, klopfte sie an die Tür. Sicherheitshalber war sie von außen verschlossen worden. Der Schlüssel hing an einem Haken an der Wand und die Wachen war nach wie vor auf ihrem Posten. Garvis war zwar kein Gefangener, aber gewisse Vorsichtsmaßnahmen wollte Irven nicht außer Acht lassen. Als sich in der Kammer nichts rührte, beschloss Eély, einzutreten und nachzusehen. Ohne Einwände übergab ihr eine der Wachen den Schlüssel.

Langsam schob sie ihn in das gezackte Schloss. Das Knacken des Mechanismus war deutlich zu hören und nach dem Drücken der Klinke spähte die Elfin vorsichtig in das Innere.

»Garvis, guten Morgen! ist alles in Ordnung?«, lautete ihre zurückhaltende Frage. Eine Antwort erhielt sie allerdings nicht. Stattdessen drang nur ein leichtes Schnarchen an ihre Ohren. Sie betrat den Raum und erblickte Garvis zwischen den Laken liegend, quer auf dem Bett. Sein Kopf hing bäuchlings nach unten, seitlich aus dem Bett heraus. Sofort erschrak Eély und rannte zu ihm hinüber. Seine Verwandlung war rückgängig gemacht und Garvis lag nackt, bis auf die zerfetzte Hose, auf seinem Lager. Eély rüttelt an ihm herum, bis er verschlafen die Augen öffnete.

»Was ist los?«, wollte Garvis mit vor Schlaf triefender Stimme wissen.

»Du bist wieder du selbst!«

Sofort sprang er auf und betrachtete sich. Die restlichen Fetzen seiner Kleidung landeten auf dem Boden. Seine Blöße vergaß er komplett und Eély kam nicht umhin, rot zu werden und sich verschämt wegzudrehen.

»Ich bin wieder ich!«, schrie Garvis und hüpfte im Raum auf und ab. Seine Freude über die Rückwandlung seines Körpers war überdeutlich. Völlig unerwartet fiel er Eély um den Hals und küsste sie überschwänglich auf den Mund. Erst einige Herzschläge später wurde ihm gewahr, was er gerade getan hatte. Schnell entschuldigte er sich bei ihr, doch Eély war nicht wütend darüber. Sie konnte es verstehen. Wenn sie nur daran dachte, wie sie sich die ganze Nacht über gefühlt hatte, wie mochte es da erst Garvis ergangen sein.

»Schon gut, schon gut«, sagte sie deshalb und sah ihn forschend von oben bis unten an. »Wir sollten zu Lady Irven gehen. Ich bin mir sicher, sie wird erfreut sein, dass du wieder du selbst bist. Aber vielleicht ziehst du dir erst einmal etwas an. Es werden dich nicht alle so wohlwollend betrachten.« Sie grinste ihn hämisch an.

Garvis blickte an sich herunter, zuckte zusammen und bedeckte seine Blöße, ehe er zu lachen begann.

»Da könntest du recht haben, auch wenn ich mir so ja viel besser gefalle, als noch heute Nacht. Gib mir einen Moment, ich komme gleich.«

Die Elfin verließ das Zimmer und warf noch einen letzten Blick über die Schulter. Ihr Volk wäre empört über ihr Verhalten gewesen, aber Eély war glücklicherweise die einzige Elfin in Tambarun. Sie wartete vor der Tür und lehnte sich erleichtert an die kühle Wand. Sie kam nicht umhin schmunzeln zu müssen. Die meisten ihres Volkes hätten in solch einer Situation anders reagiert und sich Garvis gegenüber überlegen gefühlt, sich vermutlich sogar über das menschliche Verhalten echauffiert, doch dank Eélys Kindheit bei den Menschen war sie diesen oft näher als dem eigenen Volk.

Schon kurz darauf kam Garvis zu ihr auf den Gang und gemeinsam machten sie sich, begleitete von den Wachen, auf den Weg zu Irven.

Als die Vertreterin der Fürstin die beiden sah, war sie nicht weniger erstaunt, erleichtert und erfreut zugleich. Die ganze Nacht hatte sie über den Büchern gehangen, konnte allerdings keine Lösung für das Problem finden. Nie hätte sie geglaubt, dass Garvis sich überhaupt, und dann auch noch so schnell, wieder in seine ursprüngliche Gestalt zurück verwandeln würde. Sie hatte sich bereits die Worte zurecht gelegt, mit denen sie ihm die ernüchternde Nachricht überbringen wollte. Umso erfreuter war sie, als sie den Mann zum ersten Mal wach und wieder in seiner normalen Gestalt sah. Das schwarze Haar hing ihm wild ins Gesicht und er wirkte, als hätte er sich sehr beeilt, um zu ihr zu kommen. Deshalb schlug sie vor: »Lasst uns etwas zum Frühstück zu uns nehmen. Dann können wir auch alles Weitere bereden.«

»Einen kleinen Happen könnte ich nach all den Strapazen durchaus vertragen«, witzelte Garvis und gemeinsam mit Eély folgte er Lady Irven zum Speisesaal.

Es wurde ein genügsames Mahl aufbereitet. In Tambarun hielt man nichts von dekadenter Verschwendungssucht und das galt auch für die Fürstin und ihren Hofstab. Als oberste Hohepriesterin der Aqua Amara fühlte sich Irven schon von Amtswegen verpflichtet, ein gutes Vorbild abzugeben. Was für die Bauern gut genug war, war auch für die Adligen nicht von schlechtem Wert. Das war seit jeher die Devise. Nicht umsonst genoss Tashila Oriváta unter den Menschen im Fünf-Seen-Tal einen derart guten Ruf.

Genüsslich nahmen sie die Speisen zu sich. Neben ihnen waren auch noch der Heiler der Aqua Amara aus vergangener Nacht, ein paar wichtige Adlige, sowie Kapitonas Regios und die Wachen anwesend. Es wurde darüber gesprochen, dass Garvis' Zustand sich jederzeit wieder verschlechtern konnte und niemand genau wusste, wann die Bestie in ihm erwachte. Auch wusste niemand, ob das Wesen dann ein Bewusstsein hatte oder der ungestümen Wildheit verfallen würde. Irven empfahl Garvis, dringend einen kundigen Magier aufzusuchen. Nur so könnten die Auswirkungen seines Unfalls mit der Naviga Sarkána rückgängig, oder zumindest eingedämmt werden. Anschließend verabschiedete Lady Irven die Adligen und den Heiler. Nachdem die Formalien geklärt waren und etwas Ruhe einkehrte, eröffnete Irven, weshalb Garvis und Eély in Tambarun waren. Diese waren sehr erstaunt als sie hörten, was das Geheimnis war, welches Tashila Oriváta in Iscadar noch nicht preisgeben wollte.

»Das, weshalb Ihr hierher geschickt wurdet, ist Luminór, das Schwert Aramas Karstiras'. Jene sagenumwobene Waffe, mit der die Finsternis vertrieben wurde und die dadurch ihren Namen erhielt. Sie ist das Sinnbild für die Rückkehr des Lichts auf Apygárda«, erklärte Irven. »Allgemein hielt man die Waffe für verschollen, aber sie wurde vor dem Feind in Sicherheit gebracht. Tief unter den Mauern Tambaruns, in einer Kammer, umschlossen von dickstem Fels und Gestein, wird sie nunmehr seit vielen hundert Zyklen aufbewahrt. Unmöglich zu finden und zu erreichen, außer man kennt die Mechanismen der verbauten Fallen und Formeln für magische Sigel. Luminór ist zu wertvoll und deshalb weiß kaum jemand von seinem Aufenthaltsort.«

»Aber was ist meine Rolle in dieser Sache?«, wollte Garvis wissen. Ihm war nicht klar, weshalb er vom Aufenthaltsort des vermutlich mächtigsten Schwertes Apygárdas erfuhr.

»Nachdem König Aramas Karstiras starb, versenkten die Magier Luminór in einem massiven Kristallklotz und versiegelten es mit einer magischen Formel. Diese Formel gestattet es nur demjenigen, Luminór zu benutzten, der das Blut Aramas Karstiras in sich trägt und reinen Herzens gegen die Mächte der Finsternis ins Felde zieht.«

»Aber ich bin bestimmt nicht mit Aramas Karstiras verwandt. Ich bezweifle, dass Luminór sich mir in die Hände legt.«

»Das mag sein, doch im Laufe der Jahrhunderte wurde die Versiegelung mehrfach versucht zu brechen und die Nachfolger des Königs wurden in manchen Landstrichen gnadenlos gejagt. Deshalb wurde die Formel, sagen wir einmal so, etwas angepasst. Um die Blutlinie des Königs zu schützen und die Waffe für das Zurückkommen der Dunkelheit schneller verfügbar zu machen, wurde sie in die Tiefen des felsigen Erdreichs von Tambarun gebracht. Der Kristall wurde vergrößert, sodass er durch keine Macht mehr hinfort geschafft werden konnte und das Gerücht gestreut, dass die Waffe zerstört wurde. Tatsächlich aber wurde die Formel abgewandelt. Es sollte möglich sein, die Waffe zu erhalten, wenn das Herz frei von Furcht und der Wille desjenigen, der Luminór erhalten möchte, dem Wohle der Völker Apygárdas dient. Dadurch ist es den Mächten des Bösen nicht mehr möglich, nur durch einen Nachfolger Aramas Karstiras' das Schwert zu erhalten, wenn dieser sich der Tatsache bewusst ist, dass es für die Bestreben Vencors verwendet wird. Es ist aber augenscheinlich wohl ebenfalls möglich, dass sich das Schwert über die Jahrhunderte eine Art eigenen Willen angeeignet hat. In Schriftrollen habe ich Überlieferungen gefunden, die belegen, dass die magische Einwirkung so intensiv war, und über die Zeit immer wieder aufgefrischt wurde, sodass es möglich sein könnte, dass Luminór auch jemanden zu sich lässt, der nicht der Herrschaftslinie entspringt. Nur wenn wir es ausprobieren, werden wir herausfinden, ob Ihr derjenige seid, dem sich das Schwert anvertraut.«

Trotz aller Zweifel wollte Garvis den Versuch wagen. König Irgesto hatte allen Anscheins nach Informationen, die ihm selbst unbekannt waren. Woher er sie hatte wusste Garvis nach wie vor nicht. Wenn es aber nur den Hauch einer Möglichkeit gab, sich im Kampf gegen das Böse einen Vorteil zu erspielen, so würde Garvis sich sicherlich nicht quer stellen.

Im Anschluss an die Besprechung folgten Eély und Garvis Irven die steinernen Treppen hinab. Kapitonas Regios wurde damit beauftragt, Wachen am Kellereingang zu postieren und niemanden hindurch zu lassen, ehe sie wieder nach oben gekommen waren. Als sie den Keller erreicht hatten, begab sich die Vertreterin der Fürstin an eine Wand mit unterschiedlichen Ornamenten und drückte sie in einer bestimmten Reihenfolge.

Daraufhin trat vor einer gegenüberliegenden Wand ein verschwommener Schleier auf, der den Eindruck erweckte, das Gestein sei nass geworden.

»Folgt mir«, forderte Lady Irven die anderen auf.

Fragend blickten sich Garvis und Eély an, doch kamen sie der Aufforderung ohne Zögern nach. Zuviel hatten sie bereits erlebt und gesehen, als dass ihnen ein verzauberter Geheimgang mit einem sagenumwobenen Schwert noch all zu große Verwunderung abringen konnte. Selbst wenn es sich um ein Relikt höchsten Wertes der paradónschen Geschichte handelte.

Irven trat durch den nassen Schleier der Wand und verschwand darin. Ein leichtes Wabern trat bei ihrer Berührung mit dem Gestein auf, ansonsten blieb es unscheinbar und ruhig. Als sie den Schleier passierte, war Irven verschwunden und zurück blieb das nasse Gestein. Garvis tat es ihr gleich und drang ebenfalls in die Wand ein. Nachdem auch die Elfin die Versiegelung durchbrochen hatte, fanden sich die drei in einem schmalen Gang wider. Er war von niedriger Höhe, dass Garvis gerade noch so aufrecht stehen konnte. Ein Blick zurück zeigte, dass sie anscheinend durch die Wand hindurch gegangen waren, da auf dieser Seite der Stein ebenfalls wie nass glänzte. Irven entzündete eine Fackel, die in einer Halterung an der Wand steckte und schritt den dunklen Gang entlang. Immer wieder musste sie anhalten, um versteckte Mechanismen zu betätigen und Fallen zu entschärfen. Magische Formeln murmelnd, überbrückte sie auch die nicht irdischen Hindernisse, sowie zwei Tore aus flirrender Blitzmagie. Auch wenn Lady Irven nicht magisch begabt war, waren die Formeln dennoch für sie anwendbar, da die Magie an die Formeln durch die Magier gebunden war, wie der Magier an die Magiefelder gebunden war, die er aufgenommen hatte.

Der Gang grub sich spiralförmig immer tiefer in das feste Gestein und Garvis vermutete ein Meisterstück der Zwerge dahinter. Dies bestätigte sich auch bald, als sie einige Wandverzierungen erblickten, welche die Erbauer eindeutig als Mitglieder des Clans der Erzdrachen auswies. Scheinbar war das Projekt so geheim, dass es nur wenigen Zwergen vergönnt war, daran zu arbeiten, denn nirgendwo gab es Anzeichen darauf, dass unter dem Banner der Beru-Handwerksmeister oder einem der anderen Clans gearbeitet wurde.

Schließlich erreichten sie einen großen Hohlraum. Er war, im Gegensatz zu dem Gang, mit prunkvollen Verzierungen der Wände ausgestattet, die alle Völker Paradóns repräsentierten. Sogar die Elfen hatten die Zwerge der Erzdrachen berücksichtigt. Es wuchsen Flechten und grünes Leuchtmoos am Gestein empor und erhellten den Raum mit einem schummrigen Licht. In der Mitte befand sich ein großer Fels, aus dessen oberem Ende der Schaft und ein Teil der Klinge Luminórs herausragten. Das Schwert wurde von einem fahlen Lichtschein erhellt, der von kreisförmig angeordnetem Leuchtmoos an der Decke darüber ausging.

»Luminór«, flüsterte Garvis und konnte sich eines Gefühls der Ehrfurcht nicht erwehren. »Das Schwert der Könige!«

Auch Eély blickte sich in der Kammer um. Wieder einmal mehr wurde ihr die Größe der Welt bewusst und wie unbedeutend doch die Rollen der Meisten darin waren. Trotz aller bereits aufgedeckter Geheimnisse und der verschiedensten erlebten Situationen, hatte dieser Moment etwas Ehrfurchtgebietendes. Selbst Irven wagte es nicht, die Ruhe der kleinen kuppelförmigen Halle zu stören.

Sie traten näher vor den großen Kristall, in welchem das Schwert steckte. Nur der Griff ragte heraus, Die Klinge war umschlossen von glitzerndem Funkeln. Der Kristall war so gestaltet, dass er trotz seiner Reinheit und Schönheit, den Fokus auf Luminór legte. Das Schwert war von blütenartigen Erhebungen des Kristalls umrahmt und stach Besuchern der unterirdischen Halle sofort ins Auge.

»Versucht, es heraus zu ziehen. Wenn Ihr wirklich zum Wohle Apygárdas bestimmt seid, wird es Euch gelingen«, forderte Irven Garvis auf, sich dem Schwert zu nähern.

Er zögerte einen Moment, aber Eély drückte ihn sanft in die richtige Richtung.

Im Schein des leuchtenden Mooses schritt Garvis auf die legendäre Waffe zu. Bevor er den Griff umschloss, betrachtete er den Kristall. Nichts zeugte von einer Schnittkante. Es schien, als sie das Schwert mit ihm verwachsen. Bedächtig blickte ihn der Kopf eines goldenen Löwen an, welcher als Knauf diente. Er symbolisierte die Stärke Paradóns, weshalb er auch das Wappen Syrtax' zierte. Der Griff und das Parier waren nicht weniger prunkvoll. Feine Gravuren und Verzierungen machten das Schwert zu etwas Einzigartigem und ganz Besonderen. Seit König Pandus dem Eroberer hatte kein Herrscher mehr versucht, Hand an die Waffe zu legen. Seither ruhte sie friedlich in der Kammer unter dem felsigen Grund der Stadt des Fünf-Seen-Tals.

Als Garvis den Schwertschaft umfasste, hörte er ein metallisches Klicken und wie aus dem Nichts klappten sich aus dem Griff, dem Knauf und dem Parier goldene Metallhaken, welche sich mit präziser Genauigkeit in Garvis' Hand und Unterarm bohrten. Schmerzgeplagt schrie Garvis auf, als sein Blut langsam die Klinge hinab floss. Erst jetzt erkannte er die kleinen, linienförmige Einkerbungen im Kristall, in denen sich allmählich das Blut sammelte und in geordneten Bahnen die Rinnen entlang lief. Der Schmerz in seiner Hand war stark. Er bäumte sich auf, doch das Schwert ließ ihn nicht los. Eély wollte zu ihm eilen, aber Irven hielt sie zurück. Da erkannte die Elfin das Muster auf dem Kristall zu deuten. Es formte die Umrisse einer Rune. Nach und nach füllten sich die kleinen Rinnen mit Garvis' Blut und die Rune fing an, hell zu leuchten. Garvis, der immer noch mit den Haken zu kämpfen hatte, fluchte und zerrte an seinem Arm, doch Luminór hielt ihn fest bei sich.

Plötzlich vernahmen Irven und Eély ein lautes Knacken, als würden Knochen brechen. Garvis' Körper verkrampfte und er schien der Raserei zu verfallen. Neuerlich zerriss sein Gewand und die beiden Frauen konnten vor ihren Augen die Verwandlung in das Wolfswesen verfolgen. Sofort flammten die Runenbänder um die Handgelenke des Wesens auf und im nächsten Moment stand die Kreatur mit glühenden Augen und schäumenden Maul an der Stelle, an der Garvis gerade noch Luminór umklammerte. Die goldenen Haken steckten noch immer in seiner Hand und dem Unterarm. Auch die Verwandlung konnte daran nichts ändern. Voller Wut riss das Wesen am Schwert der Könige herum. Dies geschah mit solch einer brachialen Gewalt, dass der Kristall langsam Risse zu bekommen schien. Ehe sich Eély und Irven versahen, hatte das Monster Luminór heraus gerissen. Der Kristall zerbarst an der vordersten Stelle in tausende winziger Teile. Feinste Splitter flogen in alle Richtungen und die Rune auf dem Kristall begann zu erlöschen, nachdem sie noch einmal kurz hell aufflammte. Mit einem markerschütternden Heulen reckte das Wolfswesen Luminór in die Höhe, während die Metallhaken wieder im Schwert verschwanden. Furchtsam gingen die beiden Frauen rückwärts. Keine von ihnen trug eine Waffe bei sich und selbst wenn, solch einer Urgewalt war keine von ihnen gewachsen. Doch das Wesen schien sich zu beruhigen und noch ehe sie recht wussten was eigentlich geschah, verwandelte sich Garvis wieder in seine menschliche Gestalt zurück.

Erstaunt blickten die drei sich in der Schwertkammer an. Garvis betrachtete seine Hand und den Unterarm, von wo aus immer noch etwas Blut aus den einzelnen kleinen Wunden floss.

»Nicht zu fassen, dass du dich wieder verwandelt hast! Es ist dir tatsächlich gelungen, Luminór aus dem Stein zu ziehen! Warst du dir dessen bewusst, als du dich verwandelt hattest?«, fragte Eély Garvis, der noch immer wie benommen auf seinen Arm und das Schwert in seiner Hand starrte.

»Ich habe gemerkt, wie sich meine Knochen verformten und ich in eine Art Zustand der Schwerelosigkeit fiel.«

»Wie habt Ihr Euch gefühlt, als die Haken sich aus Eurem Fleisch lösten?«, wollte Lady Irven wissen.

»Als der Schmerz nachließ, ließ auch meine Wut nach.«

»Eigenartig...« Irven grübelte nach. »Das könnte bedeuten, dass sich Euer Organismus durch die Phiole der Verbannung verändert hat. Möglicherweise seid Ihr das Wolfswesen im Geiste los geworden, doch die körperliche Transformation haftet Euch nach wie vor an. Es könnte möglich sein, dass Ihr die Verwandlung kontrollieren und zu Eurem Vorteil nutzen lernt.«

»Ich bin mir nicht sicher, ob ich diese abscheuliche Abnormität wirklich behalten möchte.«

»Umso wichtiger ist es, dass Ihr einen Magiekundigen findet und Euch von ihm helfen lasst. Doch sollten wir uns darüber freuen, dass das Schwert in Eurer Hand liegt. König Irgesto hatte augenscheinlich recht mit seiner Vermutung. Ihr seid etwas Besonderes und das wird dem Volk Mut machen, sich der Bedrohung entgegen zu stellen.«

Die Hohepriesterin wusste durch die Botschaften, welche ihr Tashila Oriváta regelmäßig zukommen ließ, genauestens über die derzeitigen Vorkommnisse Bescheid.

»Heißt das, das war bereits alles, was uns in Tambarun erwartet hat? Was, wenn ich das Schwert nur heraus bekommen habe, weil ich mich in dieses Ungetüm verwandelte?« Garvis war etwas verwundert. Die lange Reise endete nun so abrupt, dass es sich für ihn unwirklich anfühlte.

»Ist Luminór den Weg etwa nicht wert gewesen? Nie hätte ich gedacht, dass ein derartiges Relikt hier auf uns wartet! Es ist vielleicht nicht der Wendepunkt der Geschichte, aber es wird auf jeden Fall darin Einzug halten. Und wenn du es nur deshalb heraus bekommen hast, weil dieses Wesen in dir schlummert, so war es Pândrâs' Wille. Wir wissen alle, dass ein derart starkes Siegel nicht durch pure Kraft gebrochen werden kann. Die Rune hat deutlich auf dein Blut reagiert.«

Eély blickte Garvis tief in die Augen und fuhr fort: »Du, Garvis, könntest das Schicksal der Welt verändern! Wer den Lichtbringer führt, war von jeher zu Großem berufen. Ob du willst oder nicht, dein Schicksal ist unweigerlich mit dem Paradóns verbunden. Egal was auch passiert, Norgal und ich werden dir immer mit Rat und Tat zur Seite stehen.«

Während sie redete, hatte sie Garvis' linke Hand ergriffen und fest gedrückt. Auch Irven sah Garvis an und gab dem Mann mit der besonderen Gabe stillen, bestätigenden Zuspruch.

Der Krieger blickte wieder auf das Schwert der Könige und reckte es erneut über seinen Kopf, dass die Waffe im trüben Licht des Leuchtmooses funkelte. Grübelnd betrachtete er es. Ein Schwert, das schon einmal die Geschicke Apygárdas gelenkt hatte. Ein Relikt der alten Zeit, ein Schimmer der Hoffnung.

»Für Pândrâs! Für Apygárda!«, rief Garvis in den Tiefen der Halle.

Der Ratssaal war bis auf den letzten Platz gefüllt. Mittlerweile hatten sich viele neue Gesichter in der Hauptstadt Paradóns eingefunden und alle lauschten sie den Worten des Zwergs, der mit tiefer Stimme die neusten Nachrichten des Gremiums der Könige aus dem Bergol-Gebirge kund tat, während draußen Schneeflocken vom Himmel fielen. Es war ein Kaminfeuer entfacht worden und helle Leuchter mit angehängten, brennenden Schalen sorgten für genügend Helligkeit.

Tergor Erzfaust hielt nichts von blumigen Reden und kam daher ohne Umschweife zum Punkt: »Ich muss Euch leider mitteilen, dass das Gremium der Könige Euer Anliegen zur Nutzung der Tunnel ablehnen muss.«

Ungläubiges Gemurmel setzte unter den Abgeordneten ein und hier und da verschaffte sich jemand mit Schmährufen Luft.

Tergor ließ sich davon jedoch nicht beirren. Stur hob er die Hand und forderte, ohne Worte zu vergeuden, Ruhe. Viele richteten ihren Blick auf den König, der jedoch den Zwerg fixiert hatte und so wirkte, als hätte er bereits mit einer derartigen Nachricht gerechnet. Das führte dazu, dass schnell wieder Ruhe einkehrte, auch wenn hier und dort noch mürrisches Gemurmel zu hören war.

»Meine Brüder und Schwestern lehnten Euer Ersuchen nicht grundlos ab. Sie schickten Ingenieure aus, um die Tunnel zu untersuchen, doch war bald klar, dass die Schäden und der Verfall ein Ausmaß angenommen hatten, welche eine Nutzung selbst für mein Volk unmöglich machen. Es tut mir leid, Euch diese Botschaft übermitteln zu müssen, doch lasst Euch sagen, dass Euch dafür mehr von Wamarkras Kindern im Kampf gegen das Böse unterstützen werden. Die Könige der Clans entsandten bereits über 200 tapfere Krieger an die südlichen Ausläufer des Bergol-Gebirges. Sie wachen im Verborgenen und sind bereit sich der Streitmacht anzuschließen. Die restlichen 300 bereits zugesicherten Kämpfer befinden sich, wie allgemein bekannt, bereits hinter den Wällen Mauradins. Mehr kann ich Euch leider nicht an guten Nachrichten überbringen.«

»Das ist wenigstens ein kleiner Lichtstreif am Horizont. Habt Dank, Tergor Erzfaust. Paradón wird den Dienst der Zwerge gebührend zu würdigen wissen«, kommentierte König Irgesto lobend.

Auch andere Abgesandte taten ihre Anerkennung kund und klopften leise Beifall auf die Tischkante. Nun waren die letzten Abneigungen gewichen, doch der Beigeschmack der Enttäuschung war so manchem Gesicht anzusehen.

König Irgesto Hervaresta II erhob sich von seinem Sitz und blickte in die Runde. Die Meister Torgadol und Maandús waren eingetroffen und auch Meisterin Kîskîla hatte ihren Weg in die Hauptstadt gefunden. Wie sie berichtete, war sie tief in die Waradankette gewandert, um dort seltene Proben für ihre Experimente zu finden. Als sie nach Monaten des Eremitendaseins wieder Kontakt zur Außenwelt aufnahm und von der Gefahr erfuhr, hatte sie sich unverzüglich auf den Weg gemacht. Meister Cémpionaûs war weiterhin unauffindbar. Meisterin Lipjûda befand sich dagegen noch in der Steppe, da die Heilung der Krankheit in Kalnú Miéstas sie vor eine große Herausforderung gestellt hatte.

König Irgesto wandte sich als nächstes an Feámeon Banâreth um die neusten Ereignisse aus dem Nordwesten zu erfahren. Der Abgesandte der Elfen konnte die Herrschenden in Atalântia davon überzeugen, dass der Zustrom von Feinden aus dem Norden eine große Gefahr darstellte und möglichst vor dem Zusammentreffen mit der Streitmacht des Feindes vernichtet werden müsse.

»Der Ältestenrat der Elfen entsandte mehrere Stoßtruppen in den Osten und Norden. Sie patrouillieren an der Grenze des Dschungels von Autamar und töten jedes Scheusal das sich daraus hervor wagt. Darkáv Inúsh birgt mittlerweile nicht mehr nur die Dunkelelfen. Nachdem ich nach Atalântia gereist war, um mit dem Ältestenrat zu sprechen, kamen Späher von dort zurück. Was sie zu berichten hatten, ist nicht erfreulich. Das Land der Dunkelelfen steht vor einer Expansion. Überall fanden sie die niederen Kreaturen Vencors. Unsere schändlichen Brüder und Schwestern wollen sich nicht nur aus reiner Bosheit den Ral-Kadór anschließen. Es steckt weit mehr dahinter, fürchte ich. Die Späher berichteten davon, dass sie Pläne gesehen hatten, die gezielte Markierungen in ganz Paradón enthielten. Es waren auch verschiedene Stellen in Tigwién Sinath hervorgehoben, sowie eine größere Ansammlung in und um Mauradin. Allerdings gab es auch Orte, die für uns bisher keinen Sinn ergeben. Orte, die weder einen strategischen Nutzen aufweisen und an denen sich weder eine Stadt befindet, noch sonstige lohnenswerte Schätze lagern. Was auch immer die Dunkelelfen vorhaben, wir sollten auf der Hut sein. Der Ältestenrat lässt einige der Stellen derzeit von einer kleinen Gruppe Gelehrter untersuchen. Sobald es neue Erkenntnisse gibt, werden die Mitglieder des Rates umgehend davon in Kenntnis gesetzt.«

Schweigend hatten die Anwesenden den Ausführungen des Elfen gelauscht. Eine kleinere Unruhe trat auf, da sich niemand einen Reim darauf machen konnte, was die Dunkelelfen vorhatten.

»Diese Neuigkeiten sind in der Tat Fragen aufwerfend. Hoffentlich finden Eure Brüder und Schwestern mehr darüber heraus. Doch nun lasst uns einmal auch positive Neuigkeiten vernehmen. Wie mir bereits zu Ohren kam, ist mein geschätzter Freund und Wegbegleiter Meister Mithridál zu neuen Erkenntnissen gelangt.«

Bewusst wählte er dabei die förmliche Anrede eines Magiers um auch dem Rat zu zeigen, dass er Mithridál immer noch als solchen schätzte.

Bevor der König das Wort an seinen alten Freund abgab, blickte er in die Runde und konnte deutlich Spuren von Abneigung und Verunsicherung sehen, die auf den Gesichtern der Fürsten und anderen Abgeordneten lag, doch keiner erhob Einspruch.

»Ich weiß«, eröffnete Mithridál mit einer ausladenden Geste, während er sich von seinem Platz erhob, »viele von Euch sind mir nicht wohlwollend gesinnt. Meine Zeit in Carvás Cándth hat für einiges Aufsehen gesorgt.«

»Aufsehen ist gut! An der Natur hast du dich vergangen, Hexer!«, ereiferte sich Sequigâs Raudonas, der Schirmherr von Syrtax.

Schon wollte Irgesto Hervaresta II den Fürsten zurechtweisen, doch Mithridál kam ihm zuvor und überhörte den Einruf und die Beleidigung geflissentlich. Einen Magier Hexer zu nennen grenzte geradezu an Frevel und kam einer Standesbeleidigung der Adligen gleich.

»Manch einer glaubt den Gerüchten und dem Geschwätz aus den Spelunken, doch lasst Euch gesagt sein, dass Gerüchte nicht umsonst Gerüchte sind und der Mensch schon immer gerne glaubt was ihm am Einfachsten und Naheliegendsten erscheint.«

Dabei streifte er den Fürsten mit einem durchdringenden Blick. Sequigâs hielt ihm stand, erwiderte allerdings nichts.

»Wir haben wichtigere Probleme, als uns mit den Verfehlungen eines Einzelnen aufzuhalten, denn...«

»Ihr meint wohl Eure Verfehlungen!«, meldete sich nun Tashila Orivàta zu Wort. Die Fürstin des Fünf-Seen-Tals wahrte zwar noch einen Rest der Achtung vor dem Magier, aber auch ihr war anzusehen, was sie von Mithridál hielt.

»Was auch immer Meister Mithridál getan oder nicht getan haben sollte. Uns liegen keine Beweise für derlei Taten vor und selbst wenn, würden wir darüber nicht hier und jetzt entscheiden. Es ist weder angemessen, noch zeugt es von Anstand wie es von einem Adligen zu erwarten wäre!«

König Irgesto konnte nicht mehr an sich halten. Seine Stimme war immer schneidender und schärfer geworden. So sehr er die Fürsten auch schätzte, hier ging es um weit mehr als Mithridáls Vergangenheit. Zum einen war davon nichts bewiesen und zum anderen wollte Irgesto nicht nur seinen Freund schützen, sondern auch endlich erfahren, was dieser zu berichten hatte.

»Verzeiht, Hoheit«, entschuldigte sich die Fürstin und auch Sequigâs Raudonas deutete eine versöhnliche Verbeugung an.

»Nun denn, so fahrt fort.«

Mithridál nickte und blickte den König dankbar an.

»Wie dem auch sei. Gemeinsam mit Meisterin Jaliá ist es mir gelungen, eine Theorie aufzustellen, mit der es möglich wäre, die Truppen in den Norden zu verlagern, ohne dass der Feind davon etwas bemerkt. Ursprünglich hatte ich eine andere Idee. Das Schicksal schickte uns jedoch Meisterin Jaliá aus Exantin. Sie verfügt über die Gabe der Illusion. Ich bin der festen Überzeugung, sollten sich alle Magier Paradóns daran beteiligen, gelingt es uns, einen Zauber zu wirken, der das gesamte Heer für den Feind unsichtbar macht.«

»Das ist doch nicht möglich! Wie wollt Ihr ein ganzes Heer verschwinden lassen?«

Malkásh Amórko, der Abgesandte der Obiden, der nervös mit den Würfeln an seinem Gürtel spielte, rieb sich über den kahlgeschorenen Schädel und blickte den Magier fragend an.

»Nun, es wird nicht möglich sein, das Heer auf Dauer unsichtbar zu machen und schon gar nicht, sollte es zum Kampf kommen. Allerdings bin ich der festen Überzeugung, dass es uns gelingen kann, eine magische Barriere zu errichten, die dem Feind vorgaukelt, unser Heer nicht zu sehen. Es bedarf einer großen Menge Kraft, doch wenn das Heer geschlossen in Formation geht, glaube ich, dass wir in der Lage sind, bis dahin die Illusion aufrecht zu erhalten. Fällt der Schleier, wird der Feind nicht wissen, wie das Heer dort auftauchen konnte und der Vorteil der Überraschung ist auf unserer Seite.«

»Was Ihr da vorschlagt benötigt sehr viel Energie und seid Ihr sicher, dass wir dann noch genug für den Kampf übrig haben? Vergesst nicht, der Feind verfügt ebenfalls über Magier.«

Torgadol war es, der den Einwand vorbrachte. Sein graues und schlichtes Gewand wirkte etwas fehlplatziert zwischen all den teuren Kleidungsstücken der Fürsten und schicken Roben der anderen Magier, ausgenommen der von Meister Maandús, welcher in einem bizarren Gewand aus verschiedenen geflochtenen Pflanzen erschienen war.

»Deshalb ist es umso wichtiger, Meister Cémpionaûs zu finden. Der Winter wird hart und im Frühjahr wird der Feind nicht mehr zögern und mit voller Härte angreifen.«

»Wenn man den Berichten und dem, was wir bereits sicher wissen, Glauben schenkt, so ist es nicht schwer sich zusammenzureimen, was im Wald von Amenáur haust. Ihre Zahl muss trotz der Elfenpatrouillen mittlerweile ein beängstigendes Ausmaß angenommen haben.«

Als er dies sagte, ärgerte sich der König wieder einmal mehr darüber, dass ihm die Machenschaften der dunklen Wesen in Raskatan so lange verborgen geblieben waren.

»Ich finde die Idee ist es durchaus wert, sich näher damit zu beschäftigen. Auch wenn ich kein Magier bin, für einen strategischen Vorteil wäre dies beinahe ebenso ideal wie die Tunnel der Zwerge«, stimmte Sequigâs Raudonas Mithridál unerwartet zu.

»Ich weiß nicht, ob Magie der richtige Weg ist, uns aus diesem Dilemma heraus zu bringen«, merkte Tergor Erzfaust an, der seiner Natur gemäß besonders misstrauisch und argwöhnisch gegenüber dem Wesen der Magie war.

»Außerdem bedarf es bei dieser Operation einer sehr genauen Abstimmung mit dem feindlichen Heer. Wenn wir zu früh ausrücken und in Stellung gehen, wird der Zauber womöglich nicht lang genug halten und falls wir zu spät aufbrechen, überrennt uns der Feind.«

»Ich finde, das sollten wir den Magiern überlassen. Die Idee hat Potential. Denkt Ihr, dass das tatsächlich möglich wäre? Der richtige Zeitpunkt wird sich durch unsere Späher sicherlich relativ gut bestimmen lassen.«

»Mit der richtigen Übung könnte es gelingen. Allerdings ist dafür eine geschlossene Einheit nötig und dies bedarf viel Vorbereitung«, sagte Meister Torgadol und Meisterin Kîskîla fügte hinzu: »Daher ist es umso wichtiger, die restlichen Meister so schnell wie möglich nach Iscadar zu holen. Wenn Meister Mithridáls Plan funktionieren soll, so brauchen wir jeden Magiebegabten, den wir finden können.«

Die anderen Magier sagten nichts dazu, doch ihre Blicke spiegelten Zustimmung wider. Kîskîla rückte ihr weißes Kleid mit den goldenen Stickereien zurecht. Ihr hochgestecktes blondes Haar und ihre junge Erscheinung ließen sie mehr wie eine Dame des Hofes wirken, denn einer Magierin, die zwischen Luxus und einem kargem Eremitendasein keinen Unterschied machte. »Ich werde meine volle Unterstützung zur Verfügung stellen.«

»Ich bin nach wie vor dafür, dass wir zum ersten Schlag ausholen und den Feind an Ort und Stelle angreifen. Wir wissen, wo er ist und müssten nur zuschlagen.«

Der Einwand kam von Jurinak Lopas, dem Abgesandten der Stadträte Furta Allégras.

»Ihr wisst, dass dies ein Akt der Unmöglichkeit ist. Der Wald der Magie beherbergt viele Gefahren und durch den dichten Wuchs der Bäume ist ein Durchkommen für ein ganzes Heer unmöglich. Wir würden aufgerieben, ehe wir Raskatan auch nur zu Gesicht bekämen. Der Wald ist in der Hand des Feindes und nach allem was wir von Garvis Caldór erfahren haben, empfinde ich es als blanken Wahnsinn, solch ein Vorgehen auch nur in Erwägung zu ziehen. Ich trage nicht nur die Verantwortung für das gemeine Volk, sondern auch für das Leben unserer Soldaten. Wir müssen diesen Krieg mit so wenigen Verlusten wie möglich gewinnen. Denn zu einem Krieg wird es unweigerlich kommen. Ich sehe keinen anderen Ausweg.«

König Irgesto sah sehr bedrückt aus, während er dies äußerte. Das Wissen um jeden Toten belastete ihn schon jetzt, auch wenn er wusste, dass viele seiner Krieger ihr Leben ohne zu zögern zum Wohl der Freiheit geben würden. Irgesto war nie ein expandierender Kriegstreiber gewesen. Ihm war immer nur am Wohl seines Volkes gelegen, selbst als er mit der Finte des Angriffs auf die Fernen Länder viel Missgunst und Unverständnis auf sich lud. Das lag jedoch in der Vergangenheit.

Seitdem sich die Kunde verbreitete, dass es um den Fortbestand Paradóns ging, war das Land wieder stabiler. Zwar bedeutete das auch, dass der Feind nun höchstwahrscheinlich wusste, dass man sich auf einen Angriff vorbereitete. Es hatte dem König und seinem Gefolge aber die nötige Zeit verschafft, möglichst viel in Erfahrung zu bringen und Gegenmaßnahmen vorzubereiten. Die Zwerge waren bereits in Stellung und das Bündnis der Völker war ohne das Wissen des Feindes geschlossen worden.

»Der König hat recht. Selbst unsere besten Späher und Jäger konnten es bisher nicht bewerkstelligen, den Wald der Magie so auszukundschaften, dass wir einen gewinnbringenden Nutzen davon haben. Es ist ein erstaunlicher Zufall, dass Garvis Caldór und seine Freunde so weit ins Feindesland vorgedrungen sind. Ein Angriff wäre nur Verschwendungen von Ressourcen«, pflichtete Feámeon Banâreth dem Herrscher bei.

»Nun gut, doch ist die Lösung der Magier keine, die mich komplett überzeugt«, merkte Jurinak Lopas säuerlich an.

»Das tut sie bei mehreren von uns nicht. Es erscheint mir aber dennoch das Beste, was wir bisher haben. Die Tunnel der Zwerge wären zwar meine bevorzugte Lösung gewesen, aber es macht keinen Sinn ihr nachzutrauern.«

Tashila Oriváta gab sich diplomatisch. Allerdings war jedem klar, dass auch sie nicht glücklich mit der derzeitigen Situation war. Niemand hätte damit gerechnet, dass den Ral-Kadór noch so viele weitere Diener Vencors folgen würden.

Malkásh Amórko sagte: »In der Wüste gibt es ein Sprichwort: Trauere nicht dem Wasser nach, das im Sand versickert, sondern erfreue dich an den grünen Streifen der Oasen. Sie sind der Quell des Lebens, auch wenn sie noch so klein erscheinen mögen.«

»Das trifft es ziemlich gut, würde ich sagen«, lachte Torgadol. »Der Weg, den Meister Mithridál vorschlägt, ist unsere Hoffnung auf das Leben, selbst wenn uns der Feind übermächtig erscheint. Ich bin davon überzeugt, dass wir die Ral-Kadór besiegen können. Die Einheit der Völker ist ein erster Schritt, nicht den selben Fehler der Geschichte ein zweites Mal zu begehen.«

»Das sind wahre Worte«, pflichtete der König bei und zu Tergor Erzfaust und Feámeon Banâreth gewandt fuhr er fort: »Ich bin froh, dass die Elfen und Zwerge über alle Differenzen hinwegblicken und sich dem Wohle Apygárdas verschrieben haben. Auch wenn ich nicht Euer König bin, so fühle ich mich doch für Euer Wohl und das Wohl Eurer Völker mitverantwortlich.«

Feámeon Banâreth verneigte sich vor dem Herrscher und tat so seine Anerkennung kund. Eine edle Geste, wenn man bedachte, dass sie von einem Elfen kam, welche sich selten von den Taten oder Gesinnungen der Menschen beeindrucken ließen.

»Darauf einen Tost!«, rief Tergor Erzfaust aus und erhob seinen Krug.

Auch die anderen Anwesenden hoben ihre Gläser und es wurde auf den König angestoßen. Dieser kam sich dabei etwas unwohl vor, da er nur wegen seinem Wohlwollen gegenüber seiner Untertanen und das der anderen Völker gerühmt wurde.

Da öffnete eine der Wachen vor dem Ratssaal eine der beiden Flügeltüren. Ein Diener trat hindurch und verneigte sich vor der versammelten Gesellschaft. Nach einer Aufforderung durch Irgesto trat er näher und verkündete, dass ein Bote aus Carvás Cándth eingetroffen sei.

Diese Neuigkeit löste einige Unruhe aus und leises Getuschel setzte unter den Fürsten und Abgeordneten ein.

»So bringt ihn zu uns. Wollen wir uns anhören, was ein Bote aus der Stadt des Grauens hier will«, forderte König Irgesto den Diener auf, welcher sich sogleich daran machte, den Boten herein zu schicken.

Nicht ohne Grund blickte manch einer zu Mithridál. Unter ihnen war auch Torgadol, der versuchte, in der Mimik des Magiers etwas zu erkennen. Doch Mithridáls Blick war gelassen und freundlich, wenn auch überrascht. Er wirkte nicht, als hätte er mit dem Auftauchen eines Boten aus Carvás Cándth gerechnet und soweit Torgadol es beurteilen konnte, glaubte er der Mimik des in Ungnade gefallenen Magiers. Er wollte dennoch ein Auge auf ihn haben. Die Gerüchte kamen sicher nicht von ungefähr und Torgadol fühlte sich wohler dabei, zu wissen, was Mithridál im königlichen Palast trieb. So konnte er ihn im Ernstfall aufhalten, bevor etwas Unliebsames geschah.

Der Bote verneigte sich mit einem Kniefall vor allen Anwesenden. Er trug eine dunkle, schwarze Lederrüstung, welche mit roten Streifen an den Armen verziert war. Seinen Kopf umrahmte ein rotes Stirnband mit dem Stadtwappen, einer schwarzen Krähe im Sturzflug. Das Haar trug er relativ kurz und es stand nach oben hin weg. Ein dunkler Mantel bedeckte seine Schultern und sorgte dafür, dass er auf seiner Reise nicht fror.

»Erhebt Euch und kommt näher«, forderte Irgesto den Ankömmling auf.

Der Bote kam der Aufforderung unverzüglich nach. Der schimmernde Schein der Leuchter schien von seiner Kleidung aufgesogen zu werden.

»Ich habe eine Botschaft meiner Fürsten für Euch, König Irgesto Hervaresta II.«

Noch immer trat er kontinuierlich näher an den Herrscher heran und als er unter sein Gewand griff und etwas hervorholen wollte, traf ihn ein lodernder Feuerball.

Erschrocken wichen die Fürsten vor dem Mann zurück, der laut schreiend und brennend in Richtung Tür rannte, ehe er auf halbem Weg zusammen brach und liegen blieb. Die Flammen verzehrten seinen Körper und ein beißender Gestank erfüllte den Ratssaal. Schockiert blickte der König auf den brennenden Leichnam. Er brauchte einige Zeit, um zu verstehen was passiert war. Als er es erkannte, war seine Bestürzung umso größer.

»Mithridál! Was habt Ihr getan?«, rief er entsetzt, aber immer noch die Form wahrend, seinem alten Freund entgegen. Doch Mithridál eilte mit ungeheurer Schnelligkeit, die ihm keiner der Anwesenden zugetraut hätte, zu dem toten Boten und erstickte die Flammen mit dem Überwurf seines Gewandes. Ohne zu zögern hatte der Magier einen Zauber gewirkt, der den Mann in Flammen aufgehen ließ.

Sequigâs Raudonas und Jurinak Lopas eilten ihm mit zwei Wachen nach. Sie packten den Magier, der über dem Toten gebeugt war, und zerrten ihn fort. Durch das Geschrei waren weitere Wachen in den Raum getreten und blickten schockiert auf die verkohlte Leiche des Boten.

»Was habt Ihr Euch dabei gedacht?«, fuhr der König ihn nun noch eine Spur schärfer an als zuvor. »Das könnte eine äußerst wichtige Nachricht gewesen sein. Die dunklen Fürsten haben schon sehr lange niemanden mehr in die Hauptstadt gesendet! Ich bin fassungslos, ob Eures Verhaltens!«

Auch die anderen machten ihrem Unmut Luft. Lediglich die Magier äußersten sich nicht dazu und auch Mithridál hatte noch immer kein Wort gesagt.

Feámeon Banâreth trat vor und hob seine Hand, um ohne Worte für Ruhe zu sorgen. Seine Ehrfurcht gebietende Persönlichkeit tat ihr Übriges, dass es bald wieder ruhiger wurde. Dann sagte der Elf: »Lasst uns hören, was Meister Mithridál zu seiner Verteidigung zu sagen hat.«

»Ich fürchtete um das Leben des Königs«, beschied Mithridál knapp.

»Was brachte euch zu der Annahme, dass das Leben seiner Majestät in Gefahr sei?«

»Ich sah, wie der Mann einen spitzen Dolch unter seinem Mantel hervorziehen wollte. Hätte ich gezögert, wäre der König jetzt tot!«

»Hat sonst jemand den vermeintlichen Dolch gesehen?«, wollte der Elf wissen.

»Ich habe nichts dergleichen gesehen«, antwortete Torgadol und auch die anderen verneinten die Frage.

»Seht nach! Der Dolch steckt noch in seinem Gewand«, forderte Mithridál die anderen auf. Noch immer war er durch die Umklammerung bewegungsunfähig.

Meister Maandús ging zu dem Toten hinüber und zog zum Erstaunen aller einen Dolch an der Stelle des verkohlten Mantels heraus, in die der Mann noch kurz zuvor gegriffen hatte. »Er hat die Wahrheit gesagt«, verkündete der Magier und hob den Dolch für alle sichtbar in die Höhe. Erneut ging ein Raunen durch die Menge.

»Wenn Ihr mich fragt, hat dieser Bastard genau das bekommen, was er verdient hat«, offerierte der Zwerg und nahm einen großen Schluck aus seinem Krug.

Reumütig blickte der König zu seinem alten Freund und entschuldigte sich für sein Verhalten, was ihm der Magier jedoch sofort verzieh.

»Das war eine offene Kriegserklärung. Ich fürchte beinahe, dass dies dazu führen könnte, dass sich im Süden eine zweite Front bildet. Taktisch wäre es für den Feind ein Glücksfall, uns von zwei Seiten aus gleichzeitig anzugreifen«, zog Feámeon Banâreth seine Schlüsse aus dem Vorfall.

»Einen Krieg an zwei Fronten werden wir kaum überstehen können. Wir müssen sofort Spione ins Zangengebirge senden. Das ist mir alles zu glatt. Etwas stimmt hier nicht. Wieso sollte Carvás Cándth sich so offen auf die Seite des Feindes geschlagen haben? Es wäre taktisch doch viel geschickter gewesen, im Verborgenen zu agieren.«

Der König grübelte über die Gründe des heimtückischen Angriffs. Die Stadt des Grauens war bekannt dafür, nicht mit der Regierung einverstanden zu sein, aber einen solchen Verkauf ihrer Seelen hätte der König den Fürsten der dunklen Stadt niemals zugetraut.

»Ich stimme Euch zu, Hoheit. Etwas stimmt hier ganz und gar nicht«, tat Torgadol seine Meinung kund.

Auch die anderen dachten über den Grund des Angriffs nach. Weniger darüber, dass es ihn gab, sondern vielmehr wieso gerade jetzt.

»Möglicherweise war es eine Art Vertrauensbeweis«, merkte Tergor an. »Es könnte doch sein, dass die Ral-Kadór so die Loyalität der Fürsten prüfen wollten. Hätte der Angriff geklappt, wäre Paradón stark geschwächt worden.«

»Aber das hätte nur einen Sinn gemacht, wenn der Feind zum jetzigen Zeitpunkt einen Angriff planen würde«, gab Feámeon Banâreth zu bedenken und mit einem Blick aus dem Fenster fuhr er fort: »Allerdings lässt die momentane Wetterlage kaum einen großflächigen Angriff zu.« Er zeigte nach draußen, wo aus dem leichten Schneefall mittlerweile dicke Flocken geworden waren, die in einem stärker werdenden Schnee-sturm anfingen, wild umher zu wirbeln.

»Ich gebe Euch recht. Der Schneefall würde das vorankom-men des Heeres im Keim ersticken. Besonders in der Steppe sind die Stürme mörderisch.«

Torgadol war ebenfalls zum Fenster gegangen und blickte in das Schneetreiben. Unweigerlich rückte er seine Kleidung zurecht und rieb sich die Hände.

Nachdem die Diskussion über den Feind und eine womög-liche zweite Front noch fortgeführt wurde, machte sich der Tag bereits daran, in die Nacht überzugehen.

In all dem Tumult hatte niemand gemerkt, wie Mithridál dem Toten einen ledernen Umschlag abgenommen hatte, bevor ihn die Männer von dem Leichnam wegzerrten. Gekonnt hatte er den nur leicht angesengten Umschlag unter seinem Gewand verschwinden lassen. Was auch immer für eine Botschaft darin war, der Magier hoffte, sie wäre weitgehend unbeschädigt ge-blieben. Wenn es einen Kollaborateur unter den Fürsten Car-vás Cándths gab, so würde dies sicherlich in diesem Brief ste-hen. Einen anderen Grund für die Ankunft des Boten mochte ihm nicht einfallen.

Als er alleine in seiner Kammer war und den Umschlag öffnete kamen ihm nur schwarze Papierstücke entgegen geflo-gen. Das Schriftstück war bis zur Unkenntlichkeit verbrannt. Verärgert warf er auch den ledernen Umschlag in das brennen-de Kaminfeuer. Auf der einen Seite war es gut, dass der König den Brief nicht erhalten hatte, andererseits würden er und die Abgeordneten nun auf den Gedanken gebracht, dass der Feind von zwei Seiten aus angreifen konnte. Viel wichtiger war es für Mithridál allerdings herauszufinden, welcher der Fürsten zum Überläufer geworden war und ob es noch andere Lecks in der Stadt des Grauens gab. Innerlich verfluchte er sich, nicht noch gründlicher bei seinem Plan vorgegangen zu sein. Diese Narren würden mit ihrer Sturheit alles ruinieren.

Noch in der selben Nacht machte er sich auf, hinaus in die Kälte und betrat einen der hinteren Teile der hängenden Gärten. Auch bei dieser Kälte blühten die Blumen aus Nokrômark in voller Pracht. Es war ein unnatürliches Bild, welches das Farbenmeer der Blüten in der schneebedeckten Landschaft bot. Als sich der Magier versichert hatte, dass er unbeobachtet war, holte er einen dunklen Kristall hervor, den er auf seinen Zauberstab in eine kaum sichtbare Fassung steckte. Anschließend zeichnete er mit dem Kristall eine Rune in den Schnee, welche bei ihrer Vollendung in blaues Feuer aufging und den Schnee schmolz. Schnell betrat Mithridál das blaue Feuer, welches ihn auf wundersame Weise unversehrt ließ. Es hüllte ihn komplett ein, bis er nicht mehr sichtbar war. Schlagartig erloschen die Flammen und der Magier war verschwunden, nur um im nächsten Moment in einem Hinterhof in Carvás Cándth wieder aufzutauchen.

Die Spuren seines Verschwindens in den hängenden Gärten wurden innerhalb weniger Augenblicke vom Schnee verschluckt.

ie sengende Hitze, welcher sich die Wüste des Bergol-Tals auch im Winter ausgesetzt sah, machte sich an diesem Tag ebenfalls bemerkbar.

Bjófur und Bandáril standen um eine große Kiste herum.

»Sieh dir das an!«, wetterte Bjófur, »sie haben uns schon wieder das Falsche geliefert.« Wütend trat er gegen das Holz.

Bandáril blickte über den Rand der Kiste ins Innere und stimmte seinem Kollegen zu. »Wie sollen wir so jemals mit unserer Arbeit fertig werden. Die Obiden wissen es wohl nicht ernst zu nehmen, was auf dem Spiel steht. Das Gremium der Könige hat uns nicht ohne Grund hierher geschickt. Unter diesen Bedingungen sehe ich aber sogar Wamarkras die Hände über dem Kopf zusammenschlagen.«

Bjófur trat erneut gegen die Kiste und schimpfte in seinen Bart hinein.

»Das ist doch einfach nicht zu fassen… einfach nicht zu fassen.«

Währenddessen zog Bandáril einen durchsichtigen Gegenstand mit einer dunkelroten Flüssigkeit aus der Kiste.

»Es ist zwar kein vollmundiges Bjór aus unseren Brauereien, aber…« Bandáril fiel nicht ein, wie er den Satz zu Ende bringen sollte.

»Das ist doch ein Haufen Orkmist. Wie sollen wir mit diesem billigen Degvino anständig unserem Tagwerk nachgehen. Von dem Fusel merke ich noch nicht einmal, dass ich ihn trinke.«

Bandáril warf seinem Freund trotz des allgemeinen Unmuts eine Flasche des Alkohols zu. Mit den Zähnen zogen sie die halb hervorstehenden Korken aus dem Flaschenhals.

»Auf dass wir bald wieder in unserem gemütlichen Stollen mit einem schönen Humpen Bjór anstoßen. Sie hätten uns ja wenigsten ein Bier der Menschen bringen können, aber...«

»Runter damit!«

So standen die beiden Zwerge um die Kiste herum, bis sie ihre Flaschen geleert hatten.

»Ich sag's ja. Auch nicht der geringste Anflug einer berauschenden Wirkung«, nörgelte Bjófur weiter.

»Mir passt es auch nicht, aber wir müssen uns wohl damit abfinden. Es ist ja nicht das erste Mal, dass sie uns diesen Fusel schicken. Wie diese Wüstenmenschen das Zeug nur trinken können ist mir schleierhaft.«

»Ich sagte es bereits und ich werde es wieder sagen: Die Menschen haben einfach keinen Sinn für ein gutes Bier oder sonst irgendeine Art von Alkohol.«

»Oder für großartige Baukunst, edelste Waffen und die prächtigsten Geschmeide«, erwiderte Bandáril lachend.

»Dem kann und will ich nicht widersprechen« Bjófur grinste, rülpste einmal laut und legte seine Flasche zurück in die Kiste. »Zurück an die Arbeit?«

»Zurück an die Arbeit«, antwortete Bandáril nickend und legte seine Flasche ebenfalls zurück.

Die Zwerge rückten ihre Werkzeuggürtel zurecht und fuhren sich durch die Bärte, welche mit verschiedensten silbernen, gravierten Spangen bestückt waren. Es war selbst für einen Laien zu erkennen, dass diese beiden Meister ihrer Kunst waren und ohne Zweifel den Beru-Handwerksmeistern angehörten. Auf ihrer Kleidung befanden sich an Knien und Ellenbogen schwere Metallbeschläge, die sie bei Arbeiten am Boden schützten. Bjófur trug seine Haare an den Seiten kahl rasiert, während Bandáril sie zu einem Zopf zusammen geflochten hatte. Sie arbeiteten bereits einige Monate in der Stadt der Obiden. Nachdem Tergor Erzfaust seine Berichte aus Iscadar gesandt hatte und das Gremium der Könige von den Plänen der Obiden erfuhr, waren einige fähige Zwerge in die Wüste geschickt worden, um die Menschen bei ihrem Vorhaben zu unterstützen.

Dass dabei ein Wolkenschmied mit einem Wassersteinschleifer zusammen arbeitete störte die beiden ganz und gar nicht. Seit frühester Kindheit waren sie gute Freunde, auch wenn sich ihre Fähigkeiten unterschieden. Bjófur war als Wolkenschmied sehr begabt darin, Metall in jede beliebige Form zu bringen und es so zu härten, dass es den widrigsten Bedingungen stand hielt. Bandáril gehörte den Wassersteinschleifern an und vermochte es Steinmetzarbeiten zu vollbringen, welche seinesgleichen suchten. Zusammen dirigierten sie eine Abteilung der Obiden bei den versteckten Baumaßnahmen. Zwar trieb sie das oftmals an den Rand des Wahnsinns, da die Menschen ihren hohen Anforderungen nur schwerlich gerecht wurden, doch packten sie dann selbst mit an und versuchten den Menschen geringe Teile ihres Könnens zu vermitteln. Es bestand nicht die Gefahr, geheimes Zwergenwissen zu verraten. Bjófur sagte immer etwas scherzhaft, es sei, als würde man einen Höhlentroll das Singen lehren. Die Obiden waren zwar geschickt, doch kaum ein Mensch war in der Lage auch nur annähernd die Perfektion des Zwergenhandwerks zu erreichen.

Als die beiden auf dem Weg zu ihrem Arbeitsplatz waren, trafen sie auf Kalásh Suboko, einen der Koordinierungsoffiziere, welcher in Begleitung zweier Menschen war.

»Ah, Bjófur und Bandáril, zu Euch wollte ich gerade. Ihr werdet benötigt. Das hier sind Aurelian Sâlink, oberster Berater König Irgesto Hervarestas II, und Norgal Vard aus dem fernen Waradan. Sie kommen den weiten Weg von Iscadar und sollen die Pläne der Luftschiffe begutachten«, stellte der Obide seine Begleiter vor.

Die beiden Zwerge musterten die Ankömmlinge und verzogen das Gesicht. Bjófur kicherte sogar leicht erheitert.

»Es tut mir leid, aber wozu soll das dienen?«, fragte Bandáril.

»Wir wurden auf Anraten des Königs geschickt, um den Bau der Luftschiffe zu begutachten und zu beurteilen, ob sie für den Kampf geeignet wären. Ich wusste nicht, dass sich Zwerge in D'uril aufhalten«, antwortete Aurelian.

»Sie kamen auch für uns überraschend. Das Gremium der Könige hat sie auf eigenen Wunsch zu uns geschickt«, klärte Kalásh auf.

»Wir haben die Pläne bereits verbessert und auf Kampftauglichkeit geprüft«, verkündete Bjófur. »Ich bezweifle, dass Eure Hilfe uns von Nutzen sein wird.«

Kalásh war sichtlich peinlich berührt. Die Zwerge missachteten die Autorität seiner Begleiter auf allen Ebenen, doch Aurelian störte sich glücklicherweise nicht daran. Er hatte bereits viel über die Zwerge gehört und gelesen, um darüber hinweg zu sehen.

»Gut möglich«, sagte er deshalb. »Wir sind keine Zwergenhandwerker, aber vielleicht können wir Euch trotzdem behilflich sein.«

Norgal zog die Flasche mit der Essenz hervor, die sie vom König erhalten hatten und dazu diente, die Flugschiffe zu verstärken und feuerfester zu machen.

»Was ist das?«, wollte Bandáril wissen.

»Das ist eine Essenz, die, durch Magie angereichert, dabei hilft, die Luftschiffe zu verstärken und obendrein schützt es sie besser gegen Feuer, ohne dabei eine Gewichtszunahme in Anspruch nehmen zu müssen.«

»Das ist in der Tat interessant. Was meinst du Bjófur?«

»Ich denke, Magie macht alles nur schlimmer statt besser.«

»Normalerweise teile ich deine Meinung, doch fürchte ich, dass außergewöhnliche Situationen auch außergewöhnliche Maßnahmen erfordern. Wenn die Magie dieser Menschen Apygárda helfen kann, sollten wir es uns jedenfalls einmal ansehen.«

»Wenn du meinst«, grummelte Bjófur sichtlich wenig erfreut.

»Es soll Euer Schaden nicht sein, werte Freunde«, fügte Aurelian hinzu. »Das Königreich wird es Euch danken. Wenn die dunklen Mächte besiegt sind, wird es uns allen von Nutzen sein.«

Kalásh Suboko atmete erleichtert aus. Ihm waren die Zwerge mit ihrer ruppigen Art noch nie geheuer gewesen und es beruhigte ihn, zu hören, dass sie ihre Sturheit zugunsten des Gemeinwohls zurückstellten.

Ein weiterer Grund dafür, dass die Zwerge so schnell klein bei gaben, könnte an Norgals Schwert gelegen haben. Natürlich hatten die geschulten Augen der Handwerker sofort erkannt, dass das orange Flammenschwert ein Werk der Beru-Handwerksmeister war. Doch auch sie wussten nicht, wer genau es hergestellt hatte.

So machten sich die beiden Zwerge mit ihren drei menschlichen Begleitern auf den Weg zu den Hallen, in denen die Luftschiffe gebaut wurden.

Der Weg führte sie nicht weit durch D'uril. Die Stadt bestand aus vielen Zelten und gehärteten Sandsteinhäusern mit Flachdächern. In jeder Himmelsrichtung befand sich ein großer, schmaler Turm, auf denen die unterschiedlichen Flaggen der Obidenstämme wehten. Eine Mauer, welche die Stadt schützte, gab es nicht. Diese war auch nicht notwendig. Niemand außer den Obiden vermochte es, in der Wüste zu überleben. In der Geschichte hatte es noch nie einen Angriff auf eine der Wüstenstädte gegeben. Durch diese ungestörte Lebensweise fluorierte das Bevölkerungswachstum und die Städte hatten sich unlängst weit über ihre ursprünglichen Grenzen ausgedehnt. Die großen Märkte von D'uril und Drakata bildeten dabei den Dreh- und Angelpunkt des Lebens in den unbarmherzigen Landstrichen der Wüste. Auf ihnen wurden Waren aus der ganzen Welt gehandelt und nicht selten kam die Frage auf, woher die Obiden diese Waren bezogen. Gerüchten zufolge verfügten sie über geheime Routen, die sie über das Bergol-Gebirge ins Freihandelsreich Bentárk führten.

»Wo liegen denn die Hallen?«, wollte Norgal wissen.

»Lasst Euch überraschen«, antwortete Kalásh, während sie die Gassen zwischen weißen Sonnensegeln und mit Grün bewachsenen Beeten vor den Häusern entlang schritten. D'uril wurde auch das *Juwel der Wüste* genannt, da die Stadt mit einem ungewöhnlichen Reichtum an pflanzlicher Vielfalt aufwarten konnte.

Die Gruppe erreichte nach einigen Windungen eine steinerne Treppe, die sich am westlichen Rande der Stadt in die Tiefe grub. Sie war breit genug, damit fünf Mann problemlos nebeneinander hinab schreiten konnten und aus dem Untergrund kam ihnen heller Fackelschein entgegen. Tiefer und tiefer begaben sich die Männer ins Erdreich, bis sie schließlich in einem gigantischen Hohlraum ankamen. Darin stand ein sich im Bau befindliches Schiff. Der Rumpf war umgeben von Gerüsten und überall wurde eifrig gearbeitet.

»Das ist überwältigend.« Aurelian kam ins Staunen. »Ich hätte nicht gedacht, dass sich in der Wüste derartige Ingenieurskunst verbirgt. Wie ist es möglich, eine unterirdische Halle von dieser Größe zu erstellen?«

»Diese Höhlen sind alte Hohlräume aus der Zeit, als die Wüste von Vencor mit glühender Hitze überzogen wurde. Die Lava hat sich in das Erdreich gefressen und es unterirdisch ausgehöhlt. Einige sind mit der Zeit sogar mit Wasser voll gelaufen«, erklärte Kalásh. »Jetzt dienen uns die trockenen zum Arbeiten. Unter der Hitze der Sonne würden wir niemals so effizient und schnell arbeiten können, wie es uns hier unten möglich ist.«

»Aber wie kommen die Schiffe hier unten wieder heraus? Ich kann nur den Eingang erkennen, durch den wir herein kamen.«

»Dafür gibt es eine besondere Lösung. Wir haben die Höhlendecke abgetragen und mit Toren aus einer Eisen- und Holzkonstruktion wieder verdeckt. Diese lassen sich mit Hilfe eines Mechanismus zur Seite fahren und die Schiffe können nach oben hin aufsteigen. Andere Gerätschaften heben wir mit Seilwinden und Kränen nach oben. Auch größeres Material lässt sich auf dieses Weise hinein transportieren.«

»Beeindruckend, wirklich beeindruckend. Es erstaunt mich immer wieder, mit welcher Raffinesse die Völker sich an ihre Umgebungen anpassen können.«

Sie gingen weiter zu einer Balustrade, in deren hinterem Bereich sich das Ingenieursbüro der Werksleiter befand. Bjófur und Bandáril öffneten die doppelseitigen Türen und traten ein. Von hier oben konnten sie den kompletten Arbeitsprozess überwachen und schnell eingreifen, sollte es zu Komplikationen kommen. Der Tisch des Büros war ausgelegt mit detaillierten Plänen und verschiedenen Gerätschaften, die Norgal und Aurelian fremd waren. Die Note, welche die Zwerge dem Bau der Luftschiffe verpassten, war unverkennbar. Viele Runen und Verzierungen sollten den Schiffen die Stärke der Götter verleihen und ihren Erbauern Ruhm und Ehre einbringen. Eine bärtige, äxteschwingende Galionsfigur aus purem Permentesum, mit einem Kampfschrei auf den Lippen, zierte den Bug.

Bandáril zeigte Aurelian und Norgal die Pläne und versuchte, ihnen den aktuellen Stand der Dinge zu erklären. Der Berater des Königs fand sich erstaunlich schnell darin zurecht und schaffte es sogar, den beiden Zwergen einen Blick der Anerkennung abzuringen. Norgal hingegen tat sich damit nicht so leicht. Zwar verstand er die Grundzüge, doch war die hohe Technisierung der Zwerge für seine Verhältnisse etwas zu viel. Dennoch versuchte er den Ausführungen aufmerksam zu folgen. Kalásh Suboko stand währenddessen auf der Balustrade und blickte hinab zu den Arbeitern. Sie alle trugen die typische Kluft der Obiden. Weite Hosen und Tücher in meist orangen, weißen und braunen Farbtönen waren das Gängigste. Unter der Erde verzichteten die meisten Arbeiter jedoch darauf, ihren Kopf mit den typischen Umwicklungen zu versehen. Kalásh hatte die Erklärungen der Zwerge schon oft gehört, doch auch er war nicht in der Lage, sie vollkommen zu begreifen. Die ursprünglichen Pläne der Luftschiffe, welche von den obidischen Ingenieuren entworfen worden waren, hatten die Zwerge gänzlich überarbeitet und dadurch an ein Vielfaches an Effizienz zugelegt.

Es verging einige Zeit, bis die Zwerge den Menschen alles erklärt hatten, was sie ihrer Meinung nach wissen sollten. Besonders Bjófur machte dabei keinen Hehl daraus, dass er eine gewisse Sinnlosigkeit in diesem Unterfangen sah und hielt sich deshalb auch eher bedeckt mit Erläuterungen. Bandáril dagegen empfand das Interesse von Aurelian als Ansporn, mehr zu erzählen und schweifte teils weit aus, was der Berater des Königs mit unterdrücktem Unverständnis im Blick quittierte. Bjófur bestätigte das in seiner Sichtweise und er schimpfte hin und wieder leise in seinen Bart. Die Zwerge konnten es nicht leiden, in ihrer Arbeit gestört und zurechtgewiesen zu werden. Die Menschen betrachteten sie deshalb oft mit einer gewissen Häme, doch waren sie unzweifelhaft die Meister der Baukunst. Das einzige Volk, welches dem Genie der Zwerge in dieser Hinsicht überlegen war, waren den Überlieferungen nach die Zórtaja.

Aurelian und die Zwerge diskutierten darüber, wie die Essenz des Königs gewinnbringend eingesetzt werden sollte. Dabei entschied der Berater, den Zwergen die Kontrolle zu überlassen. Er wollte nur dabei bleiben, bis die Magie in das Schiff eingeflochten worden war. Das kam auch den Zwergen entgegen, da sie der Magie nicht trauten. Nach dem Studium der Pläne und der Besprechung des weiteren Vorgehens, entschied Aurelian, auch die anderen unterirdischen Hallen aufzusuchen. Wie er von Kalásh erfahren hatte, gab es insgesamt acht dieser Höhlen. In allen wurde ein großes Luftschiff hergestellt. Der Bau wurde immer von zwei bis drei Zwergen der Beru-Handwerksmeister angeführt und kontrolliert. Der Berater und Kalásh Suboko machten sich deshalb auf den Weg, den anderen Zwergen zu erklären, was sie mit Bjófur und Bandáril ausgearbeitet hatten.

Da der Bau der Luftschiffe noch nicht so weit fortgeschritten war, dass sie in der nächsten Zeit einsatzbereit waren, würde es wohl noch den restlichen Winter dauern, um sie für den Kampf tauglich zu machen.

Norgal indessen wurde es von Aurelian freigestellt, ihm zu folgen, oder sich frei in der Stadt umzusehen. Da Norgal sich nicht als große Hilfe fühlte, beschloss er, D'uril etwas kennen zu lernen. Nachdem sie nun eine länger Zeit in der Wüstenstadt verbringen würden, war es für Norgal wichtig, sich auszukennen. Er war einerseits froh darüber, dass die Zwerge hierher gekommen waren, denn das ersparte ihm viel Arbeit, welche vom Volk Wamarkras' um ein Vielfaches besser ausgeführt werden konnte. Noch vor Kurzem hätte er den Zwergen niemals solchen Großmut zugesprochen. Aurelian würde viel damit beschäftigt sein, sich die Pläne genauer anzusehen und die Flugschiffe auf das Klima außerhalb der Wüste vorzubereiten. Die Obiden waren zwar sehr wohl in der Lage, diese Aufgaben alleine zu bewältigen, doch verfügten sie nicht über Aurelians Wissen. Er kannte das Klima außerhalb der Wüste besser als alle anderen in der Stadt. Die Zwerge verließen nur selten ihr Gebirge und besonders die veränderte Luftfeuchtigkeit konnte dem Wüstenholz zu schaffen machen, sollte es nicht richtig behandelt werden. Deshalb war es für Norgal gut, den wichtigsten Teil seiner Aufgabe erledigt und die halb-magische Essenz sicher abgeliefert zu haben. Erleichtert war er deshalb aber noch lange nicht. Das Treffen mit den Schwarzen Augen hatte ihm wieder mehr zum Nachdenken gegeben und er hatte das Gefühl, immer deutlicher zu spüren, wie sehr die Geschicke Apygárdas mit den einzelne Fraktionen und Völkern verwoben war, selbst wenn es nicht immer offensichtlich und sofort zu erkennen war. Paradón war womöglich nur der Beginn eines neuen Zeitalters.

Er schlenderte durch die Gassen und sah sich die beeindruckende Wüstenstadt an. Die vielen Zelte, die vor allem an den Randgebieten standen, zeugten davon, dass die Stadt einen regen Zufluss genoss und mit dem Bau neuer Gebäude nicht hinterher kam. Deshalb beschloss Norgal, weiter ins Zentrum von D'uril vorzudringen. In dieser Richtung wurden die Gebäude zunehmend größer und auch prachtvoller. Je weiter er ging, desto mehr fiel ihm auf. Die Gebäude waren allesamt aus Sandstein und Holz. Es gab etliche Brücken, Verstärkungen und Zierarbeiten. Große Palmen wuchsen überall in der ganzen Stadt und untermauerten ihren Beinamen *Juwel der Wüste*. Die Wasserspeicher unter der Erde machten die Stadt zu einer fruchtbaren Oase. Norgal fragte sich, ob Drakata genauso war. Er beschloss, auf den großen Marktplatz zu gehen und sich die Waren anzusehen. Vielleicht könnte er etwas Seltenes finden.

Der Markt war groß und es herrschte viel Betrieb. Durch das Ende der Erntezeit außerhalb der Wüste, waren um diese Jahreszeit noch mehr Waren als sonst verfügbar. Staunend ging Norgal an den Auslagen vorüber, unterhielt sich mit Händlern und betrachtete einige der Objekte genauer. Viele Utensilien hatte er noch nie gesehen und kannte auch ihre Verwendung nicht.

Immer wieder musste er an die Worte von Jokardy Scurra denken. Die Schwarzen Augen hatten ihnen etliche Informationen über den Feind gegeben. Vieles wussten sie mittlerweile bereits selbst, doch etwas beunruhigte Norgal daran ganz besonders. Wenn es den Schwarzen Augen gelungen war, so viel über den Feind heraus zu finden, dann lag es nahe, dass die Ral-Kadór auch weit mehr über die Bestrebungen Paradóns wussten.

Interessiert ging Norgal durch eine Seitengasse und kam an einem Tempel von Flexz vorbei. Weit ausladende Arme aus hellem Stein umschlangen den Eingang. Darüber blickte der kahlgeschorene Kopf des Gottes auf die Eintretenden hinab. Der Tempel war so gebaut, dass er den Gläubigen signalisierte, dass ihr Gott über sie wachte und sich schützend über sie beugte, um sämtliche Gefahren von den Bewohnern der Wüste abzuhalten.

Norgal beschloss, sich den Tempel genauer anzusehen und ging durch die kunstvoll gearbeitete Pforte. Er musste ein weißes Leinentuch zur Seite streifen, welches als Schutz vor der Hitze und Staub vor dem Durchgang hing.

Das Innere war bunt erleuchtet. Licht fiel durch ovale Fenster an den Oberseite des Tempels. Es wurde durch buntes, geschliffenes Glas gebrochen. Die Fenster waren in ein beeindruckendes Fresko eingearbeitet, welches die Schlacht zwischen Flexz und Vencor abbildete. Einen Altar suchte Norgal vergeblich, was den Tempel auch maßgeblich von denen Pândrâs' des Weisen unterschied. Auch eine Opferschale, wie es in den Tempeln Capthas üblich war, gab es nicht. Die Tempel von Flexz dienten weniger der Verehrung des Gottes, sondern boten eine Zufluchtsstätte und einen Ort der Hoffnung. Der Gott der Wüste verlangte nichts, er gab etwas. In der Mitte des großen Raumes war ein gemauerter Brunnen, aus welchem unablässig Wasser in runde Schalen lief, die pyramidenförmig angeordnet waren. Am höchsten Punkt war eine Statue des Wüstengottes angebracht, die bescheiden auf die Schalen zu seinen Füßen wies und die Gläubigen einlud, sich zu erfrischen. Um den Brunnen waren kreisrund hölzerne Bänke angeordnet, die sich auf zwei Ebenen verteilten.

Ein Quell des Lebens inmitten einer scheinbar toten Welt. Norgal trat an den Brunnen und sah dem Wasser beim Fließen zu. Am Fuß des Brunnens waren in einer Halterung kleine Becher mit eingravierten Runen der Wüstenclans angebracht. In D'uril hatte keiner der Stämme die Oberhand. Die großen Städte genossen Immunität und wurden von gewählten Vertretern verwaltet. So verhielt es sich auch mit Abgesandten wie Malkásh Amórko, die dadurch die Verfügungsgewalt über Entscheidungen bekamen, welche alle Clans betrafen.

Außer Norgal befand sich niemand im Tempel. Er kniete sich vor den Brunnen und meditierte. Dabei vermied er es, Captha zu danken. Auch wenn der Gott des Feuers für Norgal der alleinig verehrte war, hatte er vor Flexz Ehrfurcht und hielt sich daran, in einem Gottestempel keinem anderen Ehre zu gebieten als dem Schirmherrn selbst.

Nach einiger Zeit der Meditation verließ Norgal den Tempel wieder und suchte auf der Straße nach einer der berüchtigten Glücksspielhallen für welche die Obiden bekannt waren. Hier konnte man innerhalb kürzester Zeit ein Vermögen machen, nur um es danach sofort wieder zu verlieren.

Bald traf Norgal auf einen Wegweiser, der mit Würfeln behangen war, dem Zeichen des Glücksspiels. Als er dem Weg folgte, gelangte er zu einem mehrstöckigen Haus. Dort hingen neben der Eingangstür ebenfalls Würfel. Ein großes Schild schmückte die Tür und die Fassade war mit bunten Farben bemalt worden. Es drang lautes Stimmengewirr und Musik nach draußen. Doch noch ehe Norgal das Gebäude betreten konnte, erblickte er im Westen eine blaue Rauchsäule über den Häusern. Er entschied sich, das Glücksspielhaus später aufzusuchen und eilte dem Qualm entgegen.

Sârgalor hielt sich in seinem Zelt etwas nordwestlich der Stadtgrenze von Raskatan auf. Mit ihm waren noch drei weitere Dunkelelfen vor einer Karte um einen recht mitgenommenen Tisch versammelt. Sie wollten nicht gemeinsam mit den Orks in den Ruinen lagern. Die Karte wies einige Markierungen auf und die Dunkelelfen berieten, wie das Auftreten für die bevorstehende Schlacht taktisch am Besten war. Sârgalor traute den Ral-Kadór ebenso wenig wie diese ihm. Allerdings war ihm klar, dass ohne ihre Hilfe die Chancen, das Elfenland zu übernehmen, sehr schlecht standen.

Da betrat ein weiterer Dunkelelf das Zelt und verneigte sich tief vor Sârgalor. Schnee fiel von seinen Schultern und er rieb sich wärmend die Hände. Die dunklen Rüstungen schimmerten im Licht der Fackeln.

»Herr, wir haben neue Kunde über den Magiestrom«, sagte der Eintretende. »Es wurden neue Orte aufgespürt, an denen sich allem Anschein nach Magiefelder befinden. Sie bewegen sich strahlenförmig von Tigwién Sinath aus durch Paradón und Teile Autamars. Die neusten Mitteilungen bezeugen, dass ein bedeutendes Feld in der Nähe des Zangengebirges liegen muss. Der Magiestrom scheint bis in das Fünf-Seen-Tal zu reichen, was erheblich weiter ist, als wir ursprünglich dachten.«

»Das bestätigt meine Vermutungen. Wir müssen unsere wahren Absichten vor den Ral-Kadór unbedingt geheim halten. Wenn sie wüssten, welch mächtige Magiefelder unter diesem Land liegen, würde das die Expansionspläne Darkáv Inúshs nur unnötig erschweren. Sollen sie nur weiter glauben, wir seien auf das Mythráxidan aus.«

Der Kommandant der Dunkelelfen lächelte den anderen unheimlich zu. Seine Züge wirkten im Schien der Fackeln und den weißen Haaren, die in Strähnen um sein Gesicht lagen, unheimlich.

Anhand der neuen Informationen trug er weitere Markierungen in der Karte ein.

Das gesamte Zeltlager der Dunkelelfen war bereits von Schnee bedeckt. Eng standen die Zelte auf den wenigen freien Flächen zwischen den Bäumen. Die dunkelroten, mit Runen verzierten Stoffe aus Samt hielten die Wärme in den Zelten. Im Fackelschein des frühen Abends wirkte das schneebedeckte Lager wie ein zauberhaftes, kleines Dorf in einer märchenhaften Winterlandschaft.

Die Person mit dem weißen Umhang, die sich im Schutz der Bäume dem Lager näherte, war kaum von der Umgebung zu unterscheiden. Erst als sie bereits sehr nahe an den Zelten war, wurde sie von einer der Wachen entdeckt. Sofort richtete sich eine Pfeilspitze auf sie, der schon kurz darauf weitere folgten.

»Wer da? Gebt Euch zu erkennen!«, forderte der Wächter den Unbekannten auf. Die Person trat näher und zog sich die Kapuze ihres Umhangs aus dem Gesicht. »Ich muss zu Eurem Vádaz«, war die knappe Antwort. Als die Wachen erkannten, um wen es sich handelte, ließen sie ihn passieren. Seit die Dunkelelfen im Wald von Amenáur lagerten, war er bereits mehrmals zu ihnen gekommen. Ungehindert erreichte die Person das Zelt von Sârgalor. Mit einem Räuspern zog er den Zelteingang auf und trat ins Innere. Sofort verstummten die Gespräche der Dunkelelfen. Als sie den Eindringling erblickten, stellten sie sich unauffällig vor den Tisch mit der Karte, um ihm die Sicht darauf zu nehmen. »Ich grüße Euch, Vádaz Sârgalor!« Er verbeugte sich tief vor dem Heerführer der Dunkelelfen. Die anderen bedachte er mit einem knappen Nicken.

»Was willst du?«, fragte Sârgalor bestimmt.

»Die hohen Herren wollen Euch im Ratsaal der Burg von Raskatan sehen.«

»Worum geht es?«

»Das weiß ich nicht. Ich soll Euch lediglich ausrichten, dass Ihr erscheinen sollt.«

»Gut, ich werde nach unserer Besprechung in die Stadt kommen.«

»Es duldet keinen Aufschub. Die Meister haben mir befohlen, Euch sofort zum Erscheinen zu bewegen und, wenn möglich, in die Burg zu geleiten.«

»Bin ich etwa ein Hund der Ral-Kadór?«, herrschte Sârgalor ihn an.

»Verzeiht. Ich bin nur der Bote«, flüchtete sich der Überbringer der Nachricht in Ausflüchte.

»Nun gut«, knurrte Sârgalor. »Geh! Ich werde sofort nachkommen. Dein Geleit ist weder von Nöten, noch wird es gewünscht!«

Der Bote nickte und fügte sich. Er verließ das Zelt und zog sich die Kapuze wieder ins Gesicht. Zandil verzog das Gesicht. Er konnte die Dunkelelfen nicht leiden. Sie führten etwas im Schilde. Deutlich hatte der ehemalige Dieb bemerkt, wie sie etwas auf dem Tisch vor ihm verbergen wollten. Er hoffte, die Meister würden sie nach dem Krieg schnellstmöglich los werden. Die Chancen standen gut für ihn, dass der Kaszoc-Kásk ihm eigenen Grundbesitz und die Kontrolle über eine kleinere Gemeinde samt Umland geben würde. Endlich wäre Zandil dann wieder von Bedeutung und mehr als ein verstoßener Dieb aus Furta Allégra. Er würde es den Menschen in Paradón heimzahlen, ihn so behandelt zu haben. Nach wie vor gab er anderen die Schuld an seinem verpfuschten Leben.

Zandil beeilte sich, zurück zur Burg zu gelangen und seinem Herrn davon zu berichten, was er im Zelt der Dunkelelfen bemerkt hatte.

Der Weg war schnell zurück gelegt. Der Schnee knackte leicht unter jedem seiner Schritte. Als Zandil die Burg erreichte, begegnete ihm eine Ral-Kadóra auf dem Gang. Sie trug ein langes schwarzes Kleid, das eng an ihrem Körper anlag. Die ärmellosen Ränder gaben den Blick auf ihre Knochenhand frei. Wie auf magische Weise gingen Sehnen, Muskeln, Adern und Fleisch daraus hervor, bis auf Mitte des Unterarms keine Unterscheide zu einem menschlichen Arm mehr sichtbar waren. Als sie an ihm vorbei ging, blickten ihn ihre azurblauen Augen durchdringend an. Ihr Gesicht zog leichte Nebelschlieren nach sich. Zandil konnte nicht sagen, welche Haarfarbe sie hatte, da sich ihr Schopf nahezu vollständig von Nebel umgeben befand. Manchmal fand er die Ral-Kadóra nahezu noch unheimlicher als die männlichen Vertreter ihrer Art. Sie standen ihnen in Brutalität und Grausamkeit in nichts nach. Nicht erst einmal hatte Zandil gesehen, wie ein niederer Diener von einer Ral-Kadóra den Hals aufgeschlitzt bekommen hatte, nur weil er sich nicht tief genug verbeugte. Deshalb neigte Zandil sein Haupt so tief es möglich war und raunte ein ehrfürchtiges: »Herrin.« Der Dieb war froh, dass es nur wenige Wesen dieser Art gab und freute sich schon darauf, ihnen nicht mehr täglich über den Weg laufen zu müssen. Doch bis es soweit war und er den Reichtum erhalten würde, der ihm versprochen wurde, musste er den Kaszoc-Kásk um jeden Preis zufrieden stellen. Es war seine einzige Chance, an genügend materielle Güter zu gelangen, um irgendwo von vorne anzufangen. Ihm war zwar durchaus klar, dass seine Herrn ihn auch einfach fallen lassen könnten und sich einen Dreck um ihn scherten, doch in seiner Gier blendete er derlei Gedanken schnell aus.

Als er die Räumlichkeiten seines Meisters erreicht hatte und ihm vom Verhalten der Dunkelelfen berichtete, wurde er von ihm entlassen und der Kaszoc-Kásk machte sich auf den Weg zum Ratsaal. Argátor wusste nicht, was der Kaszoc-Vhinás wollte, doch es war etwas Wichtiges. Es wurde neben dem Vádaz der Dunkelelfen auch einer der fünf kadórischen Feldherren in den Ratssaal bestellt und ein mehr oder wenig fähiger Kommandant der Orks. Das Treffen hatte ohne Zweifel einen wichtigeren Grund als eine bloße Lagebesprechung. Als der Zweite den Ratsaal betrat, saß Dardánor auf seinem Stuhl am oberen Ende der Tafel. Er trug ein dunkles Gewand mit goldenen Stickereien. An der Lehne ruhte sein Schwert und er hielt einen Pokal zwischen den klauenartigen Fingern seiner Knochenhand. Genüsslich schwenkte er das Gefäß. Schweigend betrachtete er die Personen ihm Raum. Der Befehlshaber der Waldläufer stand bereits vor der Tafel. Sein Gesicht war von schwarzen Tüchern verhüllt und ein langer roter Umhang hing um seine Schultern. Reste von Schnee hafteten daran. Er trug ein kunstvoll graviertes Schwert auf dem Rücken und einen Gurt mit mehreren Klingen um die Brust. Über dem Schwert lag der Dämonenschild dessen alles verschlingende Löcher tiefschwarz gähnten. Der Dämonenschädel aus Oridanium ließ den Schild mit der Valcuridumrandung und den schwarzen Löchern noch bedrohlicher wirken. Als der kadórische Feldherr den Zweiten erblickte, verneigte er sich, sprach jedoch kein Wort.

»Setzt Euch zu mir«, begrüßte ihn Dardánor und deutete auf einen Stuhl zu seiner Linken. »In wenigen Augenblicken sollte unsere Runde komplett sein.«

Argátor nahm Platz und genehmigte sich einen Schluck aus einem Pokal. Der Feldherr stand unbeweglich da und wartete. Seine Disziplin war hervorragend und im Gegensatz zu den Orks waren die Waldläufer als Verbündete nicht nur bloße Zerstörungswerkzeuge. Schon kurz darauf betrat Sârgalor den Ratssaal. Er verbeugte sich vor den Ral-Kadór und stellte sich neben den kadórischen Feldherrn. Seine weißen Haare hatte er zu einem Zopf zusammengebunden, was seine spitzen Ohren und die schmalen Gesichtszüge betonte.

»Nun fehlt nur noch der Orkabschaum«, kommentierte der Oberste. Er war gereizt, das Warten auf die niederen Kreaturen war ihm zuwider. Noch immer wusste niemand, warum er dieses Treffen anberaumt hatte. Auch dass keine anderen Ral-Kadór anwesend waren, außer den beiden höchsten Anführern, warf Fragen auf. Argátor war überdies darüber erstaunt, dass ein Ork in die Burg beordert wurde, wo diese doch ihre Befehle für gewöhnlich direkt in der Stadt erhielten.

»Herr, was erfordert dieses Treffen?«, wagte Sârgalor nachzufragen. Er hielt sich nicht für einen gewöhnlichen Untertanen der Ral-Kadór und hatte somit keinen Grund, sich derart demütig und gefügig zu zeigen wie die Menschen oder Orks.

»Das werdet Ihr erfahren, sobald wir vollzählig sind«, antwortete der Kaszoc-Vhinás und erhob sich von seinem Stuhl. Gemächlich ging er zu einem der großen Fenster und blickte in den Hof und die Stadt am Fuße der Burg. Schnee lag überall und die Feuer der Orks verrieten in der weißen Landschaft ihre immense Zahl.

Da wurde die Tür von einem Diener geöffnet und drei Orks traten ein. Ihre alten Rüstungen hatten Eis angesetzt, welches langsam schmolz und in Tropfen auf den Boden fiel.

»Meister, wir stehen zu Eurer Verfügung« sprach der mittlere Ork die beiden Ral-Kadór an und alle drei sanken auf ein

Knie. Ihre Augen verrieten Furcht und Verehrung in gleichem Maß.

»Gut, dass ihr es einrichten konntet zu kommen«, richtete der Kaszoc-Vhinás sein Wort an den Ork und drehte sich vom Fenster um. Er ging auf die Ankömmlinge zu und gebot ihnen, sich zu erheben. Eindringlich musterte er seinen Feldherren, den Dunkelelfen und die drei Scheusale. Unvermittelt griff seine Hand den Hals des Rädelsführers der Orks und umschlang ihn mit seinen Fingern. Die Knochenhand griff an die Seite des Orks und zog dessen Schwert aus der Scheide. Nur einen Herzschlag später hatte Dardánor die Klinge bis zum Heft in den Bauch des Unholds gerammt. Mit geweiteten Augen starrte ihn die Kreatur Vencors ungläubig an. Dann wich das Leben aus ihm und er sackte regungslos nach hinten.

»Das wird euch hoffentlich eine Lehre sein, unseren Anweisungen in Zukunft zeitnah zu entsprechen!« Er zeigte auf einen der anderen Orks, ein grobschlächtiger Hüne mit blutunterlaufenen gelben Augen. »Du nimmst seinen Platz ein und wehe du enttäuscht mich ebenso!«

Der Ork knurrte bestätigend und verbeugte sich tief. Zu dem anderen Unhold gewandt fuhr der Kaszoc-Vhinás fort: »Du wirst zurück in die Stadt gehen und deinen Artgenossen mitteilen, was geschehen ist. Teile ihnen mit, dass sie einen neuen Vorsteher haben und schärfe ihnen ein, dass jeder Verstoß gegen den Gehorsam, sei er auch noch so gering, Konsequenzen für euer Wohlergehen haben wird!«

Der Ork beeilte sich eifrig zu nicken und machte sich davon. Auch wenn den Unholden kaum etwas Angst machte, die nebeligen Gesichter mit den azurblauen Augen waren für sie die direkten Vertreter ihres Gottes Vencor, den sie ebenso verehrten, wie sie seinen Zorn fürchteten.

»Nun denn, ich habe diese Versammlung einberufen, um Euch den derzeitigen Schlachtplan offen zu legen und Euch die nötigen Vorbereitungen treffen zu lassen, damit wir beim ersten Tau losschlagen können«, eröffnete Dardánor den Grund für die Zusammenkunft. Argátor sah den Obersten an, äußerte sich jedoch nicht dazu.

Der Kaszoc-Vhinás erklärte ihnen genau, was sie zu tun hatten und dass er erwartete, die Ausrüstung der Krieger aufzuwerten. Die Lage im Zangengebirge wurde angesprochen und die Schmieden sollten erweitert werden und Tag und Nacht laufen, nachdem endlich ein größeres Lager an Rohstoffen unter dem Schutt gefunden worden war.

»Verzeiht Herr, dürfte ich den Grund dafür erfahren?«, hakte Sârgalor nach.

»Das dürft Ihr, doch werdet Ihr mit der Antwort nicht voll zufrieden sein«, sagte Dardánor geheimnisvoll. »Wir werden das Land mit Krieg überziehen, noch ehe der Schnee ganz geschmolzen ist und nachdem der Zulauf an Truppen nun versiegt ist, werden wir aus den restlichen Vorräten Rüstungen und Waffen anfertigen. Nichts wird sich uns in den Weg zu stellen vermögen.«

Der kadórische Feldherr und der Ork sanken auf ein Knie herab und sagten: »Wir sind zu Euren Diensten.«

»Herr, ich werde Euch selbstverständlich ebenfalls Männer für die Schmieden zur Verfügung stellen«, stimmte auch der Dunkelelf zu.

»Paradón wird in einem Sturm fallen, den die Welt noch nicht gesehen hat und danach vergeht ganz Apygárda! Macht Euch bereit und sorgt für die Moral der Truppen. Gnade euch Vencor, sollte sich einer deiner Unholde nicht respektierlich benehmen.« Der Oberste drohte in Richtung des Orks, der daraufhin sichtbar zusammenzuckte. »Nun geht. Ich habe mit dem Kaszoc-Kásk noch etwas anderes zu bereden.«

Als die Unterführer den Ratssaal verlassen hatten, setzte sich Argátor neben seinen Anführer. Der Kadaver des toten Orks lag noch immer an Ort und Stelle. Bedienstete sollten ihn nach der Besprechung entsorgen.

»Mein alter Freund, ich will Euch noch etwas Wichtiges mitteilen. Es geht um Iscadar. Ihr müsst in die Hauptstadt dieses Narren Irgesto reisen. Ich erhoffe mir dort etwas sehr Spezielles.«

»Etwas Spezielles?«, fragte Argátor stirnrunzelnd nach. Dabei zog der Nebel sichtbare Schlieren über seine Stirn.

»In der Tat. Die Stadt birgt ein Geheimnis und ich möchte dem nachgehen. Wenn wir das Land erst einmal mit Krieg überzogen haben, könnte es dafür zu spät sein. Unter der Stadt, besser gesagt unter dem Felsen, auf dem der hoheitliche Palast steht, befindet sich womöglich etwas, was unserer Rasse zu neuem Glanz verhelfen kann. Noch sind wir wenige, doch wenn es stimmt, dann werden wir schon bald eine gestärkte Nation sein und uns höher und weiter erheben, als wir es je gehofft hatten. Ganz Apygárda wird vor uns erzittern!«

»Ihr meint, Ihr habt es… In Iscadar? Seid Ihr Euch sicher?«

»Die ganze Unternehmung zielte von Anbeginn darauf ab, es in Paradón zu finden. Doch mittlerweile bin ich mir relativ sicher, dass das Geheimnis in Iscadar zu finden ist. Aus diesem Grund sollt Ihr Euch unbemerkt in die Stadt schleichen und herausfinden, ob ich richtig liege.«

»Es wäre ein Segen Vencors, wenn wir es endlich gefunden hätten.«

»Ich muss hier bleiben und dafür sorgen, dass die Trât gedeihen. Sie benötigen bei diesen Temperaturen noch mehr Zuwendung. Wir müssen von nun an zweimal täglich in den

Wald gehen, um den Wuchs voranzutreiben. Die Pflanzen benötigen mehr Unterstützung.« Dardánor war sichtlich besorgt über den Zustand der Wesen, die in den Baumstämmen herangezüchtet wurden. Der Winter wurde von Tag zu Tag härter und unangenehmer, was die Entwicklung der Hybriden erschwerte.

»Ich werde alles zur vollsten Zufriedenheit ausführen. Die anderen werden erfreut sein, wenn sie erfahren, was Ihr in Iscadar zu finden hofft.«

»Sagt ihnen noch nichts. Ich will erst sichergehen, dass es auch der Wahrheit entspricht. Es wäre mir durchaus lieber, ich könnte selbst meine Nebelfähigkeiten nutzen, um die Stadt unerkannt zu betreten. Doch ich werde hier benötigt und traue keinem anderen als Euch diese Aufgabe zu.«

»Ich weiß«, pflichtete der Zweite bei. »Aber was ist mit Sârgalor? Die Dunkelelfen haben ganz offensichtlich ihre eigenen Pläne. Ihr solltet sie genauesten überwachen lassen.«

»Ich traue diesem Spitzohr nicht über seine falsche Zunge hinaus. Aber gerade deshalb will ich ihn in meiner Nähe wissen. Ich werde mich regelmäßig mit ihm treffen und ihm Aufgaben übertragen, die ihm die Planung für ein eigenes Vorhaben erschweren werden. Es ist nur eine Frage der Zeit, bis die Dunkelelfen ihre wahren Absichten offenbaren. Aber dank Eures Schachzugs mit Eurem Diener haben wir eine gute Ausgangsposition. Ich hätte nicht gedacht, dass sie mit einer derartigen Dreistigkeit schon vor der Eroberung ihre eigenen Pläne vorantreiben.«

»Es wäre besser, wir wären nicht auf sie angewiesen, doch ohne die Dunkelelfen fehlt eine wichtige Schlagkraft und der Sieg muss uns sicher sein.«

»Allerdings! Deshalb hoffe ich, dass wir in Iscadar finden, wonach wir suchen.«

Die Unterredung hielt noch einige Zeit an. So erzählte Argátor auch, dass er von Zandil erfahren hatte, dass die Dunkelelfen etwas vor ihm verbergen wollten. Das bestätigte Dardánor darin, die Spitzohren unter ständiger Beobachtung zu lassen. Schließlich verabschiedete sich der Kaszoc-Kásk von seinem Anführer und begab sich auf den Weg, den anderen Ral-Kadór die Instruktionen der Fürsorge um die Trât mitzuteilen.

Immer mehr Schnee fiel vom Himmel und bedeckte die Ruinen Raskatans mit einer neuen dicken Schicht aus weißen Flocken. Die Stadt hatte im Winter etwas mystisch Schönes, wäre da nicht die Präsenz Vencors, die sich darüber legte, wie ein schwarzer Schatten.

Irgesto schritt, wie immer wenn er nachdachte, auf und ab. Die Botschaft, die ihn kürzlich erreicht hatte, warf neue Fragen auf. Es konnte sich um eine tückische Falle des Feindes handeln, aber falls nicht, so war größte Eile geboten. Der König musste eine schnelle Entscheidung treffen, die womöglich den Tod für einige seiner Untertanen bedeuten könnte, zugleich aber auch Hoffnung auf Informationen von größter Wichtigkeit machte. In solchen Momenten wünschte er sich Aurelian an seiner Seite. Dieser hätte mit Sicherheit den passenden Rat für ihn gehabt.

»Was mache ich nur?« Irgesto wandte sich an seinen alten Freund Mithridál.

»Ich rate Euch davon ab, selbst loszuziehen! Das Land braucht Euch. Wenn es eine Falle ist, dann wäre der Feind in einer derart vorteilhaften Postion, dass wir gleich kapitulieren könnten.«

»Mir wird schon nichts geschehen. Was wenn es tatsächlich stimmt? Wenn nur ein Funke Hoffnung besteht, dass die Botschaft der Brieftaube der Wahrheit entspricht?«

»Dann wäre Carvás Cándth, nach dem Wald von Amenáur, für Euch dennoch der gefährlichste Ort ganz Paradóns, wenn nicht derzeit sogar auf ganz Apygárda.«

Der Magier versuchte dem König auszureden, der Botschaft einen Wahrheitsgehalt zukommen zu lassen, doch Irgesto schien sich langsam dafür zu entscheiden.

»Wenn ich eine Eskorte mitnehme und Euch an meiner Seite weiß, dann wird uns nichts geschehen. Ich muss wissen, was im Zangengebirge vor sich geht. In der Botschaft wird ausdrücklich darum gebeten, dass ich mich höchst selbst mit dem Absender in einer Hütte in der Nähe des Zangengebirges treffen soll.«

»Ich sehe schon, es ist zwecklos Euch umzustimmen«, sagte der Magier und setzte ein finsteres Gesicht auf. Es war mehr als deutlich, dass ihm das Vorhaben nicht gefiel.

»Werdet Ihr mich dennoch begleiten?«

Mithridál zögerte einen kurzen Augenblick.

»Selbstverständlich, alter Freund. Mir bleibt ja gar nichts anderes übrig«, sprach er schließlich versöhnlicher und versuchte ein mildes Lächeln.

»Nun denn, mein Entschluss steht fest. Wenn in der Stadt des Grauens tatsächlich die Gemüter derart hoch kochen, wie die Nachricht behauptet, und die Quelle Informationen über den Feind hat, sollten wir keine Zeit verlieren. Ich lasse die Pferde satteln. Bereitet Euch auf den Aufbruch vor. Wir werden gegen Mittag los reiten.«

»Jawohl, Hoheit.« Mithridál verneigte sich vor dem König.

»Ihr sollt das doch lassen«, rügte ihn Irgesto halb im Scherz, um dann sehr ernst hinzuzufügen: »Danke.«

Er verließ den Magier und ging in seine Gemächer. Schnell suchte er passende Ausrüstung zusammen und verschnürte alles zu einem Bündel. Der Brustharnisch aus Permentesum mit den weißen Metallplättchen und den Runen Pândrâs' war in hervorragend gepflegtem Zustand. Bedächtig blickte der Herrscher auf sein altes Schwert, das ihm schon manchen Dienst geleistet hatte. Lange war es nicht mehr zum Einsatz gekommen und dem König grauste es vor dem Moment, in dem er es wieder Blut kosten lassen musste. Zyklen der Ruhe hatte Paradón erfahren und bis auf ein paar kleinere Schlachten bestand unter Irgestos Herrschaft nie eine ernstzunehmende Gefahr für das Land.

Innerhalb kürzester Zeit war die kleine Truppe zum Aufbruch bereit. Neben König Irgesto Hervaresta II und Mithridál waren ein gutes Dutzend der königlichen Leibgarde, sowie Vadovas und seine Eantî zugegen. Hinter zwei Pferde wurden kleine Schlitten mit Proviant und Ausrüstung gespannt. Da die Reise zum Zangengebirge mehrere Tage in Anspruch nehmen würde, hatte der König anordnen lassen, mit nichts zu sparen. Der Winter Paradóns war tückisch und es war besser, auf alles vorbereitet zu sein.

Sie ritten aus dem Palast, den Fels hinab, in den zweiten Ring der Stadt und durch das große Tor, auf Seite der Isca, über die Zugbrücke. Dann schlug der Trupp den Weg nach Südwesten ein. Der König hatte die Position des Informanten auf der Karte anhand der Nachricht markiert. Wohl war Irgesto dabei nicht. Er verstand nicht, weshalb sie sich ausgerechnet im Zangengebirge treffen sollten. Würden die Fürsten von Carvás Cándth einen Kollaborateur in ihren Reihen ausfindig machen, hätte das für ihn schwerwiegende Folgen. Womöglich war dies auch ein Grund, weshalb die Quelle sich so nah bei der Stadt treffen wollte.

Durch den Schnee kamen sie nur langsam vorwärts. Der Winter dauerte bereits einige Monde, doch würde er noch an Intensität zunehmen. Wenigstens um einen Angriff der Ral-Kadór mussten sie sich nun wirklich nicht sorgen.

Der Weg führte sie ohne Umschweife an den nordöstlichen Rand des Zangengebirges. Die Nächte waren hart und besonders die Eantî litten unter der Kälte, beschwerten sich jedoch kein einziges Mal. Sie waren freiwillig mitgekommen, um dem König zu zeigen, dass ihnen wirklich etwas an der Unterstützung lag.

Sie kamen zwar nur langsam voran, aber es ereigneten sich glücklicherweise keine Zwischenfälle und schon bald konnten sie die ersten Spitzen des Zangengebirges in der Ferne ausmachen.

Die Ausläufer des Gebirges zeigten schon die ersten Ausmaße von dessen Härte. Gezackte, scharfe Felsen staken aus dem Boden. Überall gab es Klüfte und gefährliche Hänge.

»Die Hütte muss irgendwo in dieser Richtung liegen.« Mithridál zeigte auf eine Bergspitze im Westen.

Der König studierte die Karte ebenfalls und beschwerte sich darüber, dass er mit seinen Handschuhen zu wenig Bewegungsfreiheit hatte. Zäglys stellte seinen Kamm auf und schien etwas zu wittern. Besorgt blickte er zu seinem Bruder Zudykâs, der es ebenfalls zu bemerken schien.

»Hoheit, an diesem Ort geht nichts Gutes vor. Wir wittern Blut!«, teilte der Eantî Irgesto mit.

»Carvás Cándth liegt ganz in der Nähe, vielleicht kommt es daher?« Der König war nervös und rieb sich die behandschuhten Händen.

»Das glaube ich nicht«, wandte Vadovas ein. »Es sind nur wenige Gerüche, nicht genug für eine ganze Stadt. Nur eine kleine Menge Personen.«

»Vielleicht unsere mysteriöse Quelle?« Mithridál sprach aus, was Irgesto bereits befürchtete.

»Dann sollten wir keine Zeit verlieren. Ich hoffe, wir kommen nicht zu spät.«

Der König nahm die Zügel seines Pferdes in die Hand und versetzte es in leichten Trab. Schneller ging es wegen des Schnees nicht. Die engen Bergpässe sorgten aber schon bald dafür, dass es nur noch langsamer vorwärts ging.

»Wir kommen näher. Die Gerüche nehmen zu. Tod liegt in der Luft«, machte Vadovas wenig Hoffnung.

Je höher sie kamen, desto schlechter wurde die Sicht. Schneefall hatte eingesetzt und schließlich mussten sie sogar die Pferde für das letzte Stück zurück lassen.

»Einen ungünstigeren Ort hätte man nicht aussuchen können«, kommentierte Irgesto, spornte die Truppe aber weiterhin an, zügig voranzuschreiten. Die Klüfte konnten den Tod bedeuten und ein falscher Tritt hätte einem Mann der Leibgarde beinahe das Leben gekostet.

»Dort vorne ist eine Hütte«, rief Rexic den anderen von der Spitze der Gruppe zu. Irgesto schirmte die Augen gegen das grelle Weiß ab. Die Hütte war aus einfachen Brettern zusammengezimmert und lag auf einem kleinen Kamm. Sie war sicher eine alte Schürferhütte. Die Gardisten sicherten die Umgebung und die Eantî gingen zum Eingang, während Irgesto und Mithridál erst einmal im Hintergrund warteten. Zäglys öffnete langsam die Tür. Sie war nur angelehnt. Sofort schlug ihm der Duft von Blut entgegen und ein metallischer Geschmack breitete sich in seinem Mund aus. Nach einem ersten Blick erkannte er mehrere Leichen in dem kleinen Raum liegen. Noch immer auf der Hut betrat der Eantî die Hütte, gefolgt von seinen Artgenossen. Routiniert sicherten sie den Innenbereich ab und riefen anschließend den Herrscher zu sich. Als Irgesto die alte Hütte betrat, musste er schwer schlucken. Der strenge Geruch ließ ihn würgen. Er erkannte vier Leichen, die verteilt im Raum lagen. Ein kleines Feuer brannte noch leicht im Kamin.

»Bei Pândrâs!«, entfuhr es Irgesto. Der Anblick der Frauen und Männer ging ihm sehr nahe. Sie waren stark verstümmelt. Das, was sie umgebracht hatte, war über sie hereingebrochen, ohne dass sich die Leute wehren konnten. Bei drei der Leichen steckten die Waffen noch in den Scheiden. »Was ist hier nur geschehen?«

»Sieht aus, als wären sie überrumpelt worden.« Mithridál bückte sich zu einem der Toten und untersuchte die Leiche. Spuren von Verbrennungen um die Wundränder waren sichtbar und viele Schnitte übersäten die Körper. »Wir kommen augenscheinlich zu spät. Hier gibt es nichts mehr für uns zu tun.«

Der Magier wandte sich um und untersuchte die anderen Leichen. Nach einer kurzen Inspektion begab er sich aus der Hütte und trat in den Schnee. Unauffällig suchte er mit Blicken die Umgebung der alten Hütte ab. Irgesto folgte ihm und zwirbelte nachdenklich an seinem Bart herum.

»Es ist grausam, was diesen armen Leuten angetan wurde. Meint Ihr, in der Hütte finden sich womöglich irgendwelche Hinweise?«

»Was meint Ihr?«, fragte Mithridál nach. »Die Informanten wurden offensichtlich enttarnt und gerichtet.«

»Aber irgendetwas müssen wir hier doch finden. Ich bezweifle, dass ein Spion keine versteckten Informationen aufbewahrt. Besonders dann, wenn es sich um mehr als eine Person gehandelt hat.«

»Das halte ich für verschwendete Zeit, wir sollten zusehen, dass wir von hier verschwinden, bevor uns noch jemand bemerkt.«

Irgesto wunderte sich darüber, dass sein Freund so schnell abziehen wollte. Der König begründete es aber mit seiner Sorge um ihn. Schnell forderte der Herrscher seine Leibgarde auf, die Umgebung abzusuchen, auch wenn er sich wegen des Schneefalls keine all zu großen Hoffnungen auf Spuren machte.

Slyness war auf das Dach der Hütte geklettert und hielt Ausschau. Doch durch das Schneegestöber war nicht viel auszumachen. Vadovas sog die Luft in der Hütte ein. Etwas störte ihn an der Situation, weshalb er seine Begleiter aufforderte, sich genauer umzusehen. Zäglys und Zudykâs durchsuchten trotz der Meinung des Magiers das Inventar. Viel gab es nicht zu sehen. Altes Mobiliar, abgenutzte Alltagsgegenstände und eine kleine Kiste mit Vorräten. Die Eantî konzentrierten sich deshalb auf ihren Geruchssinn. Es lagen Ausdünstungen in der Luft, die sie wegen der Vielfalt der Gerüche nicht eindeutig zuordnen konnten. Der Anführer der Echsenmenschen ging schließlich instinktiv auf einen Schrank zu und schob ihn zur Seite. Dahinter tat sich eine kleine Klappe auf, die zu einer Treppe führte.

»Hoheit, ich habe etwas gefunden«, rief er nach draußen. Der König kam sofort herein und trat zu ihm. Mithridál stellte sich neben sie und beäugte misstrauisch den schmalen Durchgang in der Wand.

»Was meint Ihr, was sich dort unten verbirgt?«, wollte Irgesto wissen.

Vadovas zuckte mit den breiten Schultern und gab Anweisung, die Treppe hinab zu steigen. Zäglys ging als erster hinab, da er der kleinste Eantî war und am besten durch den schmalen Durchgang passte. Mit gezogenem Schwert schlich er die Stufen hinab. Das Holz knarzte mehr als einmal unter seinem Gewicht. Die Gerüche nahmen zu und Zäglys Nackenkamm richtete sich erneut auf. Als er die letzten Stufen passierte und einen Blick in den darunter liegenden Raum werfen konnte, erkannte der Eantî einen schwer verletzten Mann, der am Boden saß und sich an der Wand anlehnte. Der Verletzte war kurz davor das Bewusstsein zu verlieren. Er blutet stark aus einer Wunde an der Seite. Als der Mann den Echsenmenschen bemerkte, weiteten sich seine Augen und er blickte entsetzt in dessen Richtung. Zäglys entfuhr ein leises Knurren und er bewegte sich langsam auf den Verletzten zu. Da machte der Mann plötzlich einige kurze, unerwartete Handbewegungen und erschuf mit einem leisen Murmeln eine blaue Sphäre um sich. Zäglys öffnete erstaunt das Maul und fauchte, was der Mann missdeutete und als Provokation auslegte. Um den Verwundeten nicht noch mehr zu erschrecken, zog er sich ein paar Schritte zurück, ließ ihn jedoch nicht aus den Augen.

»Was ist dort unten?«, wollte Vadovas von oben wissen.

»Einer lebt noch.«

Als der König das hörte, schob er sich an Vadovas vorbei und eilte die Treppe hinab. Mithridál wollte ihn noch aufhalten, doch der König war schon an ihm vorüber und auf dem Weg nach unten.

Irgesto trat neben Zäglys und blickte auf den verletzten Mann am Boden. Der Raum war nur spärlich eingerichtet und an der Wand hingen ein paar Karten. Ein kleiner Tisch in der Mitte war mit Schriftstücken ausgelegt und ein paar Kerzen spendeten dürftiges Licht. Die blaue Sphäre, die den Mann umgab, flackerte leicht. Er hatte sichtlich Mühe den Schutz aufrecht zu halten. Als er im Schein der Kerzen den König erkannte, trat Unverständnis auf sein Gesicht.

»Hoheit? Seid Ihr es wirklich?«, fragte er mit zittriger Stimme und blickte von unten auf Irgesto.

Sofort eilte der König zu dem Mann und kniete sich neben ihm. Die blaue Sphäre erlosch.

»Meister Cémpionaûs! Was ist passiert?«, fragte Irgesto den Mann. »Wir brauchen Verbandszeug«, rief er nach oben. Er hatte ihn sofort als den vermissten Magier erkannt.

Keuchend hielt dieser sich die Seite. Sein Blick war verschwommen. Er hustete stark, ehe er antworten konnte.

»Ich hatte mich bei den Fürsten von Carvás Cándth eingeschleust. Mir kam zu Ohren, dass sich etwas Neues in der Stadt tat.« Wieder musste Cémpionaûs stark husten. Irgesto wusste, dass der Magier über die Fähigkeit verfügte, die Gestalt anderer Personen anzunehmen, weshalb er nicht weiter nachfragte, wie es ihm gelungen war, sich unerkannt in Carvás Cándth zu bewegen. Schließlich waren die wenigen Magier weitestgehend überall bekannt.

»Was habt Ihr erfahren?«

»Orks, eine große Truppe.«

Das Atmen fiel ihm immer schwerer und Irgesto fürchtete, dass der Magier die schwere Verletzung nicht überleben würde. Das Erschaffen der Sphäre hatte ihm zusätzlich Kraft geraubt.

»Heißt das, sie wurden angegriffen?«

»Nein... Sie haben sich mit den Ral-Kadór verbündet.«

Sofort begriff Irgesto, was ihm gerade mitgeteilt wurde. Der Feind hatte also tatsächlich vor Paradón von zwei Seiten aus anzugreifen und sie damit in die Mangel zu nehmen.

Da trat Mithridál mit Verbandszeug in den Raum. Bedächtig schritt er hinter Zäglys vorbei. Mit ihm kam ein leichter Windzug nach unten, der eine der Kerzen löschte. Zügig ging er neben den König und überreichte ihm die Bandagen.

Als er sich hinabbeugte, beleuchtete der Schein der Flammen sein Gesicht und die Augen von Cémpionaûs trafen ihn mit einem Blick aus Überraschung, Hass und unverhohlener Wut.

»Ihr...«, presste er zwischen zusammengebissenen Zähnen hervor. Mithridál hingegen versuchte Irgesto abzulenken, indem er sofort ein zusammengelegtes Tuch auf die Wunde an der Seite des Verletzten drückte. Durch den festen Druck stöhnte Cémpionaûs auf. Mithridál beugte sich an das Ohr des Magiers und flüsterte ihm einige Worte zu, die keiner sonst vernahm. Der König stand mit dem Rücken zu ihnen und kramte eine Schere hervor. Dann machte er sich daran, die Kleidung aufzuschneiden und legte einen Verband an. Mithridál machte den Herrscher darauf aufmerksam, dass sich der Magier nicht mehr rührte. Mit gebrochenem Blick starrte er noch immer auf Mithridál.

Irgesto erhob sich von dem Toten und blickte ihn an. Seine Augen glänzten vor Trauer. »Wären wir doch nur früher hier gewesen. Wir hätten ihn retten können.« Wütend schlug er mit der Faust gegen die Wand. Ein Ausbruch, der sich eines Königs nicht geziemte und doch war es ihm in diesem Moment egal. Dies war ein weiterer Beweis dafür, dass sein Land finsteren Zeiten entgegen blickte.

Mithridál führte den König zu einem Stuhl und sie setzten sich um den Tisch.

»Habt Ihr gehört, was Meister Cémpionaûs gesagt hat?«, wandte sich Irgesto an seinen Freund.

»Ja, jedes Wort. Es scheint, als hätten wir ein weiteres Problem.«

»Es wird nicht besser. Wir müssen mit den Fürsten in Iscadar dringend beraten, was wir in dieser Angelegenheit unternehmen werden. Ich frage mich, wieso Meister Cémpionaûs nicht gleich zu mir mit dieser Angelegenheit gekommen ist?«

»Ihr könnt nicht für alles persönlich zuständig sein. Ihr seid auch nur ein Mensch, selbst wenn das Volk zuweilen mehr in Eurem Amt sehen mag.«

»Ich weiß… Ich wünschte, ich hätte ihn und die anderen vor diesem Schicksal bewahren können.«

»Glaubt Ihr seinen Worten?«, hakte der Magier nach.

»Selbstverständlich. Ich hatte immer größtes Vertrauen in Meister Cémpionaûs.« Irgesto blickte sein Gegenüber fragend an.

»Dann sollten wir keine Zeit verlieren und nach Iscadar zurückkehren«, wich Mithridál aus. Irgesto nickte und untersuchte einige der Papiere auf dem Tisch. »Das nehmen wir alles mit. Vielleicht finden sich darin noch weitere Informationen. Ich gebe der Leibgarde Bescheid. Die Toten nehmen wir ebenfalls mit.« Damit erhob er sich und schritt auf den Ausgang zu. Zäglys machte sich ebenfalls daran, die Treppe wieder nach oben zu gehen. Als Mithridál sich von seinem Platz erhob, stieß er unglücklich gegen den Tisch. Eine der Kerzen fiel um und entzündete sofort einige Dokumente. Nach kurzem Zögern, dass einen Moment zu lang währte, versuchte er die Flammen zu löschen. Der König war sofort wieder an den Tisch zurück gekehrt und warf seinen Mantel über die Papiere. Den Flammen wurde der Sauerstoff entzogen und sie erloschen.

»Verzeiht, Hoheit«, entschuldigte sich Mithridál und blickte beschämt auf den Tisch. Einige der Unterlagen waren stark beschädigt worden, doch der Großteil hatte die Flammen überstanden.

»Ihr seid doch sonst nicht so unachtsam«, rügte ihn der König. »Die Ereignisse gehen uns allen nahe. Hoffen wir, dass nichts Wichtiges zerstört wurde.«

Irgesto war noch immer zu betroffen von den Geschehnissen, um es seinem Freund übel zu nehmen. Es kam nicht alle Tage vor, dass ein Magier starb. Meister Cémpionaûs' Tod war ein herber Verlust und die verheerenden Informationen taten ihr übriges. Kopfschüttelnd stieg er die Treppe nach oben, wo die Eantî bereits warteten und von Zäglys über den Stand der Dinge in Kenntnis gesetzt wurden. Irgesto trat ins Freie und schickte vier Gardisten in den Keller, um alles einzusammeln und den toten Magier nach oben zu tragen. Auch die anderen Leichen ließ er aus der Hütte schaffen. Dann atmete er tief die kühle Luft ein und blickte sich um. Slyness kniete noch immer auf dem Dach und hielt Ausschau.

»Gibt es irgendetwas zu sehen?«, fragte der König nach oben.

»Nein, alles ruhig, Hoheit.«

Es gab keinen Hinweis darauf, wer der Mörder war, doch einen Vorteil hatten sie. Der Feind wusste vermutlich nicht, dass Meister Cémpionaûs den Angriff überlebt hatte. Wer auch immer die Gruppe überfiel, er wollte niemanden am Leben lassen. Allerdings musste der Mörder auch sehr mächtig gewesen sein, um es mit einem Meister der Magie aufzunehmen. Das war mindestens ebenso beunruhigend, wie die Orks, welche sich im Zangengebirge breit gemacht hatten.

Innerhalb kürzester Zeit waren die Dokumente und Karten, sowie die Leichen der Männer und Frauen nach draußen geschafft. Sie trugen sie bis zu den Pferden, wo sie alles aufluden und den Rückweg nach Iscadar antraten. Schweigend ritt der Tross aus dem Gebirge. Der Schneefall verwischte jede Spur und hinterließ keinen Hinweis darauf, dass der König und sein Gefolge jemals dort gewesen waren.

Nach einiger Zeit fragte Irgesto den Magier: »Was meinte Meister Cémpionaûs als er Euch erblickte? Er wollte noch etwas sagen, ehe Ihr ihm das Tuch auf die Wunde gedrückt habt.«

»Ich weiß es nicht. Womöglich war er überrascht, mich hier zu sehen. Wir sind uns seit mehreren Zyklen nicht mehr begegnet.«

Mithridál zog den Mantel enger um die Schultern und die Fellmütze tiefer ins Gesicht, dann schwieg er. Mit einem letzten Blick drehte er sich um, ehe das Zangengebirge langsam hinter ihnen zu verschwinden begann.

Garvis und Eély befanden sich nach wie vor in Tambarun. Die vielen kleinen Wasserläufe der Stadt und der Schnee sorgten für ein stetes Glitzern und gaben der Stadt etwas Majestätisches. Sie machte Aramas Karstiras alle Ehre. Lady Irven hatte kurz vor der geplanten Abreise noch einmal mit den Mönchen des Aqua Amara gesprochen. Diese mahnten davor, die Reise bis nach Iscadar anzutreten, ohne Garvis' Zustand genauestens analysiert zu haben. Es schien ihnen zu gewagt, da die Verwandlung gänzlich von denen abwich, die ihnen bereits bekannt waren. Nach reiflicher Überlegung war Irven zu dem Schluss gekommen, dass es besser wäre, die beiden blieben in der Stadt des Wassers und verschoben die beschwerliche Reise. Nahezu alle Magier befanden sich in Iscadar. Der Weg durch die verschneiten Sümpfe, das Goldene Tal und die Steppe würde zu viele Risiken bergen, die Luminór unter Umständen in die Hände des Feindes fallen lassen könnten. Die Geheimhaltung über die legendäre Waffe war nach wie vor gewahrt. Niemand wusste, dass Garvis Luminór aus dem Kristall gezogen hatte und nur die wenigsten wussten überhaupt, dass sich das Schwert in Tambarun befand. Dennoch konnte ein Zufall dafür sorgen, dass es der Feind bekam und das wollte Irven um jeden Preis vermeiden.

Garvis fügte sich. Er fand es in Tambarun sehr angenehm und genoss die Zeit mit Eély. In regelmäßigen Abständen musste er zu den Heilern, die ihn immer akribisch genau untersuchten. Noch wusste er selbst nicht, was die Verwandlungen hervor rief. Die Heiler meinten, es sei womöglich an Emotionen gebunden. Doch Garvis war gewillt, das Wolfswesen in ihm unter seine Kontrolle zu bekommen. Wenn er in Iscadar ankam, könnte Meister Torgadol oder einer der anderen Magier ihm hoffentlich helfen, den Fluch der Naviga Sarkána loszuwerden.

Nahezu täglich schlich er sich deshalb heimlich davon und versuchte eine willentliche Verwandlung hinzubekommen. Garvis hoffte, sollte es ihm gelingen, könne er zwischen seiner und der Gestalt des Wolfswesens durch die Kraft seines Willens wechseln. Selbst vor Eély hielt er es geheim. Es war ihm unangenehm ein solch reines Wesen, wie eine Elfin es war, mit seiner zweiten Gestalt zu konfrontieren. Er war froh, dass sie ihm die Essenz aus der Phiole der Verbannung gegeben hatte und fühlte sich ihr verpflichtet.

Neben den Problemen mit seiner Gestalt hatte Garvis auch nach wie vor mit seinen Albträumen zu kämpfen. Nachdem sie ihr Ziel erreicht hatten und die Anstrengungen der Reise abgefallen waren, kehrten die Träume verstärkt zurück und plagten ihn des Nachts. Immer wieder schreckte er hoch und konnte sich nach wie vor keinen Reim darauf machen, was die Träume zu bedeuten hatten. Nach allem was er erlebt hatte, war er auch nicht gerade besonders begeistert, noch mehr Probleme zu bekommen.

So kam es gelegentlich vor, dass Garvis nachts aufstand und sich einen kleinen Imbiss aus der Vorratskammer holte, um sein Gemüt zu beruhigen.

Die Tage vergingen und Garvis hoffte, dass ihre Botschaft an den König den widrigen Bedingungen des Winters trotzte und ihren Weg in die Hauptstadt fand. Die Brieftauben Paradóns waren zwar sehr zuverlässig, doch konnte der Winter schnell eine tödliche Gefahr für sie werden.

Eély und Garvis unterhielten sich oft lange an den Abenden vor dem Kamin. Sie erzählten sich vieles aus ihren Leben und vertrauten dem anderen so manches Geheimnis an. Nie hätte Garvis gedacht, als einfacher Krieger einer Elfin je so nahe zu kommen. Deutlich spürte er seine Empfindungen ihr gegenüber, wagte es jedoch nicht, sich seinen Gefühlen hinzugeben. Die Angst, die Freundschaft zu zerstören, war zu groß und er glaubte ohnehin nicht, dass Eély ebenso fühlte wie er. So genoss er die vielen Unterhaltungen mit ihr und wollte abwarten, was die Zeit brachte.

Durch die Gespräche war es nicht verwunderlich, dass Eély schon bald heraus bekam, dass Garvis versucht die Naviga Sarkána unter seine Kontrolle zu bekommen und von seinen Emotionen zu lösen. Sie beschloss, ihn in seinem Vorhaben zu unterstützen und bei seinen heimlichen Trainingseinheiten zu begleiten. Da half auch alles Lamentieren seitens Garvis' nichts. Die Elfin blieb stur und ließ sich nicht abhalten.

Kapitonas Regios ließ Garvis zwar regelmäßig überwachen, da er befürchtete, er könne in seine Wolfsgestalt fallen und großes Unheil anrichten, sollte sich sein Bewusstsein der magischen Macht unterordnen, doch die Wächter waren mittlerweile nicht mehr ganz so aufmerksam, sodass es Garvis immer leichter gelang sie abzuschütteln. Sie fürchteten sich zu sehr vor ihm. Kaum eine der Wachen hatte je eine derartige Verwandlung miterlebt und wollte dem Krieger deshalb nicht zu nahe kommen.

Während ihrer Zeit in Tambarun nahm sich Irven trotz ihrer Regierungsgeschäfte für die beiden so viel Zeit wie möglich, um sich mit ihnen auszutauschen. Ihr Interesse an der Naviga Sarkána war sehr hoch und sie ließ es sich nicht nehmen, den anderen Heilern der Aqua Amara unter die Arme zu greifen, auch wenn ihr Amt als oberste Heilerin derzeit zweitrangig war.

»Eine Frage hätte ich allerdings noch«, sagte Garvis, als sie wieder einmal am Tisch versammelt waren und sich unterhielten. »Wer hat König Irgesto mitgeteilt, dass ich in der Lage sein könnte Luminór zu führen?«

»Diese Frage dürfte und könnte ich Euch eigentlich gar nicht beantworten, doch Ihr habt Glück. Da es Euch tatsächlich gelungen ist das Schwert aus dem Stein zu holen und sich die Vermutung bestätigt, werde ich Euch sagen was Ihr wissen wollt.«

Garvis sah die Vertreterin der Fürstin gespannt an. Irven zog den linken Ärmel ihres Gewandes nach oben und zum Vorschein kam eine Tätowierung. Sie zeigte ein Auge, welches von etlichen Ranken und Blättern umgeben war und durch dessen Pupille ein Blitz fuhr.

»Diese Tätowierung ist das Zeichen der Schwarzen Augen, einem Geheimbund, der dem Wohle Apygárdas dient. Unsere Mitglieder leben in allen Gesellschaftsschichten und über den ganzen Kontinent verteilt. Dadurch gelangen wir an Wissen, welches sehr schwer zu beschaffen ist. So erfuhr der Bund auch, dass Ihr die Kraft in Euch tragen könntet das legendäre Schwert zu führen. Als wir König Irgesto davon anonym in Kenntnis setzten, wurde die Suche nach Euch eingeleitet.«

»Und der Steckbrief war nötig, damit niemand davon Wind bekam, dass es sich um eine derart brisante Angelegenheit handelte?«

»So ist es. Außerdem wollten wir es vermeiden, dass Aufmerksamkeit auf die Schwarzen Augen gelenkt werden könnte.«

»Aber woher wusstet Ihr davon, dass Garvis mit König Aramas Karstiras in Verbindung steht?« Eélys Neugier war noch nicht gestillt.

»Das vermag ich nicht zu sagen. Unser oberster Anführer, Agamemnon M. Bathal, erfährt vieles, dass den Meisten verborgen bleibt«, antworte Irven und lenkte das Gespräch in eine andere Richtung. Sie wollte nicht zu viel preis geben. Sie fühlte sich ohnehin bereits so, als hätte sie schon mehr als genug über die Schwarzen Augen erzählt. Der Bund musste möglichst unentdeckt bleiben.

Deshalb sagte Irven: »Habt Ihr mittlerweile herausgefunden, wie sich die Verwandlung kontrollieren lässt?«

Garvis sah sie verblüfft an. »Ihr wisst von meinen Trainingseinheiten?«

»In Tambarun bleibt mir nichts verborgen«, erwiderte sie mit einem überlegenen Lächeln. »So sprecht, habt Ihr Fortschritte gemacht?«

Garvis überwand sein Erstaunen und berichtete Irven von den Vorgängen. »Ich kann es noch nicht komplett kontrollieren, doch glaube ich, dass es mir bald gelingt. Ich hatte nur noch gelegentliche Verwandlungen gegen meinen Willen. Eély und ich gehen alle Möglichkeiten durch, die Naviga Sarkána einzudämmen und den Willen des Wolfswesens zu bannen. Bisher hat sein Geist glücklicherweise keinen Besitz mehr von mir ergriffen. Aber wer weiß wie lange dies anhält.«

»Das könnte durchaus eine positive Wirkung der Phiole der Verbannung sein. Ihr solltet weiter üben. Womöglich hat das auch Auswirkungen auf unsere Forschungsergebnisse. Es ist nahezu unmöglich, dass ein nicht magiebegabter Mensch in der Lage ist, Kontrolle über solch starke Kräfte zu erlangen, besonders bei einer derart speziellen Magieart wie der Naviga Sarkána.«

»Ihr meint, es ist so, als könnte der Wirt die Kontrolle über den Erreger übernehmen?«, fragte Eély und nahm sich einen

Apfel vom Tisch. Die Einlagerung hatte seinen Geschmack noch intensiver werden lassen.

»Wir werden es sehen. Am Wichtigsten ist es, dass Ihr mit dem ersten Tau samt den Truppen in Iscadar seid. Nach allem was wir über den Feind wissen, wird er nicht mehr lange warten, ehe er zuschlägt.«

»Deshalb sollten wir vorbereitet sein. Ich werde jede freie Minute nutzen, damit ich den Fluch beherrschen kann. Vielleicht ist es uns im Kampf von Nutzen. Die Magier können mich nach der Schlacht noch immer davon befreien« Garvis' Blick drückte Entschlossenheit aus. »Aber dazu muss ich auch gestärkt genug sein«, sagte er mit einem Lächeln und nahm sich erneut etwas von den Speisen.

»Das ist gut.« Irven lachte und nahm ich ebenfalls eine Kleinigkeit. »Doch vielleicht solltet Ihr es mehr als Gabe, denn als Fluch sehen. Es wurde Euch ermöglicht, die Kontrolle über die Naviga Sarkána zu erlangen, ein Fluch hätte dies wohl kaum zugelassen.«

»Und dennoch ist es eine Bürde, die er nun zu tragen hat. Den Menschen ist es gleich ob Gabe oder Fluch. Sie sehen nur das Monster«, erwiderte Eély und blickte Garvis direkt an. »Nur wenige erkennen, was sich dahinter verbirgt.«

»Da habt Ihr recht und deshalb solltet Ihr, Garvis, es vermeiden die Gestalt zu wechseln, wann es nur geht.«

Garvis war mit Irven einer Meinung und so erklärte er ihr gemeinsam mit Eély, welche Fortschritte sie gemacht hatten und zu welchen Erkenntnissen sie dabei gelangt waren. Irven hatte alle Dokumente herbeigeschafft, die sie über die einnehmende Magieart finden konnte und erläuterte sie ihnen im Detail.

Nachdem die Unterredung geendet hatte, begaben sich die drei in ihre Gemächer.

Vor Garvis' Tür postierten sich, wie jede Nacht, vier Wächter. Es störte ihn wenig, er hatte sogar Verständnis dafür. Zwar ließ die Intensität der Überwachung mit dem Lauf der Zeit etwas nach, allerdings war Kapitonas Regios ein Mann mit einem großen Pflichtgefühl und wollte nicht dafür die Verantwortung tragen müssen, sollte doch etwas Unerwartetes passieren.

Nach einer unruhigen Nacht, in der Garvis erneut von seinen Albträumen mit den Männern in den dunklen Roben geplagt worden war, begab er sich mit Eély nach einem ausgiebigen Frühstück direkt zum Üben. Irven hatte dafür gesorgt, dass die Wachen ihn außer Acht ließen, indem sie ihnen mitteilte, sie wolle wichtige Angelegenheiten mit den beiden Fremden besprechen. Anschließend schleuste sie die beiden durch einen Nebenraum an den vor der Tür wartenden Wachen vorbei. Kapitonas Regios wäre vermutlich wenig begeistert gewesen, zu erfahren, dass Garvis mit der gefährlichen Gabe experimentierte. Der Hauptmann sah sie, wie seine Männer, als Fluch an.

Garvis und Eély betraten einen großen Raum. Es war einer von mehreren verschiedenen Räumen, die sie mittlerweile nutzten, da ihn ein fester Ort zu gefährlich für Entdeckungen war.

Garvis postierte sich inmitten des Raumes, um genug Platz zu haben, sollte er sich verwandeln. Eély ordnete er an, nahe der Tür Stellung zu beziehen. Im Falle einer unkontrollierten Verwandlung sollte sie möglichst schnell hinaus können, um die Wachen zu alarmieren. Das Letzte was Garvis wollte, war jemandem zu schaden. Er entledigte sich seiner Kleider, bis auf das Untergewand, und sammelte seine Konzentration. Wenn er genau in sich hinein hörte, konnte Garvis spüren, dass die Naviga Sarkána sich in ihm befand und pulsierte. Es war wie ein leises Wispern im Wind, kaum hörbar, doch unweigerlich vorhanden. Ein leichtes Kribbeln breite sich in seinen Fingerspitzen aus, mehr geschah nicht.

»Ich weiß nicht, wie ich es hervorlocken soll«, wandte Garvis sich an die Elfin.

»Versuche dein Innerstes zu einem abgestimmten Ganzen zu vereinigen. Höre auf deinen Körper, er wird dir sagen wann es soweit ist. Du musst dich nur konzentrieren und von störenden Gedanken befreien.«

»Das sagst du mir nicht zum ersten Mal. Es will mir einfach nicht gelingen.«

»Versuche es weiter und denk daran, nicht frustriert zu werden, sollte es nicht funktionieren. Du weißt was das letzte Mal geschehen ist.«

Garvis nickte. Als es ihm bei seinen Übungen nicht gelang, seine Gestalt willentlich zu ändern, wurde er irgendwann zornig auf sich selbst, was dazu führte, dass das Wolfswesen aus ihm ungewollt hervor brach. Glücklicherweise war sein Bewusstsein größtenteils geblieben und Eély war nicht in Gefahr. Trotzdem fragte sich Garvis, was wohl geschehen würde, sollten seine Emotionen stärker werden. Womöglich würde damit auch der Geist der Bestie wieder in ihm erwachen und Garvis verlöre die Kontrolle über sich. Diese Gedanken spornten ihn an weiter zu machen. Wieder sammelte er seinen Konzentration und schloss die Augen. Er versuchte Raum und Zeit um sich herum zu vergessen und auf die Klänge seines Körpers zu hören. Er fühlte das Blut durch seine Adern pulsieren, sein Herz schlagen und seine Lungen sich blähen. Ein Pochen in Händen und Füßen strahlte bis in seine Körpermitte und das Kribbeln in den Fingerspitzen nahm zu. Ein Knacken setzte ein und Garvis' Arme und Beine begannen sich zu verformen und länger zu werden. Auch sein Gesicht zog sich in die Länge und die Zähne wuchsen zu scharfen Beißwerkzeugen.

Doch ehe die Verwandlung vollkommen war, brach Garvis zusammen und seine Gestalt entwickelte sich zurück. Eély eilte sofort hinüber und kniete sich neben ihn. Sie legte seinen Kopf in ihren Schoß und sah das Flattern seiner Augenlider. Beruhigend strich sie durch seine Haare, ehe er die Augen aufschlug. Freudig blickte sie ihn an: »Du hast es diesmal fast geschafft!«

»Es ist also möglich es zu kontrollieren.«

Garvis versuchte sich aufzurichten und wollte fortfahren, doch seine Beine waren zittrig und er stand unsicher. Eély erhob sich ebenfalls und stützte ihren Freund. Sie gingen zu einem Stuhl und die Elfin reichte ihm eine Karaffe mit Wasser, das Garvis gierig hinabstürzte.

»Bis wir zurück reisen, wirst du es mit Sicherheit geschafft haben.«

Er blickte sie dankbar an und erhob sich, um einen erneuten Versuch zu unternehmen. Garvis' Willensstärke imponierte Eély und sie ertappte sich dabei, wie sie ihn länger betrachtete als sie es sonst tat.

Der Schnee fiel mit dicken Flocken auf die Dächer und Spitzen der Türme. Außer den Wachmannschaften war kaum jemand auf den Straßen Iscadars zu sehen. Argátor hatte sich mit einem dicken Mantel eingehüllt und sein Haupt unter einer mit Fell bezogenen Kappe verborgen. Ein dicker Schal lag um sein Gesicht, sodass nur die azurblauen Augen zu sehen waren, umgeben von waberndem Nebel. In den Schatten der Nacht würde er so kaum auffallen. Die erste Hürde wäre genommen, wenn er das große Tor passiert hatte und sich im ersten Ring der Verteidigungsanlagen befand.

Wie der Kaszoc-Kásk bereits aus der Ferne sehen konnte, war die Zugbrücke im Osten über den Trys hochgezogen. Scheinbar erwartete man keinen Besuch aus der Steppe und es wurde Besatzung gespart. Eine funktionierende Wachmannschaft war auch im Winter von großer Bedeutung und so wollte der König nicht, dass sich zu viele Männer über längere Zeit im Kalten aufhalten mussten, zumal ein Angriff, wenn überhaupt, von Norden erfolgen würde.

Langsam näherte sich der Ral-Kadór in sicherer Entfernung dem großen Tor. Es stand nicht offen, doch auf den Türmen brannten mehrere Feuer. Die Fahnen Iscadars hingen schlaff an den Masten, als sei die Stadt in einen Schlaf verfallen.

»Das könnte ein Problem werden.« Argátor überlegte, wie er an den Wachen vorbei käme, ohne dass diese ihn genauer betrachteten. Sollte er einfach auf das Tor zugehen und sie würden sein Gesicht sehen wollen, dann wäre sein Plan dahin. Ebenso konnte er sich nicht einfach in Nebel auflösen und über die Mauern schweben. Dazu reichten seine Fähigkeiten nicht aus. Er vermochte es zwar, sich kurzzeitig in Nebel zu hüllen, doch würde es ihm nicht gelingen, damit den Wall zu überwinden. So verharrte er einige Zeit außer Sichtweite und wartete auf eine günstige Gelegenheit. Da jedoch wegen des Wetters niemand in Sicht war, den er benutzen konnte, um in die Stadt zu gelangen, beschloss er zu einem nahegelegenen Hof zu reiten. Er hatte ihn bereits auf dem Hinweg ausgemacht und hoffte, so in die Stadt zu gelangen. Der Zweite gab sich keine besondere Mühe, sich an den Hof heranzuschleichen, der Schneefall machte eine weite Sicht ohnehin unmöglich. Als er die kleine Ansiedlung erreichte, stellte er sein Pferd vor der Scheune ab und begab sich zu dem Bauernhaus. Leichter Feuerschein drang durch die mit Eiskristallen besetzten Fenster nach draußen. Der Kaszoc-Kásk zog sich den Schal weiter vors Gesicht, schritt die Stufen zur Eingangstür nach oben und klopfte an. Kurz darauf wurde die Tür einen Spalt geöffnet und ein bärtiger Mann sah ihn fragend an. Der Wind trieb die Schneeflocken bis weit unter das Vordach der Tür.

»Bei Pândrâs, was treibt Euch bei diesem Wetter hierher?« Der Bauer musterte den Ankömmling verwundert.

Noch ehe er reagieren konnte trat der Kaszoc-Kásk die Tür auf und schleuderte den Mann auf den Boden. »Nicht Pândrâs schickt mich, sondern Vencor!« Er zog den Schal aus dem Gesicht und ergötzte sich an den vor Furcht geweiteten Augen des Mannes und der anderen Anwesenden, die links von der Tür um den wärmenden Kamin versammelt waren.

»Was… Was wollt Ihr hier?« Der Bauer sprach mit zittriger Stimme. Zwei seiner Knechte wollten sich erheben und auf den Eindringling losgehen, doch Argátor hob die knöcherne Hand in ihre Richtung und blickte ihnen mit seinen stechenden Augen entgegen. Der Nebel um sein Gesicht schien aufgewühlt zu werden, als er kalt erwiderte: »Ich bringe Euch den Tod.«

Dann zog er sein Schwert und metzelte die Knechte nieder. Auch der Rest der Familie hatte ihm nichts entgegenzusetzen und fiel seiner Klinge zum Opfer. Die Menschen schrien und versuchten zu flüchten, doch Argátor kannte keine Gnade. Für ihn waren sie nichts als Abschaum und so verschonte er weder Frau noch Kind. Einzig der Bauer selbst, der immer noch am Boden lag und aus Furcht zu weinen begonnen hatte, war noch am Leben.

»Für dich habe ich eine ganz besondere Aufgabe«, hauchte ihm der Zweite ins Ohr, als er sich neben ihn bückte, um ihn am Kragen zu packen und durch die Tür ins Freie in den eisigen Schnee zu werfen.

Malkásh Amórko, Tashila Oriváta und die anderen Fürsten hatten sich ohne König Irgesto und die Magier zusammen gefunden. Etwas schien nicht zu stimmen und keiner wollte ihnen sagen was los war. Deshalb berieten sie sich, was nun zu tun sei. Seit der König mit Mithridál und den Eantî Iscadar für mehrere Tage verlassen hatte, verhielt sich Irgesto Hervaresta II anders als vor dem Aufbruch. Die Echsenmenschen konnten oder wollten keine Informationen dazu geben, was passiert war. Nur die Magier schienen davon in Kenntnis gesetzt worden zu sein. Sie trafen sich täglich in einem verriegelten Raum. Was sie darin taten, war den Fürsten unbekannt.

»Wir sollten die Tür aufbrechen«, forderte Sequigâs Raudonas in der harten Art Syrtax'.

»Und was dann? Ihr glaubt doch nicht tatsächlich, die Magier wären nicht auf so etwas vorbereitet«, hielt die Fürstin des Fünf-Seen-Tals entgegen. »Was auch immer darin geschieht, wir sollen es nicht erfahren.«

»Zumindest jetzt noch nicht«, fügte Malkásh hinzu.

So mancher der Fürsten hatte seine ganz eigene Theorie, was vorgefallen war. Auch die andauernde Abwesenheit von Meister Cémpionaûs war für einige ein möglicher Grund.

Jurinak Lopas, der Abgeordnete aus Furta Allégra, war dafür, den König zu zwingen, ihnen mitzuteilen, was vorgefallen war.

»Er wird sich unserem Drängen nicht entziehen können. König Irgesto kann sich nicht gegen uns alle stellen.«

»Was wir jetzt dringender brauchen denn je, ist ein starker Zusammenhalt. Das Misstrauen spielt dem Feind in die Hände. Ich bin sicher, der König wird uns mitteilen was passiert ist, sobald die richtige Zeit gekommen ist.« Der Obide versuchte die Lage zu beruhigen.

»Und wann soll dieser Zeitpunkt sein?« Sequigâs Raudonas wirkte ungehalten.

»Das werden wir erfahren, sobald es soweit ist.«

»Malkásh hat recht. Wir müssen zusammenhalten und auf den König vertrauen.«

Tashila Oriváta wirkte zwar nicht glücklich mit dieser Aussage, doch wusste sie, dass der Obide die richtigen Worte gewählt hatte.

»Vermutlich hat dieser Mithridál seine Finger im Spiel. Ich habe noch nie jemandem getraut, der sich auf die Wege der Magie versteht, doch diesem Kerl misstraue ich ganz besonders«, drückte Tergor Erzfaust seine Meinung aus und bekam, zur Verwunderung der Fürsten, stumme Bestätigung durch Feámeon Banâreth.

»Seit er hier aufgetaucht ist geschehen merkwürdige Dinge. Er kam wie aus dem Nichts und will uns jetzt beistehen? Nach allem was er angeblich getan hat? Ich traue ihm nicht und ich verwette meine Axt darauf, dass er hinter der Geheimnistuerei steckt.« Tergors Blick war starr auf die Fürsten gerichtet. »Bei der heutigen Versammlung werde ich den König zur Rede stellen und sollte seine Antwort uns nicht zufrieden stellen, müssen wir darüber nachdenken, wie wir zum Wohle der Völker verfahren sollen. Wir können keinem Mann folgen, der bei solch einer Bedrohung Geheimnisse vor uns hat.«

Einige der Fürsten nickten und stimmten dem Zwerg zu. Andere dagegen hielten die Vorgehensweise für übereilt und forderten dazu auf, besonnen zu bleiben und noch abzuwarten. Eine hitzige Diskussion entbrannte und mündete letztlich in einer Abstimmung, wie mit der Situation umzugehen sei.

Ein kleiner Karren näherte sich dem Tor. Auf dem Bock saß ein Mann, der steif die Zügel des klapprigen Pferdes in den Händen hielt. Die Ladefläche war mit einer Plane abgedeckt, auf der sich Schnee gesammelt hatte. Einer der Wächter auf den Türmen des Nordtors rief einen Befehl nach unten. Zwei Gerüstete traten daraufhin mit strahlenden Laternen aus der Wachhütte und bewegten sich auf den Wagen zu.

Die Wachen flankierten den Wagen und leuchteten den Kutscher an. Er bewegte sich noch immer nicht.

»Alles in Ordnung mit Euch?«

Der Kutscher antwortete nicht. Misstrauisch zogen die Wachen ihre Schwerter und verständigten weitere Wächter, die auf den Zinnen Position einnahmen. Der zweite Wachsoldat stieg auf den Karren und zog dem Mann den Schal aus dem Gesicht. Erschrocken wich er zurück. Kaltes Grauen zeigte sich auf dem Gesicht des Kutschers, der zu seiner Eissäule erstarrt war.

»Der arme Kerl ist erfroren.«

»Was sollen wir mit ihm machen?«

»Hol den Wachführer, soll er entscheiden.«

Einer der Wächter eilte davon und kam kurz darauf mit seinem Vorgesetzten zurück. Dieser entschied mit einem kurzen Blick auf den Toten, den Karren in eines der Lagerhäuser bringen zu lassen.

Das Pferd wurde an den Zügeln durch das Tor geführt und in die untere Vorstadt gebracht. Dort wurde der Karren abgespannt und das Pferd in einem nahegelegenen Stall versorgt, bis geklärt würde, wer der Tote war und wem seine Habe zukommen zu lassen sei. Niemand hatte währenddessen bemerkt, wie sich unter dem Wagen eine Gestalt aus dem Gestänge löste und zwischen den Häusern verschwunden war. Der Plan des Kaszoc-Kásk war aufgegangen. Durch den Tod des Bauern wurden keine schwierigen Fragen gestellt. Er hatte keine Chance ihn zu verraten und die Soldaten waren abgelenkt. Das Risiko, dass eine der Wachen den Toten erkannte oder die kleine Einstichstelle am Hals entdeckte, bevor er im Inneren der Stadt war, war aufgegangen.

Argátor eilte durch die Straßen, hüllte sich in Nebel wann immer es ging, ohne dadurch Aufmerksamkeit zu erregen. Geschickt nutzte er die Schatten der Häuserschluchten. Sein Weg führte ihn ohne Umschweife an den Fuß des Königspalastes. In den zweiten Ring gelangte er ohne große Hindernisse. Der gewundene Weg den Berg hinauf war mit Fackeln gesäumt, doch die Nebelkräfte des Ral-Kadór halfen ihm auch hierbei. Im Inneren des Palastes würde es sicherlich einen Weg nach unten geben. Die Informationen des Kaszoc-Vhinás waren in dieser Hinsicht leider nicht so umfassend gewesen, wie er Argátor gerne gehabt hätte. Andererseits konnte es auch nicht viele weitere Zugänge zum Berg geben. Am plausibelsten erschien es ihm daher, nach einem Weg innerhalb des Palastes zu suchen, von wo aus er im Gestein finden konnte, was für sein Volk von so großer Wichtigkeit war.

Der Palast war gut bewacht und es würde nicht so einfach werden, ungesehen an den Wachen vorbei zu kommen. Der Kaszoc-Kásk würde nicht zögern seine Klinge mit Blut zu tränken. Allerdings wollte er es vermeiden, solange es ging. Seine Mission erforderte es, möglichst unbemerkt zu bleiben, auch wenn es ihm danach verlangte, den verhassten Oberen Paradóns die Kehlen aufzuschlitzen.

Langsam ließ er die Intensität des Nebels um sich herum zunehmen, sodass die Soldaten vor dem Palast annahmen, er würde natürlichen Ursprungs sein. Lange konnte Argátor seine Kräfte jedoch nicht wirken. Es zehrte stark an seinen Reserven. Deshalb versuchte er sich möglichst schnell durch die Pforte zu schleichen. Der Nebel raubte den Wachen die Sicht, dass sie die Hand vor Augen kaum mehr erkennen konnten, verflüchtigte sich aber beinahe so schnell wie er aufgetreten war. Das kam ihnen zwar merkwürdig vor, doch in Verbindung mit dem Schneefall und der Kälte scherten sie sich nicht sonderlich darum. Sie zogen die Mäntel enger um die Schultern und gingen eine kurze Runde auf Patrouille. Derartige Wetterphänomene waren zu dieser Jahreszeit nicht so ungewöhnlich.

Argátor verbarg sich in den Schatten des Palastes und suchte nach einem Weg in den Berg. Er führte ihn dabei zuerst durch die hängenden Gärten, die trotz des vielen Schnees bunte Blüten erkennen ließen, wie sie sonst nur in Nokrômark vorkamen. Wann immer ihm jemand über den Weg lief nutzte der Zweite seine Fähigkeiten, um nicht in das Sichtfeld zu gelangen. Dies erwies sich besonders innerhalb der Gebäude als schwierig, da er dort nicht auf den Nebel zurückgreifen konnte. Das hätte vermutlich sofort die Wachen auf den Plan gerufen. Deshalb nutzte er seine anderen Fähigkeiten, die er sich mit viel Disziplin über die Zyklen angeeignet hatte und ihn zu einem äußerst gefährlichen Kämpfer machten. Argátor bewegte sich auf leisen Sohlen, nutze seine Umgebung geschickt aus, umging Personal und verbarg sich in den Schatten.

Nach der Durchsuchung einiger Räume fand der Zweite schließlich, wonach er gesucht hatte. Eine Treppe in der Küche führte hinab zu einem großen Vorratsraum, der sich mitten im Gestein befand. Heimlich schlich er sich nach unten und prüfte den Fels. Er konnte nichts Auffälliges entdecken und suchte nach einem Weg, der ihn weiter nach unten führte. Vielleicht war er noch nicht tief genug.

Der Vorratsraum war jedoch eine Sackgasse und so kehrte Argátor in den langen Flur zurück. Immer tiefer drang er in den Palast vor. Glücklicherweise schliefen die meisten Bewohner bereits und er kam recht ungehindert vorwärts. Als der Kaszoc-Kásk an einer großen Flügeltür vorbei kam, hörte er verschiedene Stimmen im Raum dahinter, die sich angeregt unterhielten. Für einen kurzen Moment lauschte er an der Tür und konnte heraus hören, dass es sich wohl um die Fürsten und Abgeordneten Paradóns handeln musste. Es reizte den Ral-Kadór sehr, einfach in den Raum zu stürzen und wie ein todbringender Orkan über sie zu kommen. Das musste allerdings warten. Eine Entdeckung würde die Mission gefährden und könnte seinen Tod bedeuten. Schnell huschte er weiter und sah durch eines der Fenster ein Gestell, was über einem Schacht im Boden befestigt war und sich in einem teils überdachten Innenhof befand. Die Umrandung des Schachts war mit einer sich nach unten windenden Treppe versehen. Es musste sich um einen Brunnen oder den Zugang zu einer unterirdischen Zisterne handeln. Eine gemauerte Treppe verlief spiralförmig nach unten und umkreiste dabei einen Flaschenzug mit mehreren Seilen, an denen in regelmäßigen Abständen Eimer aus Holz befestigt waren. Schwach schimmerte der

Schein von leuchtendem Moos aus der Tiefe. Dicht an die Wand gepresst ging Argátor Stufe um Stufe nach unten. Er schien den perfekten Zugang gefunden zu haben, um fündig zu werden.

Das Leuchten des Mooses wies ihm einen sicheren Weg. Unten angekommen eröffnete sich ihm der Blick auf eine große Zisterne, die sich vor Urzeiten durch die Kraft des Wassers natürlich gebildet hatte. Der Kaszoc-Kásk fand eine gute Stelle und untersuchte den Fels. Nach einigen Versuchen entdeckte er, wonach er gesucht hatte. Mit Hilfe eines kleinen Meißels schlug Argátor Proben aus dem Stein heraus und verstaute sie in gehärteten, gläsernen Röhrchen, die er an einem Gurt unter dem Umhang trug. Das Gestein war an mehreren Stellen glänzend und mit etlichen kleinen Kristallen überzogen. Nachdem er genug Proben gesammelt hatte, die er mithilfe eines gelblichen Mittels einwandfrei als das identifiziert hatte, wonach sie so lange trachteten, machte er sich auf den Rückweg. Als Argátor wieder in die Nähe der Halle kam, in der sich die Abgeordneten versammelt hatten, wurden die Türen langsam geöffnet und die Fürsten verließen nacheinander die Beratung. Dem Kaszoc-Kásk blieb nichts anderes übrig, als den Nebel heraufzubeschwören, um einer Entdeckung zu entgehen. Sein Gesicht fing stark an zu wabern und die Nebelschwaden weiteten sich aus, bis er innerhalb kürzester Zeit im Dunst verschwunden war. Lange konnte er den Zustand der körperlichen Auflösung nicht beibehalten. Es erschien ihm aber sicherer, seine gesamte Präsenz dem Nebel zu übergeben, anstatt sich nur damit zu umgeben. So bewegten sich die Nebelschwaden langsam auf die Austretenden zu. Das mysteriöse Phänomen sorgte für Unruhe und ängstliches Misstrauen.

»Was ist das für ein Nebel?«, fragte Sequigâs Raudonas und ging nicht weiter. Auch die anderen Fürsten waren stehen geblieben. Als der Nebel immer näher kam, wichen sie zurück. Allen von ihnen war klar, dass es sich nicht um ein natürliches Phänomen handeln konnte. Noch nie hatte einer von ihnen innerhalb eines Gebäudes Nebel gesehen. Die Schwaden zogen auf die Abgeordneten zu und umgaben sie kurz darauf vollkommen. Panik breitete sich unter den Frauen und Männern aus, von denen die meisten in ihrem Leben noch niemals einen Kampf bestritten hatten oder sich mit etwas Übernatürlichem auseinandergesetzt sahen. Als sie vom Nebel komplett umschlossen waren und kaum die Hand vor Augen sahen, verschwand der graue Dunst so schnell wie er gekommen war. Verwundert blickten sie sich um, nur um im nächsten Moment noch panischer zu werden. Mitten unter ihnen stand eine Gestalt, von der Nebel herab rann wie Wasser über einen Stein. Nach und nach lichtete sich er Schleier und eine knochige Hand kam zum Vorschein. Das Gesicht nach wie vor in Nebel gehüllt, starrten ihnen azurblaue Augen entgegen. Ohne jemals einem von ihnen begegnet zu sein, wusste jeder, mit wem sie es zu tun hatten.

»Ein Ral-Kadór!«, schrie eine Abgeordnete panisch und die Menschen lösten sich schlagartig aus ihrer Starre, um die Flucht zu ergreifen. Argátor hatte jedoch bereits sein Schwert gezogen und durchbohrte einen Mann neben sich. Innerhalb weniger Herzschläge lagen zwei Frauen und drei Männer getötet am Boden. Tashila Oriváta versuchte, die Leute zurück in den Saal zu bringen, während sich Malkásh, Tergor und Feámeon Banâreth todesmutig zwischen den Ral-Kadór und die anderen Abgeordneten stellten. Der Zwerg schlug mit seiner Axt nach dem Feind, die er nicht einmal zur Beratung in seinem Quartier gelassen hatte, während die beiden anderen die Menschen in den Raum zurück schoben. Tergor erkannte schnell, dass er der Schwertkunst des Gegners unterlegen war und zog sich immer weiter zurück, bis ihm die Fürstin des Fünf-Seen-Tals zurief: »Kommt in den Saal!«. Schnell huschte er durch den Spalt der Türen, die sich gerade noch rechtzeitig vor dem nächsten Schwerthieb schlossen. Schnell schob der Zwerg seine Axt durch die Türgriffe und verhinderte damit das Eindringen des Ral-Kadórs. Dadurch konnten die meisten Fürsten der Gefahr entgehen. Was mit denen war, die nicht in den Raum zurück konnten, war ungewiss. Schnaufend lehnte der Zwerg sich an die Wand. Aus einem tiefen Schnitt an seinem Oberarm rann Blut auf den steinernen Boden. Die Panik stand den Menschen ins Gesicht geschrieben. Dennoch versuchte Tashila Oriváta, die Wunde notdürftig zu verbinden. Durch das Geschrei der Abgeordneten und einigen anderen Flüchtenden waren die Wachen schnell alarmiert worden. Der Kaszoc-Kásk hielt sich nicht länger mit der Tür auf, sondern beeilte sich, den Palast zu verlassen. Es ärgerte ihn, dass es ihm nicht gelungen war, den Nebel lange genug aufrecht zu halten, um ungehindert entkommen zu können. Andererseits genoss er es, die Furcht in den Augen der Menschen gesehen zu haben und einige von ihnen Vencor zu opfern. Die Überraschung der Wachen nutzend, die ebenso von seiner Erscheinung erschrocken waren, gelang es dem Zweiten, sich nach draußen zu kämpfen. Er rutschte einen kleinen Abhang nach unten und tauchte in den engen Gassen des inneren Rings Iscadars unter. Nach kurzer Zeit hatte er die Verfolger abgehängt und seine Spuren verwischt. In einer dunkeln Nische wartete er ab, bis sich seine Kräfte etwas regeneriert hatten und konnte bald darauf unerkannt aus der Stadt entkommen. Die Schreie der Wachen in den Straßen und der Schein ihrer Fackeln wiesen ihm den Weg. Nach einigen Windungen schlüpfte er in einem unbeobachteten Moment an den Wachen vorbei durch das Tor, kehrte erfolgreich zu seinem Pferd zurück. Zu seinem Glück spielte ihm das Wetter in die Hände. Die Wächter hielt sich vornehmlich in der Wachstube und bei den Feuern auf den Türmen auf. Ein Kampf mit den Gardisten wäre seiner Flucht nicht gerade zuträglich geworden. Schon bald war Argátor im Schneetreiben verschwunden und ritt in die Nacht hinaus.

Die Abgeordneten lauschten an der Tür, um zu hören, ob die Gefahr vorüber war. Nachdem der Ral-Kadór nicht versucht hatte, in den Raum zu gelangen und einige Zeit verstrichen war, entspannte sich die Lage allmählich wieder etwas. Ein paar Menschen waren leicht verletzt worden. Glücklicherweise gab es bis auf die fünf Toten keine weiteren Verluste zu betrauern.

»Wie ist dieses Ungetüm hier hinein gelangt?«, wollte die Fürstin des Fünf-Seen-Tals wissen. »Und was noch viel wichtiger ist: Was wollte er hier?«

»Wir müssen sofort den König und die Magier zu einer Besprechung hinzuholen«, forderte ein Abgeordneter aus der Küstenstadt Furta Uostas.

»Zuerst sollten wir uns um die Verletzten kümmern und uns vergewissern, dass dieses Monster nicht mehr im Palast ist«, warf Malkásh ein. »Es ist klar, dass er hier etwas Bestimmtes wollte und es vermutlich nicht seine Absicht war, entdeckt zu werden. Daher nehme ich an, dass er bereits über alle Berge ist.«

»Aber nach was kann er gesucht haben?« Jurinak Lopas kratzte sich das kantige Kinn.

»Darüber werden uns wohl nur die Magier Auskunft geben können. Ich zumindest habe in den alten Schriften nichts gelesen, was den Ral-Kadór ein gesteigertes Interesse am Palast von Iscadar zuschreiben würde.« Feámeon Banâreth ging auf und ab und dachte angestrengt nach. Leider waren auch die

Aufzeichnungen der Elfen nur spärlich mit Informationen über das Volk der Ral-Kadór versehen.

»Was, wenn der König tatsächlich mit ihnen unter einer Decke steckt und der Ral-Kadór gar nichts gesucht hat, sondern jemanden treffen wollte?«, wandte Sequigâs Raudonas ein.

»Redet keinen Unsinn, der eurer Feigheit entspringt!«, herrschte ihn die Fürstin mit schmalen Augen an. »König Irgesto wollte seit jeher nur das Beste für Paradón und Apygárda. Niemals würde er einen solchen Verrat begehen. Auch wenn er sich mit jemandem hätte treffen wollen, so wäre dies doch viel einfacher gegangen! Dafür hätten sie einen Treffpunkt außerhalb der Stadt gewählt. Wenn er hier etwas wollte, dann hat er nach etwas gesucht, etwas von großer Wichtigkeit, was nicht durch einen Angriff auf die Stadt zerstört werden darf. Einen Angriff auf Iscadar werden sie meiner Meinung nach nämlich definitiv unternehmen.«

Die anderen Abgeordneten stimmten Tashila Oriváta zu und als Wachen an die Tür klopften und ihnen mitteilten, dass die ganze Stadt abgesucht werde, begaben sie sich zu einer Krisenbesprechung mit dem König, der bereits von den Ereignissen unterrichtet worden war. Die Magier waren ebenfalls anwesend. König Irgestos Augen sprachen Bände, als sich der Saal langsam füllte. Die Furcht hatte sich über die Menschen gelegt wie ein schwerer Mantel. Obendrein hatte er etwas zu verkünden, was viele Abgeordnete neugierig aufhören ließ.

Die Tage vergingen schnell in der Wüste und Norgal hatte sich mittlerweile gut eingelebt. Den blauen Rauch, welchen er nun bereits öfter gesehen hatte, half den Menschen Orte von Kundgebungen zu finden, wie er herausgefunden hatte. Als er den Rauch zum ersten Mal sah, rannte er ihm schnell entgegen, da er befürchtete, es handle sich um ein Feuer. Doch schon kurz darauf stellte sich heraus, dass Norgal auf einen großen Platz gelangte, an welchem ein Ausrufer der Obiden wichtige Informationen für die Bewohner und Besucher der Stadt hatte. Da sich viele Reisende in der Stadt aufhielten gab der Rauch ihnen die Richtung vor, wo sie Informationen finden konnten.

Kalásh Suboko hatte Aurelian und ihm eines der Häuser zu Verfügung gestellt, welche bei Clantreffen für die Obersten als Unterkunft dienten. In der restlichen Zeit wurden sie als mietbare Unterkünfte für reiche Handelsreisende genutzt.

Norgal lag auf dem Bett und blickte an die Decke. Er dachte an diesem Ort noch weit mehr nach als sonst. Vielleicht war es die fremde Kultur, vielleicht auch die Entfernung von Zuhause, obwohl er sich in letzter Zeit wieder vermehrt gefragt hatte, wohin er eigentlich gehörte.

»Guten Morgen. Möchtest du etwas Lîrîmsaft?«, begrüßte ihn Tarinka und blickte ihn mit ihren großen braunen Augen verführerisch an. Sie trug nichts außer einem beinahe durchsichtigen Laken und ihr lockiges schwarzes Haar bedeckte die Schultern.

Norgal hatte sich gut eingelebt, fast schon zu gut für seine Verhältnisse. Er hatte Tarinka in der ihr gehörenden Kneipe kennengelernt, als er sich mit Bjófur und Bandáril über sein Schwert unterhalten hatte. Die Zwerge begutachteten das Stück und als ihnen die schwarzen Schlieren auf der orangen Oberfläche auffielen, wussten sie sofort, dass etwas mit der Waffe geschehen war, das sie verändert hatte. Norgal kam nicht umhin, ihnen die Geschichte zu erzählen, was ihm den Respekt der Zwerge einbrachte. Als sie ihn fragten, wie er das Schwert nannte und er keinen Namen dafür hatte, beschlossen sie gemeinsam, es *Darkafjal* zu nennen. Übersetzt aus der alten Sprache bedeutete es soviel wie Dunkelfeuer. Bjófur beteuerte, dass das Schwert nur durch einen Namen mit Norgal eine vollkommene Einheit bilden würde. Seither traf er sich regelmäßig mit den beiden Zwergen und hatte sich mit ihnen angefreundet. Tarinka brachte ihnen die Getränke und eines Tages gingen sie gemeinsam in Norgals Unterkunft. Aurelian betrachtete Norgals Gepflogenheiten mit einem kritischen Blick. Er befürchtete, Norgal könnte es sich zu bequem in der Wüstenstadt machen, doch dieser versicherte ihm beinahe täglich, dass er mit den Luftschiffen zurück nach Iscadar reisen würde, wenn die Zeit gekommen war. Da er wusste, dass für die Ignis Vylátu ihr Wort bindend war, ließ er ihn gewähren. Ein wachsames Auge richtete Aurelian zwischen seinen Studien dennoch auf seinen Begleiter aus dem Feuerorden.

Tarinka hielt Norgal einen Becher entgegen und setzte sich zu ihm aufs Bett.

»Grübelst du schon wieder über deine Freunde?«

»Ja, ich frage mich immerzu, wie es Garvis und Eély wohl geht. Ich hätte nicht gedacht, so lange hier zu bleiben. Der Winter wird bald vorüber sein und wenn die Schlacht erst einmal beginnt, wer weiß, ob ich sie je wieder sehen werde.«

Sie fuhr mit ihrer Hand durch seine blonden Haare.

»Du wirst sie wiedersehen, ganz bestimmt. Doch bis dahin bin ja ich bei dir, mein Feuerauge.« Ihr Griff um seine Haare wurde fester und sie setzte sich auf ihn.

»Du bist das Beste, was mir seit Langem widerfahren ist«, stellte er lächelnd fest und sie küsste ihn leidenschaftlich auf den Mund. Mit den wärmenden Strahlen der Morgensonne zog Tarinka ihr Laken von sich und warf es auf den Boden. Norgal war noch nie mit einer vergleichbaren Frau zusammen gewesen. Sie akzeptierte seine ruhige, teils verschlossene Art und hatte ihn nie aufgefordert auf eine Frage zu antworten, die er nicht beantworten wollte oder konnte. Bei ihr fühlte er sich leicht und seine schlummernden Aggressionen waren beinahe vergessen.

Da klopfte es an die Tür und Aurelian trat unvermittelt ein. Beschämt schirmte er die Augen ab.

»Verzeiht, ich wusste nicht, dass du Besuch hast. Ich wollte dich nur abholen, um in die Fertigungshöhle aufzubrechen.«

Tarinka lächelte den Vertreter des Königs an, was diesen noch roter werden ließ.

»Ich komme gleich, geh ruhig schon voraus«, antwortete Norgal. Aurelian nickte nur und ging aus dem Raum.

»Er sieht wohl nicht oft Frauen, oder?«

»Jedenfalls nicht, wenn sie nichts anhaben.« Norgal schmunzelte und zog eine Augenbraue nach oben. »Er ist ein Gelehrter, der dem Wissen mehr zugetan ist als weltlichen Freuden und doch hat er mich schon das ein oder andere Mal sehr überrascht.«

Norgal richtete sich auf und kleidete sich an.

»Willst du mich tatsächlich einfach so zurück lassen?«, fragte Tarinka gespielt schmollend, während sie sich auf dem Bett räkelte.

»Er ist der Stellvertreter des Königs, so jemanden lässt man nicht warten. Ich komme heute Abend in die Schenke.«

»Na gut, aber sieh dir vorher lieber nochmal genau an, was du verpasst.« Sie grinste, drehte sich und nahm einen Schluck Lîrîmsaft. Norgal beugte sich zu ihr, gab ihr einen Kuss und verließ das Zimmer. Er fühlte sich glücklich, trotz der Gewissheit des nahenden Krieges und der Gefahr des Untergangs der Welt wie er sie kannte. Normalerweise störte es ihn nicht. Seiner Meinung nach gab es genug Schlechtes auf der Welt und auch sein eigenes Leben war ihm nie viel wert gewesen, doch seit er Tarinka kannte, überdachte er vieles neu.

Als er das Haus verließ, erwartete ihn Aurelian auf der Straße. Er schien immer noch peinlich berührt zu sein und entschuldigte sich erneut, wurde dann jedoch ernst und sagte: »Der Tag der Fertigstellung der Luftschiffe rückt immer näher und schon bald werden wir die Essenz mit den Schiffen verweben müssen. Wir sollten daher damit beginnen, erste Test durchzuführen. Später darf nichts mehr schief gehen.«

»Wir sind nun schon längere Zeit hier, warum haben wir das nicht schon längst ausprobiert?«

»Ich fürchte, wenn die Flasche mit der Essenz zu früh geöffnet wird, könnte ihre Wirkung vergehen oder beschädigt werden. Durch ihre halb-magische Beschaffenheit, ist sie weitaus instabiler als andere Essenzen.«

Gemeinsam gingen sie die staubige Straße entlang, vorbei an Häusern und Zelten in Richtung der unterirdischen Höhle. Die beiden Zwergenhandwerker waren bereits mit der Arbeit beschäftigt und Aurelian stieß Norgal leicht in die Rippen, als er auf Bjófur aufmerksam wurde, der zeternd einen Arbeiter zurechtwies.

»Jeden Tag das selbe mit diesen beiden. Man kann es ihnen nicht recht machen«, feixte der Stellvertreter des Königs.

Bandáril trat gerade aus dem Baubüro auf die Balustrade und winkte den beiden zu. Sie gingen zu ihm hinüber und auch Bjófur kam hinzu.

»Guten Morgen, Herr Aurelian«, begrüßten die Zwerge den Stellvertreter.

»Auch Euch einen guten Morgen, Herr Norgal.«

»Warum heute so förmlich? Hast du nicht gut geschlafen, Bjófur?«

»Ein Zwerg hat immer einen vorzüglichen Schlaf, da kannst du jeden fragen.«

»Er schnarcht so laut, dass das gesamte Wirtshaus davon wach wird«, fügte Bandáril belustigt hinzu und zu Aurelian gewandt: »Wollen wir anfangen? Was können wir heute für Euch tun, Herr Aurelian?«

»Es ist an der Zeit, die Essenz zu testen, damit wir sie wirksam auf den Schiffen anbringen können. Habt Ihr etwas, was sich im Aufbau damit vergleichen lässt?«

»Wir hätten noch Reste eines Bugs, der durch einen Verschnitt der Arbeiter unbrauchbar geworden ist. Wenn wir ihn mit ein paar Platten verkleiden und etwas zurecht sägen, dann könnte es das passende Objekt für Euch sein.«

»Wunderbar. Dann sollten wir keine Zeit verlieren und uns sofort ans Werk machen. Was denkt Ihr, wie viel Zeit der Bau der Schiffe noch in Anspruch nehmen wird?«

»Sie sollten mit der nächsten Mondphase einsatzbereit sein, sofern uns nichts dazwischen kommt.« Bandáril entrollte ein Papier, auf dem ein Zeitplan abgebildet war. Die meisten Punkte waren bereits mit einem Haken versehen. Er zeigte Aurelian, was noch zu tun sei. Dann gingen die beiden kurz in das Baubüro, um noch einige Unterlagen in Augenschein zu nehmen, während Bjófur und Norgal bereits zu dem ausrangierten Bugstück gingen. Der Zwerg machte sich sofort daran, das Konstrukt zu bearbeiten und als Bandáril hinzu kam und noch einige Arbeiter mitbrachte, war das Vorhaben im Handumdrehen erledigt. Aurelian nickte zufrieden und wollte sich sogleich ans Werk machen. Die nötigen Sprüche hatte er bereits lange geübt und so hoffte er, dass es ihm schnell gelänge, die Essenz so mit den Schiffen zu verweben, dass sie wie ein schützendes Netz über der Bordwand lag.

Nachdem der Bug brauchbar war, wurde er in eine Ecke der Höhle gebracht, in der er nicht im Weg umging. Die Zwerge distanzierten sich schon kurz darauf davon. Ihnen war die Magie nicht geheuer. Auch die Arbeiter wurden weggeschickt, damit Aurelian in Ruhe experimentieren konnte. Gerne hätte er dafür mehr Zeit gehabt, doch die Beschaffenheit der Essenz ließ dies nicht zu. Nur Norgal blieb zur Unterstützung bei ihm.

Nach den ersten Versuchen ahnte Aurelian bereits, dass es doch schwieriger als gedacht werden würde. Mit Norgals Hilfe versuchte er verschiedene Herangehensweisen. Dabei achtete er immer darauf, möglichst wenig der Essenz zu nutzen. Sie musste schließlich für acht Schiffe reichen. Norgal konnte sich nach wie vor nur schwer vorstellen, wie solch große Schiffe in der Luft schweben sollten. Sie waren natürlich bei weitem nicht so groß wie die Schiffe in den Hafenstädten oder die der Handelsflotte von Bentárk. Dennoch waren sie von einem stattlichen Ausmaß.

Die Versuche dauerten den ganzen Vormittag an und Aurelian gelang es nicht, die Essenz so zu verteilen, dass sie mit dem Material eins wurde. Auch Norgals Wissen und seine magische Begabung vermochten nichts dagegen auszurichten. So beschlossen sie, am Mittag zu Tarinka in die Schenke zu gehen und eine Stärkung zu sich zu nehmen, um es am Nachmittag erneut zu versuchen. Als sie aufbrechen wollten, schlossen sich ihnen Bjófur und Bandáril an. Die Zwerge hatten nicht viele Fragen, wie es um das Vorhaben stand. Sie wollten lediglich wissen, ob es geklappt hatte.

»Na, wenn es schon nicht gleich funktioniert, solltet Ihr vielleicht erst einmal einen großen Humpen zu Euch nehmen. Jeder weiß, dann denkt es sich leichter«, brachte Bjófur seine Meinung zum Ausdruck und Bandáril bestärkte: »Wer den Hammer schwingt muss auch wissen, wo er auftreffen soll!«

»Das ist wahrlich ein Wort! Doch vergesst nicht, dass viele Errungenschaften zuweilen durch Zufall entdeckt wurden«, hielt der Stellvertreter dagegen.

»Zufall oder nicht, uns läuft die Zeit davon. Womöglich ist ein kräftiger Schluck genau die Prise Zufall, derer es bedarf«, stellte Bandáril fest.

Als sie die Schenke betraten, begrüßte Tarinka Norgal mit einem Kuss auf die Lippen. Das Haus war gut besucht, da viele Obiden der sengenden Mittagshitze entgehen wollten. Norgal wollte gar nicht wissen, wie heiß es erst im Hochsommer hier sein musste.

Tarinka brachte ihren Gästen Speisen und Getränke und sah dabei umwerfend aus. Sie trug einen Rock, der an einer Seite offen und mit vielen glänzenden Plättchen verziert war, die beim Gehen leise klimperten. Ihr Oberkörper war mit einem weißen Kleidungsstück bedeckt, welches an Schultern und Bauch ausgeschnitten war. Norgal konnte nicht anders, als sie anzustarren. Das bemerkten auch die anderen und Bjófur trat ihm gegen das Schienbein. »Feuerauge, träumst du etwa schon von der nächsten Nacht?«

Das riss Norgal aus seiner Abwesenheit. »Wer würde das nicht, bei solch einer Frau?«

»Gewiss sie ist schön, für Menschenverhältnisse. Aber nicht zu vergleichen mit einer Zwergenfrau aus echtem Stein und Stahl. Gedrungen und üppig, so müssen sie sein.«

Da fingen die beiden Menschen an zu lachen und auch Bandáril fiel darin ein, was Bjófur nur weiter anstachelte.

»Ich frage mich, was daran so witzig sein soll? Eine gute Frau braucht einen leichten Flaum im Gesicht und sollte anständig austeilen können!«

»Dann hast du mich wohl noch nie zuschlagen gesehen«, feixte Tarinka, die das Gespräch mitbekommen hatte.

Da lief Bjófur leicht rot an und machte eine abwehrende Geste.

»Gegen eine Urgewalt wie dich hätte ich doch keine Chance, du bildest klar die Ausnahme.« Dann verfiel er ebenfalls in Gelächter und prostete der Wirtin freundlich zu.

»Eine wahrlich taffe Frau«, hielt Aurelian an.

»Ein Leben in der Wüste ist halt einfach nichts für jedermann«, sagte Tarinka mit einem sanften Gesichtsausdruck.

»Wie der Morgentau, der langsam in den Wüstensand einzieht und an einigen Stellen den Quell des Lebens bildet«, sinnierte Bandáril. »Wenn auch kein Ort für einen gestanden Zwerg.«

Aurelian blickte ihn an und kratze sich am Kinn.

»Ihr bringt mich da auf eine Idee, werter Herr Zwerg. Ja, so könnte es gelingen.«

»Was meint Ihr?«

»Das werdet Ihr sehen, wenn es funktioniert. Lasst uns aufessen und zurück zum Tagwerk kehren.«

Norgal war gespannt, was Aurelian an Bandárils Aussage zu einer Idee hatte kommen lassen, die sie noch nicht versucht hatten. Doch er wollte es auch ihm noch nicht verraten.

Ihr Aufenthalt währte nicht mehr lange und Tarinka versprach Norgal, nach der Sperrstunde auf ihn zu warten, sollte er noch beschäftigt sein.

Als die Gruppe zurück in der Höhle war, dirigierten die Zwerge die Arbeiter, die Probleme hatten eine Verbindungen richtig zusammenzusetzen.

Aurelian und Norgal machten sich wieder in ihrer Ecke an dem Bug zu schaffen.

»Bandáril hat mich auf einen so simplen wie genialen Einfall kommen lassen«, meinte der Stellvertreter. »Wie der Morgentau…«

»Was meinst du damit?«

»Wie der Tau im Sand versinkt und dort auf fruchtbaren Boden trifft, genau so müssen wir die Essenz auftragen. Bisher haben wir nur versucht, sie an der Oberfläche anzubringen und sie so um das Material zu legen, doch was, wenn wir versuchen, sie unter die Oberfläche eindringen zu lassen?«

»Wie soll das gelingen? Die Platten bestehen aus massivem Stahl?«

»Wir müssen es versuchen. Vielleicht klappt es, wenn wir an bestimmten Stellen kleine Löcher bohren und so die Essenz nach innen bringen. Die halb-magische Wirkung sollte ausreichen, damit es sich dann von selbst verteilt und ins Material einzieht. Dazu benötigen wir nur den richtigen Spruch. Dass ich noch nicht eher darauf gekommen bin.«

Schon kurz darauf machten sie sich ans Werk und konnten bald erste Erfolge verzeichnen. Die vielen Theoriestunden, die Aurelian auf sich genommen hatte, machten sich bezahlt.

»Bandáril hat tatsächlich recht gehabt.« Aurelian war sichtlich stolz auf seinen Erfolg und auch Norgal sah zufrieden aus.

Jetzt konnte der Bau der Schiffe vollendet werden und mit Abflauen des Schneetreibens außerhalb der Wüste konnten sie sich bald in die Lüfte erheben und die Truppen am Boden unterstützen. Mit Wehmut dachten die beiden an den bevorstehenden Krieg, was ihre Freude über den Erfolg dämpfte.

Dardánor hatte nach der Rückkehr des Kaszoc-Kásk aus Iscadar eine Versammlung der Ral-Kadór einberufen. Der Zweite berichtete, was er in der Hauptstadt gefunden hatte. Nachdem er ihnen die Probe zeigte, die er zuvor noch einigen Tests unterzogen hatte, ging ein Raunen durch dir Reihen. Nach all den Zyklen der Vergessenheit, sollten die Ral-Kadór tatsächlich das Geheimnis gefunden haben, mit dem der Fortbestand ihrer Rasse gesichert werden konnte und welches ihnen zu alter Stärke zurück verhelfen sollte. Wären sie erst wieder mächtig genug, würden sie versuchen, die Macht in ganz Apygárda an sich zu reißen. Dabei würde jedoch gerade das mächtige Jánkásán Imperium eine große Hürde darstellen, weshalb die Eroberung Iscadars von geschichtsträchtiger Bedeutung war. Die Ressourcen zur Sicherung ihres Fortbestands waren rar und es dauerte zu viele Zyklen, bis sie es endlich gefunden hatten.

»Auf Grundlage dieser Erkenntnisse wissen wir nun ganz genau, dass wir Iscadar nicht nur aus strategischen Gründen einnehmen müssen. Unsere Suche währte lange. Dass wir in Paradón fündig werden würden, dessen war ich mir seit unserem Fund in Râktal Taruk sicher. Nun haben wir Gewissheit und den genauen Ort. Irgesto wird vermuten, dass wir das Land überrennen werden und Mauradin als erstes Ziel angreifen. Doch die Stadt ist mir völlig gleichgültig. Wir werden durch die Steppe ziehen, den Trys überqueren und Iscadar von Norden aus angreifen, während Larvátras mit seinen Orks und den Menschen aus Carvás Cándth aus dem Süden heranrückt.

An zwei Fronten werden sie keine Chance haben die Stadt zu halten.«

»Dennoch schlage ich vor, dass wir eine kleinere Streitmacht gegen Mauradin marschieren lassen«, schlug der Kaszoc-Brágh vor. »Wenn wir die Stadt angreifen, werden die Augen des Stümpers von einem König von seiner eigenen Stadt abgelenkt. Wenn Mauradin fällt, wird die Moral seiner Truppen großen Schaden erleiden.«

»Das werden wir nicht tun. Sie werden die Stadt nicht mit Verstärkung versorgen. Es wird ihnen sicher auffallen, dass es sich nur um eine Finte handelt. Wir werden mit geballter Kraft gegen Iscadar vorgehen. Wenn die Hauptstadt fällt, wird die Eroberung der restlichen Landstriche ein Kinderspiel. Außerdem halte ich Irgesto nicht für so dumm, dass er sich keinen Reim darauf machen kann, dass Iscadar für uns von besonderer Bedeutung ist.« Der Oberste sah dabei zu Argátor. Er hatte ihn bereits dafür gerügt, sich entdecken lassen zu haben. Allerdings kannte er ihn gut genug, um zu wissen, dass es ihm selbst wohl nicht besser gelungen wäre.

Einige der anderen Ral-Kadór unterstützten den Vorschlag Xardanas', doch die Mehrheit war für den Plan Dardánors. Es waren alle Vorbereitungen getroffen. Die Trât waren gut gediehen und die Orks blutdürstig.

In den Schatten bemerkte jedoch niemand den heimlichen Zuhörer der Versammlung, welcher sich unbemerkt davon stahl.

Durch den Wald betrat er das Lager der Dunkelelfen und erstattete dem Vádaz einen Bericht. Sârgalor war sichtlich zufrieden mit den Informationen, die ihm einer seiner Dunkelelfen übermittelte. Er misstraute den Ral-Kadór vermutlich noch stärker als diese den Dunkelelfen.

»Die Informationen sind uns von großem Nutzen. Wir werden uns mit unseren Bogenschützen im hinteren Bereich des Heeres postieren. Sobald der Krieg gewonnen ist, werden wir uns unserer eigentlichen Aufgabe widmen. Die Ral-Kadór werden nicht wissen, was vor sich geht, ehe es zu spät ist. Der Krieg wird sie einiges an Orks und anderem Gewürm kosten, was wir zu unserem Vorteil nutzen werden. In den Wirren der Nachkriegszeit werden sie unsere Handlungen nicht mehr so gut auskundschaften können.« Ein bösartiges Lächeln umspielte Sârgalors Züge und seine weißen Haare schimmerten hell im Schein der Kerzen. Er fühlte sich siegessicher. Der Fokus ihrer Verbündeten lag auf Paradón und für ihre Feinde waren sie nur Anhänger der Ral-Kadór. Egal wie der Krieg ausgehen mochte, es ermöglichte ihnen, ihr eigenes Vorhaben im Geheimen voran zu treiben und die Schwachstellen der anderen Parteien zu ihrem Vorteil zu nutzen. Dennoch war den Dunkelelfen nicht klar, dass die Ral-Kadór ihnen weit weniger Vertrauen entgegen brachten, als sie vermuteten. Zunächst stand jedoch der Krieg bevor. Geschlossenheit unter den Verbündeten war eine wichtige Voraussetzung für den Sieg. Dessen waren sich die Dunkelelfen durchaus im Klaren und zeigten sich deshalb nach außen gefügig.

Da hörten sie aus der Stadt lautes Gebrüll. Die Orks waren in Aufruhr geraten. Sârgalor trat mit den anderen vor sein Zelt in den Schnee. Gemeinsam gingen sie zum Rand des Lagers, um auszumachen, was die Ursache der Geräuschkulisse war. Der Schnee knirschte kaum merklich bei ihren Schritten. Als sie gute Sicht auf die Stadt hatten, erkannten sie, dass der Kaszoc-Vhinás auf einen Balkon getreten war, der von unten gut sichtbar war und den Orks vom baldigen Angriff erzählte.

»Die Zeit ist nah! Vencor ist auf unserer Seite und mit dem Tau wird der Tod über Paradón kommen! Schon bald werden euer Klingen Blut schmecken und eure Augen die Zukunft sehen! Menschen, Orks und Dunkelelfen, hört mich an. Die Zeit des Wartens hat beinahe ihr Ende gefunden. Lasst uns diesem Land das Licht abringen und für den dunklen Gott ebnen!«, verkündete der Kaszoc-Vhinás mit immer lauter werdender Stimme. Laute Rufe, sowie Schläge auf Schilde und Rüstungen waren die ersten Vorboten des Krieges und kündeten von der Kampfbereitschaft des dunklen Heeres.

»Bald werden die Würfel des Schicksals rollen und Finsternis wird sich über dieses Land legen. Apygárda steht ein neues Zeitalter Vencors bevor«, quittierte Sârgalor die Szenerie und blickte zur Südseite Raskatans, bevor er sich abwandte und in sein Zelt zurück kehrte.

Irgesto raufte sich die Haare. Einmal mehr wünschte er sich Aurelian an seiner Seite. Die Ereignisse hatten sich überschlagen seit sie ins Zangengebirge aufgebrochen waren. Der Tod von Meister Cémpionaûs war ein schwerer Schlag und die Erkenntnisse aus den Unterlagen bereiteten dem König Kopfschmerzen. Carvás Cándth hatte sich mit dem Feind verbündet und stellte eine zusätzliche Gefahr dar. Der Vorteil war zwar, dass sie nun davon wussten und sich darauf vorbereiten konnten, doch ein Kampf an zwei Fronten wäre nur schwerlich zu gewinnen. Deshalb hatte der König einen Plan ersonnen, die Gefahr im Keim zu ersticken. Er wollte Bogenschützen ins Zangengebirge entsenden, die das Heer der Stadt des Grauens beim Auszug aus dem Gebirge unter Beschuss nahmen und kampfunfähig machten, ehe es ins Landesinnere vorstoßen konnte. Das bedeutete allerdings auch, dass ein beträchtlicher Teil der Kampfkraft gegen das Hauptheer der Ral-Kadór verloren war. Irgesto hoffte auf ein Wunder Pândrâs' um der Gefahr Herr zu werden.

Daneben hatte er sich noch mit einer ganz anderen Sache herum zu schlagen. Das Verhalten seines Freundes Mithridál war seit dem Fund des toten Magiers auffälliger geworden. Zunächst hatte Irgesto es nicht bemerkt oder bemerken wollen, doch konnte er die Augen nicht mehr davor verschließen. Cémpionaûs war nicht erstaunt darüber gewesen, Mithridál in der Hütte zu sehen, so viel war mittlerweile sicher. Der König hatte seinen alten Freund beschatten lassen und herausgefunden, dass er sich eines Nachts heimlich mittels einer magischen Teleportation davon stahl. Als er ihn am nächsten Tag ansprach, ob er in der Nacht etwas auffälliges bemerkt hätte, sagte Mithridál, er hätte geschlafen und seine Kammer nicht verlassen. Daraufhin untersuchte Irgesto die Unterlagen aus der Hütte genauer und fand heraus, dass sich ein mysteriöser Mann nach Carvás Cándth begeben hatte, welcher sich in die Dienste der Fürsten stellte. Es ließ sich zwar kein Name finden, was Irgesto auf die zerstörten Unterlagen zurückführte, doch durch die Zusammenhänge und einige Informationen war sich der König sicher, dass es sich um Mithridál handeln musste. Schließlich konfrontierte er den alten Freund mit dieser Erkenntnis. Er versuchte, es zu leugnen. Als das nichts mehr half, schleuderte er einen magischen Angriff auf den König, der ihn nicht töten, aber aufhalten sollte. Mit Hilfe der anderen Magier gelang es, Mithridál festzusetzen und in klertanische Ketten zu legen, die es ihm untersagten, seine magischen Kräfte zu nutzen. Nun schmorte Mithridál in den Tiefen des Verlieses von Iscadar. Bei den Abgeordneten hatte dieser Zwischenfall dazu geführt, dass sich das Vertrauen in ihren König verbesserte und der Zusammenhalt wurde wieder gestärkt. Irgesto blutete das Herz. Niemals hätte er vermutet, dass sein alter Freund und Weggefährte ihn derart hintergehen würde und sich mit dem Feind verbündete. Nun fragte er sich zurecht, welche der Geschichten über Mithridál der Wahrheit entsprachen. Ein Schaudern lief seinen Rücken hinab, als er an die Grausamkeiten dachte, die sich um den Magier rankten.

Der König blickte durch die Fenster auf die Stadt unter dem Palast. Der Schneefall hatte bereits merklich abgenommen und der Frühling würde nicht mehr lange auf sich warten lassen. Die Pläne für den Krieg waren getroffen und Jaliá war es mit den anderen Magiern gelungen, eine Formel für eine Illusionsbarriere zu finden, die das gesamte Heer hinter einer Art Vorhang verschwinden lassen konnte. Irgesto war sich nach dem Einfall des Ral-Kadór in den Palast mehr als sicher, dass Iscadar eine besondere Bedeutung für den Feind hatte. Er wollte deshalb den Gegner gar nicht erst bis zur Stadt kommen lassen. Auch wenn er daran dachte, wie viele seiner Untertanen bereits getötet werden würden, ehe ein Heer von solchem Ausmaß das halbe Land durchquert hatte. Daher wurde beschlossen, das eigene Heer weit in den Norden zu ziehen, den Feind beim Austritt aus dem Wald zu überfallen und mit Feuer zu überziehen. Dazu mussten sie allerdings warten, bis das feindliche Heer den Wald weit genug hinter sich gelassen hatten, um einen möglichen Rückzug zu verhindern. Zwar boten sich in der Stadt bessere Verteidigungsmöglichkeiten als in einem offenen Kampf, aber das Überraschungsmoment war durch die Illusion auf ihrer Seite und durch die Informationen über Carvás Cándth war die Hauptstadt gewappnet. So hatte er es sich zwar nicht vorgestellt, doch wusste niemand, was eine bessere Alternative gewesen wäre.

Wie Irgesto wieder einmal grübelte, bemerkte er nicht, dass er wie gewöhnlich auf und ab lief und dabei völlig die Zeit vergaß. Die mechanische Zeitzählmaschine wies ihn schließlich darauf hin, dass eine erneute Versammlung bevor stand, an welcher dieses Mal auch einige Generäle des Heers teil nehmen sollten.

Ehe der König den Versammlungssaal erreicht hatte, wurde er jedoch von einem Boten abgefangen, der ihm mitteilte, dass Reisende eingetroffen waren, die Neuigkeiten brachten. Da Irgesto die Versammlungen ohnehin viel zu lange dauerten und er sich davon nicht viel Neues erhoffte, beschloss er, sich zuvor die Neuigkeiten anzuhören. Er ging mit dem Boten in den Thronsaal, wo er bereits erwartet wurde.

Mit einer tiefen Verbeugung empfingen ihn die Reisenden.

»Eély Vêrnith und Garvis Caldór, welch Freude Euch zu sehen. Bei Pândrâs, mit Euch hätte ich in den kühnsten Träumen nicht gerechnet! Ihr seid früher zurück als erwartet.«

»Seid gegrüßt, Hoheit«, ergriff Garvis das Wort. »Wir bringen Euch eine gute Nachricht. Unsere Reise war erfolgreich.«

»Ihr meint, Ihr habt, was die Fürstin des Fünf-Seen-Tals für Euch bereit hielt?«

»Nicht nur das. Daneben haben wir mehr bekommen, als wir erwartet hatten.«

Garvis schielte mit einem Auge zu Eély, die leicht lächelte.

»Wie meint Ihr das?«

»Nun, das erkläre ich Euch besser später. Zunächst solltet Ihr Euch ansehen, was ich mitgebracht habe.«

Von einem Bündel schnürte er einen umwickelten Gegenstand, den er behutsam auspackte und dann dem König überreichte.

»Kann das sein? Das Schwert des großen Aramas Karstiras: Luminór!« Ergriffen betrachtete Irgesto das legendäre Schwert, von dem nicht einmal er wusste, dass es sich in Tambarun befand. Die einzigartige Beschaffenheit und Machart ließen allerdings keinen Zweifel zu, dass es sich um die Waffe des Lichtbringers handelte.

»Die Aqua Amara hatten es in Verwahrung, tief unter dem Gestein Tambaruns. Nur mit Mühe gelang es mir, es aus seinem Gefängnis zu befreien.«

»Damit entsprach der geheimnisvolle Brief also der Wahrheit. Ihr seid zu Großem berufen, Garvis Caldór! Das wird die Moral der Truppen stärken, wenn ein Nachfahre des größten Helden Paradóns sie im Kampf unterstützt.«

»Es ist nicht sicher, dass ich ein Nachfahre von Aramas Karstiras bin. Es besteht auch die Möglichkeit, dass das Schwert mich erwählt hat.«

»Dennoch wird es für die Moral von unschätzbarem Wert sein! Ihr habt Luminór und seid damit unweigerlich mit dem Schicksal Apygárdas verbunden! Begleitet mich bitte in den Ratssaal.«

»Hoheit, verzeiht«, schaltete sich Eély ein. »Es war eine lange Reise und wir sind sofort nach unserer Ankunft zu Euch gekommen. Der Weg war beschwerlich und mit starken Entbehrungen verbunden. Wir würden uns lieber erst einmal ausruhen. Garvis benötigt Ruhe. Ihm ist etwas widerfahren, was schlimme Folgen haben könnte, sollte es an die Öffentlichkeit geraten.«

Der König blickte die Elfin verständnislos an. »Was sollte das Ansehen des Trägers Luminórs in den Schmutz ziehen können?«

Eély wollte bereits zu einer Erwiderung ansetzen, doch Garvis hielt sie mit einer leichten Berührung an der Schulter zurück.

»Ich bin auf der Reise mit Naviga Sarkána in Kontakt gekommen, einer Magieart, die eine Gestaltwandlung zur Folge hat. Seither befindet sich der Geist eines mächtigen zerstörerischen Wolfswesens in mir. Sollten dies zu viele Menschen wissen, könnte die Vermutung aufkommen, ich hätte das Schwert durch dunkle Magie an mich gebracht.«

Gebannt folgte der König den Ausführungen und zwirbelte nachdenklich an seinem Bart. Damit hatte er nun wahrlich nicht gerechnet.

»Ihr verwandelt Euch also gegen Euren Willen in eine alles zerstörende Bestie?«

»So war er zu Beginn, doch als ich an der Schwelle des Todes war, verabreichte mir Eély den Inhalt der Phiole der Verbannung. Dadurch gelang es mir langsam, die Kontrolle über die Verwandlungen zu übernehmen. Ich habe hart trainiert und bin nun in der Lage, es nach meinem Willen zu steuern. Mittlerweile verliere ich bei einer Verwandlung nicht mehr gänzlich meine Sinne, auch wenn ich merke, wie die animalischen Triebe Besitz von mir ergreifen, der Geist des Wolfswesens ist in mir gebannt.«

»Ihr habt recht, das könnte wahrlich zu Problemen führen. Der Träger des Lichtbringers gilt als reine Persönlichkeit, die gegenüber allem Schlechtem erhaben ist. Euer Geheimnis ist bei mir sicher. Wenn Lady Irven Euch trotz allem das Schwert überlassen hat, habe ich keinen Grund an Eurer inneren Standfestigkeit zu zweifeln. Die Aqua Amara sind weise und auf die Urteilskraft ihrer obersten Priesterin ist Verlass. Nun denn, ruht Euch aus. Ich werde der Versammlung mitteilen, dass Ihr hier seid und dass Ihr Luminór mit Euch tragt. Es ist zwar nur ein Tropfen auf den heißen Stein, doch vielleicht ein kleiner Schritt in die richtige Richtung.«

Irgesto übergab die beiden einem Bediensteten, der sie zu ihren Gemächern geleitete und mit einer warmen Mahlzeit versorgte. Dann machte er sich auf in den Versammlungssaal, um sich mit den Abgeordneten zu treffen.

Eély und Garvis genossen währenddessen ein heißes Bad in ihren Zimmern und versuchten die Strapazen der Reise abzustreifen. Erst jetzt merkte Garvis, wie erschöpft er war. Die Reise und das unermüdliche Training hatten ihn an seine körperlichen und seelischen Grenzen gebracht. Doch es hatte sich gelohnt, er war wieder Herr über seinen Körper und Geist. Zu gegebener Zeit wollte er Meister Torgadol um Rat fragen. Da er seinen Zustand mittlerweile aber nicht mehr als so tragisch ansah, hatte er damit keine große Eile. Ohne Eélys Unterstützung hätte er es aber wohl nicht so weit geschafft. Sie war immer für ihn da und war ihm die gesamte Zeit über eine hilfreiche Stütze gewesen. Garvis wusste nicht, wie er ihr das jemals zurückzahlen sollte. Doch es war nicht nur das. Die viele Zeit, die sie miteinander verbracht hatten, hatte sie näher zueinander geführt. Keiner der beiden hatte je darüber mit dem anderen gesprochen, doch Garvis war sich sicher, dass Eély eine ebensolche Zuneigung zu ihm empfand wie er zu ihr. Dennoch hatte er es bisher nicht gewagt, sie darauf anzusprechen. Er fürchtete, sollte er falsch liegen, könnte sie sich von ihm abwenden.

Wie er so in seinem Zuber saß und nachdachte, überkam ihn die Müdigkeit. Garvis fiel in einen tiefen Schlaf und schon bald plagten ihn erneut seine Albträume. Die Menschen in den Roben gingen ihrem Ritual nach und das Leiden der Menschen war erschreckend real. Der Traum unterschied sich dieses Mal jedoch in einigen Punkten von den anderen. Die Roben hatten aufgestickte Runen, die Garvis gänzlich fremd waren und in all der Dunkelheit drang Licht durch eine Mauer, welche anders war als alle Mauern die Garvis je gesehen hatte. Sie war mit glänzendem Metall verstärkt, das Gestein war unterschiedlich gefärbt und mit etlichen Runen versehen. Sie schien aus einer gänzlich anderen Zeit zu stammen. Ein großes Tor schwang urplötzlich zwischen den Steinen auf. Es war mit eigenartigen Hebeln und Scharnieren versehen und das Licht drang mit voller Kraft daraus hervor, sodass Garvis seinen Blick abwenden musste, nur um durch das gleißende Licht der Gestalten in den Roben geblendet zu werden, als deren Stäbe mit einem Krachen auf die Erde fuhren. Keuchend erwachte Garvis und brauchte einige Momente, um zu realisieren, wo er war. Langsam beruhigte er sich wieder. Die Träume machten ihm zu schaffen und noch immer hatte er keine Erklärung für sie gefunden. Zum ersten Mal hatte er aber Anhaltspunkte, auch wenn diese ihm nichts sagten.

Er stieg aus dem Zuber und trocknete sich ab. Da überkam ihn das Gefühl, beobachtet zu werden. Garvis tat, als würde er nichts bemerken und kleidete sich notdürftig an. Anschließend machte er eine ruckartige Bewegung und riss das verglaste Fenster auf. Kreischend flog ein großer schwarzer Vogel vom Fenstersims in die Nacht hinaus.

»Was hat das nur zu bedeuten?«, fragte er sich, während er dem großen Vogel nachblickte. »Was war das für ein Vogel?«

Garvis schloss das Fenster und begab sich zu seinem Bett. Das Kaminfeuer daneben war beinahe erschlossen und so legte er einige Scheite nach. Als er sich hinlegen wollte, um weiter zu schlafen, klopfte es an seiner Tür. Garvis öffnete sie und blickte in das Antlitz der Elfin.

»Entschuldige, ich konnte nicht schlafen«, sagte Eély und blickte ihn intensiv an. »Darf ich rein kommen?«

»Aber natürlich.« Garvis ging zur Seite und bat sie herein.

»Ich hoffe, ich störe dich nicht?«

»Keineswegs. Ich war im Zuber eingeschlafen. Als ich gerade aufgewacht bin, bemerkte ich einen großen schwarzen Vogel auf dem Fenstersims. So einen habe ich noch nie gesehen.«

»Ein großer schwarzer Vogel? Das scheint mir kein gutes Omen zu sein.«

»Wer weiß. Bei dem was uns bevor steht ist das gut möglich. Weshalb konntest du nicht schlafen?«

Sie drehte sich bei der Frage leicht von ihm weg und blickte aus dem Fenster. »Ich weiß nicht.«

»Nun denn, wenn wir schon beide wach sind, dann können wir auch eine Kleinigkeit zu Essen zu uns nehmen« Garvis grinste und machte sich daran, einige Speisen zusammen zu stellen, die auf einem Tisch neben dem Zuber standen. »Möchtest du auch was?«

Er biss genüsslich in eine Scheibe Brot und hielt der Elfin den Teller hin, doch sie nahm nicht davon.

»Ich habe viel nachgedacht seit wir nach Tambarun aufgebrochen sind. Ich war schon immer anders als andere meines Volkes und doch war ich auch kein Mensch. Ich lebte in zwei Welten und gehörte doch in keine richtig. Erst als ich dich und Norgal traf, änderte sich dabei etwas.«

Garvis blickte sie an und fragte: »Wie meinst du das?«

»Ihr habt nie über mich geurteilt oder mich meiner elfischen Wurzeln wegen ausgegrenzt. In euch fand ich wahre Freunde.«

»Das bist du auch für uns«, versicherte er ihr.

»Doch was, wenn es mir nach mehr dürstet?«

Garvis schluckte. Noch ehe er etwas erwidern konnte packte ihn Eély und küsste ihn leidenschaftlich auf den Mund. Seine Lippen erwiderten den Kuss. Garvis ließ sogar das Tablett fallen. Leidenschaftlich hielten sie sich in den Armen und blickten sich intensiv in die Augen. Nun bedurfte es keiner weiteren Worte mehr. Es schien, als sei alles gesagt. Nun bestand kein Zweifel mehr an ihrer gegenseitigen Zuneigung und sie gaben sich ihr vollkommen hin. Die beiden liebten sich auf Garvis' Lager bis in die frühen Morgenstunden, ehe sie erschöpft einschliefen.

Als Garvis aufwachte, das Gesicht in den Kissen, die Beine irgendwo über der Lehne und die Hände hingen ihm seitlich aus dem Bett, war Eély verschwunden. Er blickte sich um, konnte die Elfin aber nirgends im Zimmer ausmachen. Langsam stand er auf und kleidete sich an. Nun kam ihm die Nacht geradezu unwirklich vor. Er hoffte, dass es Eély nicht bereut hatte und deshalb gegangen war. Da meldete sich sein Magen mit einem lauten Knurren und Garvis suchte schmunzelnd nach etwas Essbarem. »Kaum zu glauben, dass diese Nacht tatsächlich stattgefunden hat«, sagte er zu sich, lachte und schob die schlechten Gedanken beiseite. Schließlich war Eély zu ihm gekommen Es gab sicher einen Grund, weshalb sie bereits gegangen war.

Als Garvis sich angezogen hatte, nahm er ein ordentliches Mahl zu sich. Ein Bediensteter hatte ihm bereits neue Speisen gebracht und auf dem Tisch abgestellt, so musste er sich nur noch bedienen.

Nach dem Essen begab sich Garvis auf die Suche nach dem König und Eély.

Er traf auf die beiden, als sie gerade auf dem Weg zu ihm waren.

Der König fordert sie auf, ihm in sein Arbeitszimmer zu folgen, wobei Eély Garvis tief in die Augen blickte, was ihn seine Sorgen vergessen ließ. Irgesto wollte die beiden in Ruhe über die Ereignisse in Iscadar aufklären und genaueres über ihre Reise erfahren. Bei der Erwähnung Jaliás zeigten sie sich sichtlich verwundert, hatte doch keiner von ihnen gedacht, dass sich die Magierin mit ihren Eantî umstimmen ließe. Auch die Tatsache, dass sie eine tragende Rolle für den Ausgang des Krieges einnehmen sollte, war eine interessante Neuigkeit. Als Irgesto auf seinen alten Freund Mithridál zu sprechen kam, wurde er sichtlich bedrückt. Es war ihm alles andere als leicht gefallen, den Magier in Ketten legen zu lassen und in den Kerker zu werfen. In der derzeitigen Lage konnte er sich allerdings glücklich schätzen, seinen finsteren Machenschaften auf die Schliche gekommen zu sein. Zwar gab Mithridál keine Auskunft über seine Rolle in diesem Konflikt und schwieg seit seiner Festnahme, jedoch war mit ihm eine große Gefahr gebannt worden. Auch die Lage in Carvás Cándth beunruhigte Garvis und Eély in besonderem Maße. Der Plan des Königs war aber gut geeignet, um einen Zwei-Fronten-Krieg zu vermeiden.

Die Besprechung dauerte lange und Irgesto stellte viele Fragen über Garvis' Veränderung und die Ereignisse in Tambarun. Dabei war er jedoch ohne Vorbehalte gegenüber dem Mann, der ihm auf mysteriöse Weise als der Retter Paradóns angekündigt worden war. Luminór war ihm Beweis genug, dass es sich um die Wahrheit handeln musste.

»Könnten wir unter Umständen mit Mithridál sprechen?«, wollte Eély wissen. »Womöglich spricht er ja mit Garvis, wenn er ihm Luminór und seine Kräfte zeigt?«

»Haltet Ihr das wirklich für eine gute Idee? Ich bezweifele, dass ihn das beeindrucken wird. Ich kenne ihn bereits seit vielen Zyklen, niemals hätte ich gedacht, dass er tatsächlich dem Bösen verfallen ist, wie es die Gerüchte glauben machten.«

»Ich finde Eélys Vorschlag nicht schlecht. Er hat vielleicht Informationen, die wir nutzen könnten. Immerhin hat er auch augenscheinlich Meister Cémpionaûs auf dem Gewissen. Wir sollten es zumindest versuchen.« Garvis sprang der Elfin bei.

»Aber er könnte uns auch falsche Informationen liefern, wodurch wir dem Feind in die Hände spielen würden. Er ist ein verschlagenes Wesen und ich bin ihm wie ein leichtgläubiges Kind aufgesessen.« Irgesto war verärgert über sich selbst und von dem Vorschlag nach wie vor nicht begeistert. Mithridáls Verrat hatte das Vertrauen des Königs bis in seine Grundfesten erschüttert. Dennoch lenkte er nach einigem Hin und Her ein und sie begaben sich in den Kerker. Das Verlies lag tief im Gestein unter der Erde im Südwesten Iscadars. Ein Entkommen war nahezu unmöglich. Eine Wache geleitete sie zur Zelle des Magiers. Sie befand sich hinter einer schweren Eisentür mit nichts als Dunkelheit darin. Ein Ort, der einem Menschen schnell den Verstand rauben konnte und für die schlimmsten Verbrecher reserviert war. Der Wächter schob den Schlüssel ins Schloss, legte mehrere Riegel um und öffnete die Tür. Als er den Raum mit seiner Fackel erleuchtete, musste der König schwer schlucken. Der Raum war leer. Nur die klertanischen Ketten lagen auf dem Boden, auf dem sich eine dunkle Schicht aus Rus befand.

»Er ist entkommen!«, entfuhr es Irgesto. »Aber das ist unmöglich. Durch die klertanischen Ketten war ihm der Zugriff auf seine Magie verwehrt!«

Garvis bückte sich und hob die Ketten auf. »Das war auch nicht nötig.« Er fuhr mit dem Fuß über den Boden und hörte es metallisch Klimpern. Als er sich erneut bückte, hob er einen kleinen rostigen Nagel auf. »Hiermit hat er die Ketten vermutlich gänzlich ohne Magie aufbekommen.«

»Das ist unfassbar! Wie konnte er das hier rein bekommen? Er wurde mehrfach gründlich durchsucht. Ich war selbst dabei!« Irgesto war sehr aufgewühlt.

»Ich schlage sofort Alarm«, sagte der Wächter und wandte sich zum Gehen.

»Das ist sinnlos!« Der König hielt ihn zurück. »Mithridál ist längst nicht mehr in der Stadt. Er könnte überall sein, eine Verfolgung wäre zwecklos.«

»Das bedeutet dann wohl eine Gefahr mehr«, sprach Eély nüchtern die Tatsachen aus.

»Es wäre nur gut gewesen, wenn wir wüssten, wohin er sich gewandt hat. Auf der anderen Seite spielt das wohl kaum eine Rolle. Entweder er ist in Raskatan oder Carvás Cándth. Wir müssen den Rat einberufen. Die Vorbereitungen müssen nun noch schneller abgeschlossen werden. Es sind nur noch wenige Monde bis der Winter vorüber ist. Bis dahin muss die Streitmacht in der Steppe in Stellung gegangen sein ehe uns der Feind überrollt. Mithridál wird den Ral-Kadór mit Sicherheit von unseren Plänen berichtet haben, auch wenn wir bereits maßgebliche Änderungen vorgenommen haben, von denen er nichts wissen kann. Wir können die Orks nicht bis nach Iscadar vorrücken lassen! Sie würden das halbe Land auf ihrem Weg verwüsten.«

Sie eilten in den Ratsaal und beriefen eine Notversammlung ein, bei der die Abgeordneten nicht nur von Mithridáls Flucht erfahren sollten, sondern auch über Luminór und die Rückkehr von Garvis und Eély unterrichtet wurden.

»Das sind die schlimmsten Nachrichten seit Langem«, sagte Meister Torgadol nachdenklich und fuhr sich mit der Linken durch seinen Bart. »Glücklicherweise wird es für Mithridál zu spät sein, dass der Feind seinen gesamten Schlachtplan umstellen kann. Und vergesst nicht, Hoheit, sie haben es auf Iscadar abgesehen. Irgendetwas von höchstem Wert erhoffen sie sich von der Hauptstadt, das wird ihnen nicht viel Spielraum lassen. Viel mehr Sorgen bereitet mir, dass sie nun einen sehr mächtigen Magier in ihren Reihen haben, der uns große Verluste zufügen wird.«

Die Abgeordneten hörten dem Magier aufmerksam zu, doch stimmten ihm fast alle zu. Es fehlte ihnen mittlerweile auch stark an Kraft. Die lange Planung und die vielen Erkenntnisse über den Feind hatten nicht wenige von ihnen stark verängstigt. Noch nie hatten sie sich einer solchen Stärke an Feinden gegenüber gesehen, die meisten von ihnen hatten noch nicht einmal ein Schwert in ihrer Hand. Mit Hilfe der Generäle waren zwar etliche Pläne aufgestellt worden, die der Rettung des Landes zuträglich waren, doch sicherer fühlten sie sich dadurch nicht.

»Das wird diesmal eine sehr traurige Zyklenwende«, kommentierte Tashila Oriváta die bedrückten Gesichter im Ratssaal.

Irgesto verfügte darüber, Brieftauben an alle Kasernen zu entsenden. Der Befehl lautete, jeden Krieger mit dem ersten

Tau beim Helion zu versammeln. Von dort aus wollten sie an den Waldrand marschieren und das feindliche Heer an der Grenze des Waldes stellen. Der Plan war, sie aufzureiben ehe sie sich richtig formieren konnten, auch wenn es dazu nötig war, den Wald der Magie mit Feuer zu überziehen und zu einem Feld aus Asche werden zu lassen!

Mit lauten Hörnern wurde der Marsch Richtung Süden eingeläutet. Zu tausenden zogen die Diener Vencors in den Krieg. Die Ral-Kadór hatten das Heer in Bewegung gesetzt. Orks, Dunkelelfen, Waldläufer, die mysteriösen Trât und auch etliche Oger, die den Weg für die Belagerungsgeräte frei räumten, boten einen beeindruckenden Anblick an Zerstörungswut. Sie zogen eine breite Schneise durch den Wald, die geradlinig von Raskatan aus nach Süden führte. Das Kriegsgerät grub dabei tiefe Furchen in den Waldboden. An der Spitze des Heeres ritten die Ral-Kadór, sowie deren Magier, unter denen sich auch Mithridál befand. Nachdem es ihm gelungen war die klertanischen Ketten los zu werden, nutzte er einen Teleportzauber, um in den Wald der Magie zu gelangen. Bisher hatte er keinen persönlichen Kontakt zu den Ral-Kadór gepflegt, sondern sich in Carvás Cándth an die Fürsten gehalten. Er wollte nicht, dass die Ral-Kadór über ihn verfügten wie über einen Hund, auch wenn ihre Ziele den seinen nützlich waren. Die Umstände zwangen ihn jedoch dazu, sich nun dem Hauptheer anzuschließen. Er hätte die Fürsten gewarnt, doch ihm fehlte die Kraft für eine zweite Teleportation und so begab er sich direkt nach Raskatan, um sich zu regenerieren und Paradón seinen Zorn spüren zu lassen. Viele Zyklen lang hatte er sich versteckt wie ein gejagtes Tier, doch damit war es nun ein für alle Mal vorbei. Er wollte den Menschen Paradóns seine wahre Natur zeigen.

»Meister Mithridál, es ist von unschätzbarem Wert Euch an unserer Seite zu wissen« Dardánor lobte den Magier dafür, sich ihnen offiziell angeschlossen zu haben.

»Die Fürsten aus Carvás Cándth hätten mir ruhig von Euch berichten können, dann hätten wir Eure Dienste schon viel eher für uns nutzen können.«

»Verzeiht Herr, doch ich lasse meine Dienste nicht nach belieben nutzen, ich biete sie nur demjenigen an, dem ich sie zukommen lassen möchte.«

»Sicherlich, verzeiht, doch Euer Ruf eilt Euch voraus. Das macht Euch zu einem besonders wertvollen Verbündeten. Eure Fähigkeiten übersteigen die der anderen Magier bei Weitem, wenn auch nur ein Bruchteil dessen stimmt, was man sich über Euch erzählt.«

Der Ruf Mithridáls war der Grund dafür, dass sich der Kaszoc-Vhinás zu derartigen Freundlichkeiten hinreißen ließ. Die Ral-Kadór respektierten nur sehr wenige Wesen auf Apygárda, doch einen derart mächtigen Magier wollte er nur ungern verärgern.

Dieses neuerliche Lob des Obersten brachte Mithridál einen missgünstigen Blick von Zylúx ein, der bis zum Erscheinen des alten Magiers die oberste Kontrolle in magischen Dingen besessen hatte. Es schmeckte dem Magier von den Südlichen Inseln wenig, Mithridál nun über sich zu haben. Er fühlte sich ihm ebenbürtig. Er hatte die Seelenmaschine trotz der unglücklichen Zustände perfektioniert und erhoffte sich von den Ral-Kadór nach dem Krieg eine großzügige Belohnung, die er nun durch Mithridál in Gefahr sah, auch wenn dieser vermutlich nur sehr wenig bis gar nichts von der mächtigen Maschine wusste. Diese wurde gut bewacht am Ende des Heeres unter einer groben Abdeckung transportiert. Nur wenige wussten um ihre Existenz und Zylúx wollte mit ihr nicht nur seine Macht demonstrieren, sondern sich einen bedeutenden Platz in der Historie Apygárdas schaffen.

Der Schnee war so weit geschmolzen, dass die Wagen mühelos über die alten Wege gezogen werden konnten. Die Trât wurden bis zum letzten Augenblick in ihren Brutstätten gelassen. Nun waren sie von großer Stärke, der alles Menschliche, was sie einst in sich trugen, war gewichen. Sie waren eine Verbindung aus Fleisch und Pflanzen, trugen den Willen ihrer Meister und die Kraft des Waldes in sich. Ihre Augen schimmerten grün und der Verwuchs von Fleisch, Knochen, Holz und Grün bot einen grotesken Anblick. Mit gewöhnlichen Waffen war ihnen nur schwer bei zu kommen, was sie zu den perfekten Tötungsmaschinen machte. Die Erschaffung der Trât war äußerst aufwändig, weshalb sie nur einen zahlenmäßig eher unbedeutenden Teil des Heeres ausmachten.

Durch die große Masse an Kriegern dauerte der Marsch von Raskatan bis an die Grenze des Waldes von Amenáur mehrere Tage. Späher wurden entsandt, aber es gab keine Meldungen über feindlichen Widerstand.

Mithridál wies die Ral-Kadór erneut darauf hin, dass Irgesto die magische Illusionsbarriere auch ohne seine Unterstützung errichtet haben könnte. Das brachte den Vormarsch leicht ins Stocken. Es wurde festgestellt, dass Irgesto mit Sicherheit davon ausging, dass Mithridál den Schlachtplan an den Feind weitergetragen hatte. Dadurch wurde es aber auch für die Ral-Kadór schwieriger, denn entweder der König hatte seine Strategie geändert, oder aber er spekulierte darauf, dass der Feind genau dies annahm. Argátor merkte an, dass sie das Heer teilen sollten und so die mögliche Barriere umrunden und von den Flanken angreifen konnten. Allerdings würde dies mehrere Tage zusätzlichen Marsches bedeuten. Dardánor war sich unschlüssig. Bereits vor dem Aufbruch war er verschiedene Möglichkeiten durchgegangen und so beschloss er die besten Strategen seines Heeres einzuberufen. Wäre Mithridál schon eher aufgetaucht, wäre noch vor dem Aufbruch dazu Zeit gewesen. So drängte es, Richtung Süden zu marschieren, um dem paradónschen Heer nicht die Oberhand zu überlassen. Er wollte so schnell wie möglich Iscadar einnehmen und Irgestos Kopf auf einen Pfahl stecken. Andererseits fürchtete er, den König zu unterschätzen und damit die lange Planung zu gefährden. Aus diesem Grund fragte er Xardanas und Sârgalor um Rat. Der Dunkelelf war ein erfahrener Krieger und teilte die Bedenken des Obersten. Der Kaszoc-Brágh brachte erneut seinen Vorschlag vor, gegen Mauradin zu ziehen und damit bereits den ersten wichtigen Schlag auszuteilen. Sârgalor fand an diesem Vorhaben Gefallen und baute es aus.

»Wir sollten Plan des Kaszoc-Brágh vertiefen«, eröffnete er dem Anführer der Ral-Kadór und fügte aufgrund dessen Bedenken schnell hinzu: »Doch sollten wir nur eine kleinere Streitmacht dazu abordnen und den Hauptteil des Heeres abseits der Stadt vorbeiziehen lassen. So können wir den König und sein Heer umgehen, wenn es in der Steppe auf uns lauern, wie Meister Mithridál mitteilte. Sollte der Plan jedoch geändert worden sein, können wir durch den Angriff die Aufmerksamkeit auf Mauradin lenken und gleichzeitig schneller gegen Iscadar vorrücken.«

»Doch was ist, wenn uns der König zuvor kommt und dies vorhersieht und sich uns zwischen Iscadar und Mauradin in den Weg stellt?«, fragte Argátor, welcher sich ebenfalls zu der Besprechung gesellt hatte.

»Das halte ich für unwahrscheinlich. Sollte dies dennoch geschehen, sind wir auch nicht schlechter dran, als wenn wir in der Steppe auf sie stoßen. Wir scheuen die Konfrontation nicht und werden sie alle Vencor opfern!«

»Was meint Ihr dazu?«, wandte sich Dardánor an den Kaszoc-Brágh.

»Ich halte das für einen geschickten Schachzug«, antwortete der Kriegsherr in Richtung des Dunkelelfen.

So wurde beschlossen zwei Bataillonen Orks gegen Mauradin zu schicken und Iscadar mit Hilfe der Truppen aus Carvás Cándth von zwei Seiten aus anzugreifen. Das warf zwar
den Zeitplan etwas zurück, da der Übergang über den Trys im
Norden schwieriger war als an der breiten Furt in der Landes-
mitte. Das war nun aber leider unumgänglich, wenn sie nicht
in eine Falle des Königs und seiner Berater laufen wollten.

Der Marsch nahm einige Zeit in Anspruch. Die Späher
hatten allerdings nichts bemerkenswertes zu berichten. Als das
Heer den Trys überquert hatte, wurde es geteilt. Die Orks, die
gegen Mauradin ziehen sollten, machten sich unter der Kontrolle einer Ral-Kadóra auf den Weg, die Aufmerksamkeit auf
sich zu ziehen. Der Kaszoc-Vhinás kommandierte extra einen
seiner Leute ab, um die Scheusale zu beaufsichtigen. Auf gar
keinen Fall wollte er ein Risiko eingehen und schnellstmöglich
über alle Begebenheiten informiert werden. Hierzu traute er
den Orks, insbesondere ihrem Verstand, zu wenig.

Als die zwei Bataillonen Mauradin erreicht hatten, war das
Hauptheer bereits beinahe auf Höhe des Helion, der sich im
Osten über den Fluss am Horizont abzeichnete.

Mauradin lag ruhig in der Mittagssonne vor den anrücken-
den Orks. Die Fahnen auf den Türmen wehten im leichten
Wind und hier und dort rutschten einige letzte Schneereste von
den Dächern, welche dem Tau nicht mehr standhielten. Nichts
deutete darauf hin, dass schon in Kürze Blut fließen sollte. Die
abkommandierte Ral-Kadóra bemerkte, wie die Orks unruhig
die Luft in ihre platten Nasen sogen, als einer ihrer Komman-
deure zu ihr trat. »Herrin, etwas stimmt hier nicht!« Er
schnaubte und zeigte seine Hauer.

»Was meinst du?« Die azurblauen Augen der Ral-Kadóra ruhten auf dem Ork, der beim Anblick der wabernden Nebelschwaden im Gesicht seiner Herrin die gelblichen Augen abwandte. Durch die dunkle Kapuze, die um das Nebelgesicht lag, wirkte der Blick mit den stechenden Augen noch bedrohlicher. Die dunkle Oridaniumrüstung tat ihr übriges, um die Ral-Kadóra wie ein Schreckgespenst aus einer der düstersten Epochen wirken zu lassen.

»Ich bin mir nicht sicher. Es scheint, als wären zu wenig Gerüche in der Luft.«

Die Ral-Kadóra verzog das Gesicht, sodass Nebelschwaden unter der Kapuze austraten.

»Hier gibt es mehr Gerüche als mir lieb sind. Sobald wir nahe genug heran sind, lässt du die Katapulte eine Salve in die östliche Mauer abfeuern. Wir werden ja sehen, wie gut sich diese Menschen schlagen werden.«

Der Ork nickte und entfernte sich. Die Anführerin wendete ihr Pferd und ritt um die marschierenden Orks herum auf eine kleine Anhöhe. Von dort hatte sie einen besseren Blick auf die Stadt. Auch wenn sie den Scharfsinn der Orks ebenso wenig schätzte wie der Oberste, so musste sie dem Scheusal doch insgeheim recht geben. Etwas stimmte hier nicht. Weshalb wurde noch kein Alarm geschlagen? Die Wachen auf den Türmen hätten die herannahenden Feinde längst ausmachen müssen. Die Ral-Kadóra handelte lieber vorsichtig. Zu lange hatte sie mit ihren Brüdern und Schwestern auf diesen Moment hingearbeitet.

Nachdem die Orks immer weiter auf die Stadt zumarschierten und nach wie vor keine Reaktion erfolgte, blies die Ral-Kadóra in ein Horn und brachte den Vormarsch zum Erliegen. Sie befahl mit einer Handbewegung die Katapulte abzufeuern.

Mit voller Wucht schlugen die Brocken, welche in der Umgebung eingesammelt worden waren, in die östliche Stadtmauer, doch noch immer zeigte sich keine Reaktion seitens der Bewohner Mauradins.

Die Ral-Kadóra ließ so lange feuern, bis ein klaffendes Loch in der Mauer entstanden war. Die Orks strömten mit tosendem Geschrei hindurch, um den Menschen die Kehlen aufzuschlitzen. Doch als sie sich im Stadtinneren befanden, stockte der Vormarsch abrupt. Niemand stellte sich ihnen in den Weg. Es befanden sich keine Verteidiger hinter den Mauern, die gesamte Stadt war verlassen worden! Als die Ral-Kadóra bemerkte, was sie bereits geahnt hatte, befahl sie einigen Trupps der Orks die gesamte Stadt gründlich zu durchsuchen und anschließend schnellstmöglich aus Mauradin abzuziehen, um sich wieder mit dem Hauptheer zusammenzuschließen. Da sie als einzige beritten war, gab sie dem Pferd die Sporen und versuchte das Heer einzuholen. Sie ahnte, in eine Falle gelockt worden zu sein. Der Kaszoc-Vhinás musste davon erfahren. Das verlassene Mauradin konnte nur bedeuten, dass Irgesto seinen Plan komplett geändert hatte und dadurch den entscheidenden Vorteil auf seine Seite gezogen haben könnte. Mit schnellen Schritten bahnte sich das Pferd den Weg Richtung Süden. Erbarmungslos trieb die Ral-Kadóra das Tier an, während ihr neblige Schleier folgten.

Irgesto stand auf den Zinnen des äußeren Walls der Stadt und blickte nach Norden. Obwohl er angeordnet hatte, das Heer nördlich des Helion in Stellung zu bringen, hatte er die Botschaften abgeändert. Ihm war klar, durch Mithridáls Verrat nicht mehr an seinem ursprünglichen Plan festhalten zu können und um der Gefahr zu entgehen, es mit einem weiteren Verräter zu tun zu haben, hatte er beschlossen, die gesamten Streitkräfte in der Hauptstadt zu versammeln. Dabei war es ihm besonders wichtig, die Bewohner Mauradins zu evakuieren, da er fürchtete, dass die Stadt im Norden nun ein leichtes Ziel für den Feind darstellen würde. Es war nicht einfach gewesen die Bewohner dazu zu bewegen, ihre Heimat zu verlassen, doch die drohende Gefahr war nun für das ganze Volk offen gelegt. Eine weitere Geheimhaltung war ohnehin nicht mehr möglich. Dem König fiel es nicht gerade leicht, eine der Städte aufzugeben, die unter seiner Obhut standen. Mauradin war nur nicht dafür geeignet, einer längeren Belagerung von diesem Ausmaß standzuhalten. Stattdessen wurde nun versucht, den Feind gegen die Hauptstadt anlaufen zu lassen und von zwei Seiten in die Mangel zu nehmen. Die Truppen, die abkommandiert waren, die Krieger aus Carvás Cándth aufzuhalten, fehlten zwar schmerzlich, aber die Magier, insbesondere Meister Torgadol, waren sich sicher, dass Mithridál nicht über genügend Magiereserven verfügen konnte, um nach Raskatan und Carvás Cándth zu reisen. Ein Bote war ebenfalls nicht denkbar, da dieser für den weiten Weg viel zu lange brauchen würde. Nach Meinung des Rates war es unschlüssig, sollte der abtrünnige Magier sich in die Stadt des Grauens anstelle von Raskatan begeben haben und so war Irgesto bereit gewesen, das Risiko einzugehen.

Meisterin Jaliá hatte dafür gesorgt, dass ein Teil des Heeres in den Tälern vor der Stadt unter der geplanten Illusionsbarriere verborgen werden konnte. Irgesto hoffte, dass das Vorhaben aufgehen würde und betrat seither jeden Morgen bei Sonnenaufgang den Wehrgang. Jeden Tag erwartete er das schwarze Heer des Feindes am Horizont auftauchen zu sehen, doch noch war es nicht in Sicht. Die Anspannung der Krieger war hoch und die Angst der Bevölkerung allgegenwärtig. Die meisten der Kinder, Alten und Schwachen wurden nach Rughars Licht gebracht. Die alte Festung verfügte dank des Höhlensystems, welches tief in die Waradankette hineinreichte, über genug Platz für unzählige Menschen. Doch waren auch viele geblieben, die noch nie ein Schwert in der Hand gehalten hatten und besonders Frauen, die nicht im Kriegsdienst geübt waren, boten ihre Hilfe beim Verarzten der Verwundeten an. Dem König lief ein Schauer über den Rücken, als er daran dachte, wie viel Leid den Menschen Paradóns bevorstand und wie viel größer es erst werden würde, sollten sie den Krieg verlieren. Die Auswirkungen wären für alles Leben auf Apygárda verheerend. Meister Torgadol war seit dem Verrat von Mithridál nicht mehr von Irgestos Seite gewichen und half ihm bei vielen schweren Entscheidungen.

Garvis und Eély waren einige der wenigen Personen, denen Irgesto uneingeschränkt vertraute, da sie ihre Reise mit Erfolg abgeschlossen hatten und nicht anwesend waren, als Mithridál seinen schändlichen Verrat begangen hatte. Einmal mehr wünschte sich der König, Aurelian an seiner Seite zu haben. Die Reise mit den Luftschiffen verzögerte sich aber aufgrund von extremen Sandstürmen. Meister Torgadol hatte mit Norgal über dessen Amulett kommuniziert, wodurch Irgesto stets auf dem neusten Stand über die Geschehnisse in D'uril war.

Der Blick des Königs streifte über die vollbesetzten Wehrgänge. Alle waren sie gekommen. Menschen, Elfen und Zwerge stellten sich gemeinsam der größten Bedrohung seit der Einung der Welt, um nicht einen der schlimmsten Fehler der Vergangenheit ein zweites Mal zu begehen. Die Zwerge und ein Großteil der Elfen hatten sich dabei außerhalb der Stadt unter der magischen Barriere von Meisterin Jaliá verborgen. Unter ihnen waren Meisterin Lipjûda und Kîskîla. Es war ein mühsames Ausharren, doch die Barriere musste aufrecht gehalten werden, bis der Feind vorüber gezogen war. Sie konnten nicht das Risiko eingehen, dass Späher die Lage entdeckten, ehe die Barriere errichtet worden war und so hielten die drei Magierinnen sie durchgehend aufrecht. Es kostete sie weitaus weniger Kraft als für den ursprünglichen Plan aufgewendet hätte werden müssen und so konnten Meister Torgadol und Meister Maandús auf der anderen Seite des Schlachtfeldes agieren.

»Dort hinten bewegt sich etwas!«, rief ein Wächter von einem Turm herab und zeigte nach Norden. Irgesto und Torgadol mussten sich anstrengen, um zu erkennen, was der Mann meinte. Eély dagegen konnte den schwarzen Steifen am Horizont schnell ausmachen und wies den beiden die Richtung. Auch Garvis blickte angespannt über die Zinnen.

»Nun ist es tatsächlich so weit. Es wird nicht mehr lange dauern, ehe sie uns erreichen. Mit Glück haben wir noch einen Tag Schonfrist«, stellte der Kämpfer trocken fest.

»Meint Ihr, sie haben Mauradin angegriffen?« Der König wirkte sehr besorgt. Der schwarze Steifen am Horizont war zwar noch weit entfernt, doch ließ sich die Kampfstärke des Feindes dennoch bereits grob einschätzen.

»Wer weiß. Ihre Kampfstärke ist jedenfalls gewaltig.«

»Jeder Ork, der sich nicht bei dieser Masse an Scheusalen befindet, kommt uns entgegen. Auch wenn ich dafür lieber etwas anderes getan hätte, als eine ganze Stadt aufzugeben.«

Torgadol legte dem König eine Hand auf die Schulter und blickte ihn mitfühlend an.

»Ihr macht Euch bereits genug Sorgen, Hoheit. Jedes Leben, das Ihr rettet ist mehr wert als ein paar Steine einer Stadt. Mauradin kann wieder aufgebaut werden, doch nur, wenn es uns gelingt, diese Schlacht zu gewinnen.«

Irgesto nickte dankbar für die Worte und starrte weiter angespannt nach Norden.

»Wir müssen die Frauen und Männer motivieren und ihnen die Angst nehmen«, sagte er, als sein Blick über die Menschen auf den Wehrgängen wanderte. Sie versuchten die Fassung zu behalten, doch die Angst in ihren Augen war unverkennbar. Die Angst wurde genährt und angefacht, mit jedem Schritt, den das feindliche Heer näher rückte. Bis auf kleinere Scharmützel hatten die wenigsten je in einer größeren Schlacht gekämpft. Diejenigen unter ihnen mit der meisten Kampferfahrung waren von höherem Rang und erlangten ihre Erfahrung in den Grenzkriegen Turaliéns gegen das einfallende Jánkásán Imperium. Königin Alenáte hatte Irgesto um seine Unterstützung gebeten, die er ihr damals bereitwillig zukommen ließ. Als Alenáte jedoch einem Giftanschlag aus den eigenen Reihen zum Opfer fiel und die jetzige Königin Endriáte den Thron bestieg, wandelte sich das Verhältnis zum Schlechten. Endriáte erließ strenge Zölle auf Handelsgüter aus ganz Apygárda und schloss einen Pakt mit dem Imperium, der von den umliegenden Ländern mit großem Missfallen gesehen wurden. Seither befand sich Turalién mit Paradón in einem Zustand kalter Distanz, da Irgesto sein Missfallen über den Königinnenmord und die widerrechtliche Thronübernahme öffentlich zum Ausdruck brachte. Endriáte konnte der Mord an ihrer Verwandten jedoch nicht nachgewiesen werden und die Bevölkerung, allen voran die Herrscherhäuser, stand zum größten Teil hinter ihrer Königin. Es waren viele Gerüchte gestreut worden und der Geist der Menschen mit falschen Versprechungen vergiftet. Deshalb zog Irgesto es vor, die Verbindungen mit Turalién auf ein Minimum zu reduzieren. Er wollte keinen weiteren Krieg auf Apygárda und nun wurde er doch zu ihm getragen, ihm, der alles dafür getan hatte, damit die Völker in Frieden und Einklang miteinander leben konnten. Sie mussten diesen Krieg gewinnen, wenn Irgesto nicht alles verlieren wollte, woran er glaubte und was ihm etwas bedeutete.

Hoch erhobenen Hauptes wandte sich der König an sein Volk: »Menschen von Paradón, ich teile Eure Ängste und Befürchtungen ob der bevorstehenden Gefahr. Noch keiner von uns hat sich je einer derartigen Bedrohung gegenüber gesehen und keiner von uns hat eine Vorstellung von dem, was uns tatsächlich erwarten wird. Doch eines bin ich mir gewiss: Wir werden nicht kampflos unsere Heimat und alles woran wir glauben aufgeben! Wir werden den Dienern Vencors nicht Tür und Tor für eine neue Zeit der Finsternis öffnen! Wir sind das Volk Paradóns, die Erben von König Aramas Karstiras und seinen Gefährten! Wir werden im Namen Pândrâs jedes Leid abwenden! Wir werden die Ral-Kadór und ihr Heer aus Orks, Dunkelelfen und anderen Scheusalen schlagen! Lasst sie uns in Vencors dunkles Reich verbannen! Wie düster die Stunden auch werden, der Lichtbringer und Führer Luminórs ist auf unserer Seite und damit auch der Geist von Aramas Karstiras. Wir werden siegen oder beim Versuch unser Land zu schützen ehrenhaft untergehen!«

»Für Paradón!«, rief Garvis und reckte Luminór in die Höhe. Das Schwert reflektierte die Sonne und bündelte sie in leuchtende Strahlen.

»Für Paradón!«, stimmten die Männer und Frauen ein. Sogar die Elfen klopften laut auf ihre Schilde.

»Macht euch bereit! Wir werden diesen Ausgeburten einen Empfang bereiten, den sie nicht vergessen werden!« Mit diesen Worten schritt der König mit wehendem Umhang, vom Wehrgang.

Tief in den Stein gedrückt und in Mäntel aus Drégmér-Stoff gehüllt, verharrten die Krieger Paradóns in den Klüften des Zangengebirges. Sie waren erfahrene Bogenschützen und warteten nur darauf, dass die Orks die Stadt des Grauens verließen und durch die schmalen Talwege das Gebirge zogen. Ihnen kam die wichtige Aufgabe zu, einen Zweifrontenkrieg zu verhindern. Trotz des Überraschungsmoments auf ihrer Seite war ihr Unterfangen nicht einfach. Keiner wusste zu sagen, ob es dem abtrünnigen Magier Mithridál nicht geglückt war, den Fürsten eine Botschaft mit ihrem Vorhaben zu übermitteln. Die anderen Magier waren zwar davon überzeugt, dass Mithridál nicht über genügend Reserven verfügte, um ins Zangengebirge zu gelangen, doch nach allem was die Männer und Frauen über den alten Magier gehört hatten, trauten ihm die meisten jedwede Schandtat zu. Ihr Kommandant Danastré Vartis versuchte ihnen dennoch Mut zuzusprechen. Er wurde vom König höchst persönlich für diesen Auftrag ausgewählt, was er nicht zuletzt seiner Erfahrung im Kampf gegen das Jánkásán Imperium verdankte. Doch auch er fühlte sich unwohl. Zu lange war es her, dass er sein Schwert gegen einen echten Feind erhoben hatte. Gerade deshalb war es Danastré besonders wichtig. die Nerven zu behalten und seinen Kriegern ein Vorbild zu sein.

Seit mehreren Tagen hockten sie nun bereits im Gebirge und harrten aus. Dem unbeständigen Wetter des Zangengebirges ausgeliefert und nur mit leichtem Gepäck ausgestattet, gestaltete sich die Aufgabe schwieriger als gedacht. Sie hatten die Order, so schnell wie möglich nach der Vernichtung der Feinde zur Schlacht nach Iscadar zu stoßen. Alle von ihnen wussten, wie dringend jede Hand, die ein Schwert führen konnte, benötigt wurde. Der Gedanke an die Wichtigkeit ihrer Aufgabe ließ sie standhaft bleiben und die Umstände ertragen. Doch noch immer rührte sich nichts in der Schlucht unter ihnen. Das Gelände war bereits so präpariert worden, dass die Feinde in der Falle saßen, sobald sie an ihnen vorüber kamen. Dem Pfeilhagel, der auf sie herabregnen würde, und dem Geröll hätte niemand etwas entgegen zu setzen.

Danastré blickte in Richtung der Stadt, von welcher hinter den schroffen Felsen jedoch nichts zu erkennen war. Es war ihm gänzlich unverständlich, wie sich Menschen freiwillig mit Kreaturen wie Orks oder den Ral-Kadór zusammen tun konnten. Ihn fröstelte es allein schon beim Gedanken an die mystischen Wesen, die von den Orks beinahe ebenso verehrt wurden wie Vencor selbst. Andererseits verstand er auch nicht, wie die Menschen aus Carvás Cándth in einem derart unzugänglichen Terrain leben konnten. *Vermutlich hat sich ihr Lebensraum auf sie übertragen und ihre Herzen kalt und hart wie Stein werden lassen*, grübelte der Kommandant.

Als sie beinahe einen weiteren Tag mit Warten verbrachten, ohne, dass etwas geschah, schickte sich Danastré an, mit einem kleinen Trupp näher an die Stadt heran zu schleichen. Etwas schien den Vormarsch zu verzögern und er wollte herausfinden was. Der Kommandant schnappte sich vier seiner fähigsten Leute und machte sich auf den Weg. Das Vorankommen gestaltete sich mit der untergehenden Sonne als schwierig, doch noch länger war er nicht gewillt zu warten. Wer vermochte schon zu sagen. wie weit das eigentliche Heer bereits ins Innere Paradóns vorgerückt war. Sie stiegen über Geröll, durchquerten eine kleine Gletscherspalte und mussten über eine Kluft gelangen, bei der einer der Männer beinahe in die dunkle Tiefe gestürzt wäre. Auf dem Talweg wären sie zwar weitaus schneller vorangekommen, doch sollte die Streitmacht anrücken, wären sie samt ihres Plans aufgeflogen.

Dann endlich erreichten sie die ersten Ausläufer der Stadt. Sie lag ruhig vor ihnen, die schwarzen Türme von Feuerschein erleuchtet. Die roten Fahnen mit der schwarzen Krähe im Sturzflug wehten im Wind. Auf den Wehrgängen zeichneten sich Wachen ab, wie Danastré an den sich bewegenden leuchtenden Punkten erkennen konnte, bei denen es sich um Fackeln handeln musste. Als sie nah genug heran waren, um genauere Einzelheiten zu erkennen, machte eine der Bogenschützinnen den Kommandant auf etwas aufmerksam, was vor den Stadtmauern lag. Eine marode Zeltstadt zeichnete sich in den Schatten der Mauer ab. Doch sie war nicht erleuchtet und schien verlassen.

»Sieht wie ein provisorisches Heerlager der Orks aus.«

»Aber es ist verlassen. Meint Ihr, wir waren zu spät hier und sie sind an uns vorbei gezogen, Kommandant?«

»Das ist ausgeschlossen. Ein Trupp von solcher Größe kann unmöglich an uns vorüber gezogen sein, ohne dass wir dies bemerkt hätten. Es muss eine andere Erklärung geben. Womöglich befinden sich die Orks innerhalb der Mauern?«

»Warum sollten sie dort drin sein, wenn ihr Lager hier draußen ist?«, merkte einer der Krieger an.

»Wir müssen näher ran. Klettern wir dort die Felswand hinauf und schleichen über den kleinen Kamm nach Westen. Dann sollten wir einen guten Blick über die Mauern werfen können.«

Sofort machte sich die kleine Gruppe an den Aufstieg und schlich im Schutz der Dunkelheit in einem kleinen Bogen näher an Carvás Cándth heran.

Die Stadt war schwer bewacht. Überall gingen Gerüstete auf den Wehrgängen auf und ab und jede Feuerschale, jede Fackel war entzündet.

»Da drin sind keine Orks«, sagte die Bogenschützin und nickte sogleich in Richtung der Wachtürme am großen Tor. »Aber es sind mehr Wachen zu sehen als notwendig wären.«

»Scheint fast so, als würden sie mit einem Angriff rechnen.«

»Seht doch nur! Dort an der Mauer«, beschied einer der anderen Krieger und zeigte auf die gemeinte Stelle. Etwas haftete großflächig an dem dunklen Gestein rund um das Tor und zog sich etliche Schritte bis zum nächsten Wachturm. Im Schein der Flammen schimmerte es leicht rötlich, sodass es kaum von der Mauer zu unterscheiden gewesen wäre.

»Das ist Blut! Noch recht frisch!«

»Was in Pândrâs Namen geht hier vor sich?« Der Kommandant konnte sich nicht erklären, was dort unten vorgefallen sein mochte.

»Vielleicht ein Kampf, Kommandant?«

»Doch mit wem? Nach allem was wir wissen, haben sich die Orks mit den Fürsten von Carvás Cándth verbündet. Es sei denn… sie hätten sich gegenseitig angegriffen. Doch weshalb sollten sie dies tun?«, stellte die Bogenschützin weitere Fragen.

»Dies gilt es herauszufinden. Ehe wir nicht wissen, ob hier etwas schief gelaufen ist und der Feind losmarschiert, können wir das Zangengebirge nicht verlassen, um unseren Brüdern und Schwestern zur Hilfe zu eilen.« Danastré befahl noch weiter vorzurücken. Seine Neugier war geweckt und überwog der Angst vor dem Feind. Vorsichtig krochen sie auf dem harten Felsboden vorwärts, um sich in einer neuen Spalte zu verstecken.

Als sich der Kommandant über den Abgrund lehnte, um auszumachen, wo der beste Weg entlang führte, erblickte er in der Tiefe ein rotes Glimmen. Außerdem drangen dunkle Laute nach oben. Es handelte sich um einen kleinen Canyon, welcher in einer Sackgasse endete, die direkt unter ihnen lag. Einige große braune Tiere zeigten sich gütlich an ihrer Beute. Es war trotz des Glimmens bereits zu dunkel, um die Lage genauer einschätzen zu können und so stieg die Gruppe etwas tiefer. Je näher sie kamen, desto schwieriger wurde es für sie zu atmen. Ein beißender Geruch strömte ihnen entgegen. Er bestand aus verbranntem Fleisch und Horn, sowie Exkrementen. Die großen Tiere stellten sich als Kadmanas heraus. Die Bären zerrten sich hier und dort ein Stück Fleisch aus einem großen Haufen Leichen, welche zu einem Großteil bis zur Unkenntlichkeit verbrannt waren. Es handelte sich um die Überreste von vielen Orks.

»Das könnte die verstärkten Wachen erklären«, flüsterte einer der Krieger. Der Kommandant nickte, als sich unter ihnen etwas ereignete. Aus dem hinteren Teil der Schlucht kamen eine handvoll Gestalten gewankt. Sie zogen große, schartige Waffen hinter sich her und ihre gelben Augen waren auf die Kadmanas gerichtet. Als die Bären die Kreaturen bemerkten, ließen sie von den Leichenteilen ab und wandten sich ihrer neuen Beute zu. Die marode aussehenden Orks mussten irgendwie überlebt haben und versuchten nun zu entkommen. Mit Gebrüll stürzten sie sich auf die riesigen Bären. Die schlecht gepflegten Waffen rissen kleinere Wunden in die Leiber der Kadmanas. Eines der Tiere richtete sich auf seine Hinterbeine auf und stieß ein ohrenbetäubendes Brüllen aus, was von den Felswänden hundertfach zurückgeworfen wurde. Dann fielen die mächtigen Pranken auf einen der Orks nieder und begruben ihn unter sich. Als ein weiteres Scheusal von links auf den Bären zu rannte, erfassten ihn die Krallen von dessen rechter Tatze und schleuderten ihn mit großer Wucht gegen einen Felsen. Mit einem Knacken seiner berstenden Knochen blieb der Ork reglos liegen. Die übrigen hatten ebenfalls keine Chance. Es waren bereits alle Bären heran und stürzten sich auf sie, um sie mit ihren kräftigen Mäulern zu zerfleischen. Das Schauspiel glich mehr einer Fütterung, denn eines Kampfes.

»Scheinbar gab es Unstimmigkeiten. Sie haben die Orks hinterrücks niedergestreckt und ihre Körper hierher gebracht, um sie zu verbrennen«, mutmaßte Danastré. »Vermutlich haben sie nicht alle erwischt und deshalb die Wachen verstärkt.«

»Dann sollten wir schleunigst nach Iscadar zurückkehren, Kommandant.«

»Ja, was auch immer zwischen ihnen vorgefallen ist, Carvás Cándth scheint sich aus dem Krieg heraushalten zu wollen. Nichts deutet darauf hin, dass sie die Stadt alsbald verlassen werden.«

Sie wandten sich zum Gehen und kletterten wieder weiter nach oben, um den Weg zu nehmen, der sie hergeführt hatte. Da tat einer der Krieger einen falschen Schritt und es löste sich eine größere Menge an Geröll und Schutt ab. Die anderen konnten nicht schnell genug ausweichen und wurden von dem Abrutsch erfasst. Immer tiefer fielen sie und verletzten sich an den scharfen Kanten der Felsen. Schmerzhaft landeten sie auf dem Grund des Canyons. Zwei der Krieger hatten den Sturz nicht überlebt und die übrigen waren schwer verwundet. Danastré hatten einen schlimmen Bruch am rechten Bein erlitten, aus welchem der Knochen heraustrat. Den beiden anderen erging es nicht weniger schlecht. Keuchend lagen sie auf dem Boden, umgeben von Geröll. Die Bären waren indessen zurückgewichen und verharrten am Rand des Scheiterhaufens. Der Abrutsch musste in der Stadt gehört worden sein, denn es kam Bewegung in die Wachmannschaften auf den Wehrgängen. Das große Tor wurde geöffnet und eine Einheit Kadmanareiter preschte hinaus.

Wehrlos und unfähig sich fortzubewegen, mussten die paradónschen Krieger die Ankunft der Bärenreiter abwarten. Sie waren stark gepanzert. Die Permentesumplatten reflektierten den Schein der Glut des Leichenberges. Sie standen in hellem Kontrast zu den dunklen Runen, die überall auf den Rüstungen angebracht waren. Furchteinflößende Helme schmückten sowohl Reiter als auch Tier und ließen die Kadmanas als urzeitliche Bestien erscheinen. Große Sättel waren auf dem Rücken der Bären angebracht, welche die Reiter mit Zügeln und Sporen lenkten. Die langen Lanzen mit den Widerhaken waren beinahe ebenso gefürchtet wie die Angriffe der Bären selbst. Von der Postion am Boden fand Danastré die Reiter noch imposanter. Blut rann ihm aus dem Mund, als er husten musste. Der Anführer der Reiter befahl vier seiner Männer abzusteigen, während die anderen die Umgebung sicherten. Er selbst stieg ebenfalls von seinem schwarzen Kadmana und beugte sich über den verwundeten Kommandanten.

»Sieh einer an, wen haben wir denn da?«, höhnte der Anführer. »Sieht aus wie Spione, die das Glück verlassen hat.«

Seinen Männern befahl er, die drei Verwundeten zu durchsuchen. Sie leisteten keine Gegenwehr, doch führten sie nichts von Bedeutung bei sich. Nachdem sich der Anführer vergewissert hatte, nichts Informatives zu finden, kniete er sich vor Danastré auf den felsigen Untergrund, legte seine Hand an dessen Haupt, hob es an und blickte ihm tief in die Augen. Mit harter Strenge in der Stimme und einem grimmigen Blick fragte er: »Was wollt ihr hier?«

Danastré spuckte ihm verächtlich vor die Füße. Das veranlasste den Anführer dazu, einem seiner Reiter einen kurze Geste zuzuwerfen, woraufhin dieser dem Krieger vor sich die Lanze durch den Leib stieß. Mit geweiteten Augen blickte der Mann seinem Mörder an, ehe sein Körper erschlaffte. Danastré biss sich auf die Unterlippe, dass diese zu bluten begann. Seine Leute hatten immer gewusst, worauf sie sich einließen, aber er war nach wie vor für sie verantwortlich. Fassungslos über die ungezügelte Grausamkeit blickte er dem Gardisten wieder in die Augen.

»Sagst du mir jetzt, was ich wissen möchte?«

»Du weißt so gut wie ich, was wir hier möchten.«

»Na gut«, erwiderte der Anführer und fuhr zu seinen Leuten gewandt fort: »Erledigt die Letzte auch noch. Vielleicht wird ihm das seine Zunge endlich lockern.«

Die Bogenschützin sah ihren Kommandanten an. In ihrem Blick lag weder Anklage noch Wut. Lieber würde sie sterben, als dem Feind womöglich kriegsentscheidende Informationen zukommen zu lassen. Die beiden sahen sich ein letztes Mal an, ehe auch sie von einer spitzen Lanze durchbohrt wurde.

»Du bist als nächstes dran, wenn du nicht endlich redest!«

Danastré verweigerte jede Antwort. Er hatte sich bereits seinem Schicksal ergeben und den unausweichlichen Tod akzeptiert.

Da trat ihm der Anführer hart auf sein gebrochenes Bein, was ihn aufschreien ließ. Doch so sehr sie ihn auch quälten, er wusste, dass er das Zangengebirge nicht mehr lebend verlassen würde. Schläge prasselten auf ihn nieder und immer wieder fragte der Anführer nach Informationen, trotzdem blieb Danastré stark.

»Der ist zäher als er aussieht. Wir nehmen ihn mit in die Stadt. Ich werde den Fürsten vorschlagen, ihn für ihr Projekt auszuwählen. Dann hat dieser Schweinehund Larvátras etwas Gesellschaft.« Der Anführer lachte und schritt auf seinen Kadmana zu. Als er aufstieg sagte er: »Lasst die Schluchten mit den anderen Scheiterhäufen durchsuchen. Womöglich sind dort noch mehr ungebetene Besucher.« Er zeigte auf Danastré: »Werft ihn über eines der Tiere und dann reiten wir zurück in die Stadt.«

Der Kommandant bekam einen Tritt gegen den Schädel, dass er ganz benommen wurde. Verschwommen nahm er wahr, wie sie die Stadttore passierten. Im Schein der Fackeln und unter neugierigen Blicken der Bewohner wurde der verletzte Kommandant zum Bergfried gebracht. Der Anführer der Kadamanareiter wollte den Gefangenen persönlich in die Obhut seiner Herren geben.

Die Stadt war dunkel und wirkte nicht nur durch die Nacht bedrohlich. Die Berge, welche sich wie eine Zange um die Bauten legte und mit bedrohlichen Spitzen aufwartete, rückten Carvás Cándth in ein noch düsteres Licht. Danastré fröstelte und konnte sich trotz seiner schweren Verletzungen besser als je zuvor vorstellen, weshalb sie Stadt des Grauens genannt wurde. Niemand wusste, welch schreckliche Experimente die Fürsten hier tatsächlich vorgenommen hatten, doch Danastré befürchtete, es schon bald am eigenen Leib zu erfahren. Verzweifelt versuchte er, sich zu befreien, auch wenn er wusste, dass er durch den Bruch seines Beines ohnehin nicht weit gekommen wäre.

Anessa Benaîr empfing den Trupp mit ihrem Gefangenen in der Festung und begutachtete ihn ausgiebig. Danastré saß in sich zusammengesunken auf dem Boden und nahm das Geschehen kaum noch wahr. Innerlich hatte er mit seinem Leben abgeschlossen.

»Seid Ihr Euch sicher, dass der Mann geeignet ist?«

»Er hat einen starken Willen. Wäre er nicht so verwundet, hätte er bestimmt bis zum Tod gekämpft. Selbst die Tötung seiner Kameraden hat seine Zunge nicht gelockert. Wir werden nichts aus ihm herausbekommen, aber wenn er erst einmal unter Eurer Führung geformt wurde, könnte er sich als nützlich erweisen.«

»Nun gut. Solltet Ihr noch weitere Leute finden, bringt sie ebenfalls her. Zu ärgerlich, dass außer diesem Larvátras kein brauchbares neues Material dabei war. Die Orks sind zu verkommen, um sie zu nutzen.«

Der Anführer verbeugte sich tief und verließ die Räumlichkeiten. Die Fürstin ließ zwei Wachen kommen, die den Verletzten in den Kerker bringen sollten. Da betrat Altraîr den Raum, kam zu ihr und begutachtete verwundert Danastré. Nach einer kurzen Erklärung wollte er die anderen Fürsten informieren. Trotz der Entwicklungen fürchtete Altraîr nun den Zorn der Ral-Kadór umso mehr. Sie hatten alle Orks vor der Stadt vergiftet und auf Scheiterhäufen in den anliegenden Schluchten verbrannt. Diejenigen, die dem Gift entgingen, wurden von den Kämpfern Carvás Cándths überrumpelt und abgeschlachtet. Dem kadórischen Feldherren kam allerdings eine andere Verwendung zu, als mit seinen Orks auf dem Scheiterhaufen zu landen. Nach langer Diskussion waren die Fürsten überein gekommen, dass das Bündnis mit den Ral-Kadór ein Fehler gewesen sei. Sie wollten nun den Krieg abwarten und anschließend mit ihren eigenen Mitteln ihre Ziele erreichen. Wenn beide Seiten genug geschwächt waren, könnte man womöglich durch Geschick und etwas Glück mehr erreichen, als wenn sie sich komplett in den Dienst der mysteriösen Ral-Kadór stellten. Mithridáls Ratschläge waren in dieser Hinsicht sehr klar gewesen und hatten die Fürsten maßgeblich in ihrer Entscheidung unterstützt. Was auch immer geschehen mochte, Carvás

Cándth war nahezu uneinnehmbar und ohne strategische oder materielle Bedeutung.

Danastré wurde in die Tiefen des Kerkers gebracht und seine Wunden versorgt. Nachdem sich seine Häscher aus der Zelle entfernt hatten, umhüllte ihn die Dunkelheit der Gewölbe wie ein schwerer Mantel. Nur leicht schien Mondlicht durch einige Gitterstäbe in einer schmalen Öffnung auf Höhe der Decke. Schwer atmend richtete er sich auf und versuchte sich zu orientieren. Seine Augen hatten sich noch nicht an die Finsternis gewöhnt und außer den nassen, moosigen Steinen unterhalb der Gitterstäbe, konnte er nichts erkennen. Da drang ein Geräusch aus der hinteren Hälfte des Raumes an seine Ohren. Schweres Atmen und ein schlurfender Gang waren zu hören. Plötzlich leuchteten glühende rote Augen in der Dunkelheit auf, die Danastré Vartis ein letztes Stoßgebet an Pândrâs schicken ließen.

Die Mauern Iscadars waren in greifbare Nähe gerückt. Nichts hatte sich dem Heer Vencors in den Weg gestellt und so hielt die Streitmacht unaufhörlich auf die Hauptstadt Paradóns zu.

»Seht sie euch an, wie sie sich hinter ihren Mauern verstecken und das Unausweichliche nur herauszögern«, höhnte Xardanas.

»Ich will verdammt sein, wenn Irgesto nicht einen Notfallplan in der Hinterhand hat. Wir sollten uns nicht schon im Vorfeld zu siegessicher sein, auch wenn ich Euch recht gebe. Wir werden sie einen nach dem anderen auslöschen und uns holen, was unter dem Palast verborgen liegt. Wenn unser Volk erst wieder erstarkt ist, wird uns Nichts auf ganz Apygárda aufhalten können.«

Ein verwegenes Lächeln zeichnete sich in den Nebeln des Gesichts von Dardánor ab.

Als sie nahe genug an der Stadt waren, um gerade noch außer Schussweite der Bogenschützen und Verteidigungsanlagen zu sein, hob der Kaszoc-Vhinás die Hand und das gesamte Heer bezog in einer breiten Reihe Stellung. In vorderster Front positionierten sich die einfachen Orks, welche von den kadórischen Feldherren befehligt wurden. Dahinter reihten sich die Bogenschützen, vornehmlich Waldläufer, und das Belagerungsgerät. Die Dunkelelfen und die Trât bildeten eigene Einheiten, wobei die Trât erst zum Einsatz kommen sollten, wenn der Feind entweder die Stadt verlassen hatte, oder sie in Iscadar eingedrungen wären. Die Wesen aus Magie, totem Fleisch und der Saat des Waldes überragten die meisten anderen Wesen des Heeres. Nur die Oger waren ihnen von der Größe ebenbürtig, aber weitaus stämmiger. Grün glühten die Augen in den menschlichen Höhlen der Trât. Herausfordernd schwangen sie ihre schweren Äste, die sie als Keulen benutzten.

Die Banner der Fraktionen wehten auf vielen Standarten und boten einen beeindruckenden Anblick. Dardánor nutzte geschickt das Element der Einschüchterung. Laute Hörner ertönten. Er ließ das Heer verharren und wollte durch seine bloße Präsenz die Furcht unter den Feinden schüren. Dunkle Rüstungen, abscheuliche Kreaturen und das ohrenbetäubende Schlagen tausender Waffen auf die Schilde der Orks drückten auf die Zuversicht jedes einzelnen Verteidigers.

»Warten wir ab, wie sie auf unserer Erscheinen reagieren werden, ehe wir ihre Mauern einreißen.«

Argátor ritt neben seinen Anführer und blickte zur Stadt. »Wenn erst einmal die Orks aus Carvás Cándth eintreffen, werden sie nicht einmal mehr über die Isca oder den Trys fliehen können. Es läuft alles nach Plan. Durch die Hilfe des Magiers haben wir zusätzliche Informationen, die uns helfen können, das Land möglichst schnell unter unsere Kontrolle zu bringen.«

Der Zweite sehnte sich nach der Machtübernahme ebenso sehr wie alle anderen Ral-Kadór. Der Krieg war dabei nur ein lästiges Mittel zum Zweck. Sobald sein Volk wieder an Zahl gewonnen hätte, wäre die Eroberung des restlichen Kontinents ein Genuss. Im Geiste sah er sich bereits hunderte von Ral-Kadór befehligen, die unter den Völkern Apygárdas den Respekt verbreiteten, welcher ihnen gebührte.

»Macht euch bereit! Sie werden jeden Moment angreifen. Lasst euch nicht von ihrer Einschüchterungstaktik entmutigen!« Der König versuchte seinen Leuten Mut zu machen.

Irgesto Hervaresta II gab seine Befehle und die Krieger machten sich auf ihren Positionen bereit. Kapitonas Regios, der Hauptmann aus Tambarun, wurde mit der Leitung über den westlichen Mauerabschnitt beauftragt. Garvis, Eély und die fünf Eantî befanden sich ebenfalls bei ihm, während Irgesto selbst mit Meister Torgadol den nördlichen Teil übernahm und die Fürsten den Inneren Ring koordinierten. Da viele von ihnen keine Kämpfer waren, waren sie hinter der zweiten Mauer bei den Ballistenschützen am besten aufgehoben. Nur Tergor Erzfaust und Feámeon Banâreth hatten darauf bestanden, mit ihren Leuten vor den Toren zu kämpfen und verbargen sich außerhalb der Stadt unter der Barriere der Magier.

Die Anspannung war förmlich in der Luft zu spüren. Das Land selbst schien den Atem anzuhalten.

Nach einer schier endlosen Zeit setzte sich der Feind wieder in Bewegung und kurz darauf erschütterten schwere Beben die Mauern. Mit voller Wucht schlugen Felsbrocken in die äußeren Befestigungen ein, die bereits den ersten Verteidigern das Leben kosteten. Einer der Steine fegte über die Zinnen und räumte alles ab, was sich darauf befand. Anschließend bewegte sich das Orkheer in schnellem Schritt weiter auf die Stadt. Das Brüllen der Scheusale hallte von den Mauern wider. Die Schlacht hatte begonnen!

»Bogenschützen!«, schrie der König. Kurz darauf löste sich ein schwarzer Hagel an Pfeilen von den Sehnen und verdunkelte den Himmel. Die Orks rissen ihre Schilde nach oben. Dennoch fanden die Spitzen blutige Nahrung. Die Antwort ließ nicht lange auf sich warten und die nächste Salve der Katapulte schlug in die Stadtmauer ein. Doch sie hielt stand. Zu Tausenden kamen die Orks näher, marschierten über die Gefallenen und näherten sich damit unaufhörlich der Mauer. Sie trugen Leitern mit Metallhaken an den Enden bei sich, welche sich mit den Zinnen der Mauern verkanteten, sobald die Leitern aufgestellt waren. Würden sie erst einmal auf dem Wehrgang des äußeren Rings gelandet sein, wäre die Verteidigung Iscadars bereits verheerend geschwächt. Meister Torgadol und Meister Maandús hielten sich noch zurück. Sie wollten ihre Kräfte schonen, da die Magier des Feindes noch nicht ins Geschehen eingegriffen hatten. Sobald der Zeitpunkt dafür gekommen war, war Magie das Entscheidende, um Feuer mit Feuer zu bekämpfen. Doch nicht nur auf der Seite des Königs war die Bedrohung gewachsen, auch auf der westlichen Seite waren Garvis und Eély damit beschäftigt, die Horden abzuwehren, während Kapitonas Regios den Kriegern Befehle zurief. Auch die Westseite hatte bereits unter dem Steinbeschuss der Katapulte gelitten. Die feindlichen Belagerungsgeräte hatten allerdings eine solche Reichweite, dass die Verteidigungsanalgen Iscadars kaum mithalten konnten. An die Spitze des Heeres hatten sich einige Oger vorgekämpft, welche bereits bis an die Mauern herangekommen waren. Mit riesigen Hämmern schlugen sie auf die unteren Blöcke der Mauer ein und versuchten, sie so zum Einsturz zu bringen. Nicht wenige von ihnen waren bereits mit mehren Pfeilen gespickt, doch brauchte es viele, um sie aufzuhalten. Da befahl der Kommandant, kochendes Öl auf die Angreifer hinab zu schütten. Mit schweren Verbrennungen brüllten die Oger ihren Schmerz lauthals hinaus, als kurz darauf ein Feuerpfeil Eélys Bogen verließ und sie in Flammen aufgehen ließ. Ein paar von ihnen schafften es noch fort zu rennen, doch trugen sie das Feuer unter die nachrückenden Orks. Für das Erste war damit die westliche Seite auch für die Leitern der Orks nicht geeignet, da das Feuer ihnen den Weg versperrte. Den Katapultbeschuss hielten die Flammen jedoch nicht auf.

Der König gab seinen Fahnenschwingern den Befehl, die Metallplatten der zweiten Mauer verrücken zu lassen und damit die Ballisten neu auszurichten. Schon kurze Zeit später flogen mächtige Speere auf die Krieger Vencors zu. Zwischen ihnen spannte sich ein straffes Netz aus Lynarjil, welches sich über die Orks legte und dank seines Metallinnenlebens dafür sorgte, dass einige darunter gefangen wurden. Auch einen Stein, der gerade auf die äußere Mauer zuflog, fing eines der Netze ab und schleuderte ihn in die Tiefe, wo er mehrere Orks zermalmte.

So sehr sich die Verteidiger auch anstrengten, die immense Masse der Feinde war eine Übermacht, der sie auf Dauer unmöglich gewachsen sein konnten.

Plötzlich ertönte ein Horn und hinter dem Heer des Feindes flimmerte die Luft. Wie aus dem Nichts strömten Zwerge und Elfen gemeinsam in die Flanken der Orks. Der versteckte Trupp unter der Barriere hatte sich so aufgeteilt, dass sie den Feind von zwei Seiten aus angreifen konnten, was die Orks in ihrem Sturm auf die Stadt stocken ließ. Zwischen den Fronten zog ein Reiter mit nebligem Gesicht hindurch. Es war die Ral-Kadóra aus Mauradin. Trotz aller Mühen hatte sie es nicht rechtzeitig geschafft und geriet nun direkt vor die Bögen der Elfen. Innerhalb weniger Herzschläge waren die ersten Feinde ohne Gegenwehr gefällt worden und die Ral-Kadóra stürzte von mehreren Pfeilen getroffen vom Pferd. Die Zwerge schlugen mit ihren Äxten und Hämmern jeden Schädel ein, der sich ihnen in den Weg stellte und die Elfen schossen ihre Pfeile in die mittleren Reihen, um das Heer so in drei Teile zu trennen.

Die Verwirrung währte jedoch nicht lange. Die Ral-Kadór sandten die Dunkelelfen gegen ihre einstigen Brüder und die verhassten Zwerge. Sie hatten erkannt, dass Mauradin eine Falle gewesen sein musste. Auch die Orks hatten sich bald von ihrem Schock erholt und kämpften nun in alle Richtungen. Der Plan, das Heer zu teilen, gelang so zwar, doch hatten die Verteidiger nicht mit einer derartigen Entschlossenheit ihrer Feinde gerechnet. Selbstzerstörerisch stürzten sich die Orks in den Kampf. Auch die Dunkelelfen hatten ihre langen Klingen gezogen und gingen in den Nahkampf über. Durch die große Zahl an Feinden wurde das Gedränge immer dichter, was die Zwerge dazu veranlasste, ihre Schilde in den Boden zu rammen und einen Wall zu bilden. Die Orks versuchten vergeblich die Wand aus Schilden zu durchdringen, doch das kleine Volk hielt sie geschickt auf Abstand und spaltete weiter jeden Schädel, der sich günstig vor eine Axt bewegte. Als die Dunkelelfen heran waren, zogen auch die Elfen ihre Schwerter. Glanzvoll rannten sie ihnen mit wehenden Umhängen entgegen, sprangen über die Reihen der Zwerge und traten Auge in Auge mit denjenigen, die ihr Volk und Dephélia, die Schutzgöttin der Wälder, vor so vielen Zyklen für Vencor verraten hatten.

In schneller Abfolge schlugen die Klingen aufeinander. Die Elfen kämpften mit viel Geschick und Gewandtheit, doch ihre Gegner standen ihnen in Nichts nach. Sârgalor streckte innerhalb weniger Herzschläge drei Elfenkrieger nieder, aber noch konnte keine Partei die Oberhand gewinnen. Die Zwerge hatten ihren Schildwall aufgehoben und droschen auf die Orks und Dunkelelfen ein, bis ihre Hämmer und Äxte vor Blut trieften. Feámeon Banâreth geriet in ernste Bedrängnis gegen gleich zwei Gegner. Der Elf blutete aus einer Wunde am Kopf, was ihm langsam die Sicht nahm. Wacker hielt er die Stellung und konnte einen der Dunkelelfen niederringen und ihm sein Schwert seitlich durch die Rüstung stoßen. Doch der zweite Kämpfer war sofort zur Stelle und holte seinerseits zu einem tödlichen Schlag aus. Feámeon sah bereits sein Ende gekommen, aber das Schwert fiel nicht auf ihn herab. Der Dunkelelf erstarrte in seiner Bewegung und die Augen weiteten sich, als er tot nach vorn über fiel. In seinem Rücken steckte die große zweischneidige Axt von Tergor Erzfaust, der den Elfen verwegen anlächelte.

»Bei Wamarkras, dass ich einmal einem Elf das Leben rette!«

Der Zwerg hielt ihm die Hand hin, um dem Elfen hoch zu helfen. Im selben Moment, als Feámeon wieder auf den Beinen war, drehte sich Tergor um seine eigene Achse und schlug seine Axt einem grobschlächtigen Ork in die Seite, der von der Wucht des Schlages einige Schritt weit über den Boden geschleudert wurde und unter den Füßen der kämpfenden Horde verschwand. Feámeon nickte Tergor dankbar zu, zog einen kleinen Dolch und warf ihn direkt in das Auge eines weiteren Orks, der sich im Rücken des Zwerges herangemacht hatte.

»Und Dephélia sieht, ich rette ebenfalls einem Zwerg das Leben.«

Anerkennend nickte Tergor ihm zu, als sich der Anführer der Dunkelelfen auf ihn zubewegte. Ein herber Schlagabtausch setzte zwischen den Kontrahenten ein, bei dem der Zwerg Mühe hatte, die schnellen Schläge Sârgalors mit seinem Schild zu parieren. Um ihn herum war das Töten in vollem Gange und es schien, als würden die Kämpfer Vencors allmählich die Oberhand gewinnen.

Da durchpflügte etwas die Reihen, was die Feinde in alle Richtungen davon schleuderte. Auch an der anderen Front der Zwerge und Elfen ereignete sich ein ähnliches Schauspiel. Die Magierinnen hatten in das Geschehen eingegriffen und zwei Schockwellen durch die Reihen der Feinde gesandt, die alles davon rissen. Die Orks begriffen nicht sofort was los war und rannten weiterhin gegen ihre Feinde an. Die Dunkelelfen zogen sich dagegen leicht zurück, um aus der Schusslinie zu gelangen. Mit einer Signalfahne wurden den Ral-Kadór Zeichen gesandt, die unmittelbar erwidert wurden. Der Oberste schickte seine Magier aus, um sich den Frauen in den Weg zu stellen. Nur Mithridál und Zylúx griffen noch nicht ein. Mithridál begründete dies damit, dass Torgadol der mächtigste verbliebene Magier auf Seiten Paradóns sei und er sich ihm stellen wolle.

Trotz aller Mühen gelang es den Elfen und Zwergen nicht, die Gegner aus der Reserve zu locken und so schien der Rückzug unausweichlich.

»Haltet die Stellung«, rief Jaliá und schuf ein riesiges Ungeheuer, das einem Drachen aus der alten Zeit glich, welches sein Maul mit einem lauten Brüllen aufriss. Die Orks zuckten zusammen und wollten bereits fliehen, doch die Illusion hielt nicht lange genug. Die Zeit reichte allerdings, dass sich die Truppen neu sortieren konnten.

»Wir sollten uns zurückfallen lassen. Wenn sie uns nachkommen, können wir so das Schlachtfeld weiter auseinander ziehen, was uns einen Vorteil verschaffen würde«, schlug Tergor Erzfaust vor.

»Er hat recht. In kleineren Gruppen sind sie anfälliger und wir können das Geschehen leichter unter unsere Kontrolle bringen«, sprang ihm der Abgeordnete der Elfen bei. Die Befehlshaber der Zwerge und Elfen befürworteten das Vorgehen ebenfalls und so zogen sie sich langsam immer weiter zurück. Auf den Feind machte es den Anschein, als würden sie ihm unterliegen. Währenddessen hatten die Magierinnen alle Hände voll damit zu tun, sich gegen die magischen Angriffe der dunklen Magier zu behaupten. Das nutzten die Dunkelelfen, um wieder intensiver in den Kampf einzugreifen. Sârgalor durchschaute den Plan allerdings bald und zog seine Truppen wieder näher an die Stellung der Ral-Kadór, welche nur darauf warteten, dass die Mauern Iscadars fielen und sie in der Stadt ihre Klingen auf die Anhänger Pândrâs' niedergehen lassen konnten.

»Sollen sie nur möglichst viele der Orks aufreiben. Diese Narren denken vielleicht, sie hätten einen Plan. Wenn sie merken, dass sie sich geirrt haben, dann ist es bereits zu spät.« Mit einem Wink zogen sich die Dunkelelfen zum Missfallen der Verteidiger zurück.

Währenddessen ging der Ansturm auf die Mauern unaufhörlich fort, auch wenn der Eingriff der Elfen und Zwerge dafür gesorgt hatte, dass sich nicht mehr die gesamte Schlagkraft des Feindes gegen die Stadt selbst richtete.

Garvis und Eély standen auf den Zinnen und schickten einen Pfeil nach dem anderen nach unten, doch die ersten Leitern der Orks fanden mit einem metallischen Klicken endlich Halt und die Scheusale erklommen die Zinnen. Das Feuer der Ballistenschützen konzentrierte sich nun näher auf die Mauern und die Speere mit den Lynarjilnetzen nagelten die Orks vor der Mauer des ersten Walls auf den Boden, was es den nachrückenden schwerer machte, da sie über ihre Kumpanen hinweg stiegen.

Der Kampf auf dem Wehrgang war trotz allen Bemühungen schließlich ausgebrochen. Die Bogenschützen der ersten Mauer zogen ihrer Schwerter und bekämpften die Orks nach Leibeskräften. Irgesto stieß einen Kampfschrei aus und warf sich gegen seinen Gegner, der ihn um bestimmt zwei Köpfe überragte. Trotz seiner kleinen und gesetzten Statur kämpfte der König entschlossen und mit viel Weitsicht. Der Ork versuchte, ihm mit seiner schartigen Waffe eine Hieb zu versetzen. Irgesto unterwanderte ihn, machte einen Bogen und trat ihm von hinten in die Kniekehle, dass er einknickte. Sofort setzte der König nach und rammte dem Scheusal sein Schwert mit Wucht von oben in die Schulter. Der Ork schrie auf und versuchte mit der anderen Hand einen weiteren Schlag, aber Irgesto war vorbereitet und parierte die Klinge, nur um ihm die seine durch den Hals zu jagen. Röchelnd ging der Ork zu Boden. Der König wandte sich bereits dem nächsten Feind zu. Mit einem kurzen Blick zur Westseite musste er feststellen, dass die Orks auch dort über den Wehrgang geklettert kamen, aber seine Kämpfer hielten sich tapfer.

Er sah Garvis, wie er Luminór schwang und den Menschen Mut machte. Auch Irgesto schöpfte durch ihn und die Prophezeiung Hoffnung. Der Lichtbringer stand seit Urzeiten für die Vertreibung der Finsternis. Pândrâs würde die legendäre Waffe nicht ohne Grund zurück in die Schlacht geführt haben.

Innerhalb der Mauern waren die Verteidiger klar in der Überzahl und dank der Elfen und Zwerge war der Ansturm geringer ausgefallen. Die Oger schlugen dennoch weiter mit ihren schweren Waffen gegen die Mauern, um Steine zu lösen und einen Zugang zur Stadt zu schaffen. Die Katapulte des Feindes hatten ihren Beschuss ebenfalls wieder aufgenommen. Ungeachtet der eigenen Leute schlugen die Felsbrocken in die Mauer. Letztlich hielt sie nicht mehr stand und ein großes Loch klaffte in der Nordseite. Als Irgesto sich der offenen Gefahr gewahr wurde, gab er den Befehl, die Reiterei zu entsenden. Paradóns Reiter zählten zu den besten von ganz Apygárda und so preschten sie durch die Lücke und das Nordtor unter die Feinde. Sie pflügten durch die Reihen der Orks und versuchten, den Leuten in der Stadt Zeit zu verschaffen. Auf Dauer war ein Kampf auf offenem Felde nicht zu gewinnen, da die Anzahl der Feinde erdrückend erschien. Zu allem Überfluss setzten sich nun auch die Trât in Bewegung, welche bei der Bevölkerung pures Entsetzen auslösten. Wandelnde Baumwesen mit glühenden grünen Augen und entstellten menschlichen Überresten waren ein Gegner, der mit der Unheimlichkeit der Ral-Kadór selbst konkurrierte.

Aber nicht nur die Trât, sondern auch ihre Herren schritten auf Iscadar zu. Zusammen mit den Waldläufern und Mithridál ließ der Vormarsch keinen Zweifel aufkommen, dass die Ral-Kadór Iscadar so schnell wie möglich einnehmen wollten.

»Dieser verfluchte Wurm Irgesto denkt wohl, er könne uns mit seinem kleingeistigen Plan besiegen. Wir werden die Stadt stürmen und uns holen, wonach wir so lange trachteten!« Dardánor hielt sein Schwert in die Höhe und die anderen Ral-Kadór jubelten ihm zu. Auf ihren Pferden ritten sie langsam hinter den Trât her, flankiert von einigen der Waldläufern, welche nicht mit den kadórischen Feldherren bei den Einheiten der Orks positioniert waren.

Trotz der ausgeschwärmten Reiterei schafften es etliche Orks durch die Öffnung in der Mauer hinter den ersten Verteidigungsring zu gelangen, wo sie jedoch bereits von den Klingen der Gegner empfangen wurden.

»Werdet Ihr bereit sein, Euch den Euren in den Weg zu stellen?«, fragte Dardánor Mithridál.

»Sie waren nie die Meinen.«

»Nun gut. Ich hoffe, Ihr habt mehr Erfolg als diese handvoll Nichtsnutze von Magier, die ich gegen die Elfen und Zwerge gesandt habe.«

Mit einem grimmigen Blick schaute er zu den zwei anderen Fronten, wo noch immer verbissen gekämpft wurde. Die Magier der Ral-Kadór lagen jedoch tot im Staub, nachdem sie den drei Magierinnen Paradóns unterlagen.

»Wenn wir erst Torgadol besiegt haben, sollte Maandús kein Problem mehr darstellen. Er hat sich zu lange im Wald verkrochen, anstatt sich gebührend um seine Kräfte zu kümmern.«

»Dennoch solltet Ihr ihn nicht unterschätzen. Es hat meinen damaligen Obermagier einige Mühen gekostet, ihn zu überwältigen.«

Mithridál stimmte ihm zu und blickte zurück zu Zylúx, der mit zwei Ral-Kadór an einem großen Wagen zurückgeblieben war. Die Ladung war verdeckt, sodass Mithridál nicht erkennen konnte, was sich darunter verbarg.

»Weshalb bleiben sie zurück?«, wollte er, auf die Gruppe zeigend, erfahren.

»Sie haben etwas, was uns im entscheidenden Moment den Sieg einbringen wird. Doch vorher müssen wir noch ein paar Schädel spalten.«

»Wie darf ich das verstehen?«

»Ihr habt sicher von der Seelenmaschine gehört, die ich im Wald von Amenáur durch meinen obersten Magier habe bauen lassen. Sie wurde zerstört. Meister Zylúx hat es geschafft, eine neue Maschine zu bauen.«

Der Magier meinte ein dunkles Lächeln in den Nebeln des Gesichtes des Kaszoc-Vhinás zu erkennen und fragte sich, ob er den Magier von den Südlichen Inseln nicht doch unterschätzt hatte.

Da bemerkte er, wie sich auf Seiten der Stadt etwas tat. Eine Gestalt stand auf den Zinnen. In der Hand hielt sie einen Stab von dem ein weißes Glimmen ausging. Unvermittelt hoben sich Steine des eingerissenen Mauerwerks und setzten sich wieder in die Lücke. Die darin befindlichen Orks wurden einfach zerquetscht. Auch die Ral-Kadór hatten den Vorgang bemerkt und Argátor wandte sich an den Magier: »Unternehmt etwas! Sie versuchen die Lücke zu schließen!«

Mithridál überlegte, wie er den Magier, der unzweifelhaft Torgadol war, aufhalten konnte. Er trieb sein Pferd an, um näher an die Mauer zu kommen. Ungern wollte er schon jetzt zu viel seiner Energie vergeuden. Er war nach wie vor noch nicht im Vollbesitz seiner Kräfte. Die klertanischen Ketten hatten es ihm unmöglich gemacht, seine Kräfte zu nutzen und sie gleichzeitig geschwächt. So war es ihm auch nicht möglich gewesen zuvor nach Carvás Cándth zu gelangen, um die Fürsten davon zu unterrichten, dass er aufgeflogen war und mit ihnen das weitere Vorgehen zu besprechen. Stattdessen war er nach Raskatan gereist, um den Ral-Kadór beizustehen und an der entscheidenden Front einwirken zu können. Seine Pläne umfassten mehr als sich die Fürsten in der Stadt des Grauens vorstellen konnten.

In hohem Galopp kam er nahe genug an die Mauern heran, um einen Zauber zu wirken, der Torgadol aufhalten würde, ihn aber nicht all zu viel seiner Kraft kostete. Mit wehender Robe hob er seinen Zauberstab und schickte einige kleine schwarze, dornenbespickte Kugeln auf die Reise. Als sie Torgadol erreichten, schwirrten sie um ihn herum wie ein Schwarm aggressiver Insekten und hinderten ihn mit spitzen Stichen daran, sein Vorhaben fortzuführen. Der Magier musste sich zurückziehen und sein Vorhaben aufgeben. Zwar versuchten die Verteidiger die restlichen Steine auf andere Weise vor die Öffnung zu bringen, doch die eindringenden Orks, welche über die bereits gelegten Steine kletterten, verwickelten sie in solch intensive Gefechte, dass ihre Bemühungen erfolglos blieben.

Nun tat sich das nächste Problem auf. Die Reiterei Paradóns hielt auf die Trât zu. Dabei durchpflügten sie die Reihen der Orks, ohne Rücksicht auf Verluste. Sie wussten, dass die

Ral-Kadór und die Trât die mächtigeren Gegner waren. Auch wenn sie sich noch nie derartigen Wesen gegenüber gesehen hatten, war klar, dass die Wesen aus Pflanzen und totem Fleisch, gezüchtet durch die dunkle Magie Vencors, ohne Zweifel über eine immense Zerstörungskraft verfügen mussten.

Als die Pferde heran waren, stemmten die Trât sich mit ihren Füßen in die Erde. Kleine Wurzeln fuhren aus ihren Beinen und verankerten sie fest im Boden. Die ersten Reiter wurden beim Zusammenprall aus den Sätteln geworfen. Sie prallten gegen die Trât wie gegen einen Wall. Danach lösten die Wesen ihre Wurzeln aus dem Boden und rannten mit einer Geschwindigkeit, die man ihnen nicht zugetraut hätte, gegen die Reiterei an. Sie schlugen mit schweren Ästen die Menschen aus den Sätteln, während die Lanzen und Schwerter der Gegner an ihren Leibern kaum einen Schaden anrichten konnten. Ein tosender Kampf entbrannte, den die Reiter nicht gewinnen konnten. Als sie dies eingesehen hatten, befahl der befehlshabende Kommandant den Rückzug.

»Seht, wie unsere Schöpfung Früchte trägt!« Dardánor lachte triumphierend und trieb sein Pferd weiter an.

Die Ral-Kadór hetzten den Reitern nach und es gelang ihnen, durch das Loch in der Mauer ins Stadtinnere zu gelangen.

Damit war ein entscheidender Erfolg errungen und die Verteidiger mussten versuchen, die Stellung zu halten. In den Gassen Iscadars tobte der Krieg und verteilte sich wie ein Geschwür in der gesamten Unterstadt. Der Beschuss aus dem Inneren Ring konzentrierte sich nun nicht mehr nur auf die nachrückenden Gegner von außen, sondern auch auf die näheren Ziele.

Als die Trât den Durchlass ebenfalls erreichten wurden sie sofort mit Feuerpfeilen attackiert. Das Holz ihrer Körper entfachte sich und sprang schnell auf andere Trât über. Der Vormarsch war damit aber nicht aufzuhalten. Die Orks schlugen sich durch die Gassen und ließen den Tod reiche Beute unter den Männern und Frauen Iscadars finden.

Die Westseite war indes noch nicht gefallen, hatte allerdings große Mühen, da noch immer Orks versuchten, über ihre Leitern auf den Wehrgang zu gelangen.

Garvis und Eély fochten mit vollem Einsatz, doch dann erblickten sie die Ral-Kadór, wie sie vor den Trât in die Stadt eingeritten kamen. Mit wehendem Banner und ihren dunklen Oridaniumrüstungen boten sie aus der Nähe einen noch weitaus imposanteren Eindruck.

»Wir müssen dem König beistehen. Sie werden aufgerieben, wenn wir nichts tun!«, rief Garvis und rannte los.

Kapitonas Regios nickte Eély zu und befahl einigen seiner Leute die Position zu wechseln. »Wir werden sie aufhalten, solange wir können! Schützt den König!«

Eély folgte Garvis über den Wehrgang zur Nordseite. Als sie das Loch in der Mauer erreicht hatten, bemerkten sie, wie Meister Torgadol und der König in arge Bedrängnis gerieten. Mithridál hatte sich auf den Wehrgang teleportiert und starrte die beiden hasserfüllt an.

»Warum habt Ihr uns verraten?«, wollte Meister Torgadol von dem abtrünnigen Magier wissen.

»Ihr versteht nichts! Ihr müsst hinter die Geschehnisse blicken, nur dann könntet Ihr die Wahrheit erkennen, doch dazu hat Euch seit jeher die Einsicht gefehlt. Ihr verbergt Euch im Sturmgebirge und bekommt nichts von den Entwicklungen Apygárdas mit!«

»Es reicht, um zu erkennen, wer sein eigenes Volk verrät!«

»Ihr erkennt es noch immer nicht!«

»Mithridál!«, herrschte Irgesto seinen alten Freund an. »Ich habe Euch vertraut! Ich habe Euch um Rat gebeten und alle Vorwürfe, die gegen Euch vorgebracht wurden ignoriert! Wie konntet Ihr so etwas tun?«

»Es tut mir leid, alter Freund. Ihr werdet es verstehen, wenn die Zeit gekommen ist!«

»Eure Zeit endet hier und jetzt!«, forderte Meister Torgadol Mithridál zum Kampf heraus und schleuderte ihm prompt eine Druckwelle entgegen, die den verräterischen Magier nach hinten warf und über den blutigen Stein des Wehrganges rutschen ließ. Die Orks hielten sich von den Magiern fern und auch die Ral-Kadór überließen die Sache ihrem Zauberkundigen. Es entbrannte ein magischer Kampf, welcher die Macht der Magier zur Schau stellte. Torgadol wirbelte seinen Stab und entfachte einen Sturm, den er gegen den Feind sandte. Doch Mithridál stand, für sein Alter sehr leichtfüßig vom Boden auf und ließ den Sturm, ehe er ihn erreicht hatte, im Nichts verschwinden. Seinerseits schickte er nun in kurzer Folge einige Feuerbälle auf ihre Reise, die Torgadol mit Hilfe kleiner Wirbelstürme an ihn zurück schickte. Schnell rannte er den Geschossen nach und versuchte Mithridál mit seinem Stab zu treffen. Dieser wich geschickt aus und stand schwebend einige Schritte hinter dem Wehrgang über dem Abgrund der Außenmauer.

»Ihr werdet mich nicht besiegen. Öffnet stattdessen die Augen!«, herrschte er Torgadol an.

»Bei Pândrâs, ich werde Euch zu Vencor schicken!«

»Vencor hat nicht das Geringste damit zu tun!«

Meister Torgadol ließ seinen Stab im Kreis rotieren, sodass eine gewaltige Sturmfront entstand, die Mithridál komplett einhüllte. Blitze schossen aus dem Himmel und dunkle Wolken zogen auf. Mithridál war innerhalb des Sturmes gefangen und schaffte es nicht, sich daraus zu lösen. Die Winde zerrten an seinem Körper und zerschnitten ihm die Kleidung. Aus zahlreichen Wunden blutend bäumte sich der alte Magier auf und erzeugte ein kugelähnliches rotes Leuchten in seiner linken Hand. Es schien, als würden die Winde sich auf dieses Leuchten stürzen, doch bei näherer Betrachtung absorbierte es die Kraft des Sturmes und ließ die rote Kugel anschwellen. Als Torgadol sich gewahr wurde, was sein Gegner vorhatte, war es bereits zu spät. Mit einem detonierenden Knall entlud sich die Energiekugel und eine Druckwelle fegte alles im Umkreis von fünfzig Schritt von den Zinnen. Paradónsche Krieger, Orks, Waldläufer, Kisten, Fässer und Steine stürzten in die Tiefe. Nur Torgadol konnte sich mit einer bläulich schimmernden Schutzbarriere gegen die Druckwelle wehren. Mithridál sprang auf den Wehrgang zurück und schlug mit seinem Stab auf die Beine von Torgadol. Der Herr der Winde konnte nicht schnell genug ausweichen und stürzte hart auf den steinernen Boden. Sofort setzte sein Kontrahent nach und wollte den Stab auf seine Körpermitte niederfahren lassen, was Torgadol jedoch parieren konnte. Gekonnt rollte er sich unter Mithridáls Stab hindurch und schoss in die Höhe. Auge in Auge standen sie sich gegenüber und kämpften mit ihren Stäben gegeneinander, wobei sich immer wieder magische Entladungen lösten. Letztlich gelang es Torgadol, Mithridál zu entwaffnen. Er richtete die Spitze seines Stabes auf ihn und sagte: »Sprecht Euer letztes Gebet, Euer Ende ist nun unausweichlich.«

Doch statt etwas zu erwidern sprang Mithridál nach vorne, zeichnete mit der rechten Hand eine Rune in die Luft und umklammerte Torgadol. Ein Lichtblitz entstand und im nächsten Augenblick waren beide verschwunden.

»Wo sind sie hin?«, fragte der König, der das Geschehen aus sicherer Entfernung verfolgt hatte. Keiner der Umstehenden konnte eine Erklärung abgeben. Der Stein war schwarz an der Stelle, wo die Magier eben noch gestanden hatten und Irgesto befürchtete beinahe, dass sie sich gegenseitig zu Asche verbrannt hatten. Es blieb ihm keine Zeit für weitere Überlegungen, denn der Angriff wurde nun auch an seiner Position fortgeführt.

Noch immer waren einige der Ral-Kadór am Durchbruch und gaben Befehle. Neben ihnen stand ein Feldherr mit einem seltsamen Schild mit Löchern an den Rändern, die jedoch nur pure Schwärze aufwiesen. Weitere Ral-Kadór hatten sich in die Stadt vorgearbeitet und fällten einen Verteidiger nach dem anderen.

»Wir müssen diese Mistkerle aufhalten!«, schrie Garvis. »Es tut mir leid«, wandte er sich an Eély. Schnell rannte er auf den Rand der Mauer zu und stieß sich mit einem großen Satz ab. Im Flug veränderte sich sein Körper. Haare wuchsen und sein Gesicht entstellte sich zu einer scheußlichen Wolfsfratze. Luminór leuchtet in seiner Hand auf und mit einem lauten Krachen landete er auf den Steinen am Boden, dass sich Risse darin bildeten. Die drei Ral-Kadór vor ihm drehten sich sofort zu ihm. Ihren Rüstungen nach war einer von ihnen von höherem Rang. Den Mienen war nicht abzulesen, ob die Gestalt des Wolfswesen, welches das legendäre Schwert Aramas Karstiras' führte, ihnen Respekt einflößte oder gar Angst machte. Lediglich der menschliche Feldherr und die Orks in der näheren Umgebung wichen zurück.

»Das soll der Nachfahre des Lichtbringers sein?« Der ranghohe Ral-Kadór lacht verächtlich. »Eine Schande, dass du auf der falschen Seite kämpfst. Du würdest viel besser zu uns passen, als zu diesem verweichlichten Haufen von Pândrâs' Speichelleckern.« Danach befahl er den zwei anderen Ral-Kadór gegen das Wolfswesen vorzugehen. Die Orks wären ihm ohnehin nicht gewachsen gewesen und die Ehre, den Führer des Lichtbringers zu töten, gebührte den Ral-Kadór.

Doch noch ehe sie Garvis erreicht hatten, sprangen fünf schuppige Wesen aus einer Seitengasse und schlugen mit ihren großen Schwertern auf die Nebelwesen ein. Die Eantî waren unter der Führung von Vadovas ebenfalls von der Westseite abgezogen und Eély und Garvis gefolgt, dabei jedoch einem Trupp Orks in die Hände gelaufen.

Damit hatten die Ral-Kadór nicht gerechnet. Die Große und Kraft der Eantî kam unvermittelt über sie und einer der beiden fiel ihren Klingen zum Opfer. Die verbliebene Ral-Kadóra hatte ihre Überraschung sofort überwunden und parierte die Schläge der fünf Echsenwesen mit schnellen und gekonnten Bewegungen. Dadurch war sie jedoch nicht mehr in der Lage gegen Garvis anzutreten. Der Kampf zeigte ihm allerdings, welch außerordentliche Kämpfer die Ral-Kadór waren, da sich die Kämpferin gegen die fünf Eantî gut verteidigte und sogar ihrerseits Schläge austeilte, die den Echsenmenschen gefährlich werden konnten. Sie war kleiner, dafür wendiger und konnte vor allem auf ihre Nebelfähigkeiten zurückgreifen, wodurch der Schlagabtausch ein phänomenales Schauspiel wurde.

Garvis blickte mit seinen glühenden Wolfsaugen zu dem verbliebenen Ral-Kadór und richtete Luminór auf ihn. Sein Gegner war davon jedoch nicht sonderlich beeindruckt. Er forderte den kadórischen Feldherrn auf, ihm seinen Dämonenschild zu überreichen und klopfte herausfordernd mit seiner Klinge darauf.

Für einige Herzschläge starrten sich die beiden an, ehe sie mit lautem Gebrüll aufeinander zu rannten.

Garvis ließ seiner animalischen Natur freien Lauf und setzte seinen ganzen Körper im Kampf ein. Ein gewohntes Gefühl der Schwerelosigkeit machte sich in ihm breit, dass ihm nur all zu gut bekannt vor kam. Der Ral-Kadór, bei welchem es sich um den Kaszoc-Brágh Xardanas handelte, kämpfte seinerseits mit dem Dämonenschild und einer langen schmalen Klinge. Bereits beim ersten Angriff Garvis' bekam seine Oridaniumrüstung drei lange Kratzer durch dessen Krallen ab. Ein schneller herber Schlagabtausch setzte ein. Xardanas hatte die Urgewalt des Wolfswesens unterschätzt. Eine Serie von Schlägen mit der Faust und Luminór hagelte auf den Ral-Kadór nieder, sodass ihm nichts anderes übrig blieb, als seinen Schild hoch zu reißen und den Angriff abzuwehren.

Garvis agierte unglaublich geschickt und nutzte seine tierische Kraft mit Hilfe seines menschlichen Verstandes optimal. Mit einem letzten Schlag ließ er von seinem Gegner ab und sprang mit einem Satz in dessen Rücken, um ihm mit Luminór einen Stich zu verpassen. Der Kaszoc-Brágh warf sich reaktionsschnell herum und blockte den Schlag. Er murmelte einige Silben und aus den Löchern an seinem Schild strömten schwarze Schlieren, die sich um Luminór zu legen versuchten. Da hieb Garvis mit der Linken in die ungeschützte Seite seines Feindes und verpasste ihm einen Schlag, der ihn nach hinten taumeln ließ. Sofort setzte er nach und drosch mit seinem Schwert weiter auf ihn ein. Doch Xardanas war es nun leid, schlug das Schwert mit seinem Schild zur Seite und löste sich kurzzeitig in Nebel auf, um anschließend seinerseits eine Reihe von Schlägen an Garvis linker Flanke anzusetzen. Es war ein zähes Ringen, in welchem keiner die Oberhand gewinnen konnte.

Währenddessen hatte die verbliebene Ral-Kadóra es geschafft, die Eantî zu schwächen. Mit einer schnellen Drehung unterwanderte sie Rexics Schwert und tötete ihn mit einem Stich durchs Herz. Der Eantî hatte keine Chance, der Klinge zu entgehen. Auch wenn die fünf Echsenmenschen zu kämpfen verstanden, die Ral-Kadóra war ihnen überlegen, nicht zuletzt auch deshalb, da immer wieder Orks seitlich in das Geschehen eingriffen. Dadurch konnten die Eantî nicht geschlossen gegen den stärksten Feind vorgehen. Der Tod ihres Freundes machte die anderen rasend. Vadovas spaltete die Schädel zweier Orks vor sich und Slyness wirbelte mit seinen Klingen durch Sehen und Gliedmaßen. Nur Zäglys und Zudykâs, die beiden Brüder, waren unmittelbar bei der Feindin. Der kleinere der beiden richtete seinen Kamm auf und brüllte sie an, während Zudykâs sein Schwert kreisen ließ. Die Ral-Kadóra schlug gegen Zäglys und trat seinem Bruder vor die Brust, kurz bevor sein Schwert auf sie nieder gehen konnte. Zäglys schaffte es dennoch, ihr eine Wunde am Oberarm zuzufügen. Als die beiden anderen Eantî bei ihnen waren, war Zudykâs wieder auf den Beinen, musste aber einen großen Streich über die Brust einstecken, was ihn kampfunfähig machte. Mit weit geöffneten Augen sah ihn sein Bruder an, ehe er in totale Rage verfiel und gemeinsam mit Vadovas und Slyness die Ral-Kadóra so malträtierte, dass sie ihnen nichts mehr entgegen zu setzen hatte und unter ihren Waffen für immer zu Boden ging. Nachdem die Ral-Kadóra besiegt war, versuchten die Eantî, ihren verletzten Gefährten aus der Gefahrenzone zu bringen. Die gegnerischen Horden erschwerten dieses Unterfangen erheblich und so gelang es ihnen nur mit Not, Zudykâs in eine weniger umkämpfte Gasse zu schleppen. Zäglys war voller Sorge um seinen Bruder und fluchte unentwegt vor sich hin. Als sie ihn auf den Boden legten, um seine Wunden zu versorgen, mussten sie jedoch mit Erschrecken feststellen, dass Zudykâs bereits so viel Blut verloren hatte, dass er nicht mehr bei Bewusstsein war. Vadovas trat die Tür zu einem Haus ein und sie zogen sich darin zurück. Slyness verband die Wunde mit allem nötigen Geschick, während Zäglys nicht von der Seite seines Bruders wich.

In der Zwischenzeit war der Kampf zwischen Garvis und dem Kaszoc-Brágh in ein Ungleichgewicht gefallen, da immer mehr Orks ihre Scheu vor dem Wolfswesen überwunden hatten und versuchten, ihn mit Pfeilen und Speeren so zu beeinflussen, dass der Ral-Kadór einen tödlichen Schlag führen konnte. Als Eély die Situation bemerkte, richtete sie ihren Bogen auf die Orks in Garvis' näherer Umgebung und streckte einen nach dem anderen nieder.

»Ich gebe dir Feuerschutz! Mach diesem Scheusal den Gar aus!«

Garvis heulte wie zur Bestätigung. Aus seinem Maul rann Geifer und die Elfin hatte Mühe, in ihm den Mann zu erkennen, zu dem sie sich so hingezogen fühlte. Es blieb ihr aber keine Zeit diese Gedanken fortzuführen, da auf einigen Hausdächern ebenfalls Orks auftauchten, die Garvis unter Beschuss nehmen wollten. Noch ehe einer von ihnen einen Pfeil von seiner Sehne fliegen lassen konnte, wurden sie getroffen und zurück in die Gassen geschleudert.

Da stieg von der Westseite der Stadt Rauch auf. Kapitonas Regios hatte den Wall aufgegeben und zog sich von seiner Position zurück. Die Katapulte hatten ein weites Loch in die Mauer gerissen, doch der Kommandant ließ siedendes Öl in die Öffnung laufen und es anzünden. Das würde die Gegner zwar nicht lange aufhalten, verhinderte aber vorerst einen Einfall durch die Westseite.

Garvis ließ sich davon nicht irritieren. Er hatte nur Augen für den Ral-Kadór.

»Ich werde dir nun zeigen, was wahre Macht ist!«, schrie ihm Xardanas entgegen und rannte ein Stück die Straße hinauf zu einer Gruppe Orks, die sich im Kampf mit den Verteidigern befand. Ohne zu zögern ergriff er den am nächsten gelegenen Scheusal, packte dessen Arm und schob ihn in eines der Löcher seines Schildes. Sofort fing der Ork vor Schmerzen an zu schreien, als sein Arm immer tiefer in dem dunklen Loch verschwand. Mit ungläubigen Augen, von seinem Herrn derart hintergangen worden zu sein, ging er zu Boden. Der Kaszoc-Brágh jedoch packte sofort seinen anderen Arm und beförderte diesen in ein weiteres Loch an seinem Schild. Blut rann daran hinab und der Schild schimmerte leicht. Der Ork wurde immer weiter in den Schild gezogen, bis er schließlich in der Körpermitte auseinander riss. Von ihm blieb kaum mehr als seine blutige Rüstung übrig. Als er die Prozedur mit einem der Verteidiger Iscadars wiederholen wollte, war Garvis jedoch heran. Es schien für den Ral-Kadór keinen Unterschied zu machen, wen er für sein Vorhaben opferte. Garvis schlug sofort wieder zu. Allerdings schien der Schild seines Gegners seine Kraft nun beinahe zu absorbieren und Garvis musste durch die heftige Gegenwehr zurückweichen. Xardanas hielt den Schild nun mit einer größeren Leichtigkeit und konnte dadurch mehr Kraft in seine Schwertschläge legen.

Trotz seiner Größe und Kraft schien es, als würde Garvis nun unterliegen. Bei jedem Schlag, den er gegen den Dämonenschild führte, drangen schwarze Schlieren aus den Löchern und zogen an Luminór, was ihn zusätzlich Kraft kostete.

Als Kapitonas Regios mit seinen Leuten herbei eilte, verlagerte sich der Fokus der Orks auf die neuen Feinde, die in ihrem Rücken vorstießen. Das ermöglichte Eély, Garvis' Gegner unter Beschuss zu nehmen, nachdem sie einen anstürmenden Ork den Wehrgang hinunter stieß. Sie zog die Sehne bis zum Anschlag und lenkte den Pfeil in einem günstigen Moment direkt durch die Kniescheibe des Kaszoc-Brágh. Sofort knickte er ein, was Garvis nutzte, um nach vorne zu schnellen. Er führte Luminór direkt auf die ungeschützte Seite seines Gegners, doch dieser konnte den Schlag gerade noch parieren. Die Wucht des Aufschlags führte aber dazu, dass beide ihre Klingen verloren. Der Ral-Kadór wurde komplett auf den Boden gerissen und zog schützend den Schild vor sich. Für Garvis gab es nun aber kein Halten mehr. Er riss den Schild zur Seite und wollte gerade seinen Kiefer im Hals des Feindes verbeißen, als ein weiterer Pfeil heran geflogen kam und direkt im Hals des Kaszoc-Brágh stecken blieb. Röchelnd wich das Leben aus ihm und die Nebel in seinem Gesicht schienen noch düsterer zu werden, ehe sie wie durch Zauberhand erstarrt verharrten und die letzte Kraft aus Xardanas' Körper wich.

»Tu's nicht!«, rief Eély Garvis zu, der noch unschlüssig über der Leiche kniete und gierig dessen Fleisch betrachtete. »Bewahre deine Menschlichkeit! Du musst den Geist des Wolfswesen in die Schranken weisen!«

Garvis drehte sich zu ihr um und sah in ihre flehenden Augen. Nach einigen Herzschlägen verwandelte er sich in seine menschliche Gestalt zurück und Eélys Anspannung fiel ab. Sie fragte sich zurecht, ob Garvis seinen Zustand jemals komplett unter Kontrolle bekommen konnte. In den Übungsstunden war er stets Herr seiner Sinne gewesen, doch ein Ernstfall wie dieser zeigte, dass das Wolfswesen nach wie vor in ihm schlummerte und vermutlich nur darauf wartete, dass Garvis seinen Instinkten nach gab, um erneut die Kontrolle über dessen Körper zu übernehmen.

In Fetzen seiner Rüstung gehüllt, kniete Garvis noch immer über seinem toten Gegner, aber sein Blick sprach Dankbarkeit aus und er nickte Eély entschlossen zu. Danach stand er auf, nahm Luminór in die Hand und reckte es gen Himmel: »Für Paradón!«

Viele der Kämpfenden hatten seine Verwandlung gesehen. Entgegen Irgestos Angst, das Wolfswesen könnte dem Ruf des Führers Luminórs schaden, jubelten ihm die Menschen zu, auch wenn die Bedrängnis dadurch nicht weniger geworden war. Es war ein Hoffnungsschimmer und Hoffnung war alles, was ihnen geblieben war.

Durch die Kraft der Trât wurden die paradónschen Krieger immer weiter zurückgedrängt und als Irgesto den Wehrgang verlassen hatte, stellten sich ihm Dardánor und einige andere Ral-Kadór in den Weg. Da auch der König den Kampf von Garvis gesehen hatte, versuchte er gar nicht erst, mit der kleinen Schar an Kämpfern um ihn herum gegen die mysteriösen Wesen anzutreten. Doch die Ral-Kadór hatten es anscheinend gezielt auf den König abgesehen und griffen unvermittelt an.

»Jetzt wird Euer Volk untergehen und Eure Stadt wird brennen! Das werdet Ihr allerdings nicht mehr miterleben, Hoheit.« Die Stimme des Obersten triefte vor Spott. Der König und seine Gefolgsleute entgegneten nichts auf die Provokation, sondern fochten um ihr Leben. Dabei waren sie darauf bedacht, sich immer weiter zurückzuziehen und so auf Verstärkung zu treffen. Auch Eély und Garvis kamen in ihre Richtung und schlossen sich dem Kampf an. Die Schlacht war ein zähes Ringen, in der die Ral-Kadór ihren berüchtigten Ruf unter Beweis stellten. Ohne Gnade metzelten sie sich durch ihre Gegner. Plötzlich flog die Tür eines Hause auf und drei grünlich schimmernde Wesen sprangen mit Wucht daraus hervor. Ihre großen Schwerter mischten sich unter die Ral-Kadór und fanden sofort ein Opfer. »Ihr miesen Dreckskerle habt meinen Bruder auf dem Gewissen!« Zäglys wütete unter seinen Feinden nach Leibeskräften. Sein Bruder Zudykâs hatte die schwere Verletzung trotz aller eingeleiteten Maßnahmen nicht überlebt, was Zäglys in einen Rausch der Verzweiflung verfallen ließ. Doch auch der Eingriff der Eantî konnte keine positive Wendung des Kampfgeschehens herbeiführen. Als auch noch außerhalb der Stadt Hörner erklangen und sich ein breites Grinsen in den Nebeln von Dardánors Gesicht ausbreitete, ahnten die Verteidiger, dass die Elfen und Zwerge vermutlich geschlagen waren. Wer nicht tot war floh und die Magierinnen versuchten mit aller Kraft die nachrückenden Feinde aufzuhalten, ehe auch sie sich zur Flucht wenden mussten. Es half niemandem, sein Leben in einem verlorenen Kampf zu lassen. In die Stadt zu gelangen war für sie nun unmöglich geworden.

Die Verteidiger Iscadars konnten sich nur noch in den inneren Ring zurück ziehen, da der Ansturm durch Orks, Trât und letztlich auch der Dunkelelfen nun geballt durch die Löcher in der Mauer drang. Die Feuer auf der Westseite wurden durchdringbar gemacht und auch Kapitonas Regios sah keine Chance mehr auf einen Sieg. Dennoch verlief der Rückzug so geordnet wie irgendwie möglich.

Von der inneren Mauer wurden Pfeile ins Gedränge geschossen, die nicht wenigen Orks das Leben nahmen.

Als alle Verteidiger hinter dem zweiten Ring waren, verfielen die Anhänger Vencors in einen ersten Jubel. Die Belagerungsgeräte wurden näher an die Stadt heran gekarrt und sie versuchten, sich nun gezielt zu organisieren und die innere Mauer zu umstellen. Viele der Wohnhäuser, Gasthäuser, Werkstätten und Geschäfte des äußeren Rings waren in starke Mitleidenschaft gezogen worden. Einige standen sogar in Flammen und dunkler Rauch zog gen Himmel.

»Das ist ein totales Fiasko! Woher haben sie nur diese unglaubliche Schlagkraft? Was sind das für eigenartige Pflanzenwesen?« König Irgesto Hervaresta II machte seiner Fassungslosigkeit Luft. »Wie sollen wir diesen Kampf nur gewinnen?«

»Norgal wird bald zu uns stoßen. Ihr habt selbst gehört, wie Meister Torgadol mit ihm über sein Amulett kommuniziert hat. Wir müssen Vertrauen in Pândrâs und die Gerechtigkeit haben.« Garvis versuchte dem König Mut zu machen.

»Meister Torgadol… was ist nur mit ihm geschehen?« Irgesto blickte beinahe resignierend zu Boden.

»Garvis hat recht, wir müssen jetzt stark sein und den Menschen mit gutem Beispiel vorangehen, damit sie nicht auch noch den letzten Funken Mut verlieren. Noch haben wir nicht verloren!« Eély sprang Garvis bei.

Der König blickte noch einen Moment weiter starr auf den Boden, dann ging ein Ruck durch seinen Körper und er richtete sich auf. Er wusste, dass er nun für sein Volk da sein musste, mehr denn je, so schwer es ihm auch fiel.

»Ihr habt recht. Wir werden die Stellung halten. Wenn wir untergehen, nehmen wir so viele von diesen Bastarden mit, wie wir nur können!«

Er wandte sich an seine Kommandanten und wollte einen groben Überblick über die Verluste erhalten. Es waren bereits zu viele.

Meister Maandús war nun der einzig verbliebene Magier in der Stadt. Zwar war Mithridál mit Torgadol verschwunden, doch bezweifelte Irgesto, dass ein Magier allein genügen würde, um die Ral-Kadór aufzuhalten. Dennoch versuchte er die magischen Fähigkeiten möglichst gewinnbringend in die Verteidigung einzubauen. Der innere Ring war dank seiner schweren Metallplatten vor dem Stein wesentlich schwerer durch Katapultangriffe zu beschädigen. Für eine lange Belagerung reichten die Vorräte aber nicht. Der Winter war hart gewesen und hatte stärker an den Reserven gezehrt als vermutet.

Noch immer schossen die Ballisten ihre Speere unter die Feinde und die Zinnen waren mit hunderten Bogenschützen besetzt, während die Diener Vencors die letzten verbliebenen Verteidiger, die es nicht rechtzeitig in den inneren Ring geschafft hatten, gnadenlos abschlachteten. Danach wurden Überlegungen angestoßen, wie sie am schnellsten durch die zweite Abwehrreihe gelangen konnten.

»Wir müssen versuchen, sie so lange hinzuhalten, bis die Luftschiffe zu unserer Unterstützung eintreffen«, schärfte der König seinen Gefolgsleuten ein, da er nicht wusste, was er derzeit sonst tun sollte, um die Lage zu verbessern.

Als die Nacht herein brach, warfen die Gassen Iscadars dunkle Schatten und die animalischen Laute der Orks drangen unaufhörlich an die Ohren der Eingeschlossenen. Der Feind hatte noch einige Male versucht mit Leitern den zweiten Wall zu erklimmen, doch dank der verschiebbaren Metallplatten fanden sie keinen sicheren Halt. Nun kehrte ein trügerischer Angriffsstopp ein. Die Dunkelelfen waren vom Schlachtfeld in die Stadt gezogen. Die menschlichen Anhänger der Ral-Kadór verhöhnten den König und sein Gefolge mit Schmähungen, die sie auf die Hauswände schmierten während sie gehässig lachten. Sie unterschieden sich nur unwesentlich von den Scheusalen, auch wenn sie in der Rangfolge über den Orks standen.

»Wo bleiben die Krieger aus dem Zangengebirge? Unser ganzer Plan hat sich verflüchtigt, weil Larvátras mit seinen Orks und den Menschen aus Carvás Cándth nicht auftaucht«, fluchte Argátor. Wenn die Verbündeten zur vereinbarten Zeit gekommen wären, hätten sie die Stadt seiner Meinung nach schon längst unter ihrer Kontrolle. So hatte sich der Kampf über den gesamten Tag gezogen und sie mussten vor der zweiten Mauer verharren. Auch wenn der Winter gerade vorüber war, in den Nächten blies noch immer ein kalter Wind.

»Er wird zur Rechenschaft gezogen werden! Die Anführer seiner Orks werde ich eigenhändig enthaupten und ihre hässlichen Schädel zum Verrotten auf einen Pfahl stecken. Wir werden dennoch siegreich sein. Morgen früh werden wir den Angriff fortführen und die Stadt einnehmen. Dann wird der Auferstehung unserer Rasse nichts mehr im Weg stehen und schon nach wenigen Zyklen der Herrschaft über Paradón werden wir ganz Apygárda unseren Willen auferlegen!« Dardánor blickte zum Palast, der auf dem Berg über den Zinnen der Mauern thronte und stellte sich bereits vor, wie er das kostbare Innere des Berges nutzen würde, um die Sterberate der Neugeborenen seiner Art aufzuheben. Dank seiner Informationen, die er über viele Zyklen mühevoll und unter größtmöglicher Geheimhaltung angesammelt hatte, war er sich sicher, dass er die Ral-Kadór vor dem Aussterben bewahren und ein Reich errichten konnte, das selbst das mächtige Jánkásán Imperium in die Knie zu zwingen vermochte. Vielleicht sogar noch mehr als das. Womöglich könnte es der Schlüssel für alles werden, was den Ral-Kadór seit unendlichen Zyklen anlastete und wie ein Fluch über ihnen lag, von dem keiner mehr genau wusste, wie oder weshalb es dazu gekommen war. Nachdenklich betrachtete Dardánor seine knochige Hand und verglich sie mit der anderen. *Ich werde es schaffen! Unser Volk wird sich vermehren und endlich wieder zu dem werden, was wir in der alten Zeit einst waren!*

Der Tod des Kaszoc-Brágh und der anderen Ral-Kadór war schmerzhaft, doch ein vertretbares Opfer in Anbetracht dieses hehren Ziels.

Da trat Sârgalor zu ihnen und verneigte sich tief. »Herr, wir haben die Elfen und Zwerge auf der Ebene besiegt. Eure Magier wurden aufgerieben, aber wir konnten ebenfalls eine der ihren niederstrecken.«

Zur Bestätigung hob er einen blutigen Kopf in die Höhe. Er gehörte einer Frau mit schwarzen Haaren und einer kleinen Narbe im Gesicht.

»Den schicken wir ihnen gemeinsam mit den Schädeln ihrer gefallenen Anführer über die Mauer!« Dardánor lachte und gab einigen Waldläufern den Auftrag, die befehlshabenden Offiziersleichen der Paradónier zu enthaupten und über die Mauer des zweiten Rings zu befördern.

Mit einem Klatschen schlugen die Schädel hinter der Mauer auf den Boden. Langsam näherten sich einige Kämpfer den Überresten und hoben sie auf. Eine Stille des Entsetzens breitete sich aus. Den Köpfen waren die Augen und Zungen entfernt worden, dennoch wusste jeder, dass es sich um ranghohe Offiziere handelte. Doch einer der Köpfe gehörte jemand anderem. Mit trauriger Gewissheit identifizierten die Eantî ihn als das Haupt Jaliás. Vadovas schlug mit der Faust wütend gegen eine Mauer, bis ein Stück davon umfiel, er keine Kraft mehr hatte und zu Boden sank. Zäglys und Slyness waren wie erstarrt. Innerhalb kurzer Zeit waren sie um die Hälfte ihrer Gruppe dezimiert worden und die Hoffnung für ihre Heimat war mit dem Tod der Magierin rapide gesunken. Sie bezweifelten in diesem Moment, Exantin je wieder zu sehen und ein Gefühl der Hoffnungslosigkeit breitete sich in ihnen aus.

»Erst Meister Torgadol und jetzt auch noch Meisterin Jaliá!«, kam es aus der Menge. Das Manöver der Ral-Kadór zeigte seine gewünschte Wirkung und verbreitete noch mehr Angst und Unruhe unter den Verteidigern. König Irgesto veranlasste dies zu einer erneuten Ansprache. Allerdings er war selbst so geschockt, dass er kaum ein Wort über die Lippen brachte und so entschied Garvis für ihn zu sprechen. Seine zerfetzte Rüstung hatte er gegen eine intakte ausgetauscht und das schwarze Haar wehte leicht im Wind der Nacht.

»Krieger von Paradón, die Lage erscheint uns ausweglos und ich verstehe eure Ängste. Auf uns lastet das gesamte Wohl

Apygárdas. Wir sind die letzte Instanz zwischen dem Licht und einem neuen Zeitalter der Dunkelheit. Nur auf eines können wir uns verlassen: Unseren Zusammenhalt, unsere Entschlossenheit und unseren Willen! Auch wenn wir herbe Verluste erlitten haben, wir haben eine Chance diesen Krieg zu gewinnen. Ihr müsst an euch glauben, nur dann können wir erneut vollbringen, was Aramas Karstiras vor so vielen Zyklen erreicht hat. Auch er hat trotz aller Widrigkeiten nicht aufgegeben und einen vermeintlich unmöglichen Sieg errungen. Steht zu euch, steht zu Paradón, glaubt an Pândrâs Hilfe und wir werden siegreich sein!«

Gemurmel machte sich breit. Die große Überzeugung war angesichts der Lage schwer zu leisten. Die Leute sahen in Garvis jedoch einen Nachfahren von Aramas Karstiras und das bekräftigte seine Worte. Hätte der große Held damals gegen die Zórtaja aufgegeben, das alte Volk würde vermutlich noch heute über Apygárda herrschen, die Bevölkerung unterdrücken und den Kontinent auf der Suche nach Rohstoffen für ihre Maschinen ausbeuten.

Als Vadovas bemerkte, wie die Menschen ihre Zweifel nicht los wurden, fügte er hinzu: »Ich weiß, viele von euch halten uns für fremde Wesen und die meisten wissen nichts über uns. Doch auch unsere Heimat, Exantin, eines der Länder, die ihr die Fernen Länder nennt, wurde von einem Feind angegriffen, der unser Land verwüstete und unsere Freunde und Familien tötete. Wir mussten fliehen, nur um etwas zu finden, mit dem wir unsere Heimat retten könnten. Diese Suche ist noch nicht vorüber und wenn ihr nicht ebenfalls ohne Heimat, ohne Vertrautheit und ohne eure Familien auf einer ausweglosen Suche nach Hoffnung sein wollt, dann erkennt, dass nur ihr selbst die Hoffnung sein könnt. Wir unterstützen euch und ihr solltet euch selbst unterstützen. Nur wenn ihr für euer Land eintretet, könnt ihr es auch behalten. Noch habt ihr eine Chance, die unser Volk nicht hatte. Nutzt sie und ihr werdet nicht untergehen!«

Die Worte des Echsenmenschen hatten ihre Wirkung nicht verfehlt, denn nun schwoll das unsichere Gemurmel zu einem lauteren Schwall an. Die Menschen erkannten, dass sie eine Chance hatten, solange sie sich nicht selbst aufgaben.

»Für Paradón! Für die Freiheit!«, klang es nun aus den Mündern der Menschen. Der König blickte dankbar zu Garvis und Vadovas, die mit ihren Reden den Funken der Hoffnung am Leben erhalten hatten.

Der Rest der Nacht verlief für die gegenwärtige Situation ruhig. Hier und da waren einige übereifrige Orks bemüht, noch immer ihren Blutdurst zu stillen, doch die Pfeile der Verteidiger streckten sie kurzerhand nieder.

Als der Morgen graute begann der erneute Beschuss der Stadtmauer. Die Orks versuchten wieder über den Wall zu klettern. An der Ostseite versuchten einige Oger an den weniger stark besetzten Stellen die Mauer in ihrem Fundament zu zerstören, wie sie es am äußeren Wall getan hatten. Die Besatzung auf dem Wehrgang reagierte sofort und löste eine der schweren Metallplatten aus der Verankerung. Als sie zu Boden stürzte begrub sie die Oger unter sich. Die Mauer war dadurch zwar nicht mehr so gut gegen Beschuss geschützt, doch die Ostseite lag aufgrund des Trys' nicht in Reichweite der feindlichen Katapulte. Das Durchhalten wurde immer schwieriger. Die Verteidiger schossen Pfeil um Pfeil in die Scharen der Gegner, schleuderten Gesteinsbrocken und Ballistenspeere. Die Schlacht tobte mit Hass und Wut. Der Feind ließ nicht locker und bedrängte die innere Mauer mehr und mehr. Gegen Mittag verdunkelte sich der Himmel mit schwarzen Wolken und es schien, als wolle die Sonne den Untergang Paradóns nicht mit ansehen.

Da ertönte ein Ruf von einem der höheren Türme. Sofort blickten der König und seine Kämpfer nach Nordosten. Erstaunt sehen die Verteidiger, was sich dort am Himmel abzeichnete. Als ihnen klar war, worum es sich dabei handelte, ging ein Jubelschrei durch die Menge. Am Himmel zeigten sich fliegende Schiffe! Ihre Segel waren auf Vollmast und das polierte Metall um den Rumpf glänzte in den spärlichen Sonnenstrahlen, die sich ihren Weg durch die Wolkendecke bahnten. Laute Hörner ertönten von den acht Schiffen, die mit großen Ballonen in der Luft gehalten wurden. Riesige Netze lagen um sie und waren mit den Schiffen so vertäut, dass sie diese in die Höhe zogen. Große Brennkessel befeuerten die Ballone von unten und ließen damit eine genaue Höhenkontrolle zu. An den gekürzten Masten wehten die bunten Fahnen der Wüstenclans. Der Rumpf dagegen war mit Zwergenrunen übersät und zeichneten die Konstrukte als Bauwerke der Beru-Handwerksmeister aus.

Als die Ral-Kadór erkannten, was sich dort auf sie zubewegte, fluchte der Kaszoc-Kásk: »Dieser verdammte Mistkerl hat tatsächlich noch einen Trumpf in der Hinterhand. Weshalb hat uns Mithridál nichts davon berichtet?«

»Vielleicht hat er nichts davon gewusst, oder er war noch verschlagener als wir annahmen« Dardánor grübelte, da ihm dies ebenfalls merkwürdig vorkam.

Währenddessen rückten die Schiffe immer näher und senkten ihre Höhe, bis sie knapp außer Schussweite über den Gegnern in der Luft verharrten.

»Endlich!«, rief der König. »Die Verstärkung ist da! Feuert alles was wir haben!«

Die Bogenschützen auf dem Wehrgang schossen schwarze Salven in die Orks und die Besatzung der Schiffe ließ brennende Fässer aus Klappen am Bauch fallen, wodurch viele Feinde in Flammen aufgingen. Danach eröffneten sie ebenfalls den Beschuss mit Pfeilen und Ballisten. Für die meisten war es ein Rätsel, wie sich die gigantischen Schiffe mit ihrem Gewicht am Himmel halten konnten. Die Zwergenhandwerker hatten gemeinsam mit den Obiden ganzen Arbeit geleistet und allmählich begann sich das Blatt dadurch zu wenden, da den Angreifern nicht einfiel, was sie gegen die fliegenden Schiffe unternehmen sollten. Ihre Pfeile erreichten nicht die erforderliche Höhe und schnellten in die eigenen Reihen zurück.

So zogen sich die Ral-Kadór notgedrungen in ein größeres Haus in der Nähe des Marktplatzes zurück, das sie als Kommandantur ausgewählt hatten. Zandil befand sich ebenfalls in dem Haus. Er genoss das Privileg, nicht kämpfen zu müssen, da sein Herr ihn lieber als Diener denn als Krieger einsetzte. So befahl der Zweite Zandil umgehend, sie mit Wein zu versorgen. Die zornige Miene seines Herrn ließ ihn spuren. Er wagte es nicht zu sprechen. Die Anspannung durch den Krieg war zu groß. Zwar verstand er sich als ehemaliger Dieb darauf, strategisch vorzugehen, doch in einer echten Schlacht war er nicht zu gebrauchen. Mit dem Schwert nur mäßig begabt, war er mit einer heimlichen Klinge auf dem offenen Schlachtfeld geradezu nutzlos. Das störte Zandil jedoch wenig, denn so waren seine Überlebenschancen weit höher und auch die Aussicht auf Reichtum und Macht nach der Übernahme Paradóns durch die Ral-Kadór. Stillschweigend stellte er den Wein auf den Tisch und zog sich mit einer Verbeugung wieder zurück.

»Herr, erlaubt mir einen Vorschlag«, brachte sich Sârgalor ein. »Wir sollten zu ihnen hinauf gelangen. Solange sie außerhalb der Reichweite unserer Bogenschützen sind, haben wir keine Chance.«

»Wie wollt Ihr dort hinauf gelangen?«, wollte der Oberste wissen.

»Wir setzen einige Orks oder Waldläufer in die Katapulte und statten sie mit langen Dolchen und Seilen aus, die sie in die obere Bordwand über der Metallverstärkung oder die Ballons rammen können. Sollte das gelingen, schicke wir weiter Kämpfer über nach oben und versuchen, die Schiffe festzubinden.«

»Das ist ein verwegener Plan. Bei Vencor, einen Versuch ist es wert«, lobte ihn der Kaszoc-Vhinás.

»Schickt sie los und holt dieses Pack vom Himmel«, befahl Argátor noch ehe der Dunkelelf etwas erwidern konnte.

Kurz darauf saßen die ersten Orks in den Katapulten und wurden in den Himmel geschossen. Das verschaffte der Stadt eine Verschnaufpause und den Verteidigern die Möglichkeit, ihren Beschuss zu erhöhen. Ohne zu zögern trotzten die Orks mit ihrem tumben Verstand der Gefahr und folgten den Befehlen ihrer Herrn.

Einige der Scheusale verfehlten die Schiffe und landeten mit zerschmettertem Körper irgendwo zwischen den Häusern Iscadars oder auf der Ostseite des Trys'. Nach einigen Versuchen war die richtige Höhe jedoch gefunden und die ersten Orks schwangen sich über die Reling auf das Deck zweier Schiffe. Die Besatzung hatte nicht all zu große Mühen den Angriff abzuwehren und warfen die Scheusale schon bald über Bord. Das Verankern der Schiffe mit den Seilen gestaltete sich ebenfalls als schwierig. Sie waren um die Orks gebunden worden, ließen sich aber schwierig befestigen. Die Scheusale wurden meistens schon vorher von Bord geworfen, auch wenn sich eines der Seile so verfing, dass es zumindest etwas Halt bot.

»Wir müssen höher zielen! Sie haben zu viele Leute an Bord!« Der Kaszoc-Kásk wurde immer wütender, da er sich dem Sieg bereits so nahe gefühlt hatte und nun dieser unerwartete neue Feind aufgetaucht war.

»Lasst mehr Orks und mehr Seile mit Knoten zum Klettern bringen. Wenn sie das Schiff erreichen, sollen sie sie daran befestigen und es können weitere Orks hinterher klettern! Versucht sie außerdem in auf die Ballone zu bekommen, damit sie diese Schiffe vom Himmel holen!«, eröffnete Dardánor.

Es wurden Krieger ausgesandt, die die Netze der Verteidiger vom Schlachtfeld sammelten und daraus lange Seile banden, die nicht so leicht zu durchtrennen waren.

Dieses Vorhaben stellte sich als gewinnbringender heraus, da sich die Seile weiter oben leichter anbringen ließen und durch ihr Gewicht auch schwieriger auszuhängen waren, sobald weitere Scheusale daran hoch kletterten. Schnell nahm die Anzahl der Kletternden zu. Dennoch gelang es einer der Schiffsbesatzungen zwei der Seile zu lösen und die Orks fielen mit tosendem Geschrei in die Tiefe. Nach Leibeskräften versuchten die Schiffsbesatzungen die Taue zu kappen. Das Metallinnenleben der Seile machte dies allerdings zu einer äußerst schwierigen Angelegenheit.

Schon bald war eines der Luftschiffe in einen blutigen Kampf an Bord verwickelt und kam leicht ins Trudeln.

»Die Orks schaffen es nicht allein. Schickt einige Eurer Männer ebenfalls dort hoch!«, herrschte Argátor den Dunkelelfen an.

»Bewahrt die Ruhe, mein Freund. Wir werden diese Schlacht gewinnen, so oder so«, versuchte Dardánor seinen Stellvertreter zu besänftigen.

Dem Kaszoc-Kásk gefiel es nicht sonderlich, wenn der Oberste eine derartige Ruhe ausstrahlte. Zumeist bedeutete dies nichts Gutes. Auch wenn es dem Zweiten nicht schnell genug ging, er versuchte sich zurück zu nehmen.

Sârgalor machte sich davon, um seinen Leuten die nötigen Instruktionen zu geben und murmelte eine Verwünschung, nachdem er sich mit einem falschen Lächeln abwandte.

Bewegung kam in die Besatzung auf den Luftschiffen. Norgal befehligte eines der Schiffe, das sich nahe des inneren Walls befand und war damit vorerst nicht Ziel der Katapultangriffe der Orks.

»Wir können froh sein, dass sie nicht versuchen, uns mit den schweren Felsbrocken vom Himmel zu holen«, sagte Aurelian, der zu seiner Rechten stand.

»Sie sind zu schwer, um uns in dieser Höhe zu erreichen, aber sie haben sich schneller und besser zu helfen gewusst, als ich gedacht hätte.«

»Sollen sie nur versuchen auf unser Schiff zu kommen. Meine Axt erwartet sie schon«, sagte Bjófur mit einem breiten Grinsen im Gesicht. »Und mein Hammer ebenso«, schloss sich Bandáril an.

»Wir müssen ihnen beistehen«, meinte Norgal und zeigte auf eines der beiden Schiffe, die einen Kampf an Deck auszuführen hatten. »Schiff hart Backbord«, rief er dem Steuermann zu und am Heck des Luftschiffs bewegten sich die Steuersegel. »Schießt sie vom Deck runter!«, befahl er den Bogenschützen der Obiden und sein Flammenauge loderte auf.

Eine Salve von Pfeilen jagte auf die Planken des benachbarten Luftschiffes und rettete so einigen Besatzungsmitgliedern das Leben. Das rückte das Luftschiff aber auch ins Auge der Angreifer und die Katapulte bewegten sich vorwärts, damit sie das etwas weiter hinten liegende Schiff erreichen konnten. Schon flogen die ersten Orks auch auf Norgals Schiff zu. Sie scheiterten jedoch an der Crew und schafften es nicht, eines der Seile anzubringen.

»Vádaz, so unternehmt etwas! Ich will diese verfluchte Stadt endlich unter meine Kontrolle bekommen!« Dardánor delegierte den Handlungsbefehl an Sârgalor. Der Dunkelelf verbeugte sich und rief seinen Leuten einige Befehle zu. Dann rannten sie zu den Katapulten. Als sich die Hebel lösten, flogen die Dunkelelfen mit hoher Grazie durch die Luft. Wegen ihres leichteren Gewichts landeten ein paar von ihnen höher als die Orks und konnten sich in den Netzen, die die Ballons umschlossen, festhalten. Ohne zu zögern stachen sie mit ihren Klingen in die Hülle und rissen Löcher in die Ballone, welche die Luftschiffe zum sinken bringen sollten So gingen drei der acht Schiffe zu Boden und waren damit unwiederbringlich verloren. Bei einem Ballon riss das Loch so weit auf, dass es ins Trudeln geriet und urplötzlich mitsamt der Besatzung aus dem Himmel fiel. Beim Aufprall wurden etliche Orks unter den Planken begraben, aber auch ein Großteil der Besatzung verlor dabei sofort ihr Leben.

Auf Norgals Schiff gelangten die Dunkelelfen ebenfalls, wenn auch nicht in die Netze der Ballone. Ihre Kampfart unterschied sich deutlich von denen der Orks und war den Obiden bei Weitem überlegen. Dennoch gelang es Norgal und den Zwergen, die Dunkelelfen zu besiegen und erneut auf das benachbarte Schiff zu feuern, um dessen Besatzung zu unterstützen.

Sârgalor blickte grimmig zum Himmel. Noch immer waren fünf Luftschiffe im Einsatz und brachten den Tod über die Horden der Ral-Kadór. Besonders ein Schiff feuerte unaufhörlich, da es zu weit hinten lag, als dass es den Orks gelungen war ein Seil daran anzubringen. Der Vádaz löste seinen Umhang, begab sich selbst zu einem der Katapulte und befahl, sich auf

Norgals Schiff schießen zu lassen. Drei weitere Dunkelelfen folgten ihm zeitgleich.

Als sie auf dem Schiff landeten, zog Sârgalor sein Schwert. Gemeinsam mit seinen Brüdern und Schwestern schlug er sich durch die Reihen der Obiden.

»Da kommen die nächsten Spitzohren«, rief Bjófur und klopfte dreimal auf seine Axt. »Zeigen wir ihnen, wie Zwergenstahl schmeckt!«

Mit einem Kampfschrei auf den Lippen rannten Bjófur und Bandáril auf die Feinde zu. Mit Axt und Hammer waren sie zwar weitaus langsamer als die Dunkelelfen mit ihren schmalen Schwertern und leichteren Rüstungen. Dafür kämpften sie mit großer Erfahrung und schafften es schon bald, einem der Gegner mit dem Hammer den Schädel einzuschlagen, nachdem ihn Bjófur mit seiner Axt am Bein erwischt hatte und ihn einknicken ließ. Danach prügelten und hackten sie gekonnt auf die Feinde ein, dass die Dunkelelfen große Mühen hatten, gegen die beiden Zwerge zu bestehen.

Norgal beobachtete die Kämpfe, wunderte sich aber, weshalb nicht noch mehr Dunkelelfen nachrückten. Es dauerte etwas, ehe er erkannte, dass Sârgalor nicht vorhatte die Besatzung im Zweikampf zu besiegen. Der Vádaz hielt auf die Wanten zu und wollte augenscheinlich einen der Ballone aufschlitzen. Norgal rannte sofort los, um ihm den Weg abzuschneiden. Aurelian kämpfte unterdessen mit der Besatzung und den Zwergen gegen die restlichen Dunkelelfen.

Darkafjal schimmerte unter den Strahlen des Sonne und lenkte damit die Aufmerksamkeit von Sârgalor auf Norgal. Das orange Zackenschwert war ein Meisterstück und sein Träger war unzweifelhaft ein herausragender Kämpfer. Sârgalor war klar, dass er es nicht bis zu den Ballonen hinauf schaffte, ohne diesen Gegner aus dem Weg zu räumen und so änderte er seine Laufrichtung und hielt auf Norgal zu. Mit einem metallischen Knall schlugen die beiden Schwerter aufeinander und Norgals Flammenauge loderte auf. Ein schneller Schlagabtausch setzte ein. Sârgalor kämpfte hart und präzise. Norgal hatte alle Mühe die schnellen Schläge zu parieren. Die Gewandtheit des Dunkelelfen war sehr hoch und er kämpfte ohne jede Furcht. Das machte Sârgalor zu einem grausamen Gegner. Er würde nicht lange zögern Norgal zu töten, sobald sich die Gelegenheit gab. Es war kein Kampf um Ruhm oder Ehre. Es ging einzig darum, den Gegner so schnell wie möglich auszuschalten und Iscadar einzunehmen. Deshalb sprang Norgal einen Schritt zurück und drehte sich so, dass er mit seinem Mantel die Sicht von sich ablenkte, schlüpfte dabei geschickt heraus und wirbelte den Mantel über dem Kopf, ehe er ihn Sârgalor zuwarf. Als der Mantel den Dunkelelfen erreichte, wurde dieser davon zurück geschleuderte. Er hatte nicht damit gerechnet, dass das Kleidungsstück von ungewöhnlich hohem Gewicht war. Schnell befreite er sich davon und sah sich in eine Rauchwolke gehüllt. Norgal hatte geschickt eine seiner kleinen Kugeln aus dem Mantel gezogen, ehe er ihn fortwarf. Nun nutzte er die Situation zu seinem Vorteil. Sârgalor konnte Norgals Angriff gerade noch abwehren. Dieser hatte keinen Moment gezögert und war unmittelbar nach dem Wurf in den Rauch nachgerückt. Nun waren sie sich in der Schnelligkeit ebenbürtig. Das verringerte Gewicht ermöglichte Norgal eine höhere Gewandtheit und bestätigte ihn einmal mehr darin, weshalb er den schweren Mantel und die Stiefel trug. Gegen den Slúka war er gezwungen gewesen auch die Stiefel auszuziehen, doch das Wesen hatte den Schutz der Dunkelheit auf seiner Seite und war noch schneller als der Dunkelelf. Langsam verflüchtigte sich der Rauch und der Kampf wurde noch offensiver, allerdings hatte Sârgalor sein Vorgehen geändert. Anstatt weiter zu versuchen, Norgal möglichst schnell auszuschalten, zog er sich nun immer weiter zurück und zwang Norgal, ihm zu folgen. Schließlich war er am Rand des Luftschiffs angekommen und sprang leichtfüßig auf die Reling. Mit ein paar kurzen Schritten kletterte er die Seile hinauf und versuchte ein Loch in den angrenzenden Ballon zu machen. Norgal kletterte ihm nach und bekämpfte ihn in den Seilen in luftiger Höhe. Da drückte sich Sârgalor ab und sprang unerwartet seitlich davon. Dadurch entging er nicht nur dem nächsten Hieb seines Kontrahenten, sondern schaffte es auch, sich mit seiner Klinge in der Hülle des Ballons festzusetzen. Durch Verlagern seines Gewichts riss er ein großes Loch in den Ballon. Schnell bekam das Schiff Schlagseite, sackte ab und drehte sich. Mehrere Obiden fielen über die Reling in die Tiefe. Norgal hatte keine Wahl, als sich zurück auf die Planken zu schwingen.

»Das Schiff ist verloren!«, rief Aurelian, der sich gerade noch am Hauptmast festhalten konnte. Das Schiff driftete weiter ab und schlug schließlich gegen die innere Mauer der Stadt. Sofort reagierten Norgal und Aurelian und rannten auf die Zinnen zu. Im letzten Moment konnten sie sich auf den Wehrgang retten. Mit ihnen gelang dies den beiden Zwergen und etlichen Crewmitgliedern, aber auch den Dunkelelfen. Nur Sârgalor blieb auf dem Schiff. Für einige Momente verkeilte sich das Wrack mit der Mauer, wodurch sich noch mehr Besatzungsmitglieder retten konnten. Dann stürzte es in die Tiefe. Der Vádaz jedoch knüpfte reaktionsschnell ein Seil um einen Pfeil und schoss ihn zu einem Vorsprung in der Mauer. Der Pfeil flog über einen Balken, auf dem eine der Fahnen Iscadars angebracht war und verfing sie so, dass das Seil um den Balken gewickelt wurde. Sofort sprang Sârgalor und schwang sich am Seil entlang. Als seine Füße die Mauer berührten rannte er daran entlang, stieß sich schließlich ab und landete auf einem der Dächer. Ein letztes Mal drehte er sich um, dann verschwand er in den Gassen, ehe ein Pfeilhagel von der Mauer auf seine Position prasselte.

Die restlichen Dunkelelfen wurden auf dem Wehrgang von den Verteidigern der Stadt in einen erbitterten Kampf verwickelt, aber letztlich ausgeschaltet.

Schwer atmend lag Norgal auf dem Wehrgang und blickte in den Himmel. Im letzten Moment waren sie dem sicheren Tod entkommen. Aurelian streckt ihm die Hand entgegen und half ihm hoch. Da eilte auch schon Irgesto herbei. Herzlich umarmte er erst Aurelian, anschließend Norgal.

»Ihr habt es geschafft! Ihr seid in letzter Not gekommen. Wir können diese Schlacht noch gewinnen!«

»Hoheit!«, begrüßte ihn Aurelian. »Was freue ich mich, Euch endlich wieder zu sehen. Doch fürchte ich, dass die Lage weit schlimmer ist als erwartet.« Sein Blick drückte Freude und Besorgnis in gleichem Maße aus.

»Ich weiß, ich weiß…. Die Straßen sind gepflastert mit Leichen und wir haben herbe Verluste erlitten. Die Luftschiffe machen den Menschen glücklicherweise wenigstens ein bisschen Hoffnung.«

»Nur wie lange noch. Vier sind bereits zerstört worden und das weit früher und auf andere Art, als wir erwartet hatten.« Norgal dämpfte die kurzzeitig aufkommende gute Stimmung.

Da kamen auch Garvis, Eély und Malkásh Amórko zu ihnen. Mit großer Freude umarmten sich die Freunde und der Abgeordnete empfing die Obiden.

»Schön, dass du wieder da bist.« Garvis drückte Norgal fest an sich. »Den hast du übrigens verloren.« In seiner Hand hielt er Norgals Mantel mit den vielen Metallschnallen und überreichte ihn dem Mann mit dem Flammenauge.

»Wie ich sehe, habt ihr hier schon ganze Arbeit geleistet«, kommentierte Norgal den Zustand der Stadt und drückte seinen Freund ebenfalls.

»Ich wünschte, die Umstände unter denen wir uns wieder treffen, wären angenehmer, aber wir wussten ja, wie es kommen würde.«

Norgal nickte und ergänzte: »Auch wenn es schlimmer ist als ich erwartet hatte.«

»Dank dir und den Luftschiffen der Obiden haben wir aber wieder eine Chance diesen Krieg zu gewinnen.«

»Schicken wir diese Kerle dahin, wo sie hergekommen sind«, sagte Eély weit lauter als geplant, was ihr die verwunderten Blicke der Umstehenden einbrachte. Kurz darauf jubelte ihr die Menge aber auch schon lautstark zu.

»Lasst uns einen neuen Plan schmieden«, forderte der König seine Getreuen auf und gemeinsam gingen sie zu den Abgeordneten in den Palast. Solang die Luftschiffe über der Stadt weilten, waren die Angriffe auf die Mauer weniger intensiv.

»Verflucht, diese Luftschiffe sind eine wahre Plage«, schimpfte Argátor. »Wir müssen die Stadt endlich einnehmen. Eine lange Belagerung würde uns zu viel Zeit kosten. Wir haben lange genug auf diesen Moment gewartet!«

»Ihr habt recht. Wir werden bald zum finalen Schlag ausholen.« Dardánor rieb sich die Hände. »Begeben wir uns zu Zylúx, dann werden wir weiter sehen.«

Mit einer kleinen Gruppe machten sich die beiden Anführer der Ral-Kadór auf den Weg zur Anhöhe außerhalb der Stadt, wo der Magier noch immer seine Position bezogen hatte.

»Der Tod hat viel Nahrung gefunden«, sagte der Kaszoc-Vhinás zu dem Magier und zeigte auf das Schlachtfeld. »Es ist an der Zeit, dass wir dies zu unserem Vorteil nutzen. Ist alles bereit?«

»Ja, Herr. Ich muss die Maschine nur noch aufladen. Der Energiespeicher ist von kurzer Dauer, da er nicht magischen Ursprungs ist und die Magie auf längere Sicht abstößt.«

»Startet den Vorgang! Iscadar wird schon bald uns gehören!«

Der Magier machte sich daran, die Abdeckung von der Maschine zu ziehen und legte einige Hebel um. Anschließend steckte er seinen Zauberstab in eine Öffnung an der Seite und sprach mit immer lauter werdender Stimme in der alten Sprache Vencors: »Kruos zér kartosh erit út magamini!«

Sein Stab begann zu vibrieren und leuchtete auf. Zylúx legte einen weiteren Hebel um und die Maschine begann ratternde Geräusche von sich zu geben. Ihr Inneres kanalisierte die Magie und wandelte sie zurück in ihren unverfälschten ursprünglichen Zustand; einen Zustand lange bevor es irdischen Wesen möglich war, sie in sich aufzunehmen. Ein naturgewaltiger und reiner Urzustand.

Zylúx zog den Stab schließlich aus der Öffnung und versiegelte diese unverzüglich.

»Wir müssen nur noch warten, bis die Maschine die Magie vollends umgewandelt hat. Sobald dies geschehen ist, können wir ihre Macht nutzen, um die Seelen der Gefallenen zurück zu holen.«

»Ausgezeichnet! Wollen wir sehen, wie lange Irgesto noch Hoffnung für seine jämmerliche Stadt hat.« Dardánor blickte gierig hinüber zur Hauptstadt des Landes, welches er schon bald unter seiner Kontrolle wähnte. Argátor befahl er: »Lasst die Trât weiter vorrücken und den inneren Ring stärker angreifen. Wir sollten ihnen keine Luft mehr zum Atmen lassen. Sobald die Seelenmaschine ihre Macht entfalten kann, wird Iscadar uns gehören!«

Der Kaszoc-Kásk führte den Befehl umgehend aus und die Trât begannen erneut den inneren Ring Iscadars anzugreifen. Sofort kam Bewegung in die Stadt. Der Bogenbeschuss setzte erneut ein und die Ballisten feuerten ihre Lynarjilnetze ab. Doch auch die Orks kamen wieder in Aufruhr und versuchten erneut die Mauer zu erklimmen, was sich aufgrund der verschiebbaren Metallplatten jedoch als wesentlich schwieriger gestaltete als beim äußeren Ring.

Irgesto und seine Verbündeten hatten sich im Palast versammelt, um das weitere Vorgehen zu besprechen. Der Krieg hatte bereits mehr Opfer gefordert als sie zu diesem Zeitpunkt erwartet hatten. Die Stadt war stark geschwächt, doch dank der Luftschiffe war die Chance wieder gestiegen, den überlegenen Feind zu bezwingen.

»Wir haben Glück, dass nicht auch noch diese Barbaren aus Carvás Cándth aus dem Süden angreifen«, kommentierte Sequigâs Raudonas die Lage.

»Dennoch ist Kommandant Vartis noch immer nicht mit seinen Leuten aus dem Zangengebirge zurück gekehrt, was ich durchaus als schlechtes Omen ansehe.« Irgesto fuhr sich grübelnd durch den Bart und zwirbelte am Ende seines Schnauzers herum.

»Solange kein Angriff aus dem Süden erfolgt, oder die Ral-Kadór noch mehr Verstärkung erhalten, bin ich geneigt, Fürst Raudonas zuzustimmen. Wir sollten uns aber beeilen und ihnen eine Scharte zu schlagen, die uns längere Zeit Luft verschafft«, brachte sich Aurelian ein. Die Erleichterung, seinen Vertrauten wieder an seiner Seite zu haben, war deutlich auf Irgestos Gesicht zu erkennen.

»Aber wie soll uns das gelingen? Die Elfen und Zwerge wurden besiegt. Die Überreste ihrer Streitmacht haben sich zurückgezogen und wir haben bereits vier Magier verloren!«, kam ein Einwurf von Jurinak Lopas. Der Abgesandte aus Furta Allégra war seit den Angriffen deutlich blasser geworden und brachte kaum etwas Brauchbares vor, sodass sich der König bereits mehrmals gedacht hatte, es wäre besser gewesen, ihn mit den Schwachen und Kindern aus der Stadt zu schaffen. Doch Jurinak hatte darauf bestanden, in Iscadar zu bleiben. Diesen Umstand bereute er innerlich zwar, aber er wollte sich nicht die Blöße geben, dies vor den anderen Fürsten und Abgesandten zuzugeben.

»Bisher wissen wir nur, dass Meisterin Jaliá gefallen ist. Meister Torgadol ist mit diesem Verräter Mithridál verschwunden. Wohin wissen wir nicht, ebenso nicht, ob er noch am Leben ist. Wir können nichts für den Herrn der Winde tun. Hoffen wir, dass er noch am Leben ist. Meisterin Lipjûda und Meisterin Kîskîla können ebenfalls noch am Leben sein und sich mit den Elfen Richtung Tigwién Sinath zurückgezogen haben. Etwas anderes wird ihnen nicht übrig geblieben sein. Mir wurde berichtet, dass sie von mehren Einheiten Orks verfolgt wurden. Ich bin mir jedoch sicher, dass sie uns nicht einfach unserem Schicksal überlassen werden«, wehrte der König den Einwand so gut es ging ab. Er wollte gar nicht daran denken, dass die stärksten Menschen Paradóns dem Feind zum Opfer fielen. Die Magier waren, ebenso wie der Führer Luminórs, Hoffnungsträger der Menschen. Ihr Tod wäre ein Verlust, welcher kaum aufzuwiegen wäre.

»Selbst wenn, sie können uns nicht mehr helfen«, schimpfte Jurinak Lopas, während er aufstand und mit der Faust auf den Tisch schlug. Anschließend setzte er sich wieder geknickt auf seinen Stuhl.

»Sie können uns nicht mehr helfen. Deshalb müssen wir uns selbst helfen!«, erwiderte Aurelian.

»Seht Euch an! Ihr seid die Würdenträger dieses Landes. Ihr habt für die Menschen ein Vorbild zu sein. Ihr müsst ihnen Führungsstärke zeigen und Hoffnung geben, auch wenn ihr selbst keine habt. Wie sollen Eure Krieger einen Kampf gewinnen, den Ihr selbst bereits aufgegeben habt?«, wollte Norgal wissen, was ihm brennende Blicke der Abgeordneten einbrachte. Trotzdem fuhr er unbeirrt fort: »Wir alle haben Angst, unsere Heimat zu verlieren, Angst uns selbst zu verlieren. Doch wenn wir nun unsere wertvolle Zeit damit verschwenden, uns selbst zu bedauern, können wir uns auch gleich gegenseitig die Kehlen durchschneiden. Denn genau das steht uns bevor, wenn wir jetzt nicht handeln!«

Einige der Fürsten wollten aufbegehren und entrüsteten sich, von einem Gemeinen derart beleidigt zu werden. Doch Irgesto gebot zu schweigen. Dies war nicht die Zeit für Standesstreitigkeiten.

Da betrat eine Kriegerin den Ratssaal. Sie klopfte nicht an, sondern stürmte nach innen.

»Hoheit, Ihr müsst kommen. Es geht etwas vor sich, dass Ihr Euch unbedingt ansehen müsst!«

So schnell, wie sie gekommen war, machte sich die Kriegerin auch wieder auf den Rückweg. Ohne langes Zögern folgte ihr die Versammlung. Als sie ins Freie traten, erkannten alle sofort, was die Kriegerin gemeint hatte. Der Himmel verdunkelte sich immer stärker und ein tosender Wind kam auf, welcher schon bald die restlichen Luftschiffe zum Abdrehen zwang.

»Bei Pândrâs! Vencor selbst kommt uns alle holen!«, schrie Jurinak Lopas.

Norgal suchte die Gegend mit seinem Flammenauge ab. Dank seiner Weitsicht gelang es ihm, ein grünes Leuchten auf einer Anhöhe auszumachen, welche der Ursprung für die Unruhe zu sein schien.

»Ich spüre eine gewaltige magische Kraft«, sagte Meister Maandús.

»Was kann das sein?«, wollte Irgesto wissen.

»Das ist pure Magie in ihrer reinsten Form! So etwas habe ich noch nie gespürt!«

»Es scheint seinen Ursprung außerhalb der Stadt zu haben«, erklärte Norgal. »So etwas ähnliches habe ich bereits einmal gesehen. Damals, im Wald von Amenáur, als wir in Eurem Anwesen waren, Meister Maandús.«

»Du meinst, es ist eine neue Seelenmaschine?«, platzte es aus Garvis heraus. »Aber wir haben sie doch zerstört und alles vernichtet?«

»Scheinbar muss es den Ral-Kadór dennoch gelungen sein, eine neue Maschine anzufertigen. Schnell, wir müssen handeln.« Mit diesen Worten machte sich Meister Maandús vom Wehrgang davon, noch ehe ihm jemand folgen konnte. Ein grüner Lichtstrahl schoss nun von der Anhöhe in den Himmel und Blitze entluden sich aus den dunklen Wolken. Da tauchten von überall her weiße Schatten auf, die im Wind umher flogen. Ihre Zahl nahm stetig zu und bannte den Blick aller Wesen auf dem Schlachtfeld.

»Was ist das?«, fragte Garvis

»Das sind die Seelen der Gefallenen«, lautete Norgals ernüchternde Antwort. Er wusste es zwar nicht mit Gewissheit, aber es war der einzig logische Schluss.

»Das ist ein Verbrechen gegen die Natur!«, entfuhr es dem König.

»Was sollen wir jetzt nur tun?«, fragte Sequigâs Raudonas. »Was soll das Ganze?«

»Wir können nur noch beten« Norgals Antwort war trocken und von einer tiefen Schwere getragen.

Dardánor lachte diabolisch, als er die weißen Schemen am Himmel auftauchen sah.

»Es funktioniert! Entfesselt das Chaos! Lehrt sie, was wahre Furcht bedeutet!«, schrie er mit Inbrunst in der Stimme. Seine Augen sprühten vor Hass, während er sich in Erwartung des bevorstehenden Triumphs gierig die Hände rieb.

»Seht! Die Luftschiffe halten den Winden der Unterwelt nicht stand!« Argátor zeigte in den Himmel und legte die rechte Hand auf den Schwertknauf.

»Holt die anderen aus der Stadt heraus. Ab jetzt überlassen wir das dem Fußvolk«, befahl der Oberste und sein Stellvertreter blies in ein Horn, welches trotz des starken Windes weithin hörbar war. Es dauerte nicht lange und die anderen Ral-Kadór strömten aus der Stadt dem Hügel entgegen. Ein paar waren in der Schlacht gefallen und so war ihre Zahl weiter geschrumpft, doch das störte nun nicht mehr weiter. Schon bald würde die Stadt ihnen gehören und damit auch die Möglichkeit, die Geburtensterblichkeit aufzuhalten. Sobald dies in Apygárda und über seine Grenzen hinaus die Kunde gemacht hatte, würden die verbliebenen Mitglieder ihres Volkes nach Paradón ziehen, die Ral-Kadór erstarken und mächtiger werden als je zuvor.

Die Seelen in der Luft schienen auf etwas zu warten, denn sie kreisten nur umher. Da legte Zylúx einen weiteren Hebel an der Maschine um und sprach: »Korésh erit merosh úr kabarith!« Ein weiterer Lichtstrahl löste sich aus der Maschine, welcher sich in viele kleinere Strahlen aufteilte und über die gesamte Ebene verteilte. Das war das Stichwort und die Seelen stürzten sich aus dem Himmel auf die toten Körper von Verbündeten und Feinden gleichermaßen. Wie durch Geisterhand erhoben sich die Leichname von der Erde und rückten gegen die Stadt vor. Jedes tote Scheusal, jeder tote Mensch, Elf, Zwerg oder anderes Ungetüm wurde von einer Seele erfasst, die ursprünglich in einem anderen Körper wohnte. Dieses Ungleichgewicht der natürlichen Ordnung sorgte dafür, dass sie dem Herrn der Seelenmaschine Gehorsam schuldeten. Jeder Befehl, sei er auch nur geflüstert, erreichte die ruhelosen Schatten einstiger Krieger. Ihres freien Willen beraubt, waren sie nun alle Sklaven der Ral-Kadór geworden, mit dem einzigen Ziel, alles Leben aus Iscadar zu tilgen.

Zu tausenden erhoben sich die Gefallenen und bildeten damit eine stärkere Streitmacht als zuvor. Die Verteidiger Iscadars erhöhten zwar den Beschuss, doch die Untoten marschierten unerbittlich weiter. Kein Stich oder Pfeil konnte sie aufhalten. Selbst diejenigen, denen Beine fehlten, hinkten und krochen auf die Stadt zu. Es war ein grotesker Anblick und schürte die Angst hinter der Mauer noch mehr. Mit Feuer gelang es zwar, einige der Körper zu verbrennen, doch bei der schieren Masse war dies nur ein Tropfen auf den heißen Stein und damit nur eine Frage der Zeit, bis die Hauptstadt Paradóns fiel.

»Schießt weiter!«, rief Kapitonas Regios den Kämpfenden zu. »Wir müssen sie aufhalten!« Er legte einen Pfeil auf die Sehne und schoss einem herannahenden Untoten ins Knie, sodass dieser stolperte und sich überschlug. Sofort verschwand er unter den Massen der Nachrückenden.

»Das wird unser aller Tod sein!«, schrie Jurinak Lopas und niemand erwiderte etwas.

»Wir werden vermutlich wirklich hier unser Ende finden«, sagte Norgal zu Garvis gewandt.

»Solange auch nur ein Funken Leben in mir steckt, werde ich nicht aufgeben!«, trotzte dieser.

»Aber wie sollen wir gegen Gegner gewinnen, die bereits tot sind? Wir sind zahlenmäßig nicht im Geringsten ebenbürtig.« Eély schluckte und schoss ebenfalls einen weiteren Pfeil in das Heer.

»Ich weiß es nicht«, gestand Garvis ein.

Die Feinde hatten nun die Mauer des inneren Rings vollkommen erreicht und schafften es Risse ins Mauerwerk zu hauen, da ihnen die Pfeile der Verteidiger nicht mehr sonderlich zusetzen konnten. Schwere Steine wurden von oben auf sie geworfen und zerquetschten mehrere Untote, doch auch das hielt sie nicht auf. Es war ein Heer ohne Angst, ohne Leidenschaft und ohne Gnade. Getrieben einzig von dem Willen die Stadt zu erobern und das Leben zu tilgen.

So dauerte es nicht mehr all zu lange und eine der schweren Metallplatten fiel in die Tiefe als ein Stück der Mauer einbrach. Das Heer der Untoten strömte in den inneren Ring und auch die lebenden Orks und anderen Ungetüme drangen weiter vor.

»Wir müssen uns in den Palast zurückziehen!«, rief der König und die Menschen eilten zum letzten Zufluchtsort, welcher vermutlich ihr aller Grab werden würde.

Nach dem ersten Durchbruch war die Mauer instabiler und wegen der schweren Metallplatten stürzten auch einige andere Stellen ein, an denen sich der Feind zu schaffen gemacht hatte. Durch die Öffnungen strömten die Untoten weiter und jeder noch lebende Ork der fiel, erhob sich kurz darauf erneut. Aber auch die Gefallenen der Verteidiger standen wieder auf und kämpften nun auf der anderen Seite.

Als alle den Palast erreicht hatten, wurden die Türen verrammelt und die letzten verbliebenen Verteidigungsanlagen besetzt. Die Residenz des Königs und seiner Gefolgschaft war nicht für einen derartigen Angriff ausgelegt. Die vielen Zyklen des Friedens und der Schutz durch die beiden Mauern hatten es nicht für notwendig erscheinen lassen, den Palast mit all zu starker Befestigung auszustatten.

Irgesto bedauerte, dass es nicht möglich gewesen war, die Ral-Kadór im Wald von Amenáur anzugreifen und den Krieg zu beenden, bevor er überhaupt begonnen hatte. Der Wald war zu dicht und Raskatan von den Orks überlaufen. Seine Soldaten hätten diesen Kampf niemals gewinnen können. Selbst wenn der ganze Wald in Flammen aufgegangen wäre, mit der Seelenmaschine hatte der Feind eine mächtige Waffe geschaffen, der sie kaum etwas entgegen zu setzen hatten. Auf offenem Feld wären sie alle vermutlich weit früher zu untoten Sklaven der Ral-Kadór geworden.

»Was sollen wir tun, Hoheit?«, wandte sich einer der Generäle an seinen König.

»Ich weiß es nicht«, gestand dieser ein und blickte auf die Stadt unter dem Felsen des Palastes. »Ich weiß es nicht«, wiederholte er leise.

Da tauchte Meister Maandús auf. Er wirkte abgehetzt und rang nach Atem.

»Meister Maandús, wo seid Ihr gewesen?«, wollte Aurelian wissen.

»Ich habe Vorkehrungen getroffen. Es ist unsere einzige Chance die wir noch haben!«

»Was meint Ihr damit?«, fragte der König.

»Es ist nicht die Zeit für Erklärungen, schon bald werdet Ihr es erleben, Hoheit.«

»Ihr solltet Euch lieber beeilen, Meister. Die Untoten haben bereits beinahe den gesamten Inneren Ring überlaufen«, mahnte Garvis, doch der Magier sagte nichts mehr. Er setzte sich auf einen Stuhl und schloss die Augen. Seine Atmung wurde ruhig und gleichmäßig. Meister Maandús strahlte eine gelassene Ruhe aus.

»Ist das sein Ernst?«, fragte Eély. »Da draußen stürmen abertausende von Untoten herbei und er schläft?« Fassungslos blickte die Elfin auf den alten Magier und stellte einmal mehr unter Beweis, wie sehr sie sich doch von ihresgleichen unterschied.

Norgal trat zu ihr und sagte: »Lass ihn, er weiß was er tut.«

»Hoheit, wir können nicht mehr lange durchhalten«, rief Kapitonas Regios.

»Haltet sie auf, so lange es geht!«, befahl der König streng und raufte sich zusammen. »Noch haben sie unsere Köpfe nicht auf einen Pfahl gesteckt!«

Der erfahrene Krieger nickte und begab sich wieder zu seinen Leuten.

Meister Maandús saß immer noch auf dem Stuhl und wirkte völlig ruhig. Da übernahm Garvis die Initiative und sagte: »Egal was Meister Maandús vor hat, wir müssen ihm vertrauen. Halten wir sie auf, bis er bereit ist das durchzuführen, was auch immer er vor hat!«

»Er muss es jetzt tun!«, entfuhr es Eély. Sie ging zu dem Magier hinüber und rüttelte ihn. Als sie seinen Kopf anhob machte sie einen erschrocken Schritt zurück. Die Augen des Magiers waren geöffnet, aber es blickte der Elfin nur pures Weiß entgegen. »Er scheint in einer Art Trance zu sein.«

»Dann lasst uns Zeit gewinnen!«, pflichtete Norgal Garvis bei und auch Eély musste sich eingestehen, dass sie wohl zu vorschnell gewesen war.

Es gelang, die Angreifer bis in die frühen Abendstunden am Eindringen in den Palast zu hindern, doch die Reserven wurden knapp und die Kämpfenden immer erschöpfter.

Bjófur und Bandáril fluchten immer wieder über die Magie der Ral-Kadór und wie unehrenhaft ein solcher Kampf doch sei. Bjófur war auch strikt dagegen, Magie mit Magie zu bekämpfen. Viel lieber wäre er zwischen die Untoten gesprungen und hätte jedem einzelnen den Schädel mit seiner Axt von den Schultern geschlagen, doch Bandáril wusste, dass nur noch Magie die Stadt vor der totalen Zerstörung retten konnte. Das bestärkte ihn allerdings noch mehr in seiner Ablehnung gegen die selbe. Ohne sie wäre auch keine Zauberkraft nötig um dagegen anzukämpfen.

Der Kampf war nun nur noch ein einseitiges Verteidigen, mit dem Ziel, die eigene Haut so teuer wie möglich zu verkaufen. Es war ein ungleicher Kampf, der durch den Einsatz der Seelenmaschine das Ungleichgewicht noch mehr auf eine Seite geschoben hatte. Mit Feuerpfeilen versuchten die restlichen Verteidiger, möglichst viele Gegner zu verbrennen. Es herrschte jedoch ein hoher Mangel an materiellen Ressourcen, Kriegern und Energie, was die Sache stark erschwerte. Die Hoffnung sank weiter.

Es war eine finstere Nacht und gerade als es schien, dass die Untoten die Tore des Palastes durchbrechen könnten, stand Meister Maandús auf und schritt in die hängenden Gärten. Die Meditation hatte seine Magie gebündelt und er war bereit, zum großen Schlag auszuholen. Schweigend stützte er sich auf seinen Zauberstab und streckte die rechte Hand aus. Es strömte Energie aus den Pflanzen zu ihm. Von überall aus den Gärten kamen kleine lila Energieströme auf ihn zu. Meister Maandús wurde Eins mit der Natur und kanalisierte deren Macht in seinem Körper.

Die Farbe war noch immer aus seinen Augen gewichen und die Luft um ihn herum begann zu knistern. Alle anderen waren an den Mauern des Palastes und versuchten die Untoten am Eindringen zu hindern, sodass Meister Maandús vollkommen allein in den hängen Gärten verweilte.

Als er genug Energie gesammelt hatte, ergriff er mit beiden Händen seinen Zauberstab und ließ ihn mit Wucht auf den Boden knallen. Dazu murmelte er einige Silben in der alten Sprache der Magier.

Außerhalb des Palastes begann es an mehreren Orten des inneren Rings zu leuchten. Helle Punkte zeichneten sich sichtbar zwischen den Häusern ab. Sie verbanden sich mit den lila Energieströmen und bildeten ein Pentagon, welches sich über die komplette innere Stadt erstreckte.

Anschließend ging von jeder der fünf Ecken ein Strahl ab. Diese trafen sich im Mittelpunkt hoch über den Häusern. Die Untoten achteten nicht weiter darauf, sondern marschierten weiter und schlugen gegen die Befestigung des Palastes. Mit Erstaunen verfolgten die Verteidiger den magischen Vorgang und erblickten Meister Maandús, von heller Energie umgeben, in den hängenden Gärten.

Da spannten sich in den Zwischenräumen der Strahlen viele kleinere Ströme und verbanden die Hauptströme miteinander, sodass sich eine Kuppel über der Innenstadt bildete.

Mit einem lauten Schrei ließ Meister Maandús seinen Stab seinen Stab kreisend durch die Luft. Es bildete sich eine kreisrunde Aussparung auf Höhe der Position des Palastes. Anschließend ließ der Magier seinen Stab erneut auf den Boden krachen und das Dach des Pentagons fiel auf die Erde nieder. Beim Aufschlag ließ es alles unter sich zu Staub zerfallen, was mehrere tausend Untote für immer auslöschte. Aber auch alle Gebäude und Straßen rund um den Königssitz wurden dem Erdboden gleich gemacht. So entstand eine tote, verbrannte Ebene, aus welcher der Palast wie ein Mahnmal heraus ragte.

Jubel brach unter den Kriegern Paradóns aus und Meister Maandús brach zwischen den Beeten zusammen. Die Gefahr war allerdings noch lange nicht gebannt. Etliche weitere Untote, sowie die Trât traten an die Stelle der Vernichteten.

»Wir werden es trotzdem nicht schaffen!«, rief Kapitonas Regios, welcher von einem Späher auf den Türmen mitgeteilt bekommen hatte, dass sich der feindliche Vormarsch durch die magische Attacke beinahe unbeeindruckt zeigte.

»Feuert ihnen alles entgegen was wir haben und legt Feuer! Brennt Iscadar nieder, wenn es sein muss!«, antwortete der König mit starrem Blick und geballten Fäusten.

Norgal und Eély eilten zu Meister Maandús, während Garvis bei der Truppenkoordinierung half.

Es gelang, einen Feuerring um den Palast zu legen und die Untoten auf Distanz zu halten, doch die Feuer würden nicht ewig brennen und der Feind irgendwann durchbrechen.

Da eilte Malkásh Amórko mit zwei Personen herbei. »Hoheit! Hier ist jemand, der unbedingt mit Euch sprechen muss!«

Irgesto drehte sich um und blickte verwundert auf eine kleine Gruppe. Vor ihm standen zwei Personen, die er bisher nicht gesehen hatte, wobei ihre Bekleidung es eigentlich nicht erlaubte, sie nicht zu bemerken.

»Darf ich mich vorstellen«, verkündete der größere der beiden und verbeugte sich grazil. »Mein Name ist Jokardy Scurra. Man nennt mich auch der Hofnarr und das hier«, er machte eine ausladende Geste, »ist meine treue und bezaubernde Begleiterin, Myla Skauts. Wir sind Mitglieder der Schwarzen Augen.« Seine Begleiterin verneigte sich ebenfalls und zur Bestätigung zeigten sie eine Tätowierung auf ihren Unterarmen vor, die von ihren langen Handschuhen und Bändern verdeckt waren.

»Etwa der Geheimbund? Ich dachte die Schwarzen Augen hätten sich schon vor vielen Zyklen aufgelöst oder wären vernichtet worden? Wie ist es Euch gelungen hier hinein zu gelangen?«

»Das werden wir Euch alles später erklären. Die Stadt ist verloren. Im äußeren Ring treiben sich noch tausende Untote herum. Ihr werdet die Stadt nicht mehr retten können. Rettet Euer Leben und das Eurer Untertanen. Die Schlacht mag verloren sein, doch der Krieg hat gerade erst begonnen!«

»Aber wie sollen wir aus dem Palast entkommen? Es ist unmöglich, sich einen Weg durch die gegnerischen Reihen zu bahnen.«

»Das müsst Ihr auch nicht. Es gibt einen geheimen unterirdischen Gang. Einer von vielen, welcher nur Mitgliedern des Bundes bekannt ist und auf spezielle Art und Weise versiegelt wurde. Durch diesen Gang können wir entkommen, er führt uns direkt in ein kleines Tal nahe der Isca. Von dort aus müssen wir nach Rughars Licht reisen. Es ist die einzige Zuflucht, die der Kraft der Ral-Kadór noch gewachsen ist.«

Da näherte sich Aurelian, um dem König zu berichten, dass der Feind durch das Feuer gelangt war. Er war ebenfalls erstaunt über den Anblick der beiden Neuankömmlinge.

»Jokardy Scurra und Myla Skauts? Trügen mich meine Augen? Was bei Pândrâs veranlasst Euch, sich in diese Hölle zu begeben?«

»Wir sind hier, um Euch zu retten«, antwortete Myla mit einem Lächeln, doch dann wurden ihre grünen Augen wieder ernst.

»Ihr kennt euch?«, fragte Irgesto erstaunt.

»Ja, wir sind uns in der Wüste des Bergol-Tals begegnet. Wir können ihnen vertrauen.«

»Dafür ist jetzt weder der richtige Ort noch die richtige Zeit. Sammelt Eure Leute, Hoheit und dann lasst uns von hier verschwinden.«

Irgesto setzte sofort alle Hebel in Bewegung und erteilte die Befehle.

Schon nach kurzer Zeit führten die Schwarzen Augen die restlichen Verteidiger durch einen breiten Gang tief im Gestein des Palastes. Irgesto wunderte sich, dass es ihm nie aufgefallen war, doch scheinbar barg Paradón doch noch das ein oder andere Geheimnis, welches sich ihm nicht offenbart hatte. Eine Versiegelung des Gesteins ließ den Durchgang nur bei genauer Untersuchung der Felswand erkennen. Wer nicht wusste, dass er sich dort befand, würde einfach daran vorüber gehen.

Nach einer schier endlosen Wanderung in den Gebeinen der Welt, erreichte der Trupp das Tal, von welchem der Hofnarr gesprochen hatte.

»Magie und Feinde, die nicht mehr zu töten sind, sind eine Sache, doch ich bin froh endlich wieder einmal unter der kühlen Erde zu sein«, kommentierte Bjófur die Reise. »Was würde ich darum geben, bald wieder vor meinem Kamin zu sitzen, genüsslich eine Pfeife Hoklin-Kraut zu schmauchen und ein kühles Bjór in der Hand zu halten. Das wird wohl so bald nicht gesehen.« Bandárils Blick drückte Bedauern aus.

Viele waren in der Schlacht gestorben und die Wunden der Überlebenden waren tief, sowohl seelisch als auch körperlich. Besonders die Eantî hatten allen Grund zur Traurigkeit. Mit dem Tod Jaliás und zwei ihrer Gefährten war die Chance, Exantin zu retten, in noch weitere Ferne gerückt. Sie waren nun Gefangene eines Krieges in einem fremden Land, ohne Aussicht auf einen baldigen Sieg. Aus diesem Grund versuchten sie das Beste aus ihrer Situation zu machen und stellten sich vollkommen in den Dienst des Königs.

Noch hatten die Ral-Kadór die Flucht wegen der Feuer nicht bemerkt und das verschaffte den Verteidigern einen Vorteil. Sie durften keine Zeit verlieren und mussten schnell Rughars Licht erreichen. Irgesto zerriss es das Herz, wenn er daran dachte, wie viele Menschen nun unter der Herrschaft der Ral-Kadór zu leiden hatten. Iscadar war nur die erste Stadt, die gefallen war. Die Städte des Ostens waren beinahe nicht mehr besetzt, da die Truppenstärke im Westen benötigt worden war. Die Bewohner hätten keine andere Wahl, als sich den Invasoren zu ergeben und ihnen in die Knechtschaft zu folgen.

In dem Tal angekommen, erwarteten sie die Bogenschützen aus dem Zangengebirge. Sofort wurde Bericht erstattet und festgehalten, dass Kommandant Vartis und einige andere bei einer Erkundungsmission verschwunden waren. Nachdem der restliche Trupp noch einige Zeit gewartete hatte, wurde beschlossen, die Mission aufzugeben und das Hauptheer in Iscadar zu unterstützen. Auf dem Weg wurden sie jedoch von den Schwarzen Augen aufgehalten und in das Tal geführt. Sie wären nur weitere sinnlose Tote gewesen, das verstand auch König Irgesto und so machten sie sich gemeinsam auf in die letzte Zuflucht: Rughars Licht.

»Herr, die Untoten haben die Stadt eingenommen. Die Mauern des Palastes sind gefallen!«, verkündete Sârgalor, welcher seine Leute aussenden sollte, um die Lage zu beurteilen.

Freude breitete sich unter den Ral-Kadór an der Seelenmaschine aus.

»Durchsucht alles nach Irgesto. Ich will seinen Kopf in Händen halten!«, forderte Dardánor. »Sobald wir die Gewissheit haben, dass sich dieser elende Wurm nicht mehr unter uns befindet, werden wir der Stadt unser Banner aufzwängen und mit der Rettung unserer Rasse fortfahren! Schon in wenigen Zyklen wird Apygárda unter neuem Glanz erstrahlen!«

Er lachte und die anderen Ral-Kadór fielen darin ein. Sârgalor machte sich dagegen auf den Weg, den Befehl auszuführen und begab sich gemeinsam mit seinen Leuten in die Überreste der Stadt. Lieber beteiligte er sich persönlich an der Suche, als sich der Selbstgefälligkeit der Ral-Kadór auszusetzen. Eines leichten Lächelns konnte er sich dennoch nicht erwehren, war er seinem Ziel einen weiteren großen Schritt näher gekommen. Nach wie vor wähnte er sich im Vorteil.

Am Palast angekommen, erkannte er das Ausmaß der Zerstörung, welche selbst vor dem Herrschersitz nicht Halt gemacht hatte. Die verbrannte Erde um den Palast herum ließ ihn noch gewaltiger erscheinen. Sârgalor war sich sicher, dass die Ral-Kadór Iscadar nach ihren Vorstellungen umgestalten würden und war froh darüber, dass sie dadurch weiter von Tigwién Sinath entfernt waren. Der Sieg über die Elfen wäre nur noch eine Frage der Zeit. Dennoch musste Sârgalor sich beeilen, sein Vorhaben in die Tat umzusetzen, ehe die Ral-Kadór zu mächtig wurden.

Akribisch durchsuchten die Dunkelelfen den Palast, konnten jedoch keine Spur vom König, anderen Würdenträgern oder Kriegern finden. Nachdem sie alles gründlich abgesucht hatten, kamen sie zu dem Schluss, dass den Verteidigern irgendwie die Flucht aus der Stadt gelungen sein musste. Sârgalor wusste, dass dies eine unerfreuliche Nachricht für den Kaszoc-Vhinás werden würde und beauftragte daher einen der umstehenden Orks, der die Schlacht überlebt hatte, ihrem Herrn die Botschaft zu überbringen. Er hatte kurz darüber nachgedacht seine Leute auszuschicken, um die Umgebung abzusuchen, aber ihm lag persönlich nicht all zu viel am Tod Irgestos. Zwar wäre er nicht abgeneigt gewesen, den hoheitlichen Schädel als Trophäe zu überbringen, doch er scherte sich nicht weiter darum. Sollten sich die Orks oder Waldläufer darum kümmern. Alles was er wollte, war das Land, welches ihm zugesprochen worden war.

Als der Ork seinem Herrn die Botschaft überbrachte, zog Dardánor sein Schwert und enthauptete das Scheusal kurzerhand.

»Wie ist das nur möglich! Dieser verfluchte Bastard hat mehr Glück als Verstand! Schickt sofort Spähtrupps aus und nehmt die Verfolgung auf. Weit können sie noch nicht gekommen sein!«, befahl er. »Am besten, Ihr begebt Euch persönlich mit auf die Hatz«, wandte er sich an den Kaszoc-Kásk. Dieser tat wie ihm geheißen, war jedoch nicht sonderlich erfreut darüber, nun offensichtlich einer Aufgabe nachzugehen, welche der Kaszoc-Brágh hätte ausführen sollen. Durch dessen Ableben übertrug der Oberste dessen sämtliche Pflichten auf Argátor. Nach der Eroberung Paradóns wäre es an der Zeit, neue Ränge zu verteilen. Vorerst musste er den Befehlen allerdings

Folge leisten, wenn der Krieg gewonnen werden sollte. So nahm sich der Zweite mehrere andere Ral-Kadór und schickte sie mit einer Schar Orks und Waldläufer in verschiedene Richtungen aus. Er selbst nahm die größte Streitmacht und wandte sich nach Westen. Dies war für ihn die einzig logische Richtung. Wären sie nach Osten geflohen, wären sie zu leicht einzuholen. Die Waradankette im Westen erschien als das beste Ziel, um unterzutauchen.

Akribisch durchkämmten sie die Gegend und als die Nacht herein brach, machte Argátor am Horizont kleine Lichter aus.

»Diese Narren. Sie bieten sich uns als offenes Ziel dar.«

Er gab den Befehl, den verbliebenen Verteidigern Iscadars nachzusetzen und die anderen Trupps zu verständigen. Dann hetzte er bereits mit seinen Leuten den Flüchtenden hinterher. Er gedachte, sie in der Dunkelheit zu überrumpeln und nach Osten zu treiben, um sie dann von zwei Seiten in die Zange nehmen zu können. Langsam pirschten sie sich in der Dunkelheit heran und zogen einen Bogen um die Lichter. Als sie sich von der anderen Seite näherten, bemerkte der Zweite, dass sich die Lichter nicht bewegten. Er hielt den König nicht für so töricht, eine Nachtruhe einzulegen und vermutete daher eine Falle. Mit Bedacht wählte er einige Waldläufer aus, welche sich nah genug an die Lichter heranwagen sollten, um auszumachen, was dort vor sich ging.

Sie ließen ihre Pferde zurück und schlichen sich näher an das Lager heran, welches sich zwischen einigen kleineren Baumgruppen befand. Als sie nahe genug heran waren, erkannten sie, dass es sich nur um Fackeln mit Zeltplanen handelte und einige drapierte Äste, welche den Anschein erweckten, als würden sich Personen in der Nähe der Lichter befinden. Schnell bewegten sich die Waldläufer wieder zurück zu ihrem Anführer und erstatteten Bericht. Argátor fluchte wütend vor sich hin, war er doch auf eine solch schnöde List herein gefallen. In der Dunkelheit war die Spurensuche zu schwer, es sei denn, sie würden selbst Lichter entfachen, was sie jedoch das Überraschungsmoment gekostet hätte.

Nach kurzem Überlegen entschied sich der Zweite dazu, auf die restlichen Truppen zu warten und dann den Spuren zu folgen, die von dem Scheinlager weg führten. Er betraute erneut die Waldläufer damit, bereits nach verwertbaren Hinweisen Ausschau zu halten. Es war wichtiger, die Flüchtenden zu stellen, als unbemerkt zu bleiben.

Nachdem die anderen Trupps zu ihnen gestoßen waren, machten sie sich geschlossen an die Verfolgung. Die Spuren waren zwar verwischt worden, doch in der Eile nicht gut genug, um ihnen nicht mehr folgen zu können.

Die Hatz ging die ganze Nacht hindurch. Zu groß war der Vorsprung größer geworden und Argátor fürchtete bereits, Irgesto und seine Leute nicht mehr einzuholen. Im Morgengrauen verlor sich die Spur. Scheinbar gehörte es nicht nur zur List das Lager aufzubauen, sondern auch eine falsche Fährte zu legen. Nun blieb dem Zweiten nichts weiter übrig, als die Truppe wieder aufzuteilen und das Gebiet vor dem Gebirge zu durchforsten.

Das Unterfangen dauerte mehrere Tage, da die Ebene weit und nirgends eine Spur der Flüchtigen aufzufinden war.

Letztlich erreichte der Kaszoc-Kásk eine Festung, welche tief ins Gebirge gebaut worden war. Ein uneinnehmbares Bollwerk mit starken Verteidigungsanalgen und den dicksten Mauern, die Argátor je gesehen hatte. Ein weiteres Mal fluchte er, als er gerade noch erkennen konnte, wie sich die schweren Tore schlossen und eine Zugbrücke über eine Schlucht vor den Mauern hochgezogen wurde. Es war den Flüchtigen tatsächlich gelungen, die Verfolger so in die Irre zu führen, dass sie Rughars Licht sicher erreicht hatten.

Der Kaszoc-Kásk hatte keine andere Wahl, als abzudrehen und zurück nach Iscadar zu reiten. Mit seiner Streitmacht war es unmöglich, diese Festung einzunehmen. Fluchend machte er sich auf den Rückweg. Es galt, keine Zeit mehr zu verlieren. Er hatte den Plan, den Obersten davon zu überzeugen, einen größeren Teil der Untoten vor der Festung zu platzieren, damit der König und sein Gefolge nicht mehr daraus hervorkommen konnten. Sollten sie ihre Reserven aufbrauchen und in ständiger Angst verharren. In der Zwischenzeit würden sie das restliche Land erobern. Danach wäre der König nur noch ein kleines Hindernis.

Irgesto schritt durch die schmalen Gassen der alten Festung und blickte überall in die Augen von Menschen, welche aus ihrer Heimat vertrieben worden waren. Doch hier waren sie vorerst in Sicherheit. Rughars Licht ragte tief in den Berg hinein und bot tausenden Seelen Zuflucht. Zwei Städte waren bereits an den Feind gefallen. Mauradin musste aufgegeben werden und Iscadar wurde Opfer riesiger Zerstörung. Doch solange sich noch Leben in Paradón regte, würde das Land nicht gänzlich verloren sein.

Mit Schrecken verfolgten die Menschen die Ankunft der Soldaten. Viele waren verletzt und es war nur ein Bruchteil derer übrig, welche zu Beginn in die Schlacht zogen. Trotz allem waren sie genug, Rughars Licht verteidigen und halten zu können. Das Bollwerk benötigte keine so große Besatzung wie die Hauptstadt und war mit etlichen Gerätschaften ausgestattet, um eine lange Belagerung auszuhalten. Ebenso gab es reichlich Vorräte in den Stollen des Berges, sowie mehrere Trinkwasserbrunnen, deren Wasser tief unterhalb des Gesteins gewonnen wurde und daher sicher vor Giftanschlägen war. Doch so stark Rughars Licht auch war, für die Rettung Paradóns vermochte die Festung nicht all zu viel auszurichten. Zu geschwächt war das Heer, zu viel Blut vergossen und zu viel Leid über die Heimat herein gebrochen.

Der König versuchte sich nicht lange mit derlei Gedanken aufzuhalten, sondern berief den Rat ein und versuchte, die nächsten Schritte zu planen.

Von den Schwarzen Augen erfuhr er, dass sich die Elfen tief nach Atalântia zurück gezogen hatten. Ebenso waren die

Zwerge in den Bergen verschwunden. Sie alle hatten ähnlich herbe Verluste erlitten wie die Menschen, doch auch sie waren noch nicht geschlagen. Besonders Bjófur und Bandáril schmerzte es zu hören, dass ihre Brüder derart dezimiert worden waren. Doch der Hass auf die Ral-Kadór spornte sie an, nicht aufzugeben. Viele Menschen wichen auch erschrocken vor den Eantî zurück. Die Echsenmenschen waren gänzlich unbekannt in Paradón. Dieser Umstand war ihnen allerdings einerlei und sie scherten sich nicht weiter um die Blicke der Menschen. Sie waren zu erschöpft und ausgebrannt. Schweigend bezogen die drei Eantî Quartier und versuchten sich zu ordnen.

»Wie schwer sind unsere Verluste?«, wollte der König wissen.

»Wir haben zwei Drittel unserer Soldaten verloren. Meisterin Jaliá wurde enthauptet und Meister Torgadol ist spurlos verschwunden. Wer weiß, ob er noch lebt. Von den Meisterinnen Lipjûda und Kîskîla fehlt jede Spur. Vielleicht haben sie es mit den Elfen nach Atalântia geschafft. Darüber liegen uns leider keine Berichte vor. Die Luftschiffe wurden bis auf drei Stück vom Himmel geholt. Wir wissen jedoch nicht, was mit den verbliebenen Schiffen passiert ist. Sie sind durch den Sturm abgetrieben und nicht mehr gesehen worden«, las Aurelian die Berichte vor, die von den Offizieren vorgelegt worden waren.

»Wisst Ihr etwas über die beiden Magierinnen? Habt Ihr sie bei den Elfen gesehen?«, wandte sich der König an Jokardy Scurra.

»Darüber kann ich leider keine Auskunft geben, Hoheit. Unsere Leute haben nur gesehen, wie sich eine Truppe in Richtung Tigwién Sinath entfernte. Sie wurden allerdings verfolgt. Sollten sie unter ihnen gewesen sein, haben sie es hoffentlich in Sicherheit geschafft.«

»Das ist zumindest eine kleiner Hoffnungsschimmer. Wie geht es Meister Maandús?«

»Der Meister ist so sehr entkräftet. Er ist seit seiner magischen Attacke nicht mehr aufgewacht. Ich hoffe, die Heiler schaffen es, ihn wieder gesund zu pflegen«, erstattete Norgal Bericht.

»Was sollen wir denn nun tun, Hoheit?«, fragte Eély.

Irgesto blickte in jedes Gesicht der Runde. Alle blickten ihn erwartungsvoll an, doch er hatte keine Antwort parat.

»Wir sollten zunächst unsere Kräfte sammeln, dann müssen wir weiter sehen. So haben wir den Ral-Kadór nichts mehr entgegen zu setzen.« Wütend schlug er auf den Tisch. »Ich weiß nicht, was wir tun sollen! Ich weiß es einfach nicht.« Resigniert sank er auf seinem Platz zusammen. Erschrocken blickten ihn mehrere Abgeordnete an. Angesichts der Hoffnungslosigkeit ihres Königs, erfasste auch sie ein noch größeres Gefühl der Leere.

»Wir brauchen Hilfe. Soviel steht fest«, brachte sich Garvis ein. »Wir müssen Autamar oder Turalién ersuchen. Auch wenn sie ihre Unterstützung bisher verwehrt haben. Wir haben keine andere Wahl!«

»Aber Autamar steht selbst kurz vor einem Bürgerkrieg! König Argâmas wird uns keine Truppen schicken und auf Königin Endriátes Hilfe brauchen wir nun wirklich nicht zählen. Sie wird vermutlich mit Genuss mit ansehen, wie wir krepieren. Außer Nokrômark und den westlichen Fernen Ländern, haben wir keine Verbündeten, die uns helfen könnten«, wandte Aurelian ein und kratzte sich am Kinn.

»Aber Nokrômark wird es nicht schaffen, derart viele Truppen über den gesamten Kontinent zu verlegen. Sie konnten uns noch nicht einmal helfen, bevor der Angriff erfolgte«, fügte Tashila Oriváta an.

»Das ist wahr. Uns bleibt wohl vorerst nichts anderes übrig, als abzuwarten und uns nach Leibeskräften zu verteidigen. Wir müssen den Tatsachen ins Auge sehen: Paradón ist gefallen und wird schon bald in der Hand der Ral-Kadór liegen.«

»Das will und kann ich nicht hinnehmen!«, entrüstete sich Garvis, wusste jedoch auch nicht, was noch dagegen getan werden konnte.

»Das führt doch zu nichts!« Jurinak Lopas war erzürnt. Seine Angst ließ ihn nicht mehr klar denken und Sequigâs Raudonas versuchte ihn zu besänftigen, auch wenn dem Fürsten von Syrtax ebenfalls keine Lösung einfiel.

»Vertagen wir diese Unterredung und schöpfen erst einmal neue Kräfte. Wir haben seit Tagen kaum geschlafen. Wir benötigen alle etwas Ruhe«, schlug der König vor und löste kurz darauf die Versammlung auf.

Eély, Garvis und Norgal saßen am Abend noch lange zusammen und erzählten von den Erlebnissen ihrer Reisen. So erschöpft sie auch waren, an Schlaf konnte keiner der drei denken. Letztlich saßen sie schweigend vor dem Feuer und starrten nachdenklich in die Flammen. Irgendwann knurrte Garvis' Magen und er holte für sich und seine Freunde Essbares. Als er wieder kam, hatte er alle Hände voll mit unterschiedlichen Speisen.

»Sollten wir nicht sparsam damit umgehen? Wer weiß, wie lange wir es in Rughars Licht aushalten müssen«, brachte Eély einen Einwand vor.

»Wir müssen zu Kräften kommen. Wir haben seit Tagen kaum etwas gegessen und außerdem kann dem Träger des Lichtbringers niemand einen Wunsch abschlagen.« Garvis zwinkerte ihr zu.

»Dennoch sollten wir mit gutem Beispiel voran gehen und haushalten«, mahnte Eély.

»Du hast ja recht. Ab morgen werden wir uns keine Extra-
ration mehr gönnen, doch heute schlagen wir uns erst einmal
die Bäuche voll.« Garvis grinste über das ganze Gesicht und
biss herzhaft in einen Schinken.

»Immer noch der Alte«, sagte Norgal und bediente sich
ebenfalls.

»Er sollte dennoch lernen, sich gelegentlich mehr zurück
zu halten.«

»Du klingst ja schon wie seine Ehefrau«, sagte Norgal
scherzhaft. Eély wurde rot und blickte verschämt zur Seite,
was Norgal bewusst übersah und ein verstecktes Grinsen auf-
setzte.

Als der Morgen graute, waren die drei am Feuer eingeschlafen. Die Erschöpfung hatte ihren Tribut gefordert. Die
Strahlen der aufgehenden Sonne erhellten die Festung und das
davor liegende Umland. Nichts deutete auf die großen Veränderungen hin, welchen sich Paradón nun gegenüber sah. Niemand wusste, ob der Krieg jemals gewonnen werden konnte,
oder ob die Ral-Kadór die uneingeschränkten Herrscher über
ein unterdrücktes Volk oder ganz Apygárda wurden.

Es vergingen mehrere Tage, ohne nennenswerte Ereignisse. Es gab einige Besprechungen und Vorschläge, wie nun weiter verfahren werden sollte, doch führten diese nicht zum gewünschten Ziel. Eine Zeit des Abwartens und der Ungewissheit stellte sich ein. Die Türme waren Tag und Nacht besetzt
und alle Verteidigungsanlagen bemannt, bereit loszuschlagen,
sollte sich der Feind Rughars Licht nähern.

Auch Garvis, Norgal und Eély beteiligten sich am Wachdienst. Garvis wollte sich Eélys Rat zu Herzen nehmen und mit
gutem Beispiel voran gehen. Es langweilte ihn außerdem, tatenlos herumzusitzen, auch wenn der Wachdienst dieses Gefühl kaum vertreiben konnte.

Als er gerade auf dem höchsten Turm stand und nach Osten blickte, machte Garvis das Heer der Untoten aus. Sofort gab er Alarm und Rughars Licht ging in den Gefechtsmodus über.

Über die weite Ebene zog sich ein schwarzes Meer von Untoten, welche zielstrebig auf die Festung zumarschierten. Es waren mehr als genug, um einen Ausfall zu einem reinen Selbstmordkommando werden zu lassen.

Nachdem das Heer die Festung erreicht hatte, geschah jedoch nichts weiter. Die Untoten verharrten vor den Mauern und warteten.

»Was haben sie vor?«, fragte Eély.

»Es sind Kämpfer, die niemals müde werden, niemals Hunger leiden und die niemals an Kraft verlieren. Sie werden uns belagern und versuchen, uns auszuhungern. Unsere Leben sind ab dem heutigen Tag nicht mehr die gleichen. Die Zeit des Bösen ist gekommen und die Finsternis erneut erwacht«, lautete Norgals nüchterne Antwort.

Die Ral-Kadór saßen im Palast und stießen auf ihren Sieg an. Dardánor war trotz der Flucht König Irgestos guter Laune. Ein Teil des Heeres der Untoten würde die verbliebene Streitmacht Paradóns in Rughars Licht festnageln. Sollten sie versuchen vorzustoßen, wären sie ein leicht zu schlagender Gegner. Sollten sie sich dazu entscheiden auszuharren, so würden ihnen mit Sicherheit früher oder später die Vorräte ausgehen. In der Zwischenzeit würden die Ral-Kadór das gesamte Land unterjocht haben und ihren Plan weiter vorantreiben. Es stand ihnen kaum noch etwas im Weg und so hatte sich ein Hochgefühl eingestellt, wie sie es seit vielen Zyklen nicht mehr gekannt hatten.

Zandil war nun ebenfalls im Palast und kümmerte sich um die Bedürfnisses seines Herrn. Argátor war nach seinem Ritt nach Rughars Licht sehr angespannt gewesen, doch als der Oberste das Heer der Untoten ausgesandt hatte und zu einer Feier lud, war auch der Zweite bester Dinge. Zandil konnte sich nicht erinnern, seinen Herrn jemals bei so guter Laune erlebt zu haben. Dennoch war ihm bewusst, dass sich dies nur all zu bald wieder ändern konnte. Das Hochgefühl des ersten Sieges würde nicht ewig anhalten. Bald würden die kadórischen Feldherren ihren Lohn fordern und auch die Dunkelelfen und Waldläufer würden ihre Ansprüche geltend machen. Zandil hatte sich vorgenommen, erst einmal abzuwarten, ehe er versuchen wollte, einen kleinen Herrschaftssitz für sich herauszuschlagen.

Während sie beieinander saßen, fragte eine Ral-Kadóra: »Wie wird es nun weiter gehen?«

»Wir werden die Städte des Ostens eine nach der anderen erobern und zeitgleich unseren Herrschaftssitz in Iscadar ausbauen«, antwortete der Oberste.

»Wir werden den Palast einreißen. Nichts soll an Irgestos Herrschaft erinnern. Wo keine Erinnerung ist, gedeiht die Saat der Rebellion viel schwerer. Die Menschen müssen uns als die neuen, uneingeschränkten Herrscher akzeptieren und wir müssen über jeden Zweifel erhaben sein. In wenigen Zyklen wird unser Volk stärker sein, als es jemals zuvor war. Hängt unser Banner über Paradón, werden sie von allen Himmelsrichtungen zu uns strömen und der Eroberung Apygárdas steht nichts mehr im Wege! Unser Volk wird aus der Asche emporsteigen und endlich die Anerkennung erfahren, derer wir seit Anbeginn der Zeit beraubt wurden! Wir werden unseren Fluch brechen und stärker werden, als wir es jemals gehofft hatten!« Dardánor genoss die Wirkung seiner Rede und sonnte sich im Blick der anderen. »Doch nun lasst uns feiern! Paradón erwartet uns auch morgen noch!«

In Feierlaune machten sie sich über die restlichen Vorräte der Stadt her und vergnügten sich bis tief in die Nacht.

Die Dunkelelfen verbrachten den Sieg weit weniger ausschweifend. Ihr Vádaz Sârgalor forderte auch nach dem Sieg Disziplin von seinen Leuten. Er hatte bereits eine Botschaft nach Darkáv Inúsh geschickt. Er verlangte, dass eine riesige Streitmacht der Dunkelelfen in den Süden aufbrach und nur, wer nicht entbehrbar war, die Heimat zu schützen, zurück blieb. Sein Vorhaben lag nach wie vor im Verborgenen, doch ihm war nicht entgangen, dass seine gelegentlichen Gespräche mit dem engen Diener des Zweiten beobachtet worden waren. Sârgalor war sich sicher, dass die Ral-Kadór ihn aus dem Weg räumen würden, sobald er und seine Dunkelelfen ihnen nicht mehr von Nutzen waren. Deshalb hatte er Vorkehrungen getroffen.

»Herr, die Botschaft ist unbemerkt aus der Stadt und über die Ebene gelangt«, meldete einer seiner Wachleute.

»Sehr gut. Wir werden schon bald die Früchte unserer Arbeit ernten können.«

»Niemand wird uns mehr aufhalten, hoheitlicher Tragnîkan.«

Da sprang Sârgalor auf und packte die Wache am Kragen. Seine Augen funkelten ihn voller Zorn an.

»Du sollst mich nicht so nennen! Niemand weiß, wer ich wirklich bin und so soll es auch bleiben! Unterläuft dir noch einmal eine solche Leichtsinnigkeit, wird dein Kopf für alle Ewigkeiten konserviert in den Hallen der Drakána-Feste ausgestellt.«

Er ließ ihn los und lächelte ihn falsch an. »Ich vergebe dir deine Unachtsamkeit noch ein Mal. Es war eine harte Schlacht, doch merk dir meine Worte!«

»Jawohl, Vádaz«, sprach die Wache ihn wieder mit seinem falschen Titel an und begab sich zurück auf ihren Posten.

Sârgalor studierte noch einmal die große Karte Paradóns und die darauf eingetragenen Markierungen, die für einen Fremden seines Volkes keinerlei Sinn ergaben. Sollte die Karte in falsche Hände geraten, wäre sie ohne das Wissen der Dunkelelfen nutzlos. Genüsslich nahm er einen kleinen Schluck Wein und genoss die Einsamkeit seines Zeltes. Der Sieg gebührte ihnen und die Allianz mit den Ral-Kadór hatte sich als probates Mittel ausgezahlt.

Spät in der Nacht stiegen der Anführer der Ral-Kadór und dessen Stellvertreter auf den höchsten Turm des Palastes und ließen ihren Blick über die Umgebung schweifen.

»Dies alles gehört nun schon bald ganz und gar uns! Der Fluch wird abfallen. Wir werden uns zu nie dagewesenem Glanz erheben und die Ahnen ehren. Unser Volk wird gerettet und Ihr habt einen nicht unbedeutenden Anteil daran.« Dardánor lobte den Zweiten anerkennend.

»Habt Dank. Uns stehen glorreiche Zeiten bevor. Ganz Apygárda wird vor uns erzittern!«

Argátors Blick schweifte über die weite Ebene vor der Stadt. Der Schauplatz der großen Schlacht hatte verheerende Spuren hinterlassen. Schon bald würde sich die Stadt unter dem dunklen Banner Vencors neu erheben und die Handschrift der Ral-Kadór tragen.

Ein finsteres Lachen entrang sich den Kehlen der beiden Anführer.

»Möge Vencor uns weiterhin leiten!« Dardánor drehte sich um und blickte ebenfalls gen Norden, wo die Zukunft seines Volkes und die von ganz Apygárda lag. Ein Windstoß brachte die Umhänge zum Wehen und die Nebel ihrer Gesichter zogen weite Bahnen.

Leuchtende Schweife zogen am Horizont vorüber als mehrere Sterne aus dem Himmel fielen. Dann schob sich eine dunkle Wolke vor den großen Mond und leitete ein neues Zeitalter der Finsternis ein.